한국
아동문학의
쟁점

한국
아동문학의
쟁점

원종찬 평론집

창비

아동문학을 꿰는 '붉은 선'

어쩌다 대중 앞에 서게 될 양이면 그림책 두 권을 꼭 챙겨서 간다. 어색하고 서툰 강연을 재미있게 풀어보자는 속셈도 있지만, 아직도 많은 사람들이 깔보는 어린이책, 그중에서도 가장 낮은 연령대를 염두에 둔 쉽고 간결한 형식의 그림책이 어떻게 '붉은 선'과 만나고 있는지를 보여주고 싶어서다. 여기서 '붉은 선'이란 지배관념을 전복하는 불온한 상상력을 가리킨다. 태초부터 인류가 꿈꿔온 다른 세상에 대한 그리움이라 해도 좋겠다.

먼저 레오 리오니의 『프레드릭』을 꺼내든다. 조그만 들쥐 한 마리가 동그마니 표지에 그려져 있다. 내가 묻는다. 이 쥐한테 표정이 있어요, 없어요? 종이와 헝겊을 뜯어 붙인 꼴라주 기법으로 들쥐를 형상화했다. 그런데도 들쥐 프레드릭의 표정은 살뜰하다. 또 복잡 미묘하다. 세부묘사가 불가능한 '단순성의 미학'으로 이렇듯 개성적인 캐릭터를 창조해냈다. 페이지를 넘기면 밤낮없이 일하는 들쥐 가족이 나온다. 다섯 마리가 똑같이 생겼다. 우리의 주인공은 누구일까요? 그림만 봐도 한 눈에 알 수 있다. 아이들도 다 안다. 딴짓하는 친구. 프레드릭은 땀 흘려 일하는 다른 쥐들의 끄트머리쯤 뒤돌아서 있고, 꿈꾸는 듯 눈을 반쯤 내리깔고 있다. 프레드릭, 넌 뭐 하니? 난 햇살을 모으고 있어…… 색깔을 모으고 있지…… 이야기를 모으는 거야. 춥고 거칠고 쓸쓸한 겨울날, 프레드릭은 자신의 양식을 들쥐 가족과 함께 나눈다. 마침내 들쥐들은 박수를 치며 감탄한다. "프레드릭, 넌 시인이야!" 이솝우화 '개미와 베짱이'를 패러디한 내용이고, 새로운 시민사회의 윤리를 말해주는 듯하면서, 예술가의 존재방식을 단적으로 보여주는 작품이다. 어린이책이지만 우리의 주인공이 '문제아'적이라는 사실을 놓칠 수 없다. 예술은 일반적인 쓸모와는 '다른 방식'으로 삶을 풍요롭게 한다는 것. 이런 점은 오로지 교육적인 쓸모에 매달리는 어린이책 관계자들에게 시사해주는 바 크다. 더욱이 오늘날은 문화를 산업으로 몰아가는 시대가 아닌가. 빨간 꽃 한 송이를 쥔 채 다소곳이 눈을 내리깐 프레드릭을 감싸고 있는 적요감은 예술가의 '색다른' 존재방식을 강력히 환기시킨다.

다음에 펼쳐드는 책은 사노 요오꼬의 『백만 번 산 고양이』다. 백만 번이나 죽고 백만 번이나 살았던 고양이. 백만 명의 사람이 그 고양이를 귀여워했고, 백만 명의 사람이 그 고양이가 죽었을 때 울었으나, 정작 자신은 단 한 번도 울지 않았던 고양이. 한때 고양이는 임금님의 고양이였다. 그러나 전쟁터에서 화살에 맞아 죽는다. 한때 고양이는 뱃사공의 고양이였다. 이번에는 바다에 빠져 죽는다. 한때 고양이는 마술사의 고양이였다. 톱에 반으로 잘려 죽는다. 한때 고양이는 도둑의 고양이였다. 개에게 물려 죽는다. 한때 고양이는 홀로 사는 할머니의 고양이였다. 누구나 이쯤에서 전환이 이루어지리라 예상한다. 그러나 고양이는 할머니를 아주 싫어했고, 나이가 들어 죽고 만다. 한때 고양이는 어린 여자아이의 고양이였다. 옳거니, 이번에는. 하지만 고양이는 아이를 아주 싫어했고, 여자아이 등에서 포대기 끈에 목이 졸려 죽고 만다. 죽어도 타협하지 않는다.

그러다가 "한때 고양이는 누구의 고양이도 아니었습니다." 하고 허를 찌른다. 비로소 자기만의 고양이가 된 것이다. 이쯤 되면 어린이책을 우습게 알던 사람들의 선입견이 단박에 날아간다. 여기에 그치지 않는다. 고양이는 운명적으로 하얀 고양이를 만나고, 귀여운 새끼들을 보고, 다 키워서 떠나보낸다. 마침내 하얀 고양이가 눈을 감는다. 고양이는 처음으로, 그러나 온몸이 터질 것처럼 격렬하게 운다. 밤이 되고 아침이 되도록, 또 밤이 되고 아침이 되도록 백만 번이나 운다. 어느 날 울음을 그친 고양이는 하얀 고양이 곁에서 조용히 움직임을 멈춘다. 마지막 페이지는 이렇다. "그러고는 두 번 다시 되살아나지 않았습니다." 어떤가. 오기가 하늘을 찌르고 있지 아니한가.

2000년대 들어서고 10년이 지났다. 연구를 하든 비평을 하든 나름대로 쟁점을 찾아 나서기는 했으나, '붉은 선' 없이 글을 써온 것 같아 심히 부끄럽다. 보잘것없는 글에 이만큼 자리가 주어진 것은 이 시대 아동문학에 주어진 높아진 관심과 열정 덕분일 게다. 지금 한국 아동문학은 역사를 새로 쓰는 중이다. 나부터 무거운 책임을 통감하는 바이지만, 우리 아동문학이 더욱 선명한 '붉은 선'으로 꿰어지기를 소망한다. 세 번이나 평론집을 펴내준 창비사와 꾸준히 신간 어린이책을 보내주는 여러 출판사들에 감사드린다.

2010년 1월
원종찬

차 례

제3부 작가와 작품

제1부
이론과 역사

아동과 문학

아동문학, 무엇이 문제인가

1. 잘못된 통념 — 동심천사주의와 교훈주의

아동문학은 어린이가 읽는다는 것을 특별히 의식하고 만들어낸 문예적 창작물을 가리킨다. 그런데 어린이가 읽는 작품을 문학으로 인정하는 기반은 매우 허약하다. 일례로 초등교과서에 수록된 작품은 특정 교육의 관점에서 개작되기 일쑤다. 교과수준에 맞게 일부 수정하는 것이 불가피할지라도 원문 훼손을 둘러싼 중등교과서만큼의 자의식과 긴장이 없다. 대학의 문학 전공학과는 아동문학 연구를 포함하고 있지 않다. 심지어 초등교원을 배출하는 교육대학에서조차 문학 일반에 관한 교과목만을 편성해서 운영할 정도이다. 아동문학을 전공한 교수가 없고 교과목이 편성되어 있지 않으니 학습할 기회가 없다. 문학 전공자들은 아동문학을 영역 바깥의 것으로 인식하고 있으며, 초등학교 교사들은 아동문학에 대한 수업을 받아본 경험이 없이 교단에 서는 실정이다.

이처럼 아동문학은 오랫동안 그 고유한 영역을 인정받지 못했고 연구와 비평의 사각지대에 놓여 있었다. 아동문학을 둘러싼 일반인의 상식은 초등교과서, 신춘문예, 디즈니 만화영화, 상업적 전집류 등을 통해서 만들어진 일정한 통념을 되풀이한다. 어린이를 순수하고 무구한 존재로만 보는 동심천사주의, 현실의 때가 묻지 않은 어린이에게 기성세대가 바라는 덕목을 가르쳐주어야 한다는 교훈주의 등이 이와 관련된다. 물론 통념도 진실의 한 끝에 닿아 있긴 하다. 그러나 어느 일면을 배타적으로 강조하거나 고정적으로 바라보는 데서 문제가 생긴다. 동심천사주의와 교훈주의는 문학으로는 함량미달인 작품이 양산되는 통로가 되고 있으며, 아동문학은 유치한 것이라는 오해도 여기에서 비롯된다.

"큰 중 작은 중/지붕 위에 박님/머리 맞혀 자고 있네/사이좋게 자고 있네//큰 중 작은 중/지붕 위에 박님/머리 덮고 주무시지요/모기 와서 뭅니다."[1] 이 작품의 1연은 어린이다운 천진함의 발로라고 여길 수 있다. 그러나 2연에 이르면 어린이다움이란 게 유치한 것으로 바뀌고 만다. 박에서 중의 머리를 떠올린 것은 상상력의 작용으로 볼 여지가 있지만, 박이 모기에게 물릴까봐 걱정하는 마음은 어린이의 무지에서 재미를 느끼라는 주문에 지나지 않기 때문이다. "보슬보슬 봄비는/새파란 비지/그러기에 금잔디/파래지지요."[2] 여기에서도 인식의 발달을 방해하는 것 외에는 별 뜻도 없는 유치함이 느껴진다. 이렇게 사물의 원리를 깨닫기 이전의 유아적인 발상을 귀엽고 재미있는 것인 양 바라보는 태도가 동심천사주의다.

동심천사주의는 어린이의 심성을 이상화하고 신비화하는 낭만주의에 기원을 두고 있다. 근대산업사회가 낳은 현실의 피로와 중압감을 상상된 전원이나 어린이의 순수성에 기대 치유하고 구원받으려는 어른의 낭만

---

1 신맹원 「박님」, 『동아일보』 1935년 8월 18일자.
2 강소천 「봄비」, 『동아일보』 1935월 4월 14일자.

적 충동이 동심 지향의 문학을 낳는다. 이 지향은 도피와 퇴행으로 이어지기 쉽다. 어린이의 성장 욕구를 억누르는 노인의 분재 취향과 같은 것이다. 현실과의 긴장을 잃고 막연히 별님, 꽃님, 씨앗, 이슬, 무지개, 비눗방울 등의 상투어를 반복하게 되니까, 결국엔 세상 이치를 외면하는 혀 짤배기소리가 동심으로 여겨지게 되었다. 초등교육의 장에서는 여전히 "기차는 기차는 바아보……" "구름은 구름은 요술쟁이……" 식의 유치한 발상을 동심이라고 치켜세우고 있다.

동화 쪽도 사정이 비슷하다. 흙이 벌레를 징그러워하고 거름냄새를 싫어한다든지, 도토리가 나무에서 떨어지면 아플까봐 걱정하는 장면이 아무렇지도 않게 나온다. 이런 작위적인 설정은 작가의 훈계가 개입할 틈을 손쉽게 만들려는 데에서 비롯한다. 결말의 교훈을 위해 얼마든지 자연의 질서를 왜곡하고 삶의 진실을 희생해도 좋다는 발상이다. 이미 정답이 있는 도덕교과서의 예문 같은 것을 문학작품이라고 할 수는 없다. 동시의 동심천사주의와 동화의 교훈주의는 언뜻 보기엔 다를 것 같아도 은밀히 서로 내통하고 있다. 모두 어린이를 어른의 완롱물(玩弄物)이자 수동적 존재로 바라보는 '식민화(植民化)'의 관점인 것이다.

어린이는 한순간도 멈추지 않고 끊임없이 성장하는 존재이며, 역사의 진공지대가 아니라 구체적인 현실에 발을 딛고 사는 사회적 존재이다. 우리가 '동심'을 예찬할 수는 있지만, '영원한 어린이'라는 관념에 어린이를 가두어둘 수는 없다. 또한 어린이는 '작은 어른'이 아니라 '작은 인간'으로서 인생의 한 시기를 살고 있다. 인생의 어느 한 시기를 목적이 아닌 수단으로 인식하는 것은 잘못이다. 따라서 어린이에게 삶을 진실하게 그려 보이는 아동문학은 낮은 단계의 교육이 아니라 자기완결적인 문학으로서 진지한 관심의 대상이 되어야 한다. '아동문학의 단순성은 그 자체가 하나의 예술적 장치, 종종 성인문학에는 부족한 어떤 장치'라고들 한다. '어른 중개자들의 취미, 이데올로기, 모럴, 종교와 맞지 않는 것들이 씻겨나가는 순화 현상은 아동문학 텍스트에 가해지는 가장 일반적인 방해 형태'이다. 아동문학의 형식과 내용이 단순소박하다고 해서 열등하거나 빈곤한 문학으로 치부해서는 안 된다.

2. 성립과 전개 — '일하는 아이들'과 현실적인 작품경향

아동문학은 어린이를 독립적인 인격체로 바라보는 시각, 곧 '아동관의 근대'를 전제로 한다. 혹자는 전래동화의 뿌리인 설화나 고전문학에서 아동문학의 흔적을 찾고자 하나, 이는 아동문학의 개념을 소급적용하는 사례이다. 구전문화에 속하는 '민간설화'와 근대에 들어 작가가 어린이에게 적합하게 고쳐 쓴 '전래동화'는 탄생 배경, 전달과 수용자, 내용 등에서 뚜렷한 차이가 있다. 근대의 요구에 따라 '아동의 발견'이 이뤄졌다는 점을 염두에 둔다면, 아동문학의 존재는 어디까지나 근대적인 현상일 것이다. 우리의 경우는 신문학운동을 주도한 최남선(崔南善)의 『소년』(1908~11), 『붉은 저고리』(1913), 『아이들 보이』(1913~14), 『새별』(1913~15) 등을 거쳐 방정환(方定煥)의 『어린이』(1923~34)에 이르러 아동문학이 성립했다. 방정환은 천도교 청년회의 핵심인물로서 한평생 어린이를 위한 활동에 헌신했다. 이 땅에서 '어린이'의 탄생은 동학에서 천도교로 이어지는 근대적 개혁사상의 구현이기도 했다.

한국 아동문학은 '식민지 근대'에 기반하고 있었기 때문에 독특한 성격을 띠고 전개되었다. 아동문학을 개척하고 주도한 이들은 민족·사회운동의 하나인 소년운동의 지도자들이었다. 전국 각지의 소년회 집회에서는 동요가창, 동화구연, 동극공연 등이 성황을 이루었다. 아동문학이 소년운동과 굳건히 결합해서 전개되는 양상은 세계 어느 곳에서도 유례가 없는 현상이었다. 1920~30년대 『어린이』 『신소년』 『별나라』의 주요 독자는 10대 중후반이었고, 이들 가운데에서 곧바로 아동문학 창작 2세대가 배출되었다. 당시의 소년운동이 일제의 감시와 탄압을 받았기 때문에 아동문학은 제도권 바깥에서 더욱 활력을 얻은 것이다.

본디 아동문학의 발전은 근대성의 지표와 불가분의 관계에 있다. 특히 가족과 학교제도의 변화가 큰 몫을 차지한다. 그런데 우리 아동문학은 근대적인 의미의 아동기가 충분히 보장되지 않았음을 말해주는 이른바 '일하는 아이들'과 마주하고 있었다. 도시인구보다는 농촌인구가 많았고, 도시인구도 근대의 전형적인 핵가족을 대표하는 중산층보다는 서민층이 근간을 이루었으며, 취학률은 낮은 데 비해 취학연령은 높았다. 초창기 아동문학이 번안동화를 제외할 경우, 상대적으로 낮은 연령대 아이들을 대상으로 하는 공상이나 환상적인 것보다는 높은 연령대 아이들을 대상으로 하는 현실적인 작품경향이 훨씬 우세한 까닭이 여기에 있다.

한국과 일본의 근대동화선집에 수록된 두 나라의 작품들을 살펴보면, 일본은 공상적인 것들이 더 많은데 우리는 현실적인 것들이 압도적 다수를 차지한다. 한국 아동문학은 일본 아동문학을 참조해서 전개되었지만, 두 나라의 상이한 근대성의 지표가 이런 차이를 만들어낸 것이다. 해방 후에도 유아와 유년을 대상으로 하는 문학의 토대는 미약했다. 이를테면 자유분방한 주인공이 공상세계에서 모험을 즐기는 '피노키오 경향'보다는 헌신적인 주인공이 수난의 민족현실에서 역경을 딛고 일어서는 '쿠오레 경향'이 더한층 폭넓게 수용되었다. 우리 아동문학의 현실주의 색채는 한국사회의 성격에서 비롯된 자연스러운 모습이라 할 수 있다. 방정환, 마해송(馬海松), 이주홍(李周洪), 현덕(玄德), 이원수(李元壽), 이오덕(李五德), 권정생(權正生) 등으로 이어지는 주요 작가들의 대표작품에서 이러한 경향은 뚜렷이 확인된다. 그럼에도 표면상으로 동심천사주의와 교훈주의가 판을 치게 된 까닭은 냉전 이데올로기에 편승한 분단시대 아동문학의 왜곡된 이미지 탓이다.

분단시대의 아동문학은 초등교과서와 연계되어 국민교육의 일환이자 체제동원의 도구로 전락하는 양상을 보였다. 이런 잘못된 지배조류를 비판하면서 민족현실과 서민 어린이에게 다가서려는 아동문학운동이 이원수와 이오덕을 중심으로 전개되었다. 정권의 탄압과도 맞서야 했던 분단시대의 비제도권 아동문학은 일제시대와 마찬가지로 민족현실에 대한 자각을 일깨우고 가난한 아이들에게 용기와 격려의 메씨지를 전하는 현실주의 색채를 이어나갔다. 이재철(李在徹)은 『한국현대아동문학사』(1978)에서 일제시대를 '아동문화운동시대'로, 분단시대를 '아동문학운동시대'로 구분하는데, 이는 우리 아동문학의 현실주의적 성격을 '문학 이전'의 문화인 양 바라보려는 순수주의 문학이념을 드러낸 것이다. 이오덕은 현실비판적인 아동문학의 전통을 복원하고자 1970년대 민족문학론의 맥락에서 치열한 비평활동을 펼쳐나갔다. 이른바 '순수파'와 '사회파'가 대립하는 가운데 동시대의 작품경향을 둘러싸고 뜨거운 논쟁이 불붙곤 했다. 그런데 일반적이고 보편적인 원론과 역사현실에 직핍한 실천적인 이론 사이에 일정한 간극이 발생했다. '일하는 아이들'을 마주하는 상황에서는 유희성이라든지 환상성의 요소가 극히 제한적일 수밖에 없고 왜곡되기 쉬웠다. 우리 아동문학의 전개를 역사주의에 입각해서 바라보지 않는다면, 유희성과 진정성, 현실성과 환상성 등을 서로 대립하는 개념으로 파악할 위험이 있다.

　　1990년대 이후 아동문학은 커다란 전환점을 맞게 되었다. 폭압적인 정치상황이 후퇴하고 경제가 성장하면서 시민사회가 본격적으로 자리잡기 시작했다. 도시 핵가족을 기반으로 하는 시민사회문화는 아동기의 삶을 새롭게 규정했고, 어린이책 출판시장을 크게 자극했으며, 장르와 스타일 면에서 불균등하게 발전해온 아동문학에 대해 변화를 요구했다. 근대성이 취약했던 탓에 온전한 발전이 저해되었던, 상대적으로 낮은 연령대 아이들을 위한 아동문학이 최근 급격히 떠오르는 추세이다. 연령이 내려

갈수록 유희성과 환상성의 비중은 더욱 높아진다. 한편, 오늘의 아동문학은 과거에는 그리 절실하게 여겨지지 않았던 근대의 새로운 억압기제들과 마주하고 있다. 학교붕괴·가족해체 같은 문제현상을 근대의 가치관으로 해결할 수 있다고 믿는 것은 시대착오다. 새로운 세대일수록 작가의 어린 시절과 판이한 환경에서 매체의 첨단을 구가하며 살고 있기 때문에, 세대간 소통을 둘러싼 문제 또한 가볍지 않다. '즐거움'보다는 '헌신'의 가치를 높이는, 위에서 아래로 흐르는 교육적 발상에는 억압성이 내포되어 있다. 우리 아동문학에 부족한 전복과 일탈의 상상력을 비롯해서, 판타지·난센스·패러디·유머 등 그동안 억제되었거나 주변부로 여겨졌던 요소들을 재인식해야 하는 시점이다.

3. 장르 구분 — 동요·동시·어린이시와 동화·소년소설·판타지

아동문학에서의 '아동'은 성인과 대비될 때는 하나의 범주지만 그 안에도 다양한 편차가 있다. 성장기의 3년은 성인기의 10년보다 변화의 진폭이 훨씬 크다. 유아·유년·소년·청소년 등 서로 다른 층위를 고려하지 않고 아동문학의 특성을 논한다면 초점을 벗어나기 십상이다. 아동문학은 어린이의 심리특성에 기초해서 성장 단계별로 가장 적합한 문학형식을 보전 또는 발전시켜왔다. 아동문학 자체가 독자의 연령에 기반을 두고 성립되었듯이, 아동문학의 하위장르 또한 일정하게는 독자의 연령에 기반을 두고 형식상 분화 발전해왔다. 동요와 동시가 그러하고 동화와 소년소설(아동소설)이 그러하다. 그림책은 가장 낮은 연령대 아이를 일차독자로 하는 장르라고 할 수 있다. 하지만 아동문학의 장르에 대해서는 아직 합의된 명칭이나 계보학이 마련되지 못한 형편이다. 이는 우리의 독특한 창작전통이 다른 나라의 전통과 일치하지 않기 때문이고, 아동문학의 이론이 그만큼 빈약하다는 증거이기도 하다. 더욱이 장르는 끊임없이 자신을 변화시켜간다. 따라서 중요한 것은 명칭의 통일이라기보다 장르를 성립시키는 작품군(群)에 내재하는 고유의 질서와 특성을 밝히는 일이다. 장르이론은 단순히 작품을 분류하기 위해서가 아니라 작품의 성취를 가늠하는 구체적인 잣대와 관련해서 더욱 요구되는 것이다.

아동문학의 서정양식은 동시라는 명칭이 대표하고 있으나, 원래는 동요에서 출발했다. 동요는 정형률을 지닌 노랫말을 가리켰는데, 자유로운 시형의 작품들이 뒤를 이으면서 동시라는 명칭이 새로 생겨났다. 이후 아동문학의 서정양식은 동요와 동시로 나뉘어 발전해왔다. 동요는 시형의 일정한 반복에 따른 율격을 빼고는 생각할 수 없다. 그렇더라도 단순히 글자수를 맞추려 드는 게 아니라 시적인 특성을 살린다는 뜻에서, 또 어린이가 부르는 노래와 구분짓기 위해서 동요시라는 명칭을 쓰기도 한다. 동시를 정형동시와 자유동시로 나누기도 하지만, 동요와 동시의 구분법이 더욱 역사적인 장르 명칭이라고 할 수 있다. 동시 전반이 침체한 원인의 하나로 노래에서 멀어진 현상이 지적되는 만큼, 동요에 대한 관심을 높이는 것이 어느 때보다 소중하다. 한편, 어린이가 쓴 시는 동시라 하지 않고 따로 어린이시라고 부른다. 어른이 아이들을 위해 짓는 동시와 아이들이 스스로를 표현하는 어린이시에 대한 혼동이, 아이들의 시쓰기 지도를 어른의 동요 흉내내기로 치닫게 했다는 비판에 따른 결과이다.

아동문학의 서사양식은 동화라는 명칭이 대표하고 있으나, 일찍부터 소년소설이 동화와 양립해왔다. 동화는 옛이야기나 우화처럼 시공간과 캐릭터가 비현실적인 것을 가리켰다. 반면 현실적인 작품에는 소년소설이라는 명칭을 썼다. 동화와 소년소설은 상대적으로 낮은 연령과 높은 연령의 독자에 각기 대응하는 양식이다. 그런데 우리 아동문학은 상대적으로 높은 연령의 독자 기반이 우세했기 때문에 동화에 일정한 굴절이

가해졌다. 더욱이 계급주의 아동문학운동의 일각에서 동심의 현실성을 강조하고 나서자 동화도 실생활을 다뤄야 한다는 문제의식이 높아졌고, 이후로 생활동화 또는 사실동화로 일컬어질 만한 작품이 많이 나왔다. 이때, 동화의 특성과 리얼리즘의 문제의식을 둘러싸고 혼선이 빚어졌다. 관념적인 동화 작품에 대한 반발이 동화의 바탕인 현실초월성(비현실성, 초자연성, 공상과 환상 등)에 대한 부정적인 인식을 초래한 것이다.

생활동화나 사실동화라고 일컬어지는 작품은 소년소설과 구별되는 독자적인 형식으로 발전한 것이 아니라, 주인공이 더 어리고, 일상의 행동반경이 더 좁은 정도의 차이를 보일 뿐이다. 이처럼 시공간과 캐릭터가 현실적인 작품을 생활동화나 사실동화라고 부르게 되면서 동화와 소년소설의 구분이 불분명해졌다. 소년소설과 형식적으로 구별되는 동화는 의인동화가 명맥을 이었고, 의인동화가 아닌 경우에는 '공상'동화라고 해서 부득이 불필요한 말을 앞에 붙여 썼다. 생활동화·사실동화·공상동화·환상동화 등은 모두 부자연스럽거나 불필요한 수식어가 덧붙은 명칭으로서 동화, 소년소설, 판타지 등 기본적인 장르 인식에도 혼선을 초래하고 있다. 생활동화·사실동화라는 말이 모순형용에 가깝다면, 공상동화·환상동화라는 말은 이중형용에 가깝다.

만일 동화가 아동문학의 서사양식 전반을 포괄하는 명칭으로 고정된다면, 편의적으로 동화라는 말 앞에 환상성 여부를 드러내는 또다른 어휘를 붙여 써야 할 경우가 적지 않을 것이다. 그런데 우리 아동문학은 동화와 소년소설을 제대로 구분하지 않는 데에서 비롯되는 문제점이 의외로 크다. 동화는 소설과 구분되는 고유의 형식을 내세운다. 하지만 소년소설은 아동문학으로서 동화와 중첩되는 면이 없지 않음에도 어디까지나 소설의 범주에 속한다. 낮은 연령대 아이를 일차독자로 하는 동화는 단순성의 원리가 두드러지며, 권선징악·천우신조·사필귀정 등 하늘의 의지(마법의 선물)로 갈등을 해결하고 조화로운 세계에 이르는 초자연성과 상징성을 지닌다. 하지만 어린이도 경험을 쌓아가면서 현실이 자기에게 반드시 우호적이지만은 않다는 사실을 깨닫는다. 조화롭지 못한 세계에 대해 이성적으로 성숙한 태도가 요구되는 연령대에 이르면 동화에서 소설의 세계로 들어선 것으로 봐도 좋을 것이다. 동화는 유아·유년의 물활론(物活論)적 인식을 바탕으로 경험을 초월해서 궁극의 조화를 그려 보이는 추상적 서술의 양식이고, 소년소설은 어린이가 이해할 수 있는 수준에서 경험 가능한 현실의 문제를 그려 보이는 구체적 서술의 양식이다. 물론 이는 상대 비교했을 때 드러나는 특성이므로, 양자가 공히 아동문학으로서 성인문학과 대별되는 공유지대에 놓여 있다는 사실을 지나쳐서도 안 된다. 그러나 생활동화와 사실동화라는 용어는 소설방식으로 현실의 균열을 드러내놓고 동화방식으로 미봉하는 통속적인 미담가화(美談佳話), 이를테면 '되다 만 동화, 되다 만 소설'을 낳는 빌미가 되어왔다.

초자연성이 담보되지 않은 동화 개념은 나름의 서술원리를 지닌 판타지 장르의 발전에도 제약을 가한다. 판타지는 동화의 초자연성을 가리키는 말이기도 하다. 이때의 판타지는 별도의 장르 명칭이 아니다. 그런데 현대의 장편 판타지 작품은, 주인공이 비현실적인 캐릭터와 시공간을 아무렇지도 않게 받아들이는 동화와는 달리, 그것을 비현실적인 것으로 자각하는 사실주의적 기율에 의거해서 내용이 전개되는 경우가 많다. 전근대 양식인 민담의 성격을 드러내는 동화 작품군이 한쪽에 있는가 하면, 근대 양식인 소설의 성격을 드러내는 판타지 작품군이 아동문학의 범주 안에서도 따로 존재하는 것이다. 따라서 옛이야기처럼 현실과 비현실의 구분이 없는 추상적 시공간, 달리 말해 과장과 축소가 자유로운 일차원의 세계를 보여주는 작품은 다만 동화라고 하고, 소설 방식의 리얼리티에 입각해서 현실세계와 구분되는 또다른 차원의 세계를 구체적으로 그려 보이는 작품을 판타지라고 하는 방안을 고려해봄 직하다. 판타지의 양상이 다양하다고는 하지만, 낮은 연령대의 물활론적인 사고체계와 이어진 동화의 서술원리와, 높은 연령대의 현실적인 사고체계와 이어진 판타지의 서술원리를 발생론적인 면에서 일단 구분하는 방안이 지금 단계에서는 각 장르의 발전에 도움을 주리라고 보는 것이다. 동화와 마찬가지로 판타지도 유(類)개념으로 보느냐 종(種)개념으로 보느냐에 따라 다른 장르와의 관계설정이 달라진다. 그러므로 아동문학의 산문(픽션)에 해당하는 동화, 소년소설, 판타지 장르의 기본 특성을 일단 상대적인 관점에서 파악할 필요가 있다.

주의할 점은 장르의 특성을 하나의 구심력으로 봐야지 그렇지 않고 경계선을 긋는 데에 치중하다보면 얻는 것보다 잃는 것이 많으리라는 사실이다. 우리는 동화 명칭을 포괄적으로 사용하는 관습이 워낙 완고한데다 현대 동화의 흐름 자체가 소설 또는 판타지 사이에 경계선을 긋기 어렵게 발전해가고 있다. 그래서 실제로 어느 작품을 어느 장르에 귀속시킬 것이냐의 문제로 들어가면 난감한 경우가 많다. 작품 창작과 장르 이론은 서로 영향을 주고받으면서 발전한다. 작품의 성과를 장르 이론에 비춰 살필 때에는 탄력적이고 유연한 접근이 요구된다.

4. 연구과제 — 실증적 기초와 고유이론의 확립

아동문학 연구는 역사가 짧기 때문에 축적된 성과가 그리 많지 않다. 하지만 1990년대 이후 어린이책 출판시장이 커지면서 비평과 연구에 관심을 갖는 전공자들이 꾸준히 증가하고 있다. 아동문학 연구는 이제 비로소 궤도에 들어섰다고 할 수 있다. 이 시점에서 가장 시급한 과제는 연구의 기초를 확고히 다지는 것이다. 어린이책은 제대로 보관되는 경우가 거의 없기 때문에 1차자료를 확보하는 일에서부터 어려움을 겪는다. 그렇다고 바늘허리에 실 붙들어매고 나설 수는 없다. 지금까지 제출된 아동문학 분야의 논문들은 이재철의 아동문학사 저술을 제외하고는 실증적인 확인과정 없이 선행연구를 그대로 받아들이면서 무책임한 해석과 평가에 매달린 것들이 적지 않다. 작가와 작품 연보조차 확실하게 정착되어 있지 않다. 과거의 문학유산을 다룰 때에는 힘들더라도 서지연구와 원본비평에서 출발하려는 학문적 성실함이 소망스럽다.

아동문학은 일반 문학과의 소통이 그리 원활하지 못한 편이다. 우물 안 개구리가 되지 않기 위해서는 한국문학 전반으로 시야를 넓혀 아동문학을 연구하는 태도가 바람직하다. 북한의 아동문학사는 항일혁명문학을 주류로 서술하고 있지만 이는 실상과 많이 다르다. 이 점에서 광범한 1차자료에 바탕을 두고 각 시기의 작가활동과 작품경향, 문단추세와 잡지현황 등을 체계적으로 서술한 이재철의『한국현대아동문학사』를 주목할 필요가 있다. 아직까지 본격적인 비판과 도전을 받지 않은 이 저서에서 수정 보완해야 할 점을 찾는 것은 문학사 연구의 과제를 고스란히 드러내는 일이 될 것이다. 이를 몇 가지로 요약해보면, 첫째, 시기별 작품경향과 변화의 계기를 올바르게 포착해서 시대구분을 다시 확정하는 일, 둘째, 한국문학 전체의 흐름과 조응하는 일관된 통사체계를 세우고 개별 작가와 작품을 문학사적으로 정당하게 자리매김하는 일, 셋째, 누락된 자료들을 발굴 복원하고 냉전 이데올로기를 극복한 시각에서 계급주의 아동문학을 새롭게 해석하고 평가하는 일, 넷째, 비평사 연구를 통해서 각 시대의 주된 과제와 쟁점을 살피는 일 등이다.

우리 아동문학은 주요 작가와 대표 작품이 뚜렷하게 부각되어 있지 않다. 이 문제를 해결하기 위해서는 뛰어난 작품과 그렇지 못한 작품을 가려낼 줄 아는 비평적 안목과 문예학적 소양이 필수이다. 오랫동안 아동문학은 교육의 보조수단으로서 단지 '좋은 책'이라는 것에 만족하려는 비문학적 관심에 둘러싸여 있었다. 어린이를 대상으로 하는 작품의 문학적인 자질을 규명하고 아동문학 고유의 이론을 확립하려는 노력은 지속되어야 한다. 아동문학은 아동을 중심에 두느냐, 문학을 중심에 두느냐의 문제로 시소게임을 벌여온 역사이기도 하다. 두 중심을 지닌 타원형으로 보자는 견해가 있는데, 아동과 문학의 관계맺음은 두 중심이 팽팽한 상호긴장을 유지하면서 시대의 과제에 따라 기울기가 이동할 수 있다고 보는 것이 온당하다. 아동문학의 장르 구분이나 창작방향은 아동의 발견과 재발견을 추동해온 시대 흐름과 더불어 논의해야 하기 때문이다.

_『새 민족문학사 강좌 2』 창비 2009

참고문헌

한국 아동문학의 역사를 문헌자료에 기초해서 체계적으로 서술한 저작은 이재철 『한국현대아동문학사』(일지사 1978)가 유일하다. 이재복 『우리 동화 바로 읽기』(한길사 1995)는 시대별로 대표작가와 작품경향에 대해 알기 쉽게 설명한 책이다. 이원수 『아동문학입문』(소년한길 2001); 이오덕 『시정신과 유희정신』(창작과비평사 1977)은 동심천사주의와 교훈주의의 폐해를 지적하면서 아동문학의 올바른 지향점을 논한 것으로, 아동문학에 대한 잘못된 통념을 바로잡는 데 참고가 된다. 이들 연구서 및 평론집의 의의와 한계는 원종찬 『아동문학과 비평정신』(창작과비평사 2001)에서 논했다.

한편, 세계 아동문학의 역사는 존 로 타운젠드 『어린이책의 역사』(강무홍 옮김, 시공사 1996); 뽈 아자르 『책·어린이·어른』(햇살과나무꾼 옮김, 시공주니어 1999), 그리고 아동문학의 현대적 이론은 마리아 니꼴라예바 『용의 아이들』(김서정 옮김, 문학과지성사 1998); 페리 노들먼 『어린이문학의 즐거움』(김서정 옮김, 시공주니어 2001)에서 풍부한 시사점을 얻을 수 있다. 우에노 료오 『현대 어린이문학』(햇살과나무꾼 옮김, 사계절 2003)은 '헌신의 계보'와 '즐거움의 계보'를 대비하면서 '즐거움'의 가치를 새롭게 조명한 것이다.

아동문학의 종류와 그 특징을 밝힌 개론서는 릴리언 H. 스미스 『아동문학론』 (박화목 옮김, 새문사 1979); 이재철 『아동문학개론』(개고판, 탐구당 1983)이 참고할 만하다. 이밖에 이 글에서는 다루지 않았지만, 최근에는 옛이야기와 그림책에 대한 연구서들도 많이 나오고 있다.

한국의 동화 장르

동아시아 각국과 다른 '동화' 개념의 연원

1. '동화' 개념을 둘러싼 혼란

본디 '아동'은 연령별로 유아·유년·소년·청소년을 모두 포괄하는 개념인데, 지난 한 세기 동안 한국 아동문학은 이 가운데 주로 '소년' 문학으로 제한되었다. 이 때문에 더 낮은 연령층을 기반으로 하는 동화 장르는 충분히 발전하지 못하거나 다른 모습으로 굴절되었다. 이는 아동문학가 이오덕이 엮은 어린이문집의 표제어가 '일하는 아이들'(1978)이었던 데서 상징적으로 드러나는바, 근대적 의미의 아동기를 온전히 보장할 수 없었던 한국사회의 특수한 일면을 반영하는 것이다. 하지만 오늘날 한국 아동문학은 창작의 중심이 유아와 유년 쪽으로 이동하면서 부단히 영역을 확장하고 있다. 이러한 현상은 필연적으로 장르와 스타일 혹은 양식과 기법의 변화를 수반하게 된다. 한국 아동문학은 이전 시기와 구분되는 새로운 단계로 들어서고 있는 만큼, 그에 상응하여 장르이론도 새롭게 마련되어야 할 필요성이 제기된다.

한편, 한국(남한), 조선(북한), 중국, 일본 아동문학은 그 연계가 갈수록 밀접해지고 있다. 따라서 아동문학이론 전반에 대한 비교도 자연스럽게 이루어지는 추세다. 그런데 아동문학의 장르 구분은 나라마다 달라서 아동문학 작품을 서로 번역하여 자기나라 독자들에게 소개할 때 곤란을 겪는다고 한다. 이를테면 한국에서 말하는 동화 작품을 번역하고 보니 어떤 것은 아동소설이고 어떤 것은 생활이야기였다는 것이다. 또 중국의 아동소설을 한국에 소개할 때에는 창작동화라고 장르 명칭을 고친다고 한다. 이처럼 장르 문제는 증대하는 동아시아 아동문학의 교류에도 혼란을 빚어내고 있다.[1]

우리 아동문학의 변화 발전에 따른 문제와 관련해서나, 또 외부와의 교류에 따른 문제와 관련해서나 기존의 장르 명칭과 그 범주에 관한 검토는 매우 시급한 과제다. 필자는 그중에서도 동화와 소설의 구분을 둘러싼 혼란을 최소화하는 장르론의 확립이 관건이라고 판단한다. 우리가 익숙하게 여기는 동화 개념이 한국 아동문학의 역사적 현실에서 비롯된 특수한 일면을 지니고 있다면, 이는 역사적 현실의 변화와 더불어 새로 규정되어야 한다. 다만 그 규정이 자의적이지 않으려면 역사적인 성격을 지닌 우리의 장르이론과 아동문학의 본질에 근거한 좀더 보편적인 장르 이론을 함께 고려하면서 한국 아동문학이 당면한 과제를 올바르게 해결하는 방향으로 이론이 구성되어야 할 것이다.

동아시아에서 어린이를 의식하고 만들어진 아동문학은 일본에서 가장 먼저 확립되었고 그것이 이웃나라에도 영향을 끼쳤다. 아동문학은 근대의 산물인데 동아시아의 근대화 과정은 서구의 충격 또는 식민지·반(半)식민지 과정과 더불어 수행되었기 때문이다. 20세기 초에 일본에서

---

1 김만석 「한국·조선·중국 아동문학 장르 획분에 대한 비교연구」, 『아동문학평론』 2004년 겨울호 44면.

유학을 경험한 젊은 지식층에 의해 한국과 중국의 근대문학 장르가 오늘날의 형태로 자리 잡게 된 것은 주지의 사실이다. 아동문학도 마찬가지다. 그런데 동일한 장르 명칭을 쓰면서도 가리키는 내용에서는 차이가 날 수 있다. 이는 새로운 장르가 저마다 다른 풍토에 적응해 뿌리를 내리는 과정에서 발생하는 현상이다.

한국 아동문학은 일본의 영향을 많이 받았으면서도 근대화 과정 자체가 상반된 이해관계로 맞물려 있었기 때문에 일본과는 거울처럼 뒤집어 닮은 형상이다. 중국 옌뻰(延邊)대학의 김만석(金万錫) 교수는 한국의 동화 장르 구분에 문제가 있다고 지적하는데, 일본은 제외한 채로 한국·조선(북한)·중국의 아동문학 장르를 수평 비교하고 있다. 이 논문은 현재의 차이점만을 밝혀서 상이한 부분을 좀더 보편적인 분류 기준으로 통합해보려는 의도에 맞춰져 있는 것이다. 논문은 한국 아동문학이론가 이재철(李在徹) 교수의 『아동문학개론』(개고판 1983), 중국 아동문학이론가 장펑(蔣風) 교수의 『아동문학교정』(1998), 조선의 김일성종합대학 문학과용 『아동문학』(1981)에서의 장르 구분을 예시한 뒤에 각각의 차이점을 정리해 보여주고 있다. 핵심만을 요약하자면, 중국과 조선은 우화를 아동문학의 한 장르로 보고 있으며, 동화와 아동소설을 엄격히 구분하고 있다. 이에 비해 한국은 아동문학을 시, 소설, 희곡으로 나누는 3분법을 취하고 소설류에 동화와 생활동화를 포함시켰으며, 우화를 아동문학 장르로 취급하지 않을 뿐만 아니라 이른바 생활동화를 아동문학의 한 장르로 보고 있다. 이런 비교 분석을 통해서 김만석 교수는 한국 아동문학을 향해 다음과 같은 제안을 보낸다.

동화와 소설 문제는 우선적으로 해결하여야 한다. 동화와 소설은 완전히 독립된 아동문학 장르로서 절대 동일시할 수가 없다.

소설은 작가가 허구를 이용하여 생활의 진실을 예술적 진실로 승화시키면서 전형인물형상을 창조하는 산문문학의 한 형태라면 동화는 의인화와 과장의 수법을 이용하여 환상세계에서 꾸며낸 재미나는 이야기를 쓰는 글 이다.[2]

충분히 수긍이 되는 내용이다. 그런데 문제는 단순히 장르 명칭을 바 꾸는 일이 아니라 장르 관습을 이뤄낸 문학사적 흐름의 가장 올바른 줄 기를 계승하면서 현재적 과제를 해결해야 한다는 것이다. 한국 아동문학 의 장르 문제는 생활동화에서 파생되고 있다. 이재철 교수가 고전적인 3 분법에 의거해서 시에 '동요'와 '동시'를, 소설에 '동화'와 '생활동화'와 '아동소설'을, 희곡에 '아동극'을 제시한 것은 생활동화를 제외하고 본다 면 그렇게 문제될 것은 아니다. 시와 소설은 달리 말해 운문과 산문 영역 을 가리키는 것이므로 동화를 아동소설과 함께 산문 영역에 포함시킨 것 은 당연한 일이다. 이재철 교수는 우화를 동화에 포함시켰다. 만일 3분법 에 따르지 않고 곧바로 아동문학의 장르만을 제시했다면 크게 보아 동 요, 동시, 동화, (생활동화), 아동소설, 동극 등으로 정리되었을 것이다. 중국과 조선에서는 우화가 다른 것들과 똑같은 비중으로 병렬되는 데 비 해 한국에서는 그것을 빼고 대신에 생활동화를 끼워 넣은 것이 다르다. 그런데 이재철 교수도 생활동화를 동화와 아동소설 사이에 괄호로 끼워 넣고 있는 형편이다.

이 생활동화를 빼버린다면 한국 아동문학의 장르 구분은 일본과도 크 게 다르지 않다. 일본아동문학학회 편 『일본아동문학개론』(1976)에는 시 와 동요, 동화와 소설, 그림책, 전승문학, 동극 등으로 구분해놓고 있다.[3] 김만석 교수가 동화와 소설 문제의 해결을 강조한 것은 특히 한국에서

---

2 김만석, 같은 글 50면.
3 日本兒童文學學會 編 『日本兒童文學槪論』, 東京: 東京書院 1976, 7면.

관습으로 굳어진 동화 명칭에 관한 문제이기도 하다.

> 지금 한국에서는 동화와 소설을 혼돈시하고 있다.
> 이론상에서는 소설에 동화를 귀속시키고 있지만 창작실천에서 보면 아동소설이 동화 속에 매몰되고 있는 상황이다.[4]

한국에서 '동화'라는 이름을 붙인 어린이책들은 대부분 소설과의 차이를 느낄 수 없는 것들이다. 흔히 '아동소설(소년소설)'을 따로 구분해서 쓰지 않은 탓이다. 동화라는 말은 아동소설을 아우르는 포괄적인 용어로 쓰이곤 한다. 예컨대 '동화작가' '동화집' '오늘의 동화' 같은 말들은 아동소설을 그 안에 포함하고 있는 용례이기 일쑤다. 어린이가 읽는 문학작품일 경우에 성인의 시에 대응하여 동시라는 말을 쓰고 있듯이, 성인의 소설에 대응하여 막연히 동화라는 말을 쓰고 있다. 그러나 시와 동시처럼 관계의 도식을 짓는다면 소설과 아동소설이지 소설과 동화는 아니다. 동화는 어린이용 소설이 아니라 독자적인 형식을 지닌 엄연한 장르의 하나로 존속해왔다.

그럼 언제부터 무엇 때문에 한국에서는 동화와 소설을 혼동하게 되었을까? 본고는 아동소설과 형식적인 차이를 거의 찾을 수 없는 '생활동화'라는 명칭이 떠오르게 된 과정과 시대적 요인을 살피고, 아동소설까지 동화라는 명칭으로 포괄해온 그간의 관습이 현단계 아동문학의 발전에서는 질곡이 되고 있음을 밝히고자 한다. '생활동화'는 '사실동화'라는 말과도 동의어처럼 쓰인다. 풍부한 공상의 세계로 되어 있는 동화의 특성에 비추어볼 때, '생활동화'나 '사실동화'라는 말은 일종의 형용모순에 가깝다. 그럼에도 생활동화는 한국 아동문학의 흐름에서 주류의 자리를

---

4 김만석, 앞의 글 50면.

차지해왔다. 생활동화의 명칭은 일본에서 건너온 것으로 한때 널리 쓰이던 이 말을 오늘날 일본에서는 쓰지 않는다. 하지만 우리나라에서는 생활동화가 확고한 전통으로 이어져 지금까지도 영향력을 행사하고 있다. 이렇게 된 이유를 살피려면 서로 거울처럼 마주보고 있는 한국과 일본 아동문학을 각각의 문학사적 견지에서 비교해보아야 한다.

2. 일본의 동화 장르 성립과 변화 발전

일본에서는 타이쇼오시대(大正時代, 1912~25)의 어린이잡지 『빨간새(赤い鳥)』와 더불어 근대동화가 아동문학의 한 영역으로 정착했고 동화라는 명칭도 일반화되었다. 그 이전의 메이지시대(明治時代, 1868~1911)에는 이와야 사자나미(巖谷小波)가 스스로 이름을 붙이고 창작한 '오또기바나시(お伽噺)'가 소년의 읽을거리로 주어졌다. 오또기바나시는 옛이야기의 재화나 그 형태를 빌린 창작을 가리키는 말이다. 오또기바나시가 전근대적인 아동관 속에서 서투른 재담과 낡은 문체밖에 가지지 못한 데 대하여 『빨간새』의 동화는 근대적 아동관이 명료하게 느껴졌으며 예술적 문체와 형식미를 갖추었다고 평가되고 있다.[5]

『빨간새』 동인은 "어린이를 위해 순수한 아름다운 읽을거리를 쓰는 진실한 예술가의 존재"[6]를 소망한다면서 이와야 사자나미 시대의 통속물과 관제창가를 거부하고 예술로서 진정한 가치가 있는 동요와 동화 운동을 제창했다. 말하자면 『빨간새』는 그때까지의 창가를 동요로, 오또기바나시를 동화로 진화시킨 것이다. 여기에는 낭만주의 사조를 배경으로

---

5 카미 쇼이찌로(上笙一郎) 「일본의 아동문학」, 김요섭 편 『현대일본아동문학론』, 보진재 1973, 21~22면.
6 河原和枝 『子ども觀の近代』, 東京: 中央公論社 1998, 67면.

하는 '동심'의 발견이 가로놓여 있다. 메이지시대의 이와야 사자나미는 팽창하는 국가주의의 자원으로서 '소년'을 인식했던 데 비해 타이쇼오시대의 『빨간새』 동인은 근대사회에 대한 좌절감과 반발심리의 한 표현으로서 어린이의 심성 곧 '동심'을 발견하였다. 이때의 어린이는 현실의 존재라기보다는 무구한 이미지를 대표하는 하나의 관념으로서 추앙된 것이다. 따라서 동심주의는 현실도피의 성격을 지니고 있다.[7]

『빨간새』의 동화운동에서 중요한 역할을 한 작가는 오가와 미메이(小川未明)다. 그는 환상적인 방법을 일본 근대동화의 확고한 전통으로 자리잡게 만들었다. 사회정의의 테마에 신비하고도 초월적인 상상의 옷을 입힌 그의 대표작 「빨간 양초와 인어」(「赤いろうそくと人魚」, 1921)는 설화의 흔적을 벗어난 새로운 형태와 내용을 지닌 것으로 주목되었고, 그 서정적인 분위기와 상징성은 당대의 작가 지망생들을 매혹시켰다. 그러나 오가와 미메이의 동화는 정서적 무드에 스스로 도취해버린 자기만족의 동화였고, 동심이라는 추상적 관념을 내세운 '어린이 부재의 문학'이었다. 결국 오가와 미메이는 이야기의 재미를 잃어버린 '시적 메르헨'을 동화의 표본으로 각인시켰다는 비판에서 자유로울 수 없었다.[8]

동화가 작가의 자기만족적인 표현의 도구로 전락하게 되자 그에 반발하는 새로운 동화운동이 일어난다. 『빨간새』의 동심주의 문학을 비판하고 현실의 어린이 곧 계급의 어린이를 그릴 것을 주장하는 프롤레타리아 동화운동이 일어난 것이다. 그러나 아동문학의 내적인 발전보다는 정치적 요청이 선행되었던 프롤레타리아 동화 역시 어린이 독자의 요구를 충족시킬 수 없었다. 어린이를 사회적 관계에서 바라보아야 한다는 리얼리

---

7 졸고 「한일 아동문학의 기원과 성격 비교」, 『아동문학과 비평정신』, 창작과비평사 2001, 55~58면.
8 古田足日 「現代兒童文學史への視點」, 上野瞭 外 『現代日本兒童文學史』, 東京: 明治書院 1974, 202~203면.

즘 이론이 나오게 되면서 동화의 형식은 소설화 과정을 밟게 되는데, 그 조차 이데올로기의 교조적인 적용에 그친 탓에 이렇다 할 작품의 성과를 내지 못하고 프롤레타리아 동화운동은 내리막길을 걸었다.[9]

프롤레타리아 동화운동과 더불어 어린이가 처한 구체적인 현실을 그려내야 한다는 주장이 한동안 팽배했지만, 그 결과로 나타난 것은 '생활동화'라는 기형의 형식이었다. 생활동화는 동화도 아니고 소설도 아닌 일종의 절충형식에 불과했다. 동심주의에 기초한 타이쇼오시대의 몽상적인 동화 쓰기를 거부한 결과가 이렇듯 어중간한 형식으로 귀착한 이유는 무엇일까? 무엇보다도 일본 근대아동문학이 "리얼리즘이라는 교두보를 구축하지 못했기 때문"[10]이었다. 리얼리즘의 문제의식을 잃은 생활동화는 현실을 추수하는 경향을 띠기 쉬웠다.

발생사적으로 보면, 생활동화는 처음에는 프롤레타리아 아동문학이라는 말을 사용하지 않기 위해 눈속임으로 고안해낸 명칭으로, 계급의식을 어딘가 숨긴 작품을 의미하였다. 그렇지만 프롤레타리아 아동문학운동이 완전히 퇴색하게 되는 1935년이 되면, 생활동화는 어린이의 모습이나 생활을 거의 사실적으로 묘사한 동화로 어떠한 사상을 지녔는가는 문제 삼지 않게 되었다.[11]

1937년에 시작된 중일전쟁과 1941년의 태평양전쟁과 함께 생활동화는 아시아 침략전쟁을 성전으로 찬양하는 군국주의의 도구로 변질되었다. 이에 따라 생활동화는 '아동문학의 겨울'이라고 일컬어지는 시기를

---

9 橫谷輝 「プロレタリア兒童文學運動とはなにか」, 村松定孝·上笙一郞 編 『日本兒童文學研究』, 東京: 三弥井書店 1974, 303~304면.
10 카미 쇼이찌로, 앞의 글 32면.
11 같은 곳.

대표하는 불명예스런 양식으로 간주되기도 한다. 리얼리즘동화 대신에 생활동화라는 명칭이 부각된 이유는 '생활교육'이나 '생활글쓰기'처럼 교육과의 관계에서 발상되었기 때문이다. 리얼리즘에 대한 자각이 동반되지 않을 경우 지배이데올로기에 휩쓸리기 쉬운 허약함이 생활동화라는 명칭 안에 내포되어 있다고 봐도 좋을 것이다.

일본 아동문학의 독특한 발현형태라 할 수 있는 '미분화된 상징동화'에서 '기형적인 생활동화'로 이어지는 흐름은 아동문학의 '방법론'을 문제 삼으려는 새로운 세대의 노력에 의해서 극복된다. 그 시발점은 와세다(早稻田)대학 동화회에서 발표한 이른바 '소년문학 선언'(1953)이다. 선언의 주요 골자는 "종래의 '동화정신'에 의하여 선 '아동문학'이 아니고 근대적 '소설정신'을 중핵으로 하는 '소년문학'의 길을 택"한다는 것이다.[12] 자칫 동화인가 소설인가의 양자택일 중에서 소설을 강요하는 것처럼 보이는 선언의 문제의식은 환경과 함께 인간을 그리는 리얼리즘의 방법이 일본 아동문학에는 존재하지 않았다는 자성에 기초하고 있다. 선언의 문제의식을 대표하는 후루따 타루히(古田足日)는 일본 근대동화의 특징은 심상(心象)이라면서, 사상(事象)이 발전하고 변혁되어가는 과정은 일본 근대동화 속에 존재하지 않는다고 지적한다.[13] 그렇기 때문에 '동화의 방법' 대신에 리얼리즘에 입각한 '소설의 방법'을 내세운 것이다.

선언의 문제의식을 공유하지만 동화 장르를 소설과는 구별해서 인식해야 한다고 주장하는 수정 발언도 뒤를 이었다. 타까야마 쯔요시(高山毅)는 "동화인가 소설인가가 아니고, 사실은 동화에서 소설이며 그 이행이라는 것이 오늘의 문제"[14]임을 밝혔다. 이 견해에는 아동문학의 중심이 동화에서 아동소설로 옮겨간다고 해서 동화가 불필요하다거나 더 열

---

12 타까야마 쯔요시 「동화인가 소설인가」, 김요섭 편, 앞의 책 104면.
13 후루따 타루히 「근대동화의 붕괴」, 김요섭 편, 같은 책 47면.
14 타까야마 쯔요시, 앞의 글 112면.

등한 것으로 인식되어서는 안 된다는 문맥이 놓여 있다. 대중문화 연구자인 사또오 타다오(佐藤忠男)는 국외자의 자리에서 내부의 관성에 제동을 걸고 새로운 관점을 제공했다. 일본의 아동문학에 대한 논의가 『빨간새』를 중심에 놓고 그 안에서 동화의 허약함을 극복하려는 지향을 보이는 것에 대해 그동안 군국주의와 통속적인 성향을 지녔다 해서 밀쳐두었던 『소년구락부(少年俱樂部)』의 작품들을 주목해야 한다면서 동심과는 구별되는 소년의 이상에 대해 적극적으로 평가할 것을 요구한 것이다. 그에 따르면 『빨간새』의 동화는 "아이에게 읽히는 형식으로 쓰여져, 아이의 학부형을 상대로 성립하고 있었던 노인 기질의 문학"[15] 곧 '분재 취향'이라고도 할 수 있는 어른의 '은둔자적 동경'이었다. 그래서 "아이들이여, 언제까지라도 순진한 아이의 마음을 잊지 말라"[16]는 『빨간새』의 동심주의보다는 소년의 이상에 호소하는 『소년구락부』의 정열이 더한층 자기를 향상시켜 어른이 되고 싶어하는 소년의 내면을 충족시켰다는 것이다. 1959년에 처음 발표되어 이후 일본 아동문학계에 큰 반향을 불러일으킨 사또오 타다오의 견해는 『소년구락부』의 파시즘이 아니라 소년을 파시즘에 결부시킨 그 '힘'을 간과치 말아야 한다는 주장이라 할 수 있다. 한편, 유럽 아동문학이론에 근거하여 일본 근대동화의 방법론을 비판하는 논문들도 많이 나왔다. 『어린이와 문학』(1960)이라는 제목으로 묶여 출간된 이들 논문은 어린이 독자의 요구에 귀기울일 것을 강조하면서, 동화 장르가 지닌 공상의 가치를 중요하게 여기되 구체적인 공상력과 어린이다운 감수성이 필요함을 역설했다.[17]

이와 같이 어린이 독자의 요구와 방법론을 중시하게 되면서 일본 아동문학은 이론의 정비가 이루어지고 창작에서도 융성기를 맞이한다. 메이

---

15 사또오 타다오 「소년의 이상주의」, 『일본 대중문화의 원상』, 정승훈 역, 제이앤씨 2004, 141면.
16 사또오 타다오, 같은 글 129면.
17 石井桃子 外 『子どもと文學』, 東京: 中央公論社 1960 참조.

지시대의 '오또기바나시'에서 출발한 일본 아동문학이 상징적이고 환상적인 '동화'와 리얼리즘으로서는 반토막인 '생활동화'밖에 없음을 반성하는 가운데, 논리적·합리적으로 공상을 전개해가는 본격적인 '공상이야기'와 인간과 사회의 연관을 다루는 '소년소녀소설'의 방법이 확립된 것이다.[18] 이로부터 일본 아동문학은 '동화'(공상이야기)와 '소설'(소년소녀소설)이 저마다 고유한 영역을 지키면서 장르상으로 분화 발전하게 된다. 오늘날 일본에서 생활동화의 흔적이 거의 없어지고 그 명칭도 쓰지 않게 된 사정은 이러하다.

3. 한국의 동화 장르 성립과 변화 발전

(1) 해방 이전

우리나라에서 '동화'라는 명칭은 최남선(崔南善)이 주재한 『소년』(1908)에 처음 등장하지만 아직 아동문학이라는 범주에서 인식된 것은 아니었다. 그러나 어린이 독자를 염두에 두고 전래민담의 재화나 외국 작품을 번안 소개할 때 동화라는 명칭을 사용함으로써 어른의 읽을거리인 소설과의 대비가 이루어졌다. 아동문학이 성인문학과 짝을 이루는 하나의 범주로 널리 확산되는 계기는 방정환(方定煥) 주재의 『어린이』(1923~34)에서 비롯되는데, 처음부터 동요와 동화라는 장르 인식은 분명한 편이었다. 이는 방정환이 일본 유학중 일본 아동문학을 참고로 해서 『어린이』를 발행했기 때문일 것이다. 당시 일본에서는 『빨간새』의 동요·동화 운동이 한창이었다. 방정환은 동화를 어떻게 이해했을까?

---

18 카미 쇼이찌로, 앞의 글 43면.

동화의 동(童)은 아동이란 동이요, 화(話)는 설화이니, 동화라는 것은 아동의 설화 또는 아동을 위하는 설화이다. 종래 우리 민간에서는 흔히 아동에게 들려주는 이야기를 '옛날이야기'라 하나, 그것은 동화는 특히 시대와 처소의 구속을 받지 아니하고, 대개는 그 초두가 '옛날 옛적'으로 시작되는 고로 동화라면 '옛날이야기'로 알기 쉽게 된 까닭이나, 결코 옛날이야기만이 동화가 아닌즉, 다만 '이야기'라고 하는 것이 가합(可合)할 것이다.[19]

방정환은 전래동화뿐 아니라 새로운 창작동화를 염두에 두어야 했기에, '옛날'자를 떼고서 동화를 아이들이 즐겨 읽는 '이야기', 또는 아이들에게 주기 위해 만들어낸 '이야기'라는 뜻으로 소개하고 있다. 이 가운데 "동화는 특히 시대와 처소의 구속을 받지 아니"한다는 구절이 눈에 띈다. 『어린이』는 전래동화와 외국 작품을 번안해서 소개할 때 제목 앞에 '명작동화, 동화, 신동화, 전설동화, 역사동화' 등의 명칭을 붙였다. 재화와 번안에서 순수창작으로 바뀌는 과정은 그 정도의 문제 때문에 어느 한 작품을 가지고 경계로 삼기 어려운데, 한 가지 분명한 것은 현실을 배경으로 하는 작품에는 동화라는 명칭을 쓰지 않았다는 사실이다. 현실적인 이야기에는 '소녀소품, 불쌍한 이야기, 사진소설, 애화(哀話), 설중미화(雪中美話), 사실애화, 소년애화, 소년소설' 등의 명칭을 붙였다. 시간이 지나면서 초현실적인 시공간을 배경으로 하는 이야기에 대해서는 '동화', 현실적인 시공간을 배경으로 하는 허구의 이야기에 대해서는 '소년소설'이라는 명칭이 자리 잡는다.

1930년을 전후로 해서 동화에서도 '실생활'을 비중 있게 다루는 풍조가 확산되었다. 프롤레타리아 문학운동이 영향을 미친 것도 이유가 되지

---

19 방정환 「새로 개척되는 '동화'에 관하여」, 『개벽』 1923년 1월호 19면. 본고의 인용문은 원문 그대로 옮기는 것을 원칙으로 하였으나, 띄어쓰기와 일부 표기법은 오늘날의 맞춤법에 따랐다. 한자도 한글로 옮기고 필요한 경우는 괄호에 넣어 병기했다.

만, 아동문학의 성립기에 강조되었던 유아적 특성에 가까운 동심의 세계를 실제의 독자 눈높이에 맞게끔 현실적으로 파악하려는 자연스러운 지향도 작용하였다. 한국 아동문학은 상대적으로 높은 연령의 독자를 기반으로 했으며[20], 광범한 소년운동과 더불어 성장했다는 사실이 여느 나라와 다른 점이다. 따라서 낮은 연령층을 대상으로 하는 동화보다는 높은 연령층을 대상으로 하는 소년소설이 한층 독자의 실질적인 요구를 만족시킬 수 있었다. 동심의 현실성 곧 계급성을 강조하는 프롤레타리아 아동문학운동이 일본에서보다 성과를 거둘 수 있었던 까닭이 여기에 있다. 그러나 프롤레타리아 아동문학운동은 동심의 현실성을 동화의 초자연성(공상성)과 대립시키는 그릇된 이해를 피해 가지 못했다. 1932년 동아일보 신춘문예의 선자(選者) 평은 그 당시 창작경향에 대한 흥미로운 사실을 보여준다.

원래 이번 현상모집의 주지는 실생활동화의 건설에 있었다. 재래의 동화라면 우화만인 줄로 알다시피 하였다. (…) 이러한 우화도 존재 이유가 전혀 없는 것은 아니다. (…) 그렇지만 이것은 제2의적인 것이 아니면 아니 된다. 동화도 제1의적으로는 실생활을 재료로 한 리얼리즘이 아니면 아니 될 것이다. (…)

이번 응모한 동화(차라리 아동소설이라 함이 합당할 것이다) 150편을 취재별로 나누면 ① 생활난, 계급적 불평을 주로 한 사회주의적 경향을 가진 것이 약 4할이요, ② 씨족적 영웅심과 불평을 주로 한 것이 약 3할이요, ③ 이번 만주 □□동포문제로 아동이 분기하여 민족애를 발로하는 것을 주로

<hr />

20 『어린이』 잡지의 '독자사진란'에 나와 있는 나이로 평균 독자연령을 추산해보면 17.72세로 당시 남자 평균 혼인연령과 비슷했다.(이기훈 「1920년대 '어린이'의 형성과 동화」, 『역사문제연구』 8호, 2002, 15면) 같은 시기에 발행된 『신소년』과 『별나라』는 내용으로 보아 평균 독자연령이 훨씬 더 높았을 것이다.

한 것이 약 2할이요, ④ 기타가 약 1할이다. (…)

형식에 있어서는 이번 응모동화 중에 가장 많은 것이 소설적인 것이었다. (…) 다시 말하면 아동소설이었다. (…) 혹시 실생활에서 취재하라고 한 본사의 주문이 오직 아동소설을 의미함인 줄로 작가들을 오해케 함이나 아닌가 하고 생각할 수밖에 없도록 그처럼 '아이들에게 들려줄 이야기'로서의 동화가 희소하였다.[21]

당시에 동화에서도 "실생활을 재료로 한 리얼리즘"이 강조되었음을 알 수 있다. 하지만 그것은 동화의 형식적 특성에 대한 이해와 결부되지 못했다. '아동소설과 구별되는 동화가 희소하다'는 위의 지적은 이런 사실을 드러내준다. 프롤레타리아 아동문학의 아동상(兒童像)은 한마디로 "수염난 총각"[22]이었다. 그런 만큼 프롤레타리아 아동문학이 강조했던 리얼리즘은 '소설화' 경향으로 기울어져 갔다. 다음의 주장도 이를 뒷받침해주는 사실이다.

요사이 『신소년』과 『별나라』 지상에 많이 나는 글을 볼 때 오인은 늘 한 가지, 여러가지 중에도 우선 한 가지만의 가장 큰 불만을 느끼고 있다. 그것은 즉 동화가 적은 것이다. (…)

여기에는 까닭이 있다.

① 무엇보다도 기술 문제이다. (…) ② 다음에는 프롤레타리아 아동예술 운동자는 아직 아동에 대한 이해가 적다. 그리하여 동화의 중요성을 확적(確的)히 인식하지 못하였다고 할 수 있다. ③ 셋째로는 ②와 같은 처지에 있음으로 프롤레타리아 아동예술가 일단이 소설보다 동화를 가벼이 본다.[23]

---

21 「신춘문예 동화 선후언(選後言)」, 『동아일보』 1932년 1월 23일자.
22 송완순 「조선아동문학시론」, 『신세대』 1946년 5월호 84면.

실생활을 그린 동화 작품의 대부분은 어쩌다 경어체 서술을 쓴다는 특징 말고는 소년소설과 거의 다를 바가 없었다. 조야한 계급이론과 리얼리즘론을 내세워 현실의 모순을 직접 드러내려는 의욕이 넘쳐서 저도 모르게 동화는 소년소설로, 그리고 소년소설은 일반 소설로 상향 이동하는 양상을 드러냈다. 프롤레타리아 아동문학운동을 추동한 『별나라』와 『신소년』에는 실제로 '소설'이라고 이름 붙인 작품이 대부분 실렸으니, 동화의 현실성에 대한 요구는 동심의 실종과 동화에 대한 외면으로 귀결된 셈이었다.

사정이 이러했기에 동화와 소설의 구분이 점점 모호해졌고, 이는 동화의 발전을 위해서 결코 바람직한 것이 아니었다. 리얼리즘 문학정신으로서의 '현실성'과 동화의 형식적 특성으로서의 '공상성'이 서로 충돌하고 혼선을 빚으면서 동화다운 동화 쓰기에 일정한 제약이 주어질 수밖에 없었다. 동화의 명맥은 특유의 공상세계를 펼쳐 보이는 것보다는 사회풍자나 교훈을 앞세운 의인동화(우화)가 겨우 이어가는 정도였다.

프롤레타리아 아동문학의 창작경향이 갈수록 문제점을 드러내게 되자, 동화 양식에 눈을 돌리려는 노력도 없지 않았다. 김우철(金友哲)은 계급주의 문학론의 틀 안에서 동화의 특성을 고려한 '신동화의 제작'에 힘을 기울여야 한다고 주장하였다.[24] 그는 인물의 성격이 없는 소년소설을 반성하는 한편으로 아동의 심리 특성에 적합한 공상적인 동화의 방법을 모색했다. 아마도 '공상' '동경' '몽상' '상상' '동심' '유희' 등의 어휘가 일제시대 리얼리즘 아동문학운동의 전개에서 긍정적인 의미로 쓰인 경우는 김우철의 글이 거의 유일하다 싶을 정도로 그의 주장은 독보적인

---

23 호인 「아동예술시평」, 『신소년』 1932년 9월호 17~18면.
24 김우철 「동화와 아동문학 ― 동화의 지위 및 역할」, 『조선중앙일보』 1933년 7월 6일~7일자;
「아동문학의 문제 ― 특히 창작동화에 대하여」, 『조선중앙일보』 1934년 5월 14일~18일자.

것이었다. 그러나 그 역시 계급론의 도식에 치우쳐 더 이상 진전된 논의를 보여주지는 못했다.

계급주의 문학론으로부터 자유로울 수 있던 시기에 동화의 창작방법을 본격적으로 거론하고 나선 이는 해외문학파 출신의 송남헌(宋南憲)이다. 그는 "동화란 처음부터 어린이들에게 공상의 세계를 주고 정서의 교화를 목적한 것"이라 전제하고, "신변 생활에서 취재하여 그것이 소년소설인지 동화인지 분별키 어려운 작품"이 많이 나오게 되었지만 이것들은 동화의 본질과 거리가 멀다고 지적했다.[25] 그의 주장은 동화의 공상성과 현실성을 모순관계가 아니라 공존할 수 있는 것으로 보는 인식 위에 있는 것이어서 주목된다.

동화가 성인문학과 구별되는 특색이 그 자유분방한 공상성에 있다는 것은 두말할 것도 없다. 종래에는 공상이 없는 동화라고는 없었지만 근래에 과학적 지식의 존중과 문학상의 리얼리즘적 경향은 동화의 세계에도 그 영향을 주었다. 그리하여 공상성을 떠난 현실주의의 동화가 점점 나오게 되었다. (…) 아동은 본능적으로 그 시대를 공상의 세계에서 생활한다. 로맨티시즘의 리듬은 그들의 맥박이고 감미한 환상은 그들 신체를 싸고도는 분위기일 것이다. (…) 아동이 공상적으로 본다고 반드시 정확한 과학적 지식을 교육할 수 없다고 단정할 수 없다.[26]

송남헌은 "자유분방한 공상성"의 회복을 위해 옛이야기를 창작동화에 적극 받아들일 것을 요청하기도 했다. 이렇듯 동화의 장르적 특성에 관한 인식은 어느 정도 외국이론의 참조와 더불어 발전해갈 수 있었다. 하

---

25 송남헌 「창작동화의 경향과 그 작품에 대하여」, 『동아일보』 1939년 6월 30일~7월 6일자.
26 송남헌 「예술동화의 본질과 그 정신」, 『동아일보』 1939년 12월 2일~10일자.

지만 실제의 창작에서는 이론과 맞아떨어지기 힘든 사회적 환경의 문제가 동화의 발전을 가로막는 더 큰 요인으로 작용했다. 이를테면 그림책의 독자기반이 일본과는 비교할 수 없을 정도로 전무한 실정에서는 설사 그 이론을 높은 수준으로 소개한다고 할지라도 공염불이 되는 것과 비슷한 현상이었다.

유치원을 비롯한 보통학교 취학아동이 증대한 1930년대 중반 무렵부터는 좀더 낮은 연령을 대상으로 하는 유년소설 곧 나중에 생활동화라 함직한 작품들이 많이 나왔다. 작품의 초점도 사회현실에서 아이들의 일상생활로 옮겨졌다. 이로부터 유년기 아이들의 일상생활을 그린 짧은 작품의 경우에는 소년소설보다 동화라는 말을 쓰기 시작했다. 이때 '사실동화(寫實童話)'라는 명칭이 등장했다. '사실동화'라는 말은 이구조(李龜祚)의 「사실동화와 교육동화」(『동아일보』 1940.5.30)라는 글에서 분명한 표현을 얻은 것이고, '리얼리즘동화'라는 말과 동의어로 쓰였다. 또한 그것이 지칭하는 작품들의 성격으로 보아 나중에 더 많이 통용되는 '생활동화'와 같은 개념이라 할 수 있다. 이렇게 본다면 생활동화(사실동화)가 리얼리즘 문학운동의 맥락에서 나왔고, 그 시발점이 프롤레타리아 아동문학운동이었음도 일본과 다르지 않다. 그런데 리얼리즘의 문제의식에서 출발한 생활동화가 공상적인 요소가 없는 '형식'을 가리키는 것으로 인식됨에 따라, 생활동화는 '되다 만 소설' 같은 안이한 작품을 낳는 통로가 되곤 했다. 생활동화가 일정하게는 동화와 소년소설의 정당한 분화 발전을 가로막는 쪽으로 작용한 점 역시 일본 아동문학의 전개과정과 비슷하다.

그렇다고 30년대 중반 이후부터 한국 아동문학의 주류를 차지하게 된 생활동화를 부정적으로만 바라볼 수는 없다. 오히려 사정은 그 반대였으니, 생활동화는 우리 현실에서 아동문학의 합법칙적 발전을 반영하는 것이었다. 30년대 후반기에는 무엇보다도 계급주의 도식의 한계를 넘어서

는 뛰어난 리얼리즘 작품들이 프롤레타리아 아동문학의 안팎에서 많이
나왔다. 이 점은 일본 아동문학과의 결정적인 차이다. 문제는 김우철과
송남헌이 주목했던 동화의 특성에 대해서는 충분한 논의가 이루어지지
않은 관계로 장르에 대한 혼선이 정리되지 못했고, 한 가닥 이어지고 있
던 동화의 흐름도 좀체 풍부한 공상의 세계로는 열리지 않았다는 사실이
다. 하지만 동화다운 동화 창작을 위한 김우철과 송남헌의 제안이 제각
각 단발로 그쳤다든지, 어느 누구도 공상이야기로서의 동화창작을 지속
적으로 보여주지 못했다든지 하는 사실부터가 식민지 근대라는 척박한
토양에서 전개된 한국 근대동화의 기본 성격을 말해준다. 일제시대 아동
문학의 주요 작품들은 대부분 소년소설이거나 생활동화에 속하는 것들
이다.

(2) 해방 이후

일제시대의 논의를 이어서 아동문학의 제반 이론을 발전시킨 이는 이
원수(李元壽)다. 그는 아동문학의 장르를 동시, 동화, 소년소설, 동극으로
나누어 설명했는데, 동화와 소년소설의 구분이 누구보다 분명했다.

동화가 공상적·상징적인 문학 형식으로서 현실의 개개의 세밀한 구상
으로서 나타내지 않고 소박하게 요약된 미적 표현 속에 있는 인간 일반의
보편적인 진실을 그리는 데 비해서, 소설은 개개의 인물 조형과 디테일
(detail)의 진실, 작품 속의 인물의 개성에 의한 독특한 세계를 발견하는 것
으로서, 공상적인 것이 아닌 일상생활의 세계를 그리며, 특수한 세계를 그
릴 경우에도 일상생활과 같은 원리로서 해석할 수 있는 것으로 나타낸다.
　따라서 동화가 공상적·추상적 문학 형식인 데 대하여 소설은 현실적·
구상적인 문학 형식이라고 할 수 있다. 즉 동화는 시간 공간을 초월하여 자
유로이 다룰 수 있으나, 소설은 현실적으로 또 사실적으로 다루어지지 않

으면 안 되는 것이다.[27]

이원수는 소년소설과 구별되는 동화의 특성을 '공상 세계'로 거듭 강조했다. 이는 동화의 공상적 특성을 제대로 살려 쓰는 전통이 우리에게 취약하다고 여겼기 때문이다. 특히 이원수는 리얼리즘의 문제의식이 사라진, 동화도 아니요 소설도 아닌 생활동화의 문제점에 대해 줄기차게 지적했다.

　　생활동화는 이를테면 소설로서 꽁트와 같은 짧은 것으로 그 내용은 아동생활을 그린 현실적인 이야기인데 이런 작품들이 보여준 것은 어떤 줄거리의 재미도 아니요, 예술적 훈향도 아닌 것이 대부분이었다. 그것은 결국 일종의 스케치의 범위를 넘지 못하는 비소설로 되기가 일쑤였다.[28]

결국 이원수는 연령별 아동심리의 발달단계에 자연스럽게 대응하는 동화와 소년소설의 분화 발전을 가장 이상적인 상태로 보고 있다. 동화와 소설의 혼동을 경계하거나, 생활동화를 동화보다는 소설로 파악하려는 다음 구절들이 이런 사실을 뒷받침한다.

　　순수한 동화는 사실적인 소설이 아니요, 공상적인 이야기를 말한다.[29]

　　현대 동화가 아동생활에서 취재하여 현실생활을 리얼하게 그린 작품은 비록 동화라 이름 붙인다 하더라도 단편소설에 속한다고 보아야 하겠다.[30]

27　이원수 「아동문학입문」(1965), 『이원수아동문학전집 28』, 웅진출판주식회사 1984, 32~33면.
28　이원수 「1966년의 아동문학 개관」, 『전집 29』, 221면.
29　이원수 「동화작법」, 『전집 29』, 99면.
30　이원수 「아동문학」, 『전집 28』, 150면.

소년소설은 대체로 저학년에게는 무리가 될 것이나, 그들의 생활을 그린 소위 생활동화가 주어지는 것은 유년소설이라고도 할 수 있는 것에 한해서이다.[31]

아동문학의 화원이라고 할 만한 동화는 사실상 그리 많지 못한 상태였다. 많은 작품들이 동화란 이름으로 지상에 발표되었지만 거의 모두가 소설이었고 순수한 의미의 동화는 아니었다.[32]

아동문학에서 동화와 소설의 혼동은 단순히 명칭의 문제에 국한하지 않는다. 동화의 장르적 특성을 무시하게 되면 창작과 비평 양쪽에서 그만큼 적실성이 떨어지는 문제가 발생한다. 이원수는 리얼리즘의 문제의식이 동화의 양식적 특성인 공상성을 억압하는 일이 발생하지 않도록 섬세한 분별력을 요구했다. 안이한 작가정신이 무작정 공상세계를 선호하여 리얼리즘에 입각한 소년소설을 배척하는 태도로 이어지는 현상에 대해서도 끊임없이 경계하고 나선 이유가 여기에 있었다.

과거의 우리 동화가 직면하고 있는 현실을 도외시하고 있었거나, 도피적 입장을 띠고 있었음은 엄연한 사실이다. 그러므로 그것의 회복은 오늘의 동화작가에게 주어진 하나의 숙명적 과제라 할 수도 있다. 그러나 그 현실의 회복이란 것을 소설적 측면에서 이해하려는 태도는 적어도 동화작가에서는 현명하지 못한 일임을 깨닫지 않아서는 안 된다. 리얼리즘을 소설적 측면에서만 이해한 근거에서 거두어진 한 편의 작품은 이미 진정한 의미에

31 이원수 「어린이와 문학」, 『전집 28』, 202면.
32 이원수 「1966년의 아동문학 개관」, 『전집 29』, 220면.

서의 동화는 아닌, 그것은 소설이 되고 만다. 이를 극복하려면, 동화의 본질적 요소라 할 비현실적 요소, 즉 환상이며 상상이 건전하게 구사되어져야 한다.[33]

소년소설은 공상세계를 떠나 현실세계로 들어선 아동들의 문학이다. 동심세계를 옛 고향처럼 생각하는 어른들이 철없고 공상적이던 옛 일을 소중히 생각하는 나머지, 아동문학은 그러한 공상적인 세계의 문학이요, 세상 모르는 천사 같은 동심세계의 문학이 곧 아동문학이라 생각하고, 현실에 부딪치며 살아가는 아동의 세계를 그리는 것을 무슨 아동문학의 이단적인 일처럼 생각하는 것은 후진성에서 오는 커다란 과오라 해야 할 것이다.[34]

이처럼 동화 장르에 대한 올바른 이해와 어린이가 처한 구체적인 현실을 모두 놓치지 않으려는 이원수의 문제의식은 뒤에 리얼리즘 문학정신에 입각한 생활동화에 한해서 긍정하는 발언으로 이어진다. "생활동화의 체질 변화"를 주목한 다음의 글이 그 보기이다.

생활동화의 체질 변화가 올해에 와서 뚜렷한 기미를 보여준 것은 여간 다행스러운 일이 아니다. 한때 생활동화가 잘못 인식되어짐으로써 끼친 폐단은 컸었다. (…) 그러던 것이, 생활동화 자체에 대한 개념의 수정부터 가해지기 시작하면서 그 면모가 차츰 달라지기 비롯한 것은 요 2, 3년래의 일이다. 개념의 수정을 전제로 한다면, 굳이 생활동화라는 것이 배척되어야 할 아무런 이유가 없다는 자각이 있게 되고, 그 자각은 마침내 생활동화의 체질 개선을 불러오게 된 결정적 모멘트가 되었다.[35]

33 이원수 「1970년의 아동문학 개관」, 『전집 29』, 259~60면.
34 이원수 「아동문학입문」, 『전집 28』, 105면.
35 이원수 「1970년의 아동문학 개관」, 『전집 29』, 260~61면.

바로 이 시점에 논의를 이어받은 이가 이오덕(李五德)이다. 이오덕은 리얼리즘 아동문학론을 확립한 이론가로 잘 알려져 있다. 그런데 이오덕은 이원수가 '동화와 소년소설'로 대별한 장르구분을 '공상동화와 생활동화'로 바꿔서 논의를 펼친 까닭에 다시 동화의 장르적 성격에 대한 논란의 씨앗을 남기게 된다.

> 공상동화는 현실에서 있을 수 없는 것을 공상해서 쓴 것이다. 공상의 얘기를 쓰는 까닭은 공상 그 자체가 즐거워 쓰는 수도 있지만, 대개는 일상적인 현실의 세계로서는 보여줄 수 없는 어떤 인생의 진실을 공상세계에서 표현해보고자 하는 욕구 때문이다. (…)
> 생활동화는 현실의 삶을 리얼하게 그려 보이는 동화다. 어린이들의 일상적인 삶, 가정과 학교와 사회에서 일어나는 여러 가지 문제를 사실적으로 그려서 어린이들에게 진실을 깨닫게 하고 참되게 살아가는 길을 생각하게 하는 얘기다.[36]

이오덕은 생활동화와 소년소설의 경계가 모호하다면서, "소년기에 읽게 되는 많은 동화가 생활동화이며, 따라서 소년소녀들은 자연스럽게 소설의 독자로 성장하게 되는 것"[37]이라고 보았다. 그가 소년소설을 전혀 고려의 대상에 넣지 않은 것은 아니지만, 그의 글에서 이원수만큼 소년소설에 대해 설명한 글은 찾아볼 수 없다. 따라서 이원수가 설명한 소년소설을 이오덕은 생활동화로 대신했다고 보아도 거의 틀리지 않는다. 이오덕은 도표를 통해서도 '유아기→유년기→소년기'로 나아감에 따라

---

36 이오덕 「동화를 어떻게 쓸 것인가?」, 『어린이를 지키는 문학』, 백산서당 1984, 64면.
37 같은 곳.

읽게 되는 비율이 공상동화에서 생활동화로 바뀌게 된다고 하고 있으니,[38] 이렇게 보면 생활동화와 소년소설의 차이는 없는 셈이다.

그럼 어째서 이오덕은 소년소설의 자리를 생활동화로 대신하려 했을까? 이오덕은 70년대의 리얼리즘론과 민족문학론을 아동문학 쪽에서 주도한 평론가의 한 사람으로 논쟁적인 비평활동에 힘을 쏟았다. 그의 이론은 이른바 동심천사주의에 대한 전면적인 비판의 성격을 띤다. 그는 동시에서 혀짤배기 유아어의 희롱으로 나타나곤 했던 동심주의가 동화에서는 현실을 등진 막연한 공상의 문제로 나타났다고 비판했다. 대다수 아이들이 처한 시대적 환경 또한 무시할 수 없다. 오늘날과 같은 도시중산층 가정이 형성되기 이전이었고, 국민 대다수를 차지하는 서민층으로 갈수록 유아·유년기 아동은 어린이책과 인연이 멀었다. 이 때문에 유아·유년기 아동을 대상으로 하는 작품은 극소수 부유층 아이들의 감각에 영합하는 관념의 표현이기 일쑤였다. 70년대 민중문학론의 옹호자이기도 했던 이오덕은 생활동화의 장르적 성격과 용어에 대한 시비에 답하면서 다음과 같이 생활동화 옹호론을 펼쳤다.

창작동화를 팬터지, 곧 공상적 세계를 독창적인 상상력으로 전개해 보이는 공상동화와 아이들의 현실적인 생활 모습을 그려 보이는 생활동화의 두 가지로 나눌 수 있다는 것은 모두가 아는 사실이다. 작가에 따라 공상동화만을 쓰는 이가 있고 생활동화를 위주로 쓰는 이가 있을 것이다. 공상과 현실을 잘 융합시켜 놓는 예도 있지만 대체로 그 어느 한쪽을 위주로 하여 쓰는 것이 예사다. 그런데, 공상동화와 생활동화를 두고 그 중 어느 한쪽만을 동화의 본질인 것처럼 말하는 이가 있다. 이런 이들은 대개 공상동화를 두고 그것이 메르헨이나 팬터지 같은 외국 동화의 정통을 잇는 것이라고 하

38 이오덕, 같은 글 65면.

여 본격동화란 말까지 붙이는 한편, 생활동화란 것은 동화의 본질에서 어긋나는 것처럼 말한다. 그러나 새 것을 창조할 수 없다면 창작동화고 소설이고 다 있을 수 없는 것 아닌가?[39]

이어서 이오덕은 "현실의 무거운 압력 속에서 살아가는 서민의 아이들에게는 어떠한 아름다운 공상의 세계보다도 그들이 직면해 있는 인간적 삶의 문제에 더욱 관심을 갖는 것이 당연하다"고 말한다. 이렇게 해서 내린 결론은, "생활동화가 서민의 아이들을 위한 동화라면 그것은 곧 우리 아동문학의 보다 풍요한 앞날을 약속하는 광야"라는 것이었다.[40] 오늘날의 형편에서는 다소 거리감이 느껴지는 진술이다.

장르구분의 문제에서 이원수와 이오덕의 차이는 이러하다. 이원수가 아동문학의 '산문'을 '동화'와 '소년소설'로 분류했다면, 이오덕은 아동문학의 '동화'를 '공상동화'와 '생활동화'로 분류했다. 명시적으로 밝힌 것은 아니지만 이오덕의 '동화'는 이원수의 '산문'에 해당하는 포괄적인 용어로 쓰였으므로, 이오덕의 '공상동화'는 이원수의 '동화'에, 이오덕의 '생활동화'는 이원수의 '소년소설'에 각각 대응하는 것이다. 이원수의 장르론이 좀더 보편적인 성격을 띠고 있다면, 이오덕의 장르론은 한국의 상황을 더욱 예리하게 반영하는 것이라고 할 수 있다. 이오덕의 관점은 70년대 이후 확산되기 시작한 리얼리즘 아동문학운동의 지침 역할을 해왔다. 그러다가 한국사회 성격의 변화가 뚜렷해진 90년대 이후, 이 관점을 역사적으로 상대화할 필요성이 제기되면서 동화 장르를 둘러싼 논의가 다시 새롭게 펼쳐지게 된 것이다.

39 이오덕 「아동문학과 서민성」, 『시정신과 유희정신』, 창작과비평사 1977, 134면.
40 같은 글 135면.

4. 동화 장르의 바람직한 발전 방향

본고는 동화를 아동소설(소년소설)과 짝을 이루는 아동문학의 한 장르로 보고, 그 변별점을 유아·유년기 아동의 심리 특성에 기초한 초자연성 또는 공상성에 두었다. 아동소설은 현실성을 지닌 허구로서 소설과 형식상의 차이는 없다. 그런데 한국 아동문학은 현실적인 생활이야기도 동화라는 명칭으로 수렴해왔다. 이런 광의의 동화 개념은 '공상동화'와 '생활동화'(사실동화)처럼 불필요한 수식어가 붙은 하위 장르를 낳았고, 결국은 동화와 아동소설의 구분 자체를 모호하게 만드는 구실을 했다. 그러나 이렇게 된 문학사적 맥락을 올바르게 이해하는 일이 선행되지 않고서는 아무리 명칭을 바꾼다고 해도 엄밀한 의미의 동화 장르가 개화할 풍토는 척박함을 면할 수 없다. 작품의 성과에 비추어 이른바 '공상동화' 개념에는 반(反)리얼리즘 또는 역사현실로부터의 이반이라는 부정의 뉘앙스가 스며 있는 탓이다. 따라서 장르 개념의 변화를 살피는 자리에서는 역사적 원근법의 시야가 확보되어야 한다.

어린이를 의식하고 성립하는 아동문학의 특성에서 볼 때, 사회적 차원의 어린이해방운동의 성격이 강했던 한국의 아동문학은 그 토대가 미약한 '공상동화'보다는 '생활동화'와 '소년소설'을 기본줄기로 해서 발전해왔다. 이오덕은 특히 '생활동화'란 개념을 통하여 해방 후 동심주의 문학에 묻혀 실종된 리얼리즘 문학정신을 되살리려는 가장 실천적인 노력을 기울였다. 이는 일본에서 '미분화된 상징동화'와 '기형적인 생활동화'의 전통을 극복하고자 리얼리즘 소년소설의 창작을 적극 제창하고 나선 이른바 '소년문학선언'과 그 정신에서는 일맥상통한다. 일본에서는 리얼리즘으로 출발했지만 소년 '소설'이 되지 못하고 생활 '동화'의 틀에 머문 '생활동화'도 극복할 것을 주장했는데, 한국에서는 '생활동화'라는 명칭을 뒤늦게 더 많이 쓰게 되었다는 사실이 흥미롭다. 일본에서는 리얼리즘 소년소설을 구축하지 못한 채 어중간한 생활동화에 그쳐버린 흐름이 매우 컸으나, 한국에서는 소년소설은 물론이고 생활동화의 전통에서도 리얼리즘 문학정신이 중심을 관통해올 수 있었기에 이런 차이가 생겨났던 것이다. 일본에서는 동심을 앞세운 『빨간새』의 '예술적인 상징동화' 맞은편에 군국주의 색채가 강한 『소년구락부』의 통속적인 소년소설이 놓여 있었다. 그러나 한국에서는 소년소설이라 칭했든 생활동화라 칭했든 구체적인 사회현실의 문제와 연관되어 고통 받는 어린이의 삶을 다룬 작품들이 끊임없이 나왔다.

한국과 일본의 근대동화선집에 실린 작품들을 살펴보더라도 두 나라를 대표하는 작품들의 경향은 눈에 띄는 차이를 드러낸다. 일본은 초자연적이고 공상적인 이야기들이 더 많은 편수를 차지하고 있는 반면에, 한국은 현실적인 이야기들이 압도적인 다수를 차지하고 있다.[41] 결국 동화와 소설의 구분이 모호해진 것은 공상이야기의 발달이 역사적으로 제약되었던 한국 아동문학의 현실주의적 성격과 관련되는 문제다. 그리하여 오늘날 공상동화, 환상동화, 생활동화, 사실동화, 판타지, 소년소설, 아동소설 등의 개념은 서로 겹치고 착종된 상태를 보여주는데, 최근 동화의 특성에 대해 주목하는 것은 한국 아동문학의 현실주의적 성격이 시대요인과 더불어 새로운 변화를 요구받고 있기 때문이다. 문학사적 맥락으로 보아, 한때 일본 아동문학의 당면 과제가 '동화에서 소년소설로의 이행'이었다면, 현재 한국 아동문학의 당면 과제는 '소년소설에서 동화로의 이행'이라고 볼 수 있다.[42] 물론 이는 각각의 사정에 따른 장르의 불

---

41 겨레아동문학연구회 엮음 『겨레아동문학선집』(전10권), 보리 1999; 토리고에 신(鳥越信) 엮음 『일본근대동화선집』(전2권), 창작과비평사 2002 참조.

42 낮은 연령층의 동화 수요가 과거와는 비교할 수 없을 만큼 높아진 2002년 현재 주요 신인과 중견작가 28인의 작품을 받아 '오늘의 동화선집'을 펴냈는데, 의인동화를 포함하는 공상적인

균등한 발전을 바로잡으려는 잠정적인 지향일 뿐이지, 어느 하나가 불필요하다거나 다른 것보다 열등한 것으로 잘못 이해되어서는 곤란하다.

그럼 앞으로는 동화 장르를 둘러싼 혼란의 주범인 '생활동화'를 어떻게 자리매김하는 게 좋을까? 본고에서 살펴봤듯이 생활동화는 우리의 동화 장르가 동심주의로 기울거나 어린이의 삶을 등진 비현실적인 세계로 나아가려는 데 대한 반대급부로 부상한 것으로 리얼리즘 문학정신이 바탕에 깔려 있었다. 그런데 초현실과 공상을 특징으로 하는 동화의 독자적인 양식에 비추어 이는 엄밀히 아동소설로 수렴해야 옳을 것이다. 오늘날처럼 아동문학의 주된 독자가 과거보다 낮은 연령으로 내려가고 있는 추세에서는 당연히 공상이야기의 비중이 더 커진다. 체험의 범위가 매우 좁은 유년기 아이들의 일상생활을 동화의 특성에 대한 고민 없이 그저 사실적으로 그려낸 작품은 '지루한 생활동화'가 아니면 거짓화해에 따른 작위적인 교훈의 메씨지로 떨어지기 십상이다. 이는 과장이든 공상이든 단순명료한 형상에 인생을 상징적으로 반영하는 동화이거나, 연령이 높아지면서 사회적으로 확장된 체험을 인간의 문제에서 사실적으로 반영하는 소설이거나, 어느 하나를 분명히 선택했더라면 더 나아질 수 있는 것인데 양식에 대한 고민이 결여된 탓에 발생하는 문제이다.

최근에 논란이 되었던 채인선과 임정자의 동화처럼 현대를 배경으로 하는 공상이야기의 리얼리티에 관해서는 동화 장르에 대한 올바른 이해를 바탕으로 그 평가기준이 마련되어야 한다.[43] 과거에 환상이나 공상이

이야기는 몇 편 안되고 대부분 아동소설에 속하는 것이었다. 일제시대의 대표 작품을 모은 겨레아동문학선집의 경우와 크게 다르지 않은 것이다. 원종찬·김경연 엮음 『오늘의 동화선집』 (전2권), 창작과비평사 2002 참조.

43 졸고 「'일하는 아이들'과 '유희정신'을 넘어서」, 『동화와 어린이』, 창비 2004 참조. 낮은 연령의 독자를 대상으로 하는 공상이야기는 현실과 초자연의 구분이 없는 옛이야기의 일차원성에 바탕을 둔 것으로 소설적인 리얼리티에 의해서 새로운 시공간을 창조해 보여주는 판타지와 어느 정도 구별된다.

야기의 토대가 미약했던 관계로 그 양식이 우리에게 낯설다고 해서 오늘날에도 여전히 부차적인 문제라거나 논외사항으로 밀쳐두어서는 곤란한 것이며, 언제까지나 서투른 방법을 용인할 수도 없는 노릇이다. 한국에서는 이오덕 시기까지만 해도 아주 낮은 연령층을 1차독자로 하는 그림책에 대한 논의가 전무했다. 한국의 동화 장르는 오늘날 급부상하고 있는 그림책 장르와 더불어 본격적인 개척기에 들어섰다고 해도 과언이 아니다.

한편, 오늘의 어린이는 세계문학의 지평에서 문화적 시차를 경험하지 않는 첫 세대이기도 하다. 따라서 앞으로의 장르론은 장르혼합을 비롯한 현대 아동문학의 추이 곧 "전통적인 서술 구조의 파괴나 여러 실험적 양식들의 폭넓은 사용, 시간과 공간의 얽히고설킨 사용, 증가하는 상호 텍스트성, 텍스트와 현실 사이의 관계에 대한 전통적인 접근법에 제기되는 의문 같은 현상"[44] 등을 반영하는 진전된 논의로 나아가야 한다. 이 문제는 차후의 과제로 남겨둔다.

_『민족문학사연구』 30호, 2006

---

44 마리아 니꼴라예바 『용의 아이들—아동문학이론의 새로운 지평』, 김서정 역, 문학과지성사 1998, 309면.

한국 아동문학의 형성과정

『소년』(1908)에서 『어린이』(1923)까지

1. 서론

2008년은 최남선(崔南善)이 『소년』을 창간한 지 100년째 되는 해이다. 그래서인지 "한국 동시 100년" "한국에서 아동문학 창작이 시작된 100년"을 의제로 내걸어야 한다면서, 그리하지 않는 아동문학인 내부를 향해 통렬하게 비판을 가하는 글들이 올해 동시문학 전문지의 기획특집으로 발표되었다.[1] "한국 현대문학은 아동문학에서 시작"되었다는 것, 그럼에도 한국시사에서 철저히 동시를 제외했을 뿐만 아니라 동시의 시작인 「해(海)에게서 소년에게」를 일반시의 역사라 하는 것은 "기만이며 어불성설"이라는 것, 아동문학이 "한국에서처럼 괄시"받는 것은 아동문학인이 "역사와 권익 찾기"에 제대로 나서지 않았기 때문이라는 주장이 보

---

1   이상현 「'해에게서 소년에게'로부터 한국 동시가 출발되었다」; 신현득 「'해에게서 소년에게'는 동시의 역사다」, 『오늘의 동시문학』 2008년 봄호.

인다.[2] 아동문학 연구의 역사가 일천하다지만 최남선의 『소년』을 아동문학의 선구로 주목한 논문이 없지 않을진대, 이렇듯 강경한 태도가 능사일 것인가? 논란의 여지가 많은 문제를 우격다짐으로 풀 수는 없는 노릇이다. 창가집 『경부철도노래』는 "학생을 위해 썼"으니까 아동문학이고, 잡지 『소년』에는 "학습과 관계가 없는 내용은 단 하나도 없"으니까 말 그대로 소년 잡지라는 것[3]은 단순논리에 가깝다. 사실 판정에 영향을 미치는 해석과 평가의 문제는 엄밀한 학문적 검토로써 해결함이 옳을 것이다.

아동문학에 대한 연구가 활발해지면서 그 발생과 형성과정을 둘러싼 논의도 적잖게 이뤄지고 있다. 과거에는 최남선의 『소년』과 방정환(方定煥)의 『어린이』 발간이 지니는 획기적 성격을 각각 주목하면서 '기점' 또는 '기원'을 확정코자 하거나, 초점을 창작동화로 좁혀서 '최초'의 '본격'적인 텍스트를 발견코자 하는 연구가 많았다.[4] 이것들은 독자의 연령대나 자료의 문학적 밀도 같은 정도(程度)의 문제에서 벗어날 수 없는 탓에, 서로 평행선을 긋는 논란이 끊이질 않는다. 그렇긴 해도 다른 연구가 소홀히 여긴 자료를 새롭게 조명하는 연구물들은 단선적이지 않은 형성과정의 내용을 풍부하게 해주는 의의가 있다.

아동문학 형성과정에 관한 연구는 최근으로 올수록 동화·동요 같은 문학텍스트에 한정되지 않는 문화와 근대성 연구의 문제의식이 두드러진다. 근대 계몽의 기획이라 할 수 있는 '국민국가 주체 생성 프로젝트'의 맥락에서 최남선과 방정환의 활동을 돌아보는 연구들이 그런 사례이

---

2 신현득, 같은 글 참조.
3 같은 글 참조.
4 이상현 『한국아동문학론』, 동화출판공사 1976; 이재철 『한국현대아동문학사』, 일지사 1978; 석용원 『아동문학원론』, 학연사 1992; 원종찬 「한국 현대아동문학사의 쟁점」, 『인하어문학』 2집, 1994; 권복연 「근대 아동문학 형성과정 연구」, 연세대 석사학위논문, 1999; 박숙경 「한국 근대 창작동화 형성과정 연구」, 인하대 석사학위논문, 1999; 신현득 「한국 근대 아동문학 형성과정 연구」, 『국문학논총』 17집, 2000.

다.[5] 그런데 학제간 연구의 흐름을 반영한 이들 작업은 텍스트의 문학적 가치평가를 등한시함으로써 문예학보다 사회학적 연구로 경사되어갔다. 문학연구에서는 사회학적 언어로 환원되지 않는 텍스트의 미적 자질에 대한 분석과 평가가 매우 중요하다. 문학텍스트를 사회문화적 맥락에서 바라보고 해석하는 일은 미적인 문제를 사회로부터 고립시키는 형식주의의 함정을 피하기 위한 전제가 되지만, 텍스트의 문학적 가치에 대한 검토를 건너뛴다면 문학연구의 필요충분조건을 두루 만족시키기 어려울 것이다.

이 연구는 그간 초점을 달리하면서 부분적으로 검토된 형성기 연구의 단편적인 한계를 넘어서기 위해 다음과 같은 문제의식을 가지고 형성과정 전반에 걸친 주요 논점을 새롭게 살펴보려고 한다. 첫째, 아동문학은 아동을 전제로 해서 만들어지는 것이니만큼 성인과 분리된 근대적 아동이 발견되어야 성립할 수 있다. 본고는 아동에 대한 근대적 인식이 확립되는 과정을 각종 문헌자료를 통해 실증적으로 고찰할 것이다. 여기서 유의할 점은 미성년을 지칭하는 낱말들의 용례를 둘러싼 당대의 사회문화적 맥락이다. 근대전환기의 계몽지식인에 의해 호명된 '소년' '청년' '아이들' '어린이' 등이 각각 어떻게 쓰였고 그 함의가 변화해갔는지를 검토한다면, 형성기의 주요 잡지인 『소년』『청춘』『붉은 저고리』『아이

---

5 김화선 「한국 근대 아동문학 형성과정 연구」, 충남대 박사학위논문, 2002; 이기훈 「1920년대 '어린이'의 형성과 동화」, 『역사문제연구』 8호, 2002; 한기형 「최남선의 잡지 발간과 초기 근대문학의 재편 ─ '소년', '청춘'의 문학사적 역할과 위상」, 『대동문화연구』 45집, 2004; 조은숙 「한국 아동문학의 형성과정 연구」, 고려대 박사학위논문, 2005; 소영현 「청년과 근대 ─ '소년'을 중심으로」, 『한국근대문학연구』 6호, 2005; 최기숙 「'신대한 소년'과 '아이들보이'의 문화생태학 ─ '소년'과 '아이들보이'를 중심으로」, 『상허학보』 16집, 2006; 최재목 「최남선 '소년'지의 '신대한의 소년' 기획에 대하여」, 『일본문화연구』 18호, 2006; 조윤정 「잡지 '소년'과 국민문화의 형성」, 『한국현대문학연구』 21호, 2007. 아동문학 형성기에 관한 최근 연구경향에 대해서는 조은숙 「'아동의 발견'이라는 화두와 아동문학연구의 새로운 지형」(『아동청소년문학연구』 1호, 2007)을 참고하기 바람.

들 보이』『새별』『어린이』 등의 위상과 성격이 좀더 객관적으로 규명될 것이다.

둘째, 아동을 대상으로 하는 창작이 안정적이고 지속적으로 이뤄지기 위해서는 성인문학으로부터 독립된 '아동문학 장(場)'이 마련되는 것과 함께 '전문작가 군(群)'이 등장해야 한다. 본고는 근대전환기의 여러 활동과 문헌자료를 대상으로 아동문학의 상대적 독립성과 전문성이 확립되는 과정을 추적하고, 질적으로 획기적인 계기를 이루는 지점에 대해 궁구할 것이다. 여기서 유의할 점은, '아동 독자·매체·작가'의 삼위일체를 이루었을지라도 '아동기(兒童期)'를 실질적으로 뒷받침하는 '가족과 학교' 제도의 근대성이 아동문학의 전개 및 그 성격을 규정한다는 사실이다. 일본은 물론이고 중국과도 다른 한국 아동문학의 독특한 성격이 어디에서 비롯되었는지를 제대로 파악하기 위해서는 다른 나라와 비교되는 식민지조선의 근대성을 문제 삼아야 한다. 본고는 상호관계에 유의하되 아동문학을 통해 근대성을 성찰한다기보다는 근대성을 통해 아동문학을 성찰하는 데에 초점을 둘 것이다.

2. 본론

(1) 1900년대의 '소년'

우리 대한(大韓)으로 하야곰 소년의 나라로 하라 그리하랴 하면 능히 이 책임을 감당하도록 그를 교도(敎導)하여라[6]

---

6 『소년』창간호, 1908년 11월호. 본고의 인용문은 텍스트의 특성을 드러내기 위해 원문을 최대한 살렸으나 띄어쓰기와 글 제목은 오늘날의 표기법에 따랐고 한자는 한글로 바꾸되 필요한 데만 괄호 안에 넣었다.

근대전환기의 주요 잡지 『소년』(1908.11~1911.5)의 발간취지문 일부이다. 봉건의식에 파묻힌 구세대에게는 희망이 없다고 보기에 근대국가를 건설할 주역으로 새로운 세대를 주목하고 나선 것이다. 표지의 제호 양쪽에서도 잡지 발간의 목적과 포부를 드러낸 구절이 보인다.

금(今)에 아제국(我帝國)은 우리 소년의 지력(智力)을 자(資)하야 아국(我國) 역사에 대광채(大光彩)를 첨(添)하고 세계문화에 대공헌(大貢獻)을 위(爲)코더 하나니 그 임(任)은 중(重)하고 그 책(責)은 대(大)한더라
본지(本誌)는 차(此) 책임을 극당(克當)할 만한 활동적 진취적 발명적 대국민(大國民)을 양성하기 위하야 출래(出來)한 명성(明星)이라 신대한(新大韓)의 소년은 수사(須史)라도 가리(可離)티 못할더라[7]

여기에서 '소년'은 단순히 낮은 연령대가 아니라, 근대전환기의 과제 해결이라는 시대적 요청에 따라 계몽지식인이 새롭게 의미를 부여한 대상임을 알 수 있다. 즉 '소년'은 기왕의 '아해'를 다르게 지칭했다기보다는 시대와 더불어 의미가 생성된 새로운 개념인 것이다.

이 '소년'은 비록 '노년'과 대조적으로 쓰였을지라도 연령 면에서는 청년 이하 유소년까지도 포함하게 된다. 그 때문인지 일각에서는 『소년』을 아동문학의 출발로 삼는다. 아동문학이 문학에 속하는 이상, 신문학운동의 원류인 『소년』에 포함된 아동문학의 색채를 주목하는 일에 대해 가타부타 논하는 것은 적절치 않다. 일정하게는 신문학운동 주역의 연소성(年少性)을 반영하는 것이겠지만, 오늘날 아동문학이라고 여겨질 만한 텍스트가 『소년』에는 분명히 포함되어 있다. 중요한 것은 소급적용하는 데

---

7 같은 책 표지.

에 급급할 것이 아니라, 당대의 사회문화적 맥락에서 텍스트를 바라보고 평가하는 일이다.

『소년』의 무게중심은 어디에 있는가? 당시의 용례를 살펴보면 '소년'은 미래의 담지자로서 주목된 듯싶어도 실은 근대적 전환이라는 시급한 현실의 과제를 해결하기 위해 호명된 것이며, 국민형성의 구심이자 시대의 구심으로 떠오른 신진세대를 지칭하고 있다. 그러므로 오늘날의 개념으로는 유소년이 아니라 청년 쪽으로 현저히 기울어져 있다.

이런고로 로인은 져녁볏 곳고 쇼년은 아츰볏 곳흐며 로인은 슈쳑훈 소와 곳고 쇼년은 어린 범과 곳흐며 (…) 로인은 가을 버들 곳고 쇼년은 봄풀 곳다 호엿스니 오늘은 과연 청년 세계요 로인 세계가 아니며 청년 시디요 로인 시디가 아니로다[8]

나의 공경호고 스랑호는 쇼년지스 졔씨들이 동지회를 발긔호고 취지셔를 공포호엿더라 (…) 오호라 ᄌ젼으로 한국쇼년을 볼진디 엇더호엿는가 쯤 먹은 책상에 몬지 안즌 책을 디호야 취호 잠을 씨치 못훈 쇼년이 아니면 기성의 집에나 술져즈에서 음탕훈 노래나 불으며 강개훈 눈물이나 흘니는 쇼년이며 청풍명월에 싯구나 지어서 스소로 방탕훈 쇼년이 아니면 세력잇는 집에 ᄃᆞ니며 의뢰호기나 일숨는 쇼년이며…[9]

위의 논설들에서 "쇼년"은 "로인" "늙은 사룸"과 대비되어 "청년"과 함께 쓰이거나, 그 언행에서 성인과 다름없는 모습으로 그려진 것을 볼 수 있다. '소년'과 '청년'은 거의 동일한 범주를 지칭했던 것이다. 『소년』

8 「청년동포에게 경고함이라」, 『대한매일신보』 1907년 8월 24일자.
9 「소년동지회에 고하는 말」, 『대한매일신보』 1908년 8월 7일자.

이 기획한 꼭지이름에도 '현대소년의 신호흡'(1909.2), '신시대청년의 신호흡'(1909.4)에서 보는 것처럼 '소년'과 '청년'이 뒤섞여 나온다. 이광수(李光洙)의 「금일 아청년(我靑年)의 경우」라는 논설은 '소년논단'이라는 꼭지이름을 달고 있다. 그런데 이 글은 소년 곧 청년이 처해 있는 역사적 현실과 사명을 논한 것이어서 더욱 주목된다.

　　금일 아한(我韓) 청년은 과연 웃더한 경우에 잇난가? 대저 청년시대는 곳 수양시대(修養時代)니, 오배(吾輩) 청년학우는 맛당히 부로(父老)와 선각자의 인도교육(引導敎育)을 밧을지며, 오배(吾輩)의 의무(義務), 곳 할일은 그 인도(引導)와 그 교육을 각근(恪勤)히 존봉(遵奉)함에 잇슬지라. 환언하면 청년은 자립하난 시대가 안이오 도솔(導率)밧난 시대라. 그러면 금일의 아한(我韓) 청년도 역시 이와 갓히 할 수 잇겟난가? (…)
　　우리들 청년은 피교육자 되난 동시에 교육자 되어야 할지며, 학생 되난 동시에 사회의 일원이 되어야 할지라, 상언(詳言)컨댄, 우리들은 학교나 선각자에서 배호난 동시에 자기가 자기를 교도(敎導)하여야 할지오, 학교나 기타 교육기관에 통어(通御)함이 되난 동시에 차등(此等) 기관을 운전하난 자가 되어야 할지라.[10]

이 글은 시작부분에서 청년은 자립할 수 없는 미성년이므로 수양에 힘쓰는 시기에 놓인다고 일반론을 펼친 뒤에, 하지만 우리 청년은 교도해줄 부로(父老)를 가지지 못했고 사회를 가지지 못했으며 선각자나 학교도 극히 희소한 형편에 처해 있으므로,[11] 결국은 배우고 가르치는 역할을 동시에 수행해야 한다고 역설하고 있다. 최남선의 생각도 이와 다르지

10　이광수 「금일 아청년의 경우」, 『소년』 1910년 6월호 26~28면.
11　같은 글 27면.

않았다. 그래서 그는 『소년』 잡지가 "과도시대 우리 청년의 일반적 양사우(良師友)되기"[12]를 희망한다고 했다. 요컨대 『소년』의 독자로 상정된 '소년'은 곧 '청년'이었고, 이들은 근대 계몽의 대상이면서 동시에 주체로서 인식되었다.

따라서 『소년』이 겨냥하고 있는 대상은 '성인문학의 독자'와 대비되는 '아동문학의 독자' 개념하고는 상당한 편차가 있다. 종합교양지로 발간된 『소년』에서 박물지적 신지식과 함께 소개된 『이솝 우화』 『걸리버 여행기』 『로빈슨 크루쏘』 같은 작품은 신문학 개척시대에 이뤄진 '쉽고 흥미로운 외국문학의 번안물'로 보는 것이 타당하다. 최남선이 지은 신체시, 창가가사, 시조 작품들 또한 신문학운동의 일환이었음은 주지의 사실이다.

뒤로 가면서 『소년』은 더욱 눈높이가 높아진다. 1909년 9월호의 '소년시언(少年時言)'에는 「청년다운 청년」이라는 글에 이어서 「청년학우회(靑年學友會)」라는 제목으로 이 단체를 권면하는 글을 실었다. 그 다음에는 "본권(本卷)으로부터 특히 차(此) 난(欄)을 두어 우리 청년계(靑年界)에 미증유한 복음을 전하려 함"[13]이라고 밝히면서 '청년학우회보' 꼭지를 두었다. 이곳에 청년학우회의 창립 소식과 취지문이 소개되어 있다. 이처럼 '청년학우회보'라는 고정꼭지를 두어 지속적으로 이 단체의 활동 소식을 전하고 있는 것은 『소년』을 청년학우회의 기관지격으로도 삼았다는 사실을 말해준다. 청년학우회의 회원 자격은 "만 17세 이상" "심상(尋常) 중학 이상 정도의 학예(學藝)를 증수(曾受)하얏거나 또 현수(現受)하난 자"라고 되어 있다.[14]

1910년 12월호처럼 똘스또이 특집으로 대부분의 지면을 채우기도 하

---

12 최남선 「'소년'의 기왕(旣往)과 및 장래」, 『소년』 1910년 6월호 20면.
13 『소년』 1909년 9월호 14면.
14 같은 책 16면.

고, 1911년 5월호처럼 한문으로 된 장문의 양명학(陽明學) 이론을 싣기도 한 이 잡지에 최남선이 고전간행을 위해 만든 '조선광문회(朝鮮光文會)'의 광고문이 보인다고 해서 이상스러울 것이 없다. 「조선광문회(朝鮮光文會)에 대하야 우리 '소년' 독자 열위(列位)의 열렬한 찬성을 구함」이라는 제목에서 보듯이, 이 광고문은 학부모가 아니라 '소년' 독자를 직접 겨냥한 것이다.

> 뒤를 도라다보거나 압흘 내여다보거나 과연 우리 소년의 하여야 할 일이 만흔 줄노 아오. 우리들은 먼저 만흔 일이 에움ㅅ 가운데 싸혀 잇슴을 깨다라야 하오. 다음 아모 핑계가 잇던지 이 에움을 헤쳐야 할 자기임을 아라야 하오. 그리고 이해권외(利害圈外)에 발족점(發足點)을 정하야 기세(氣勢) 좃케 튀여나가야 하오.
>
> 생(生)은 그동안 이 차림의 위에 서서 무엇이던지 분수에 합당할 일을 하려 하야 그 첫재 거름으로 조선 고래(古來)의 문서기록을 수집하고 보존하난 운동을 시작하얏사오니 이는 대개 '이재'와 '자기'들이 쪄붓들고 하지 아니하면 아니될 줄로 생각하얏슴이오. (…)
>
> 가장 힘잇난 찬성 방법은 곳 고서(古書) 소개와 회원 권유의 두 가지외다.[15]

여기에서 '소년'은 사회제도의 피보호자 및 수혜자로서가 아니라 성인처럼 해야 할 일을 잔뜩 짊어진 존재로서 부각되어 있다. 최남선이 운동을 벌여서 수집하고 보존하려는 "조선 고래(古來)의 문서기록"이 아동서적의 범주에 속하는 것이 아님은 두말할 나위가 없다.

아동문학의 기점이든 기원이든, 그 형성과정을 논할 때의 '아동문학'

---

15 『소년』 1911년 5월호 11면.

은 오늘날 우리가 자명하게 여기는 근대적 개념을 지칭하는 것이다. 『소년』에는 그러한 근대적 개념으로서의 아동문학에 대한 자각이 나타나 있지 않다. '성인'과 대비되는 '아동'을 발견할 만한 제도적 기반이 매우 취약했기 때문이다. 뒤에서 더 자세히 살펴보겠지만, 아동기가 분절되기 위해서는 무엇보다도 근대적 제도의 뒷받침이 필요하다.

그럼 하나의 과정으로서 『소년』에 나타난 아동문학적 요소들은 어떤 것들인가? 창간호에 '소년문학'과 '동요'라는 용어가 보인다. '소년문단'에 투고할 때 준수할 사항을 알리는 말 가운데 "본지가 소년문학을 주장하야 발간함이 아니라. 다만 독자의 글을 장려도 하고 구경도 할 차(此)로 이 문단을 둠인즉 많은 지면을 할애하기는 사정이 어려운즉 아못됴록 단문(短文)을 환영할 수밖에 업난더라"[16]는 구절이 있다. 그런데 '소년문학'을 가져온 문맥은 오히려 『소년』이 그것에 목표를 두지 않는다는 사실을 밝히려 함이었다. '동요'라는 용어는 '소년통신'란에 나오는데, "각기 사시난 곳에 있난 명승(名勝), 고적(古蹟), 특수한 풍습, 방언, 속언, 인물, 산물(産物), 기이한 자연현상, 학교교훈, 동요, 전설에 관한 것"[17]을 적어 보내달라는 당부의 말 속에 포함되어 있다. 이 '동요'에 특별한 의미가 부여되어 있다고 보기는 어려울 것이다.

'동화'라는 용어는 1909년 5월호에 나온다. '꽃에 관한 동화'라고 글의 성격을 밝힌 뒤에 하우쏘온 원저(原著) 「하고(何故)로, 쏫이 통(通) 1년, 피지, 안나뇨」를 실었다.[18] 제목이 다소 장황스럽게 번역되었다는 느낌이

---

16 「소년통신」, 『소년』 1908년 11월호 79~80면.
17 같은 글 81면.
18 줄거리는 이러하다. 씨앗부인이 딸 무영소저를 기르고 산다. 씨앗부인은 온세상 백곡을 혼자 맡아 키우느라고 밤낮 정신없이 지내는데 딸 무영소저는 같이 놀 사람이 없이 심심하기 짝이 없음으로 해변에 나가 용녀들과 놀겠다고 한다. 용녀와 놀다 꽃을 꺾으러 갔는데 꽃을 뽑은 자리의 구멍이 커지고 그곳에서 나온 지하왕이 무영소저를 데리고 들어간다. 지하세계에서 석류를 주어 입에 넣었는데 씨 여섯이 입속에 떨어졌다. 우여곡절 끝에 무영소저가 다시 지상

드는데, 이는 '꽃'에 관한 특집의 용도로 수록된 까닭이다. 『소년』에서 가장 많은 비중을 차지하는 것은 근대적 지식의 학습과 관련한 내용이다. 1909년 5월호는 '화학(花學)교실'이라는 제목 아래 식물에 대한 지식을 '보통과(科), 고등과, 전문과, 보습과'로 나누어 상세하게 소개하고 있다. 여기에 덧붙여서 '꽃에 관한 옛사람의 시'와 '꽃에 관한 동화'를 소개한 것이다. '동요'가 단순히 구전되어온 '노래'를 가리켰던 것처럼 이때의 '동화'도 특별한 의미가 부여된 것은 아니고 다만 '이야기'를 가리키는 말이다. 어쨌든 일본 근대 아동문학의 용어가 하나둘씩 모습을 드러내는 것이 확인되는데, 창작이라고 할 만한 의미 있는 아동문학 텍스트는 아직 나타나지 않았다.

(2) 1910년대의 '아이들'

『소년』의 폐간 이후 최남선의 잡지 발행은 두 방향으로 갈라진다. 하나는 『붉은 저고리』(1913.1~1913.7), 『아이들 보이』(1913.9~1914.8), 『새별』(1913.9~1915.1)로 이어지는 유소년 대상의 잡지이고, 다른 하나는 『청춘』(1914~1918)으로 이어지는 청년 대상의 잡지이다.[19] 그렇다고 『소년』이 두 방향의 내용을 의식적으로 병립·공존시켜온 잡지라고 볼 것은 아니다. 『청춘』은 『소년』의 제목을 바꾼 것처럼 연속성이 강한데, 다른 것들은 큰 차이를 보인다.

우리가 주목할 것은 유소년 대상의 잡지들이다. 그간 『붉은 저고리』 『아이들 보이』『새별』 등은 원문을 구해보기 어려워 제목만 열거한 채 건

에 나와 엄마를 만났으나 그 석류씨 때문에 일 년 중 여섯 달 동안은 지하왕의 곁에 있게 되었다. 그래서 꽃은 여섯 달 동안만 지상에서 난만하게 핀다는 것이다. 사물의 기원과 관련된 민담성격의 동화라 할 수 있다.

19 1920년대의 『동명』(1922.9~1923.6), 『시대일보』(1924.3~1926.8)도 크게 볼 때는 『청춘』과 이어지는 것이라 할 수 있다. 이것들에 실린 유소년과 관련된 내용은 '부인·여성' 독자를 겨냥한 것이다.

너뛰곤 했는데, 이제는 주된 내용을 파악하기에 문제가 없을 만큼 자료가 확보되어 어느 정도 연구를 진전시킬 수 있게 되었다. 흥미롭게도 이들 1910년대 유소년 잡지들은 '소년' '청년' '어린이'처럼 이념성을 띤 일관된 호칭을 사용하고 있지 않다. 잡지 제목인 '붉은 저고리'와 '새별'은 상징물을 내세운 것이고, '아이들 보이'는 직접 드러낸 경우지만, 이들 잡지의 독자를 가리키는 대표적인 호칭은 따로 없다. 제목으로 한 차례 호명된 '아이들'은 전통사회에서 어른보다 내려다보는 어법인 '아해'와 동일한 것으로서 새로운 의미를 지녔다고 보기 어렵다. 이는 『소년』에 비해 운동성과 이념성이 현저히 약화되었음을 말해준다.[20] 『소년』은 잡지를 직접 구입해서 읽을 수 있는 연령의 독자를 염두에 두었지만, 이들 잡지는 학부형에 딸린 낮은 연령의 독자만을 염두에 두었기 때문일 것이다. 『수호지』『옥루몽』『가곡선(歌曲選)』『조선이언(朝鮮俚諺)』처럼 본문의 텍스트와 거리가 먼 신문관 발행의 서적을 『아이들 보이』 곳곳에 광고한 것은 매개자로서의 학부형을 의식하고 있다는 증거이다.

1910년대 유소년 잡지의 독자는 계몽의 대상일지언정 주체는 아니다. 『붉은 저고리』 창간호(1913.1.1)의 제목 앞에 붙어 있는 "공부거리와 놀이감의 화수분"이라는 문구는 이 잡지의 성격을 단적으로 요약한 표현이다. "ㅈ미잇고 교훈 되는 이야기"[21]를 내세운 것도 동일한 맥락이다. 여러모로 이들 잡지는 유치원과 보통학교 학생들의 부교재 성격을 띠고 있다.

우리는 온 셰샹 붉은 져고리 입는 이들의 귀염 밧는 동무가 될 양으로 생

---

20 필자는 「한국 현대아동문학사의 쟁점」에서 "계몽의 후퇴"(앞의 책 145면)라고 표현했는데, 이는 잘못이다. 계몽성은 지속되었으나 운동성과 이념성이 약화되었다고 보는 것이 적절하다. 그것도 이 시기 최남선 활동 전반이 아니라 유소년 대상의 잡지에만 해당하는 말이다.

21 「이 신문을 내는 의사」, 『붉은 저고리』 1913년 2월 15일자 부록 2면.

겻습닏다. 조미잇는 이약이도 만히 잇습닏다. 보기 조혼 그림도 많이 가젓습닏다. 공부거리와 놀이감도 적지안히 만들엇습닏다. 여러분의 보고 듯고 배호고 놀기에 도음 될 것은 이것 저것 다 마련ᄒ얏습닏다.[22]

아모시든지 아ᄃ님 귀여움은 다 한가지외다. 그러나 귀여ᄒ는 표적 내시는 일혼 갓지 아니ᄒ야 혹 맛잇는 음식으로써 표ᄒ시기도 ᄒ며 혹 의사 업는 작란감으로써 표ᄒ시기도 ᄒᆸ닏다마는 아모것이고 한가지라도 소견 늘 일을 가르치시고 한마더라도 생각 늘 글을 닑히시는 것보다 더 앞서는 것이 없습닏다. (…)

우리가 긔약ᄒ는 바는 온갖 학문에 유죠혼 것과 덕성에 필요혼 일을 아못조록 조미와 질거움 가온더 너허주어서 행실을 바로잡고 의사를 늘게 ᄒ며 아울너 책 보고 리치 궁리ᄒ는 버릇도 안치며 말 만들고 글 짓는 법도 알니려 ᄒ노니…[23]

앞에 인용한 글은 유소년 독자에게 하는 말, 그리고 뒤에 인용한 글은 학부형에게 하는 말로 되어 있다. 잡지를 통해 근대적 지식을 계몽하겠다는 의지는 『소년』과 다를 바 없지만, '놀이'와 '재미'를 강조한 것은 독자를 그만큼 어리게 상정한 데에서 비롯한다.[24] 그런데 위의 두 글에서는 "귀여움"이라는 표현이 도드라져 보인다. 이 '귀여운' 아이들은 과연 누구인가?

---

22 「인사 여쭙는 말씀」, 『붉은 저고리』 1913년 1월 1일자 1면.
23 「이 신문을 내는 의사」, 1~2면.
24 『아이들 보이』 창간호(1913.9)의 「여쭙는 말씀」은 『붉은 저고리』를 못 내다가 다시 새 얼굴로 만나게 되었다는 점만 밝히고 있을 뿐이지 또 다른 취지를 내세우지는 않았다. 『새별』은 창간호를 구하지 못해서 명시적인 발간취지를 확인할 길이 없다.

여러분이 드시면 사랑으로 길러주시는 부모게서 계시고 나시면 애로 잇글어주시는 션싱님이 잇스시며 우로는 고맙게 구시는 어른을 뫼시고 알에로는 의잇게 노니는 동무를 가졋스니 보고 듯고 배오고 노님에 거의 모자라는 것이 업스셧거니와 그러나 여러분이 느긋히신 가운데도 늘 낫브신 생각이 업지 못히심을 짐작홀 일이 잇스외다. 무엇이냐 히면 우리『붉은 져고리』가 한번 나매 여러분이 우리 헤아리던 이보다 더 만히 깃브게 마즈시고 귀염으로 돌보심을 보오니 여러분이 은연흔 가운데 엇더케 우리 가튼 글동무가 잇기를 썩 간절히 가디렷던 것을 알겟스며 달은 것은 다 넉넉히신 여러분도 이 한가지는 갓지 못히심을 알앗스외다.[25]

이와 같은 진술은 '우리는 가르치고 이끌어줄 부모와 선생님을 가지지 못했다'는 『소년』에서의 인식과는 크게 차이가 나는 것이다. 위에서 "달은 것은 다 넉넉히신 여러분"이라는 표현이 나오고, 또 유소년 신문·잡지의 필요성이 "집안에서와 학교에서 미쳐 손가지 못히는 것"[26]을 보완하려는 데에 있다고도 했는바, 이와 같은 집안과 학교생활을 영위할 수 있는 아이들은 당시로서는 소수특권층의 자제라고 할 수 있다. 말하자면 1910년대 유소년 잡지는 근대적 가족과 학교 제도에 포함된 일부 구체적인 독자를 상정하고 발행된 것이다.

청년과 분리된 유소년 독자의 범주화는 어느 정도 근대적 아동의 발견에 해당하는 의의를 지닌다. 하지만 그 당시 상황에서 더욱 문제되어야 할 것은 아동의 발견과 아동의 현실이 어떻게 결부되어 있느냐이다. 1910년대의 '아이들'에는 아동 주체의 관점이 결여되어 있다. 이는 당시의 유소년이 하나의 구심을 지닌 운동의 주체로 나설 만큼 집단화·사회

---

25 「여쭙는 말씀」, 『붉은 져고리』 1913년 1월 15일자 1면.
26 「이 신문을 내는 의사」, 1면.

화되지 않았기 때문이기도 하다. 1910년대까지는 근대적 학교가 수용한 학령기 아동이 극소수에 지나지 않았고, 전근대의 가부장적 가족관계가 지배적이었다. 그런 만큼 당시의 유소년 독자는 개별적이고 분산적인 존재였다. 운동의 선도성이 청년 쪽으로 모아지는 시기에, 더 낮은 연령대의 유소년을 향한 활동에서 운동성과 이념성이 약해질 수밖에 없는 것은 당연한 현상일지 모른다.

사정이 이러했기 때문에 1910년대 유소년 잡지는 단편적인 학습보조물을 크게 벗어나지 못했다. 백과사전식 부교재의 성격을 지닌 이들 잡지에서 문예적 창작물은 얼마 되지도 않거니와 그마저도 교훈적 의도가 매우 강했다. 민담의 재화에 해당하는 「따님이 간 곳」(『붉은 저고리』 1913.1.1), 「네 아오동생」(『붉은 저고리』 1913.1.15), 「우지 보전이」(『붉은 저고리』 1913.2.1), 「밧고아 패」(『붉은 저고리』 1913.5.1), 「계집아이 슬기」(『아이들 보이』 1913.9) 같은 것들은 일본의 '오또기바나시'(お伽噺)[27]에 비견될 정도의 서사적 진폭을 보여주지 않는다. 학교생활을 다룬 현실의 이야기인 「세 아희의 뒤끝」(『붉은 저고리』 1913.3.1)이라든지, '아이들의 본'이라는 꼭지이름으로 묶인 「오누이 사랑」 「피하는 것은 으뜸」 「각기 제 생각」(『아이들 보이』 1914.5) 같은 것들도 역시 교훈을 목적으로 간략히 서술되어 있기 때문에 픽션에 상응한 서사성이 크게 부족하다. 설명적인 훈화보다는 흥미로운 읽을거리가 되었으나, 이것들은 처음부터 정서적인 공감을 목표로 한 것이 아니었다.

그러나 유소년 독자를 뚜렷이 겨냥하게 되니까 결과적으로 아동문학을 위한 몇 가지 의미 있는 진전이 이루어졌다. 첫째는 한글전용과 경어체('~습니다') 문장의 확립이다. 경어체 서술은 아동과 성인 텍스트를 구분

---

27 옛이야기의 재화나 그 형태를 빌린 창작을 가리키는 단어로 이와야 사자나미(巖谷小波)가 소년소설과 구별해 정착시킨 용어이다. 이와야 사자나미는 일본 근대아동문학의 개척자로 유명하다. 日本兒童文學學會 編『日本兒童文學槪論』, 東京: 東京書院 1976 참조.

짓는 효과를 가져왔다. 아동문학의 대표적 갈래인 동화의 문장이 뒤에 경어체로 자리 잡게 되는 것을 고려할 때, 1910년대 유소년 잡지의 몫을 과소평가할 수 없다. 둘째는 낭송하기 좋은 '동화요(童話謠)' 작품이 잇달아 선을 보인 점이다. 「흥부 놀부」(『아이들 보이』 1913.10), 「세 선비」(『아이들 보이』 1914.3), 「옷나거리 뚝딱」(『아이들 보이』 1914.5), 「남잡이가 저잡이」(『아이들 보이』 1914.8) 등은 민담을 7·5조, 4·4조 율문에 담은 것인데 역시 유소년 독자를 의식한 데에서 나온 형식이다. 화자의 직설적인 교훈으로 마무리되는 것은 민담을 이야기로 재화했을 때와 똑같다. 천편일률적인 가락이라서 때론 서술이 부자연스럽고 이야기의 맛도 떨어지지만, 훗날 독특한 형식으로 발전한 '동화시(童話詩)'가 이 '동화요'에서부터 계보를 이룬 것으로 볼 수 있다.

민담을 유소년에게 적합한 텍스트로 만드는 과정에서 창작적 요소가 증대하는 현상이 『아이들 보이』로 와서 크게 진전되었다. 「센둥이와 검둥이」(『아이들 보이』 1914.8)는 최남선의 '창작동화'로 볼 만한 여지가 없지 않다.[28] 캄캄한 땅 밑에서 나온 검둥이와 환한 달 누리에서 내려온 센둥이가 만난다. 밝은 곳에서는 검둥이가 앞을 못 보고 어두운 곳에서는 센둥이가 앞을 못 본다. 이들은 자기 주장만 내세우며 다투다가 신당을 지키는 당직으로부터 깨우침을 받고 제각각 자기가 살던 곳으로 돌아간다. 이처럼 내용은 간단할지라도 대화 위주로 되어 있기 때문에 창작적 요소가 더욱 두드러져 보인다. 하지만 분량에 비해 서사적 요소는 빈약하고, 줄거리도 제 살던 고장에서 자기 직분에 충실해야 한다는 결말의 교훈에 매달려 있다.[29] 센둥이와 검둥이가 다투는 대화 내용들은 지식과 교훈을

---

28 「센둥이와 검둥이」를 '최초의 창작동화'로 자리매김한 연구자도 있다. 김자연 『아동문학의 이해와 창작의 실제』, 청동거울 2003, 72면.

29 김자연은 "경험된 좁은 세상 너머 보다 넓은 세상이 있다는 사실을 전혀 알지 못하는 검둥이와 흰둥이를 풍자하여, 아이들이 좀더 크고 넓은 세상을 찾아 나서길 바라는 염원으로 가득

감싸는 얇은 당의(糖衣)에 지나지 않았던 것이다.

이광수의 손으로 만들어진 『새별』은 문학적 자의식이 느껴지는 텍스트를 포함하고 있고, 눈높이가 더 높다. 『청춘』 3호(1914.12)의 『새별』 광고문을 보면 "본지에 연재하는 '읽어리'는 이미 경성 각 사립고등 정도 학교의 필수 참고서로 채용(採用)"되었다는 구절이 나오는바, 『청춘』과는 비교할 게 아니더라도 『붉은 저고리』나 『아이들 보이』보다는 높은 연령을 대상으로 한 것 같다. 「성냥팔이 처녀」라고 번역한 안데르센 동화도 경어체로 되어 있지 않으며, 이광수의 작품으로 알려진 「내 소와 개」는 소년이 등장하지만 동화라기보다 소설로 서술되어 있다.

어느해 섯달 금음날이라. 눈 오고 바람 부러 혹독히 치운 이 날이 점점 저무러 간다. 밤이 되엿다. 한 금음밤이라 지척(咫尺)을 분별할 수 업도록 캄캄하다. 이러한 날 이러한 밤에 엇던 가련한 어린 처녀가 머리에 아모것도 쓰지 안코 맨발로 가로상(街路上)으로 거러간다.[30]

발서 십수년 전 일이라 내 낳이 아직 어리고 부모께서 생존하야 게실 때에 내 집은 시골 조고만한 가람가에 있었다

어떤 장마날 나는 내 정들인 소 ─ 난 지 4, 5일 된 새끼 가진 ─ 를 가람가에 내어다 매다 글방에 가앗엇다 아츰에는 좀 개이는 것 같더니 믿지 못할 것은 장마날이라 어느덧 캄캄하게 흐리어지며 첨에 굵은 비방울이 뚝뚝 떨어지기 비롯더니 점점 천지가 어둡어가며 소내기가 두어 번 지나가고 연하야 박으로 푸어붓는 듯 비발이 나리어 쏟는다 나는 처마 끝에서 좍좍좍 드

차 있다"(같은 책 75면)면서 작품 표면에 나타난 것과 정반대의 이면적 주제를 강조한다. 최남선의 그 당시 지향으로 보아서는 일리 있는 해석이라 하겠지만, 텍스트 자체는 용두사미 격의 졸렬한 교훈으로 되어 있다.

30 「성냥팔이 처녀」, 『새별』 1914년 1월호 7면.

리우는 낙수발과 안개 속에 잠긴 듯한 먼 산의 얼골을 치어다보며 맘이 유쾌하게 글을 외오앗다 다른 아이들도 다 좋아서 혹(或) 고개를 내어닿고 비를 마치는 이도 있고 혹 손도 씻으며 벼루물도 받고 즐기어하얏다

해가 낮이 기울엇다

나는 한참이나 글을 외오다가 갑자기 무슨 소리가 들리는 듯하야 깜작 글을 그치고 귀를 기우리엇다 그러나 비소리 사이로 선생임의 낮잠 자는 코소리밖에 아니 들린다 나는 이상하게 눈이 둥글하야지고 몸에 옷삭 소름이 끼친다[31]

발표 당시 번역작품 「성냥팔이 처녀」는 띄어쓰기가 되어 있고, 창작 「내 소와 개」는 그렇지 않은 차이를 보이지만, 둘 다 생생한 묘사문장을 구사하고 있다. 이는 메씨지의 전달만이 아니라 정서적 효과를 염두에 두었다는 얘기가 된다. 서술자는 현재적 감각과 더불어 구체적인 시공간을 의식하면서 서사를 진전시킨다. 여기에 와서는 얇은 당의를 벗어난 문학의 육체성이 오롯한데, 화법과 서술로 보아 이광수는 '창작동화'가 아니라 '근대소설'의 개척에 관심을 두고 있음이 분명하다.[32] 이 작품이 실린 '읽어리'난을 이광수가 "신문장건립운동"의 무대로 삼았다는 점, "당시 신문학을 공부하는 사람들은 이 문장들을 궤범(軌範)으로 하여 신문학을 배워왔던 것"[33]이라는 백철(白鐵)의 지적은 이를 더욱 뒷받침한다. 만일 동화에 관심이 있었다면 전지적 작가 시점에다 이야기체 서술을 구사했을 것이다.

최남선의 「센둥이와 검둥이」, 그리고 이광수의 「내 소와 개」를 어떻게

---

31 「내 소와 개」, 『새별』 '읽어리', 1914년 1월호 1~2면.
32 "긴장감 있게 작품의 완급을 조절하는" 문체의 힘을 주목하여 「내 소와 개」를 '최초의 창작동화(소년소설)'로 자리매김한 연구자도 있다. 박숙경, 앞의 글 34면.
33 백철 『신문학사조사』, 민중서관 1953, 54면.

자리매김해야 할 것인가? 동화로 보든 소년소설로 보든, 아동문학이 근대문학으로부터 분립되기 이전에 나온 이들 작품은 어떤 기점이기보다는 교량으로 보는 것이 적절하리라고 판단된다.

(3) 1920년대의 '어린이'

유소년을 가리키더라도 과거의 '소년＝청년'처럼 강한 이념성이 부여된 '어린이'가 시대의 한복판으로 다시 등장한 것은 주지하다시피 1920년대 방정환에 이르러서다. 여기에서 '소년＝어린이'의 함의는 '청년'과 거의 완전히 분리된다. 『소년』의 독자층이 성장하면서 민족사회운동의 주역이 되고 그들의 계몽 대상으로 차세대가 연이어 떠오르게 되자, '청년운동'과 '소년운동'은 연령대별로 다르게 자리 잡는다. 천도교청년회 안에 유소년부를 두었다가 청년회 간부들이 주도해서 천도교소년회를 광범하게 일으켜 세우는 과정은 그 전형적인 사례이다.[34] 본디 '아동기'를 구획한 근대적 '아동관'은 산업화·도시화의 산물로서 도시중산층을 기반으로 하는 근대적 핵가족과 학교제도의 질서를 반영하는 것이다. 전근대사회의 아동은 단지 '작은 어른' '작은 노동력'에 지나지 않았기 때문에 장유유서(長幼有序)의 가부장적 질서 아래 놓일 수밖에 없었다. 그러나 근대사회의 아동은 노동으로부터 분리되어 학교제도에 수렴되어 있기 때문에 성인과 구분되는 독자적인 생애주기로서 그들만의 균질한 '아동기'를 경험하게 된다. 아동문학은 바로 이러한 근대사회의 아동을 위해 만들어진 것이다. 그렇다면 식민지조선의 아동은 어떠한 상황에 놓여 있었던가?

우선 산업화·도시화 정도를 짐작할 수 있는 각종 통계기록을 살펴보

---

34 이에 관한 자세한 내용은 김정의 『한국소년운동사』(민족문화사 1992); 천도교 서울교구사 편찬위원회 『천도교서울교구사』(서울천도교구 2005)를 참고하기 바람.

자. 조선인 직업분포 비율을 보면 농업·임업·수산업 종사자는 1920년 87.09%, 1921년 86.41%, 1922년 85.66%, 1923년 84.88%, 1924년 84.12%로 조사되었다.[35] 그리고 1930년 조선총독부 통계연보에 따르면, 농업자 80.8%, 어업자 1.5%, 공업자 2.2%, 상업 및 교통업자 6.3%, 공무원 및 자유업자 2.6%, 기타 유업자 4.8%, 무직 및 직업불신고자 1.7%로 나타났다.[36] 1924년 조선의 도시인구(府郡거주자)는 전체의 4.19%, 일반 시가지 인구는 전체의 6.50%, 도시와 지방의 인구비율은 각각 8.9%와 91.1%으로 조사되었다.[37] 1930년대 초반에도 인구 10만 이상의 도시가 "경성, 평양, 부산, 대구의 4개소가 있을 뿐으로서 그 인구합계는 78만2천인에 불과한고로 동년도 조선 인구에 대하여는 겨우 3.3%를 점하게 되었으니 그 발달정도는 아직도 극히 유치한 상태"[38]였다.

이번에는 조선아동의 교육환경을 조선에 거주하는 일본아동의 경우와 비교한 통계기록을 살펴보자. 1919년의 공립보통학교 교육 정도를 나타내는 통계기록에 따르면, 학교수 비례는 일본인 225호당 1교, 조선인 6850호당 1교, 취학아동 비례는 일본인 100명당 15인, 조선인 100명당 0.6인으로 조사되었다.[39] 1931년의 조선총독부 통계연보를 따르더라도, 취학비율이 "조선인은 학령아동의 19.9%에 불과한 데 대하여 일본인은 학령아동의 99.8%"[40]였다. 그런데 그나마도 입학생의 과반수가 학비를 내지 못해서 중도 탈락하는 처지였다. 입학생 대비 퇴학률이 1920년

35 이순택 「조선인의 인구통계」, 『개벽』 1926년 7월호 27면.
36 이여성·김세용 『수자조선연구』 제4집, 세광사 1933, 62면.
37 이순택, 앞의 글 25~26면.
38 이여성·김세용, 앞의 책 79면.
39 김병준 「신학년 입학난과 우리의 각성」, 『개벽』 1922년 5월호 101~102면.
40 이여성·전세용 『수자조선연구』 제1집, 세광사 1931, 83면. 이 책의 저자들은 "학령아동 100명 중에 겨우 20명 미만이 취학을 하게 되는 것이 '문화정치'의 금일을 말하는 것인바 대만에 학령아동 50~60%가 초등교육을 받고 있는 것을 보아 그보다도 더 초등교육의 보급이 뒤떨어져 있는 것"(84면)이라고 개탄하고 있다.

40%, 1921년 32%, 1922년 32%, 1923년 43%, 1924년 55%, 1925년 69%, 1926년 53%로 조사되었다.[41] 문맹자는 전체의 80%에 달했다. 1930년의 조사에서, 한글과 일어[假名] 독서가능자 6.5%, 일어만의 독서가능자 1.7%, 한글만의 독서가능자 15.7%, 한글과 일어 독서불능자 76.1%로 나타났다.[42]

이처럼 근대성의 지표가 매우 낮은 '식민지근대'에 기초해 있었기 때문에, 한국 아동문학은 성립단계에서 매우 독특한 면모를 지니게 되었다. 이를테면 부모나 교사를 매개자로 해서 중산층 가정의 아이들이 자국의 아동문학을 향유하는 일반적인 경로는 식민지조선의 상황에서 기대하기 어려웠다.[43] 우리 아동문학은 민족사회운동의 하나인 소년운동의 요청에 의해서 생명을 부여받았다. 즉 소년운동을 응집시키는 강력한 표현도구로서 아동문학이 주목되었던 것이다. 거꾸로 소년운동은 제도적 기반이 허약한 아동문학에 큰 활력을 불어넣어주었다. 형성기의 아동문학과 소년운동은 단순한 동반관계 이상으로 상호의존적이고 구조적으로 맺어진 관계였다.

1920년대의 '어린이'는 1900년대의 '소년 = 청년'과도 구별되지만, 1910년대의 '아이들'처럼 귀여움의 표상도 아니었고 일방적인 계몽의 대상만도 아니었다. 집단의 상호활동력이 매우 높았던 1920년대의 '어린이'는 강한 이념성과 운동성을 내포한 사회적 범주였다. 무엇이 그렇게 만들었을까? 첫째는 시대의 요청이다. 식민지로 전락하면서 미완에 그친

---

41 『동아일보』, 1928년 10월 28일자.

42 이여성·김세용 『수자조선연구』 제4집, 110~11면.

43 조선인 상류층 가정에서는 일본 아동서적을 자녀에게 향유케 했을 가능성이 없지 않다. 일본을 오가면서 직접 구입할 수도 있었겠지만, 조선에 거주하는 일본인 소학교 아이들 때문에 일본 아동서적이 상당량 국내에 들어와 있었다. 일제시대 교육정책과 일본의 아동도서에 관해서는 오오따께 키요미(大竹聖美) 『근대 한·일 아동문화와 문학 관계사』(청운 2005)를 참조하기 바람.

근대의 과제는 한층 광범위해진 신진세대를 남김없이 호명했다. 둘째는 시대의 요청과 맞물린 '어린이'의 선민의식이다. 1920년대 들어와서는 근대적 교육에 대한 열망이 부쩍 높아졌는데, 그럼에도 보통학교 취학아동은 학령기 아동의 10%를 막 넘어선 정도였다.[44] 이들은 오늘날보다 평균연령이 훨씬 높았으며, 하루가 다르게 증가해가는 야학이나 강습회[45]의 '어린이'와 함께 청년운동으로 나아가는 전위대의 역할을 기꺼이 받아들일 태세가 되어 있었다. 셋째는 아동에 대한 근대적 인식의 진전이다. 3·1운동의 최대 계보인 천도교의 사회문화운동이 활발해지면서 그 이념에 따라 아동을 성인의 부속물이 아니라 독립된 인격으로 바라봐야 한다는 생각이 널리 확산되었다. 특히 1920년대 소년운동의 지도자들은 아동 본위와 주체의 관점이 아주 뚜렷했다.

1910년대 말에 이광수는 효(孝)사상을 비판하면서 '부조(父祖) 중심의 구조선'을 '자녀 중심의 신조선'으로 바꿔야 한다는 주장을 펼친 바 있다.[46] 엄밀히 말해서 '부조/자녀'의 관계는 '성인/아동'의 관계와는 구별되는 것이지만, 전통적인 유교윤리로부터 자녀를 해방시키고 새로운 부자관계를 모색해야 한다는 이광수의 논리는 아동에 대한 근대적 인식으로 한걸음 다가선 것이라 할 수 있다. 그런데 3·1운동 이후로는 아동문제에 대한 자각이 천도교사회운동의 물결을 타고 새로운 수준에서 이루어진다. 김기전(金起田)은 '장자(성인)'와 '유년(아동)'을 명확히 대비하는 가운데, 오랜 세월 동안 아동의 인격을 말살하고 자유를 박탈해온 것은 '장유유서' 자체가 아니라 그 본의를 왜곡하고 악용하는 '말폐(末弊)'의

---

44 취학률이 1920년 4.6%, 1921년 6.8%, 1922년 10.1%, 1923년 13.2%였다. 우용제·류방란·한우회·오성철 『근대한국초등교육연구』, 교육과학사 1998, 108면.
45 노동자·농민을 대상으로 하는 비정규 교육기관으로서 야간에 이루어지는 것을 '야학'이라 했고 주간에 이루어지는 것을 '강습회'라 했다. 노영택 『일제하 민중교육운동사』, 탐구당 1979, 129면.
46 이광수 「자녀중심론」, 『청춘』 1918년 9월호.

소치'라면서, 대(對)사회적으로 '유년남녀의 해방'이 필요함을 역설하고 나섰다.[47] 이는 가족윤리에 국한된 이광수의 논리를 뛰어넘는 것이었다. 천도교청년회의 주요 간부들은 아동문제를 소년운동과 결부시켜서 지속적인 논의를 펼쳤다.[48] 이 가운데 '조선소년은 윤리적 압박에서의 해방도 중요하지만 그보다 더 경제적 압박에서의 해방이 중요하다'면서 소년운동과 민족사회운동을 하나로 인식할 것을 요구한 김기전의 「개벽운동과 합치되는 조선의 소년운동」은 주목을 요한다. 이 글은 5개 항목('소년운동협회의 장거(壯擧)', '조선소년의 윤리적 압박', '보다 심한 경제적 압박', '이렇게 해방할 것이다', '소년문제를 운위하는 이에게')으로 되어 있는데, '언어의 경대, 생활상에서 어른과 동격, 아동의 사회시설, 경제적 생활 보장' 등 구체적인 방책까지 제시한 뒤에 다음과 같이 소년해방운동과 민족해방운동의 관계를 밝혔다.

우리는 지금 민족으로 정치적 해방을 부르짓고 인간적으로 계급적 해방을 부르짓는다. (…)

혹(惑) 소년 문제를 말하는 사람 중에 선방(鮮放) 문제를 뒤에 두고 금일의 현상 그대로의 우에서 소년보호 문제를 말하고 소년수양 문제를 말할 사람이 잇슬넌지도 모른다. 그러나 그것은 아조 틀닌 생각이다. 가령 여긔에 엇던 반석(盤石) 밋헤 눌니운 풀싹이 잇다 하면 그 반(盤)을 그대로 두고 그 풀을 구한다는 말은 도저히 수긍할 수 업는 말이다. 오늘 조선의 소년은 과연 눌니운 풀이다. 눌으는 그것을 제거치 아니하고 다른 문제를 운위한다 하면 그것은 모다 일시일시(一時一時)의 고식책(姑息策)이 아니면 눌니워

47 김기전 「장유유서의 말폐(末弊) 유년남녀의 해방을 제창함」, 『개벽』 1920년 7월호.
48 김기전 「가하(可賀)할 소년계의 자각」, 『개벽』 1921년 10월호; 이돈화 「신조선의 건설과 아동문제」, 『개벽』 1921년 12월호; 방정환 「소년의 지도에 관하여」, 『천도교회월보』 1923년 2월호; 김기전 「개벽운동과 합치되는 조선의 소년운동」, 『개벽』 1923년 5월호.

잇는 그 현상을 교묘하게 옹호하고져 하는 술책에 지내지 아니할 바이다.[49]

이러한 논리는 3·1운동 이후에도 여전히 소년과 청년을 하나로 뭉뚱그려서 '실력양성론'을 펼친 이광수의 논리[50]와는 날카롭게 구별된다. 1923년 5월 1일 어린이날에 조선소년운동협회 명의로 뿌려진 선전지는 바로 김기전의 논리에 입각해 있는 것인데, 세계 최초의 어린이인권선언이라고 평가될 만큼 선명하고도 구체적인 내용을 담고 있다.[51]

소년운동의 전개에서 김기전의 이론과 쌍벽을 이루는 것이 방정환의 실천이다. 방정환은 소년운동의 실천방략으로서 아동문학의 제작과 보급에 앞장선다. 그는 일본 유학중 천도교청년회의 토오꾜오(東京) 지회장과 개벽사(開闢社)의 특파원으로 활동하는 한편으로, 당시 일본문단에서 커다란 파장을 불러온 '동심'의 문학에 남다른 관심을 보였다. 그리하여 1921년 2월 『천도교회월보』에 그의 '동화선언'이라 할 수 있는 「동화를 쓰기 전에 어린애 기르는 학부형과 교사에게」라는 글을 발표하고 오스카 와일드의 동화 「왕자와 제비」를 번안해서 싣는다. 방정환은 "어린애는 시인이고 가인(歌人)"이라면서 "사기(邪氣) 업난 천사 갓혼 이 어엽븐 시인"에게 "갑잇난 선물을 손슈 맨들기 위하야 이 새로운 조그만 예술에 붓을 대인다"[52]고 밝히고 있다. 그가 말하는 "새로운 조그만 예술"

49 김기전 「개벽운동과 합치되는 조선의 소년운동」, 26면.
50 이광수 「소년에게」, 『개벽』 1922년 11월호~1922년 2월호.
51 1923년 5월 1일 어린이날 선전지의 내용 가운데 '소년운동의 기초조건' 3개항의 내용은 다음과 같다. "1. 어린이를 재래의 윤리적 압박으로부터 해방하여 그들에게 대한 완전한 인격적 예우를 허하게 하라. 2. 어린이를 재래의 경제적 압박으로부터 해방하여 만14세 이하의 그들에게 대한 무상 또는 유상의 노동을 폐하게 하라. 3. 어린이 그들이 고요히 배우고 즐거이 놀기에 족한 각양의 가정 또는 사회적 시설을 행하게 하라." 여기에 '어른에게 드리는 글' 8개항과 '어린 동무들에게' 7개항이 이어져 있다. 정인섭 『색동회어린이운동사』, 학원사 1975, 51~56면 참조.
52 방정환 「동화를 쓰기 전에 어린애 기르는 학부형과 교사에게」, 『천도교회월보』 1921년 2월

은 "신성한 동화" "동화예술"[53]이라고도 표현되었다. 이와 같은 동심지향과 예술지향의 표현은 일본 타이쇼오기(大正期, 1912~25)를 장식한 아동잡지 『빨간새(赤い鳥)』의 동심주의에서 영향 받은 것이라 할 수 있다. 일본을 풍미한 동심주의가 식민지조선으로 건너와서는 뿌리를 내릴 수 없었지만, 아동문학이 자기를 내세우며 역사의 한 획을 긋는 데에서는 동심주의도 나름의 구실을 하는 법이다.[54] 예술적 동화의 필요성을 절감한 방정환은 세계 각국의 명작동화를 번안해서 『사랑의 선물』(1922)을 펴내기에 이른다. "학대밧고, 짓밟히고, 차고, 어두운 속에서 우리처럼, 또, 자라는, 불상한 어린 령들을 위하야, 그윽히, 동정하고 아끼는, 사랑의 첫 선물로, 나는, 이 책을 짜엇습니다"[55]고 밝힌 이 동화집은 폭발적인 독자반응으로 이어졌다.[56]

천도교소년회 창립(1921.5), '어린이날' 선포(1922.5.1), 조선소년운동협회 결성(1923.4)을 주도한 방정환은 '어린이'라는 용어를 새롭게 각인시키면서 아동문학의 기수로 떠올랐다. 소년운동은 아동문학의 든든한 밑받침이 되어 그 사회적 영향력을 확산시켰다. 이는 다른 나라에서는 찾아보기 힘든 현상으로서 특기할 만한 것이다. 당시의 일간지들은 전국 각지의 소년회 소식과 함께 동요·동화 작품들을 비중 있게 다루었다. 소년회 회합은 동요 부르기, 동화 들려주기, 동극 공연 등으로 성황을 이루었다. 이와 같은 활동은 제도권 학교에서는 누릴 수 없었고 오히려 탄압받았으므로 운동성과 이념성이 더한층 고양되었다.

호 93면.

53 같은 글 94면.

54 이를 '역사적 동심주의'라고 할 수 있다. 이 문제와 관련해서는 졸고 「한일 아동문학의 기원과 성격 비교」(『아동문학과 비평정신』, 창작과비평사 2001)를 참고하기 바람.

55 방정환 『사랑의 선물』, 개벽사 1922.

56 염희경은 방정환의 『사랑의 선물』이 '네이션'을 상상한 번역으로서 당대의 민족적 요구에 부응하는 문학적 실천이었다고 보았다. 염희경 「소파 방정환 연구」, 인하대 박사학위논문, 2007.

하지만 예술로서의 아동문학은 비로소 개척기에 들어선 것이나 마찬가지였다. 방정환은 노동·농민·여성·아동 등 각 부문운동에 박차를 가하던 개벽사를 통하여 『어린이』를 발간하기로 한다. 그는 "3월 1일에 첫 소리를 지르는 『어린이』의 탄생은 분명히 조선소년운동의 기록 우에 의의 잇난 새금〔劃〕일 것"[57]이라고 밝히고, 당시의 가정과 학교와는 완전히 다른 방식으로 소년을 지도해야 한다고 주장했다.

지금의 그네의 부모 그 대개는 무지한 사랑을 가젓을 뿐이며 친권(親權)만 휘두르는 일권위(一權威)일 뿐임니다 화초 기르듯 물건 취급하듯 자기의 사에 꼭 맛는 인물을 맨들녀는 욕심밧게 잇지 아니함니다.
지금의 학교 그는 기성(旣成)된 사회와의 일정한 약속 하에서 그의 필요한 인물을 조출(造出)하는 밧게 더 이상(理想)도 계획도 업슴니다 그째 그 사회 어느 구석에 필요한 엇던 인물(소위 입신출세자겟지요)의 주문을 밧고 고대로 작고 판(版)에 찍어내놋는 교육이 아니고 무엇이겟슴닛가.
그러나 어린이는 결코 부모의 물건이 되려고 생겨나오는 것도 아니고 어느 기성사회의 주문품이 되려고 낫는 것도 아니임니다.[58]

이 글에는 사회비판 의식과 아동주체의 관점이 확연히 드러나 있다. 단순히 교훈만을 염두에 두었던 앞 시기와 다르게, 방정환이 동화를 예술로 여기고 그 문학적 효과를 주목하게 된 것은 이와 같은 진보적 세계관과 무관한 것이 아니었다.

이러한 태도로 하지 아니 한다 하면 나는 소년운동의 진의를 의심함니다.

---

57 방정환 「소년의 지도에 관하여 잡지 '어린이' 창간에 제하여 조정호형께」, 『천도교회월보』 1923년 3월호 52면.
58 같은 글 53면.

소년운동에 힘쓰는 출발을 여긔에 둔 나는 이제 소년잡지 『어린이』에 대하는 태도도 이러할 것이라 합니다. (…)

『어린이』에는 수신강화(修身講話) 갓흔 교훈담이나 수양담(修養談)은(특별한 경우에 어느 특수한 것이면 모르나) 일절 넛치 말하야 할 것이라 합니다.

저의끼리의 소식 저의끼리의 작문 담화(談話) 또는 동화 동요 소년소설 이쑨으로 훌륭합니다. 거긔서 웃고 울고 뛰고 노래하고 그럿케만 커가면 훌륭합니다.[59]

방정환이 『어린이』의 발간을 전후로 해서 근대적 예술관에 입각한 「새로 개척되는 '동화'에 관하여」(『개벽』 1923.1)를 발표한 것, 그리고 아동문제연구단체 '색동회'(色童會, 1923.3)를 건설하고 나선 것은 아동문학을 새로운 수준으로 출범시키는 데 불가결한 일이었다. 색동회는 방정환, 손진태(孫晋泰), 윤극영(尹克榮), 정순철(鄭順哲), 고한승(高漢承), 진장섭(秦長燮), 조재호(曹在浩), 정병기(丁炳基) 등을 구성원으로 1923년 3월 16일 토오꾜오에서 첫모임을 가졌으며, 그 해 5월 1일 어린이날을 기하여 발족식을 거행했다. 마해송(馬海松), 정인섭(鄭寅燮), 이헌구(李軒求) 등도 잇달아 합류했다. 색동회가 '어린이날' 기념대회, 세계아동예술전람회, 『어린이』 발간 등을 기획·주관하면서 소년운동과 아동문학의 견인차 역할을 했다는 사실은 잘 알려져 있기에 설명을 줄여도 좋을 것이다.[60] 『어린이』의 발간과 더불어 동요·동시·동화·소년소설·동극 등 아동문학의 기본갈래가 확고하게 자리를 잡기 시작했다.[61] 소년운동은 제도적 기반의 취약성을 상쇄하고 지속적으로 아동 독자를 형성시켰으며, 색동회는 『어린이』의 발간에 큰 역할을 했을 뿐 아니라 안정적으로 필진

59 같은 글 54면.
60 이에 관한 자세한 내용은 정인섭 『색동회어린이운동사』를 참고하기 바람.
61 이에 관한 자세한 내용은 졸고 「한일 아동문학의 기원과 성격 비교」를 참고하기 바람.

을 제공했다.[62] 비로소 전문적인 동요시인·작곡가, 그리고 동화작가·구연가 들이 무대 위에 등장했다. 아동을 위한 창작활동은 산발적·개별적이던 것에서 조직적·집중적인 것으로 바뀌었다. 『어린이』의 위상이 『소년』 『붉은 저고리』 『아이들 보이』 『새별』 등과 뚜렷이 구별되는 근거가 이런 데에 있는 것이다.

3. 결론

아동문학의 형성과정을 살피는 일은 아동관의 변화, 그리고 아동 독자와 전문작가의 출현과정을 살피는 일과 다르지 않다. 아동문학 텍스트는 그 과정에 속해 있는 것이다. 20세기 초의 각종 문헌자료를 살펴본 결과, 근대전환기의 새로운 주역으로 떠오른 '소년＝청년'은 1910년대 '(아이들)/청년'의 과도기를 거쳐서 1920년대 '어린이＝소년/청년'으로 운동의 대상과 주체가 확대재생산되는 모습을 보여준다. 최남선의 『소년』을 저수지로 하는 물줄기의 하나는 『청춘』으로 이어지면서 신문학운동의 주도층을 확산시켰고, 또 다른 하나는 『붉은 저고리』 『아이들 보이』 『새별』로 이어지면서 유소년 독자층을 만들어냈다. 이광수에 의해서 제기된 자녀문제는 김기전을 비롯한 천도교 사회운동세력에 의해서 아동문제로 새롭게 비약했고, 소년운동을 기반으로 하는 방정환의 『어린이』는 마침내 예술로서의 아동문학을 성립시켰다.

아동에 대한 인식이 진전되는 것에 비례하여 그들을 위한 텍스트도 중대해갔다. 그런데 『소년』 『붉은 저고리』 『아이들 보이』 『새별』은 최남선

---

62 염희경은 '소년회'와 '색동회'를 근대아동문단 형성의 '제도'라는 관점에서 주목한 바 있다. 염희경 「한국 근대아동문단 형성의 '제도' '어린이'를 중심으로」, 『동화와 번역』 11호, 2006.

이거나 이광수거나 한 사람이 편집과 집필을 도맡아했기 때문에 다른 작가의 참여는 거의 이루어지지 못했다. 그 당시 최남선은 시가(詩歌), 이광수는 소설 창작에 열의를 보이고 있었다. 그러므로 이들이 아동의 읽을거리를 만들었다고 하더라도 최남선과 이광수를 '동요시인'이나 '동화작가'와 같은 아동문학가로 명명하기는 어렵다. 창작상의 획기적인 전환은 1920년대의 '소년운동'과 『어린이』를 발판으로 활동한 '색동회'에 의해서 이루어졌다. 소년운동은 지속적인 아동 독자를, 『어린이』는 성인문학으로부터 독립된 '아동문학 장(場)'을, 그리고 색동회는 아동문학의 '전문작가 군(群)'을 보장하는 것이었다. 따라서 『소년』이 '아동/성인'이 분립되기 이전 신문학운동의 요람이라고 한다면, 『붉은 저고리』『아이들보이』『새별』은 또 다른 조짐이요 예비라 할 수 있으니, 아동문학은 『어린이』에 와서 온전한 모습을 갖추고 부문의 독립성을 획득했다고 평가할수 있다. 이 가운데 무엇이 더 중요하고 결정적이냐 하는 것은 관점과 기준에 따라 달라질 수밖에 없다. 분명한 것은 이와 같은 일련의 흐름이 모두 긴밀한 인과관계를 이루면서 한국 아동문학의 역사를 구성한다는 사실이다.

　본고는 '아동 독자·매체·작가'의 삼위일체를 이룸으로써 아동문학이 비약하는 계기를 1920년대 초의 '소년운동, 『어린이』, 색동회'의 결합에서 찾았다. 이것이 한국 아동문학의 전개과정을 규정한 하나의 '기원'(origin)적 성격을 함축하고 있다고 보았기 때문이다. 본고에서는 다루지못했지만, 많은 연구자들이 '최초의 창작동화'로 주목하는 마해송의 「바위나리와 아기별」(『어린이』 1926.1)은 한국 아동문학의 기원적 성격과 관련해서 문제성을 지닌 작품이다. 흥미롭게도 마해송은 개성(開城)에서 소년운동을 이끌었고, 일본유학중에 색동회의 구성원이 되었으며, 『어린이』에 여러 편의 창작동화를 발표한 이력을 두루 가지고 있다. 「바위나리와 아기별」은 한국 창작동화의 흐름에서 매우 특이한 자리를 차지하고 있으며, 한·중·일 동아시아 아동문학의 민족적 특성을 살피는 데에서도 하나의 거울로 작용한다. 이 문제에 대한 자세한 고찰은 다음 자리를 기약해둔다.

_『동북아시아연구』 15집, 2008

아동문학사의 잘못된 연표

「바위나리와 아기별」의 서지사항을 중심으로

1. 기초연구의 중요성

아동문학에 대한 관심이 높아지면서 이 분야의 전공자와 연구논문이 나란히 증가하는 추세에 있다. 어느새 석박사 학위논문만도 상당량에 이른다. 이중에서 가장 높은 비중은 우리 아동문학의 유산을 다룬 작가·작품론일 것이다. 그런데 몇몇 중요한 성과가 없지 않음에도, 모래위에 집을 짓는 것 같은 일이 그치질 않고 있다. 이는 기초연구를 소홀히 하는 안이한 풍토에서 말미암는다. 작가·작품론은 해석과 평가, 곧 텍스트의 문학적 가치를 따져서 올바르게 자리매김하려는 데 최종목적이 있다. 이를 위해 가장 먼저 수행해야 하는 과제가 다름 아닌 작가 연보와 원본 확정 등의 기초연구다. 이것들은 객관적 사실로서 존재하는 것이기에 엄격한 고증을 거쳐 하나로 고정되어야 마땅하다. 하지만 우리 아동문학의 연구는 문학사 연표조차 불완전한 초보적 단계에 머물러 있다. 이 점에 대한 자각이 없으면, 부실한 연구를 초래할 가능성이 그만큼 커진다. 기초연구는 잘못된 사실에서 비롯되는 해석의 여러 가지 오류를 방지하기 위해서 반드시 거쳐야 하는 관문이다.

예컨대 우리가 보는 각종 아동문학 전집류와 마해송 작품집에 실린 「토끼와 원숭이」는 맨 처음의 발표 연도를 달고 있지만 작가가 나중에 대폭 보완한 텍스트다. 해방을 전후해서 10여 년에 걸쳐 완성한 이 작품을 '『어린이』 1931년 8월호'라는 서지사항에 입각해서 해석한다면, 작품 후반부가 해방 후의 사회상황과 관련된 내용이라는 사실을 간과하고 엉뚱한 결론에 이를 수도 있는 것이다.[1] 최근에는 이상(李箱)의 유일한 창작동화라고 알려진 「황소와 도깨비」가 일본 동화의 번안인데다 번안자도 이상이 아니라는 사실이 밝혀졌다.[2] 이로써 이상의 작품으로 설명해온 기존의 논의는 한순간에 모래알처럼 스러져버렸다. 특히 민족성과 관련지은 해석은 희극적인 장면으로 전락할 운명이다. 방정환(方定煥)의 유명한 창작동요라고 언급돼온 「형제별」도 이와 사정이 비슷하다. "일제하에서 압박받던 당시 우리 민족의 슬픔을 그린"[3] 것이라고 해석된 이 동요가 '일본 동요의 번안'[4]이라는 사실은 너무 아이러니하지 않은가? 수용미학의 측면에서는 이 동요가 민족의 슬픔을 불러일으켰으리라는 추정이 가능하다. 그렇지만 엄격한 실증을 거치지 않은 역사주의 비평은 때로 치명적이다. "'날 저무는 하늘'이라는 공간적 배경은 일제치하의 조국으로 보여지며, '삼형제의 별'은 우리 민족이나 삼천리강산으로도 볼 수 있다. 주권을 잃은 조국의 비운을 별 삼형제로 의인화하여 그 비극성을 더욱 정서와 밀착시키고 있음을 볼 수 있다"[5]는 해석은 사실관계에 의거할 때

1 「토끼와 원숭이」의 판본별 텍스트 비교는 졸고 「해방 전후의 민족현실과 마해송 동화」(염무웅·최원식 외 『해방 전후, 우리 문학의 길찾기』, 민음사 2005)를 참고하기 바람.
2 김영순 「'황소와 도깨비'는 이상의 창작인가」, 『창비어린이』 2003년 겨울호.
3 이재철 『세계아동문학사전』, 계몽사 1989, 136면.
4 심명숙 「다시 쓰는 방정환 동요 연보」, 『아침햇살』 1998년 가을호.
5 이재철, 앞의 책 136면.

명백히 '의도의 오류'에 해당한다.

　일제 식민지시대는 아동문학의 형성기라 할 수 있으므로 기초연구의 중요성이 더한층 엄정하게 제기된다. 손쉽게 접근할 수 있는 2차자료에 의존하는 연구관행은 재고되어야 한다. 매우 민감하고 중요한 사안에 대해 고증이 불철저한 선행연구를 답습하는 것은 말할 것도 없거니와, 각종 회고담이나 전집류의 연보를 그대로 수용하는 것에도 많은 함정이 도사리고 있다. 형성기의 주요 작가인 방정환, 마해송, 이주홍, 이원수 등에 관한 몇 가지 기본적인 사항이 최근 연이어 수정되고 있는 현상을 볼 때, 기초연구의 중요성을 거듭 강조하지 않을 수 없다.

2. 아동문학의 정전(正典) 문제

　기초연구의 중요성은 작가·작품론의 영역에만 한정되지 않는다. 아동문학의 정전 문제와 관련해서는 기초연구의 중요성뿐 아니라 시급성까지 요구되는 상황이다. 주지하다시피 정전(canon)은 '잣대'를 뜻하는 말에서 유래되어, '기준이 되고 모범적이며 규범적인 것으로 수용되는 문화유산'을 가리킨다.[6] 그런데 문화유산을 선별하는 전통의 수용행위는 특정가치를 대변하게 마련이므로, 아동문학의 연구가 활발해질수록 정전을 둘러싼 문제가 쟁점으로 떠오를 가능성이 매우 높다. 우리 아동문학에 과연 정전이 존재하느냐는 의문이 들 만큼 문화유산에 대한 조명이 불충분한 상태였다. 하지만 창작과 독서 행위는 어떤 식으로든 정전의 영향을 받게 마련이다. 그동안 아동문학의 정전 형성에 보이지 않는 힘을 행사해온 것으로 각종 아동문학사 연표 및 저술, 아동문학 전집류와

6　라영균 「정전과 문학 정전」, 『외국문학연구』 7집, 2000 참고.

초등교과서 등을 들 수 있다. 이것들은 선택과 배제를 통해서 내용이 구성된다. 그런데 이러저러한 이유로 배제되거나 묻혀 있는 미발굴 작품이 적지 않을 것으로 짐작되고, 선택되었을지라도 서지사항조차 제대로 확인되지 않은 지경이라면 정전을 둘러싼 문제가 얼마나 심각할 것인가.

지금까지 나온 주요 아동문학사 연표 및 저술은 다음과 같다.

- 윤석중 「한국아동문학서지」(『아동문학의 지도와 감상』, 대한교련 1962).
- 윤고종 「아동잡지소사」(『아동문학』 2집, 1962).
- 어효선 「아동문학사연표」(『아동문학』 12집, 1965).
- 이재철 『한국현대아동문학사』(일지사 1978).
- 이재철 「한국아동문학서지」(『세계아동문학사전』, 계몽사 1989).

이들 아동문학사 연표 및 저술은 자료가 대단히 불충분한 악조건, 그야말로 초창기에 이루어낸 성과라는 점에서 자못 의의가 크다. 이와 같은 1차적인 토대가 마련되어야 후학들이 다시 수정보완하면서 좀더 단단한 성과를 구축해갈 수 있는 것이다. 윤석중(尹石重), 윤고종(尹鼓鍾), 어효선(魚孝善)의 경우는 부족한 내용을 채워내고자 기억에 의존한 항목이 적지 않다. 언뜻 눈에 띄는 것으로 윤석중은 『붉은 저고리』의 창간을 1912년, 윤고종은 『어린이』의 창간을 1925년, 『어린이』『신소년』『별나라』의 폐간을 각각 1932년, 1930년, 1929년으로 잘못 기록하고 있다. 윤고종은 해방 후에 『어린이』를 복간한 고한승(高漢承, 1902~50)이 해방 전에 작고한 것으로 기록하기도 했다. 어효선도 『붉은 저고리』의 창간을 1912년, 『신소년』과 『별나라』의 폐간을 모두 1930년으로 잘못 기록하고 있다.

윤석중, 윤고종, 어효선이 작성한 연표의 가장 큰 문제점은 문학사적으로 중요한 사항이 대폭 누락되었다는 사실이다. 이것들의 불충분함은 이재철(李在徹)의 연구로 와서 대부분 극복되었다. 이재철의 『한국현대아동문학사』(1978)는 체계적이고 실증적인 토대를 갖춘 본격적인 저술이다. 아동문학 연구조건의 척박함을 고려할 때 이는 전무후무한 업적으로 평가할 수 있다. 그러나 아직도 해결해야 할 과제가 적지 않다. 개척의 공로가 큰 선행연구의 미비점을 넘어서지 못하고 실증적인 오류를 되풀이하는 것은 선행연구와 더불어 전체적인 연구의 위신을 떨어뜨리는 일이다.[7]

---

7 아동문학 연구가 활발해진 1990년대 이후 새롭게 발굴·확인된 것으로 기존의 아동문학사 연표 및 저술을 재구성해야 할 필요성을 제기하는 주요 자료는 다음과 같다.
  (1) 작품집
  • 교육문예창작회 엮음 『한국근대동화선집』(전2권), 창작과비평사 1993.
  • 원종찬 엮음, 현덕 동화집 『너하고 안 놀아』, 창작과비평사 1995.
  • 원종찬 엮음, 윤복진 동요집 『꽃초롱 별초롱』, 창작과비평사 1997.
  • 겨레아동문학연구회 엮음 『겨레아동문학선집』(전10권), 보리 1999.
  • 김중철 엮음, 아동극 선집 『노래 주머니』, 우리교육 2002.
  • 김제곤 엮음, 노양근 장편 소년소설 『열세 동무』, 창작과비평사 2003.
  • 김경연 엮음, 주요섭 장편동화 『웅철이의 모험』, 풀빛 2006.
  (2) 연구논저
  • 원종찬 「현덕의 아동문학」, 『민족문학사연구』 6호, 1994.
  • 이재복 『우리 동화 바로 읽기』, 한길사 1995.
  • 원종찬 「정지용과 이태준의 아동문학」, 『아침햇살』 1997년 여름호.
  • 박숙경 「이광수와 근대 창작동화의 기원」, 『아침햇살』 1998년 여름호.
  • 심명숙 「다시 쓰는 방정환 동요 연보」, 『아침햇살』 1998년 가을호.
  • 염희경 「소파 방정환과 사회주의」, 『아침햇살』 2000년 여름호.
  • 나까무라 오사무(仲村修) 「발굴자료 이주홍 '배암새끼의 무도'」, 『창비어린이』 2003년 여름호.
  • 김영순 「'황소와 도깨비'는 이상의 창작인가」, 『창비어린이』 2003년 겨울호.
  • 조은숙 「1910년대 아동신문 "붉은 져고리" 연구」, 『근대문학연구』 8호, 2003.
  • 박태일 「이원수의 부왜문학 연구」, 『배달말』 32집, 2003.
  • 김자연 『아동문학의 이해와 창작의 실제』, 청동거울 2003.
  • 오오따께 키요미(大竹聖美) 「전시 통제하의 식민지조선 아동문화사 연표」, 『근대 한일 아동문화와 문학 관계사』, 청운 2005.
  • 최기숙 「신대한 소년'과 '아이들 보이'의 문화생태학 — "소년"과 "아이들 보이"를 중심으로」, 『상허학보』 16집, 2006.

한편, 정전 문제와 관련해서 주목할 만한 선집·전집류는 다음과 같다.

- 『조선아동문학집』(조선일보사 1938).
- 『한국아동문학전집』(전12권, 민중서관 1962).
- 『한국아동문학독본』(전10권, 을유문화사 1962).
- 『한국현대동화집 — 소년소녀 세계문학전집』(전60권, 계몽사 1962).[8]
- 『한국아동문학대표작선집』(전30권, 웅진출판주식회사 1988).
- 『어린이한국문학』(전50권, 계몽사 1995).

- 『1920년대 아동문학집 1』(평양: 문학예술종합출판사 1993).
- 『1920년대 아동문학집 2』(평양: 문학예술종합출판사 1994).
- 『1930년대 아동문학작품집 1, 2』(평양: 문학예술출판사 2005).

　일제시대와 해방 직후에도 개인이 엮은 몇몇 갈래별 선집은 존재한다. 그러나 대표성과 영향력 면에서는 조선일보사에서 펴낸 『조선아동문학집』을 넘어서는 게 없다. 그리고 분단시대에 남북한에서 발간된 선·전집류는 훨씬 많을 것이지만, 일제시대의 작품을 수록하고 있는 것으로 대표성과 영향력을 고려한다면 위에 제시한 자료가 우선적으로 검토되어

　박숙경은 『새별』 1914년 1월호에 발표된 이광수의 「내 소와 개」를 발굴 소개하면서 이 작품을 한국 창작동화의 형성과정에서 새롭게 자리매김했고, 김자연은 1914년 『아이들 보이』에 발표된 최남선의 「센둥이와 검둥이」를 한국 최초 창작동화로 주목했다. 심명숙의 방정환 연보는 염희경의 「소파 방정환 연구」(인하대 박사학위논문, 2007)에서 더욱 상세하게 보완되었다. 나까무라 오사무는 이주홍의 등단작 「배암새끼의 무도」가 1925년작으로 알려져 왔으나, 실제로 발표된 것은 『신소년』 1928년 5월호임을 밝혔다.

8　필자는 초판 발행연도를 밝히지 않은 1983년 중판을 소장하고 있는데, 이재철의 『한국현대아동문학사』에는 1962년에 『소년소녀 세계문학전집』 '전50권'이 나왔다고 되어 있다.(536면) 따라서 중판의 '제60권'으로 나온 『한국현대동화집』은 초판 발행연도가 1962년 이후일 가능성도 없지 않다. 이원수(1911~1981)가 엮은 것으로 되어 있다.

야 할 대상이라고 판단된다.

영향력 있는 주요 선·전집류라 했지만 오류가 만만치 않다. 작품 선정 기준은 차치하고서라도 수록된 텍스트가 그리 믿을 만한 게 못 되고, 연보 또한 하나로 고정되어 있지 않다. 특정 오류가 동일하게 반복되어 나타나기도 한다. 이런 문제점을 대표하는 양상의 하나가 바로 「바위나리와 아기별」의 서지사항이다. 이 작품은 아동문학사적으로 매우 비중 있게 다뤄져온 만큼 사실관계의 굴절이 초래하는 문제점도 클 수밖에 없다. 이제 불철저한 고증의 문제점을 환기하는 차원에서 이 작품의 관계 기록을 면밀하게 되짚어보고 아동문학사 연표의 중대한 오류를 바로잡아보기로 하겠다.

3. 「바위나리와 아기별」의 서지사항

마해송(馬海松, 1905~66)의 「바위나리와 아기별」은 '1923년 『샛별』에 발표된 우리나라 최초의 창작동화'라는 서지사항과 더불어 지금까지 나온 아동문학사 관련 저서에서 빠짐없이 언급되고 있는 작품이다.[9] 석박사 학위논문 가운데 가장 많이 언급되고 있는 작품도 이것인데,[10] '1923년 『샛별』에 발표된 우리나라 최초의 창작동화'라고 강조하는 데에서 예외가 없다. 이 작품은 1989년도 제5차 교육과정부터 지금까지 초등 교과

---

9 이재철 『한국현대아동문학사』, 일지사 1978; 이상현 『아동문학강의』, 일지사 1987; 석용원 『아동문학원론』, 학연사 1992; 김만석 『아동문학개론』, 동북조선민족교육출판사 1993; 이재복 『우리 동화 바로 읽기』, 한길사 1995; 박상재 『한국 창작동화의 환상성 연구』, 집문당 1998; 김자연 『한국 동화문학 연구』, 서문당 2000.
10 한국교육학술정보원의 학술연구정보서비스(http://www.riss4u.net)에서 제공하는 마해송 관련 학위논문은 총24건이다. 부분적으로 「바위나리와 아기별」을 다룬 학위논문은 이를 훨씬 넘어선다.

서에 가장 장기간 수록된 작품이기도 하다. 우선 필자는 「바위나리와 아기별」이 문학사적으로 의의 있는 선구적인 작품이라는 평가에 동의한다. 하지만 문학사에서 '최초'를 따지는 일은 부질없다. 그보다도 우리의 관심은 '1923년 『샛별』에 발표된 것'이라는 서지사항으로 돌려져야 한다. 그토록 중요하게 여기는 작품에 대해서 응분의 관심을 가지고 관련 자료를 살폈더라면, 결과적으로 그렇듯 부정확한 서지사항을 되풀이 강조하는 어리석음은 피할 수 있었을 것이다. 「바위나리와 아기별」을 '우리나라 최초의 창작동화'라고 언급한 수많은 연구논문에서 텍스트비평은 찾아보기 힘들다. 연구대상의 원본 확정을 건너뛰는 무모함이 무책임한 인상비평을 양산한다.

앞의 윤석중·윤고종이 작성한 목록에는 「바위나리와 아기별」이 빠져 있고, 어효선이 작성한 목록에는 연도를 밝히지 않은 채 「바위나리와 아기별」이 『샛별』에 발표되었다고만 기록되어 있다. 반면에 이재철의 『한국현대아동문학사』에는 「바위나리와 아기별」이 무려 열 번이나 언급되었는데, 그중 여덟 번은 '1923년 『샛별』에 발표된 우리나라 최초의 창작동화'라는 사실을 강조한 것이다.[11] 그러나 이 사실을 증명할 수 있는 자료 『샛별』은 아직 구해지지 않는다. 뒤에 자세히 살펴보겠지만, 후기로 올수록 「바위나리와 아기별」의 가치가 높아지고 있음을 기억해두자. 「바위나리와 아기별」을 수록하고 있는 주요 자료는 다음과 같다.

- 『어린이』(1926.1).
- 『해송동화집』(동경: 동성사 1934).[12]
- 『떡배 단배』(학원사 1953).

---

11 이재철, 앞의 책 86, 101, 132, 133, 134, 307, 383, 388면.
12 개벽사 발행으로 전하고 있지만, 실제로는 토오꾜오(東京)의 동성사(同聲社)에서 발행했고 개벽사는 보급을 맡았다. 염희경 「마해송 작품 연보」, 염무웅·최원식 외, 앞의 책 194면.

- 『마해송 동화집 ─ 한국아동문학전집 2』(민중서관 1962).
- 『한국현대동화집 ─ 소년소녀 세계문학전집(60)』(계몽사 1962).
- 『사슴과 사냥개』(창작과비평사 1977).
- 『귀 먹은 집오리 ─ 한국아동문학대표작선집 5』(웅진출판주식회사 1988).
- 『바위나리와 아기별 ─ 어린이한국문학 1』(계몽사 1995).

- 『1920년대 아동문학집 2』(평양: 문학예술종합출판사 1994).

1926년 1월호 『어린이』 잡지에 실린 것이 우리가 확인할 수 있는 최초의 텍스트다. 잡지 목차에는 「바위나리와별」이라고 되어 있으나 아마 오식(誤植)일 것이다. 텍스트 제목은 「바위나리와애기별」로 표기되어 있으며, 텍스트 말미에 또 다른 서지 관련 주석은 없다.

1934년 동성사에서 발행한 『해송동화집』에는 11편의 작품이 실려 있다. 이재철 소장(所藏)의 이 동화집은 일부 훼손된 상태다. 저자 후기와 판권도 낙장이다. 그런데 수록작품마다 텍스트 말미에 서지사항이 주석으로 밝혀져 있다. 그것을 작품이 실린 차례대로 뽑아보면 다음과 같다.

- 동화 「어머님의 선물」: 낙장
- 아동극 「복남이와 네 동무」: 송도소녀가극단을 위하야 대정12년·12·새ㅅ별
- 아동극 「다시 건저서」: 송도소녀가극단을 위하야 대정13년·5·새ㅅ별
- 아동극 「장님과 코길이」: 대정14년·5·어린이
- 아동극 「둑겁이의 배」: 대정14년·8·어린이
- 동화 「바위나리와 애기별」: 대정15년·1·어린이
- 아동극 「독갑이」: 대정15년·3·신소년
- 동화 「소년특사」: 소화2년·1·어린이

- 동화 「호랑이」: 낙장
- 동화 「톡기와 원숭이」: 소화6년·8·어린이, 소화8년·1·2·어린이(부득이한 사정으로 미완)
- 동화 「호랑이·고쌈」: 소화8년·10·11·어린이

여기서 확인되는 것은 '처음 발표된 연도순서'대로 작품을 실었다는 사실이다. 「어머님의 선물」은 『어린이』 1925년(대정14년) 12월호에도 발표되었지만, 『샛별』에 발표된 연도를 따라서 제일 앞자리에 실었을 것이다. 그러니까 마해송의 첫 창작동화는 「어머님의 선물」인 셈이다. 또 하나 확인되는 사실은 「바위나리와 아기별」의 처음 발표 연도와 지면이다. 여기에 따르면 『어린이』 1926년(대정15년) 1월호가 된다. 작가가 손수 작성한 이 서지사항에 의문스러운 구석은 남아 있지 않다.

1953년 학원사에서 나온 동화집 『떡배 단배』에는 5편의 창작동화가 실렸는데, 1964년에 재판을 찍으면서 작품도 더 많이 추가했고 추가된 작품만큼 후기의 설명도 늘어났다. 초판은 현재 손에 닿지 않지만, 초판의 후기를 인용문 형식으로 재판에 전부 옮겨 실었기 때문에 그 내용을 살피는 데 어려움은 없다. 작가는 수록작품 5편에 대한 서지사항을 후기에서 다음과 같이 밝혀 놓았다.

「바위나리와 아기별」은 1923년에 지은 것이다. 1924년 5월 1일, 제2회 어린이날에 이 이야기를 두 군데서 해준 일이 있었다.
그리고 1926년 신년호 『어린이』 잡지에 실렸다. 여러 해를 두고두고 지은 것이다. (…)
「어머님의 선물」은 1923년에 『샛별』이라는 잡지에 실렸다.
그러니 1922년에 지었을 것이다. (…) 1925년 12월호 『어린이』에 다시 나왔고 다른 잡지에서도 옮겨 실었다.

「토끼와 원숭이」는 1931년 8월호 『어린이』에 첫 머리가 실렸고 1933년 1월, 2월호에 다시 싣기 시작했는데 제3회치 원고는 압수를 당하여 나오지 못했다. (…)

「호랑이 곶감」은 1933년 10월호와 11월호 『어린이』에 발표하였다.

「떡배 단배」는 1948년 신년호 『자유신문』에 20일 동안 연재하여 발표하였다.[13]

여기에서도 확연하게 드러나는바, 「어머님의 선물」은 1922년에 지었고 1923년 『샛별』에 실렸다고 분명하게 기술했지만, 「바위나리와 아기별」은 1923년에 지었다고만 했을 뿐이고 발표지면은 1926년 신년호 『어린이』를 들고 있다는 사실이다. 작가가 손수 작성한 이 서지사항에도 크게 의심나는 대목은 발견되지 않는다.

「바위나리와 아기별」의 서지사항과 관련해서 중요한 정보를 제공하는 마해송의 초기기록이 하나 더 있다. 1931년 9월 23일자 『조선일보』에 실린 「산상수필(山上隨筆)」이다. 이 글은 1931년 8월호 『어린이』에 처음 선보인 「토끼와 원숭이」가 "이미 6,7년 전에 창작한 것"이라면서 그 발표 경위를 설명하는 데에 더 초점을 둔 자료인데, 「어머님의 선물」과 「바위나리와 아기별」에 대해서도 다음과 같이 언급하고 있다.

10년 전일까? 「어머님의 선물」이란 부끄러운 동화를 썼을 때에도, 이야기를 꾸미기 시작한 지 약 1년 후에, 비로소 원고로 써서 발표한 것이다. 1년 동안, 이리 생각 저리 생각하며, 동화회에서, 이렇게 이야기해보고, 저렇게 이야기해보고 하는 중에 점점 좋은 동화가 되어가는 까닭에, 그 후의 수 편의 동화도 대개 수개월, 혹 1개년, 혹 2개년 동안을 걸려 쓴 것이다.

13 마해송 『떡배 단배』 재판, 학원사 1964, 226면.

「바위나리와 아기별」이란 동화는 일본 건너오기 전, 개성에서 제2회 어린이날의 동화회에서 구연한 일이 있었고, 그 후 일본에서 2년을 지낸 후, 제3년 신년회의 『어린이』에 발표하였으니, 그간 3,4년을 지낸 것이다.[14]

앞서 살펴본 두 권의 동화집에서 작가가 손수 작성한 서지사항과 어긋나지 않는 내용이다. 작가의 표현대로 「바위나리와 아기별」을 '1923년에 지은 것'이라고 해도 그건 아직 텍스트로 기록된 것이 아니었다. 혹시 작가 발언에 기대어 「어머님의 선물」의 창작 연도를 1922년, 「토끼와 원숭이」의 창작 연도를 1924년으로 문학사 연표에 기록해야 한다고 주장할 사람이 있겠는가? 「바위나리와 아기별」을 '1923년작'이라고 연표에 기록하는 것은 「어머님의 선물」을 '1922년작'으로, 「토끼와 원숭이」를 '1924년작'이라고 각각 연표에 기록하는 것이나 다름없다. 얼마나 큰 차이인가? 텍스트 형태로 발표되기 전의 원고·구상·구연 등은 하나의 참고사항일 뿐이다. 우리가 연구하는 대상은 구체적으로 분석 가능한, 객관적으로 존재하는 텍스트이기 때문이다. 그러니 「바위나리와 아기별」의 창작 연도는 1926년이 되어야 맞는다. 요컨대 '『어린이』 1926년 1월호'가 이 작품의 정확한 서지사항이 되는 것이다.

그럼 「바위나리와 아기별」이 '1923년 『샛별』에 발표된 것'이라는 통설은 어디에 근거하는 것일까? 필자가 확인한 바로는 이에 관한 최초의 언급도 작가 자신에게서 나왔다. 1962년 민중서관에서 나온 『마해송 동화집 — 한국아동문학전집 2』의 '작품해설'이 그것이다. 여기에서 마해송은 「바위나리와 아기별」에 대해 다음과 같이 밝혔다.

1923,4년에 걸쳐서 지은 작품이다. 맨 처음의 작품이었다. 『샛별』이라는

14 마해송 「산상수필」, 『조선일보』 1931년 9월 23일자.

잡지에 실었었고 1926년 신년호 『어린이』 잡지에 다시 실렸다.[15]

『샛별』에 언제 실렸는지는 분명하게 언급하지 않았지만, 1923,4년에 걸쳐서 지은 작품이라고 했으니, 1924년이나 1925년에 실렸다는 얘기가 된다. 본문의 텍스트 말미에는 '1924년'이라는 연도만 기록해 놓았다. 한 가지 이상한 것은, 이전에 「어머님의 선물」을 '1922년에 지은 작품'이라고 말해 놓고서 그에 대한 아무런 해명도 없이 이번에는 "1923,4년에 걸쳐서 지은" 「바위나리와 아기별」을 "맨 처음의 작품"이라고 언급한 점이다. 「어머님의 선물」은 여기 수록작품이 아니기에 서지사항에 대한 언급도 나와 있지 않다.

민중서관의 『한국아동문학전집』은 마해송, 윤석중(尹石重), 이원수(李元壽), 강소천(姜小泉)이 편집위원으로 참여했다. 당연히 전집 2권의 『마해송 동화집』은 마해송 자신이 편집했을 것이다. 이를 증명하듯 여기 텍스트는 이전의 텍스트를 새롭게 손질한 대목들이 많이 눈에 띈다. 말하자면 이것이 저자가 손질한 '결정판'에 해당하는 것이다. 이후 각종 작품집에 실린 「바위나리와 아기별」 텍스트는 대부분 민중서관에서 나온 것을 정본으로 삼았음이 확인된다.

그렇지만 마해송 작고 후의 작품집들에서 보는 「바위나리와 아기별」의 서지사항은 또 제각각이다. 1977년에 창작과비평사에서 나온 『사슴과 사냥개』에는 수록 작품에 대한 이오덕의 해설이 실려 있는데, 「어머님의 선물」은 "1923년 『샛별』에 발표된, 최초의 작품"이라고 해두었지만, 「바위나리와 아기별」의 서지사항은 일체 밝히지 않았다. 1988년 웅진에서 나온 『귀 먹은 집오리 — 한국아동문학대표작선집 5』은 「바위나리와 아기별」의 텍스트 말미에 '1923'이라고 연대를 밝혔고, 작가소개란에

---

15 『마해송 동화집—한국아동문학전집 2』, 민중서관 1962, 325면.

"1923년 『샛별』지를 통해 동화 「바위나리와 아기별」로 문단에 나옴"이라고 서술해 놓았다. 1995년 계몽사에서 나온 『바위나리와 아기별—어린이한국문학 1』은 작가 소개란에 "1923년 잡지 『어린이』에 우리나라 최초의 창작동화 「바위나리와 아기별」을 처음 발표"했다고 서술해 놓았다. 한편, 1994년 평양 문학예술종합출판사에서 나온 『1920년대 아동문학집 2』은 1926년 1월 『어린이』에 실린 것을 정본으로 삼았으면서도 텍스트 말미에는 "1925년 1월 『어린이』"라고 서지사항을 밝혀 놓았다. 아예 서지사항을 밝히지 않은 창작과비평사의 작품집을 제외하고는 모두 오류를 드러내고 있는 것이다.

4. 작가 진술의 변화 요인

「바위나리와 아기별」의 첫 발표 시기 문제는 1920년대 개성에서 발행된 잡지 『샛별』을 손에 넣지 않는 이상 완전히 해결할 수는 없다. 만일 처음부터 작가가 「바위나리와 아기별」을 『샛별』에 발표된 최초의 작품으로 일관되게 기록해왔다면, 「어머님의 선물」처럼 설사 물증이 없더라도 연보나 연표를 작성하는 데 별 문제는 없었을 것이다. 그렇지만 앞서 살펴본 대로 작가는 애초 「어머님의 선물」이 「바위나리와 아기별」보다 더 이른 시기의 작품이고, 「바위나리와 아기별」은 1926년 1월 『어린이』에 발표된 것으로만 서지사항을 밝혀왔다. 그러다가 어느 시점부터 작가 진술이 달라진 것인데, 이런 경우에는 작가와 그 주변인물의 기록을 참조하되 기억의 불확실성을 십분 감안하면서 작가 진술의 변화 요인도 함께 따져보는 것이 효과적인 방법이라고 생각한다.

일제시대의 아동문학집으로서 주목할 가치가 있는 자료는 앞서도 말한 1938년 조선일보사 발행의 『조선아동문학집』이다. 당시 조선일보 출판부는 신문학 이후의 창작을 정리해서 각종 문학전집을 발행했으며, 독자로부터 높은 호응을 얻고 있었다. 『조선아동문학집』은 동요·동화·동극·소년소설 등 갈래별로 작품을 뽑아 실었는데, 마해송의 작품은 동화 「어머님의 선물」과 동극 「장님과 코끼리」가 각각 선택되었다. '최초의 창작동화집'으로 평가받는 『해송동화집』이 나온 지 4년 후에 만들어진 선집임을 감안할 때, 「바위나리와 아기별」이 빠진 것은 뜻밖의 일이다.[16] 「바위나리와 아기별」을 제치고 「어머님의 선물」이 대표작으로 선택된 것은 왜일까? 필자는 여기에 일제시대 우리 창작동화의 민족적 특성과 관련되는 문제가 숨어 있다고 판단한다. 곧 '탐미적 색채'가 도드라진 「바위나리와 아기별」보다는 다소 감상적이지만 현실적 색채를 지닌 「어머님의 선물」이 더욱 일제시대 우리 창작동화의 전형으로 인식되었다는 점, 따라서 당대 독자의 호응도 그쪽이 훨씬 높았으리라는 점이다. 크게 보아서 「바위나리와 아기별」 계열의 작품은 마해송한테서도 더 이상 나오지 않았으며, 다른 동화작가들 또한 마찬가지여서 훗날 이 작품은 더욱 이채를 발하는 것으로 주목받게 되었다.[17]

한편, 해방 후에 만들어진 아동문학집으로서 주목할 가치가 있는 자료는 1962년 을유문화사에서 나온 『한국아동문학독본』 시리즈다. '1권 방정환, 2권 마해송, 3권 윤석중, 4권 이주홍, 5권 이원수, 6권 강소천, 7권 임인수, 8권 박화목, 9권 한국 전래동화, 10권 한국 전래동요' 순으로 발행되었다. 그중 2권으로 나온 『마해송 아동문학독본』은 엮은이가 이희

---

16 일찍이 장혁주는 「해송동화집 독후감」(『동아일보』 1934년 5월 26일자)에서 「바위나리와 아기별」이 안데르센과 그림형제의 동화에도 뒤지지 않는 것이라면서 극찬한 바 있다. 장혁주(張赫宙, 1905~1998)는 일본문단에 등단한 소설가이자 평론가로서 주로 일본에서 활동을 벌였고, 해방 후 일본에 귀화하였다. 1920, 30년대 일본에서는 오가와 미메이(小川未明) 풍의 이른바 '상징동화'가 창작동화의 모델로 인식되었다.
17 이에 대한 기본적인 관점은 졸고 「한일 아동문학의 기원과 성격 비교」(『아동문학과 비평정신』, 창작과비평사 2001)를 참고하기 바람.

승(李熙昇)이라고 되어 있다. 흥미로운 건 여기에도 「어머님의 선물」은 실려 있는데 「바위나리와 아기별」은 빠져 있다는 사실이다. 대표작을 엄선해서 싣는 권위 있는 선·전집류가 정전 형성에 미치는 영향력을 생각할 때, 이는 결코 예사롭게 보아 넘길 일이 아니다.

어쩌면 여기에는 특별한 사정이 개입해 있는지도 모른다. 같은 해에 마해송이 엮은 민중서관의 대표작선집에는 을유문화사의 대표작선집과 겹치는 작품이 한 편도 없다. 민중서관 선집의 수록작품은 「바위나리와 아기별」「토끼와 원숭이」「떡배 단배」「토끼와 돼지」이고, 을유문화사 선집의 수록작품은 「호랑이, 곶감」「어머님의 선물」「소년 특사」「오돌돌 한우물」「형제」「꽁초 노인의 새장」「물고기 세상」「신기한 옥퉁소」이다. 엮은이 해설에서도 이렇게 된 사정을 엿볼 수 있는 단서는 찾아지지 않는다. 단언할 성질은 아니지만, 같은 시기에 다른 출판사에서 각각 대표작선집이 나오게 되니까 엮은이끼리 서로 연락을 주고받으면서 수록작품이 겹치지 않게끔 골랐을 가능성이 없지 않다.

그 사정이 어떠하든, 마해송이 「바위나리와 아기별」을 자신의 첫 작품이자 『샛별』에도 발표한 것이라고 밝힌 1962년은 한국 아동문학의 유산을 정리하는 선·전집류의 발행이 본격화한 시점이라는 사실을 주목할 필요가 있다. 뿐만이 아니다. 1962년은 성인을 상대로 하는 본격적인 아동문학 전문지 『아동문학』이 발행되기 시작한 해이기도 하다. 『아동문학』은 강소천, 김동리(金東里), 박목월(朴木月), 조지훈(趙芝薰), 최태호(崔台鎬)를 편집위원으로 해서 1962년 10월부터 1969년 5월까지 총 19집이 발행되었고, '동화와 소설' '동요와 동시의 구분' 등 일련의 지상 심포지엄을 통해 아동문학의 여러 문제점들을 검토해갔다. 1963년에 나온 『아동문학』 5집에는 마해송과 강소천의 대담기록이 실려 있는데,[18] 초기작

---

18 대담 일자는 1963년 3월 2일이고, 이 기록이 발표된 시점인 6월은 강소천이 작고한 뒤였다.

품과 관련한 다음의 발언이 눈에 띈다.

> 강소천: (…) 그럼 선생님의 처녀작품이 발표된 것은 언제쯤인가요?
> 마해송: 박홍근 주간의 『샛별』에 동화 「어머님의 선물」을 발표한 것이
> 1923년입니다마는, 처녀작품은 「바위나리와 아기별」이지요.
> 강소천: 저도 당시 상당히 재미나게 읽었습니다. 선생님의 「바위나리와
> 아기별」 「어머님의 선물」은 우리 나라에서는 최초의 창작동화라고 기억하
> 는데, 이 점 선생님은 어떻게 생각하시는지요.
> 마해송: 네, 그렇죠. 제일 먼저 발표된 것이라고 여깁니다. 그 당시 「어머
> 님의 선물」은 독자들에게 많은 감동과 격찬을 받으면서 읽히어졌습니다.
> 그리고 이 작품의 영향이 얼마나 컸느냐고는, 그 당시 이것과 흡사한 모작
> 품이 수없이 쏟아져 나왔다는 사실로도 짐작할 수 있습니다.[19]

마해송은 「바위나리와 아기별」을 처녀작품이라고 했으나, 언제 어디
에 발표했다는 언급은 하지 않았다. 그런데 「어머님의 선물」은 1923년
『샛별』에 발표한 것이라고 확실하게 진술하고 있다. 또 그 작품이 일제
시대에는 「바위나리와 아기별」보다 훨씬 더 호응이 컸다고도 밝히고 있
다. 두 작품이 모두 작가에게 의미를 띠고 있는 것은 분명하지만, 발화시
점과 상황에 따라 강조점이 미묘하게 움직이고 있는 것이다.

개인적으로 마해송은 청년시절의 슬픈 사랑 체험을 그린 「바위나리와
아기별」에 대해 각별한 애착심을 보여왔다. 그는 수필가로서도 명성을
떨쳤는데, 회고형식의 글을 통해서 「바위나리와 아기별」의 씨앗이 된
'연애사건'을 여러 차례 소개해왔다.[20] 조혼의 폐습에 따라 신부도 모르

---

19 마해송·강소천 대담 「작가를 찾아서―마해송편」, 『아동문학』 5집, 1963, 37면.
20 가장 대표적인 책은 『亦君恩』(東京: 愛宕社 1941)과 『아름다운 새벽』(성바오로출판사 1974)
　이다.

고 결혼했다가, 도일(渡日)하여 새로운 여성과 사랑에 빠지지만 엄친의 명에 의해서 가택연금까지 당해야 했던 것이다. 한편, 우리 창작동화의 흐름에서 「바위나리와 아기별」의 가치는 점점 더 높아져갔다. 「어머님의 선물」과 더불어 주류를 이룬 교훈적인 생활동화나 의인동화가 대신할 수 없는 독특한 세계를 지녔기 때문이다. 결과적으로 「바위나리와 아기별」은 자타가 공인하는 대표작으로서 부각되었다. 하나 걸리는 게 있다면 발표시기가 「어머님의 선물」보다 조금 늦다는 사실이었을 테다. 그래서일까? 마해송이 1964년 『현대문학』의 '나의 처녀작·내가 고른 대표작' 란에 「연금에서 빚어진 '바위나리와 아기별'」이라는 글을 실어 초기작 가운데에서는 오로지 이 작품에 대해 집중하고 있다. 「바위나리와 아기별」을 자신의 처녀작이자 대표작으로 최종 봉인(封印)한 것이다. 여기에서는 「바위나리와 아기별」의 서지사항을 다음과 같이 밝혔다.

> 당시 개성에는 박흥근 씨가 발행하는 『샛별』이라는 어린이 잡지가 있었다. 『샛별』에 발표했고, 1926년 신년호 『어린이』에 다시 실렸고, 1934년 '시에론 레코오드'가 앞뒤 두 면으로 (남궁선 낭독―원문) 넣어 발매하니 『어린이』(에―인용자)는 다시 한 번 실렸었다.[21]

『샛별』에 발표한 것이라는 언급이 또 나타나 있는데 정확한 연도는 말하지 않았다. 뒤늦게 「바위나리와 아기별」을 자신의 첫 작품으로 추인(追認)했지만, 그 서지사항은 「어머님의 선물」을 언급할 때와는 달리 분명하게 고정되어 있지 않은 것이다. 가까운 사람들에게서도 정확한 서지정보는 찾아지지 않는다. 동향의 선배이자 오랜 문우인 고한승도 정확한 증언은 남기지 않았다. 마해송 작고 후에 나온 추모문집에는 아동문학가

---

21 마해송 「연금에서 빚어진 '바위나리와 아기별'」, 『현대문학』 1964년 7월호 223면.

박홍근이 "1925년 약관 19세에 동화 「어머님의 선물」과 「바위나리와 아기별」 등으로 이 나라에 창작동화의 길을 처음으로 열어놓고…"[22]라고 창작 연도에 대해 다소 부정확하게 쓴 것을 볼 수 있는데, 이 박홍근(朴洪根)은 개성에서 『샛별』을 발행한 박홍근(朴弘根)과는 동명이인이다. 마해송의 아들 마종기(馬鍾基)가 비매품으로 펴낸 추모문집의 작가 연보에는 "1922년 박홍근 주간의 어린이 잡지 『샛별』에 동화 「어머님의 선물」「바위나리와 아기별」「복남이와 네 동무」 등을 발표"[23]했다고 잘못 기록해 놓았다.

사정이 이러하다면 문학사 연표에서 「바위나리와 아기별」의 서지사항을 어떻게 확정해야 할 것인가? 1차자료는 구해지지 않고 서로 경쟁하는 2차자료는 여럿 존재하는 만큼 절대적 완벽은 기할 수 없다는 전제 아래, 부족한 부분은 합리적 추론에 의거해서 해결하는 것이 최상의 방안이다. 작가가 손수 작성한 초기의 서지사항이 가장 믿을 만한 것이겠고, 작가의 회고기록은 사안으로부터 가까운 날의 글이 더 믿을 만한 것이겠다. 더욱이 훗날 더 많이 주목받기 시작한 작품임에랴. 모름지기 사람의 기억은 자신에게 유리한 쪽으로 움직이게 마련 아닌가.[24] 작가의 여러 기록에 의거할 때 「바위나리와 아기별」은 「어머님의 선물」보다 1년가량 늦거나 거의 비슷한 시기에 구상된 작품이었다. 처음에는 1923년 『샛별』에

---

22 박홍근 「동화나라의 해바라기 할아버지」, 마종기 편 『행복하여라 마음이 가난한 사람』 비매품, 성바오로출판사 1989, 20면.

23 같은 책 215면.

24 부정확한 사실을 작가에게 유리하게 기억하는 방증자료는 또 있다. 마해송과 같이 색동회에 1년 늦게 가입한 정인섭은 『색동회어린이운동사』(학원사 1975)를 엮으면서 마해송의 「나와 '색동회' 시대」(『신천지』 1954년 2월호)를 재수록했는데, 내용 중 잘못 기억된 사실을 바로 잡기 위해 글의 말미에 다음과 같은 주석을 달아 놓았다. "(정정: 색동회 조직은 1922년이 아니라 1923년이고, 처음 회원은 8명뿐이며, 마해송·정인섭은 1924년에 입회하였고, 최영주·최진순·윤석중 3인 중에서 최진순만 입회됐음) ― 색동회 중앙위원"(208면). 마해송의 회고글에는 '색동회는 1922년 마해송을 포함한 9명이 조직했다'고 잘못 기술되어 있었다.

발표된 「어머님의 선물」을 최초의 작품으로 삼았으나, 나중에는 1926년 『어린이』에 발표된 「바위나리와 아기별」을 더 앞자리에 끼워 넣고 싶은 작가의 욕망이 일어났고, 그 때문에 '이른 시기에 구상되고 구연된 사실'과 '실제로 발표한 사실'을 이따금 혼돈해서 말한 것이라고 생각한다.

5. 맺음말

이제 각종 문헌자료를 통해 필자가 파악한 마해송 초기작품의 서지사항을 정리해보기로 하자. 마해송은 색동회 가입 이전에 연극운동과 소년회 운동을 활발하게 전개했는데 「어머님의 선물」과 「바위나리와 아기별」은 잡지에 발표되기 전에 동화대회에서 먼저 구연되었다. 대략 1922~23년경이었다. 그러다가 「어머님의 선물」은 1923년 『샛별』에, 「바위나리와 아기별」은 1926년 1월호 『어린이』에 각각 처음 발표되었다. 애초에 마해송은 「어머님의 선물」은 1922년경에 지어져서 1923년 『샛별』에 처음 발표되었고, 「바위나리와 아기별」은 1923년경에 지어져서 1926년 1월호 『어린이』에 처음 발표되었다고 비교적 일관되게 진술해왔으나 (1931년의 「산상수필」, 1934년의 『해송동화집』, 1953년의 『떡배 단배』), 나중에는 「바위나리와 아기별」도 『샛별』에 발표되었던 것이라면서 그것이 맨 처음 작품이라고 진술을 번복하기 시작했다(1962년의 『마해송 동화집 ─ 한국아동문학 전집 2』, 1963년의 「작가를 찾아서 ─ 마해송편」, 1964년의 「연금에서 빚어진 '바위나리와 아기별'」).

앞선 시기의 일관된 진술을 신뢰하지 못할 까닭이 없으며, 뒤에 와서 진술이 오락가락하면서 바뀌게 되는 데에는 나름의 근거를 추정해볼 수 있다. 첫째, 애틋한 첫사랑의 체험을 담은 「바위나리와 아기별」에 대한 작가의 남다른 애착심이다. 창작의 동기가 된 '연애사건'이 1922년의 일이었으니, 구상단계까지를 '지어진 때'라고 말해온 바에 입각해본다면, 「바위나리와 아기별」이 제일 처음 작품이라고 혼돈할 만하다. 둘째, 초기에는 「어머님의 선물」이 더 호응을 받았는데, 후기에는 「바위나리와 아기별」이 더 주목을 받게 된 점이다. 특히 아동문학사의 유산에 대한 정리와 평가가 활발하게 이루어지기 시작한 1962년을 기점으로 자신의 첫 작품에 대한 진술이 바뀌는 것을 그저 우연이라고만 보기는 어렵다.

필자는 「바위나리와 아기별」의 선구적 위치나 문학적 가치는 1923년 작이든 1926년작이든 크게 달라질 것은 없다고 본다. 그렇긴 해도 잘못된 정보에 기초해서 연표를 작성하거나 문학사적 평가를 내리는 일은 피해야 할 것이다. 이제 이 작품에 대한 '우리나라 최초' 운운하는 상투적인 수식어는 떼어버리는 게 좋겠다. 그 말은 엄밀하게 실증된 정확한 표현도 아닐뿐더러, 형성기 창작동화의 다단(多端)한 흐름에 대해서도 눈을 감게 만든다. 누구나 인정하듯이 「바위나리와 아기별」은 마해송의 초기 대표작이다. 그런데 이 작품은 '1923년 『샛별』에 발표된 우리나라 최초의 창작동화'라고 자못 거창하게 의미가 부여되었던 만큼 가장 많이 연구되어왔으면서도 정작 기본적인 텍스트비평이 누락됨으로써 잘못된 통념을 대표하는 본의 아닌 오점을 끌어안게 되고 말았다. 주먹구구식 연구가 낳은 아동문학의 불명예가 아닐 것인가. 아동문학 전공자가 증가하면서 이 분야에 대한 학문으로서의 인식은 점점 확고해지고 있다. 그러나 부정확한 작가 연보와 문학사 연표를 재정비해야 하는 기초연구의 과제는 여전히 절실하다.

_『아동청소년문학연구』 2호, 2008

해방 전후의 민족현실과 마해송 동화

「토끼와 원숭이」를 중심으로

1. 머리말

마해송(馬海松, 본명 馬湘圭, 1905~1966)은 행복한 작가다. 그는 경기도 개성의 유복한 집안에서 태어나 한국 아동문학의 개척자가 되었고, 일본의 문예춘추사(文藝春秋社)에서 편집역량을 인정받아 『모던일본(モダン日本)』을 발행했으며, 해방 후 더욱 왕성한 작품활동을 벌여 아동문학인으로서는 처음으로 주요 문학상을 두 번이나 수상했다.[1] 그의 작품은 지금도 폭넓은 독자층의 사랑을 받고 있다. 그뿐이 아니다. 어린이를 낮추어 보고 소홀히 대하는 풍토 속에서 아동문학 연구는 매우 적막했던바, 그는 예외라 할 만큼 많은 관심과 조명을 받아왔다. 현재 그의 이름으로 된 문학상이 운영되고 있으며, 탄생 100주년에 즈음하여 그를 기념하는 문

---

1 장편동화 『모래알 고금』으로 1959년 아시아재단의 제6회 '자유문학상', 동화집 『떡배 단배』로 1964년 한국문인협회의 제1회 '한국문학상'을 받았다.

학비가 세워졌다.[2]

그의 문학은 몇 갈래로 나뉜 아동문단의 이쪽저쪽으로부터 지지와 호평을 받고 있는데, 이것도 그리 흔한 일은 아니다. 그가 몸담아온 색동회의 다른 회원들이나 아동문학회 작가들을 두고서는 엇갈린 평가가 더욱 많기 때문이다. 동료작가들과 구별되는 이런 예외적인 현상은 무엇보다도 뚜렷한 작품성과에 따른 결과겠지만, 그의 동화집 『사슴과 사냥개』가 민족문학의 지향을 뚜렷이 내세운 '창비아동문고'의 하나로 나온 점도 적지 않은 영향을 주었다. 「바위나리와 아기별」「토끼와 원숭이」「떡배 단배」「사슴과 사냥개」「꽃씨와 눈사람」「생각하는 아버지」 등 주요 중단편을 뽑아 실은 이 동화집의 해설에서 이오덕(李五德)은 다음과 같이 마해송 문학의 의의를 밝혔다.

마해송 씨의 동화에서 가장 두드러지게 나타나고 있는 것은 민족의 독립을 바라고 사회의 잘못됨을 바로잡으려는 생각이다. 마해송 씨의 민족주의는 일제시대에는 외국의 침략에 항거하는 「토끼와 원숭이」 같은 작품으로 나타나고, 혹은 식민지 백성의 고난과 슬픔을 그린 「어머님의 선물」과 같은 작품으로 나타났는데, 8·15 이후에는 강대국의 경제적 침략을 그린 동화 「떡배 단배」로 되기도 했다. (…)

우리의 근대 아동문학이 출발한 이후 동요·동시가 이른바 짝짜꿍 놀이에 빠져 있었던 것과는 달리, 동화에서는 그런 동심천사주의가 지배하지 못하였다. 이것은 문단에서 크게 그 자리를 차지하고 있던 마해송 씨 같은 분이 민족주의라는 뼈대가 있는 동화를 써서 외래적인 것의 모방을 일삼는 경향을 진작부터 막았기 때문이라고 생각한다.[3]

2 1967년 새싹회에서 '해송동화상'을 제정했으나 2회로 중단되었고, 2005년 문학과지성사에서 '마해송문학상'을 제정해서 1회 수상자가 나왔다. 2004년 10월 16일 경기도 파주출판문화단지에서 '마해송 문학비'의 제막식이 거행되었다.

한편, 한국 아동문학의 통사를 서술한 이재철(李在徹)은 「바위나리와 아기별」이 우리나라 "최초의 창작동화"라는 사실을 들어 그 선구성을 주목했다. 그리고 마해송 문학의 특징을 우의성, 풍자성, 간결성, 민족의식 등으로 설명했다.[4] 그런데 이재철은 이오덕이 주목한 마해송 동화의 저항성에 대해 작품구조 면에서는 동화 형식을 빌린 성인문학적 관심에 가깝다고 지적하고 그보다는 「바위나리와 아기별」의 환상성을 높이 평가했다. 이는 이오덕이 「바위나리와 아기별」의 환상성을 마해송 동화의 자리에서 특이한 것이라 보고 그보다는 사회현실의 문제와 좀더 직결되는 작품들을 높이 평가한 것과 차이가 난다.

이처럼 마해송 문학에 대해서는 환상성을 더 주목하는 연구와 저항성을 더 주목하는 연구로 크게 나뉜다. 최근 들어서는 두 가지 성격을 함께 수렴하려는 지향이 더욱 두드러지고 있지만, 한쪽에서는 형식면의 탐구 곧 우리 아동문학에서 취약한 환상성에 치중해왔다면, 다른 한쪽에서는 내용면의 탐구 곧 사회현실을 개조하려는 실천성에 치중해왔던 것이다. 어찌되었든 마해송 문학에 대해서는 유파와 이념을 막론하고 상당한 호평의 글들이 줄곧 발표되었고, '풍자와 연민' 또는 '재미와 교훈'의 세계로 요약되는 그의 문학세계를 계승 발전시키려는 지향에서만큼은 거의 일치된 견해에 도달한 듯하다.

그럼 마해송 문학 연구는 일단락되었는가? 얼핏 마해송 문학의 이해를 둘러싼 수많은 글들이 동어반복적으로 재생산되고 있는 현상을 보노라면 이미 매듭이 지어졌다고 판단하기도 쉽다. 작품마다 주제의식이 뚜렷한데다 작가 자신이 쓴 회고록이나 주위 사람이 쓴 추모와 친교의 글들

---

3 이오덕 「창작 동화의 개척자」, 마해송 『사슴과 사냥개』, 창작과비평사 1977, 285~87면. 이 초판 해설은 1990년 개정판에서 「자주와 독립의 정신을 심어준 동화」로 제목이 바뀐다.
4 이재철 『한국현대아동문학사』, 일지사 1978 참고.

도 많이 나와 있기 때문에 그의 문학을 설명하는 데 별다른 어려움을 느끼지 않는다. 그런데 마해송 문학 연구의 허점은 오히려 여기에서 비롯된다. 대부분의 글들이 선행 연구를 되풀이하면서 정작 사실 고증을 소홀히 한 탓에 텍스트 확정은 물론이고 아직 연보조차 고정되어 있지 않다. 또한 손에 닿는 자료를 의도에 따라 부풀려서 재구성하다보니 꼭 해명해야 할 대목을 건너뛰는 경우가 적지 않고, 작품 해석에서도 객관성이 결여된 평어와 수사들이 남발하고 있다. 그리하여 마해송 문학에 대한 주관적 설명은 많아도 설득력 있는 해명은 찾아보기 힘들다.

이에 본고는 한국 아동문학의 명예를 드높인 것으로 평가되는 대표작 「토끼와 원숭이」(1931~47)를 중심으로, 마해송의 삶과 문학에서 정점에 해당하는 한 시기의 활동을 새롭게 조명해보고자 한다.

2. 「토끼와 원숭이」가 놓인 자리

마해송 문학은 크게 세 시기로 나누어 살펴볼 수 있다. 첫째는 1920년대 동화 개척기로, 「어머님의 선물」「바위나리와 아기별」 등 봉건적 가족질서 아래서 고통받는 어린이를 연민하는 단편들이 이 시기를 대표한다. 둘째는 1930년대와 40년대에 걸친 시기로, 「토끼와 원숭이」「떡배 단배」 등 제국주의 세계질서 아래서 고통받는 민족의 현실을 풍자하는 중편들이 이 시기를 대표한다. 셋째는 1950년대와 60년대에 걸친 시기로, 『앙그리께』『물고기 세상』『모래알 고금』『멍멍 나그네』 등 잘못된 정치와 사회풍조를 비판하는 장편들이 이 시기를 대표한다. 「사슴과 사냥개」「꽃씨와 눈사람」「성난 수염」「학자들이 지은 집」「생각하는 아버지」 등 다양한 풍자와 비판의 세계를 담은 중단편들도 세 번째 시기에 나왔다.

두 번째와 세 번째 시기를 나누는 기점으로 8·15 해방을 들지 않은 것은 이상하게 보일는지 모른다. 하지만 작가의식이나 작품의 세계를 살펴보면 6·25 동란을 기점으로 나누는 것이 적절하다. 해방 전에 온전하게 발표되지 못한 「토끼와 원숭이」는 해방 후에 전편(前篇, 1946)과 후편(後篇, 1947)이 잇달아 발표되면서 최종 완성된다. 그 다음에 발표된 「떡배 단배」(1948~49)는 「토끼와 원숭이」하고 일정하게 짝을 이루는 세계다. 다시 말해서 「떡배 단배」는 해방 전후에 걸쳐서 씌어진 「토끼와 원숭이」의 세계를 잇는 것이다. 두 작품 모두 작가가 칼럼을 쓰고 있던 『자유신문』에 연재되었고, 당시의 민족현실에 대한 알레고리로서 시사성을 강하게 띠고 있다는 사실도 하나의 연속성으로 보는 근거가 된다. 하지만 6·25 동란 이후에는 이전에 볼 수 없었던 반공주의를 적극 내세우기 시작했다는 점에서 앞 시기와 구분된다.

이와 같은 시기 구분과 관련되는 사실로서 그의 삶의 전환을 이루는 주요 이력은 무엇일까? 대략 네 가지가 꼽히는데, 그것은 개성(開城) 출신(1905), 색동회 가입(1924), 문예춘추사 입사(1924), 종군문인 활동(1950) 등이다.[5] 이것들은 마해송 문학을 이해하는 데 열쇠가 되는 요소이기도 하다.

첫째, 고향 개성은 향토적 자의식이 매우 강한 곳으로 작가의 남다른 민족주의를 배양시킨 뿌리에 해당한다.[6] 그의 가계(家系)는 몇 대에 걸쳐

---

5 색동회 가입과 문예춘추사 입사는 같은 해에 이뤄진 것이지만, 실질적인 전환점에서는 편차가 드러난다. 색동회 가입은 동향의 선배 고한승(高漢承, 1902년생)과 친구 진장섭(秦長燮, 1904년생)의 영향이라고 할 수 있는데, 마해송은 1920년 전후에 이미 이들과 개성, 서울, 일본 등지를 오가면서 문화계몽 활동을 펼치고 있었다. 문예춘추사 입사는 해방 직전까지의 재일 기간 활동 전반을 규정하지만 그 가운데 결정적인 것은 1930년을 전후로 해서 결핵요양 중에 만난 일본 좌익작가와의 교류다.

6 개성인은 신왕조에 반항한 '두문동(杜門洞) 72인'의 정신을 항상 잠재의식에 넣고 살았다. 그들의 정신을 잇고자 하는 후예는 벼슬길을 택하지 않았고, 새 왕조의 개국공신 땅에서 소작할 수도 없는 노릇이라서 천민적인 상업의 길을 택하였던 것이니, 저항을 위해 단결하는 상호부조의 정신과 자주독립의 정신이 투철해서 식민지시대에도 일본상인이 개성 땅에서만큼은 상권을 포기할 수밖에 없었다. 조선조 개성상권 확립시의 조직체는 마(馬)씨 종문이 처음 발의

상당히 부유한 집안으로 상업에 종사했다고 한다. 이런 배경에서 그는 어린 시절에 민족 고유의 풍속과 문화를 비교적 넉넉하게 향유할 수 있었다. 하지만 10대에는 고향을 떠나고 20대에는 일본에서 직장을 얻어 사업을 벌이는 등 이방인으로서의 생활을 하게 되는데, 이로부터 고향 개성에 대한 향수는 조국에 대한 애정으로 발전한다. 그는 후지산(富士山)이 보이는 일본의 아름다운 고장에서 요양을 할 때에도 민족에 대한 자의식이 짙게 드리워진 심정으로 고향산천을 그리워했다.[7] 모던일본사를 경영할 적에는 자신을 비롯해 동향의 많은 벗들이 '주판'을 가지고 생활하게 된 사실을 들어 "개성인에게 흐르는 피는 위대하고 불가침의 것이 있는 것 같다"고까지 했는데, 자신은 개인의 축재보다는 사업에 역점을 두고 "조선사람을 욕뵈지 않게 하자는 의도의 생활"을 한다면서, "돈에 깨끗하고, 경우에 밝고, 신용이 있고, 살림이 정하고" 하는 생활방침이 "개성인의 특징이요 조선인 전부가 배워주었으면" 한다고 희망했다.[8] 그가 '조선 소나무'를 뜻하는 '해송(海松)'이라는 아호를 택해 사용한 것이나, 일본인들이 자신의 성씨를 '마'가 아니라 '바'로 발음하는 것에 대해 그냥 넘어가지 않았던 일화 같은 것도 외국에서 고향에 대한 자의식이 민족주의로 이어지는 모습을 보여주는 사례다. 모던일보사의 경영도 개성인의 기질에 뿌리를 둔 민족적 경쟁심리의 발로와 무관하지 않았던 것으로 짐작된다.

둘째, 색동회는 작가의 어린이 애호사상을 형성시킨 뿌리로 작용한다. 이 단체는 방정환(方定煥, 1899~1931)이 주축이 되어 1923년 4월 토오꾜오(東京)에서 창립되었다. 창립회원은 손진태(孫晋泰), 윤극영(尹克榮), 정순철(鄭順哲), 고한승(高漢承), 진장섭(秦長燮), 조재호(曺在浩), 정병기(丁炳

했다고 한다. 마종도 「개성인」, 우만형 편 『개성』, 예술춘추사 1970 참고.

7 마해송 「산상수필」, 『조선일보』 1931년 9월 22일자.

8 마해송 「향수」, 『삼천리』 1939년 4월호, 145면.

基) 등이고, 다음해에 마해송, 정인섭(鄭寅燮), 이헌구(李軒求), 최진순(崔瑨淳) 등이 합류했다. 마해송의 색동회 합류는 그가 머물렀던 진장섭의 하숙집에서 색동회의 모임이 주로 이루어진 것이 한 계기라 할 수 있는데, 그 이전에도 마해송은 동향의 고한승, 진장섭과 함께 서울 유학생 신분으로 또 토오꾜오 유학생 신분으로 초창기 문화운동에 가담하고 있었다. 개성에서 발행된 『여광(麗光)』(1919) 동인, 문학클럽 녹파회(綠波會)(1923) 동인으로서 글을 발표했고, 토오꾜오에서 유학생들이 주축이 된 극단 '동우회(同友會)'(1921)의 일원이 되어 국내 지방순회공연을 다녔다. 1922년 조선소년단의 사무소 위원장을 맡았고, 1923년 송도소녀가극단을 조직해 지방을 순회했으며, 어린이들을 모아놓고 동화 구연을 하기도 했다. 그러나 개척과 계몽의 성격을 띤 그 당시의 문화운동은 뚜렷한 영역의 분화가 이루어지지 않았다. 「바위나리와 아기별」의 창작동기로 흔히 거론되는 이른바 '연애사건'에 휘말려 있을 때에도 그의 지명도는 미약하나마 문화계 전반에 걸쳐 있었다. 이러했던 그가 아동문학과 어린이 문제에 초점을 두고 평생의 업으로 삼게 된 계기는 색동회의 가입이라고 여겨진다. 색동회는 천도교라는 배경을 지닌 방정환의 주도로 아동문예 잡지 『어린이』(1923.3~1934.7)를 발행하고, '어린이날' 행사를 비롯한 동화 구연, 동시 낭송, 동극 공연, 토론회, 연설회, 강연회, 전시회 등을 개최하면서 가장 정열적으로 활동한 어린이문화운동의 구심체였다.

셋째, 문예춘추사는 키꾸찌 칸(菊池寬, 1888~1948)의 후원과 더불어 삶에서 자신감을 얻고 일본의 주요 작가들과 교류를 이룬 곳으로 작가의 소박한 민족주의를 한 단계 높은 수준의 사회의식으로 끌어올린 배경으로 작용한다. 키꾸찌 칸은 1923년 1월 『문예춘추(文藝春秋)』를 창간하고, 곧이어 문예춘추사의 사장이 된다. 마해송은 1921년 니혼(日本)대학 예술과에 다니던 중 키꾸찌 칸의 강의를 들은 바 있는데, 1924년 그를 찾아가 문예춘추사에 입사한다. 마해송은 "문예춘추사에서 당시 출판된 모든 잡지를 돕는 형태로, 딱히 정해진 자리가 없었거나 경리부를 맡았"[9]을 것이라고만 알려졌는데, 그에게 호의적인 자유스러운 분위기에서 저널리즘의 감각을 익히고 서서히 저널리스트로서의 활동을 벌인다. 뒤에 수많은 신문 칼럼을 쓰고 수필가로서 활동하게 되는 바탕이 이곳에서 만들어진 것이다. 일본에서 그는 색동회원 외에 국내작가들과는 별다른 교류가 없었다. 하지만 문예춘추사에서 그는 키꾸찌 칸 외에도 일본의 주요 작가들과 접촉할 기회가 많았다. 특히 마끼노 신이찌(牧野信一, 1896~1936)와 후지사와 타께오(藤澤桓夫, 1904~89)하고는 절친했다고 한다.[10] 아무래도 나이 차이가 많은 마끼노 신이찌보다는 비슷한 연배의 후지사와 타께오와 친구처럼 허물없이 사귀었을 것이다. 당시에 후지사와 타께오는 전기파(戰旗派) 좌익작가로 활동하고 있었다. 마해송과 교분을 나눈 맑스주의자 후지사와 타께오는 마해송을 모델로 단편소설을 쓴다. 그 안에 '토끼와 원숭이'가 삽입되어 있다. 해방 후, 마해송은 서울에서 중도좌파지로 분류되는 『자유신문』 객원기자로 활동하며 일제시대에 미처 끝맺지 못한 「토끼와 원숭이」를 비롯해 「떡배 단배」를 잇달아 발표한다. 미군정 하에서는 칼럼과 동화 때문에 기관에 붙들려가 고초를 당하는 필화사건을 겪기도 한다.[11]

넷째, 종군문인 활동은 동족상잔의 와중에서 북한 인민군의 횡포를 겪은 사실과 더불어 적극적인 반공주의자로 돌아서게 한 배경이다. 6·25

---

9 모리아이 타까시(양미화 역) 「마해송론 ─ 재일기간과 작품의 풍자성에 대하여」(盛合尊至 「馬海松論 ─ その滯日期間と彼の作品における風刺について」, 富山大學人文學部語學文學科 學部卒業論文, 1994), 마해송문학연구모임 자료집 『제3회 마해송 문학 이야기 마당』 2004, 6면.
10 모리아이 타까시, 같은 글 11면.
11 마해송의 부인 박외선은 "아직 개성에 있을 때 주인이 서울 『자유신문』에 실은 여운형 씨에 대한 기사의 필화사건으로 형사들에게 연행되어 갈 때, 또 「토끼와 원숭이」 동화로 군정청에 연행되었을 때는 얼마나 충격이 컸는지 모릅니다" 하고 회고한 바 있다.(마종기 『아버지 마해송』, 정우사 2005, 51면) 여기서 "여운형 씨에 대한 기사"는 암살당한 직후에 쓴 추도칼럼(「몽양 영결」, 『편편상(片片想)』, 새문화사 1948)을 가리키는 듯하다.

동란이 터진 직후에 마해송은 피난을 가지 않고 서울에 남아 있었다. 그는 당시에 인민군이 친구들을 납치해갔을 뿐만 아니라, 죄 없는 사람들을 군중 앞에서 총살하는 만행을 보고 분노했다고 회고한다.[12] 9·28 수복이 되고부터는 국군을 따라 종군하면서 반공활동을 벌인다. 1950년 국방부 한국문화연구소 소장, 정훈국 고문, 승리일보 고문, 1951년 공군 종군문인작가단 단장으로서 활동했다. 전쟁이 끝난 뒤에 쓴 『앙그리께』에는 반공주의가 두드러지게 나타나 있다. 사회비판적인 내용만큼은 변함이 없지만, 이제 반공은 그에게 적극적인 신념이었다. 아무리 경험적 사실이라고 하더라도, 식모 노릇하는 열살짜리 여자아이를 인민군이 '납치'해가는 것으로 그리거나, 인민군과 국군의 대민활동을 흑백논리로만 묘사하는 것은 합리성을 잃은 처사라고 하지 않을 수 없다.[13] 그 자신은 상식과 양심에 바탕을 두고 비판적 리얼리스트로서 활동을 벌였을 테지만, 이 시기의 문단 교류나 명사(名士)들과 더불어 재개한 색동회 활동을 냉정히 바라보면 그는 원로 대접을 받는 위치에 있었고 작품활동이든 사회활동이든 우리 사회의 보수적 주류의 자리를 벗어난 것은 아니었다.

이상의 작가 전기에서 중요한 사실은 몇몇 주요 요소가 '수평적 전환의 계기'라기보다는 기존의 요소에 새롭게 보태지면서 '겹을 이루는 굴절의 계기'로 작용했다는 점이다. 이를테면 민족주의는 삶의 전 기간에 걸치는 의식의 맨 아래 지층이고, 어린이 애호사상은 색동회 이후 시기부터 민족주의 바로 위에 놓이는 층위이며, 사회의식은 일본 좌익작가와의 교류 이후 그 다음 층위, 반공주의는 종군문인 활동 이후 그 다음 층위

---

12 마해송 『아름다운 새벽』, 성바오로출판사 1992, 129면.
13 이주영은 「마해송의 생애와 문학」(마해송문학연구준비모임 자료집 『마해송 문학 이야기 마당』 2003)에서 친일과 반공 활동에 대한 평가의 기준을 적절히 제시하고자 했는데, 그 섬세한 기준에는 공감하지만 마해송의 활동과 작품에 대해서는 좀더 살펴져야 할 여지가 많다고 본다. 마해송의 반공주의에 대해서는 김상욱 「어린이문학의 이데올로기적 가능성」(『창비어린이』 2005년 봄호)에서 어느 정도 살펴졌다.

를 각각 이룬다. 이 가운데 반공주의는 일종의 경험적 주관주의에서 비롯된 것으로 일면성의 한계를 강화시켰는바, 마해송 문학은 1930년부터 1950년 사이가 가장 높은 봉우리를 이룬다고 평가할 수 있다.

3.「토끼와 원숭이」의 창작 과정

「토끼와 원숭이」는 강대국의 약소국 침탈과 제국주의 세계질서를 풍자한 내용으로 저항성이 가장 두드러진 작품이고 무려 20년 가까운 기간에 완성된 것이다. 그런데 마해송은 1920년대 초부터 해방 직전(1945.1)까지 주로 일본에 거주했다. 그 때문인지 정작 본인의 의도와 다르게 문예춘추사 경력 자체가 부풀려져서 흔히 마해송 문학의 후광인 양 거론되곤 한다. 하지만 그렇게 보는 것은 이율배반이다. 일제시대 말로 가서는 일말의 의구심까지 든다. 2, 30대 청장년기를 꽉 채운 문예춘추사 경력만 해도 단일지층은 아니다. 마해송의 재일기간 행적을 자세하게 조사해서 소개한 일본인 연구자 모리아이 타까시(盛合尊至)의 논문에는 이 문제를 해결할 주요 단서들이 적잖게 드러나 있다.

마해송이『문예춘추』의 편집에 관여하면서 이룬 확실한 공적은 1930년 7월과 11월 두 차례의 임시증간호 '순읽을거리(オ─ル讀物号)'를 성공시킨 것이다. 마해송은 이때 문예춘추사의 사장인 키꾸찌 칸에게 편집역량을 인정받는다. 그리하여 적자를 면치 못하던 문예춘추사 발행의『모던일본』을 인수받아 1932년 1월부터 독립 경영에 들어간다. 마해송이 사장으로 취임한 후『모던일본』은 경영 면에서 대성공을 거둔다. 그렇다면『문예춘추』의 임시증간호 '순읽을거리'와『모던일본』은 어떤 성격이었을까? '순읽을거리'는 아무래도 독자의 기호에 다가서는 내용이었을 것이라 짐작되는데,『모던일본』또한 "전체적으로는 스포츠·예능·생활·

유행 그리고 잡다한 가벼운 읽을거리"[14]로 이루어진 대중오락잡지였다. 더욱이『모던일본』은 1943년 1월부터『신태양(新太陽)』으로 제호가 바뀌고 군국주의 색채가 한층 강화된다. 이를 마해송 문학의 후광으로 설명하는 것은 어울리지 않는다.

한 가지 주목할 사항은 1939년 11월과 1940년 8월 두 차례에 걸쳐『모던일본』임시증간호인『모던일본 조선판』을 발행한 것과 함께 '조선예술상'을 제정 운영한 것이다. 이런 대목은 마해송의 민족의식과 분리되지 않는다. 그러나 다른 한편으로는 그 일이 시국에 부응하는 것이었기에 가능했다는 사실도 지나쳐선 안 된다.『모던일본 조선판』1호의「조선판에 한마디」코너에는 당시 내선일체를 지휘한 미나미 지로오(南次郎) 총독의 다음과 같은 글이 실려 있다.

　　이번 사변을 계기로 '조선'의 모습은 미증유의 중대함으로 전 국민의 목전에 놓여 있다. 약진조선의 이천삼백만 민중은 혼연일체가 되어 흥아국책(興亞國策) 달성에 매진하고 있다. 이러한 때 '조선판'의 간행은 참으로 시기가 적절하며 또한 내선일체에도 기여할 바가 많다고 믿는다.[15]

물론 총독부의 의도와 마해송의 의도는 달랐을 것이다. 그렇더라도 마해송의 모던일본사 활동은 일제와의 협력관계를 표면화하면서 안으로 길항관계에 놓인 야누스의 얼굴인 것을 부인할 수 없다. 우리가 경계해야 할 것은 작가의 삶과 작품의 관계를 기계적으로 결부하려는 태도다. 삶의 여러 층위와 모순을 인정하지 않고 어느 하나를 괄호에 넣는다든지 작품의 공과를 설명하기에 편리하게끔 의도적인 선택과 굴절을 가한다

14　모리아이 타까시, 앞의 글 14면.
15　모리아이 타까시, 같은 글 16면에서 재인용.

면 그만큼 진실에서 멀어진다. 문예춘추사와 모던일본사의 경력 자체를 작품의 후광인 양 앞세우는 설명은 오히려 민족적 열등감에서 비롯된 천박한 해석일 수 있다.

마해송은 무명의 유학생 신분에다 아무런 연고와 배경도 없는 자신을 거둔 키꾸찌 칸을 평생 스승으로 여기며 살았다. 하지만 마해송의 작품에서 키꾸찌 칸의 영향이라고 강조할 만한 대목은 특별히 눈에 띄지 않는다.[16] 조선인으로서의 자부심과 자신감에 넘친 마해송을 인정해주고 신뢰한 키꾸찌 칸은 마해송의 개인적 활동에 대해서는 특별한 제한이나 요구를 내세우지 않았던 것으로 보인다. 따라서 우리가 주목할 것은 『문예춘추』의 발행자 키꾸찌 칸의 자유주의적인 기질이다. 『문예춘추』는 수필지였으나 점차 문예지로서의 성격이 강화되었으며 반프롤레타리아 문학의 입장을 취했다.[17] 신문기자 출신이기도 한 키꾸찌 칸은 간결한 묘사와 명쾌한 주제의 작품을 썼으며, '생활 제일, 예술 제이'를 신조로 삼고 자유를 사랑한 합리적 현실주의자였다.[18] 우리는 이로부터 상식을 중시하는 합리성, 시사문제에 민감한 저널감각, 뚜렷한 주제의식을 속도감 있게 담아내는 간결한 문체 등 마해송의 수필과 동화에서 보는 몇 가지 특성의 연원을 어느 정도 유추할 수 있을 따름이다.

그럼 문예춘추사 경력은 마해송 문학의 저항성과 아무 관련이 없는가. 여기서 주목되는 사실은 후지사와 타께오와의 교류다.

「토끼와 원숭이」는 이곳에 같이 입원하고 있는 우인(友人) 일본의 전기파

---

16 마해송은 키꾸찌 칸을 회고할 때마다 "나를 길러주다시피 한 은인"(『아름다운 새벽』 113면)이라고 강조하는데, 이 표현에서는 문학사상적 영향보다는 자신을 받아주었을 뿐만 아니라 오랜 기간 돈을 부쳐주며 요양하게 해주었고, 『모던일본』을 발행하거나 '조선예술상'을 운영하는 데에도 도움을 아끼지 않은 물질적·정신적인 후원에 대한 고마움의 감정이 스며 있다.

17 고준석 편저 『일본문학·사상 명저사전』, 깊은샘 1993, 576면.

18 같은 책 658~59면.

(戰旗派) 좌익작가 후지사와 타께오(藤澤桓夫)가 금년 3월호 『개조(改造)』에 발표한 「싹(芽)」이라는 소설 가운데 삽화로 쓴 일이 있었다. 이것은 그 소설 자체가 필자를 모델로 한 것이므로, 아는 사람은 알려니와, 작가가 발표하기 전에 국외 소설가의 소설 가운데 삽화로 발표되어 있음은 기괴한 일이요 의아를 받기에 넉넉한 일이나, 여상(如上)한 내력을 가지고 있는 까닭이다.[19]

이 대목은 「토끼와 원숭이」의 창작 경위를 설명하는 가운데 나온 것으로 요양소에서 쓴 것으로 되어 있다. 마해송은 1928년 7월에 폐병에 걸려 요양 치료를 받았다. 치료 장소는 1928년 7월부터 11월까지는 찌바(千葉)현 후나가따(船形)였고, 그 뒤에 직장으로 돌아오지만 병이 재발하여 1928년 11월부터 1929년 10월까지 나가노(長野)현 후지미(富士見)에서 본격적인 요양생활을 한다.[20] 그 뒤에도 요양소를 몇 번 다녀오지만, 이는 병을 조심하는 차원에서 휴양하러 간 것이라고 짐작된다. 후지사와 타께오도 흉부질환이었고 후지미 요양소에서 올라오면 반드시 그와 함께 했다고 한다.[21]

후지사와 타께오는 신감각파 문학계열의 『가두마차(辻馬車)』에서 활약했는데 이 동인지는 1927년 9월 완전히 좌익화한다. 따라서 후지사와 타께오는 기성작가로 활동하다가 사회주의 의식에 눈을 뜬 작가의 유형에 속하며, 나프(NAPF) 결성(1928)을 전후하여 광의의 아방가르드 예술가에서 맑스주의 문학으로 노선을 바꾼 이른바 '전환 작가'다.[22] 그가 마해

---

19 마해송 「산상수필」 『조선일보』 1931년 9월 23일자(이하 모든 표기법은 오늘날의 맞춤법에 따름).
20 마해송 『역군은』(東京: 愛宕社 1941, 비매품), 144~45면과 153면 참고.
21 모리아이 타까시, 앞의 글 참고.
22 히라노 켄(平野謙) 『일본 쇼와문학사』, 고재석·김환기 역, 동국대출판부 2001 참고.

송을 모델로 해서 쓴 단편소설 「싹(芽)」(『개조(改造)』1931. 3)은 어떤 내용일까?

토오꾜오를 무대로 하는 이 작품은 일본 부잣집 아이들의 화려한 생활을 그리는 것으로 시작해서 그들과 대비되는 조선인 노동자 아이들의 비참한 모습을 제시한 뒤에 조선인 유학생과 좌익 노총계(勞總系) 젊은 노동자들이 동포 아이들에게 주말 강습소를 운영하는 활동을 다루고 있다. 설날이 되자 동물원으로 소풍을 가는데, 예상 밖으로 많은 일본인들이 몰려든 탓에 워낙 남루한 차림새의 아이들이 느낄 모멸감을 생각해서 근방의 찻집을 빌려 놀기로 한다. 여기에서 노동자·농민의 나라 어린이들이 맞이하는 설날과 적색소년단의 이야기를 차례로 들려주고, 적색소년단과 쟁의단의 노래 등을 부른 뒤에, 한 청년이 동물원에서 떠오른 동화를 들려준다. 그 동화가 바로 '토끼와 원숭이'다. 뒤에 마해송은 일제의 원고검열 때문에 원숭이나라가 토끼나라를 쳐들어가는 데까지 발표할 수밖에 없었지만, 후지사와 타께오의 소설에서는 군데군데 삭제당한 흔적이 나타나 있긴 해도 원숭이들이 토끼들의 털을 검게 물들이고 귀를 자르면서 강제로 자기들 모습처럼 바꾸는 대목까지 나와 있다. 폭력적인 식민지정책에 대한 매우 적나라한 알레고리다. 후지사와 타께오의 소설은 다음과 같이 끝이 난다.

청년의 이야기는 거기까지로, 아이들을 완전히 사로잡았다. 어른들도 사로잡았다. 영양 불량의 아이들은 뺨이 달아오르고 눈이 더욱 반짝거렸다. 아이들의 상반신은 서로 밀고 밀리고 하면서 이야기하는 사람 쪽으로 빨려 들어갔다.

아이들은 이야기를 듣고 있다기보다, 이야기를 걸신들린 듯 먹고 있었다. (25자 삭제)

그런데, 이 동화는 이제부터 어떻게 될까?

역사현실의 생생한 벽으로, ××××××××××× 어린이들이여! 너희들이 그 다음 이야기를, 선명한 끌 자국을 보이면서 힘차게 만들어나갈 것이다.[23]

이 작품이 마해송을 모델로 했다는 것은 맞는 말이다. 조선인 유학생과 청년 노동자들이 아이들을 대상으로 강습소를 운영하는 내용은 마해송의 이력과 일치한다. 토오꾜오에서 전개된 색동회의 활동이 그러했으며,[24] 병마와 싸우기 이전의 토오꾜오 생활에 대해 "직업은 생활의 방편이요, 생활의 의의는 '혼쇼(本所), 후까가와(深川)'의 어린이를 가르치고 아동 문제를 연구하는 점에 두었다"[25]고 손수 기록한 글도 참조가 된다. 하지만 이들 활동이 선명한 적색운동의 색채를 띤 것으로 그려진 것은 작가 후지사와 타께오의 사상이 보태진 결과일 것이다.

후지사와 타께오의 「싹(芽)」이 발표된 『개조』는 당시에 좌익 색채를 띠고 커다란 영향력을 행사한 잡지였다. 여기 발표된 소설에 적색 해방운동의 뚜렷한 지향과 더불어 자신의 활동이 그려진 것을 보고 마해송은 적잖이 흥분했을 것이다. 우선 소설의 내용이 직접 들려준 이야기에 바탕을 두고 있는 것이니만큼 두 사람의 교류가 그리 얕은 것은 아니었다고 볼 수 있다. 당시에 맑스주의는 하나의 유행사조였다. 이 무렵 조선과 일본을 풍미한 사상운동의 기류로 보나 이 작품에서 고무받은 기운으로 보나, 마해송이 맑스주의에 적극 공감했을 것임은 틀림없다고 여겨진다.

23 藤澤桓夫 「芽」, 『改造』 1931년 3월호, 83면. 인하대에서 박사학위를 마친 일본의 사나다 히로꼬(眞田博子)가 이 작품을 구해주었다. 박숙경 번역으로 『창비어린이』 2005년 가을호에 전문이 번역 소개되었다.

24 정인섭 『색동회어린이운동사』, 학원사 1975 참고. 이 책에는 1926년 1월 1일 일본의 교포 어린이와 설날잔치를 벌이는 색동회의 활동을 담은 사진들도 실려 있다. 마해송의 얼굴 역시 보인다.

25 마해송 「조선을 사랑하자」(『동경조선민보』 1936.2), 『편편상』, 71면.

실제로 「토끼와 원숭이」는 이전의 작품 경향으로부터 대회전을 감행한 세계를 담고 있다. 그런데 마해송은 수정 중인 원고가 저도 모르게 『어린이』(1931.8)에 실리자 그 발표는 자신의 의도가 아니었다면서 이 작품과 관련한 중대 발언을 한다. 일본의 후지미 요양소에서 써 보낸 「산상수필」(1931.9.22~23)이 그것이다. 이때는 소년운동과 아동문학의 중심에 있던 방정환이 급서(1931.7.23)한 직후였다. 「산상수필」은 '후지미고원(富士見高原)에서' '방정환군' '토끼와 원숭이' 등 세 부분으로 되어 있다. 나중에는 이것들을 나누어 각각 독립된 글로 수필집에 싣고 있기 때문에 '방정환군'은 추도의 글인 양 보기 쉽지만, '방정환군'의 중간 부분까지를 한 번에 싣고 그 다음 부분을 한 번으로 해서 두 번 연재된 원래의 글은 어디까지나 하나의 제목으로 발표한 것이다. 이 글의 '방정환군' 부분은 당연히 추도의 내용을 포함하고 있기는 해도 글 전체의 문맥상으로는 자신의 지향과의 차이점에 강조가 주어져 있다. 말하자면 작가의 '제2기 선언'과도 같은 내용을 담고 있는 것이다.

이 글에서 마해송은 "몇 편 안되는 동화나마 연대를 따라서 읽어보면 어떠한 경로를 어떻게 밟아서 (사상·예술) 자랐는지 알 수 있어서 유쾌하다"[26]면서 「토끼와 원숭이」를 이전 작품들과 구별해서 설명하려는 의도를 비친다. 그러고는 이 작품이 만들어진 과정에 대해 다음과 같이 밝혔다.

「토끼와 원숭이」도 「호랑이 곶감」(未稿) 「울 줄 모르는 아이」(未稿)와 같이 이미 6, 7년 전에 창작한 것이다.

「토끼와 원숭이」를 발표한 것은 정월인 줄로 기억한다. 색동회가 모였을 때 그 자리에서 이야기한 일이 있었고, 그 후 이제로부터 3, 4년 전, 내가 병

---

26 마해송 「산상수필」, 『조선일보』 1931년 9월 23일자.

을 얻기 전에, 이것을 『어린이』에 연재할 셈으로 제1회를 써서 『어린이』에 보내온 일이 있었으나, 계속할 능력이 없으므로 게재를 중지하고, 그 후 몇 번 다시 쓰고 다시 쓰고 하여, 오늘 겨우 첫머리 원고 두 장을 쓰고 있는 터에, 보내온 『어린이』 8월호에 4년 전의 원고가 게재되어 있음을 보고, 적지 아니 놀란 것이다.[27]

「토끼와 원숭이」가 우리 글로 처음 지면에 나타난 것은 위에서 밝히고 있듯이 『어린이』 1931년 8월호에서다. 작가의 동의를 구하지 않은 채 발표된 까닭은 8월호가 그해 여름 급서한 '방정환 추모 특집호'인 만큼 편집책임자가 공석인 상태에서 누군가가 급히 원고를 메우기 위해 보관하고 있던 구(舊)원고를 실었기 때문일 것이다. 그렇다면 작가의 말처럼 실제 원고는 3, 4년 전 곧 1927, 8년경에 글로 씌어졌다는 말이 된다. 물론 그 이전에 '구상'되었거나 '구연'되었을 수도 있다. 그런데 1931년에 발표된 원고도 완성된 작품은 아니다. 연재할 셈으로 1회분을 써서 보냈지만 계속할 능력이 없어 게재를 중지하고 그 후 고쳐 쓰는 중인데, 그조차 첫머리 원고 두 장을 쓰고 있다고 밝히고 있기 때문이다. 1933년 1월과 2월 다시 『어린이』에 2회를 연재하지만 3회 원고가 압수당하는 사정으로 중단되니, 그 '구상'의 완성은 해방 후 1946년 1월 『자유신문』에서 이루어진다. 그리고 1947년 1월 『자유신문』에 후편을 또 발표하여 오늘날의 형태로 최종 완성되는 과정을 밟는다. 일제시대에 씌어진 원고와 해방 후에 완성된 원고 사이에는 후지사와 타께오의 「싹(芽)」이 존재한다는 사실을 기억해두자.

결과적으로 마해송은 아주 오랜 기간 이 작품에 매달려왔다. 물론 외부사정으로 작품을 완결 짓지 못한 것이 주된 원인이겠지만, 단지 그것

---

27 같은 곳.

만이라고 하기에는 그 이상의 에너지가 이 작품의 배후에는 흐르고 있다. 「산상수필」에서 "이 동화는 현금의 나의 사상과 입장을 확실히 하고, 나의 현금의 아동 지도의 정신을 구체화한 것이니, 어린이들과 함께 지도자들의 애독을 바라는 바이다"(강조 — 인용자)[28]라고 내세운 작가의 의미부여를 그냥 지나칠 수 없다.

　당시에는 카프(KAPF, 1925~35)의 영향으로 『어린이』에서도 계급문학의 색채를 띤 글들이 다수 발표되고 있었다. 송영(宋影)의 작품 「쫓겨가신 선생님」(『어린이』 1928.1)을 실은 것 때문에 방정환이 끌려가 고초를 겪기도 하지만 원고를 압수당하는 속에서도 계급문학의 색채는 날로 강화되었다. 일찍이 『어린이』 합평회 자리에서 방정환과 마해송 사이에는 견해차가 있었다. 이때의 견해차는 계급문학 수용 여부는 아니었고, 방정환의 눈물주의에 대한 비판이 주조였다.[29] 마해송은 동요·동화에 눈물이 너무 많으니 웃음과 용기를 주는 소재를 택하자는 의견을 내세웠다. 마해송의 초기작들도 눈물주의에서 벗어난 것은 아니었지만, 나중에 발표된 「소년 특사」(『어린이』 1927.1) 같은 것은 웃음과 용기를 주는 소재를 담았다고 할 수 있다. 사실 여기까지는 해학과 유머에도 능한 방정환의 작품 경향과 큰 차이는 없다. 그런데 「토끼와 원숭이」에 이르면 그때까지와는 확실히 다른 에너지가 감지되는 것이다. 「산상수필」에서 방정환의 눈물주의와 영웅주의를 비판한 뒤에 다음과 같이 주장하는 데에서도 그런 에너지는 느껴진다.

　꽃과 별과 천사와 공주의 꿈같이 아름다운 이야기와 눈물을 줄줄 흘리게 되는 애화만이 아동의 정서를 보육함이 아니요, 아동 교육의 근본의(根本義)

28　같은 곳.
29　정인섭, 앞의 책 63~66면 참고.

가 아니다. 어른이 어떠한 때든지 음탕한 이야기를 즐겨하는 것과 같이 어린이는 어떠한 때든지 슬픈 이야기를 듣기 좋아하는 것이니, 듣기 좋아한다고 그것이 아동을 위함이 아니요, 능(能)이 아니다.

(…) 우리는 "현실을 — 가장 정확한 (즉 과학적) 똑똑한 눈으로 본 현실을 가장 교묘한 방법과 기교로써 가르치며, 또한 정확히 볼 수 있도록" 지도할 것이다. 이것이 우리의 주장이다.[30]

이 글에서 '우리'는 방정환을 제외한 색동회 회원을 가리킨다. 그러나 색동회에는 딱히 방정환 이상이라 할 만큼 사회주의나 계급문학과 친화력을 보인 회원이 없었다.[31] 따라서 이 새로운 에너지는 시대의 유행사조도 한몫했겠지만 후지사와 타께오로부터 급속히 충전된 것이라 할 수 있다. 요컨대 '제2기 선언'과도 같은 주장의 전환점에 일본의 좌익작가 후지사와 타께오가 존재한다. 이때의 사회주의적 배경이 해방 뒤에 완성되는 「토끼와 원숭이」는 물론이고 「떡배 단배」까지 이어졌던 것이다.

4. 텍스트 비교 분석

「토끼와 원숭이」는 창작과정이 복잡한 만큼 텍스트도 시기별로 여러 가지다. 그의 사후 첫 번째로 나온 동화집까지로 제한했을 때, 작품의 소재(所在)는 다음과 같다.[32]

---

30 마해송 「산상수필」, 같은 곳.
31 염희경 「소파 방정환과 사회주의」, 『아침햇살』 2000년 봄호; 졸고 「한일 아동문학의 기원과 성격 비교」, 『아동문학과 비평정신』, 창작과비평사 2001 참고.
32 1946년 1월에 『자유신문』에 전편(前篇)이 발표되자, 그것을 바탕으로 그해 자유신문사에서 김기창의 그림책이 나왔고 을유문화사에서는 김용환의 만화책이 나왔다. 1947년 1월에 『자유신문』에 후편이 발표되자, 그해 청구문화사에서 전·후편을 모은 김용환의 만화책 두 권이 나

① 후지사와 타께오의 단편소설 「싹(芽)」(1931.3).

② 『어린이』(1931.8).

③ 『어린이』(1933.1~2).

④ 『해송동화집』(동경: 동성사 1934).

⑤ 『자유신문』(1946.1.1).

⑥ 『자유신문』(1947.1.1~8).

⑦ 동화집 『떡배 단배』(학원사 1953; 재판 1964).

⑧ 동화집 『사슴과 사냥개』(창작과비평사 1977).

가장 먼저 지면에 소개되었지만 「싹(芽)」에 삽입된 것은 마해송이 들려준 것을 바탕으로 일본작가가 쓴 것이므로 마해송의 작품이라 할 수 없다. 다만 해방 전에 미완성 상태로 발표된 작품의 잠정적 지향을 확인할 수 있는 자료로서는 중요하다. 일제 식민지정책의 폭력성을 적나라하게 드러내는 내용이 일제시대에 만들어지는 것과 해방 후에 만들어지는 것은 그 무게가 다르기 때문이다. 한편, 이 작품의 완성 과정에서 후지사와 타께오의 상상력이 일정하게 보태졌을 가능성도 아주 배제할 수는 없다. 압수당했다는 부분은 후지사와 타께오의 소설에 삽입된 동화에서 가장 많은 분량을 차지하며 원숭이나라의 폭력성을 아주 생생하게 묘사한 장면이다. 원숭이들이 토끼들에게 세뇌교육을 시키고 토끼의 털을 원숭이처럼 물들인 뒤에 가위로 두 귀를 자르는 '4장 글방' 부분이 여기에 해당한다. 풍자의 압권을 이루는 이 부분의 오리지널리티는 사실 두 사람 외에는 알 수 없는 노릇이다.[33]

왔다.(마해송 「책을 내면서」, 『떡배 단배』, 학원사 1953; 재판 1964, 226~27면) 본고를 쓰는데 이재철 교수가 『해송동화집』과 『떡배 단배』의 재판을 복사해주었다. 귀한 소장 자료를 내주신 것에 대해 감사의 말을 전한다.

『어린이』1931년 8월호에 발표된 것은 해방 후에 완성된 작품의 1장 '나라와 나라', 2장 '탕과 왕'에 해당하는 내용이다. 큰 개울 서편의 토끼나라와 동편의 원숭이나라가 소개되는 것으로 시작하고, 원숭이나라가 토끼나라를 쳐들어가는 것으로 끝난다. 그런데 이 텍스트에는 연재임을 알리는 그 어떤 표시도 없다. 작가의 의사를 묻지 않고 편집부에서 보관 중인 원고를 급히 실었기 때문에 발생한 일이겠는데, 완결된 작품으로 본다고 해도 침략이라는 큰 사건의 암시와 함께 일단락되는 내용이기 때문에 나름대로 의미 있는 텍스트다. 여기에는 해방 후에 발표한 작품에는 없는 문장들이 여러 군데 보이며 높임말 서술('~습니다')로 되어 있어서 한결 친절하게 이야기를 들려준다는 느낌이 든다.

『어린이』1933년 1~2월호에 두 번 연재된 것은 현재 구해볼 수 있는 영인본에는 누락되어 있어서 확인할 수가 없다. 일제시대에 나온『해송동화집』에 실린 것이 이와 다르지 않을 것이라고 본다면, 연재 2회분 곧 3, 4장이 더 추가된 내용이다. 뒷날 작가는 토끼를 원숭이로 만들고 원숭이 구호를 외우고 다니게 하는 부분이 압수되어 연재가 중단되었다고 밝혔으므로, 줄거리가 크게 진전된 것은 아니다.

『해송동화집』(1934)에 실린「토끼와 원숭이」는 1장 '나라와 나라', 2장 '탕과 왕(임금)', 3장 '원숭이나라 만세', 4장 '까까의 맹세'로 되어 있고, 작품 끝에 '소화6년 8월『어린이』; 소화8년 1, 2월『어린이』'라는 서지사항과 '부득이한 사정으로 미완'이라는 작가주가 붙어 있다. 『어린이』

---

33 경위는 확실하지 않지만 마해송이 1964년경 일본에서 동화집을 내기 위해 보낸 작품 4편 (「떡배 단배」「토끼와 돼지」「꽃씨와 눈사람」「바위나리와 아기별」)에는「토끼와 원숭이」가 빠져 있다.(모리아이 타까시, 앞의 글 23~4면 참고) 그런데 작가는 동화집『떡배 단배』(1953)에 5편(「바위나리와 아기별」「어머님의 선물」「토끼와 원숭이」「호랑이 곶감」「떡배 단배」)을 골라 실으면서 다른 작품은 버리기로 하고 "여기 실린 다섯 편의 창작동화가 30년에 걸쳐서 지은 나의 작품의 전부"라고 밝힌 바 있다.(마해송『책을 내면서』, 앞의 책 참고) 재판(1964)은 이 5편에다 그 후에 쓴 작품들을 더 보태서 낸 것이다.

1931년 8월호에 발표된 1, 2장은 그대로다. 해방 후에 발표된 것과의 차이는 나중에 생략된 문장이 더 보이며 높임말 서술로 되어 있는 점이다.

『자유신문』 1946년 1월 1일자에 발표된 것은 전부 6장으로 되어 있다. 해방 전에 발표된 4장까지를 3장으로 줄였기 때문에, 4장부터가 새롭게 선보이는 내용이다. 장별 소제목은 1장 '나라와 나라', 2장 '탕과 왕', 3장 '까까의 맹세', 4장 '글방', 5장 '뚱쇠와 센이리', 6장 '원숭이 된 토끼' 등이다. 해방 전과 비교할 때 높임말 서술을 예사말 서술로 바꾸었고 문장을 더러 생략했다. 그래서 속도감은 붙어 있으나, 얼핏 보기에는 요약한 것 같은 느낌이 든다. 제목 아래 '제2고(第二稿)'라고 밝히고 작품 끝에 다음과 같은 작가 주(註)가 붙어 있어 흥미롭다.

'제2고'란 약(略)한 원고란 뜻(意). 원고(原稿)는 이것의 5배 이상. 3장까지는 1932년 1, 2월호 『어린이』에 2회 연재한 것. 4장은 압수당한 것. 5장 이후는 이번에 완결한 것.

원래의 '원고'는 '5배 이상'이라고 밝혔지만, 해방 전에 발표된 것과 비교할 때 몇 군데 문장을 생략했고 예사말 서술로 바꾸었을 뿐, 다음 해에 이어서 쓴 후편을 합한다고 해도 2배를 넘지 않는다. 그렇다면 여기서 '원고(原稿)'는 애초의 구상에나 해당하는 말이다. '1932년'은 1933년의 오기다. 5장 이후는 태평양전쟁 이전에는 상상하기 힘든 해방 이후 현실에 대한 알레고리로 읽힌다. '약풀'에 대응하는 원자폭탄, '뚱쇠와 센이리의 원숭이 축출과 토끼나라 점령'에 대응하는 제2차 세계대전 이후 미소(美蘇)의 한반도 주둔 등이 그러하다. 따라서 해방 전에 구상했다는 작품의 전모는 4장까지라고 할 수 있으며, 그 주요 내용은 후지사와 타께오의 소설 속에 삽입된 것과 일치한다.

『자유신문』 1947년 1월 1일부터 8일까지 연재된 것은 「속(續) 토끼와 원숭이」라고 제목에서 '후편'임을 밝히고 새로 쓴 내용이다. 뒤에 동화집으로 묶여 나온 것과 비교하면 연재할 때에는 장(章)별 구분 없이 8회로 나뉘었던 것이 동화집에 실리면서 7장부터 10장까지 모두 4개의 장으로 합쳐지고 구분된다. 그 소제목들은 7장 '약풀', 8장 '하루치풀', 9장 '큰 싸움', 10장 '싸움은 끝나고' 등이다.

여기까지로 해서 전부 10장에 이르는 「토끼와 원숭이」의 텍스트는 일단 완결된다. 작가의 구상대로라면 마음먹기에 따라 '전편'의 5배 분량으로 얼마든지 더 늘려 쓸 수 있는 여건이 주어졌는데도, 다음 해부터 「떡배 단배」를 새로 쓴 것 외에는 더 이상 「토끼와 원숭이」를 늘려 쓰지 않았다. 그렇다면 이런 생각이 자연스럽게 떠오른다. 혹시 「토끼와 원숭이」에서 더 말하고 싶었던 내용을 가지고 새로 「떡배 단배」(1948~49)를 쓴 것은 아닐까? 「토끼와 원숭이」가 총칼로써 지배와 착취를 일삼는 내용이라면, 「떡배 단배」는 떡과 단것으로써 지배와 착취를 꾀하는 내용이다. 「떡배 단배」에서 가장 힘주어 비판하고 있는 제국주의 세계질서는 자본주의 경제원리에 대한 통찰력 곧 맑스주의 눈으로 파헤쳐진다. 작가는 1930년을 전후로 해서 맑스주의에 눈을 떴으니, 「토끼와 원숭이」하고 「떡배 단배」는 일제시대에 구상한 내용을 해방 전후의 상황변화를 좇아서 알레고리로 풀어낸 '자매편'이라고 생각할 수 있다.

동화집 『떡배 단배』(1953)에 실린 「토끼와 원숭이」는 전편과 후편으로 나누어 발표된 것들을 합해서 어린이들 앞에 온전히 모습을 드러낸 최초의 텍스트다.[34] 그런데 이 동화집을 구해볼 수 없기 때문에 재판(1964)으로 그 내용을 가늠하는 수밖에 없다. 재판에는 초판의 작가 후기까지 그대

---

34 1946년 1월에 발표한 것을 가지고 그해 12월 자유신문사에서 『토끼와 원숭이』의 단행본이 출판되었고, 후편이 발표된 1947년 5월에는 상하권이 합쳐서 출판되었다는 기록이 보인다.(마종기, 앞의 책, 174면) 당시의 출판연감에서는 확인되지 않는데, 혹시 작가가 손수 작성한 연보에서 보이는 만화와 그림책을 가리키는 것은 아닌지 모르겠다.(각주 32 참고)

로 실었고, 초판의 5개 작품에다 그 이후에 쓴 작품들을 더 보탠 것이라고 새로 밝혔다. 아마도 초판과 재판 사이의 텍스트 변화는 없거나 무시해도 좋을 만큼 미미하리라고 짐작된다. 『자유신문』에 발표된 것들과 비교해보더라도 몇몇 어휘를 바꾸고 문장을 간결하게 다듬은 정도에 그치고 내용상의 변화는 없다. 장별 번호는 없애고 소제목만 달아 놓았다.

동화집 『사슴과 사냥개』(1977)에 실린 것은 『떡배 단배』의 재판에 실린 것과 같다. 여기에서도 표기법의 변화만 확인될 뿐이고 내용은 그대로다. 어느 정도인가 하면, 『떡배 단배』의 재판 텍스트에 보이는 문장부호의 오류까지도 같다. 예컨대 토끼들이 뚱쇠 앞에서 "뚱쇠님과 센이리님은 참으로 우리들을 살려주신 고마우신 분입니다." 하고 말하자, 뚱쇠는 "무어! 센이리도 고마운 분야!" 하고 성을 낸다. 그리고 센이리 앞에서 "센이리님과 뚱쇠님은 참으로 우리들을 살려주신 고마우신 분입니다." 하고 말하자, 센이리는 "무엇! 뚱쇠도 고마운 분야. 우리들이 살려준 것이 아니야?" 하고 성을 낸다. 이들 대화는 제대로 느낌을 전하려면 "무어! 센이리도 고마운 분야?" 그리고 "무엇! 뚱쇠도 고마운 분야?" 하고 둘 다 의문부호를 달아줘야 한다. 『자유신문』에 발표된 것에는 두 군데 모두 의문부호를 붙여서 제대로 느낌을 전하고 있다. 그러나 어쩐 일인지 뒤에 나온 두 동화집에서는 부호가 위에 인용한 대로 바뀌어 부자연스럽게 읽힌다. 어린이들이 거꾸로 해석할 소지를 남기고 있는 대목이다.

결론적으로 말해서 오늘날 어린이들이 읽고 있는 「토끼와 원숭이」는 해방 후 『자유신문』에 연재된 전편과 후편을 합쳐서 출간한 동화집 『떡배 단배』에 실린 것이다. 시대상황에 대한 명백한 알레고리라는 점을 염두에 두고 핵심만을 간추리면 다음과 같다.

1장 나라와 나라: 큰 개울 동편나라에 사는 원숭이가 조난당한 것을 큰 개울 서편나라에 사는 토끼가 구해주자 원숭이나라를 구경시켜준다고 해서 토끼 몇 마리가 건너간다.

2장 탕과 왕: 토끼들이 탕을 짊어진 병정 원숭이들에 의해 왕 앞으로 끌려가고, 원숭이들은 토끼나라를 침략한다.

3장 까까의 맹세: 토끼나라가 원숭이들에게 점령당하자, 원숭이 까까는 은혜를 원수로 갚는 제 나라를 미워하면서 원수를 갚아준다고 맹세한다.

4장 글방: 원숭이들이 토끼들에게 세뇌교육을 시키고 토끼의 털을 원숭이처럼 물들인 뒤에 가위로 두 귀를 자른다.

5장 뚱쇠와 셴이리: 원숭이들이 남쪽에 있는 뚱쇠나라를 또 공격하니까 뚱쇠나라는 다른 나라에 구원을 청하고 북쪽에 있는 셴이리가 약풀을 무기로 해서 함께 싸워 원숭이들을 무찌른다.

6장 원숭이 된 토끼: 토끼들의 일부가 뚱쇠 편과 셴이리 편으로 갈라져서 다툰다.

7장 약풀: 뚱쇠들이 셴이리처럼 약풀을 만들기 위해 토끼들에게 풀을 뽑아오라고 시킨다.

8장 하루치풀: 뚱쇠가 약풀을 만드는 바람에 먹을 풀들이 다 없어지고 토끼들은 하루치씩 풀 배급을 받는다.

9장 큰 싸움: 토끼들은 뚱쇠와 셴이리를 화해시키려 하지만 결국 둘은 전쟁상태로 들어간다.

10장 싸움은 끝나고: 두 세력의 싸움 때문에 뚱쇠와 셴이리뿐 아니라 토끼들도 모두 죽는다. 흰눈이 온 세상을 덮은 뒤, 달 속에서 절구 찧던 토끼가 내려오고 여러 해가 지나서 세상은 토끼들의 천지가 된다.

이 내용은 누가 보더라도 해방 전후의 민족현실과 세계질서에 대한 알레고리다. 현실과의 대비 관계가 너무 도식적이라 할 만큼 평면성을 띠고 있는 것이 오히려 흠으로 보일 정도다. 하지만 독자가 재미있게 줄거리를 따라가는 가운데 저절로 현실의 문제에 눈을 뜨게 해주는 한 편의 우화이자 의인동화로서 이 작품의 역사적 의의는 독보적이다. 3장 '까까의 맹세'는 6장 '원숭이 된 토끼'와 더불어 작가의 민족주의가 단순한 쇼비니즘은 아니라는 증거가 되는데, 원숭이 까까는 문예춘추사에서 교류한 일본인들 특히 후지사와 타께오를 떠올려준다. 9장은 제3차 세계대전 특히 6·25 동란을 예견한 것으로 해석되곤 한다. 「떡배 단배」에도 두 강대국의 싸움이 그려지고 있으니, 세계 냉전구조를 꿰뚫어보는 작가의 눈이 자못 날카롭다. 10장의 간결하고도 상징적인 결말은 기독교적 종말론을 떠올려주며 반전평화주의의 감정을 불러일으킨다. 여러모로 보건대 저널리스트로서 활동한 작가의 현실감각이 빛나는 작품이다.

마해송이 객원으로 취임하면서 관계하던 『자유신문』은 1945년 10월 5일 창간되어 『조선인민보』 『중앙신문』과 더불어 미군정 초기의 여론을 이끈 주요 언론매체였다.[35] 이 신문은 정치적으로 진보적 민주주의를 지지했고 신탁통치에 찬성했다.[36] "좌·우가 날카롭게 대립하고 있던 당시의 언론계에서 상당히 영향력 있는 신문", "진보적 민주주의를 표방하면서 어떠한 정치세력에도 가담하지 않고 통일과 민주주의를 지향한 영향력 있는 신문"[37]이라는 평가는, 이 신문에 수년간 칼럼을 쓰면서 「토끼와 원숭이」 「떡배 단배」를 연재했던 마해송의 사상적 거처에도 해당되는 말이다. 『자유신문』은 1946년 10월 신익희(申翼熙)가 사장에 취임하면서 점차 우익지로 변모하게 된다. 하지만 외세에 휘둘리고 이념의 대립이 극심해진 민족현실을 풍자하면서 어느 편에도 기울지 않고 독립된 민족국가의 건설을 지향하는 내용은 「떡배 단배」에서 더욱 뚜렷해지는 것을 확인할 수 있다.[38]

---

35 김민남 외 『새로 쓰는 한국언론사』, 아침 1993, 284면.
36 김민환 『한국언론사』, 사회비평사 1996, 331면.
37 송건호 『한국현대언론사』, 삼민사 1990, 18~19면.
38 지금까지 「떡배 단배」는 1948년 1월 『자유신문』에 발표된 것으로 알려져 왔다. 동화집 『떡

5. 남은 문제

　마해송은 6·25 동란을 거치면서 급작스럽게 반공으로 선회한다. 이후에도 그는 왕성하게 작품활동을 벌이며 뛰어난 작품들을 다수 남긴다. 이처럼 어느 한 면으로만 평가할 수 없는 마해송의 삶과 문학을 제대로 조명하는 일은 이제부터가 시작이라고 해야 할 것이다. 대표작과 범작을 가려내는 일도 중요하고, 연보를 비롯한 기초사항을 확실하게 밝혀두는 일도 중요하다. 작가의 생애와 작품의 관련을 해명하는 문제는 간단치 않다. 무엇보다 정확한 사실에 바탕을 두면서도 여러 맥락과 정황을 고려한 납득할 만한 해석이 요구된다. 이 글에서는 다루지 못했지만, 앞으로 해명되었으면 하는 문제들을 제시하는 것으로 결론을 대신하고자 한다.

　첫째, 작가의 전기적 사항을 상세하게 조사해서 전후맥락이 닿게끔 재구성해야 한다. 아직 작가의 가계(家系)가 정확히 밝혀져 있지 않다. 작가와 그 주변인들은 다만 '몇 대째 부유한 상업에 종사'했다고만 밝혔는데, 어떤 종류의 일을 했는지 알 수 없다. 마해송이 개성제일공립보통학교를 졸업한 뒤, 윤치호(尹致昊)가 세운 민족사학으로 유명한 송도중학교(1906년 한영서원으로 개원)를 두고 일본불교 정토종 포교소가 운영한 개성학당을 다닌 이유,[39] 몇 대째 뿌리를 내리고 살던 토박이가 해방 후 38선 이남

배 단배』의 후기에서 작가가 손수 작성한 연보에도 그렇게 나와 있다. 하지만 실제로 확인해 보니, 1948년 1월 12일부터 16일 사이에 4회 연재되다가 중단되었고, 1949년 1월 1일부터 25일 사이에 18회를 더 이어 씀으로써 끝이 났다. 작가의 말대로 "1948년 신년호 『자유신문』에 20일 동안 연재"함으로써 작품이 완료되었다면, 복간된 『어린이』(1948.5~1949.12)에 이 작품을 다시 실으려다가 1948년 9월호부터 세 차례를 잇고 중단된 까닭이 궁금하지 않을 수 없는데, 당시까지는 아직 작품이 완료되지 않았던 것이다. 이 작품의 대부분이 1949년에 선보였다고 해서 시기가 늦춰진 만큼 작품의 가치가 떨어지는 것은 아니다. 오히려 보도연맹의 광풍이 불었던 정부수립 이후 이런 내용이 나왔다는 사실 때문에 작품의 역사적 가치는 더욱 높아진다.
39　이 문제는 원고를 넘기고 나서 확인되었는데, 마해송의 집안이 불교를 믿고 있었기 때문에

인 개성을 떠나 서울로 옮기게 된 이유 등도 마찬가지다. 다음으로 일제 말의 『모던일본』과 그 후신 『신태양』에 드러나는 시국관에 대해 사장인 마해송이 책임져야 하는 부분이 어느 정도인지에 대해 따져볼 필요가 있다. 해방 뒤에 자유신문사에 관계하게 된 배경과 연줄도 밝혀져야 한다. 그는 대부분의 주요 동화작가들이 가입했던 조선문학가동맹에 소속하지 않았고, 고한승이 복간한 『어린이』에 「떡배 단배」의 일부를 다시 실은 것 말고는 해방기의 수많은 주요 아동잡지들에 이름을 남기지 않았다. 이는 그가 해방기의 문단과는 상당한 거리가 있었다는 말이 된다.[40] 한편, 6·25 동란 직후 서울이 인민군에 점령되었을 때, 그는 서울에 남아 있었다. 이때 사상 문제로 큰 고초는 겪지 않고, 9·28 서울 수복이 되었을 때에 자진해서 국군을 따라 종군활동을 펼친 것으로 되어 있다. 1·4 후퇴 때는 식구들 모두 피난을 가야 했다. 이들 대목은 그가 적극적인 반공주의로 선회하는 과정이기 때문에 좀더 자세하게 밝혀져야 한다. 1950년대부터 마해송은, 한국문학가협회 초대회장이었고 예술원 회장을 맡은 박종화(朴鍾和)와 관계하면서 주류문단에 합류한다. 그리고 월남한 강소천(姜小泉), 박홍근(朴洪根), 김요섭(金耀燮), 한정동(韓晶東)을 비롯하여 이원수(李元壽), 김영일(金英一) 등과 함께 아동문학단체를 결성했으며, 사회적으로 지도층이 된 색동회 회원들과 활동을 재개하는 등 아동문단의 한복판에서 활동했다. 색동회의 운동성이 가장 뚜렷했던 시기는 방정환이 살아 있던 1920년대였다. 혹시 방정환을 우상처럼 부각시켰어도 그 이미지를 동심천사주의 일변도로 통속화한 데에는 색동회의 후기활동에 책임이 없는지 살펴야 할 것이다.

둘째, 1920년대의 대표작인 「바위나리와 아기별」을 비롯한 작품의 정

기독교계 학교인 송도중학교를 피한 것으로 되어 있다.
40 해방 직후의 아동문단과 아동잡지 현황에 대해서는 졸고 「이원수 판타지동화와 민족현실」, 앞의 책 참고.

확한 서지사항에 대해서다. 이번 조사를 통해 이 작품의 첫 발표지는 1923년『샛별』이 아니라 1926년 1월호『어린이』임을 알 수 있었는데, 이 문제는 따로 독립된 논문으로 써서 발표할 예정이다. 흔히 말하는 '최초의 창작동화'냐 아니냐의 여부는 그리 중요한 것은 아니다. 그러나 확실하지 않거나 잘못된 사실에 입각해서 부풀려진 해석을 낳는 일은, 한때 '『문예춘추』의 초대편집장'이라는 잘못된 이력이 통용되었던 것처럼, 작가의 명예에도 도움이 되지 않는다.

셋째, 1950년대에서 60년대에 걸치는 후기 작품들에 대한 조명이다. 마해송은 이 시기에 동화 형식을 차용한 사회비판적인 장편을 누구보다 많이 발표했는데, 그것들에 관한 연구는 상대적으로 부진한 편이다. 요즈음 그의 탄생 100주년을 기념하는 행사와 연구모임의 활동이 부쩍 늘고 있다. 이른바 '통속 아동문학의 팽창기'라고 지칭되는 시기에 이룩한 그의 주요 작품 성과들을 꼼꼼하게 읽어내는 본격적인 연구가 기대된다고 할 것이다.

—『해방 전후, 우리 문화의 길찾기』 민음사 2005

이원수와 70년대 아동문학의 전환

한국아동문학가협회의 창립과 아동문단의 재편 과정

1. 이원수와 한국아동문학가협회

이원수(李元壽, 1911~81)가 일제말에 친일작품을 남긴 사실이 새롭게 알려지면서[1] 그의 문학은 급속히 빛을 잃어가고 있다. 그의 문학에 대해 '역사를 살아가는 동심'[2]이라고 지칭했던 이오덕(李五德)의 평가는 이제 폐기되어야 하는 것일까? 이원수의 친일 과오를 은폐하거나 변호하는 것은 역사를 두 번 속이는 일이다. 비록 한순간에 지나지 않을지라도 친일작품 쓴 경력은 그의 문학에 끝까지 따라붙을 수밖에 없다. 그러나 부분적인 얼룩이 전체를 훼손하도록 방치하는 것도 부당한 일이다. 사람의 삶에는 설명하기 힘든 모순이 끼어들게 마련이거니와, 그렇다고 해서 그 사람의 사회적 지향과 실천이 모두 베일에 가려지는 것은 아니다. 전체

---

1 박태일 「이원수의 부왜문학 연구」, 『경남·부산지역문학연구 1』, 청동거울 2004.
2 이오덕 「역사를 살아가는 동심」, 『어린이를 지키는 문학』, 백산서당 1984.

로 보아 이원수 문학은 '역사를 살아가는 동심'이었음이 틀림없다. 일제 말에 잠시 파행을 보여 안타까움을 주고 있지만, 이원수 문학과 민족현 실은 분리되지 않는다.[3] 본고는 그가 특히 분단시대 리얼리즘 아동문학 의 굳건한 기초자요 출발점이었음을 밝히고자 한다. 이오덕의 비평과 권 정생(權正生)의 창작도 이원수 문학을 기반으로 해서 솟구쳐 오른 것이 다. 일제시대의 친일문학을 평가할 때와 동일한 역사적 잣대로 분단시대 의 이원수 문학을 평가한다면 이 점이 한결 분명해지리라고 믿는다.

한국문학사에서 1970년대는 각별한 의미를 지닌다. 이는 아동문학사 에서도 마찬가지다. 잘 알려져 있듯이 해방 직후 문단은 조선문학가동맹 (1946)과 전조선문필가협회(1946)로 양립되었다. 1948년 남한에서 정부가 수립된 이후 전자는 불법화되고 후자는 청년문학가협회(1946)와 함께 한 국문학가협회(1949)를 출범시킨다. 1954년 대한민국예술원을 둘러싼 갈 등을 계기로 한국자유문학자협회(1955)가 발족한다. 한국문학가협회와 한국자유문학자협회는 5·16 직후 사회단체의 통폐합조치에 따라 한국 문인협회(1961)로 통합되어 지금에 이르고 있다. 50년대에는 6·25 동란의 여파로 진보사상이 숨어들고 문단은 보수 일색으로 통일되었다. 이 시기 에 '자유'는 '반공'의 의미와 다를 바 없었다. 60년대에는 4·19와 더불어 진보의 가치가 고개를 들었으나 5·16으로 다시 좌절되었다. 이 시기에 문단 일각에서는 '순수참여문학 논쟁'이 터져 나왔다. '전태일(全泰壹)의 죽음'으로 상징되는 70년대에는 문학이 운동성을 띠면서 새로운 단계로 들어섰다. 리얼리즘론·농민문학론·민족문학론·민중문학론·제3세계 문학론 등이 간단없이 제출되었으며, 이것들은 서로 관련을 맺으면서 '민족문학론'으로 정립되었다.[4] 한국문인협회의 맞은편에 자유실천문인

---

3 원종찬『아동문학과 비평정신』, 창작과비평사 2001 참조.
4 김영민『한국현대문학비평사』, 소명출판 2000 참조.

협의회(1974)라는 새로운 구심체가 떠올랐다. 자유실천문인협의회는 1987년에 민족문학작가회의로, 2007년에 다시 한국작가회의로 개칭되었다.

정부수립 후 아동문인들은 한국문학가협회 아동문학분과에 소속되어 있었다. 1954년 1월 한국아동문학회가 발족했으나 이는 분명한 조직체계를 갖추지 않은 동인·친목모임에 가까웠다. 1961년 각종 단체가 정리 통폐합되면서 아동문인들은 다시 한국문인협회 아동문학분과에 소속하게 되었다. 그런데 1971년 2월 이원수 주도로 독자적인 조직체계를 갖춘 한국아동문학가협회가 발족했다. 한국아동문학가협회는 한국문인협회로부터의 분리 독립을 의미했다. 그러자 같은 해 5월 김영일(金英一) 주도로 한국아동문학회가 다시 이름을 내걸었다. 70년대의 한국아동문학회는 한국문인협회 임원진이 깊숙이 관여하고 있었다. 이때부터 아동문단은 지향을 달리하는 두 단체가 양립하는 모양새가 되었다. 하지만 아동문단의 분열은 거듭되었다. 1978년 이재철(李在徹) 주도로 한국현대아동문학가협회가 발족했고, 1989년 이오덕 주도로 한국어린이문학협의회가 발족했다. 1991년 한국아동문학가협회와 한국현대아동문학가협회가 통합하여 한국아동문학인협회가 발족했다. 이렇게 해서 현재는 한국아동문학회, 한국아동문학인협회, 한국어린이문학협의회가 분립하고 있다. 한국문인협회와 한국작가회의라는 두 구도에 입각해서 본다면, 한국아동문학회와 한국아동문학인협회는 한국문인협회 계열이고, 한국어린이문학협의회는 한국작가회의 계열이라고 할 수 있다. 다만 90년대 중반 이후에 활동을 시작한 작가들은 이 구도와 무관한 경우가 더 많다.

여기서 주목해야 할 것은 70년대 초반에 두 단체로 양분된 아동문단이 처음에는 인맥에 따른 분화 요인을 어느 정도 안고 있었는데 점차 문학관의 차이가 분명해지면서 본격적인 문학논쟁 시대를 이끌었다는 사실이다. 70년대의 아동문학 논쟁은 시대상황과 긴밀히 연계되어 있었고, 아동문학의 여러 문제들에 대한 심도 있는 탐구로 이어져서 어느 때보다 높은 수준의 이론비평을 낳았다. 이원수에서 이오덕으로 이어지는 접점이 이 시기에 놓여 있는바, 이는 분단시대 아동문학의 역사적 전환에 해당하는 의의를 지닌다. 요컨대 이원수를 꼭지로 하는 70년대 아동문단의 재편은 시대적 요청과 더불어 민족문학으로서의 아동문학이라는 새로운 물줄기를 만들어낸 것이다.

이 글의 주된 관심은 1971년 한국아동문학가협회의 창립을 전후로 해서 1977년 '창비아동문고'의 첫 권을 장식한 이원수 동화집 『꼬마 옥이』와 이오덕 평론집 『시정신과 유희정신』이 발행되기까지의 문단사적 궤적이다. 이 시기의 아동문학과 문단 상황에 대해서는 이상현(李相鉉), 이재철, 최지훈(崔志勳), 송명호(宋明鎬), 이영호(李榮浩) 등에 의해서 부분적으로 언급된 바 있다.[5] 그런데 이들은 자신이 몸담았던 단체에 따라 시각의 차이를 드러내고 있음에도 모두 한국문인협회를 대변하는 입장에 있기 때문에, 분단시대 이원수의 활동과 70년대 아동문학의 분화 과정에서 도드라진 리얼리즘 아동문학에 대해서는 거의 주목하지 않거나 부정적으로 평가했다. 이에 본고는 이원수와 한국아동문학가협회의 창립으로 본격화된 리얼리즘 아동문학의 흐름을 역사적으로 재평가하고자 한다. 이는 기존 연구에서 무시된 한국작가회의의 계보를 아동문학사에서 복원시키는 일이기도 하다.

---

5 이상현 『아동문학강의』, 일지사 1987; 이재철 『한국아동문학연구』, 개문사 1988; 최지훈 『한국현대아동문학론』, 아동문예사 1991; 송명호 「아동문학 단체 세미나에서 일어난 일들」, 한국문인협회 편 『문단유사』, 월간문학출판부 2002; 이영호 「갈등 끝에 탄생한 한국아동문학가협회」, 같은 책.

2. 한국아동문학가협회 이전의 아동문단

남북으로 문단이 재편된 이후 단체와 잡지 등에 관여하면서 두각을 드러낸 아동문학가는 윤석중(尹石重), 이원수, 강소천(姜小泉)이었다. 윤석중은 동요 방면에서 이룬 명성에 힘입어 1949년 한국문학가협회 아동문학 분과위원장을 역임했지만, 해방 직후 『소학생』을 펴낼 때나 또 6·25 동란 이후 '새싹회'를 주관할 때나 거의 단독으로 일하는 체질이었다. 좌익활동에 깊이 연루된 부친이 6·25동란 중에 희생당한 개인적인 상처도 크게 작용했을 것이라 짐작되는데[6], 그는 문단에서는 늘 비껴나 있는 태도를 취했다. 반면에 이원수는 『소년세계』(1952.9~56.9)를, 강소천은 『어린이 다이제스트』(1952.9~54.1)와 『새벗』(1952.1~71년에 휴간되었다가 78년에 복간됨)을 주재하면서 전후 아동문단의 형성에 나름대로 영향력을 행사했다. 그런데 이원수와 강소천은 문학사상과 아동문학을 보는 관점이 매우 대조적이었다.

많은 연구자들이 지적해왔듯이 이원수는 분단현실과 독재정권에 맞서는 확고한 작가의식을 가지고 작품활동을 전개했다.[7] 그는 장편 『숲 속

---

6 노경수 「윤석중 연구」, 단국대 박사학위 논문, 2008, 51~52면. 윤석중의 생모가 만 두 살에 세상을 뜨자 부친은 재혼을 했다. 그런데 재혼한 윤석중의 부모는 좌익혐의로 6·25 동란 중에 충남 서산에서 피살된다. 한편, 윤석중의 이복동생 윤이중은 한국전쟁이 발발하자 의용군으로 가서 행방불명되었고 그 밑에 동생 윤시중은 국군에 징집되어 갔다가 전사했다. 윤석중은 6·25 동란을 겪은 뒤로 부모형제를 모두 잃은 셈인데, 그의 집안이 좌우익 갈등으로 풍비박산했다는 사실은 노경수의 논문으로 새로 밝혀졌다. 노경수는 윤석중의 부친 윤덕병(尹德炳)이 피살된 이유가 둘째부인 노경자의 좌익활동 때문에 좌파로 오인되었을 것이라고 추정했는데, 최근에 윤석중 연구를 새로 하고 있는 김제곤에 따르면, 윤덕병은 20년대부터 줄곧 맹렬한 사회주의자로 활동했음이 확인된다고 한다. 노경자의 활동은 찾아지지 않지만, 윤덕병은 1924년 4월 조선노농총동맹 중앙상무위원, 1925년 4월 조선공산당 중앙검사위원을 역임한 바 있다. 강만길·성대경 엮음 『한국사회주의인명사전』, 창작과비평사 1996, 305면.

나라』에서 자신이 지향하는 사회의 모습을 비교적 상세하게 그려 보인 바 있다. 한마디로 우리 민족의 역사적 현실에 뿌리내린 호혜평등한 노동자의 나라였다.[8] 판타지와 알레고리로 그려낸 것이지만 이런 사회주의 지향의 작품을 좌익에 대한 탄압이 법제화된 상황에서 잡지(1949)에 연재하고 동란 직후 다시 단행본(1954)으로 출판하는 데에는 남다른 용기가 필요했을 것이다. 반공·승공의 통치이념에 반하는 작품은 가차 없이 이적(利敵) 표현물로 단죄되던 때였다.

이원수는 6·25 동란 중에 좌익부역자 혐의로 목숨이 위태로운 상황까지 경험했으면서도 50년대에 『소년세계』를 주재하면서 「정이와 딸래」(1952), 「달나라의 어머니」(1953), 「꼬마 옥이」(1953~55), 「구름과 소녀」(1955) 등 민족분단과 전쟁비극을 다룬 작품을 계속해서 발표했다. 이러한 작품 경향은 60년대에도 장편 『민들레의 노래』(1960~61), 『메아리 소년』(1965~66), 단편 「장난감과 토끼삼형제」(1967), 「미미와 희수의 사랑」(1968), 「호수 속의 오두막집」(1969) 등으로 이어졌다. 그는 베트남전쟁과 파병 문제를 다루는 데에서도 당대의 통념을 벗어난 반전평화주의 시각을 견지했다. 「별 아기의 여행」(1969)과 「별」(1973)이 그러한 작품들이다. 「땅 속의 귀」(1960), 「어느 마산 소녀의 이야기」(1960), 「벚꽃과 돌멩이」(1961) 등은 4·19 정신을 담아낸 것이고, 「토끼 대통령」(1963), 「명월산의 너구리」(1969) 등은 5·16 이후 군사정권의 집권연장 기도와 강압적인 통치논리를

---

7 분단시대 이원수 문학의 리얼리즘 특성을 살핀 학위논문 가운데 대표적인 것들은 다음과 같다. 권영순 「한국아동문학의 양면성 연구 — 강소천과 이원수의 소년소설을 중심으로」, 이화여대 석사학위논문, 1985; 최찬석 「이원수 동화 연구」, 숭전대 석사학위논문, 1986; 나까무라 오사무(仲村修) 「이원수 동화·소년소설 연구」, 인하대 석사학위논문, 1993; 조은숙 「이원수 동화 '숲 속 나라' 연구」, 고려대 석사학위논문, 1995; 이균상 「이원수 소년소설의 현실수용양상 연구」, 한국교원대 석사학위논문, 1997; 박종순 「이원수 동화 연구」, 창원대 석사학위논문, 2002; 송지현 「이원수 동화 연구」, 단국대 석사학위논문, 2005.
8 자세한 내용은 원종찬, 앞의 책을 참고 바람.

비판한 작품이다. 전태일분신사건(1970.11.13)이 터졌을 때는 노동자의 의로운 죽음을 의인동화로 그린 「불새의 춤」(1970.12)을 즉각 발표했다. 장편 『잔디숲 속의 이쁜이』(1971~73)는 전체주의를 비판하고 자유를 찾아 떠나는 개미의 모험이야기를 그린 것이다.

아동문학을 유치하게 보는 사회적 통념이 벌써 말해주는 것이지만, 대부분의 아동문학 작가들은 동심의 이름으로 현실 문제를 외면하거나 교훈의 이름으로 상식적이고 지배적인 고정관념을 재생산하고 있었다. 그러나 이원수는 앞의 작품들에서 보듯이 추상적 덕목이 아니라 '지금, 여기'의 삶에 근거한 사회적 정의와 자유의 정신을 그의 작품에 새겨 넣었다. 5, 60년대 문단에서 그만큼 진보적 색채를 드러낸 작가를 찾아보기는 쉽지 않다. 어떻게 이원수는 그런 작품을 쓰면서 정권의 탄압을 피해갈 수 있었을까? 아동문학은 정치성과 거리가 멀다는 일반의 통념이 감시망을 느슨하게 했을 수 있겠고, 동요 「고향의 봄」이 국민애창곡으로 불리면서 따라붙은 명성도 보호막으로 작용했을 터였다. 게다가 그는 방정환(方定煥)시대부터 활동한 아동문학사의 산증인이었고 문단 교유도 폭넓은 편이었다. 문학에 대한 소신은 분명했지만, 격의 없고 포용심 많은 인간미의 소유자로 통했다.

1·4 후퇴 때 단신으로 월남한 강소천은 반공주의 인맥을 통해 전쟁 직후 아동문학 분과위원장으로 피선되었고 단숨에 아동문단의 실세로 떠올랐다. 그가 주재한 『어린이 다이제스트』와 『새벗』이 기독교 계열의 잡지라는 점, 그리고 이들 잡지의 주요 필자인 강소천, 김영일, 박화목(朴和穆), 김요섭(金耀燮) 등이 모두 월남한 기독교인이라는 점을 주목할 필요가 있다. 이남 출신의 주요 필자 가운데 박목월(朴木月), 김동리(金東里), 최태호(崔台鎬), 홍웅선(洪雄善) 등은 강소천이 제도권으로 진입하고 그 힘을 행사할 수 있게 해준 든든한 배경이었다. 강소천은 피난지 부산에서 문교부 교과서 편수관이던 최태호·홍웅선과 함께 편수위 활동을 했

다. 정부수립 후 월북문인의 작품을 남김없이 교과서에서 추방하는 등 정권의 통치기반을 다지는 데 앞장서온 편수위는 전쟁이 나자 부산에서 전시교과서를 발행했다. 이때 강소천과 최태호가 연결되었다.[9] 이후로 강소천은 교과서 수록작품 선정이나 문교부 우량아동도서 선정 같은 일에 깊이 관여했다. 강소천은 아직 등단하지 않은 최태호와 홍웅선을 그가 주재하는 아동잡지의 작가로서 활동할 수 있도록 힘써주기도 했다.

해방 직후 좌익문인들과 첨예하게 부딪치며 청년문학가협회를 주도한 김동리와 박목월은 문단의 소장파 실세였다. 이들은 보수적이고 관변적인 아동문단을 형성하는 데에서도 기둥 역할을 했다. 일찍이 박영종 (朴泳鍾)이란 이름으로 활약한 박목월은 『박영종 동시집』(1946), 『초록별』 (1946) 같은 동시집 외에도 『동시 교실』(1957), 『동시의 세계』(1963) 같은 동시창작 이론서를 펴냈으며 동시 방면에서의 영향력이 매우 컸다. 김동리는 60년대 들어서 쏟아져 나온 '아동문학독본' 씨리즈와 각종 '아동문학 전집'의 편집에 빠짐없이 관여했다. 그는 1963년 강소천이 작고한 뒤에 박목월, 최태호 등과 함께 소천문학상을 제정하고 심사위원으로 활동했다. 1965년 제1회 소천문학상은 김요섭에게 주어졌다. 1962년부터 69년 까지 총19집을 펴내면서 아동문학 담론을 주도한 『아동문학』의 편집위원은 강소천, 김동리, 박목월, 조지훈(趙芝薰), 최태호였다. 김요섭은 1970년부터 74년까지 『아동문학사상』 총10집을 발행했다.

이원수는 윤석중·박영종으로 대표되는 동심주의·기교주의 동시 경

---

9 최태호 「나의 편수국 시절」, 한국교육과정·교과서연구회 편 『편수의 뒤안길』 제2집, 대한교과서주식회사 1995 참조. "장관 비서실의 박창해(朴昌海)씨"가 강소천을 편수국 부산 임시사무실에 데리고 와서 최태호에게 소개했다고 한다. 박창해는 영생고보 때부터의 동향 친구다. 최태호는 자신의 직무수행에서 도움을 받기 위해 서울 환도 후 박목월, 강소천 등과 함께 글짓기연구회를 만들어 강소천을 회장으로 앉혔는데, 자신의 전임교인 인천 창영국민학교에서 박목월과 강소천이 약 3~4개월 동안 매주 글짓기 지도를 하도록 주선했으며, 그 수확이 박목월의 『동시 교실』(아테네사 1957)이라고 회고했다.

향, 그리고 강소천으로 대표되는 교훈주의·반공주의 동화 경향의 반대편에 있었다. 그는 동요시인으로서의 명성에 힘입어 한국자유문학자협회 아동문학 분과위원장을 역임하고 한국문인협회 결성대회 준비위원으로도 참여했지만 어디까지나 비주류에 해당했다.[10] 문학에서 그는 비판적 리얼리즘의 관점을 견지했다. 「동시작법」(1960), 「아동문학입문」(1965), 「동화작법」(1969) 등에서 이 점은 확연한데, 그가 한국문인협회 아동문학 분과위원장을 맡았던 시기에 나온 『해방문학 20년』(1966)의 아동문학 부문에 관한 글에서도 그의 관점은 분명하게 나타나 있다.

> 6·25 전란과 그 영향 하의 생활에서의 취재가 많았던 것. 그 중에는 반공사상의 작품과 비참한 생활상태를 그린 것이 많았으며, 그러나 전쟁에 대한 것보다는 지엽적인 사태와 수난 후의 생활이 더 많았다. 그것은 민족상잔의 비극의 부당성보다 승공(勝共)의 의욕을 불어 넣는 일, 증적(憎敵)정신의 발휘에 중점을 두고 있었다.
>
> (…)
>
> 아동들의 생활을 현실 그대로 그리면서, 부정적인 것을 부정하고 긍정적인 것을 긍정하려는 리얼리티에 입각한 작품들이 있었다. 그러나 이러한 작품들은 때로 사회의 그늘진 곳을 과장되게 밝혀내는 것이라는 비난을 받기도 했다.[11]

60년 4월 학생데모로써 끝장을 보게 된 자유당 독재정권이 쓰러짐을 한

---

10 5·16 직후의 포고령에 따른 통합적인 문화예술 단체 창립을 위한 각계의 준비위원으로 문학계는 마해송이 선출되었다. 문학 분야의 단일단체로서 한국문인협회의 창립을 앞두고 기존 각 문학단체의 지도급 문인을 포함하는 폭넓은 준비위원회가 구성되었는데, 아동문인은 강소천, 윤석중, 김영일, 이원수, 마해송 5명이었다. 정규웅 『글동네에서 생긴 일』, 문학세계사 1999, 94~96면.
11 이원수 「아동문학」, 한국문인협회 편 『해방문학 20년』, 정음사 1966, 64면.

분계선으로 하여, 오랫동안 억압되어온 국민의 정신에 자유·민주 사상이 비로소 숨길이 트이게 되자, 아동문학도 어용주의, 교훈주의 문학이 무언의 기세로 꺾이어진 감이 있었고, 문단에 청신기풍이 돌기 시작했다. 그만치 정치에 관계없는 아동문학에까지 독재정치 하의 영향은 침투해 들어와 있었던 것이다.[12]

첫 번째 인용은 '6·25에서 10년간'의 흐름을 말한 대목이고, 두 번째 인용은 '4·19 이후'의 흐름을 말한 대목이다. 객관적인 어투로 썼지만 강소천으로 대표되는 보수적이고 관변적인 아동문학 경향을 비판하려는 의도를 읽어내기 어렵지 않다.

하지만 분단 상황은 반공과 승공을 내세우는 문인들이 주도권을 행사하도록 작용했다. 문인단체에 정부보조금이 주어지고 각종 행사에 혜택이 뒤따르면서 문단 내 잡음이 끊이질 않았는데, 한국문인협회 집행부는 온갖 이권을 대가로 독재정권과 밀월관계를 유지했다. 문단의 대립은 보수 대 진보가 아니라 한국문인협회의 주도권을 놓고 파벌 다툼을 벌이는 양상이었다. 한국문인협회 이사장은 문단의 원로인 박종화(朴鍾和)가 오랫동안 연임하고 있었으나, 차기 이사장 자리를 두고 똑같은 청년문학가협회 출신의 김동리와 조연현(趙演鉉)이 치열하게 대립하고 있었다.[13]

50년대의 한국문학가협회와 60년대의 한국문인협회 아동문학 분과위원장은 거의 강소천과 그 계열에 속한 문인들이 차지했다. 여기에서 강소천 계열이라 함은 월남한 이북 출신에다 기독교적 배경을 가진 김영

---

12 같은 글, 65면.
13 정규웅, 앞의 책 참조. 박종화 이사장 체제에서 부이사장을 지냈던 김동리가 9~10대(1970~72), 조연현이 11~12대(1973~76), 서정주가 13대(1977~78), 다시 조연현이 14~15대(1979~82), 다시 김동리가 16~17대(1983~88) 등 청년문학가협회의 주도세력은 군사정권 시절 한국문인협회 이사장직을 지속적으로 이어갔다.

일, 박화목, 김요섭, 장수철(張壽哲) 등을 가리킨다. 한국문인협회로 통폐합되고 나서의 첫 번째 아동문학 분과위원장은 김영일이었다. 60년대에는 감각적인 동시와 환상적인 동화의 흐름이 새로 나타나서 기존 유아취향의 동시와 교훈주의 동화의 흐름과도 경합했다. 하지만 이것들 모두 순수주의와 보수적 색채에 뿌리를 둔 것이었다. 어느 면으로 보더라도 아동문단 내에서 이원수의 입지는 매우 비좁을 수밖에 없었다.

성인문단 쪽에서는 순수파의 비순수성을 논박하는 참여파의 목소리가 터져 나왔고, 1966년 계간 『창작과비평』이 발행되면서 새로운 바람이 불고 있었다. 1969년 3선개헌과 더불어 긴박한 사회정치적 상황이 조성되었다. 1970년 5월 『사상계』에 발표한 담시 「오적(五賊)」으로 김지하(金芝河) 시인이 구속되었다. 1970년 11월 전태일분신사건이 일어났으며, 1971년 4월 민주수호국민협의회 시국선언문이 발표되었다. 1972년 '10월 유신'을 단행하면서 군부독재정권은 영구집권의 길로 들어섰다. 모든 부문을 망라해서 '민주화운동'이 시대의 과제로 떠올랐다. 그리하여 역대 독재정권을 비호하는 데 앞장서온 한국문인협회 맞은편에 자유실천문인협의회(1974.11)가 탄생하기에 이른 것이다.

3. 한국아동문학가협회 이후의 아동문단

5·16 이후 모든 문인단체는 한국문인협회로 통합되었지만 60년대 중반 이후 한국시인협회, 한국여류문학인회, 한국문학번역협회, 한국시나리오작가협회 등 여러 문학단체들이 잇달아 등장했다. 군사정권이 문화예술단체를 강제 해산시킨 것은 아무런 법적 근거를 지닐 수 없었다.[14]

---

14 같은 책 164면.

한국문인협회 아동문학분과는 김동리 체제와 밀착관계에 있는 극소수만의 무대였기에 아동문인들의 독자적인 활동은 기대하기 힘들었다. 그런데 1971년 1월 아동문학 분과위원장 선거를 둘러싸고 아동문단에 심각한 대립 국면이 조성되었다. 당시 아동문학 분과위원장을 맡고 있던 김요섭이 3선을 이어가려고 하자 신진 박경용(朴敬用)이 도전장을 낸 것이다. 이때 이원수는 박경용을 지지하는 쪽에 나섰다. 종속적이고 미온적인 기존 아동문학 분과체제를 바꾸는 것이 필요하다고 보았기 때문이다.

그때까지 한국문인협회 이사장이나 분과위원장 선출에 관심을 가진 아동문인은 많지 않았다. 아동문학 분과위원장은 으레 이사장단과 가깝고 한국문인협회 운영에 참여해본 경력이 있는 사람이 맡는 것이라고 생각할 따름이었다. 하지만 새로운 분과위원장으로 박경용이 선출되면 성인문학가들이 장악한 한국문인협회에서 소외당하고 있는 아동문인들의 입지가 조금은 달라질 것이라는 기대가 생겨났다.[15] 그리하여 1971년의 아동문학 분과위원장 선거는 순식간에 문단의 이목을 끌어당겼다. 선거를 앞두고 김요섭 대 박경용의 대결구도는 뜨겁게 달아올랐다. 김요섭은 김영일, 박화목, 장수철, 송명원, 이상현 등의 지지를 업고 있었고, 박경용은 이원수, 박홍근(朴洪根), 박경종(朴京鍾), 이재철, 이영호 등의 지지를 업고 있었다.

선거 결과는 한국문인협회의 조직력을 동원한 김요섭의 승리로 돌아갔다. 하지만 워낙 근소한 차이인데다 김요섭 쪽에 이중투표가 포함되었다는 비판이 제기되면서 아동문단의 갈등은 쉽게 가라앉지 않았다.[16] 선거 실패를 계기로 한국문인협회 아동문학분과에 연연할 것이 아니라 독자적인 아동문학단체를 만들어야 한다는 생각이 급속히 번져나갔다. 마

---

15 이영호, 앞의 글 참조.
16 박경용 시인과의 전화인터뷰, 2008년 11월 20일.

침내 1971년 2월 한국아동문학가협회가 결성되고 회장에 이원수가 추대되었다. 창립대회에는 한국문인협회 쪽과 가까운 소수를 제외한 대다수 아동문인이 참여했다. 한국아동문학가협회는 나름대로 조직체계를 갖추고 동극작가 주평(朱萍)이 운영하는 극단 '새들' 건물에 사무실을 두었다.

그로부터 석 달 후인 1971년 5월 한국문인협회 쪽 아동문인들은 한국아동문학회라는 이름을 다시 들고 나왔다. 원래 이 단체는 1954년 한정동(韓晶東)을 회장으로 하고, 이원수와 김영일을 부회장으로 해서 만들어진 것이니만큼[17] 한정동이 고문이고 이원수가 회장으로 있는 한국아동문학가협회 쪽에 지분이 많아도 더 많을 것이었다. 그런데 한국문인협회 아동문학 분과위원장 김영일을 회장으로 하는 한국아동문학회가 한국아동문학가협회를 무력화하고자 재창립을 공표한 것이다. 이렇게 해서 아동문단은 한국문인협회의 친위대 격인 한국아동문학회와 독자성을 중시하는 한국아동문학가협회로 양분되었다. 두 단체는 자기입장을 내세운 기관지 발행과 쎄미나 개최 등 경쟁적인 활동을 벌여 나갔다.[18]

한국아동문학회는 1971년부터 기관지 『아동문학』을 발행했다. 계간으로 나온 『아동문학』은 제호가 『아동문단』으로 바뀌어 10여 호 발행되었다.[19] 이미 이 단체의 핵심인 김요섭은 부정기간행물 『아동문학사상』을 펴내고 있었거니와, 1973년부터는 송명호가 주간이 되어 월간 『현대아동문학』과 『아동문학』을 발행하여 준기관지로 삼기도 했다.[20] 한국아

---

17 「소년문화소식」, 『소년세계』 1954년 2월호.
18 한국문인협회의 수장인 김동리는 한국아동문학회 연간 쎄미나에서 무려 5회나 주제발표를 할 정도로 친밀감을 과시했는데, 이 숫자는 2003년 현재 상임고문 박화목(8회) 다음으로 많은 주제발표 회수에 해당하는 것이다. 김선태 「한국아동문학회 쎄미나 33년의 발자취」, 제33회 한국아동문학회 쎄미나 자료집, 2003, 33면.
19 이상현 「한국아동문학회 창립 50주년의 역사적 의의와 나아갈 방향」, 제33회 한국아동문학회 쎄미나 자료집, 26면.

동문학가협회는 1972년부터 기관지 『한국아동문학』을 발행했다. 처음엔 정기간행물로 내려 했으나 당국의 불허조치에다 비용도 만만치 않았기 때문에, 이원수가 발행인으로 되어 있는 『한국아동문학』은 부정기간행물로 1975년까지 총5집을 내고 중단되었다. 그조차 4집은 『아동문학의 전통성과 서민성』, 5집은 『동시, 그 시론과 문제성』이라는 제목을 가진 단행본으로 발행되었다.[21]

한국아동문학가협회가 결성된 초기에는 이원수 단독으로 리얼리즘 아동문학의 이론을 감당해야 하는 처지였다. 한국아동문학가협회와 한국아동문학회는 구심을 달리했을 뿐이지 인적 구성이나 발표 지면상으로 명확하게 선이 그어진 것도 아니었다. 그러하기에 이원수는 자신의 지향을 분명하게 드러내면서 기존 아동문학의 여러 문제점들을 비판했고, 한국아동문학가협회 안에서 자정과 갱신의 노력을 경주했다. 『한국아동문학』의 서두에는 간행사 격으로 '우리의 선언'이나 '우리들의 발언'을 넣어 운동성을 부여하려고 했으며, 특집 평론과 쎄미나 기획을 통해 그때까지와는 다른 새로운 길을 모색해갔다.

이원수의 행적을 살필 수 있는 당시의 자료들은 짧은 것이든 긴 것이든 반드시 그만의 지향점이 드러나 있다. 이원수는 후배문인 어효선(魚孝善)·박경용·권용철(權容徹)과 함께 1972년 상반기 아동문학을 돌아보는 『조선일보』의 좌담에 참석한 적이 있다. 이 자리에서 다른 참석자들이 아동문학이 무시되고 있다며 불만을 토로하자 이원수는 '판타지의 부

20　『현대아동문학』과 『아동문학』은 표지, 목차, 간기 등 책의 꼴이 거의 비슷하다. 『현대아동문학』 창간호(1973.9)의 연재물 서너 편은 『아동문학』 창간호(1973.12)로 이어지고 있다. 그런데도 두 달을 건너뛰고 제호를 바꾼 것에 대한 아무런 해명이 없이 내용상 『현대아동문학』 '제2호'에 해당하는 1973년 12월호 『아동문학』을 '창간호'라고 하면서 발행했다.

21　이것들은 모두 이주홍의 그림을 표지로 삼았고 목차와 간기를 비롯한 책의 꼴이 거의 비슷하다. 하지만 『아동문학의 전통성과 서민성』 『동시, 그 시론과 문제성』은 단행본이기에 권호를 밝히지 않았다.

자연성'과 '동화의 어용적 색채' 때문이라며 비판의 화살을 아동문학 안으로 돌렸다. 동시를 두고는 '난해성'의 문제를 들어 "힘도 뼈도 없는 애매모호한 말"에 신경 쓰지 말고 내용을 풍부하게 해주어야 한다고 지적했다. 좌담 내용을 요약해서 실었지만, 기자가 뽑은 제목이 '환상 아닌 생활적 소재를'이고, 큰 활자로 뽑아낸 말이 '동시는 서정 외면, 시대감각 잃은 어른의 넋두리 여전'인 것만 봐도 이 좌담을 이원수가 어떻게 이끌었는지 짐작할 수 있다.[22]

『한국아동문학』 제1집에는 '지상(誌上) 오분대담'이란 꼭지를 두고 흥미로운 읽을거리로 끼워 넣은 이영호와 이원수의 짧은 글이 보인다. 이영호는 아동문단에 부끄러운 일이 너무도 많이 일어나고 있는 것을 개탄했는데, 자세히 밝히지 않았지만 당시 문단의 갈등상황을 짐작할 수 있게 해준다. 이원수는 아동문학에서 '밝은 문학'을 강조하는 이들이 실은 "서민생활의 멸시와 현실 외면의 낙원주의"를 제창하는 꼴이라고 비판했다. "진실한 민족문학으로서의 아동문학은 그 지대가 어둡거나 누추하다 해서 도피할 수는 없는 것"이라면서 "거짓스런 밝음의 죄악"을 꼬집은 것이다.[23]

1973년에 이원수는 제10회 한국문학상 수상자로 결정되었다. 이와 관련해서 신문 인터뷰가 이루어졌는데, 여기에도 그의 생각이 잘 드러나 있다.

현재 아동문학이 당면하고 있는 가장 중요한 문제는 작품의 민족성과 서민성이라고 봐요. 작품 속의 인물이 아무리 의인화되었다고 해도, 또 꽃과 나무와 돌이라 해도 이야기 속에는 언제나 국적 있는 사상과 정서가 깃들

22 이원수·어효선·박경용·권용철 좌담 「환상 아닌 생활적 소재를」, 『조선일보』 1972년 7월 11일자.
23 이원수 「낙원과 현실」, 『한국아동문학』 1집, 1972.9, 152면.

어져야 합니다. 작품 소재가 환상적·공상적이라 해서 세계의 어린이 모두가 동일하게 받아들인다는 것은 아닙니다. 다시 말해서 국적이 불분명한 작품이 많다는 것이지요. 또 문제는 작품이 현실을 전혀 무시하고 있다는 점입니다. 예를 들면 부유층에서만 있을 수 있는 소재는 가난에 쪼들린 아이들에게는 잘 이해되지 않아요.[24]

　민족과 서민 현실에 뿌리를 두고 그릇된 지배 풍조를 비판하려는 태도가 뚜렷하다. 국적이 불분명한 "환상적·공상적" 작품은 김요섭 풍조를 겨냥한 것이고, 현실을 무시한 "부유층에서만 있을 수 있는 소재"의 작품은 강소천 풍조를 겨냥한 것이라고 할 수 있다.
　그는 『한국아동문학』 제1집에 「동화의 팬터지와 리얼리티」, 3집에 「주제의식과 사실성」, 4집(『아동문학의 전통성과 서민성』)에 「민족문학과 아동문학」, 5집(『동시, 그 시론과 문제성』)에 「동시와 유아성」을 각각 발표했다. 2집에는 회원들의 작품만을 싣기로 해서 평론이 빠져 있는 것이니, 그가 이론비평에 얼마나 힘을 기울였는지 알 수 있다.[25] 「동화의 팬터지와 리얼리티」는 그 당시 김요섭에서 비롯된 '동화의 팬터지' 논의에서 그가 '리얼리티'를 강조하는 입장이었음을 보여준다. 그는 현대동화를 옛날 얘기와 구별짓게 하는 가장 중요한 요소로 리얼리티를 꼽았다.

　대체 동화가 소설적인 묘사를 하게 된 것, 즉 작중인물의 성격묘사, 정경묘사가 있게 된 이상, 그것은 지극히 사실적인 이야기가 되어야 한다. 현실적인 이야기 속에 나오는 초현실적인 이야기는 어떻게 결합되어야 하겠는가. 그 결합이 원만스럽게 긍정되는 상태에서 이뤄지지 못하면, 결국 황당

24　이원수 「예순 넘어 첫 상」, 『조선일보』 1973년 11월 15일자.
25　「동화의 팬터지와 리얼리티」 「민족문학과 아동문학」은 『이원수아동문학전집』(웅진)에 누락된 주요 자료이다.

무계한 조작 얘기란 감을 줄 뿐이다.[26]

　그는 동화에서 "무생물의 의인화"가 많이 쓰이지만 의인화 정도에 따라 행동의 제약이 가해질 수밖에 없는데도 제멋대로 쓰는 경우가 많다면서 자신의 작품을 보기로 하여 판타지와 리얼리티의 관계에 대해 논하려 했다. 하지만 이론상으로는 "과학적 계산과 합리성" "치밀한 계산"이 필요하다는 원론적인 지적을 넘어서지 못한 한계를 그 자신도 인정하고 있다. 그럼에도 "요즈음 동화에서 팬터지의 남용이 눈에 띄고, 팬터지의 도입에 대해서 너무 무성의한 것 같은 느낌을 받게 되기에 이 문제를 가지고 이야기해보고 싶었던 것"이라고 밝혔다. 현실의 기초가 없는 환상동화 풍조가 무분별하게 확산되는 것을 경계하려는 의도로 읽는다.
　'아동문학의 당면문제'라는 부제가 달린 「주제의식과 사실성」은 "주제의 빈약"과 "사실성의 결여"를 비판하는 내용으로 아동문학 방면의 리얼리즘론이라고 할 만한 문제의식을 담고 있다.

　　소위 행복에 젖어 있는 아이들을 즐겨 그리고, 불행한 자를 그리는 경우에도 그 불행이 사회생활에서 온 것으로서보다는 개인의 운명이나 스스로가 만든 불행으로 그리려 들며, 그러한 불행자가 착한 친구나 이웃의 도움으로 행복하게 된다는 해피엔딩의 이야기로 만들려 든다.[27]

　　리얼리즘이란 것 자체도 여러 가지 방향에서 그 뜻을 말할 수 있지만, 소박하게 해석한다 하더라도 그것은 작품 방법으로서 리얼리티를 갖게 하는 면뿐 아니라 사회를 보는 눈 자체의 문제가 되어야 한다.[28]

26　이원수 「동화의 팬터지와 리얼리티」, 『한국아동문학』 1집, 1972.9, 14면.
27　이원수 「주제의식과 사실성」, 『한국아동문학』 3집, 1973.9, 11~12면.
28　같은 글 13면.

그런데 우스운 것은, 현실을 회피하고 아동에게는 무지개 같은 꿈만 주는 것이 옳다고 생각하는 아동작가, 혹은 교육관계자들이 자기네들이 불안한 문학관을 쓰러지지 않게 하기 위해 이상주의를 악용해온 사실을 모르는 체할 수 없다.

(…) 우리는 이상이라는 것이 모든 사람이 바라고 동경하는 것으로서 존재하는 것이 아니라 현실을 파악하는 하나의 방법으로서 존재한다고 보는 것이다. 이상주의란 그저 안이하게 관념적으로 파악할 것이 아니요, 부정적인 것과 싸워서 비로소 얻을 수 있는 것이다.[29]

여기에서 보듯 이원수는 개인의 삶과 사회현실의 관련을 중시하는 가운데 리얼리즘을 단순히 리얼리티만이 아니라 관점의 문제로 해석했다. 이상주의에 대해서도 한낱 동경의 관념이 아니라 현실의 문제와 고투하는 과정에서 획득되는 전망으로서 바라보았다. 그렇기 때문에 사회의 불행한 일을 아동문학이 수용하는 문제를 두고 이원수는 늘 강소천 계열과 대립했다. 강소천 동화처럼 교육적인 배려를 앞세워 좋은 것만을 보여주려는 태도는 현실도피에 지나지 않는다는 관점이었다. 이 글에서 이원수는 관변단체가 아동우량도서를 선정하는 경우에 작품이 가져야 할 현실성을 부정하는 문제점이 곧잘 드러난다면서 주제의식과 사실성을 확보하려면 리얼리즘의 중요성을 인식해야 한다고 덧붙였다.

「민족문학과 아동문학」은 한국아동문학가협회 쎄미나(1973.10.14)의 발표문들을 수록한 4집 『아동문학의 전통성과 서민성』(1974)에 실린 것이다. 4집의 기획특집은 한국아동문학회 쎄미나(1972.8.21~22)의 발표문이 실린 『현대아동문학』의 기획특집과 비교된다. 그때까지 문단은 보수와 진

29 같은 글 14면.

보를 가리지 않고 '민족문학'을 화두로 삼고 있었는데, 보수 쪽이 주로 초역사적 향토성을 내세우고 있었다면 진보 쪽은 역사적 현실성을 내세우면서 뚜렷하게 입장이 갈렸다. 아동문단에서도 이 점은 예외가 아니었다.

먼저 한국아동문학회는 '전원문학과 아동문학의 과제'라는 주제의 쎄미나를 개최하면서 김요섭의 「민족문학으로서의 어린이와 전원」을 앞세웠다. 김요섭은 '민족적'인 것을 '향토애' '민족애'와 연결시키고 '농촌'을 '전원'이라는 말로 바꾼 뒤, 우리의 "전원 농민을 다룬 작품과 문학논의"에 "자연과 전원이 전개해주는 초일상의 세계인 환상성이 없"었음을 미흡함으로 지적하고 나섰다.[30] 이 발제문은 어린이의 자연친화적인 특성을 매개로 해서 '전원'을 끌어들였으나 결과적으로는 농촌현실의 문제를 등진 '순수주의' 문학관을 피력한 것이었다.

이와는 대조적으로 한국아동문학가협회가 개최한 '아동문학의 전통성과 서민성'이라는 주제의 쎄미나 발제를 맡은 이영호는 우리 문학의 생성 조건이 "끊임없이 외세의 침략과 압제 속에서 시달려온 역사"로 되어 있기 때문에 타협하고 굴복한 지배계급보다는 민중의 손에 의해 독특한 성격이 이어져왔다면서 아동문학에서도 '서민의식'과 '역사의식'이 요구된다고 주장했다. 그는 우리 아동문학이 빠져든 오류를 다음 세 가지로 요약했다.

그 첫째는 우리의 전통적인 사상·감정을 완전히 무시하고 신문학 초창기에서와 같이 새것 콤플렉스에 걸려 있는 듯한 징후를 보여주는 것입니다.

둘째, 아동문학이 마치 교육의 한 수단인 것처럼 오인하고 있는 듯한 작가들에 의해 권선징악적·인과응보적·사필귀정인 낡은 방법이 되풀이되고 있는 현상입니다.

---

30 김요섭 「민족문학으로서의 어린이와 전원」, 『현대아동문학』 1집, 1973. 9.

셋째, 서민의식과 서민의 생활감정을 완전히 외면하고 특수층과 그 어린 이들의 생활을 부지런히 작품화하고 있는 경향의 그것입니다.[31]

이영호는 첫 번째 경향의 대표적인 작품으로 제1회 소천문학상을 받은 김요섭의 「날아다니는 코끼리」를 비롯해서 권용철의 「별성」, 박화목의 「한국에 온 한스 할아버지」 등을 들었다. 두 번째 경향의 대표적인 작품은 굳이 예시할 필요성이 없을 만큼 대부분의 아동문학가가 그런 경향에 빠져 있다고 했다. 세 번째 경향의 대표적인 작품으로는 강소천의 「인형의 꿈」을 비롯해서 황영애(黃英愛)의 「하늘이 담긴 눈」, 신지식(申智植)의 「향기」 등을 들었다. 비판적으로 거론한 작가들이 한국아동문학회의 주요 구성원인 데서 알 수 있듯이, 한국아동문학가협회 쎄미나는 민족문학으로서의 아동문학을 둘러싼 단체 간 지향의 차이를 첨예하게 드러낸 행사였다. 아동문학에서의 이념대립이 집단적으로 표출되기 시작한 것이다.[32]

바로 이 시점에 이오덕이 「아동문학과 서민성」이라는 장문의 평론을 가지고 나왔다. 이오덕은 초등학교 교사의 경험을 바탕으로 1965년 『글짓기교육의 이론과 실제』를, 1973년에는 박목월의 동시창작 이론서와 관점을 달리하는 『아동시론』을 펴냈다.[33] 하지만 이오덕이 아동문학 평론

31 이영호 「아동문학의 전통성과 서민성」, 한국아동문학가협회 편 『아동문학의 전통성과 서민성』 1974, 21면.
32 한국문인협회를 대표하는 김동리는 1974, 75, 76년 한국아동문학회 쎄미나에 잇달아 참석하여 주제발표를 했다.(송명호, 앞의 글 100~101면) 이 또한 한국아동문학가협회와 대조적인 장면이라 하겠다.
33 이오덕은 50년대 초 교육현장에서 작문지도의 어려움을 겪고 있을 때 이원수로부터 큰 영향을 받았다고 밝혔다. 즉 이원수가 잡지 『소년세계』에 아이들의 시를 싣고 그 선평(選評)을 썼는데, 이것은 윤석중류의 동요와는 아주 판이한 것으로 이를 통해 다른 어떤 시문학 강의보다 더 많은 것을 배웠으며, 잡지에 실린 이원수의 시에서도 큰 감명을 받았다는 것이다. 이오덕의 시가 처음 발표된 곳도 『소년세계』였다. 이오덕 『삶과 믿음의 교실』, 한길사 1978, 160~61면.

가로서 본격적으로 활동하기 시작한 것은 한국아동문학가협회 쎄미나와 그 기관지를 통해서였다. 4집의 기획특집에 실린 그의 평론은 윤석중·박목월·강소천·김요섭을 조목조목 비판하는 한편으로, 마해송(馬海松)·이주홍(李周洪)·이원수·이현주(李賢周)·권정생(權正生)을 높이 평가함으로써 리얼리즘 아동문학의 계보를 명확하게 드러낸 것이었다.[34]

이와 같은 기획특집호에 이원수의 「민족문학과 아동문학」이 나란히 실렸는데, 이 글은 쎄미나 전에 발표했던 것을 다시 정리해서 실은 것이니만큼 일종의 총론이자 사전 안내의 구실을 했다고 볼 수 있다.[35] 이원수는 "서민성 없는 민족문학은 이미 하나의 속품(俗品)이다. 그것은 아부자의 문학이요, 권위에의 맹종의 문학"이라면서 다음과 같이 민족문학으로서의 아동문학에 대한 소신을 밝혔다.

문학이 생명을 갖기 위해서는 그 민족의 현실적 이상 — 그것이 미(美)이거나 의(義)이거나를 투철히 나타내지 않고서는 소위 순진무구의 아동에게 주어져서 옳은 문학은 못된다.

더구나 민족문학이라는 의미에서 특히 이 점은 강조되어야 할 것이다. 부당한 세력에 신음하는 대중의 고통도 슬픔도 모른 체하고, 외세에 시들어가는 민족의 생활도 덮어두고, 천진난만하게 즐거운 얘기만 하는 아동문학은, 인간의 성장에 이로운 것이 없을 뿐 아니라 해독이 되고 만다. 평화와 발전을 희구하며 그러한 마음으로 성장하는 데 있어서 불의를 미워할 줄 알며, 의를 높이 생각할 줄 아는 아동을 기르는 것은 문학 이전에도 이미 긴요한 일이다.

---

34 자세한 것은 원종찬, 앞의 책을 참고하기 바람.
35 이원수의 「민족문학과 아동문학」은 "74년 5월 1일 YMCA강당에서 열린 한국문인협회 주최의 '민족문학의 제문제'의 강연 원고"라는 주석이 붙어 있다. 한국아동문학가협회 편, 앞의 책 60면.

짧은 역사밖에 못 가진 우리나라의 아동문학에서 흔히 보아온 동심주의 천사주의 문학은 자본주의 사회의 지배세력이 영도한 문화의 사생아(私生兒)이다. 우리는 그것을 일제에 예속되어 있던 시대에 그들에게서 받아왔으며, 우리의 것이 될 수 없는 그것들을, 표면상의 미와, 아동을 인형으로 보는 그릇된 편애에서 수입했던 것이다.[36]

이영호, 이오덕, 이원수의 '민중적(서민적) 민족문학론'이 실린 『아동문학의 전통성과 서민성』은 문단에 큰 반향을 불러일으켰다. 주로 한국아동문학회 쪽 아동문인들이 비판의 표적이 되었으니 그쪽에서 반발이 나오는 것은 충분히 예상할 수 있는 일이었다. 그런데 두 단체가 격심한 충돌을 빚으면서 논쟁 당사자들 간에 화해할 수 없는 선이 그어진 것은 5집 『동시, 그 시론과 문제성』(1975)이 나오고 난 뒤부터였다. 이원수의 문제의식을 이어받은 이오덕의 「부정의 동시」와 「표절동시론」이 문단에서 핵폭탄으로 작용한 것이다.

이 중에서 이오덕의 「표절동시론」은 특집 앞부분에 「부정의 동시」를 실었기 때문에 부득이 이현주의 이름으로 발표한 것인데, 책이 나오자마자 주요 일간신문의 문화면을 채울 만큼 폭발력을 지닌 내용이었다. 한국아동문학가협회의 여러 사람이 제공한 자료를 토대로 해서 쓴 것이고, 해당 작품을 원작과 함께 제시하며 실명으로 비판한 것이기에 거론된 이들에겐 치명적일 수밖에 없었다. 그런데 이오덕의 「표절동시론」은 명백한 표절작을 적발해서 다룬 것임에도 꼭 하나 모방작의 예로 송명호의 「시골 정거장」을 끼워 넣은 것이 문제가 되었다.[37] 움직일 수 없는 원작의

---

36 이원수 「민족문학과 아동문학」, 같은 책 62~63면.
37 이오덕 평론집 『시정신과 유희정신』(창작과비평사 1977)에 실린 「표절동시론」은 이현주 이름으로 『동시, 그 시론과 문제성』(한국아동문학가협회 편, 1975)에 발표한 것에서 송명호 부분을 뺀 것이다.

증거를 지닌 표절작과는 달리 비슷한 분위기의 모방작은 보기에 따라 반론의 여지가 있었다. 표절동시로 거론된 시인들은 대부분 한국아동문학회 소속 회원이었고, 송명호는 거기 주요 간부이자 한국문인협회 이사였다. 1975년 8월 송명호는 자신의 작품이 '표절'이 아니라면서 책의 발행자 이원수를 비롯해서 필자와 자료제공자 모두를 명예훼손죄로 고소했다. 이오덕이 「시골 정거장」을 '표절' 동시로 거론한 것은 아니었던 만큼 비평적으로 해결할 수 있는 문제인데 한국아동문학회 쪽에서는 기어이 법정으로 끌고 갔던 것이다. 일간신문들은 이 문제를 계속해서 다뤘다.[38] 이 사건은 결국 지방에서 교사로 재직하는 이들이 법정에 수시로 불려 다니는 어려움도 있고 해서 부득이 한발 물러선 한국아동문학가협회 쪽이 이원수 대표의 이름으로 공개사과문을 발표함으로써 해결되었다.

하지만 두 단체의 골은 깊이 패었고, 시대상황을 쫓아 아동문단의 이념적인 분화도 가속화되었다. 이오덕은 70년대 민족문학론의 산실이었던 계간 『창작과비평』에 잇달아 비평을 발표했다. 1977년 창작과비평사에서 나온 평론집 『시정신과 유희정신』은 1974년부터 약 2년간 발표한 것들을 모아서 펴낸 것이었으니, 그가 이 시기에 얼마나 집중적으로 비평활동을 전개했는지 짐작할 수 있다. 이오덕 비평에 대한 반론도 적지 않아서 상호 반박문이 뜨겁게 오고갔다. 이상현과의 논쟁은 그 대표적인 것이다.[39] 한국아동문학회와 한국아동문학가협회의 대립은 일부 감정적인 상처를 남기기도 했지만, 한국문인협회와 자유실천문인협의회의 대립에 상응하는 '순수파' 대 '사회파'의 논리를 아동문학에 새겨 넣으면서 비평의 활력과 이론의 진전을 가져오기도 했다.

이오덕의 비평은 상대 단체만을 겨냥한 파벌의식에 근거한 것이 아니

---

38 한국일보는 특히 한국아동문학회 쪽에 유리하게 기사를 썼는데, 당시 이 신문의 문화부장은 김요섭의 부인이요 80년대 민정당 소속 11대 전국구 국회의원을 지낸 이영희(李寧熙)였다.
39 원종찬, 앞의 책 참조.

었고 매우 날카로운 직설화법으로 되어 있어서 한국아동문학가협회 안에서도 불편해하는 사람들이 생겨났다. 그 즈음 아동문학 단체 사이의 대립보다도 문학의 지향점을 사이에 두고 아동문단의 계보가 형성되고 있었다. 이원수·이오덕·이현주·권정생으로 이어지는 줄기가 만들어졌다. 권정생은 1975년 한국아동문학가협회가 제정한 제1회 한국아동문학상을 받았고, 이오덕은 1976년 제2회 한국아동문학상을 받았다. 반면에 한국아동문학가협회 상임이사였던 이재철은 1978년 "반협회적·비문학적인 일련의 행동에 대한 책임"을 묻는 이원수의 발의로 제명되었다.[40] 이재철은 곧바로 한국아동문학가협회 부회장 김성도(金聖道)를 한국현대아동문학가협회 회장으로 내세워서 분리되어 나갔다.

이원수를 출발점으로 하는 70년대 리얼리즘 아동문학의 계보는 자유실천문인협의회와 맥이 닿아 있었다.[41] 1977년 창작과비평사의 대표였던 백낙청(白樂晴)은 이원수·이오덕의 자문으로 '창비아동문고'를 씨리즈로 기획했는데, 그 첫 권은 이오덕이 해설을 붙인 이원수 동화집『꼬마옥이』였다. 또 그 해에 이원수가 추천사를 쓴 이오덕 평론집『시정신과 유희정신』이 발행되었다. 리얼리즘 아동문학은 명예로운 가시밭길을 걸었다. 1981년 이원수가 작고한 뒤로 한국아동문학가협회의 많은 회원들이 한국문인협회 쪽으로 돌아섰다. 전두환 정권은 민족문학에 대한 탄압의 일환으로 창작과비평사의 등록을 취소했고, 이오덕은『몽실 언니』(1984)를 쓴 권정생과 함께 좌경·용공이라는 이념공세에 시달렸다. 한국

---

40 이영호「파벌 대립과 갈등의 긴 여정 — 한국아동문학가협회의 어제와 오늘」, 한국아동문학가협회 자료집, 2008.
41 한국아동문학가협회는 한국문인협회에 소속한 한국아동문학회와 다르게 자유실천문인협의회가 출범하고서도 거기에 소속하지는 않았다. 그 이유는 한국아동문학가협회를 결성할 때 성인문단으로부터의 독자성을 내세웠기 때문이 아닐까 판단된다. 또한 당시의 아동문인 대다수가 회원으로 참여했기 때문에 자유실천문인협의회만큼 이념성을 내세우기 어려웠다는 점도 작용했을 것이다.

아동문학가협회에서조차 이단아 취급을 받게 된 이오덕은 문학의 지향을 같이하는 이들과 함께 1989년 한국어린이문학협의회를 결성했다. 이후 한국어린이문학협의회는 민족문학작가회의에 소속되었다.

4. 맺음말

이원수는 아동문학의 모든 장르에 걸쳐 작품을 남겼는데, 그 요체는 분명했다. 그의 문학은 분단현실에 안주하며 독재정권을 비호했던 한국문인협회의 맞은편에서 이룩되었다. 그는 동심천사주의·교훈주의·유아취향·기교주의·무국적성 풍조와 대립했고, 민족·민주·민중의 이념과 리얼리즘의 방법에 기초한 리얼리즘 아동문학의 흐름을 일으켜 세웠다. 그의 창작은 권정생으로, 비평은 이오덕으로 이어졌다. 이렇게 볼 때, 분단시대 리얼리즘 아동문학의 계보는 이원수에서 비롯되었으며, 1971년에 만들어진 한국아동문학가협회는 문단사적으로 중요한 전환점이었다는 사실이 드러난다.

이원수가 주도한 한국아동문학가협회의 공적은 세 가지로 요약할 수 있다. 첫째, 당시까지 한국문인협회에 소속된 소수 아동문인을 제외하고 지역의 장르별 동인 모임 정도로 흩어져 있던 아동문인들을 독립적인 전국단체로 불러 모음으로써 활동력을 대폭 높였으며 사회적 영향력을 증대시켰다. 둘째, 이에 위기를 느낀 한국문인협회 쪽 아동문인들은 한국아동문학회를 재출범시키고 한국아동문학가협회와 경쟁했는데, 그 결과 두 단체는 기관지 발행과 쎄미나 개최 등을 통해 아동문인들의 창작의욕을 고취하고 비평의 활력과 이론의 발전을 도모했다. 셋째, 해방 직후 진보적인 민족문학론을 내세운 조선문학가동맹의 활동은 정부수립과 6·25동란을 거치며 맥이 끊겼는바, 한국아동문학가협회는 서민의식과 현실의식을 중시하는 리얼리즘 아동문학운동을 펼침으로써 진보적인 민족문학론의 흐름을 아동문학 내에 다시 살려냈다.

이원수 이후 리얼리즘 아동문학의 전개에 대해서는 차후의 과제로 남겨둔다. 한 가지 덧붙이자면, 오늘의 관점에서는 70년대 아동문학과 마찬가지로 80년대 아동문학에 대해서도 역사적으로 바라봐야 할 필요가 있다는 점이다. 『숲 속 나라』와 「불새의 춤」이 그러한 것처럼, 「강아지똥」과 『몽실 언니』를 낳은 시대상황은 오늘날과 크게 다르다. 역사적 시각의 결여는 형식주의와 교조주의를 낳는다. 당대적 요청의 산물인 비평의 논리와 상대적으로 보편성을 지닌 이론을 분별해서 살피지 않는다면, 리얼리즘 아동문학론도 하나의 도그마로 전락할 수 있다. 아동현실을 외면한 유아취향에 대해서는 이원수와 이오덕이 똑같이 비판했는데, 유년문학과 판타지에도 관심을 기울인 이원수의 논리가 소년문학과 생활동화에 치중한 이오덕의 논리보다는 오늘날 좀더 타당해 보인다. 하지만 이는 원론상의 문제일 것이다. 리얼리즘 문학정신에 관한 한, 이원수와 이오덕 사이에 순서를 정할 수는 없다. 덧붙여 일제말의 친일작품 몇 편으로 이원수 문학의 전반적 의의를 부정하는 것은 민족문학론의 역사적 정당성을 희석시키거나 역사허무주의에 빠질 위험성이 크다.

_『문학교육학』 28호, 2009

북한의 윤복진 동시

1. 머리말

1920년대 『어린이』를 통해 등단한 윤복진(尹福鎭)은 그와 같은 시기에 등단한 이원수(李元壽), 윤석중(尹石重)과 함께 일제시대의 대표적인 동요시인이라 할 수 있다. 이원수가 10세 이상의 소년층을 상대로 하는 동시를 많이 썼다면, 윤복진과 윤석중은 10세 이하의 유년층을 상대로 하는 짤막한 동요시를 많이 썼다.[1] 그 때문인지 일제시대에 노래로 지어져 아이들 입에 오르내린 동요는 윤복진 또는 윤석중 작사로 된 것이 아주 많다. 특히 윤복진은 동향(同鄕)의 작곡가 박태준(朴泰俊)과 짝을 이룬 동

---

[1] '동요'는 '어린이노래'를 가리키는 말이기도 하고 '자유동시'와 구분되는 '정형동시'를 가리키는 말이기도 하다. 본고는 노래와 구분되는 정형동시를 '동요시'라고 지칭했다. 곧 '동시'가 자유로운 율격을 지닌 것이라면, '동요시'는 일정한 반복의 형식과 외형률을 지닌 것, '동요'는 작곡되어 노래로 불리는 것을 가리킨다. 하지만 북한의 작품은 그들의 용법대로 '동요시'라 하지 않고 '동요'라고 했다.

요가 많아서 어림잡아 일제시대에 불린 동요의 최다생산자로 꼽힌다.

하지만 윤복진은 6·25 동란 중에 월북함으로써 남한에서는 잊혀진 시인이 되었다. 월북문인에 대한 해금조치가 이뤄진 뒤에야 그의 동요시집이 재출간되었다. 필자는 윤복진의 월북 이전 동요시집 『꽃초롱 별초롱』(아동문예예술원 1949)과 거기 실리지 않은 주요 작품을 함께 묶은 『꽃초롱 별초롱』(창작과비평사 1997)을 펴냈고, 아울러 그의 작품세계를 한차례 조명했다.[2] 개구쟁이들의 놀이가 뿜어내는 천진한 동심과 토속적인 해학을 주목한 글이었다. 백창우는 그의 동요시를 새로 작곡해서 어린이들에게 선물했다. 하지만 윤복진에 대한 연구는 아직도 미흡한 상태라고 할 수 있다.

월북 이전 그의 작품은 일찍이 이재철(李在徹)과 하청호(河淸鎬)도 '서정적 자연친화의 동심세계'라고 주목한 바 있다.[3] 이재복(李在馥)은 '동심'과 '놀이공간'을 핵심어로 삼아서 윤복진 동요시의 특징을 살폈고,[4] 김종헌(金鍾憲)은 윤복진 동요시의 '동심'이 '기독교적 낙원의 꿈'을 실현하고자 하는 발상이라고 보았다.[5] 정영진(丁英鎭)과 조두섭(趙斗燮)은 월북·실종 문인에 대한 조명 차원에서 시인의 주요 행적을 새로 추가했다.[6] 이로써 윤복진의 월북 이전 행적과 작품에 대해서는 어느 정도 조명이 이루어졌다고 볼 수 있다.

문제는 월북 이후의 행적과 작품에 관한 것이다. 관련 자료를 구하기 힘든 탓이기도 하겠지만 북한체제를 찬양하는 작품 일색에 대한 부정적

---

2 원종찬 「동요시인 윤복진의 작품세계」, 『아침햇살』 1997년 겨울호.
3 이재철 『한국현대아동문학사』, 일지사 1978; 하청호 「자연친화와 동심적 서정의 요적 변용」, 사계 이재철 선생 회갑기념논총간행위원회 편 『한국아동문학작가작품론』, 서문당 1991.
4 이재복 『우리 동요 동시 이야기』, 우리교육 2004.
5 김종헌 「윤복진 동시의 담론 구성체 연구」, 『한국아동문학연구』 12호, 2006.
6 정영진 「동요시인 윤복진의 반전극」, 『문학사의 길찾기』, 국학자료원 1993; 조두섭 「낮꿈꾸기의 비애, 윤복술」, 이강원·조두섭 『대구·경북 근대문인 연구』, 태학사 1999.

인 시각도 함께 작용해서 이 부분은 제대로 연구되지 않고 있다. 그는 1991년 7월 16일 작고하기까지 꾸준히 작품활동을 벌였다. 북한에서의 수상경력도 화려하다. 말하자면 윤복진은 서로 다른 체제에서 각각 높이 평가되지만 그 대상작품은 일치하지 않는 특이한 사례에 속한다. 그의 작품 전체를 놓고 보면 우리 아동문학사의 굴곡은 물론이고 분단시대 남북한 아동문학의 시각 차이가 고스란히 드러난다. 이 점에서 윤복진의 월북 이후 행적과 작품에 대한 연구는 그냥 건너뛸 수 없는 중요한 의미를 지닌다고 할 것이다.

이 글은 윤복진의 월북 이전 행적과 작품에 관해 쓴 논문의 후속편에 해당한다. 새로 입수한 북한의 자료를 가지고 월북 이후의 공란을 채우면서 윤복진의 삶과 문학 전체를 재구성해보려는 것이다. 월북 이후 그의 작품세계는 1950년부터 건강상의 이유로 일선에서 물러선 1980년까지의 주요 작품을 수록한 동요동시집 『시내물』(금성청년출판사 1980)을 살피는 것으로 충분하겠지만, 그밖에도 장편실화 『김일성 원수님의 어린 시절 이야기』(민청출판사 1963)와 동시집 『김일성 원수님 만수무강 하십시오』(사로청출판사 1972)를 비롯해서 『조선문학』『아동문학』『청년문학』『문학신문』 등에 실린 그의 작품과 평론들을 모두 살펴 기초연구의 빈 구석을 최대한 채워볼 셈이다. 물론 동어반복일 수밖에 없는 작품분석은 최소한으로 해서 대표적인 사례만 살펴볼 것이며, 그의 삶과 문학을 둘러싼 일제시대와 분단시대 그리고 남한과 북한 아동문학의 상호관계가 드러나도록 하는 데에 좀더 역점을 두고자 한다.

2. 반전극에 숨어 있는 연속성

일제시대에 윤복진은 천진한 동심의 세계를 즐겨 그렸다. 그랬던 그가 해방기에는 계급문학 편에 가담했다가 우여곡절 끝에 월북해서 북한체제를 찬양하는 데 앞장서는 동요시인으로 변신했다. 이를 두고 '반전극(反轉劇)'(정영진) 또는 '낮꿈꾸기의 비애'(조두섭)라고 표현한 것은 틀리지 않는다. 그는 북한에서 '김일성상'과 '국기훈장 1급'을 받은 성공한 시인으로서 명예롭고 행복한 임종을 맞았다. 하지만 그의 반전의 궤적을 더 들어가다 보면 종국엔 비애가 밀려드는 것을 어쩔 수 없다. 그렇다고 그의 삶과 문학은 위선이요 자기기만일 뿐이라고 밀쳐둘 수는 없는 노릇이다. 그러기에는 우리 아동문학의 자리가 너무나 척박했다. 아마 그도 자신의 삶과 문학은 희비극이요 시대가 만들어낸 반어임을 모르지는 않았을 것이다. 윤복진의 삶과 문학은 남북한 아동문학이 어떻게 한 뿌리에서 나와 두 얼굴을 지닌 상극의 존재가 되었는지를 보여주는 극적인 사례이다. 그의 '반전극'은 창작을 추동한 시인 내부와 외부 요인의 합작품인바, 거기에도 의연히 연속성은 숨어 있다.

윤복진의 성장 과정에서 눈길을 끄는 것은 그가 독실한 기독교 신자의 가정에서 자라났고, 교회 성가대에 가담해 적극 활동했다는 점이다. 이와 같은 배경이 작곡가 박태준과의 인연으로 이어지면서 그의 동요시는 발표하는 족족 노래로 작곡되어 널리 불릴 수 있었다. 그는 1907년 1월 1일 대구시 중구 궁정동 72번지에서 윤경옥과 이봉채의 육남매 중 장남으로 출생했다.[7] 호적에 등재된 이름은 윤복술(尹福述), 계성중학교 학적부에는 윤복진으로 되어 있다. 독실한 기독교 신자인 아버지는 남문시장의 가난한 나무장사꾼이었으나 4대 독자인 아들에게 정성이 지극했다. 그는 아버지를 따라 세 살 때부터 대구 남성정(南城町)교회에 나갔다. 그 후 대구 사립 희원보통학교와 사립 계성학교를 다녔다. '여호와를 경호함이

7　그동안 윤복진의 생년월일은 1907년 1월 9일로 알려졌으나 조두섭은 호적을 확인해 그의 생년월일이 1907년 1월 1일이라고 밝혔다. 이하 월북 이전 그의 이력에 관한 사항은 조두섭과 정영진의 글을 참고했다.

지식의 근본이니라'라는 교훈을 내세운 계성학교는 1906년 미국 기독교 장로회 선교사 제임스 에드워드 아담스가 설립했으며 대구의 기독교인들이 선호한 미션스쿨이었다. 열네 살이 되던 해에 세례를 받았고 남성정교회 성가대원으로 활동했다. 남성정교회의 성가대 리더는 작곡가 박태준이었다. 박태준의 첫 번째 작곡집과 두 번째 작곡집 제목이 모두 윤복진의 작품 제목인 「중중 때때중」(1929), 「양양 범버궁」(1931)이고, 윤복진의 작품만을 가지고 가요집 『물새 발자욱』(1939), 『박태준 동요곡집』(1947)을 펴낼 정도로 두 사람은 친분이 깊었다.

그럼 그의 작품은 기독교적 색채가 농후한가? 그건 아니다. 오히려 토속적 체취가 물씬하다. 하지만 기독교적 성장배경은 작품의 내용이 어떠하다든지, 작곡가 누구와의 연결고리였다든지 하는 문제보다도 훨씬 중요한 자질을 그의 작품에 부여했다. 훼손되지 않은 원형질로서의 동심, 곧 대상과 일체 거리를 두지 않는 순진성과 낙천성이 그것이다. 세상물정 모르는 '동심'이란 근대적 가정의 울타리를 전제로 한다. 그런데 식민지 근대의 토양에서 전개된 우리 아동문학은 도시보다는 농촌, 유년보다는 소년, 한마디로 '일하는 아이들'과 마주하고 있었다. 이 때문에 10세 이상을 대상으로 하는 생활동화와 소년소설, 그리고 생활동시와 감상적인 동요가 많이 쏟아져 나왔다. 일제시대의 아동문학에서 10세 이하의 순진성과 낙천성을 반영한 작품이 드문 까닭이 여기에 있다. 예외가 없지는 않았다. 상대적으로 시민사회의 근대성을 담보한 '서울내기'와 '기독교'적 배경에서 유년의 문학도 싹을 틔웠다. 윤석중이 '서울내기'였다면 윤복진은 '기독교인'이었다. 조선주일학교연합회에서 펴낸 『아이생활』(1926.3~1944.1)이 한 시기를 풍미한 계급문학의 바람까지 비껴가면서 유년문학을 중심으로 일제말까지 지속되었던 것도 동일한 맥락이다. 윤석중과 윤복진이 계급문학의 바람을 아주 외면한 것은 아니다. 그렇더라도 계급문학은 그들에게 예외적이라 할 수 있는 것으로, 그런 작품은 소

년기 아동을 향하고 있었다.[8]

8·15 해방을 맞이하면서 윤복진은 윤석중과는 정반대의 길을 걷는다. 그들은 소년문사(少年文士) 시절부터의 오랜 문우이자 창작동요의 쌍벽을 이루는 라이벌 관계이기도 했다. 아마 윤복진은 기독교 집안의 귀염둥이로 자란 것만으로는 '서울내기' 윤석중에 대한 '시골뜨기'의 뿌리 깊은 열등감을 해소하기 힘들었을 것이다. "일체의 봉건적 요소를 배제하고 새로운 민주주의의 길로! 일체의 비과학적 사상을 배격하고 새로운 사상과 새로운 과학으로 더불어 우리의 아동관을 새로이 하자!"[9]는 구호를 외치게 했던 조선문학가동맹은 '시골뜨기' 딱지를 떼어버릴 수 있는 다시없는 기회로 다가왔다. 동향의 문우 신고송(申鼓頌)은 일찍이 계급문학으로 선회하여 저만큼 앞서가고 있었다. 그는 서울에서 조선문학가동맹 아동문학분과위원의 초대 사무장을 맡는다. 건강이 악화되자 다시 대구로 낙향해서 조선문화단체총연맹의 경북지부 부위원장단의 한 사람이 되었다. 이런 경력은 정부수립 후 좌익으로 몰려 국민보도연맹에 가입하지 않으면 안 되는 빌미로 작용했다. 치욕과 더불어 다시 '반공파' '순수파'의 후미로 떨려났다. 그는 다시 변신한다.

8　조두섭은 "윤복진이 좌익사조에 휩쓸리지 않은 채 아동문학에 열중할 수 있었던 가장 큰 이유는 유아 때부터 익숙해온 기독교 가정생활 때문일 것"(앞의 글 85면)이라고 했는데, 이는 기독교 가정생활에서 비롯된 유년기 아동을 향한 창작의 결과임을 간과한 것이라서 절반의 해명에 그쳤다고 판단된다. 계급문학은 상대적으로 높은 연령의 독자를 상대로 하는 것이다. 뒤에 밝혀지겠지만 윤복진에게 있어서 '기독교'는 오히려 월북 이후 북한체제 찬양의 작품을 이해하는 열쇠에 해당한다. 한편, 김종헌은 윤복진의 '동심'이 일제시대에 "기독교적인 낙원의 꿈을 실현"하고자 하는 발상이라고 했는데, 실제 작품에서는 종교적인 색채가 전혀 드러나지 않았다는 점을 간과한 탓에, 그렇다면 윤석중 작품을 비롯한 유년동시에서의 동심(순진성·낙천성·자연친화성)이 전부 기독적인 낙원의 꿈과 관련되는 것이냐는 반론에 부딪칠 수밖에 없는 일반화의 오류라고 판단된다.

9　윤복진 『꽃초롱 별초롱』, 아동문예예술원 1949, 122면.

나팔소리 뛰뛰 북소리 둥둥

대한군사 들어온다 우리대장 들어온다

어깨에 총 허리에 칼 걸음맞춰 척척

동대문을 열어라 남대문을 열어라

대한군사 들어온다 우리대장 들어온다

공산군을 물러가고 대한군사 들어온다.

(2절 후럼: 공산군기 잡아떼고 태극기를 내걸었다.)[10]

　보도연맹에 가입한 뒤에 나온 「우리 대장 들어온다」라는 작품의 전문이다. 노래 부르기 좋은 4음보 율격인데 글자 수를 억지로 꿰맞추지 않아시의 호흡이 가뿐하다. 악보가 없더라도 음악이 힘차게 울려나오는, 내용과 형식이 잘 맞아떨어지는 작품이다. 아이들이 노는 모습을 생기발랄하게 포착한 이런 종류의 작품은 과거에도 많았다. 시류를 반영하는 것으로는 「우리 집 군악대」를 들 수 있다. 해방 직후의 시류를 반영해서 쓴것 중에도 「무궁화 피고피고」 「돌을 돌을 골라내자」 「새나라를 세우자」등 뛰어난 작품이 여럿 있다. 그런데 위의 「우리대장 들어온다」는 "대한군사" "공산군" 같은 정치적 어휘를 여과 없이 드러냄으로써 시의 격을떨어뜨렸다. 정치적 압력 때문에 보도연맹에 가입한 그로서는 매우 수치스러웠을 것이다. 불과 1년 후에는 또 다른 정치이데올로기의 작품을, 이번에는 뒤바뀐 세상에서 일관되고 지속적으로 발표하게 될 줄을 그도 알았을까? 그에게 있어 8·15 해방부터 6·25 동란까지는 수차례 변주의 세월이었다.

　1949년 동요시집 『꽃초롱 별초롱』을 펴냈다. 천진한 동심의 세계와 토

10　정영진, 앞의 글 91면에서 재인용. 보도연맹에 가입한 때의 작품으로 보이는데, 서지사항은
　밝혀져 있지 않다. 이 작품을 일부 인용한 조두섭과 박명용의 글에도 서지사항이 없다. 조두
　섭, 앞의 글; 박명용 『한국시의 구도와 비평』, 국학자료원 1996 참조.

속적 해학이 돋보이는 일제시대의 작품을 주로 골라 실었다. 그런데 이 시집의 발문 내용이 흥미롭다. 그는 "봉건시대와 그 전시대에서 천대만 받아오던 아동을, 인간 이상의 인간으로 떠받쳐 현실의 아동을 선녀나 천사로 숭상하려던 시대도 있었다. 나도 그러한 과오를 범한 사람의 한 사람이다"[11]라면서 과거의 천사적 아동관을 반성하고, "민주주의적 과학적 아동관에 입각"[12]해야 한다면서 조선문학가동맹의 구호를 역설했다. 이로 미루어볼 때, 비록 정치적 압력에는 굴복했을지라도 안에서 타오르는 근대에의 지향만은 포기할 뜻이 없었던 것 같다. 기실 그의 '향(向)근대성'은 '탈(脫)시골뜨기'의 논리적 표현에 지나지 않았다. 그가 월북하기 직전에 발표한 「석중과 목월과 나—동요문학사의 하나의 위치」는 이를 단적으로 드러내주는 글이다.

"석중과 목월과 나는 제각기 우리 동요문학사상에 이정표를 하나씩 세웠다"[13]고 시작하는 이 글은 "또 하나의 이정표를 세워야 하겠다"는 다짐으로 끝을 맺는다. 비슷한 시기에 활동을 시작한 이원수 대신에 10년 뒤쯤 시작한 목월을 끼워 넣은 것은 성인문단의 시인으로서도 목월이 성공했기 때문일 것이다. 그는 석중과 나머지 둘, 목월과 나머지 둘의 차이점을 밝히면서, 자기와 나머지 둘의 공통점과 차이점도 함께 거론했다. 석중은 "나와 목월과 같은 시골뜨기로서는 부러워할 행운아"이다. "석중은 서울사람이다. 스마트하다. 어디인지 모르게 귀동자(貴童子)적 품격이 풍긴다. 나와 목월은 어디까지나 시골뜨기다. (…) 그런데 석중의 동요문학은 그야말로 '동요'이다. '문학의 음악'이다. 바꾸어 말하면 석중의 동요는 '유년의 시'요, '유년기의 어린이의 음악'이다. (…) 나도 석

11 윤복진, 앞의 책 120면.
12 같은 곳.
13 윤복진 「석중과 목월과 나—동요문학사의 하나의 위치」, 『시문학』 1950년 6월호. 별도의 설명이나 각주가 없는 본장의 인용은 모두 이 글에서 뽑아낸 것이다.

중처럼 '문학의 음악'을 좋아한다. 그러면서도 나는 동요에서 '시'를 발견하려고 했고, '시의 품격'을 갖추려고 애를 썼다. (…) 그러나 나는 '동요'를 버리고 '시'로 달아나지는 않았다." 이 마지막 구절은 목월을 의식한 표현일 것이다. "그런데 석중도 나도 '시'를 사모했다. 동요에서 동시의 울안으로 들어가보려고 자주 넘겨다보았다. (…) 석중과 나의 이러한 노력과 '테스트드'의 '파통'을 날래게 붙잡은 사람은 목월이다. (…) 목월은 동시에 있어서 석중보다 나보다 뛰어났다. 목월은 확실히 동시의 선구적 시인이다. 그리고 목월은 나와 같은 향토적 전원적 동요시인이다. 목월과 나는 피와 살이 같다. (…) 시를 좋아하고 시를 사모하는 나머지 목월은 그만 시로 달아났다."

정리하자면 윤복진은 석중의 '동요·음악'과 목월의 '리리시즘·포에지' 사이에 존재한다. 그러면서 한편으로는 석중의 '모더니티'와 목월의 '시'를 부러워했다. 그런데 해방되고부터 불과 몇 년 사이에 정신없는 변화를 겪어야만 했다. 과거에 안주해서는 낙오자가 될 것이 분명했다. "우리 셋은 또 서울에 와서 살고 있다. 석중이나 목월이나 나는 '버터'도 먹어보았고 '다꾸앙' 조각도 씹어보았으나 우리의 동시와 동요에는 '버터' 냄새는 나지 않는다. '다꾸앙' 냄새도 나지 않는다. 그저 한결같이 김치내만 난다. 비록 일제가 독사같은 눈으로 노리고 있을 때도 그러했고 해방된 이날에도 또한 그러하다. 그런 점에서 석중과 목월과 나는 다 같은 세계에 산다." 이 구절만 따로 떼어놓고 보면 세 사람이 지켜온 '김치내'는 자부심처럼 읽힐 수 있다. 그러나 문맥상의 의미는 정반대였다. '김치내'는 윤복진의 오랜 열등감의 뿌리인 '시골뜨기'의 대명사였던 것이다.

그런데 석중과 목월과 나와 셋이 십년, 이십년, 삼십년 가까이 살아온 동안에 세상은 변하고 문학도 많이 변해진 것 같다. 어떻게 우리 셋은 그만 '답보'를 하는 것 같다. 어떻게 우리 셋은 '스람프'에 빠진 것 같다. 어떻게 우리 셋은 '시대'의 소리가 들리지 않는 것 같다. (…)

　석중이 목월이 그리고 나는 어떻게 새로운 시대의 옷을 갈아입어야 하겠다. 또 하나의 이정표를 세워야 하겠다. (…) 새로운 시대의 또 하나의 "이데옴"과 "포름"을 만들어보자! 다른 하나의 석중이가 되어보자꾸나. 다른 하나의 목월이 되어보자꾸나! 다른 하나의 내가 되어보자꾸나![14]

이것이 우리가 볼 수 있는 월북 이전 윤복진의 마지막 글이다. '김치내' 나는 옷을 '새로운 시대의 옷'으로 갈아입을 방도는 무엇이었을까? 월북은 석중과 목월이 따라올 수 없는 윤복진만의 득의의 행보였을 것이다. 조선문학가동맹에 가담한 대가로 보도연맹에 가입하고 6·25동란 중 자의반타의반으로 월북했다는 기왕의 통설에서 우리가 '자의(自意)' 쪽에 방점을 찍어야 하는 근거가 여기에 있다. 그 스스로 인정했듯이 "향토적 전원적 동요시인"이었던 윤복진이 북한체제 하에서 제2의 시작(詩作) 인생을 선택한 것은 누가 보더라도 '반전극'임에 틀림없다. 하지만 그것은 안에 오래 잠복해 있던 내적 요인이 외적인 계기와 더불어 막힘없이 표출된 것에 다름 아니었다. 요컨대 윤복진의 삶과 문학을 연속적이게 하는 주된 요인은 '기독교'와 '탈시골뜨기'였다. '기독교'는 월북 이후의 행적과 문학을 추동한 잠재적 요인이기도 했다. 문제는 그것이 근대성과는 정반대이고 진정한 종교성과도 차원을 달리하는 '역군은(亦君恩)'으로 귀착한 점이다.

14　윤복진, 같은 글.

3. 월북 이전 작품에 대한 북한의 시각

북한에서도 윤복진의 '반전극'을 어느 정도는 인정하는 듯하다. 다만 이때의 '반전'은 일제식민지와 미군정 억압체제에서 벗어난 데 따른 비약적인 '발전'을 가리킨다. 이를 논리화하자면 곡예가 불가피하다. 북한은 누가 봐도 무리일 수밖에 없는 반전의 도식을 만들었다. 즉 윤복진이 월북 이전 억압체제에서는 '어둡고 우울한 색조'의 작품만을 쓰다가 월북 이후 해방된 세상에 와서야 비로소 '밝고 명랑한 색조'의 작품으로 양상이 바뀌었다는 것이다. 월북 이전의 작품을 평가하는 데에서 사실의 왜곡이 많을 수밖에 없는 것은 자명한 이치이다.

이를 증명하는 자료가 김청일의 「'동요할아버지'에 대한 추억」이다. 이 글은 윤복진의 삶과 문학 전체를 다룬 북한의 거의 유일한 자료이기도 하다. 김청일은 서두에서 이 글을 쓰게 된 경위를 이렇게 밝혔다. 어느 날 윤복진의 대표작들을 거의 다 외우고 있고 김형직사범대학 박사원에서 공부하는 젊은이가 윤복진에 대한 학위논문을 쓰려고 하는데 작가의 생애나 창작활동과 관련한 자료를 찾아볼 수 없다고 하소연했다. 그래서 윤복진에게 회고담을 들은 적 있는 자신이 자료를 모아 글을 쓰기로 결심했다는 것이다. 김청일은 윤복진에 관한 자료를 찾아보기 힘든 까닭에 대해 "자기자랑을 할 줄 모르는 소박하고 겸손한 아동시인"[15]이었기 때문이라고 했다. 이 말의 진실 여부와는 관계없이 윤복진의 삶과 문학을 다룬 북한의 자료가 매우 드물다는 것은 확실해 보인다. 김청일의 글은 등단부터 작고하기까지 윤복진의 대표작을 골라서 창작의 배경과 함께

---

15 김청일 「'동요할아버지'에 대한 추억」, 『조선문학』 2002년 7~8월호. 별도의 설명이나 각주가 없는 본장의 인용은 모두 이 글에서 뽑아낸 것이다.

작품의 의의를 설명하는 방식으로 서술되었다.

그런데 이런 방식으로 윤복진론을 써야 할 필요성을 느낀 중요한 이유가 김청일에겐 또 하나 있었다. 남한에서 나온 윤복진 동요집[16]이 그릇된 시각으로 작품을 엮었을 뿐만 아니라 뒤에 붙인 해설도 옳지 않다는 것이다. 김청일의 글은 윤복진 동요시를 새롭게 정리한 남한의 시각을 비판하고 반론하는 성격을 아울러 지니고 있다. 그의 비판은 두 가지로 요약된다. 하나는 작품 수록(편집)에 관한 것이고, 다른 하나는 해설(평가)에 관한 것이다.

> 동요집(남한에서 필자가 엮은 윤복진 동요시집을 가리킴 — 인용자)에는 계급성이 뚜렷하고 당대 사회의 전형적인 사회정치적 문제를 담고 있는 작품들인 「두만강을 건너며」「쫓겨난 부엌데기」「산새는야 춥겠네」「팔려가는 황소」「빛나는 사이다 공패」 등을 비롯한 여러 편의 대표작들이 들어 있지 않았다. 신통히도 아이들의 세태생활, 꽃과 나비, 봄비와 바람과 같은 자연을 노래한 작품들만 위주로 골라 묶었다.
>
> 그런가 하면 동요집에 실린 「개구쟁이 눈으로 본 세상」이라는 해설 글에서는 윤복진의 대표작인 「고향 하늘」과 같은 시대정신을 정면으로 담은 작품들에 대해서는 전혀 언급조차 하지 않고 극히 부차적이라고 할 수 있는 몇 편의 동요들에 대해서만 운운하였다.[17]

김청일은 월북 이전의 윤복진이 "시대적인 환경과 세계관의 미숙성으로 하여 다소 미약한 동요들도 적지 않게 쓴 것만은 사실"이라고 전제한 뒤에, "그렇다고 그 작품들만 절대시할 수 있겠는가" 하면서, "그 시인이

---

16 월북 이전의 작품을 모아서 필자가 엮은 『꽃초롱 별초롱』(창작과비평사 1997)을 가리킨다.
17 김청일, 앞의 글, 『조선문학』 2002년 7월호 52면.

어떤 시인인가 하는 것은 어디까지나 그가 남긴 대표작들을 놓고 평가해야 하는 것"이라고 지적했다. '미약한 작품들만 절대시'했다는 점을 빼고는 동의할 수 있는 말이다. 이 말에서 월북 이전 윤복진의 대표작을 바라보는 필자와 김청일의 시각, 나아가 남한과 북한 아동문학의 시각이 첨예하게 부딪치고 있다는 사실이 드러난다.

필자는 윤복진 동요시집을 이렇게 엮었다. 시집의 1부는 윤복진이 손수 골라서 엮은 1949년판 『꽃초롱 별초롱』의 작품 44편을 그대로 수록했다. 2부는 월북 이전에 발표되었으나 『꽃초롱 별초롱』에 실리지 않은 윤복진의 작품을 조사해서 의의가 있다고 판단되는 작품 47편을 수록했다. 그러니까 문학적인 평가를 바탕으로 총 91편을 엮은 것이다. 출판 당시에 이 동요시집은 발굴 조명의 의의로 주목되었다. 1부의 1949년판 시집도 그러하지만, 특히 2부의 작품들은 쉽게 닿지 않는 수많은 아동잡지와 신문자료들을 바탕으로 찾아내고 골라낸 것이다. 그렇게 해서 윤복진에게는 다소 예외적이라 할 수 있으나, 계급주의 문학의 전성기에 나온 현실반영의 작품 가운데 비교적 작품성이 뛰어난 「스무하루 밤」 「기차가 달려오네」 「쪽도리꽃」 「송아지 팔러 가는 집」 「나무 없다 부엉 양식 없다 부-엉」 같은 것들을 2부에 수록할 수 있었다. 해방 이후 현실을 반영하는 작품 서너 편도 2부에 포함시켰다. 이런 현실반영의 작품은 윤복진이 『꽃초롱 별초롱』을 엮으면서 제외한 것들이다. 1949년판 『꽃초롱 별초롱』에는 현실반영의 작품이라 할 수 있는 것이 단 한 편도 실려 있지 않았다. 이는 윤복진 동요시의 특질이 무엇인지를 확연히 보여주는 것이다. 이 점에 대해 김청일은 "시대적인 환경과 세계관의 미숙성으로 하여 다소 미약한 동요들도 적지 않게 쓴 것만은 사실"이라고 슬쩍 비껴가려 했다. 그러나 필자는 수백 편에 이르는 윤복진의 태작(怠作)들은 아예 시집에 싣지 않았다. 결국 김청일의 변론은 윤복진의 대표작을 바라보는 남북한 시각의 차이를 극명하게 드러낼 따름이다.

김청일은 「두만강을 건너며」 「쫓겨난 부엌데기」 「산새는야 춤겠네」 「팔려가는 황소」 「빛나는 사이다 공패」 같은 대표작들이 남한의 시집에는 빠져 있다고 불만을 표시했다. 이중에서 「두만강을 건너며」와 「팔려가는 황소」는 필자가 찾아내지 못한 작품이다.[18] 김청일이 전문을 소개한 「두만강을 건너며」는 일본이나 만주로 떠나는 유랑민의 모습을 그린 것이다. 시대현실을 그린 작품이라는 점은 인정되지만, 비슷한 내용을 지닌 이원수의 「잘 가거라」(1930)나 윤석중의 「허수아비야」(1932)에도 미치지 못하는 수준이다. 필자가 찾아냈더라도 수록하지 않았을 작품에 해당하는 것이다. 「팔려가는 황소」는 필자가 엮은 시집에 수록한 「송아지 팔러 가는 집」과 비슷한 것이 아닐까 싶다. 김청일이 대표작을 설명하는 자리에서 이 작품을 건너뛴 것으로 볼 때, 설사 다른 것일지라도 「송아지 팔러 가는 집」보다 더 뛰어난 것은 아니라고 여겨진다. 「쫓겨난 부엌데기」는 필자가 찾았지만 수록하지 않은 「다려간 부엌데기」를 가리키는 것이 아닐까 싶다. 인용한 것을 보니 표현이 조금 다르고 내용은 비슷한데, 직설화법으로 되어 있어서 평균을 밑도는 수준이다. 「산새는야 춤겠네」 「빛나는 사이다 공패」 역시 필자가 찾아냈지만 평균 이하라고 판단되어 수록하지 않은 것들이다.

김청일이 작품을 인용해가면서 월북 이전 윤복진의 대표작으로 거론한 것은 모두 10편이다. 윤복진에게 들은 창작배경과 작품의 의의를 하나씩 짚어가는 방식으로 서술했다. 일종의 역사주의 방법이라 하겠는데, 의도의 오류가 만만찮고 가장 엄밀해야 할 사실 관계조차 왜곡한 것이 적지 않다. 윤복진과 김청일도 이를 의식하지 않을 수 없었는지 "탄압과 검열 때문에 은유와 상징의 수법"을 썼다면서 확대해석의 부담을 덜어내

---

18 김청일은 작품의 연도만 밝혔고 발표지면을 밝히지 않았기 때문에 정확한 고증이라고 보기 어렵다. 작품연도가 잘못된 것도 적지 않았다.

는 장면이 자주 나온다. 그렇더라도 억지스럽게 느껴지는 것은 어쩔 수 없다. 이를테면 "조롱 속에 갇혀 옛집을 그리며 슬피 우는 종달새"를 그린 1922년 처녀작 「종달새」[19]는 "순수 자연의 새"가 아니라 "조국을 원통하게 빼앗긴 우리 어린이들이었으며 우리 겨레"를 형상화한 것이고, 호기심 많은 천진한 어린이의 동심을 포착한 「바닷가에서」는 "조국을 사랑하는 우리 어린이들의 뜨거운 마음"이요 "아름다운 조국의 바다에 드리는 송가"이며, 역시 자연에 대한 동심적인 시선이 두드러진 「물새 발자욱」은 원산의 명사십리를 구경하러 갔다가 외국인 선교사들의 별장 앞에 나붙은 '외인출입금지'라는 푯말을 보고 그에 대한 반발에서 비롯된 작품이라는 것이다.

이런 확대해석은 그나마 주관적인 문제에 속한다. 더 큰 문제는 객관적인 사실의 왜곡이다. 김청일은 윤복진의 대표작 「고향 하늘」이 "시대정신을 정면으로 담은 작품"인데도 남한에서 나온 작품집 해설은 이를 비껴갔다고 불만을 표시했다.

푸른 산 저 너머로 멀리 보이는
새파란 고향 하늘 그리운 하늘
언제나 고향집이 그리울 때면
저 산 넘어 하늘만 바라봅니다.(전문)

남한의 동요시집에 실린 것은 1949년판 원문대로 3음보 율격을 각각

---

19 김청일은 윤복진이 '1922년에 지은 처녀작'으로 「종달새」란 작품을 들면서 박태준이 작곡해서 노래로 불렸다고 전한다. 그런데 필자가 찾은 윤복진의 첫 작품은 『어린이』 1925년 9월호에 입선동요로 실린 「별 따러 가세」이다. 북한의 『문학대사전』에는 1924년 잡지 『새벗』에 「종달새」가 발표된 것으로 되어 있다. 관련 자료가 없어 확인할 수 없는 상태이다. 『문학대사전 5』, 평양: 사회과학원 2000, 330면.

한 행씩으로 해서 모두 4연 12행이다. 김청일은 위에서처럼 4행 단연시로 인용했다. 노랫말로서는 퍽 구성진 편이고, 박태준이 곡을 붙여 널리 불린 작품이다. 노래로서 성공한 것은 인정된다. 하지만 시로서는 상투에 가까운 일반적인 표현뿐이라 특별히 해설을 붙일 만한 수작은 못된다. 더욱이 과거를 돌아보는 향수의 감정은 어른의 것에 속한다. 해설에서 이 작품에 대해 따로 언급할 필요를 느끼지 않은 것도 이 때문이다. 그런데 김청일의 글에 따르면 윤복진은 이 작품과 일제시대 유랑민의 고달픈 삶을 관련짓는 것도 모자라, 첫 머리의 "푸른 산"이 원래 '백두산'이었는데 일제의 검열을 생각해서 상징적으로 표현한 것이라고 했다. 말할 것도 없이 '백두산'은 북한에서 혁명의 성지로 우러르고 있는 만큼 그렇게 되면 또 다른 의미가 첨가된다. 윤복진은 이 작품과 관련한 일화까지 덧붙였다. 일본으로 가려고 도항증을 내기 위해 경찰서 출입을 하게 되었는데, 대구경찰서 고등계주임이 "두 해 전에는 고향을 노래하는 척하면서 조국을 노래했지. '푸른 산'이 무슨 산이냐? 그것은 백두산을 두고 하는 말이지? 우리가 모를 줄 아느냐?" 하고 다그쳤다는 것이다. 이런 식의 작품 해석과 일화 소개는 허구에 가깝다. 시대현실과 연관해서 볼지라도, '백두산'이 '푸른 산'보다 더 나은 표현이라고 하기 어렵다.

　김귀환(金貴環)이란 이름으로 발표한 1930년 동아일보 신춘문에 당선작 「동네의원」은 소꿉놀이를 소재로 한 것이다. 모두 3연 12행으로 된 것으로, 1938년 『조선아동문학집』에 실렸을 때나 1949년 『꽃초롱 별초롱』에 실렸을 때나 바뀐 건 없다. 원래 '동리의원'이었던 제목을 작품집에 수록할 때에 '동네의원'이라고 고쳤을 뿐이다. 그런데 북한의 텍스트는 "그래도 맘 좋은 / 우리 차돌이 / 약값 한푼 안 받는 / 의원이라오"가 덧붙어서 4연 16행으로 되어 있다. 천진성이 두드러진 작품인데, 계급성이 드러나게 하려고 월북 이후에 4연을 덧붙인 것이다. 윤복진은 그런 사실을 감추고 "약값 한푼 안 받는 의원"이라는 결구를 찾아냈을 때의 기쁨이 이루 말할 수 없었다고 창작 당시를 회고했다.

이런 식의 수정은 「산새는야 춤겠네」에서도 이루어졌다. 이 작품은 「산새들새 춤겠네」라는 제목으로 『중외일보』 1930년 2월 24일자에 발표된 것이다. 북한의 텍스트는 원래 없었던 "불새"라는 시어를 넣고 행마다 조금씩 개작했다. "산새는야 춤겠네 / 정말 춤겠네 // 흰 눈 첩첩 저 산에서 / 어떻게 사나 // 산에 사는 저 새는 / 불새인가 봐 // 산새는야 춤겠네 / 정말 춤겠네 // 꽃 피는 새봄은 언제 오려나 // 기다리는 우리 봄아 / 어서 오려마" 이렇게 바꿔놓고는 "흰 눈 첩첩 저 산"을 '백두산'으로, 거기에 사는 "불새"를 '장군님의 용사들'이라고 해석하고 있다. 그와 관련한 일화도 만들어 덧붙였다. 윤복진이 일본에 있을 때 조선에 갔다온 한 친구로부터 "백두산마루에 장군별이 높이 솟았는데 피 끓는 조선의 젊은 용사들이 장군별두리에 구름같이 모여든다"는 가슴 뛰는 소식을 들은 것이 이 작품의 창작배경이라는 것이다.

움직일 수 없는 과거시간을 바꿔놓고서 작품의 역사적 의미를 강조한 것들도 있다. 「빛나는 사이다 공패」는 "민족의 태양 김일성 장군님께서 지펴 올리신 보천보의 불길"인 1937년의 보천보전투를 배경으로 한다고 소개되었다. "우리 동생 앞가슴에 / 빛나는 공패 / 사이다병 마개로 / 만든 공패죠 // 원쑤치는 대장놀이 / 잘도 했다고 / 동네방네 꼬마들이 / 달아준 게죠 // 우리 동생 앞가슴에 / 빛나는 공패 / 밤에도 떼지 않고 / 달고 자지요" 역시 개구쟁이의 천진한 놀이를 소재로 한 것임을 한눈에 알 수 있는데, 「공패」로 발표했던 제목을 조금 손질했고 원래 없었던 "원쑤치는 대장놀이"가 첨가되었다. 아무리 그래봤자 보천보전투를 배경으로 했다는 말은 어불성설이다. 이 작품은 보천보전투가 일어나기 전, 『동아일보』 1936년 6월 21일자에 처음 실렸기 때문이다. 따라서 "그 무렵에 우리 어린이들도 통쾌한 보천보싸움 소식을 듣고 신이 나서 왜놈 치는 군사놀이를 더욱 씩씩하게 하였다"면서 "그들의 심정을 노래한 동요를 쓰고 싶"

어서 이 작품을 지었다는 말은 날조가 아닐 수 없다. 이런 왜곡은 「솔잎침」에 대한 해설에서도 이어진다.

윤복진은 일제의 침략전쟁을 반대하여 유년동요 「솔잎침」을 창작하였다. 동요는 나이어린 서정적 주인공이 그림책에 나오는 '누런 병정'(왜놈 병정을 의미하는 은유적인 표현임)을 두 눈을 부릅뜨고 쏘아보며 함부로 총질 탕탕 하면 되겠느냐고 꾸짖으면서 정 그러면 솔잎침을 한 대 놓겠다고 올러메는 내용을 담고 있었다.[20]

김청일은 이 작품이 '태평양전쟁을 반대하여 쓴 것'이라는 사실을 강조하려고 이 작품을 끝으로 윤복진이 붓을 꺾었다는 말과 함께 1940년에 발표된 작품이라고 소개했다. 하지만 이 작품은 『동아일보』 1934년 11월 11일자에 발표된 것이다. "우리 애기 우습지요 / 정말 우습죠. // 그림책에 병정들이 / 싸움한다고 // 이놈, 이놈 가만있어 / 콕콕 침을 놔. // 예끼 이놈! 한 대만 / 맞아 보아라." 누가 보더라도 개구쟁이 아이를 해학적으로 표현한 작품일 뿐이다. 말할 것도 없이 윤복진은 이 작품 이후로도 일제 말까지 많은 작품을 발표했다.

김청일의 글에서 보는 월북 이전 윤복진에 관한 정보는 적잖게 허구이며, 거기에 기초한 대표작 설명도 온통 견강부회라는 점이 이제 분명해졌다. 일제치하라는 어두운 시대에 천진한 동심을 시적으로 잘 구사한 동요시인으로서 윤복진이 일급에 속한다는 것은 부정할 수 없다. 그런데 김청일은 윤복진 특유의 동심 표현이 돋보이는 작품들을 두고는 "시대적인 환경과 세계관의 미숙성으로 하여 다소 미약한 동요들"이라고 깎아내리고 그 반대편의 작품들만 새롭게 거론했다. 이처럼 작품을 보는 남북

---

20 김청일, 같은 글 63면.

한 시각의 차이가 매우 크다는 점을 감안할 때, 북한이 높이 평가하는 윤복진의 월북 이후 작품을 남한에서 긍정적으로 볼 여지는 매우 협소하다.

4. 월북 이후의 활동사항

김청일의 글은 2회로 나뉘어 실렸다. 한 번은 해방 전까지 다뤘고 또한 번은 해방 후부터 시작된다. 윤복진에게 8·15 해방부터 6·25 동란까지는 수차례 변주의 시기였던바, 김청일은 이 시기를 그냥 건너뛴 채 월북 이후부터의 행적과 대표작 소개로 글을 이어나갔다. 그런데 윤복진의 월북 이후 작품 양상을 높이 평가하려는 의도에서인지 월북 이전의 작품은 "밝고 명랑한 동심세계를 노래한 것이 극히 드물"고 "거의 다가 비통하고 침울한 양상을 띠는 것"이었다고 서두에 밝혔다. 억압체제에서 살았기 때문에 그렇게 되었다는 것이지만, 단순논리일뿐더러 윤복진의 월북 이전 작품 양상을 정반대로 언급한 것이 아닐 수 없다. 월북 이후의 작품세계는 다음 장에서 살펴보기로 하고, 우선 김청일의 글을 참고로 해서 월북 이후의 활동사항을 연보방식으로 서술해보겠다.[21]

1950년 월북한 윤복진은 처음에 힘겨운 적응과정을 겪어야 했다. 한두 해가 지난 뒤에 북한에서의 공식적인 데뷔작을 발표할 수 있었다. 1952년부터 새 교과서 편찬사업이 진행되었는데, 윤복진은 교과서편찬위원회의 위원으로 선발되었다. 그에게 인민학교 1학년용 음악교재의 첫머리에 놓을 동요 쓰는 과업이 주어졌고, 그에 따라 「새 조선의 꽃봉오리」가 쓰여졌다. 윤복진은 이 작품의 창작배경을 이렇게 밝혔다. 전쟁 중 조선인민군 어느 한 국(局)에서 사업을 할 때, 항일무장투쟁에 대한 책을 읽

---

21 별도의 논평과 각주를 제외한 본장의 내용은 모두 김청일의 글에서 발췌한 것이다.

다가 "어린이들은 미래의 주인공이며 혁명선열들의 뜻을 이어나갈 꽃봉오리들이다"는 김일성의 교시를 접하고 "꽃봉오리"라는 표현이 깊이 아로새겨졌다. 이것을 모티프로 삼은 것이 「새 조선의 꽃봉오리」이다. 윤복진은 이 작품을 자신의 "두 번째 처녀작"이라고 하면서 자부심을 표현했다.

1952년 「학습을 다하고서」를 발표했다. 이 작품은 학습을 주제로 동요를 쓰고 싶은 충동을 받아서 쓴 것이다. 이것 또한 작곡되어 인민학교 음악교과서에 수록되었다. 작가동맹 아동문학분과 총화모임에서는 이 동요에 대한 토론을 활발히 진행했다. 아이들의 학습생활을 생동감 있게 노래했을 뿐 아니라 동요문학의 새 양상을 개척하는 데 크게 기여한 특색 있는 성과작으로 평가되었다. 1953년 「아름다운 우리나라」를 발표했다. 이 작품은 아이들이 부르는 조국찬가도 있어야 하지 않겠는가 하는 생각이 들어서 소년애국가를 짓는다는 마음으로 쓴 것이다. 1954년 「시내물」을 발표했다. 이 작품은 윤복진의 성과작들 가운데서도 가장 높은 자리에 우뚝 솟아 있는 명작으로 평가되고 있다. 50년대 말과 60년대 초에는 잡지 『청년문학』에 창작수기 「동요 '시내물'을 쓰기까지」를 연재했다. 여기에서 「시내물」의 후편을 쓰겠다고 약속한 바에 따라 훗날 기행동요 「대동강을 따라서」를 발표했다.

1955년 9월 1일 평양을 떠나 현지로 나가지 않으면 안 되게 되었다. "반당반혁명종파분자들과 사대주의자들"이 당 정책에 시비를 걸던 무렵이다. 당중앙위원회 선전선동부의 요직을 차지하고 있던 어느 한 "종파분자"는 윤복진을 당과 이간시키려고 여러 가지로 모해하고 박해했다. 그자는 초혁명적인 구호를 부르짖으면서 남조선에서 무사상적인 작품을 쓰던 아동문학가가 어떻게 혁명적인 작품을 쓸 수 있느냐고 지상(紙上)을 통해 인신공격까지 했으며, 나중에는 노동현장에 내려 보내서 단련시켜야 한다고 들이댔다. 구체적인 조직사업도 해주지 않아서 윤복진은 할 수 없이 자기 발로 평안남도인민위원회 노동과에 찾아갔다. 그는 대동군 망일리 추자도에서 남의 집 곁방살이를 했다.

김청일이 말하는 "종파분자"가 구체적으로 누구인지는 알 수 없지만, 나름대로 추측해볼 수는 있다. 50년대의 북한 자료 중에서 윤복진의 작품을 강도 높게 비판한 것으로 김명수의 평론이 꼽힌다. 조선작가동맹 평론분과위원회의 위원장이기도 한 김명수는 50년대에 가장 왕성한 활동을 벌였다. 그의 평론 「아동문학 창작에 있어서의 몇 가지 문제」(『조선문학』 1953.12)를 보면 김청일이 "종파분자"의 모함이라고 소개한 것과 비슷한 내용의 '윤복진 비판'이 나온다.[22] 김명수의 비판은 이런 내용이었다. '아동문학은 뚜렷한 목적지향성을 가진 당적 교양사업의 일부분이다. 그러나 이와 같은 목적지향성에 대한 인식의 부족으로 인하여 우리 아동문학 작품 가운데 왕왕히 주제가 모호 내지는 불건전하며 때로는 주제의 중심이 명확하지 않은 무사상성 내지는 회색적 작품들이 산출되고 있다. 그 대표적인 실례가 윤복진의 동시 「대장간 할아버지」이다. 이 동시를 읽고 나서 남는 인상은 뚜루루 뚝딱이라는 음향뿐이다. 대장간 할아버지가 무엇 때문에 그처럼 열심히 일을 하는지 알 수가 없다. 돈벌이를 위해서 그렇게 열성을 낸다고 말하여도 그것을 부정할 하등의 근거가 없다. 작가는 마땅히 이 할아버지가 노력하는 것은 전쟁승리를 위하여, 공장과 농촌의 증산투쟁에 이바지하기 위하여서라는 것을 뚜렷하게 밝혔어야 할 것이며, 이 숭고한 목적을 위하여 땀을 흘리는 것이 어떻게 즐겁고 영예로운 일인가를 강조함으로써 어린이들에게 애국심과 노력의 영예스러움을 실감 있게 가르쳐야 했다.' 김명수의 비판은 거의 치명적인 내용으로 이어진다.

---

22 일명 '8월종파사건'으로 알려진 1956년 조선노동당중앙위원회 8월전원회의 이후로 김명수의 활동을 찾아보기 힘들다. 1956년 10월 제2차 조선작가대회의 발표자에서도 김명수는 빠졌다. 북한문학사전에서조차 평론가 김명수의 이름을 찾아볼 수 없다.

이와 같은 기본문제에 대한 고려의 부족, 이것은 대장간 할아버지를 공화국 후방 로력전선의 전형적 인물로 형상할 데 대한 무관심에서 오는 것이며 전형성은 당성이 발현되는 기본분야인 점에서 곧 작가 자신의 당성, 사상성의 문제로 되지 않을 수 없다. 그리고 무사상성의 문학이 형식주의의 탈을 뒤집어쓰고 나오는 것은 우연한 일이 아니며 '뚜루루 뚝딱'은 바로 그 형식주의의 상징적 표현이다.[23]

이런 비판이 나온 직후 조선작가동맹중앙위원회 제5차상무위원회에서는 아동문학 창작사업을 강화하기 위한 대책을 토의했다. 위원회는 윤복진을 "사상성이 없고 목적지향성이 애매한 형식주의적 작품"[24]을 쓴 작가로 규정한 뒤, "작가들을 현지에 파견하여 아동생활에 침투시키며, 아동생활에서 어떠한 문제가 제기되며 어떠한 작품을 그들에게 주어야 하겠는가를 알 수 있도록 장기 파견 사업을 강화"[25]한다는 결정을 내렸다. 아마도 윤복진은 이 결정에 의해서 평양을 떠나 현지로 나가게 되었던 것 같다.

북한 문학은 정치적 판단이 다른 모든 것에 앞선다. 그렇기 때문에 "종파분자"가 비판되고 윤복진이 복권된다고 해서 과거의 지도이론이 내세운 비평의 기준 자체가 크게 바뀌는 것은 아니다. 윤복진을 궁지로 몰아넣은 '목적지향성' '당성' '사상성'은 그에게 절대적인 기준으로 다가왔을 것이다. 현지에 파견된 뒤 윤복진은 "내가 처음으로 현지에 파견되게 되었을 때 나는 이를 마음으로 접수하지 못하고 '옳지, 내가 좋은 작

---

23 김명수 「아동문학 창작에 있어서의 몇 가지 문제」, 『조선문학』 1953년 12월호 104~105면.
24 「조선작가동맹중앙위원회 제5차상무위원회에서 — 아동문학 창작사업 및 고전 계승사업을 강화할데 대한 대책을 토의」, 『조선문학』 1954년 1월호 146면.
25 같은 글, 148면.

품을 쓰지 못하니까 귀양을 보내는 것이구나' 하면서 불만을 가졌었습니다. 지금 생각하니 어리석기 짝이 없습니다"[26] 하고 시작하는 일종의 반성문을 『문학신문』에 발표한다.

나는 당원작가이면서도 당성이 약하고 자연과 사회를 과학적인 변증법적 유물론의 세계관에 입각하여 보는 준비가 없었으며 문학을 혁명대열에서 출발하지 못했기 때문에 창작 경력이 짧지 않은 나에게는 누구보다도 낡은 것이 더 많이 작용하고 있습니다. (…)

우리 당의 올바른 농업 정책은 농민들의 수입에 급격한 증대를 가져오는 동시에 농촌의 교육문화에 일대 혁명을 일으키고 있습니다. (…)

나는 초조하지 않고 농촌에서 고착하여 나의 창작에서 사상예술성을 일층 제고하기 위하여 생활을 주의 깊게 살피며 하루하루 생활을 축적하기 위해 더욱 더 노력하겠습니다.[27]

1956년 조선노동당중앙위원회 8월전원회의에서 "반당반혁명종파분자들과 사대주의자들"의 죄행이 전면적으로 폭로 분쇄되었고 얼마 후 윤복진은 복권되었다. 윤복진은 경치 좋은 순화강변 두 칸짜리 번듯한 기와집으로 이사했다. 이때부터 만경대협동농장 현지파견작가로, 민주선전실 실장으로, 군당위원회 위원으로 활동하면서 동요창작에 전념할 수 있었다. 김일성고급당학교 단기강습반에서 정치실무적 자질도 높였다. 1958년에는 그의 동요동시선집 『아름다운 우리나라』가 발간되었다. 이 책에는 윤복진의 해방 전후 동요동시 49편이 수록되어 있다.[28]

---

26 윤복진 「아동문학 작가와 농촌생활」, 『문학신문』 1957년 11월 14일자.
27 같은 글.
28 『아동문학』 1958년 12월호의 '새로 나온 책' 참고. 윤복진 동요동시집에 대한 소개말은 이러하다. "해방 전 작품 편인 '두만강을 건너며'에는 조국과 인민을 사랑하는 심정을 노래한 12편

8년 동안 만경대협동농장 현지파견작가로서 창작활동을 벌인 것은 그에게 커다란 행운이었다. 윤복진은 이때를 '전화위복'이라고 표현했으며, 가장 행복한 시절이라고 회고했다. 그는 김일성의 어린 시절 이야기를 비롯해서 여러 혁명 사적(史蹟) 내용을 누구보다 먼저 들을 수 있는 행운을 누렸다. 특히 수령님의 삼촌 어머님과는 한집안 식구처럼 지내면서 혁명 사적들을 수집 정리하고 고증하는 일에 달라붙었다. 누가 시켜서 한 일은 아니었다. 그때로 말하면 당의 유일사상체계라는 말조차 모르던 때였다. 결과적으로 시대는 그의 편이 되어주었다. 그의 손으로 수령님의 어린 시절을 노래한 동요동시집 『아름다운 만경대』가 묶여져 나왔다. 여기에 수록된 그의 동요동시 18편은 그때까지 잘 알려지지 않은 사적 내용들을 담은 것이었다. 그는 만경대 이야기를 어린 독자에게 알려주기 위해 여러 가지 글을 썼다. 1963년 장편실화 『김일성 원수님의 어린 시절 이야기』를 출판했다. 그가 유명해지자 중학시절 동창인 한덕수 조총련 의장으로부터 편지가 왔다. 얼마 후에는 북한을 방문한 한덕수 의장과 상봉하기까지 했다. 그들은 어렸을 때를 회상하면서 윤석중의 동요 「키대보기」를 함께 불렀으며, 대구에 두고 온 윤복진의 아내와 딸에 대한 이야기를 나눴다.[29]

1964년부터 79년까지 윤복진은 조선작가동맹 중앙위원회 현역작가로 있으면서 정력적으로 창작활동을 펼쳤다. 이 시기에 "위대한 수령 김일성동지의 어린 시절을 노래"한 동요동시들과 "항일의 여성영웅 김정숙

의 작품이, 전쟁 시기 작품 편인 '자랑 많은 공민증'에는 원쑤를 증오하고 조국을 수호하는 조선 인민의 애국 투쟁을 노래한 18편의 작품이, 전후 시기 작품 편인 '시내물'에는 사회주의 락원을 건설하는 우리 인민의 투쟁 모습과 조국의 품속에서 배우는 어린이들의 행복한 생활을 노래한 19편의 작품이 수록되어 있다."(103면) 필자는 이 책을 입수하지 못했다.

29 '두 딸'에 대한 이야기를 나눴다고 기록한 것으로 보아, 윤복진은 월북하던 해에 셋째 딸이 태어난 것을 모르는 듯하다. 부인 노연양과 딸 정자·정희·정애가 현재 대구에서 살고 있다. 조두섭, 앞의 글 참조.

동지를 노래"한 동요동시들을 잇달아 발표했다. 윤복진은 특히 "김일성 장군님께 드리는 송가" 창작에 온갖 심혈을 다 기울였다. 마침내 그는 지도적인 위치에 올라섰고 동요동시에 대한 장문의 창작이론을 전개하기도 했다. 『청년문학』에 발표한 「동요창작에 대하여」(1965.8), 「유희동요에 대하여」(1965.9), 「동시에 대하여」(1966.2) 등이 그것들이다.

1980년부터는 연로한데다 건강까지 좋지 않아 자택에서 창작생활을 했다. 1980년 동요동시집 『시내물』이 출판되었다. 북한에서 발표한 것들 가운데 대표작을 뽑아 수록한 선집이다. 1988년 공화국 공민의 최고 영예상인 '김일성상'이 수여되었다. 김정일은 그에게 70돌 생일상과 보청기, 국기훈장 1급을 선사했다. 1991년 7월 16일 윤복진은 타계했다. 그의 장례는 기관장으로 치러졌다.

5. 월북 이후의 작품세계

1980년 평양 금성청년출판사에서 나온 윤복진 동요동시집 『시내물』은 1950년부터 1980년 사이에 발표한 작품 57편을 골라 실은 것이다. 작품마다 동요, 동시, 가사 등 갈래명과 함께 발표연도를 밝혔다. 동요 38편, 동시 16편, 가사 3편이며, 50년대 작품 30편, 60년대 작품 13편, 70년대 작품 14편이다. 주제별로 5부로 구성해서 편집했는데, 발표순으로 수록하지는 않았다. 1부 '만경대는 우리 고향' 23편, 2부 '우리들은 꽃봉오리' 13편, 3부 '아름다운 우리나라' 10편, 4부 '영웅의 고향을 거닐며' 8편, 5부 '통일렬차 만세' 3편이다.

1부 '만경대는 우리 고향'은 김일성이 태어난 곳을 성지(聖地)처럼 기리는 시편들이다. 일제시대를 배경으로 하고 있으며, 김일성의 할아버지, 할머니, 아버지, 어머니, 어린 동생도 등장한다. 만경대에 서려 있는 혁명의 기운과 혁명가를 배태한 김일성 가계(家系)의 치적을 노래했다.

소나무 푸르른
만경봉 기슭에
복숭아꽃 방긋 웃는
작은 초가집

아침이면 고운 새가
찾아와 노래하고
밝아오는 창문에는
글소리도 높았다.

(…)

소나무 푸르른
만경봉 기슭에
우리 모두 노래하는
마음의 고향

원수님은 나라 찾을
큰 뜻을 품으시고
혁명의 먼 길을
여기서 떠나셨네.

— 「만경대 초가집」(1955)

조화로운 자연질서에 둘러싸인 김일성의 생가를 노래한 작품이다.

"나라 찾을/큰 뜻을 품"은 원수님에 초점이 놓여 있다. 자연에 대한 묘사는 상투적이다. 자연에 시인의 주관을 투사한 작품은 이밖에도 많은데, "대동강 푸른 물도/얼싸안고 노래하네.//(…)//날아가던 새들도/만경대를 노래하네"(「만경대는 우리 고향」, 1955), "이슬 먹은 나팔꽃/반가와라 방긋 웃고/산새들도 둥지에서/깃을 치며 노래했네"(「만경대의 우물」, 1961), "그 날은야 해빛도/더욱 빛나고/푸른 물도 기쁨에/설레였지요.//(…)//그 날은야 새들도/춤추며 날고/진달래는 봄향기/풍기였지요"(「아름다운 삼지연」, 1978)에서 보듯이 의도가 너무 뻔해서 식상하게 읽힌다. 김일성을 혁명영웅으로 찬양하는 송가(頌歌)의 성격에 들어맞는 표현이겠다. 이와 같은 개인숭배는 작품마다 한결같다. 김일성이 아기였을 때는 우리나라 영웅이 되길 염원하는 어머니와 아버지의 노래를 들으며 잠이 들었고(「가정에는 효자동, 나레는 영웅동」, 1956), 크면서는 조국해방의 굳은 맹세로 글을 읽었고(「학습터에서」, 1978), 어린 동생 돌보는 버들피리를 불어주었고(「버들피리」, 1957), 높은 수를 써서 동무들을 놀라게 했고(「숨박꼭질」, 1959), 묘한 수를 써서 힘만 믿는 큰 동무를 보기 좋게 넘기는(「씨름터」, 1960) 어린 영웅이었다는 것이다. 투사들의 밥을 짓는 어머니를 도와 우물물을 길었고(「만경대의 우물」, 1961), 할머니를 도와서 물레를 잣던(「깊은 밤 물레소리」, 1962) 품성도 예찬된다. 김일성 가계와 연결되는 만경대의 어떤 소재 하나하나에 사연을 부여하는 식으로 노래지었음을 알 수 있다. 할아버지가 삼아준 짚신, 어머니가 찧던 돌절구, 맑을 물을 긷던 물동이, 밤을 밝힌 등잔불, 아버지가 큰 뜻을 다지며 심은 백양나무 등이 여기에 포함된다. 마치 성지순례를 하듯 써내려간 작품들이다.

2부 '우리들은 꽃봉오리'는 현재적 배경이고, 어린이 화자로 되어 있다. 김일성 장군의 품과 보호 아래서 행복하게 자라고 있다는 은혜의 시편들이다.

김일성 장군님
넓으신 품안에

자라는 우리들은
새 조선의 꽃봉오리

우리 모두 그 품에서
씩씩하게 크지요.

김일성 장군님
따뜻한 품안에

자라나는 우리들은
새 조선의 꽃봉오리

우리 모두 그 품에서
즐거웁게 배우지요.

— 「우리들은 꽃봉오리」(1951)

이 작품의 창작배경은 이미 김청일의 글에서 살펴본 바 있다. 발표 당시의 제목이 「새 조선의 꽃봉오리」였고 '장군님'이 '원수님'으로 되어 있었을 뿐이지 전문 내용은 거의 똑같다. 노랫말로서는 몰라도 시로서는 월북 이전보다 훨씬 떨어진다는 것이 한눈에 들어온다. 이후에도 이것보다 '시'의 품격이 더 높거나 '동심'의 표현이 살아있는 작품은 보이지 않는다. 천편일률적이다. '김일성 원수님'의 자리에 '하나님 아버지'를 넣어보면 그가 오래 전 대구 남성정교회 성가대원으로 활동했을 때 열성을 다해 부르던 찬송가와 성격이 비슷하다는 것을 알 수 있다. 북한에서 윤복진은 김일성을 예찬하는 송가로 남다른 성공을 했다. '기독교'적 요소가 그의 삶과 문학에 어떻게 작용했는지를 짐작할 수 있는 대목이다. 최고 통치자에 대한 절대적 헌사는 봉건시대의 '역군은'적 발상이지 종교적 발상이라고 하기도 어렵다. 기독교적 씨앗이 출세지향의 충성심으로 변질된 것이다. "우리들은 은혜로운 / 당의 품속에 / 세상에 부럼없이 / 곱게 피지요. // (…) // 언제나 따사로운 / 당의 품속에 / 충성의 꽃송이로 / 붉게 피지요"(「우리들은 당의 품에 피는 꽃송이」, 1965)와 같은 창작에 시심이 남아 있을 리 만무하다. 보육시설을 보고 김일성의 배려에 감사드리는 「꽃침대」(1972), 「달나라로 씽씽」(1978) 등도 한결같은 모습이다.

3부 '아름다운 우리나라'는 조국산천의 자연이 아니라 북한사회의 발전을 예찬하는 시편들이다. 기술공업화, 협동농장, 간척사업 등 조국근대화와 결부된 내용이 주를 이루는데, 인민에 대한 원수님의 사랑을 강조하는 구절은 거의 빠지지 않는다. "소년애국가로 생각하면서 썼"다는 「아름다운 우리나라」(1953)도 "오각별 공화국기 / 푸른 하늘 높이 나는 / 원수님이 이끄시는 / 참좋은 나라"라고 끝이 난다. 윤복진의 최고작품으로 거론되는 「시내물」은 기중 나은 편이다.

시내물이 졸졸
노래하며 흘러가네.
푸른 하늘 아래로
노래하며 흘러가네.

한 굽이를 돌아드니
불탄 산에 새봄 왔네.
잔디풀은 다시 돋고

진달래가 방긋 웃네.

또 한 굽이 돌아드니
새 목장이 생겨났네.
어린 양떼 뛰여나와
반겨하며 물마시네.

또 한 굽이 돌아드니
물방아는 간 곳 없고
물방아가 돌던 곳에
전기방아 새로 도네.

(…)

한 굽이를 돌아드니
꽃동네가 안겨오네.
양지 바른 언덕 우에
새 학교가 우뚝 섰네.

또 한 굽이 돌아드니
밭갈이가 한창이네.
우릉우릉 뜨락또르
넓은 들을 갈아엎네.

굽이굽이 돌고돌아
대동강에 들어서니

새 공장은 우뚝우뚝

우리 평양 일떠서네.

— 「시내물」(1954)

윤복진은 "옛시인들이 조국의 아름다운 자연을 열두 폭 병풍에 담아 노래"한 것을 떠올리고 "민족적인 색채가 진하게 풍겨오는"[30] 이 작품의 형식을 찾아냈다고 밝혔다. 그렇게 해서 "열두 폭 병풍을 펼치듯이 시내물을 따라가며 굽이마다 안겨오는 전형적인 생활화폭들을 어제와 오늘을 대비하여 노래"[31]할 수 있었다는 것이다. 전통적인 4음보 형식으로 노래의 흥취와 안정감을 얻은 것은 사실이다. 그런데 내용을 보면 자연보다는 변화된 사회상, 곧 북한의 발전상에 대한 찬양이다. '탈시골뜨기'의 잠재적 욕망은 '조국근대화'의 구호 속에서 해소되었는지 모르겠으나, 자연친화적인 놀이를 동심에 담아 표현한 월북 이전의 작품들에 비할 바 아니다. 북한 사회체제를 선전하려는 어른의 시선이 동심을 압도하고 있다. 그가 등단 무렵에 맞이한 20년대 서정적 동요 이전의 창가가사로 후퇴한 양상이다.

4부 '영웅의 고향을 거닐며'는 "원쑤놈""미국놈"에 대한 증오심을 부추기는 시편들이고, 5부 '통일렬차 만세'는 남녘아이들의 '헐벗음'과 북녘아이들의 '풍요로움'을 대비시킨 시편들이라서 관제성이 훨씬 두드러진다. 발랄한 감각의 유년동요도 있지만, "칙칙 폭폭/칙 폭폭/앞을 보고 잘 몰아라/포탄 식량 싣고 간다"(「기차놀이」, 1952), "미국놈병정/겁쟁이병정/키다리보초/머저리보초/인민군한테/꼭 묶였네/정찰병한테/꼭 묶였네"(「미국놈병정 겁쟁이병정」, 1951)에서 보듯이 전쟁이데올로기가 스

---

30 김청일, 앞의 글, 『조선문학』 2002년 8월호 30면.
31 같은 곳.

며 있다. 시집의 마지막 작품은 통일을 노래한 것이다.

칙칙폭폭 칙칙폭폭……
꽃봉오리 통일렬차
남으로 달리누나
백미 싣고 기계 싣고
노래춤도 실었구나.

— 「통일렬차 만세」(1961) 2연

"10만 관중"이 모인 경기장에서 이뤄진 카드섹션의 그림을 시로 표현한 것이다. 3, 4연에서는 "미국놈" "원쑤놈"이 늘여놓은 가시철망을 "산산쪼박 짓부시며" 통일렬차는 달린다. 그런데 "백미 싣고 기계 싣고" 달리는 기차는 오늘날 남에서 북으로 가는 현실이니, 참으로 아이러니한 작품이 되고 말았다.

6. 맺음말

지금까지 월북 이전과 이후로 구분되는 동요시인 윤복진의 삶과 문학을 '연속성과 비연속성'의 관계에서 살펴보았다. 겉으로 드러나 있지는 않아도 '기독교'와 '탈시골뜨기'는 윤복진의 삶과 문학을 추동한 주된 요인이었다. 시인의 내면에 자리잡은 이 숨은 동인(動因)이 북한에서는 '김일성 숭배'와 '근대화 예찬'이라는 맹목의 병통이 되고 말았다. 동요시인으로서는 불행한 일이 아닐 수 없다. 북한의 자료는 월북 이전에 "그가 쓴 동요들은 밝고 명랑한 동심세계를 노래한 것이 극히 드물었다"고 하면서 월북 이후의 새로운 양상을 과거와 대비시켰지만, 진정으로 밝고 명랑한 동심세계를 꽃피운 그의 시집은 『꽃초롱 별초롱』(1949)이었지 『시내물』(1980)은 아니었다. 물론 "한 굽이를 돌아드니 / 불탄 산에 새봄 왔네 / 잔디풀은 다시 돋고 / 진달래가 방긋 웃네"(「시내물」, 2연)와 같은 표현은 전쟁의 폐허를 딛고 일어서는 북한사회의 발전상을 생동감 있게 반영한 것으로 볼 여지가 없지 않다. 그러나 전후복구시대를 지나서도 그의 창작경향은 앞으로 나아가질 않고 퇴보를 거듭하는 양상이었다. 북한의 아동잡지와 아동문학선집에 실린 그의 작품들을 모두 검토했으나 여기에서 다루지 않은 것은 『시내물』에 실린 작품 이상의 것을 찾을 수 없었기 때문이다.

우리는 이 대목에서 시인과 시대의 관계를 떠올리게 된다. 시인의 불행은 시대의 불행에서 비롯할까? 그럴 수도 있고 그렇지 않을 수도 있다. 동시대를 사는 시인들의 시적 성취가 제각각인 것을 보면 그렇지 않다는 답변이 더 진실일 듯싶다. 인간의 잠재적 욕망은 그 자체로는 선도 악도 아니지만 그것이 승화가 될지 자기기만이 될지는 당사자의 몫이다. 따라서 월북 이후 윤복진 동요시의 전락(轉落)은 시인 자신에게 책임이 있다. 그가 "무사상성 내지 회색적 작품"으로 비판받고 현지로 파견 나가 재기를 도모할 무렵, 시인 백석(白石)은 북한의 주류 아동문학과는 다른 방향에서 창작을 하고자 치열한 논쟁을 벌이면서 동화시집 『집게네 네 형제』(1957)를 쓰고 있었다.[32] 오늘날 백석의 『집게네 네 형제』는 남한에서 여러 판으로 거듭 출간되어 아이들에게 환영받는다. 그에 비해 윤복진의 『시내물』은 출간조차 못하고 있는데 이는 오로지 시인의 몫인 것이다. 한 가지 덧붙인다면, 남한의 윤석중과 박목월도 오십보백보였다. 윤석중은 갈수록 자기복제의 양상을 띠며 후퇴를 해서 마침내 '동심천사주의'의 원조라는 평가를 받기에 이르렀다. 박목월은 동시를 거의 쓰지 않으면서

---

32 김재용 「근대인의 고향상실과 유토피아의 염원」, 『백석전집』, 실천문학사 1997, 498면.

대통령 영부인의 전기문과 통속적인 수필을 양산하는 등 관제성이 짙었던 한국문인협회의 핵심으로 활동했다. 윤복진이 동란 직전에는 "다 같은 세계에 산다"고 했던 세 시인이 민족의 분단과 더불어 양극으로 벌어지게 된 것을 두고는 시대를 탓하지 않을 수 없겠다.

_『동화와 번역』 17호, 2009

제2부
현장과 쟁점

아동문학의 주인공과 아동관에 대하여

1. '현실의 어린이'에 대한 의심 — '시선'으로서의 어린이

『창비어린이』 2009년 봄호에 실린 신인평론상 당선작(김권호 「'일반시인' 동시집 어떻게 볼 것인가」)은 '동시의 출발점은 여전히 현실의 아이들이어야 한다'를 부제로 했다. 적잖게 공감하면서 읽은 글이다. 결론도 부제와 똑같은 말로 되어 있다. "옹색한 처지에 몰릴지라도 마지막까지 옹호해야 할 것은 현실의 아이들로부터 출발해야 한다는 오래된 입장이다."(200면) 여기에서 핵심어는 '현실의 아이들'일 것이다. 그런데 이 말은 '옹색한 처지' '마지막까지 옹호' '오래된 입장' 같은 구절들에 겹겹이 에워싸여 있다. '옹색한 처지'는 분명해 보이던 '현실의 어린이'가 눈앞에서 사라진 오늘의 상황을 반영하는 듯싶다. '마지막까지 옹호'는 그러할수록 단단히 부여잡으려는 어떤 신념을 말해준다. 그리고 '오래된 입장'은 지금까지 기대온 이론의 유효성을 확인하는 표현일 것이다. 이 문장에 담긴 진정성을 의심하지 않는다. '동시'의 자리에 '동화' 또는 '아동문학'을 넣을지라도 다를 바 없다. 나 또한 비슷한 말을 오랫동안 반복해왔다.

문제는 우리의 논의대상이 '아동문학'에 그려진 '현실의 어린이'라는 점이다. 산수화의 자연보다는 풍경화의 자연이 더 그럴듯한가? 풍경이란 내면에 조응하는 근대의 발견일 뿐이며 '아동' 역시 근대의 산물이라는 사실에 주목해보자.[1] 주지하다시피 도시화·산업화가 진행되기 이전의 전통사회에서 어린이는 '작은 어른'(작은 노동력)으로 간주되었다. 근대사회와 더불어 '아동기'의 개념이 확립되었고, 그 결과로 오늘날 우리가 보는 것과 같은 '아동'이 발견되었다. 이어서 그들을 위한 '아동문학'이 발생했다. 근대의 아동은 생산활동으로서의 '일'과 분리된 아동을 가리킨다. 근대의 가족형태와 학교라는 제도가 그렇게 만들었다. 아동문학의 전개는 아동을 아동으로 탄생시킨 근대사회와 뗄 수 없는 관계에 있다. 또 하나, 아동문학은 어른 중계자 없이는 성립하지 않는다. 이른바 '동심주의'와 '교훈주의'란 것도 근대의 시선, 곧 아동에 대한 어른의 요구에서 비롯된 문제점이다. 그런데 아동문학에서의 '동심'과 '교훈'은 아동문학을 성인문학과 구별짓게 하는 기본요소이기도 하다. 이와 같은 난제(難題)는 근대사회를 모태로 해서 태어난 아동문학의 정해진 운명일는지 모른다.

한국 아동문학은 당연히 한국 근대사회를 모태로 한다. 한국은 식민지 근대를 겪었다. 일제시대 내내 도시보다 농촌의 인구가 많았고 취학률은 매우 낮았다. 절대다수는 빈곤에 시달렸다. 이런 사실이 한국 아동문학의 전개를 틀지었다. 이때 '현실의 어린이'를 주문한다면 그 의미는 무엇이었을까? 그것이 '어린이'의 본성이라기보다 '현실'에 무게중심을 둔 어른의 요구, 곧 한국적 근대의 '시선'을 반영하리란 것은 자명한 이치다. 오늘날의 아동문학에서 주문하는 '현실의 어린이' 역시 '시선'의 문제로

---

1 카라따니 코오진 『일본근대문학의 기원』, 박유하 옮김, 민음사 1997 참조.

귀착한다. 그러나 이것은 시작이지 끝이 아니다. 우리는 지금까지 '시선'을 제대로 의심해본 적이 없기 때문이다. 요컨대 '현실의 어린이'에서 중요한 것은 '현실을 어떻게 보느냐' 하는 것과 더불어 '어린이를 어떻게 보느냐' 하는 것이다.

우선 기억해둘 것이 있다. 아동문학은 근대에서 비롯된 것이지만, 아동문학의 고전은 시대를 비추는 거울에 그치지 않고 언제나 그 이상이라는 것이다. 서사문학의 경우 그 힘은 주인공의 형상으로 실현된다. 삐노끼오, 톰 쏘여, 말괄량이 삐삐…… 이들은 실존인물이 아니면서도 인간의 가능성으로서 시대에 갇히지 않는 놀라운 생명력을 발휘한다. 우리 아동문학이 창조한 주인공은 과연 얼마만큼 생명력을 지니고 있을까?

2. 근대의 시선에 갇힌 어린이 1 — 어른을 업은 어린이

최남선의 '소년'은 근대이념의 담지자로서 봉건적 구세대와 대비되는 신세대를 뜻하는 개념이었다. 이에 비해 방정환의 '어린이'는 어른의 상대어로서 근대적 아동의 발견에 상응한 개념이었다. 다시 말해서 청년과 동일한 범주에 들었던 1910년대까지의 '소년'은 근대기획의 대상이자 주체였는 데 비해, 청년과 소년이 분리된 1920년대부터의 '어린이'는 근대기획의 대상으로만 설정된 개념이라고 할 수 있다. 하지만 근대성이 미약했던 탓에 '어린이'도 온전히 어린이일 수만은 없었다. 그들은 여전히 '작은 노동력'으로서 가족의 생계를 나누어 맡았다. 또한 잃어버린 나라를 되찾고 이루지 못한 근대국가를 완성할 주역으로서도 어른과 짐을 나눠야 했다. 일제로부터 해방된 뒤에도 사정은 크게 달라지지 않았다. 이오덕이 엮은 『일하는 아이들』(1978)이 7, 80년대에 그 상징성과 함께 생생한 현실감으로 다가왔던 기억을 떠올려보자. 도시화·산업화가 한창 진

행 중이더라도 국민대다수가 생존권 차원에 매달려야 했던 시대의 어린
이는 '작은 어른'일 수밖에 없었다. 그들은 어른의 짐을 나눠 지고, 어른
을 대신하는 어린이였다. 방정환에서 권정생에 이르는 20세기 한국 아동
문학을 대표하는 주인공들이 이를 증명한다.

「만년샤쓰」(방정환, 1927)의 창남이는 엄격한 선생님들 앞에서 말장난을
즐길 줄 아는 분방한 성격을 지녔다. 동시에 그는 화재를 당한 이웃에게
옷가지를 챙겨주고 눈먼 어머니에게 내의마저 벗어준 뒤, 겨울날의 체육
시간을 맨몸으로 견디는 헌신의 화신이다. 이 작품의 후반부는 감상적이
고 통속적인 교훈주의라고 비판할 수 있다. 하지만 주인공의 철없어 보
이는 행동 뒤에 숨겨진 헌신성은 독자들에게 색다른 인상으로 남아 있다.
『몽실 언니』(권정생, 1984)는 아기 업은 몽실의 초상을 표지로 삼았다. 만일
에 앤서니 브라운의 『돼지책』 방식으로 표지를 그렸다면 어른과 아이 둘
을 한꺼번에 업은 피곳 부인의 자리에 몽실이 들어섰을 것임을 모를 독
자는 없다. 때 묻지 않은 순박함으로 시대의 폭력을 웅변한 '여자아이'의
희생적인 삶을 그린 『몽실 언니』는 한국 아동문학의 고전이 되었다.

20세기 한국 아동문학을 대표하는 작품목록에는 『마법의 설탕 두 조
각』(미하엘 엔데), 『지각대장 존』(존 버닝햄), 『학교에 간 사자』(필리파 피어스)
와 같은 성격의 작품이 비어 있다. 그럴 만하다. 마법사와 거래하여 잔소
리꾼 엄마 아빠를 손가락만 하게 줄여놓고 통쾌감을 느끼는 주인공이나,
자기를 괴롭히는 선생님과 아이들 때문에 학교 가기 싫어하는 주인공에
게 가난했던 우리 아이들이 공감할 여지는 그리 많지 않았을 것이다. 지
주영감이 씹어 뱉은 생선대가리를 입안에 욱여넣고 캑캑거리다 아버지
에게 매를 맞는 「청어 뼉다귀」(이주홍, 1930)의 주인공이 그리 낯설 게 없는
아이들이었다. 이 아이들은 취향을 몰랐다. 크레용이 없어서 그림을 다
못 그려낸 「세 발 달린 황소」(정수민, 1938)의 주인공한테서 어떠어떠한 학
용품이라야 한다는 투정이 나올 리 만무하고, 아버지의 실직으로 월사금

을 낼 수 없는 형편에 이른 「새로 들어온 야학생」(송영, 1938)의 주인공한 테서 학교 가기 싫다는 투정이 나올 리 만무하다. 「집을 나간 소년」(현덕, 1939)도 있었다. 그런데 이 소년은 상급학교에 진학할 수 없는 딱한 형편 때문에 제힘으로 벌어서 공부하리라는 기대를 품고 집을 나온 것이다. 조금 이채를 발한다 싶은 「날아다니는 사람」(노양근, 1936)의 주인공이 꿈 꾸는 것은 산을 오르는 자동차, 냇물을 건너뛰는 도구, 누구든지 밥해 먹 고 살 수 있는 신기한 쌀이다. 작품마다 이념의 편차가 없지 않았지만, 근 대적인 과제는 우리 아동문학의 저변을 이루고 있었다.

가족·국가·이념에 헌신하는 어린이상(像)은 '현실의 어린이'라는 요 구에서 나온 것으로, 말할 것도 없이 근대의 시선이다. 그런데 근대의 시 선이라 할 때도 그 편차는 하늘과 땅 차이라고 할 수 있다. 근대는 단일한 지층이 아닐뿐더러 결코 고정되어 있지 않다. 일탈의 주인공을 더 많이 보유한 세계 아동문학의 고전도 근대의 산물이고, 헌신의 주인공을 더 많 이 보유한 한국 아동문학의 고전도 근대의 산물이다. 어째서 이같은 차이 가 생겼을까? 아무래도 우리 근대는 봉건적인 질곡에 숨통을 조인 시기라 고 해야 맞을 것이다. 이 때문에 우리 아동문학은 '현실의 어린이'에서 '현실'을 강조하는 계몽의 색채가 매우 강했다. 카프(KAPF)가 낳은 이념 헌신형(型) 주인공은 본성에서 비롯된 능동적 성격을 가졌다고 볼 수 없 다. 우화적인 의인동화의 주인공도 마찬가지다. 어린이를 이념의 대리인 이나 현실의 거울로 보는 시선은 어린이가 무구(無垢)한 존재라는 시선 못지않게 위험할 수 있다. 이렇게 만들어진 교훈주의 동화의 주인공은 자 기생명력에서 나온 행동(action)을 한다기보다 상황에 기대어서 반응 (reaction)만을 보이는 인물에 가깝다. 이제 남는 건 동심주의 동화에서 흔 히 보는 수동적이고 순응적인 '착한 어린이표' 주인공들이다. 교훈주의 동화의 주인공이나 동심주의 동화의 주인공이나 오십보백보가 아닌가.

고전의 반열에 오른 주요 작품들조차 '시선'과 관련해 꼬리표처럼 어떤 한계랄지 특징을 드러내고 있다. 「바위나리와 아기별」(마해송, 1920년대)은 가부장제 폭력을 소재로 해서 창작동화의 근대성을 높였다고 평가되지만, 순진무구형(型) 캐릭터를 휘감은 동심주의 색채 때문인지 폭군 아버지를 번연히 둔 채로 주인공이 내쫓김을 당하는 비극적 결말을 보인다. 동화로서 이와 같은 문제점을 벌충한 것은 유래담식 해결이었다. 「나비를 잡는 아버지」(현덕, 1930년대)는 아버지의 나무람이 야속해서 집을 떠나기로 결심한 주인공이 아버지의 비참한 현실을 발견하고 되돌아서는 결말을 보인다. 분단시대의 작품인 『몽실 언니』도 마찬가지인데, 부모와의 갈등양상이 『마틸다』(로알드 달)나 『우리 아빠는 백수건달』(장 여우위) 같은 작품과는 완전히 다른 설정이고 다른 방식의 결말로 나아갔다. 자기 욕구를 억제하고 인고와 헌신으로 발전하는 스토리는 작가보다는 사회문화적 차원의 문제 때문이라고 할 수 있다. 계급적·민족적인 억압이 워낙 컸기 때문에 '일탈'과 더불어 상징적 '아비 죽이기'를 거치지 못한 어린이상이 유독 많았던 것이다.

본격 판타지라고 일컬어지는 『숲 속 나라』(이원수, 1949)는 현실을 반영하는 거울 이상의 경지를 여는 데 한계를 드러냈다. 주인공아이의 각성이 아버지의 설교에 의존하는 바 크기 때문이다. 「불새의 춤」(1970)은 전태일분신사건을 상징하는 주인공의 희생제의로 숙연하기까지 하다. 이것들에 비할 때, 『잔디숲 속의 이쁜이』(1971~73)는 캐릭터 면에서 가장 주목을 끄는 작품이다. 여성주인공 이쁜이가 집단논리에 사로잡힌 똘똘이를 뒤로하고 모험의 탈출을 감행한 것은 지금 시점에서도 상당히 진보적이다. "늠름한 일꾼을 기른다고? 그걸 보람있는 일이라고 생각한다니 참 똘똘이도 우습다. 노예를 길러낸다는 생각은 안 들던? 자유 없는 노예 말야."(『이원수아동문학전집 7』, 웅진 1983, 73면) "나라를 사랑하려고 우리 동무들을 죽였다고? 그깟 놈의 나라 사랑은 지옥에나 가서 하거라."(90면) "엄마는 어려서 집을 나와 새로운 집안을 이루었다. 무엇 때문에 그랬는가 하면 첫째 생명을 소중히 하고, 남을 괴롭히는 일이 싫어서였다."(292면) "내가 당한 괴로움은 어디서 나온 것이었던가를 생각해보면, 거의 모두가 남을 깔보고 남의 자유를 억누르는 감독자, 지휘자 들 때문이었어. 우리는 절대로 그런 감독자나 지휘자가 돼서는 안 돼요. 우리들의 나라가 즐겁게 일하며 정답게 살아가는 나라가 되게 해줘."(303면) 당대현실을 비판하는 사회의식에서나 생명을 본위로 하는 철학에서나 더할 수 없는 높이에 도달해 있다. 그런데 이쁜이의 각성은 모험의 과정보다는 학자할아버지의 설교에 더 많이 빚지고 있다. 위의 인용문에서도 뒤의 두 개는 가족을 이룬 이쁜이가 자식들에게 설교하는 목소리이다.

20세기형(型) 꼬리표는 시간적으로 21세기를 건너온 권정생도 떼어낼 수 없었다. 독자와의 소통문제를 새로 고민하고 쓴 『밥데기 죽데기』(1999)에서 작가의 분신에 가까운 늑대할머니는 밥데기와 죽데기를 압도하고도 남는다. 마지막 작품인 『랑랑별 때때롱』(2008)은 새달이 마달이 형제가 때때롱 매매롱 형제의 초청을 받고 랑랑별로 올라가서 시간여행을 떠나기까지는 매우 흥미롭다. 그러나 역시 대장할머니가 등장해서 설교를 펼치고부터 독자의 감흥이 뚝 떨어지고 만다. 『랑랑별 때때롱』의 전반부와 후반부는 방정환의 「만년샤쓰」를 떠올려준다. 20세기 한국 아동문학은 이렇듯 구조적인 한계 면에서도 동질성을 보인다.

3. 근대의 시선에 갇힌 어린이 2 — 교복을 입은 어린이

1987년 6월항쟁과 더불어 군부독재시대는 끝이 났다. 90년대를 통과하면서 시민사회가 자리 잡았고, 사회문화적으로 과거와 단절된 세대가 등장했다. 개성과 취향을 요구하는 목소리가 한꺼번에 터져 나왔다. "됐어(됐어) 이제 됐어(됐어) / 이제 그런 가르침은 됐어 / 그걸로 족해(족해)

이젠 족해(족해)/내 사투로 내가 늘어놓을래"(서태지 「교실이데아」) "사람들 눈 의식하지 말아요/즐기면서 살아갈 수 있어요/내 개성에 사는 이 세상이에요/자신을 만들어봐요"(DJ DOC 「DOC와 춤을」) "모두가 똑같은 손을/들어야 한다고/그런 눈으로 욕하지 마/난 아무것도 망치지 않아/난 왼손잡이야"(패닉 「왼손잡이」) 십대가 열광한 이런 노랫말에서 한 시대의 몰락과 또 한 시대의 개막을 실감할 수 있다.

근대성의 지표와 관련이 깊은 아동문학에도 큰 변화가 일어났다. '동화읽는어른' 모임이 전국적으로 성황을 이루었고, 어린이책 출판이 폭발적으로 증가했으며, '386세대' 여성작가들이 문단의 대세로 자리 잡았다. 도시중산층의 삶에 기반을 둔 작품들이 주류를 이루는 것과 함께 '일하는 아이'와 대비되는 '아이가 된 아이'를 주목하는 평론이 나왔다.[2] 설왕설래가 이어졌다. 성격이 서로 다른 『문제아』(박기범, 1999), 『괭이부리말 아이들』(김중미, 2000), 『마당을 나온 암탉』(황선미, 2000) 같은 작품이 함께 베스트쎌러가 되는 시기였다. 하지만 '현실의 어린이'에서 출발한 작품들은 가족과 학교에서 벌어지는 갈등양상을 더 이상 과거처럼 그려낼 수는 없게 되었다. 가족과 학교가 아이들에게 억압인 시대에 '인고'와 '헌신'의 가치가 변질의 위험을 안게 된 것이다. 새로운 독자층으로 떠오른 10세 이하의 아이들은 「학교에 간 할머니」(채인선, 1997)나 「학교에 간 개돌이」(김옥, 1999) 같은 동화에서 숨구멍을 찾았다.

그런데 곡절 많은 '현실'의 자리를 평균치의 '일상'이 점유하자 고만고만한 생활이야기들을 반복하는 문제점이 드러났다. 주인공의 활동무대에서나 작가의 태도 면에서나 '교복을 입은 아동문학'이라고 함직한 현상이 나타났다. 상대적으로 호평을 받은 작품들에서도 이런 한계를 찾아

---

2 김이구 「아동문학을 보는 시각 — '일하는 아이들' 이후의 길」, 『어린이문학을 보는 시각』, 창비 2005.

볼 수 있다. 비슷한 종류와 견주어볼 때, 황선미의 『나쁜 어린이표』(1999)와 공지희의 『영모가 사라졌다』(2003)가 거둔 성공은 하나의 사건이라 할 만하다. 지금 돌이켜보니 이 두 작품은 우리 아동문학의 어린이상(像)이 달라졌음을 마치 선포라도 하듯이 우리 앞에 나타났다고 여겨진다. 제목과 사건이 다른 것들과의 차별성을 보증하고 있다. 그런데 '현실'의 변화에 눈길을 준 것에 비하면 '어린이'에 대한 시선은 크게 바뀌지 않았다. 이런 불철저함은 새로운 주인공의 창조에 제약을 가하는 요인이다.

『나쁜 어린이표』는 담임선생님이 정한 상벌규칙에 저항감을 느낀 아이가 이번엔 '나쁜 선생님표'를 매기면서 숨통을 틔우는 이야기다. 하지만 담임선생님과 주인공아이의 갈등이 분명하게 해결되지 않아 다소 갑갑함을 준다. 주인공아이와 담임선생님의 성격으로 볼 때 어느 한쪽만의 책임으로 돌리기 힘든 상황인 것을 이해 못할 어른은 없겠다. 그래도 어린이 쪽에선 아쉬운 결말이다. 『마틸다』나 『조커, 학교 가기 싫을 때 쓰는 카드』(쑤지 모건스턴)처럼 학교제도(교장선생님)와의 대결구도를 한쪽에 마련해둔다면 아이와 담임선생님의 화해에 별 문제가 없을 것이다. 또는 『지각대장 존』처럼 학교질서만을 대변하는 담임선생님으로 설정해서 통쾌하게 한방 먹이는 결말도 가능할 것이다.

『영모가 사라졌다』에는 아버지의 폭력을 피해서 판타지세계로 넘어간 아이가 나온다. 판타지세계까지 따라 들어온 아버지는 폭력에 짓눌려 살았던 자신의 어린 시절을 떠올리고 마침내 회개한다. 결말의 화해 여부가 그대로 작품성을 가르는 것은 아니다. 문제를 어떻게 설정하느냐에 따라 해결도 달라지기 때문이다. 이 작품을 읽고 얼른 떠오른 의문은 어른이 이처럼 쉽게 바뀌는 존재일까 하는 점이다. 일시적 반응(reaction)으로 갈등을 해결하는 방법은 통속적이라는 혐의를 벗기 힘들다. 『내가 나인 것』(야마나까 히사시)에서는 소심해서 가출도 못할 거라는 엄마의 비웃음 때문에 엉겁결에 '가출 당한' 아이가 나온다. 이 아이는 방학 동안 죽을 고비를 넘기고 집에 돌아왔는데도 엄마는 하나도 바뀌지 않았다. 제 분에 못 이겨서 박박 악을 써댄다. 하지만 세상을 새로 경험한 주인공의 성숙한 태도 때문에 통속적인 화해 없이도 분명한 매듭으로 끝이 난다. 이 작품의 인상적인 엄마는 도시중산층 부모의 평균 이상도 이하도 아니다.

누차 지적돼왔지만, 우리 아동문학은 어린 주인공이 다른 세계로 가서 다른 활약을 벌이는 모험의 상상력이 빈약하다. 이것은 비단 상상력의 문제만은 아니다. 어린이의 행동반경에 관한 한 우리 작가들은 매우 인색하고 소극적이라는 의심이 든다. 김우경의 『수일이와 수일이』(2001), 이용포의 『내 방귀 실컷 먹어라 뿡야』(2008), 김나무의 『뺑쟁이 왕털이』(2008)는 독특한 상상력을 발휘한 것들임에도 비슷한 한계를 보인다. 놀기 좋아하는 수일이는 제 손톱을 쥐가 먹게 해서 또 하나의 수일이를 만들어놓고는, 정작 모범생 가짜 수일이에게 자기지위를 잃을까봐 아무 데도 떠나지 못하고 누가 진짜냐 가짜냐를 증명하는 인정(認定) 투쟁으로 시종한다. 망태 속으로 들어가 백팔십도 바뀐 세상을 경험한 아이는 머릿속 엄마아빠의 잔소리를 떨쳐버리지 못하고 번번이 머뭇거리는 통에 답답하기 짝이 없다. 지리산에 남은 마지막 대왕여우 혈통인 왕털이는 진짜 뺑쟁이인 줄 알았더니 사람의 학교로 가서는 자기본성을 버리고 다만 '착한 어린이'가 되려는 듯 남을 돕는 일에 열중이다. 결말에서나 겪을 일이 몸통으로 되어 있거나(『수일이와 수일이』), 다른 세계로 가서 이쪽을 의식해 주춤거리거나(『내 방귀 실컷 먹어라 뿡야』), 다른 세계의 존재가 이쪽으로 와서는 거꾸로 흡수돼버리고 마는 것이다(『뺑쟁이 왕털이』). 벽장 속에만 들어가도 신기하고 무섭고 흥미진진한 모험을 겪는 외국의 작품들과는 퍽 대조적이라 아니할 수 없다.

김리리표(標) 상상력이 내놓은 '왕땅콩 갈비 게으름이 욕심쟁이 봉식이'(「왕땅콩 갈비 게으름이 욕심쟁이 봉식이」, 2003)는 나름대로 활력있는 주인공이다. 그러나 아이들이 무척 좋아할 만한 희대의 별명을 가진 주인공이 안달복달하면서 '부지런히 똘똘한 날쌘돌이 귀염둥이 봉식이'로 바뀌는 이야기는 너무 상식적이라서 맥이 빠진다. 거꾸로 갔으면 훨씬 좋았을 것이다. '자기긍정'이라는 이 시대의 중요한 테마를 놓쳤다는 생각이 들었다. 김리리는 익숙한 듯해도 식상하지 않게끔 개성을 잘 살려서 누구에게나 친숙한 주인공을 잇달아 선보였는데, 좀체 선 밖으로 나가려 하지 않는다. 다섯 권짜리 씨리즈물 '이슬비 이야기'도 생기는 넘치지만 전복의 에너지가 부족해 보인다. 아이들이 가장 통쾌하게 여길 작품은 어른을 발가벗긴 첫째 권 『엄마는 거짓말쟁이』(2003)일 것이 분명하다.

악동이야기는 어떠한가? 송언의 『사라진 세 악동』(2001)은 유감스럽게도 '상황→반응'의 전형적인 사례에 해당한다. 이야기의 출발부터가 담임선생님의 부탁을 받은 아이가 가출한 세 급우를 찾아나서는 것으로 되어 있다. 세 아이는 아버지 지갑에서 몰래 돈을 훔친다든지, 다른 아이들의 돈을 빼앗는다든지, 싸움을 벌인다든지 해서 툭하면 반성문을 써내는 '골칫덩어리들'이다. 이들이 가출해서 보여주는 행동은 소주를 마시고, 길에서 누나들 가슴을 만지고, 비디오방에서 성인영화를 보는 등 이른바 '막가파식'이고 '18금(禁)'을 넘어선 것들이다. 아이들의 집을 찾아가니 하나같이 그렇게 된 까닭을 '친절하게' 들려주는 식구가 나온다. 누구는 부모가 갈라선 뒤부터, 누구는 아빠가 가출한 뒤부터, 또 누구는 엄마가 시골병원에 입원한 뒤부터 망가지지 시작했다는 것이다. 착한 아이들이 환경 탓으로 비뚤어졌다는 결정론적 시각인지라 세태 고발 의도가 짙고 인물의 개성은 간데없다. 최근 들어 송언은 일련의 학급이야기를 통해 한층 개성적이고 매력적인 주인공을 내놓고 있는데, 주로 담임선생님의 시야 안에서만 움직인다.

이렇게 볼 때 권정생 이후의 주인공 대부분이 고된 '일'에서는 벗어났지만 여전히 상징적 '아비 죽이기'에 실패하고 있으며 아울러 '교복'을 벗지 못한 상태임이 드러난다. 현실은 위험한 곳이라면서 아이들을 품안에 두고서야 안심하는 어른의 무의식이 '교복을 입은 아동문학'을 만든다.[3] 위험한 '현실'이 강조될수록 '어린이'가 수동적으로 되어가는 이상한 리얼리즘의 공식이 작동해서 현실과의 관계는 권정생 이전의 주인공만 못한 것 같다. '민주화시대' 이후로 와서 '드래곤'(dragon)과 대결을 벌이고 싸움에서 승리하는 대서사(大敍事)의 주인공을 찾아보기 힘들다. '드래곤'은 인간의 가능성을 억압하는 모든 장애물을 가리킨다. 그게 부모, 교사, 자본, 이념 등 무엇이어도 상관은 없다. 관건이라면 '이 아이들을 어찌할 것인가'와 '아이들을 얼마나 믿을 것인가' 사이에서 초점을 어디에 두느냐 하는 것이다. '현실'을 주인공의 활약상이 드러나는 '활동무대'로 조정할 필요가 있다. 결국 '현실의 어린이'보다 현실과 어린이를 보는 작가의 '관점'이 근본적인 문제로 떠오른다.

4. '어린이다움'의 소멸 — 근대 아동관의 붕괴 이후

갈수록 막돼먹은 아이들이 많아지고 있다는 것, 그럼에도 주눅 든 아이들이 또 그렇게 많다는 엄연한 사실 때문에 어린이를 보는 어른의 시선이 오락가락한다. 좀더 적극적인 어른은 아이들의 새로운 소통방식에 익숙해지려고 안간힘을 써보지만 자기세대는 어쩔 수 없이 '몸치'인 것을 절감한다. 이런 식의 얘기는 끝이 없다. 기존의 아동관을 흔들어대는 주범은 다름 아닌 '현실'이다. "문자문화에서 영상문화로 미디어의 중심

---

3 '교복을 입은 아동문학'은 청소년문학의 경우도 예외가 아닌데, '성과 사랑'에 관한 금기에 도전하는 것처럼 보이는 작품들의 대부분이 10대의 자기선택적인 성애(性愛)를 그리지 못하고 성매매, 성폭력, 성추행, 원치 않은 임신, 미혼모 등 피해사례만 두드러지게 강조하고 있는 것에서도 확인된다. 문학예술의 눈이라기보다는 청소년보호의 사명감에 불타는 교사, 학부모, 성직자의 눈에 가까워서 10대가 경험하는 성애의 감정을 왜곡하는 게 아닐까 여겨질 정도이다.

이 이행할 때 어린이는 소멸"[4]한다는 견해가 있다. 현재 우리들이 인지하고 있는 '어린이'란 근대의 시선에 의해 발견된 것을 말한다. 문자문화시대의 가족과 학교가 규정한 어른과 어린이의 역(力)관계는 영상문화시대에 와서 해체되었다. "현재의 어린이가 우리 눈에 보이지 않게 되었다고 한다면 그것은 우리의 시선이 파국을 맞이하고 있다는 것을 의미"[5]한다. '어린이'는 핵가족과 학교의 산물인데 지금은 그 핵가족과 학교조차 붕괴되어가는 중이다.

김진경도 지금까지의 경험과 잣대로는 재기 어려운 새로운 현실, 그리고 이미 첨단을 걷고 있는 아이들과 마주한 오늘의 아동문학을 논하면서 아동관의 전환이 핵심고리임을 통찰한 바 있다.[6] 그 역시 독자는 아이들인데 구매자는 어른인 아동문학의 특성 때문에 현재 살아있는 아이들이 아니라 '어른들의 머릿속에 있는 어린이에 대한 관념'을 그리는 작품이 나오기 쉽다고 문제점을 진단했다.[7] 이처럼 아동관으로 눈을 돌릴 때, '현실의 어린이'에서 출발하자는 주문이 해결해야 할 과제는 여러 겹이다. 동심원을 그려보자. 제일 바깥쪽에는 현실을 외면한 작품들이 놓여 있다. 그 안쪽에는 과거현실에 매달리는 작품들이 있고, 또 그 안쪽에는 달라진 현실에는 눈을 주었으나 어린이에 괄호를 친 작품들이 있다. 우리가 한가운데에 놓아야 할 것은 어린이가 지닌 인간의 본성(가능성)을 있는 그대로 긍정하고 변화하는 현실과 적극 부딪쳐가는 작품들이다.

여기서 자세히 살필 여유는 없지만, 『문제아』『괭이부리말 아이들』『마당을 나온 암탉』『무기 팔지 마세요!』(위기철, 2002)『짜장면 불어요!』(이

---

4 사회학자 닐 포스트만(Neil Postman)의 발언이다. 혼다 마스꼬(本田和子)『20세기는 어린이를 어떻게 보았는가』, 구수진 옮김, 한림토이북 2002, 151면에서 재인용.

5 혼다 마스꼬, 같은 책 101면.

6 김진경「어린이를 보는 관점의 전환이 필요하다」,『어린이와 문학』2009년 3월호.

7 김진경·안도현·이금이·유영진 좌담「고요한 수면을 깨는 상상력의 출현을 기다리며」,『문학동네』2007년 봄호 참조.

현, 2006) 『건방진 도도군』(강정연, 2007) 『밴드마녀와 빵공주』(김녹두, 2007) 같은 작품들은 동심원의 중심부를 차지할 것이다. 그런데 '촛불의 상상력'과 통하는 이른바 '사차원' 주인공이 너무 빈곤하다. 이 점에서 이야기꾼의 자질이 뛰어난 김기정을 눈여겨보게 된다. 모두 성공적이지는 않지만 그의 일련의 작품들은 전통 연희양식의 해학과 풍자성이 현대성을 만나서 이루어낸 흥겨운 놀이판이고 '거꾸로' 인물들의 열전(列傳)이다. 지배질서를 해체하는 천성을 지니고 태어난 도깨비·봉이(鳳伊)·놀부·바보·뺑덕어멈형(型) 어린 주인공들이 작품마다 소란스럽다. 또 눈길을 끄는 것은 김진경, 김회경, 임정자, 임어진 등의 옛이야기와 신화적 주인공을 내세운 작품들이다. 나로서는 아직 만족스럽지 못하다. 아동문학이 어린이와 어른이라는 이중독자를 향하고 있다는 것은 잘 알려진 사실인데, 이들 옛이야기 신화풍(風)의 작품들은 거의 어른독자만을 향하고 있다는 느낌을 준다. 이야기의 층위가 상징(관념)의 층위에 눌려 있는지라 주인공의 바람(욕망)이 자연스러운 서사로 풀려나오지 못하는 게 아닌가 여겨진다. 현실논리를 떠난 난센스풍의 작품으로는 선안나의 『내 얼룩무늬 못 봤니?』(2007)가 반가웠다. 이 작품은 냇물에서 정신없이 놀다가 홀랑 벗겨져나간 꼬마호랑이의 줄무늬를 두고 벌어지는 숲속의 소동을 그린 것이다. 어디로 튈지 모르는 꼬마호랑이 '호야'를 연작으로 이어갈 수 있다면, 우리도 『노란 양동이』(모리야마 미야꼬)의 아기여우 같은 사랑스러운 캐릭터를 갖게 되는지 모른다.

우리나라 어른들은 '강아지똥'과 '스노우맨' 중에서 좋아하는 캐릭터를 고르라고 하면 아무래도 '강아지똥'을 꼽는 수가 많다. 그러나 아이들은 열이면 열 모두 '스노우맨'을 꼽는다. 축축한 땅바닥을 기어서 몸을 바치는 '강아지똥'보다는 '스노우맨'과 술래잡기하면서 놀다가 함께 하늘을 날고 싶은 게 아이들 마음이다. 물론 「강아지똥」(권정생, 1969)이 하나의 층위로만 되어 있는 것은 아니다. 존재감 없이 버려진 느낌에 사로잡힌 어린이는 '나도 쓸모 있을 것'이라는 자각에 크나큰 위안을 얻는다. 그렇더라도 기독교적 희생과 구원의 철학에 바탕을 둔 권정생 동화를 제대로 읽어내지 못한다면, '쓸모 있음'은 얼마든지 왜곡될 수 있다. '카미까제 (神風)'가 될지 '민족의 영웅'이 될지 알 수 없는 노릇이다. 그보다는 '자기 자신'으로 향하는 게 아동문학에서는 소망스럽다. 이때 어린이의 본성과 현재의 욕망을 있는 그대로 긍정하는 태도가 중요하다. 생명의 힘은 반(反)생명과 맞서도록 되어 있다는 자연법칙을 믿는 것으로 넉넉하지 않을까? 어린이는 길 아닌 데를 주저하지 않는다. 그 생명의 힘이 어른의 결정론적 사고와 합리적 인과율을 넘어서는 모험을 낳고 난센스를 낳는다. 시대를 초월해서 아이들의 사랑을 받는 주인공들, 이를테면 '삐노끼오' '톰 쏘여' '말괄량이 삐삐'가 그렇게 해서 태어났다.

'현실의 어린이'를 중시하자면서 정작 '어린이'를 괄호 치게 되면, 내일의 약속이 현재를 대신하기 쉽다. 인고·희생·헌신의 계보를 대표하는 「강아지똥」과 『몽실 언니』는 다른 것과 바꿀 수 없는 우리 역사의 어떤 결정체임이 분명하다. 그러나 20세기 우리 아동문학의 고전이 얼마만큼 시대를 넘어서는 생명력을 갖고 있느냐를 생각할 때, 특히 세계아동문학의 지평에서는 아쉬움이 크다. 더욱이 권정생이 될 수 없는 상황에서 권정생이 되려 하는 도착(倒錯)적인 의식은 문제이다. 어린이 쪽에 방점을 찍고서 '권정생 작품만 한 주인공을 오늘날 어떻게 창조할 것인가?' 하고 질문할 필요가 있다. 현재를 사는 존재, 이것이 어린이다움의 본질이라면 본질일 것이다. 윤석중 동시 「넉 점 반」(1940)이 그림책으로 다시 태어나 사랑받는 것은 하나의 참조가 된다. '넉 점 반, 넉 점 반, 오다가 물 먹는 닭 한참 서서 구경하고, 오다가 개미 거동 한참 앉아 구경하고, 오다가 잠자리 따라 한참 돌아다니고, 오다가 분꽃 따 물고 니나니 나나나, 해가 꼴딱 져서 돌아와, 엄마 시방 넉 점 반이래' 하는 게 어린이다. 현덕 동화의 생명력도 어린이의 본성을 빼놓고는 설명할 수 없다. 노마는 저녁 찌

갯거리로 사다 놓은 북어를 노리고 동무들과 고양이놀이를 벌인다.(「고양이」, 1938) 실 감는 일을 돕던 중, 엄마가 나중에 귤 열 개를 사준대도 기동이가 놀자고 부르는 데는 당할 도리가 없다.(「암만 감아두」, 1938) 노마, 기동이, 영이, 똘똘이 모두 현재의 욕망이 생기는 원천임을 보여준다. 그럼 이른바 '명랑소설'은 어떻게 봐야 할까? 조흔파의 '얄개' '금동이', 최요안의 '억만이' '남궁동자', 오영민의 '오똑이' 등 명랑소설의 캐릭터는 역사적 현실을 외면한 데서 나온 '뜻밖'의 결과라서, 작위적인 얕은 웃음과 통속성, 기성가치를 대변하는 교훈성 등 현실도피와 타협으로 귀결되는 문제점을 드러낸다. '아이들이 왜 이들 작품에 열광했겠는가?' 하고 묻는다면 역시 현재적 욕망을 긍정하는 주인공의 힘이라고 답할 수는 있겠다. 그 힘을 보되 작품 전반의 문제점을 밀쳐둘 수 없는 것이니, 시대가 달라졌다고 이들 통속 명랑소설이 구제되는 것은 아니다.

결론적으로 우리 시대의 새로운 주인공 창조는 '현실'의 문제와 더불어 '어린이'를 보는 시선의 문제를 제기한다. 『20세기는 어린이를 어떻게 보았는가』의 저자 혼다 마스꼬(本田和子)는 이데올로기의 지도상에서는 양극에 위치하는 '동심주의'와 '프롤레타리아주의'가 어린이 쪽에 서서 역(逆)으로 관망해볼 때 공통된 자리를 차지하고 있다면서, 여기에서 어린이에게 자신들의 희망과 기대를 위탁한 지극히 20세기적 '특징'을 본다고 했다.[8] 어린이를 '이데올로기적 신념의 수용기(受容器)'로 보는 태도는 동심주의와 교훈주의로부터 자유롭지 못하다. 어린이에게서 현재의 욕망을 빼앗으면 그네의 삶도 빼앗는 것이다. 이런 말이 어린이의 욕망을 특화하자는 것으로 오해되지 않기를 바란다. 인간의 본성에 관한 한, 어린이와 어른의 경계를 없애거나 아예 의식하지 말자는 뜻이니까. 욕망은 죄이자 소설과 관련된다고 여기는 나머지, 아동문학에서 욕망을 지우

---

8 혼다 마스꼬, 앞의 책 87면.

는 것이야말로 어린이의 순수성을 보전하는 길이라고 여기는 아동문학가들이 많다. '어린이다움'이 저도 모르게 '동심천사주의'로 이어지고 있는 것이다. 사실상 이런 생각은 일본 아동 잡지 『빨간새(赤い鳥)』[9]의 신념이다. 일본은 종전 뒤에 『빨간새』의 전통을 부정하는 것으로 새로운 문학사를 써나갔다. 일본의 '현대'아동문학이라고 일컬어지는 작품들이 그렇게 해서 나왔다. 한국 아동문학의 '현대'를 어떻게 이뤄낼 것인가? 이 문제는 아동관과 함께 풀어야 할 우리 모두의 숙제라고 생각한다.

_『창비어린이』 2009년 여름호

---

9 1918년에 창간된 아동잡지로 당대 유명 작가들이 많이 기고했고 어린이들의 글쓰기운동에 큰 공헌을 했다. "어린이를 위해 순수하고 아름다운 읽을거리를 쓰는 진실한 예술가의 존재"를 소망한다면서 이와야 사자나미(嚴谷小波) 시대의 통속물과 관제창가를 거부하고 예술로서 진정한 가치가 있는 동화와 동요 운동을 제창했다. 프롤레타리아 아동문학운동으로부터는 '동심주의'라고 비판받았다. 원종찬 「한일 아동문학의 기원과 성격 비교」, 『아동문학과 비평정신』, 창작과비평사 2001 참조.

영유아그림책부터 청소년소설까지

2007년 아동문학

1. 머리말

마침내 우리 아동문학이 온전한 구색을 갖추게 되었다. 과거 한 세기
동안 우리 아동문학은 '소년' 독자에 편중해서 발전해왔다. 그런데 최근
10여 년간의 전성기를 거치면서 위아래로 영역이 확장되기 시작하더니,
2000년대 후반에 접어드니까 영유아그림책부터 청소년소설까지 남김없
이 골고루 발전하는 모습을 보인다. 한편으로 이는 아동기를 설정하고
관리하는 근대의 제도가 비로소 완성돼가고 있다는 사실을 말해준다. 과
거의 아동문학이 '근대적 과제'와 마주하고 있었다면, 오늘의 아동문학
은 그 '이후'를 고민해야 하는 단계에 와 있는 것이다. 오랜 관습에서의
탈피와 미답지 개척이 여느 때보다 활발해진 근거를 여기에서 찾을 수
있다.

그동안 조용하던 동시 쪽에 새로운 바람이 불어왔다. 성인시단에서 일
정한 위치를 점하는 시인들의 동시집이 속속 연착륙하면서 불러일으킨

바람이다. 이와 더불어 동시 비평도 활력을 얻고 있다. 저만의 '게토'에 안주해오던 동시단은 돌연 긴장상태로 돌아섰다. 동화 쪽은 서사방식이 다양해지면서 개성적인 색채가 한층 강해지고 있다. 그러다보니 '어린이문학다움'을 둘러싼 논란, '경계'가 불투명해지는 현상에 대한 우려의 목소리가 뒤따랐다. 동화 쪽의 떠들썩함은 의인동화와 판타지, 사실동화와 소년소설 등 각 방면에서 이뤄지는 변화 발전의 반향이라고도 할 수 있다. 청소년소설 쪽은 문학계의 '블루오션'으로 떠올랐다. 아동문학과 성인문학 사이에서 오랫동안 사각지대로 방치돼오더니, 마치 처음 발견된 신대륙인 양 집중적인 관심의 대상이 되고 있는 것이다. 청소년소설의 도약은 청년기 독자층까지 불러 모으는 효과를 빚는다. 그림책 쪽도 신개지에 가까워서 꾸준한 상승세에 있다. 그런데 옛이야기나 시 그림책이 주종을 이룬다. 창작그림책의 성과가 적은 것은 우리 작가들이 그림책의 서사에 익숙하지 못한 탓일 게다.

한 해 동안 발행되는 아동문학 창작집이 성인문학 창작집의 총량에 육박하게 된 지 오래다. 아동문학의 각 영역이 분화 발전함에 따라 전문성이 날로 강화되고 있다. 아동문학을 하나의 장르 단위로 취급해서 한꺼번에 살피는 일은 이제 무모하다고 할 수밖에 없다. 동시, 동화, 그림책, 청소년소설, 평론 등 각 장르의 성과를 제대로 살피자면 각각의 전문비평가가 동원돼야 한다. 따라서 이 글은 애당초 불가능한 균형 잡힌 조망을 욕심낸다든지 주마간산 격인 작품해설 방식을 지양하고, 2007년도 아동문학은 갈래별로 어떤 특징들이 나타났으며, 어떤 경향으로 흘러갔는지, 또 그것이 의미하는 바는 무엇인지, 주요 현상만을 관련 작품들과 더불어 짚어보고자 한다.

2. 동시 — 울타리 밖에서 바람이 불어오다

동시단은 시인들의 동시집 출간 행렬과 더불어 여느 때와 다른 활기를 띠고 있다. 그 기폭제는 2005년에 나온 최승호 시인의 『말놀이 동시집』(비룡소)이었다. 나오자마자 높은 호응을 얻은 이 동시집은 2006년에 둘째 권, 2007년에 셋째 권으로 이어졌고, 이 동시집을 낸 비룡소 출판사는 신헌림, 최명란, 김기택, 이기철 등 시인들의 동시집 씨리즈를 기획 출간하기에 이르렀다. 출판사는 다르지만 안도현, 정완영 등이 가세했고, 당분간 시인들의 동시집 출간 행렬은 지속될 것으로 보인다.

동시단의 활기가 유명세를 앞세운 출판사의 기획에 따른 결과라고만 보는 것은 단순한 견해이다. 동시집의 성공이 그리 만만한 일은 아니다. 동시집의 출간은 상업주의와 다소 거리가 있으며, 시인들이 쓴 동시라고 해서 무조건 호평 받는 분위기도 아니다. 독자 호응 면에서 성패의 요인을 면밀히 따져보고 바람직한 방향을 모색하는 비평적 관심이 무엇보다 중요하다. 때마침 김이구가 「해묵은 동시를 던져버리자」(『창비어린이』 2007년 여름호)는 제목으로 몇 가지 쟁점을 들어 올렸고, 후속 논의가 이어지면서 동시의 문제들이 한층 분명하게 드러났다. 김이구는 기존의 동시인들이 낡은 아동관을 지니고 해묵은 소재와 표현을 반복한다면서 그로부터 자유로운 '제3세력'의 등장을 신선한 자극으로 받아들였다. 이에 대해 이안, 김종헌, 전병호 등이 제각각 응답했는데, 동심과 표현 문제를 둘러싼 서로 다른 견해들이 부딪히고 있다.

최승호의 『말놀이 동시집』은 상대적으로 어린 나이의 독자를 대상으로 하고 있는 것이기에 기존 동시의 대안이라기보다는 어떤 결여를 보완하는 면이 더 크다. 그렇더라도 최승호 동시집에는 우리 동시를 쇄신할 중요한 계기가 내재되어 있다. 기존 동시는 시적 표현을 주로 의미 맥락에 제한하는 메씨지 중심의 교훈성에 고착되었으나, 최승호는 '말'의 음성적 자질을 십분 활용하면서 시를 놀이 차원으로 해방시켰다. 말놀이는 전승동요에서도 큰 비중을 차지하는 것으로, 어린이의 생활과 심성에 뿌리박은 중요한 표현방식의 하나이다. 비단 말놀이에 국한하지 않더라도 동시는 어린이의 약동하는 생명력의 표현인 유희성을 외면할 수 없다. 그러므로 최승호 동시집을 펴낸 출판사의 동시집 씨리즈 이름이 '동시야 놀자'인 것은 정곡을 찌른 것이다. 신현림 동시집 『초코파이 자전거』(비룡소)는 흔히 쓰이는 의성·의태어를 가지고 말놀이를 벌임으로써 동시의 상투성에 일정하게 변화를 주었으며, 최명란 동시집 『하늘 天 따 地』(비룡소)는 한자의 모양에서 생활상의 발견을 이뤄내는 독특한 상상력으로 말놀이 동시의 영역을 넓혔다.

한편, 안도현 동시집 『나무 잎사귀 뒤쪽 마을』(실천문학사)은 어린이의 눈이 자연을 어떻게 살아 움직이게 하는지 잘 보여준다. 여기에서는 '자연+어린이=놀이'의 등식이 성립한다. 이 등식은 자연에서 아이들이 뛰어노는 산문적 풍경을 가리키는 것이 아니라 대상과의 관계를 가리킨다. 즉 시인은 어린이의 눈에 자연이 놀이로 변용되는 모습을 잡아내고 있다. "호호호호 호박꽃/호박꽃을 따버리면/애애애애 애호박/애호박이 안 열려"(「호박꽃」 부분) 같은 것은 두운에 착안한 어린이다운 말법으로 흥취를 살렸고, "집으로/뛰는/아이들//아이들보다/먼저/뛰는/소//소보다/앞서/뛰는/빗줄기"(「소나기」 전문) 같은 것은 행과 연을 짧게 끊어서 순차적인 시간의 경과와 원경의 효과를 빚었는데, 각 연의 마지막과 처음을 연쇄적으로 이어가면서 역시 말놀이의 묘미를 살렸다.

원로 시조시인 정완영은 동시조집 『가랑비 가랑가랑 가랑파 가랑가랑』(사계절)을 펴냈다. 시집 전체에서 한자어를 찾아보기 어려울 만큼 우리말을 잘 살려 쓰고 있으며 언어감각 또한 빼어나다. "햇살은 보풀보풀 풀어지는 보푸라기/흙살은 흠씬 자고 눈 비비는 아기 속살"(「초봄」 부분)

에서 보듯이 시어를 세심하게 살펴 운율을 고른 시편들에는 운치가 있되 고루하지 않은 천진난만함이 스며 있다. 정완영 동시조집에는 어린이만의 순수자연이 아니라 어른이 일하는 농촌의 모습도 담겨 있다. "겨울 난 보리밭도 허리가 아픈가 봐/우리 할매 허리처럼 밟아 줘야 시원한가 봐/그래야 보리밭 이랑도 무릎 짚고 일어서나 봐."(「보리밭 밟기」 전문), "텃밭에는 가랑비가 가랑가랑 내립니다/빗속에 가랑파가 가랑가랑 자랍니다/가랑파 가꾸는 울 엄마 손 가랑가랑 젖습니다."(「가랑비」 전문) 같은 것들이 그 예이다. 요즘 동시가 농촌(農村)을 즐겨 찾으면서도 무색무취의 자연에 속절없이 빠져드는 듯해서 이런 모습은 반갑기 그지없다.

독자를 새롭게 일구어내고 있는 이들 동시집은 시의 언어와 소리에 대한 자각을 높였다. 그리고 동시가 놀이가 되어 어린이와 하나로 섞일 수 있는 가능성을 확인시켜 주었다. 이는 문학사적으로 이오덕 '이후'의 현상이라고 할 만하다. 과거 '일하는 아이들'의 시대에는 아동현실을 등진 동심천사주의 때문에 분열되어 있었던 '시정신'과 '유희정신'이 아동현실의 변화와 더불어 합치되는 모습을 보이는 것이다.

동시의 유희성에 대한 재발견은 시대의 요청이기도 해서 동시단 안쪽의 맞바람도 일고 있다. 그 대표적인 예가 김바다 동시집 『소똥경단이 최고야!』(창비)이다. "난 이만 개나 되는 눈/다 뜨고도/잠잘 수 있지."(「잠자리」 전문), "똥만 주면/내가 대신/싹싹 용서 빌어 줄게."(「똥파리」 전문), "살 뺐다면서?/누구 허리가/더 날씬한지 재어 볼까?"(「개미」 전문), "우리가 노래 부르며 놀기만 한다고?/그건/예술을 모르는 사람들이 하는 말이지."(「베짱이」 전문) 곤충을 소재로 한 이들 단형시를 두고, 곤충의 특징을 어린이 눈높이에서 재치 있게 잡아낸 것 이상의 깊은 맛은 없다고 말할 수도 있겠다. 하지만 이런 종류의 동시에 일반적인 기준을 똑같이 적용할 필요는 없을 것이다. 김바다의 '곤충 단형시'는 곤충을 시적 화자로 해서 '자연이 아이한테 말걸기'를 하고 있는 모양새고, 그것은 그대로 수

수께끼 말놀이의 재미를 준다. 제목을 가리고 보면서 수수께끼 놀이를 하면 대상이 무척 새롭게 다가올 만큼 의표를 찌르는 데가 있다. 이런 유형 말고도 나라이름, 나무이름, 열매이름, 물고기이름 등으로 지은 말놀이 동시가 이 동시집에는 들어 있다. 이름씨의 음성적 자질을 활용한 말놀이는 최근 동시의 한 흐름을 이룬다.

일정한 한도 내에서의 성공이라고 보이지만, 유희성을 통해 어린이 곁으로 바짝 다가서려는 최근 동시의 변모에 충분히 주목할 가치가 있다. 그동안 '동시의 독자는 동시인뿐'이라는 자조 섞인 비난도 없지 않았다. 상투적인 시어나 비유 등 고정된 패턴을 반복하면서 스스로 고립돼온 동시단이 무엇보다 독자와 소통하면서 비평의 무풍지대에서 벗어날 기미를 보이고 있다.

3. 동화 — 어린이문학다움의 경계를 지우다

동화의 서사 또한 빠르게 변화하고 있다. 계급과 민족의 현실에 초점을 두던 것이 '가족의 위기'나 '학교의 붕괴' 현상에 직면한 아이들의 일상으로 오래전에 초점을 옮기었고, 부모의 실직과 불화에서 비롯된 가족의 위기를 그리던 경향도 이젠 가족 자체에 대한 고정관념을 해체하는 쪽으로 나아가고 있다. 예컨대 남찬숙의 『안녕히 계세요』(우리교육)는 미혼모 가족 이야기고, 김려령의 『내 가슴에는 해마가 산다』(문학동네)는 입양아 가족 이야기다. 박채란의 『까매서 안 더워?』(파란자전거)처럼 부모의 국적이 다른 다문화가족 이야기도 있다. 일상적으로 대하는 주변 인물을 바라보는 시선에서도 새로움이 감지된다. 이용포의 『태진아 팬클럽 회장님』(푸른책들)은 노인의 청춘을 새삼 일깨웠으며, 박미라의 『이찬실 아줌마의 가구 찾기』(바람의아이들)는 보통명사 아줌마가 아니라 섬세한 내면을 지닌 고유명사 아줌마를 각인시켰다. 송언의 『멋지다 썩은 떡』(문학동네)『김구천구백이』(파랑새)는 선생님과 아이들 사이를 밝고 유머러스하게 그려냄으로써 교실을 틀에 박힌 일상의 감옥이 아니라 개성이 숨 쉬는 활기찬 공간으로 바꾸어 놓았다.

무미건조하고 답답한 신변잡기에 머무르기 쉬운 가족과 학교 서사에 색다른 계기를 주고자 SF, 판타지, 호러 기법을 도입하는 경우도 적지 않다. 최유성의 『다름이의 남다른 여행』(우리교육), 김리리의 『화장실에 사는 두꺼비』(문학동네), 문선이의 『마두의 말씨앗』(사계절), 이현의 『장수 만세!』(우리교육), 방미진의 『금이 간 거울』(창비) 등이 그런 예이다. 의인동화역시 단순히 인간사회를 빗댄 교훈적인 우화의 틀을 벗고 동물의 생태와관련된 개성적인 캐릭터를 내세워 독창적인 서사의 매력을 자랑한다. 김리리의 『내 이름은 개』(비룡소)와 강정연의 『건방진 도도군』(비룡소)은 현대사회를 배경으로 인격화된 동물 주인공이 제몫의 삶을 찾아나서는 이야기다. 선안나의 『내 얼룩무늬 못 봤니?』(느림보)는 우리 동화에 부족한난센스와 유머를 곁들인 분방한 상상력이 돋보인다.

현실세계와는 구분되는 드넓은 환상세계로의 여행과 모험을 그린 오진원의 『플로라의 비밀』(문학과지성사), 김혜진의 『지팡이 경주』(바람의아이들), 김진경의 『고양이 학교』 2부(문학동네)는 장편 판타지의 가능성을 열어 보였다. 오진원과 김혜진은 새로운 세대의 공통언어라고도 할 수 있는 서구적 매직의 원리에 기초한 가상의 시공간을 생생하게 그려내어 주목받았으며, 김진경은 동북아 신화에 기초한 『고양이학교』 씨리즈로 프랑스 어린이문학상을 수상하는 영예를 차지했다. 오늘을 사는 아이가 역사적 사건과 조우하는 판타지도 있다. 이준호의 『할아버지의 뒤주』(사계절)는 뒤주를 통해 과거의 시간대로 이동해서 동족상쟁의 비극을 체험하는 내용이다. 이들 장편 판타지는 자기만의 법칙과 리얼리티에 기반을 두고 사건이 전개되는 특징을 지닌다. 이에 반해 임어진의 『이야기 도둑』(문학동네)과 『또도령 업고 세 고개』(다림), 서정오의 『꼭 가요 꼬끼오』(문학동네), 김기정의 『고얀 놈 혼내 주기』(시공주니어) 『박뛰엄이 노는 법』(계수나무) 등은 과장과 왜곡이 자유로운 옛이야기의 서사방식을 차용한 작품들이다.

오늘의 동화는 이렇듯 다양한 스타일의 작품들이 나름의 계보를 이루며 거듭 진화해가는 도정에 있다. 그러다보니 '쉽고 분명하게'로 요약되는 동화의 전통적인 서사방식에서 이탈한 작품들이 늘어나는 추세이다. 초등 고학년용 단편에 더욱 두드러진 이런 현상은 동화와 구별되는 아동소설의 범주에 넣고 봤을 때에도 이전과는 다른 양상이라고 얘기되고 있다. 그리하여 '어린이문학다움'이라든지 '경계'를 둘러싼 일련의 비평적 논의가 펼쳐졌다.

요즘 아이들은 초등 고학년이면 정신적으로나 신체적으로나 사춘기적 특성을 보이는 게 일반적이다. 아이들이 성과 폭력에 노출되는 정도가 예전과 다르고, 가출이나 자살 소재 같은 금기 영역도 빠르게 붕괴하고 있다. 이른바 '사춘기 초딩'이 몰려오는 형국에서 그에 상응한 문학적 성과가 뒤따르지 않는다면 이 또한 문제일 것이다. 밖으로 쉽게 드러나지 않는 사춘기 아이들의 속마음을 그리는 데에서 전통적인 방식만을 고집할 이유는 없다. 복잡한 심리를 파고드는 서술, 서로 다른 시점의 교차, 해결을 유예시키고 문제만을 예각화해서 제시하는 방법 등 소설의 방식을 접목한 창작이 많아지는 것은 필연적인 현상이다.

안미란, 김남중, 박관희, 이현, 방미진, 김종렬 등 최근에 주목받은 작가들의 일부 단편이 '어린이문학다움'에 대한 논란을 불러일으키기도 했지만, 서사방식의 새로움은 우리 아동문학을 풍부하게 해주는 긍정적인 면이 크다. 유은실의 『만국기 소년』(창비), 최나미의 『셋 둘 하나』(사계절), 김남중의 『하늘을 날다』(낮은산) 등 고학년 단편집의 문학적 성취는 서사방식의 변화와 분리되지 않는다. 아동문학의 독자층이 두터워지고 있는 상황까지 고려한다면 선택의 폭을 넓혀주는 개성적인 창작은 환영받아

마땅하다. 『수선된 아이』(푸른책들) 『귀신이 곡할 집』(바람의아이들) 『공주의 배냇저고리』(바람의아이들) 등 여러 작가들의 작품을 모은 단편집들에서도 독특하고 참신한 작품들이 눈길을 잡아끈다.

본래 동화는 설화의 평면성과 행복한 결말의 구조를 물려받은 양식이라서 재자가인(才子佳人)형 주인공과 초월적 구원자를 끌어안고도 이야기를 재미있게 꾸며갈 수 있다. 하지만 아이들의 일상현실을 그리는 작품조차 동화의 이름으로 그와 같은 모습을 보인다면 결국은 동화로서도 소설로서도 미달이기 쉽다. 따라서 '사춘기 초딩'의 일상현실을 담은 고학년 대상의 단편들이 전통적인 동화의 특성에서 이탈한다고 해서 '동화의 소설화 경향'이라고 비판하는 것은 문제가 없지 않다. '어린이문학다움'의 제약을 가하는 것도 마찬가지다. 출구 없는 상황이라면 냉소적이거나 비관적인 아이들이 충분히 나올 수 있는 것이다.

하지만 수용 가능한 경계지대와 중심부를 구별할 필요는 있겠다. 아이들은 더 큰 가능성 속에 놓여 있는 존재이다. 그렇기 때문에 현실의 단면을 그리는 데 그치지 않고 외부환경과 적극 부딪치며 세상에 대한 시야를 넓히는 장편의 서사가 소망스럽다. 이를 위해선 아동을 보호대상으로만 여긴다든지 아니면 현실을 비추는 거울로만 인식하는 아동관을 넘어설 것이 요구된다. 아쉽게도 어린이를 '어린이'로 제한하지 않고 그 안에 있는 '인간'의 가능성에 주목하면서 능동적이고 긍정적인 주인공을 형상화한 작품은 그리 많지 않다.

이와 관련해서 김녹두의 『밴드마녀와 빵공주』(한겨레아이들), 김남중의 『주먹곰을 지켜라』(우리교육), 김소연의 『명혜』(창비) 같은 장편이 눈길을 끌었다. 성격이 서로 다른 두 아이의 좌충우돌 생활상을 그린 『밴드마녀와 빵공주』는 엄마의 빈자리를 메우고자 길을 떠났다가 그것이 불가능한 현실임을 깨닫지만 저마다 마음속 엄마를 찾게 되는 눈물겨운 성장기다. 『주먹곰을 지켜라』는 미래에나 가능할 법한 과학기구라든지 주먹만 하게 생태변이를 일으킨 곰이 나오는 SF 판타지면서도 기업의 음모를 파헤치는 사건의 긴박성이 현실감 있게 그려졌다. 생태연구라는 허울을 쓰고 테마공원을 건설하려는 다국적기업과의 대결구도에 아이들의 활약을 끼워 넣은 스토리 전개가 흥미롭다. 『명혜』는 구한말과 식민지시대를 배경으로 신학문에 목마른 여자아이가 봉건적 굴레와 맞서면서 민족현실에 눈뜨고 제몫의 삶을 찾아가는 이야기다. 부족한 구석이 없지 않지만, 이 세 장편은 가족·생태·역사 문제를 다룬 그간의 작품들이 갖지 못한 '외부환경과의 적극적인 부딪침'이라는 서사의 미덕을 보인다.

4. 청소년소설 — 날개를 달고 솟구쳐 오르다

청소년소설에 뜨거운 시선이 쏠리고 있다. 사계절 출판사가 '1318문고'를 펴내며 청소년소설의 개척을 위해 고군분투하던 시절이 바로 엊그제였는데, 푸른책들·바람의아이들·낮은산·검둥소·창비·비룡소 등에서 다투어 청소년소설 씨리즈를 펴내기 시작했고, 기존의 '사계절문학상' 외에 세계일보사·창비·비룡소 등에서 청소년소설 공모전을 개최하고 나섰다. 이러한 자극에 힘입어 성인문단과 아동문단을 가리지 않고 수많은 기성·신인작가 들이 청소년소설에 도전하고 있으며, 그 성과들이 줄을 이으면서 청소년소설의 전망을 밝게 하고 있다.

그동안 청소년소설을 쓰려는 작가들은 이 분야의 문학적 전통이 부재하는데다 장르의 정체성이 모호해서 어려움을 겪어왔다. 작가의 성장과정에서 취재한 회고적 성격의 작품이 많았던 것도 이런 사정의 반영이다. 사회적 변화가 빠르게 진행되면서 세대별 감수성의 차이가 날로 커지고 있기 때문에, 풍속·세태적인 소박한 회고형의 소설은 오늘의 청소년을 만족시키기 어렵다. 문제는 작품의 배경이 과거냐 현재냐 하는 점에 있다기보다 주요 등장인물을 비롯한 스타일 전반이 구태의연하냐 참신하냐 하는 점에 있을 것이다. 공모 수상작인 정유정의 『내 인생의 스프링 캠프』(비룡소)와 김려령의 『완득이』(창비)는 개성적인 인물, 유머러스하고 속도감 있는 문체 등으로 폭넓은 호응을 얻는 데에 성공했다. 이 두 작품은 우리 성장소설의 한 모습이라고 해도 좋을 만큼 사회적인 문제와 맞물린 에피쏘드에 성장기 특유의 고민과 자각을 담아냈다. 이현의 『우리들의 스캔들』(창비)은 요즘 학교상황과 인터넷환경에서 일어날 법한 사건을 추리적 기법으로 그렸는데, 기성권위와 대립하는 10대의 발랄한 움직임을 잘 잡아냈다. 임태희의 『쥐를 잡자』(푸른책들)와 『나는 누구의 아바타일까』(사계절)는 성폭력 피해의 악몽에 몸부림치면서 진정한 자아를 갈구하는 주인공의 동굴 속 같은 내면으로 깊숙이 내려간 작품이다.

청소년소설 작가군(群)이 형성되지 않은 상황을 극복하고자 동화작가와 소설작가들을 한자리에 불러 모은 앤쏠러지 작품집도 좋은 반응을 얻고 있다. 10대의 '선택'을 테마로 한 『라일락 피면』(창비), 10대의 '사랑과 성'을 테마로 한 『호기심』(창비), 그리고 10대를 위한 'SF판타지' 창작모음 『잃어버린 개념을 찾아서』(창비)는 청소년의 주요 관심사와 문학을 결합시킨 개척적인 성과라 할 수 있다. 비슷한 시기에 나온 앤쏠러지 작품집 『깨지기 쉬운 깨지지 않을』(바람의아이들)과 『베스트 프렌드』(푸른책들)에 실린 단편소설들 역시 저마다의 빛깔을 가지고 차림표를 다채롭게 해주었다. 재미와 의미를 겸비한 청소년소설의 문학적 성취는 대학입시에서 비롯된 위로부터의 따분한 독서풍토를 자기요구에서 비롯된 즐거운 독서풍토로 바꾸어내는 데 크게 기여하고 있다.

5. 맺음말

이상에서 살펴본 2007년도 아동문학의 몇 가지 흐름은 안팎의 요구와 맞물린 새로운 변화에 주안점을 둔 것이다. 따라서 이 글은 문학사적 계기를 이루는 창작경향의 긍정적인 면을 우선 부각시키고자 했다. 오늘의 아동문학이 영유아그림책부터 청소년소설까지 골고루 발전하고 있는 것은 사실이지만, 더 자세히 들여다보면 이미 넘치는 데가 있고 아직 모자라는 데가 있다는 것을 깨닫게 된다. 비평적 관심은 아무래도 모자라는 데에 주어지게 마련이다. 하지만 모자람이 채워지다가 도를 지나쳐버리지 않을까 우려되는 점도 없지 않다.

오늘의 동시가 상대적으로 낮은 연령의 어린이들을 향해 쏠려 있고, 그러다보니 그동안 외면된 유희성을 발휘하는 성과들이 쌓여가고 있는 점은 다행스러우나, 한편으로 시정(詩情)을 잃고 있는 것은 아닌지 돌아볼 필요가 있다. 우리가 시를 읽을 때 기대하는 어떤 울림과는 무관하게 그저 '말 조각 맞추기' 식으로 재주를 부리는 일은 경계해야 마땅하다. 이른바 유명시인들의 동시 창작에서도 시라고 할 수 없는 유치하고 싱거운 표현이 남발되는 경우가 다반사다. 삶에서 나와 다시 삶으로 흘러들어가는 시의 본질을 놓치지 않을 때 기쁨이든 슬픔이든 인간다운 감정을 충일케 하는 동시 본연의 창작이 이뤄질 수 있을 것이다.

오늘의 동화는 동시 쪽과 다르게 상대적으로 낮은 연령의 어린이들을 위한 창작이 매우 부진한 상태이다. 우리 동화작가들이 분방한 상상력과 더불어 '노는' 법에 좀더 익숙해졌으면 좋겠다. 그림책의 서사가 취약한 문제점도 동화와 비슷한 맥락으로 볼 수 있다. 어린이를 수동적인 존재로 보아 단순히 교훈을 실어 나르는 도구적인 상상력에 얽매일 것이 아니라, 어린이가 발산하는 생명력이 세상과 부딪치면서 만들어내는 난센스, 아이러니, 과장, 비약의 상상력을 기대하고 싶다.

한편, 청소년소설과도 관련되는 것인데, 고학년 대상의 동화나 아동소설은 가족과 학교의 테두리를 넘지 못하는 일상의 서사에 쏠려 있는 문제점이 크다. 글로벌 시대에 걸맞은 시야의 확충이 요구되는 것이다. 역사적 사건을 다룰 때에도 민족 관념에 따른 애국주의를 벗어나지 못한다. 협애한 민족국가 관념이 오늘날 얼마나 많은 문제를 낳고 있는가. 이제 가족이나 학교뿐 아니라 나라의 경계를 무너뜨리는 작품이 필요하다. 다문화 '가족'에 눈을 돌린다든지 무대를 '외국'으로 넓히는 게 전부는 아니다. 국가와 맞장 뜨려는 정치적 상상력이 아쉽다. 여러모로 오늘의 아동문학은 현대적인 과제와 마주하고 있다.

_『2008 문예연감』 한국문화예술위원회

판타지 창작의 현재

승천하지 못한 이무기

1. 판타지 장르의 문제

우리 아동문학에 판타지가 결여되어 있다는 사실이 자각되고 판타지는 현실 도피라는 오해를 벗어버린 지 대략 10년 정도 지난 것 같다. 이런 지적에 대해 터무니없는 소리라고 반응할 사람도 적지 않을 줄 안다. 하지만 판타지가 시대의 키워드인 양 떠오르고 판타지 창작이 하나의 흐름을 이룬 것은 그리 오래된 일이 아니다. 장르론의 관점에서 판타지를 부정한 이는 물론 없었다. 그럼에도 우리 아동문학의 유산 가운데 기억할 만한 판타지 작품을 꼽아보려고 하면 손가락이 허전해지고 만다. 우리 아동문학의 자리는 판타지의 불모지였다. 어쩌다 얼굴을 내민 것들은 금세 시들어버리거나 기형적으로 자랄 수밖에 없었다. 사실적인 경향이 주류를 이룬 건 당연했고, 그러한 편중이 크게 문제시되지도 않았다.

주지하다시피 아동문학의 발달은 근대성의 지표와 긴밀한 관계에 있다. 아이들의 삶이 도시 핵가족을 근간으로 하는 시민사회에 흡수되기 이전, 말하자면 농촌적 질서 아래 놓였거나 변두리에서 도시화 과정을 겪던 시절에는 유아·유년 문학이 발달할 수 없었고, 오늘날처럼 가족과 학교 자체가 억압과 고통의 근원이 되는 양상을 띠지 않았다. 배고픔과 월사금 문제가 훨씬 보편적인 경험이었다. 이런 상황에서는 가령 『마법의 설탕 두 조각』(미하엘 엔데)이나 『학교에 간 사자』(필리파 피어스)와 같은 판타지가 오늘날처럼 절실하게 읽힐 수 없었을 것이다.

우리 아동문학은 1990년대를 거치면서 비로소 도시적 질서에 기반을 둔 시민사회와 마주하게 되었다. 이에 따라 어린이책 독자층이 비약적으로 확대되었고 아동문학의 르네쌍스가 이어졌다. 지난 10년 동안에 나온 아동문학 창작집은 그 전에 나온 것들을 모두 합한 것보다도 많을 것이다. 이른바 '좋은 책'이나 '권장도서'로 국한해서 보더라도 결과는 마찬가지라고 여겨진다. 여기서 눈길을 끄는 것은 장르의 불균형을 바로잡아보려는 움직임이다. 그림책 분야가 아연 활기를 띠는 모습을 보라. 판타지가 리얼리즘과 어깨를 나란히하면서 '두 개 기둥 중 하나'로 떠오른 것도 비슷한 맥락으로 이해할 수 있다.

그런데 이 시대의 판타지 유행은 단순히 장르의 균형 발전에 머무르지 않는 범사회적이고 세계적인 추세다. 또한 단지 아동문학에만 국한된 현상이 아니다. 판타지에 쏠리는 사회문화적 현상은 영화, 만화, 애니메이션, 게임 등 표현 매체의 발달과 무관하지 않지만, 그 근저에는 이성(理性) 중심의 사고체계에 대한 반성, 곧 근대 극복의 문제의식도 자리하고 있다. 근대사회와 한몸을 이루어온 리얼리즘은 과거와 같은 지위를 잃어버린 지 오래다. 이렇듯 복잡한 배경을 지닌 이 시대의 판타지는 여타 장르를 잠식해 들어가는 모습으로 부단히 경계를 넓히고 있다.

장르 혼합이 자연스러운 경향이고 보니 판타지는 범주 문제를 비롯해서 갈피를 잡아 논하기가 더욱 어렵게 되었다. 우선 작품을 분류하는 기준부터가 제각각이다. 근대문학의 규범이 흔들리면서 전통적인 장르 구분이 무용지물이 되는 형편도 한몫하는 듯싶다. 그렇지만 장르를 염두에 두지 않고서는 작품의 분류나 그 모양새에 따른 완성도를 평가하기가 지극히 곤란해진다. 분류가 대수냐고 할는지 몰라도, 어떻게 나누고 뭐라 칭하든, 작품의 효과나 결함이 드러나는 대목에서는 장르 문제가 걸려 있기 십상이다. 작품의 진가는 가장 적합한 자기 형식을 통해서 발현되는 법이기 때문이다. 형식에 대한 자기규정이 장르의 관습을 넘어서는 것이라면 그보다 더 좋을 수는 없겠지만, 거기에도 미치지 못하는 것이라면 문제는 달라진다.

2. 판타지에서 동화와 소설의 원리

얼마 전에는 현실세계와 환상세계가 구분되어 있는지 그렇지 않은지로 작품을 분류하기가 퍽 용이한 편이었다. 예컨대 채인선, 위기철, 김옥, 임정자 등의 단편들[1]은 현실세계와 환상세계의 구분이 없기에 동화의 초자연적 속성이 두드러진 작품, 이른바 공상동화라 할 수 있고, 박상률, 이상권, 김진경, 공지희, 김기정, 남찬숙 등의 장편들[2]은 현실세계와 환상세계가 뚜렷이 구분되어 있으며 주인공이 두 공간을 넘나드는 것이기에 전형적인 판타지 작품이라 할 수 있었다. 여기에는 주인공이 초자연적 현상을 비현실로 자각하느냐의 여부도 하나의 기준으로 작용했다. 주인공이 초자연적 현상을 아무렇지도 않게 받아들이는 것은 현실 법칙을 체득

---

1   채인선 『전봇대 아저씨』(창작과비평사 1997), 위기철 『쿨쿨 할아버지 잠 깬 날』(사계절 1998), 김옥 『학교에 간 개돌이』(창작과비평사 1999), 임정자 『어두운 계단에서 도깨비가』(창작과비평사 2001).
2   박상률 『구멍 속 나라』(시공주니어 1999), 이상권 『황금박쥐 형제의 모험』(창작과비평사 2003), 김진경 『고양이 학교』(문학동네어린이 2001~07), 공지희 『영모가 사라졌다』(비룡소 2003), 김기정 『네버랜드 미아』(푸른숲 2004), 남찬숙 『사라진 아이들』(문학동네어린이 2004).

하기 이전의 낮은 연령과도 관련되고 근대 이전의 민담 형식과 동일한 원리라고 할 수 있으므로, 이에 상응하는 작품은 동화의 본래적 속성을 드러내는 것으로 봐도 무방했다. 반면에 주인공이 초자연적 현상을 낯설게 자각하는 것은 현실 법칙에 따라 사물을 파악하는 높은 연령과 관련되고 근대 이후의 리얼리즘 양식에 기초해서 또다른 세계를 드러내는 것이라 할 수 있으므로, 이에 상응하는 작품이야말로 민담 형식(동화)과는 구별되는 판타지로 인식되었다. 결국 판타지는 소설의 문법으로 서술되는 현실의 액자에 다른 차원의 세계를 끼워 넣은 것이라고 이해하면 되었다.

잘 알려진 대로 또도로프(Tzvetan Todorov)는 초자연적 경험을 낯설게 자각하는 '망설임'을 판타지 정의의 주요 기준으로 삼았다. 또도로프의 정의는 판타지의 특성과 기준을 명쾌하게 제시하고 있지만 너무 좁은 테두리를 지녔기에 판타지의 다양한 양상을 포괄하지 못한다는 반론에 부딪혀왔다. 우리에게도 이러한 기준에 따른 분류법은 잘 들어맞지 않을 정도로 판타지의 양상이 다양해지고 있다. 민담에 기초한 동화에서 흔히 보는 비현실(마법 현상)을 경험하는 일상적인 현실의 이야기라든지, 우리가 발 딛고 사는 현실과는 처음부터 다른 차원의 세계만으로 이루어진 하이 판타지(high fantasy) 작품이 나오고 있는 것이다. 외계의 존재가 현실에 나타남으로써 초자연을 경험하는 작품들도 있다. 사정이 이러하니 판타지는 실제 현실에서는 경험할 수 없는 초자연적 현상이 나오는 모든 작품을 가리키게 되었다. 여기서 제외할 수 있는 것은 처음부터 추상적인 과거의 시공간을 설정하고 옛이야기처럼 서술한 작품, 그리고 동물이 사람처럼 행동하는 단순한 의인동화들이다. 현대의 판타지는 현실의 시공간을 비틀거나 거기에서 일탈하려는 명백한 의도의 소산으로서, 적어도 리얼리즘이 확립되기 이전의 전근대 양식들과는 구별할 필요가 있다.

그런데 어린이 독자를 분명하게 의식하는 데에서 성립하는 아동문학은 독자의 연령과 관련해서 동화와 소설이라는 두 개의 영역을 나란히 지속시켜온 점을 지나칠 수 없다. 우리의 경우는 '동화'라는 명칭이 '소년소설(아동소설)'을 삼켜버림으로써 양식상의 혼동이 극심한 편이다. 하지만 여기서 빚어지는 창작의 문제점이 적지 않은바, 동화와 소설의 구분을 아동문학 안에서 해소해버리는 것은 얻는 것보다 잃는 것이 많다고 여겨진다. 애초 동화적 상상력이라고 하면 현실이니 비현실이니 하는 구분과 자각은 불필요하다. 그러나 한 작품 안에 현실세계와 환상세계가 구분되어 있고 현실의 인물이 환상을 비현실로 인식한다는 것은, 다른 게 아니라 근대 리얼리즘 소설의 원리에 의거해서 사건이 전개되는 것을 말한다. 따라서 동화의 원리로 서술하느냐 아니면 소설의 원리로 서술하느냐의 문제가 판타지의 내적 질서를 결정한다고 볼 수 있다. 판타지의 내적 질서에 일관성이 부족하다면 작품은 리얼리티 면에서 의문을 불러일으킬 것이다. '생활동화'에서 흔히 나타나는 '되다 만 동화, 되다 만 소설'의 문제점은 '생활 판타지'라 함직한 작품들에서 '되다 만 동화, 되다 만 판타지'의 문제점으로 나타난다.

현대사회와 아이들의 일상을 배경으로 하는 판타지는 주인공이 초자연적 경험을 통해 현실의 문제를 해결하거나 내면적으로 성장하는 서사 구조를 취하는 것들이 많다. 이때 초자연적 경험이 마법의 '선물'이라는 성격을 더 많이 지니는지 아니면 통과의례의 '시험'이라는 성격을 더 많이 지니는지는 주인공의 연령과 무관하지 않다. 주인공의 연령이 낮을수록 천우신조에 해당하는 초자연적 경험이 현실의 문제까지도 해결해준다. 이는 하늘의 의지, 곧 자연의 섭리에 의해서 조화가 완성되는 동화의 세계다. 반면에 주인공의 연령이 높을수록 초자연적 경험에서도 자기 의지가 중요한 몫을 차지하며, 현실의 문제를 스스로 감당할 수 있는 상태에 도달하는 중간 매듭으로 결말이 맺어진다. 이는 조화가 깨진 세계 내(內) 존재로서 자기를 확인하고 한층 성숙한 태도로 자기 현실과 마주하는 소설의 세계다. 판타지 작품은 나름대로 일관성있는 질서 아래 내용과 형식의 통일성을 꾀해야 한다. 동화와 소설의 원리가 무원칙하게 뒤섞이고 혼돈스러운 작품은 내용에서도 설득력이 떨어질 가능성이 크다.

3. 억압에서 탈출하는 즐거운 공상의 세계

판타지 중에 일상의 억압에 숨구멍을 내주어 즐거운 공상을 경험하게 해주는 이야기들이 있다. 외부의 억압에 직면하여 그것을 감당할 힘이 없는 아이는 흔히 공상 속에서 사태를 뒤집어엎고 소원을 성취한다. 이처럼 나이 어린 아이들의 꿈을 대변하는 소원 성취 판타지는 그 성격으로 보아서 공상동화라고 부르기에 알맞다. 90년대 채인선, 위기철, 임정자, 김옥의 동화가 여기에 속하는 것으로, 획일적인 도시문화를 배경으로 한다.[3] 도피와 탈출은 뉘앙스 면에서 차이가 크다. 소원 성취 판타지는 비록 공상의 형태일망정 하나의 탈출구를 제공해주어, 억압된 성정(性情)의 숨을 틔우면서 어린이의 생명력을 고양한다. 김리리, 박효미, 임태희 등의 최근 작품들은 이 계보를 잇는 것이라 할 수 있다.

김리리의 『검정 연필 선생님』(창비 2006)에 실린 작품들은 옛이야기처럼 고립자의 소원을 들어주는, 일종의 마법이 실현되는 이야기들이다. 여기서 판타지는 가족과 학교에서 벌어지는 일상의 억압을 풍자하고 억눌린 마음을 해방하는 구실을 한다. 「이불 속에서 크르륵」은 식구들 사이에서 자신의 위치를 인정받지 못해 불만에 차 있는 수민이에게 마법의 이불이 주어지는 설정이고, 「검정 연필 선생님」은 극성스러운 엄마가 요

3　이에 관한 자세한 설명은 졸고 「공상도 현실의 거울이다」(『어린이와 문학』 2006년 4월호)를 참고하기 바란다.

구하는 시험점수에 시달리는 바름이에게 마법의 연필이 주어지는 설정이며, 「할머니를 훔쳐 간 고양이」는 툭하면 아들 타령을 하는 할머니의 옛날 기억에 시달리는 사랑이에게 은혜를 갚겠다는 도둑고양이가 나타나 할머니의 기억을 훔쳐 간다는 내용이다. 판타지를 통해서 현실의 문제가 해결되는 경우도 있고 그렇지 않은 경우도 있다. 「이불 속에서 크르륵」은 문제가 해결되는 결말이다. 수민이뿐 아니라 식구들이 차례로 마법의 이불을 경험하면서 가족의 일상사에 긍정적인 변화가 일어난다. 「검정 연필 선생님」은 마법의 연필이 시험성적을 일시적으로 오르게 하지만 근본적인 해결책이 아니라서 주인공이 불안감을 떨칠 수 없게 만든다. 아이를 억압하는 엄마는 여전한데다 현실의 문제도 해결되지 않았다. 「할머니를 훔쳐 간 고양이」도 한바탕 소동을 겪었을 뿐이고 문제는 고스란히 남아 있는 제자리로 돌아오는 결말이다.

세 작품 가운데에서 갈등을 해결하고 소통의 관계로 들어선 「이불 속에서 크르륵」이 가장 안정감있고 유기적 통일성 면에서도 앞선 것으로 읽힌다. 문제 해결 여부가 작품의 성패를 가름하는 것은 아니지만, 이런 종류의 판타지는 소망과 마법의 선물이라는 동화의 원리를 차용한 것임을 상기할 필요가 있다. 이전에도 김리리는 「별세상 목욕탕」「봉식이네 가족 신문」 등 어린이의 공상세계를 유쾌하게 대변하는 작품들을 선보여왔다. 이번 작품들은 분량이 더 길어진 만큼 판타지 서사를 더욱 진전시키려 한 듯싶은데, 부분적으로 동화의 단순성을 잃고 장황해졌다는 느낌을 주었다.

세 작품의 주인공 모두 마법을 경험하는 데에서 낯설게 자각하는 모습을 보인다. 이는 주인공의 연령이 그럴 만하기 때문이다. 그럼에도 마법에 직면했을 때의 당혹감은 소설처럼 팽팽한 긴장감으로 이어지지는 않는다. 이게 또 그럴 수밖에 없는 것은 기본적으로 억압에서 탈출하고 싶어하는 내면이 꿈꾸는 공상이기 때문이다. 마법의 선물을 받은 주인공은 저한테 닥친 문제를 해결하고 행복한 결말을 맞이하는 게 동화의 기본 패턴이다. 그런데 김리리의 이번 작품에 나오는 주인공들은 소원 성취 판타지라는 동화 세계에서 벗어났음직한 연령이고, 그가 마주하는 일상 현실의 문제는 소설로 감당해야 하는 내용으로 보인다. 억압을 제공하는 엄마나 할머니가 변화된 것도 아닌데, 그렇다고 주인공의 내면에 그런 현실과 대결하는 어떤 성숙을 이루지도 못한다면, 어정쩡하다는 느낌이 들 수밖에 없다. 이들 작품의 문제 상황과 마법의 선물은 서로 잘 들어맞지 않기에, 주인공의 연령에서 보자면 전복의 상상력이라기보다는 퇴행적인 공상이라고 느껴지는 바가 없지 않다.

박효미의 작품에서도 비슷한 문제점이 드러난다. 『말풍선 거울』(사계절 2006)은 준비물을 잊어버리기 일쑤인 한결이가 할아버지의 골동품 손거울을 학교에 가지고 가서 소동을 벌이는 이야기다. 거울에 반사된 빛이 사람 생각을 말풍선으로 그려낸다는 발상은 재미나지만 일시적 해방감을 주는 데 그치고 있다. 여기에서는 거울이 주인공의 소원을 들어주는 마법의 도구인 셈인데, 동화로 치자면 교실의 일상 장면이 다소 장황하게 전개되고 있어 중심 서사가 뚜렷하지 않을뿐더러 결말도 어정쩡하다는 문제점이 드러난다. 장난치다가 손거울이 깨지고 담임선생의 지시로 반성문을 쓰면서 정말로 뭔가 반성하는 데에 이르면 교육현실에 대한 비판적인 시각조차 무색해진다.

『일기 도서관』(사계절 2006)은 일기를 쓰기 힘들어하는 민우가 초자연적 경험을 하는 이야기다. 그런데 가상의 공간을 드나드는 민우가 하는 일이라고는 과거 누군가의 일기를 베껴 쓰는 것뿐이다. 베껴 쓴 일기가 발각되니 애초의 문제는 고스란히 남는다. 교사가 일기쓰기에 대해 다시 생각해보기로 하는 조짐이 드러나 있긴 해도 결말이 어정쩡하기는 마찬가지다. 일기 도서관이라는 가상의 공간을 넘나드는 설정에, '일기지기'라는 비현실의 인물이 등장하는만큼, 과거 여행으로 풀어나가면서 우여곡절을 겪는 줄거리였다면 담임선생의 어린 시절을 비롯해서 또다른 진실과 만나는 흥미진진한 내용으로 발전할 수도 있었을 것이다. 그러나 이 작품은 두 세계를 그렸다고 할 만한 별다른 특징을 보여주지 않는다. 일기 도서관은 다만 과거의 일기가 보관된 창고로만 기능하며, 의문을 불러일으키는 '일기지기'도 뚜렷한 구실을 하지 않는다. 두 개의 세계로 되어 있는 것 같아도 실제로는 마법의 선물처럼 주어진 일기 도서관을 그려내는 데 그친 것이다. 이를 동화의 원리와 소설의 원리가 제대로 적용되지 못한 데서 비롯한 현상이라고 본다면 잘못 짚은 것일까?

이 계보에서 새로운 가능성을 엿보게 한 것은 임태희 단편집 『내 꿈은 토끼』(바람의아이들 2006)다. 다만 여기 실린 작품들이 모두 만족스러운 것은 아니라서 충분히 다져진 성과라 하기에는 아직 이르다. 마음을 보여주는 요술 연필을 화자로 해서 주인공 아이와 선생님 사이에 가로막힌 문제를 해결해주는 「깐깐 선생님과 요술 연필」, 보통 싸구려 반지를 마법 반지라고 상상해봄으로써 무대공포를 극복하는 「후후 선생님은 날마다 생일이야」는 마법의 도움을 받아 소통으로 나아가는 결말을 보여주는데, 동화답게 간명한 서술로 일관하지 못한 점이 아쉽다. 서사 진행이 여느 생활동화(아동소설)들처럼 세세하게 서술되기에, 현실적인 문제를 공상적 마법으로 너무 쉽게 해결한다는 느낌을 준다. 마법의 선물을 받기에는 주인공의 연령도 높아 보인다.

이것들과는 다른 방식의 동화 문법을 구사하여 공상이나 환상의 효력을 입증해준 작품이 표제작 「내 꿈은 토끼」다. 어른의 기대와 아이들 소망의 어긋남이 '유머러스한 긴장'으로 이어지면서, 일등짜리와 꼴찌라는 상반된 처지의 두 아이가 스스럼없이 교감을 나누는 내용이다. 아이의 공상이라고 봐도 좋음직한, 현실적으로는 말도 안 되는 언행과 환상 장면을 아무렇지도 않은 듯 정색하고 그려냈는데, 바로 이 점이 어른과는 말이 안 통한다고 여기는 어린이 독자에게 오히려 자연스러운 공감을 이

끌어내는 요인이다. 황당한 현실을 황당하게 받아치니까 아이러니의 묘미도 살아난다. 주인공의 내적 갈등은 환상의 도입으로 시원스럽게 해소되지만, 어른과 아이 사이의 소통 부재 상황만큼은 끝까지 밀어붙임으로써 내포독자의 연령까지 확대되는 효과를 빚는다. 억눌린 심리가 그려낸 공상이면서 길들여짐을 거부하는 몸짓에 환상을 불어넣어 현실 비판과 승리의 해방감을 동시에 거머쥐었다.

4. 억압과 겨루는 힘겨운 내면의 세계

천우신조에 입각해서라도 행복한 결말로 나아가는 동화의 세계가 있는가 하면, 좀더 높은 연령의 주인공이 현실에서 겪는 내면의 고투를 판타지로 그려낸 소설의 세계도 있다. 외부세계가 주인공에게 만족스러운 상태로 바뀌는 소원 성취 판타지는 낮은 연령의 독자에게 더욱 적합한 것이고 자아와 세계가 합일하는 동화의 원리를 따르면 그만이다. 하지만 외부세계와 주인공 사이의 균열을 완전히 메울 수 없다는 사실을 받아들여야 하는 연령에 이르러서는, 자아와 외부세계가 수평을 이루도록 주인공의 내면을 변화시키는 성장서사의 몫이 더욱 커진다. 이는 기본적으로 근대 리얼리즘 소설의 원리를 따르지 않을 수 없다. 이때 주인공이 경험하는 초자연적 현상은 공상이라기보다 무의식의 반영에 가까우며, 외부세계와의 행복한 합일이라기보다 주인공의 태도를 변화시키는 하나의 계기로 작용한다. 조은이, 백승남, 방미진은 외부세계의 억압과 겨루는 힘겨운 내면의 세계를 반영하는 판타지를 선보였다. 주인공이 초자연적 현상에 직면하여 팽팽한 긴장감을 느끼게끔 서술되는 이들 작품은 앞서 살펴본 동화들과는 체질이 다르다.

조은이의 『소년왕』(문학동네 2006)은 몽유를 통해서 현실세계와 환상세계를 넘나드는 흥미로운 서사구조를 지녔다. 과거에는 별세계(別世界)에 나갔던 주인공이 현실로 복귀하는 편리한 방편으로 꿈을 차용한 판타지가 흔했으나, 허무맹랑하고 시시하다는 느낌을 주기 쉬웠다. 하지만 이 작품의 몽유는 현실과 꿈의 접점에서 의식과 무의식의 줄타기를 하면서 갈등상황을 긴장감있게 끌고 가는 효과적인 방법이다. 주인공 경표는 부모의 불화, 담임선생의 폭력과 가식 등 감당키 힘든 상황에 둘러싸여 밤마다 몽유에 시달린다. 경표의 몽유 체험은 무의식에 갇힌 기억들의 출렁임으로 보이는데, 과거 기억의 단순한 재생이 아니라 집단무의식의 원형상징들로 이루어진 신화의 모습을 띠고 있다. 이 점이 이 작품을 새롭게 읽히게 하는 요소가 될는지도 모르겠다.

하지만 상징에 지나치게 의존한 나머지 몽유라는 매력적인 설정에서 기대가 되는 서사의 역동성이 흐릿해졌다. 몽유와 더불어 생성된 환상세계는 태생적으로 경표의 현실세계와 마주 바라보는 구도인데, 원형상징들과 신화적 이미지들이 의문부호처럼 떠다니면서 좀체 서사의 가닥을 잡을 수 없게끔 한다. 경표와 거울왕의 대결은 허무하리만큼 급작스럽게 해결되며, 이를 계기로 경표를 둘러싼 현실의 여러 갈등이 도미노처럼 줄줄이 해결된다. 예컨대 경표가 거울왕의 가면을 벗겨내고 달온의 얼굴을 확인한 이후 경표의 태도는 급선회한다. 엄마와 아빠의 이혼을 받아들이고, 경서에 대한 부정적 시선이 바뀌고, 미진과 담임선생에 대한 이해의 폭이 넓어진다. 환상세계에서의 경험이 내적 성숙을 가져다주고 현실의 갈등을 해소한다는 큰 틀은 수긍이 간다. 문제는 경표가 달섬에서 한 일이 거울왕의 가면을 벗긴 것 정도에 지나지 않고, 그조차 어떤 장애에 가로막혀 있다거나 딱히 용기를 필요로 하는 서사로 구축되어 있지 않은 것이다. 그래서 혼란에 빠져 있던 경표가 단숨에 도인이 된 것처럼 보인다. 주인공의 내면적 고투는 느껴지는데, 환상세계의 모호한 상징들로 인해서 주인공을 압박하던 역동적인 현실세계조차 무색해졌다는 생각이 든다.

백승남의 『어느 날, 신이 내게 왔다』(예담 2007)에서도 비슷한 문제점이 발견된다. 중학생이 주인공으로 나오는 이 작품은 청소년소설로도 분류할 수 있겠는데, 가족과 학교의 억압에 따른 무의식의 충동을 다룬다는 점에서 『소년왕』과 비견된다. 부모의 불화와 교사의 폭력 양상도 그러하고, '신화 코드'를 차용한 것도 그러하다. 주인공은 길에서 주운 명계(冥界)의 수첩과 더불어 다른 세상에서 온 문신(門神)을 만난다. 일본 만화 『데스 노트 Death Note』(오오바 쯔구미, 오바따 타께시, 대원씨아이 2004~06)와 유사한 설정이다. 문제는 주인공의 폭력적 행동이 신들린 현상으로 설정되어 있기 때문에, 명백히 현실의 문제에서 빚어지는 행동조차 비현실이라는 실에 매어 달린 꼭두각시 행동처럼 파악된다는 것이다. 내면의 어떤 층위에서 행동이 유발되는 것도 아니고 외부에서 들어온 손님이 나를 조종하는 꼴이다. 그리하여 1부의 '싸움짱' 행동은 2부의 신경정신과 의사와의 면담을 통해 쉽고 빠르게 누그러진다. 부모의 이혼을 받아들이는 것은 당연한 수순이다. 엄마와 화해하고서 지내는 이야기 중에는 작가적 진술이 되풀이된다. "엄마도 이젠 알았거든. 세상을 살아가는 덴 좋은 일도 있지만 재미없는 일도 많다는 거…… 하지만 재미없다고 그 부분만 떼어 놓고 살아갈 순 없다는 거."(176면) 맞는 말이긴 해도 드라마틱한 서사의 구축으로 들어 올린 자각의 말이 아니라서 상식적인 훈계로 다가올 뿐이다.

현상적인 갈등관계 너머에서 폭력의 본질을 파고들려는 작가의 문제의식은 소중하다. 그러나 폭력의 본질을 파악하기란 인간의 본질을 파악하는 것만큼 만만치 않은 과제다. 작가는 현실의 문제가 너무 절박하다고 여겼는지 서둘러 치유의 방법을 제시하려 든다. "영혼에, 무의식에 호소해야" 폭력을 치유할 수 있으며, "적절한 방식은 신화의 코드"(246~47면)라는 생각에서 이와 같은 판타지를 구상했다는 사실이 작가 후기로 밝혀져 있는데, 우리 민간신화에 등장하는 이런저런 신들을 단순히 호명하는 것으로는 부족하다. 신화의 상상력이 탄탄한 소설적 서사로 엮어져야 하는 것이다.

관계의 단절이나 소통 부재의 현실에서 비롯된 내면의 갈등을 판타지와 접목시켜 더 한층 리얼한 효과를 빚고 공감을 자아낸 작품집으로 방미진의 『금이 간 거울』(창비 2006)이 주목된다. 여기에 실린 중편 「금이 간 거울」과 단편 「기다란 머리카락」은 환영(幻影)인지 아닌지 알 수 없는 불가사의한 현상 그대로 서술하는 마술적 리얼리즘의 세계다. 섬세하게 묘사된 주인공의 심리가 섬뜩하고 기이한 분위기를 타고 흐르면서 끝까지 긴장의 끈을 놓지 못하게 한다. 이들 작품에서 주인공의 불안한 내면과 불가사의한 현상은 한 뿌리다. 반복적이고 점층적인 서사전략을 통해 위기감을 고조하는 한편으로, 적절한 생략과 비약을 통해 독자의 상상력을 불러일으킨다. 우리 아동문학에서는 드물게 호러의 색채가 두드러진 판타지인데, 작품의 주제와 맞물린 것이므로 문학성 시비에서는 비켜나 있다.

「금이 간 거울」은 있는 듯 없는 듯 가려져 지내는 소심한 여자아이가 물건을 훔칠 때마다 맛보는 짜릿함에 중독되면서 위기를 겪는 과정이 어두운 심리와 함께 설득력있게 그려졌다. 주인공 수현의 불안감이랄지 죄의식은 훔친 거울에 금이 가는 징후로 나타난다. 끔찍한 징조와 예감에 매번 전율하지만 알 수 없는 힘에 이끌려 훔치는 행위는 계속된다. 하지만 누구도 수현을 의심하지 않는다. 주술에 붙들린 듯 도둑질을 되풀이하던 수현은 마침내 담임선생의 지갑을 훔친다. 혼신의 의지를 발휘한 이 행위는 도둑질로 도둑질을 끝장내려는 극한 반환점이다. 수연은 만인 앞에 도둑이라는 정체가 밝혀진 뒤에 오히려 어떤 해방감이랄지 안도감에 휩싸이는 아이러니를 보여준다. 그렇게 해서라도 자기 존재를 드러내야 하는 주인공에게 아프게 공감할 수 있는 결말이다. 너무 가혹한 해결이 아니냐고 반문할 사람도 있겠으나, 존재감이란 이토록 절실한 문제에 속하는 것이며, 안으로 움츠러들기보다 행위의 결과를 적극적으로 감당하겠다는 옹근 속내를 지니게 되었다는 표시이기도 해서, 새로운 출발점에 서려는 주인공의 결의를 보여주는 결말이라고 판단된다.

「기다란 머리카락」은 이보다 더욱 소름 끼치는 내용이지만 결말은 따뜻한 화해로 나아간다. 언제부턴가 식구들 것보다 훨씬 기다란 머리카락이 방에 하나둘 모습을 드러낸다. 그리고 점점 자라나 뱀처럼 기어 다닌다. 식구들은 서로를 의심할 뿐 내색하지 않는다. 컴퓨터에만 열중하는 동생, 텔레비전만 보는 엄마, 술에 취해 늦게 들어오는 아빠…… 또 언제부턴가 집 벽에 금이 하나 둘 보이기 시작한다. "머리카락이 우리 집을 자르고 있어!" 그건 빠져 나뒹구는 식구들의 머리카락이 서로를 향한 원망과 분노를 먹고 자라서 만든 어떤 환영이었다. 집이 지겨워지고 무너져버리기를 바라는 식구들의 마음은 나쁜 징조를 넘어 실제로 한 가족을 와해하기에 충분했을 것이다. 한바탕 소동을 겪고 식구들이 손을 잡는 순간 머리카락들은 벽에서 기어 나와 힘없이 떨어진다. 동화적 상징의 결말이지만, 비현실을 현실보다 리얼하게 그려내는 소설적 서사의 힘이 정교하게 스며든 작품이다.

5. 낯선 곳으로의 여행과 모험의 세계

판타지는 가족과 학교 서사에 '비일상의 계기'를 제공하여 이른바 '낯설게 하기'의 문학적 효과를 빚는 새로운 돌파구를 마련했다고 볼 수 있다. 하지만 아이들의 일상에 슬쩍 얼굴을 들이미는 정도의 판타지는 크게 보아서 생활동화·사실동화의 변화라고 인식해도 그만인 것으로, 판타지의 본령에 이르기에는 뭔가 미흡하다는 느낌이 든다. 게다가 현실에 대한 작가의 강박증 때문인지 가족과 학교의 억압에 따른 주인공의 내상

(內傷)을 상투적으로 드러내고 환상과 현실의 관계를 도식적으로 짜 맞춘 것 같은 작품이 적지 않다. 환상세계는 넓은 의미에서 현실의 은유인 것이지, 대칭관계의 거울인 것처럼 해석이 유도돼야만 하는 것은 아니다. 환상세계의 질서가 스스로 기원을 이룬 듯 빈틈없는 인과율로 짜여 있는 작품이 판타지다운 맛을 낸다. 판타지의 본령이라면 일상에서는 벗어난 낯선 세계의 경험을 그린 여행과 모험 서사가 역시 제격이다. 반갑게도 최근 들어서는 이런 종류의 판타지가 부쩍 많이 나오고 있다.

　김혜진은 『아로와 완전한 세계』(바람의아이들 2004), 『지팡이 경주』(바람의아이들 2007)를 차례로 내놓으면서 '완전한 세계의 이야기' 3부작을 써나가고 있다. 『아로와 완전한 세계』는 아로가 도서관에서 『완전한 세계의 이야기』라는 책을 집는 순간 '읽는이'가 되어 책 속의 세계로 들어가 열두 나라를 여행하면서 모험을 겪는 내용이다. 모험의 과정에서 삶의 소중한 가치들을 발견하게 하는 사건이 주어진다. 그런데 왜 현실세계의 아로가 책 속의 환상세계를 경험하는 짜임인가? 하이 판타지가 아닌 이상 이 문제는 그냥 간과할 수 없다. 이 작품은 처음과 끝이 현실세계로 되어 있어 두 세계가 공존하는 짜임이지만 서로 관여하지는 않는다. 현실세계는 '완전한 세계'의 해결사가 되는 주인공이 현실의 인물이라는 점을 드러내기 위해 마련된 최소한의 액자일 뿐이다. 그런데 이 액자가 테마와 관련해서는 중요한 몫을 한다. 아로가 환상세계를 경험해야 하는 이유를 아로의 일상에서 찾는 것은 번지수가 맞지 않는다. 누가 왜 환상세계를 경험하느냐의 문제는 중요하지 않다. 이 작품에서 환상세계('완전한 세계')는 현실세계('불완전한 세계')에 사는 누구에게나 열려 있는 시공간이다. 작가의 의도는 두 세계의 관계를 해명하는 가운데 현실세계의 의미를 새롭게 부각하려는 데 있는 것 같다. 그렇다면 중요한 것은 그에 적합한 서사를 제대로 엮어냈느냐 하는 점이다. 책 속의 세계는 그 자체로 완결구조를 지녔기에 닫힌 세계이면서 '완전한 세계'이고, 현실세계는 진행 중이므로 가능성이 열려 있는 '불완전한 세계'라는 것, 그리고 책 속의 세계는 현실세계의 '읽는이'가 책을 읽음으로써 의미가 생성되고 존재의 당위성이 부여된다는 이 작품의 관계 규정은 설득력이 있다. 오랫동안 '읽는이'가 없어서 '완전한 세계'는 위기를 맞이한 상태인데 우연히 그 책을 잡은 아로가 그 위기를 해결해야 하는 과제를 안게 되었다는 설정도 그럴듯하다. 요컨대 책이 이야기를 들려주고 아로가 이야기를 들어주는 쌍방의 행위가 두 세계를 이어주면서 서로의 존재를 완성해준다는 것이다. 작품을 끝까지 다 읽었을 때 이와 같은 줄거리와 짜임은 아귀도 잘 맞고 참신하게 다가온다. 그런데 아로는 '완전·불완전한 세계'의 문제가 왜 발생하는지에 대해서는 의문인 채로 열두 나라의 여행에 휩쓸려 들어간다. 결말에 이르기까지 여행의 근본적인 목적이 부재하고 단지 책 밖의 세계로 나가기 위해 숙제를 부여받은 꼴이기에, 줄곧 왜 아로가 환상세계를 경험하는 것이냐는 의문이 고개를 들 수밖에 없다는 얘기다. 마지막에 가서야 이런 의문점이 해소되면서 우리가 사는 현실의 의미를 새롭게 돌아볼 기회가 주어진다. 하지만 그 놀라운 철학적 성찰에도 불구하고 이 작품의 긴 분량을 읽어나가는 데에는 대단한 인내심이 필요하다. 만일에 열두 나라의 여행담이 '책이 들려주고자 하는 것과 아로가 읽으려는 것 사이의 긴장'을 반영하는 내용이었다면 어땠을까? 그러나 열두 나라의 모험은 앞뒤로 필연적인 단서가 되지 못하고 주인공이 하나씩 해결하면서 스쳐 지나는 병렬식 에피쏘드라서 몹시 지루하게 느껴진다.

이런 문제점은 『지팡이 경주』에서도 말끔히 해결되지 않는다. 자아를 반영하는 살아 있는 지팡이와 함께 경주를 벌이는 설정은 흥미롭지만 서사가 일직선상으로 진행되는 문제에서 비롯된 지루함은 마찬가지다. 지팡이는 경주 과정에서 위기를 어떻게 극복하느냐에 따라 주인을 닮은 인격을 부여받는다고 했는데, 주인의 또다른 자아라기보다는 일종의 도우미처럼 움직인다. 책 속의 세계를 전제로 하는 이전 작품과 달리 체육관

문을 통해 들어간 세상이 온갖 문제가 들끓고 있음에도 어째서 '완전한 세상'으로 불리는지도 해명되지 않는다. 이전 작품을 감안해서 '완전한 세상'을 책 속의 세계로 간주한다면 어떻게 체육관 문을 통해서 들어갈 수 있는지가 해명되어야 한다. 두 작품 모두 여행의 근본적인 동력 자체가 의문에 걸려 있기 때문에, 궁금증보다는 갑갑증을 느낄 독자가 더 많을 것이라고 여겨진다.

현실의 액자가 없는 오진원의 『플로라의 비밀』(문학과지성사 2007)은 '플로라' 행성의 위기를 해결하기 위해 기나긴 여행에 나선 세 아이들의 모험담이다. 주인공 마로는 독자가 동일시하기에 알맞은 소극적 성격을 지녔고, 지혜로운 소녀 로링은 신비로움이 깃들어 있으며, 코코는 건망증이 심하다. 선택된 운명을 타고나 임무를 부여받고 고비를 넘기며 성장해가는 세 아이들의 이야기가, 적절하게 변주되는 여섯 번의 시험 과정과 더불어 흥미롭게 펼쳐진다. '비극적인 조화의 결말'로 막을 내리면서 반전과 아이러니 효과를 빚어내는 점도 인상적이다. 주인공의 완전한 소멸이 그곳 세계의 부활을 가져오는데, 이때 세 아이의 몫(운명)은 필연적이라 할 만큼 잘 들어맞는다.

이 신인작가의 솜씨가 범상치 않다는 사실은 작품의 발단 부분에서 곧바로 확인된다. 첫 장에 작품의 밑그림이 되는 이야기가 서술되어 있는데, 두 번째 장에서 그것이 푸르니에 할머니가 아이들에게 들려주는 수업장면임이 드러난다. 그러고는 개성적인 주요 인물에 대한 소개가 단숨에 이루어진다. 다음 장에서는 푸르니에 할머니에 대한 이야기가 서술되는데, 그다음 장에서 그것은 엘르윈이 들려주는 이야기임이 밝혀진다. 여기에서 푸르니에 할머니와 마로의 관계가 소개되고, 앞으로 일어날 일에 대한 암시가 이루어진다. 푸르니에 할머니의 성격은 독보적이다. 이 괴팍하고 고집스러운 할머니는 이야기를 입체적이고 역동적이게 만든다. 아쉬운 것은 할머니가 일찍 퇴장해버린 뒤로 그에 버금가는 깊이있는 인물이 더는 찾아지지 않는다는 점이다. 세 아이의 여정은 거의 예정 조화에 가까운 모험 극복의 연속이라서 다소 평이해진다. 음모나 배신처럼 역동성을 부여하는 적대자가 없고, 에피쏘드가 여럿 나열되고 있음에도 어떤 결절점(結節點) 구실을 하는 고리 같은 게 없다는 점은 생각해볼 문제다. 줄줄이 나오는 고개를 차례대로 넘어가는 짜임이라면 각각의 모험은 갈수록 매력이 줄어들 수밖에 없다.

판타지의 모티프를 전통적인 소재에서 가져온 작품들도 보인다. 최진영외 『샘물 세 모금』(창비 2006)은 주인공 준우가 임종을 앞둔 왕할머니를 보러 시골집에 갔다가 '저쪽 세상'을 경험하는 내용이다. 그곳은 산신령, 도깨비, 구미호, 이무기, 말하는 동물 들이 사는 세계다. 병을 낫게 하는 열매, 불로초 같은 신기한 풀과 나무도 있다. 바로 우리에게 익숙한 옛이야기의 무대다. 그곳에서 준우는 왕할머니를 오래 살게 하려고 '젊어지는 샘물'을 찾아 여행을 떠난다. 준우와 동행하거나 대결을 벌이는 옛이야기 속 캐릭터들은 저마다 사연을 지니고 있다. 그래서 준우의 여행 과정이 인간의 여러 문제를 드러내 보여준다. 하지만 캐릭터 전시장처럼 온갖 민담적 요소들이 번다하게 뒤섞여 있어 효과가 반감될뿐더러 본디 색채도 잃어버린다. 개성이 새로 부여된 옛이야기 캐릭터들, 특히 어린애 같은 성격이 부여된 옛이야기 캐릭터들에게서 원래의 매력을 기대하기는 힘든 노릇이다. 의욕은 좋았지만 전통적인 소재를 무원칙하게 끌어안는 바람에 서술도 장황해진 게 아닌가 싶다.

이에 비할 때 역시 민담적 요소에 기댄 작품인 문선이의 『마두의 말씨앗』(사계절 2007)은 서사의 줄기가 한결 분명해서 효과를 빛고 있다. 잘 놀아주지 않는 아빠를 바꾸고 싶다는 말이 씨앗이 되어 '저쪽 세상'으로 넘어가 시험에 든 주인공 마두는 여행 과정에서 문제를 해결하고 행복하게 현실로 복귀한다. 마두뿐 아니라 아빠에게서도 발전적인 변화가 엿보인다. 이 작품의 여행담은 일종의 마법의 선물처럼 주어진 짜임이기에 동화의 질서에 충실한 서사를 구사해서 일정한 성취를 이루어냈다. 그런데 교훈적 의도가 너무 도드라진 점이 걸린다. 자칫 내면의 위기를 겪는 성장기 아이들의 심리에 부합한 해결이 아니라, 문제적 현실과 화해를 부추기는 결말로 나아갈 위험성을 경계해야 할 것이다.

이준호의 『할아버지의 뒤주』(사계절 2007)는 시간 이동과 관련한 판타지면서 민족분단의 아픔을 어루만지는 내용이다. 시골집에서 옮겨 온 할아버지의 뒤주는 과거 시간으로 이동할 수 있는 숨겨진 통로다. 할아버지는 6·25전쟁 당시 큰형님과 헤어졌는데, 그것이 자신의 실수로 말미암은 것이라서 평생 큰형님에 대한 죄책감과 그리움을 안고 살아왔다. 민제는 몸이 편찮은 할아버지를 대신해서 과거의 잘못을 바로잡고자 밤마다 뒤주 속 시간 여행을 떠난다. 뒤주 속에서 민제는 꼬리에 꼬리를 무는 의문의 사건과 마주친다. 민제가 찾아 나선 과거 공간이 민제에게는 낯선 세계일지라도 할아버지는 실제로 겪었던 세계다. 이렇게 본다면 이 작품은 일종의 역사판타지라 할 수 있다. 민제가 뒤주의 마법적 원리를 살펴서 특정 시공간을 찾아가는 과정은 재미를 주는 데 그치지 않고 역사를 대하는 태도에까지 영향을 미친다. 곧 과거 역사를 나중 사람이 제멋대로 바꿀 때 발생할 수 있는 위험성이 제기되면서, 자연의 법칙에서 자유로울 수 없는 역사적 사실의 엄중함이 강조되는 것이다. 서사의 근간을 이루는 판타지의 원리와 전하려는 메시지가 맞물린 결과라 할 수 있다. 그러나 이 작품의 판타지는 역사 문제를 효과적으로 드러내는 기법 차원에 속하는 것이어서, 일면 소박한 역사관을 시간철학으로까지 끌어올려 지평을 더 넓혔더라면 하는 아쉬움을 남긴다. 또한 앞서 살펴본 문선이의 작품도 그러한데, 표 나게 어그러진 데는 없을지언정 캐릭터의 인상적인 힘이 약해서 어느 정도 소품이라는 느낌을 주는 것도 한계라면 한계일 것이다.

6. 용의 승천을 기다리며

이 글은 최근 판타지 창작의 양상과 수준을 한자리에서 검토하고자 나름의 기준을 가지고 분류하다 보니 한 작품 안에서도 어떤 면을 더 주목하고 다른 면을 덜 주목하는 문제점에서 자유롭지 못하다. 다른 자리에 서라면 자세하게 살펴보고 싶은 독특한 면을 지녔음에도 이 글의 분류에 맞지 않거나 다른 면에서의 문제점이 결정적이라 그냥 지나친 작품도 여럿이다. 판타지 창작이 빠르게 증가하는 추세라지만 충분히 만족스러운 것은 드물고 작품마다 서로 다르게 장단점을 드러내고 있어 전체적으로는 답보인지 발전인지를 판단하기가 어렵다. 현실과 환상의 접점이 자연스럽고 독창성을 뽐내는 것들이 많이 나와서 과거보다 훨씬 다채로워졌다는 평가는 가능하다. 문제는 한 작품 전체를 관통하는 서사에서 주로 발생한다. 이와 관련해서는 동화와 소설의 서사 원리에 대한 기본 인식을 좀더 분명히해야 할 필요가 있다고 생각한다.

어린이책 편집자들의 호소에서, 그리고 실제로 나온 작품들에서 뚜렷이 확인되는바, 동화다운 동화가 우리에게는 아직도 크게 부족하다. 사실상 동화의 본령이라 할 수 있는 '유년동화' 혹은 '저학년동화'는 폭넓은 수요에 비해 성과를 보이는 작품들이 좀체 나와주질 않는다. 각종 공모에 당선되는 작품들도 열에 아홉은 고학년물이다. 의인동화를 제외하고는 단편 판타지로 분류할 수 있는 동화 창작의 전통이 미약하기 때문에 모범으로 제시할 만한 우리 고전도 드물다. 외국 작품으로는 『마법의 설탕 두 조각』『학교에 간 사자』『엄지소년 닐스』(아스트리드 린드그렌)를 떠올릴 수 있다. 일상생활의 공상이 담긴 소원 성취 판타지면서 동화의 문법에 충실한 이러한 작품은 우리에게도 절실하다. 독자의 연령을 좀더 높인다면 오까다 준(岡田淳)의 『신기한 시간표』(보림 2004)가 생활 판타지의 좋은 모델이다. 마법의 선물에서는 벗어나 있지만, 주인공의 내밀한 심리에서 길어 올린 공상적인 요소가 빛나는 동화집이다. 임태희 단편 「내 꿈은 토끼」가 여기에 가장 근접해 있다고 여겨진다. 혹시 판타지에 대한 과도한 의욕이 동화의 특성을 살리는 데 장애로 작용하고 있는 것은 아닌지 되돌아볼 필요가 있다. 내포독자를 분명하게 잡고, 눈에 선한 행동언어를 경제적으로 구사하면서, 시적이고 상징적인 마무리와 효과를 빚는 동화 창작이 아쉽다.

한편, 현실세계와 환상세계가 구분되어 있는 장편 판타지는, 예외가 없지 않겠지만 대개는 주인공이 그 둘을 구분할 수 있을 정도의 연령이고 소설의 원리를 따르게 마련이다. 소설의 요체인 서사가 부실하거나 묘사가 구체적이지 못하면 주인공의 활동공간으로 그려지는 환상세계가 객관현실로 눈앞에 존재한다는 믿음을 줄 수 없다. 그리고 판타지는 현실과는 다른 질서를 지닌 세계와 마주치면서 이야기가 전개되는지라 미스터리의 긴장을 팽팽하게 끌고 가는 서사의 역동성이 요구된다. 판타지를 모호한 상징보다는 분명한 논리가 바탕을 이루는 근대적 장르로 우선 이해해야 하는 것이다. 물론 이런 요소들은 필요조건이지 충분조건은 못된다. 하지만 선후관계도 제대로 인식하지 못한다면 올바른 처방이 나올 리 만무하다. 이 글에서 살펴보았듯이 소설의 육체를 지닌 장대한 환상세계를 그리는 데에서 우리 작가들은 여전히 미흡한 구석을 드러내고 있다. 이전보다 나아진 여건과 높은 관심 등, 마당에 멍석이 깔린 지도 오래되었으니 이젠 작은 성과에 연연하기보다 부족한 점을 헤아리는 일이 더욱 긴요하리라 여겨진다. 충분히 묵혀야 할 것을 서둘러 책으로 펴내서 안타깝다는 느낌이 드는 작품들이 적지 않다. 이무기로 마감할 게 무언가. 작가에겐 필생의 작품이 되고 우리 아동문학의 역사에서는 고전이 되는 '용의 승천'을 기약해두고 싶다.

_『창비어린이』 2007년 겨울호

공상도 현실의 거울이다

1. 논의의 초점

『어린이와 문학』 제2회 금요 월례토론회에서 발표한 이재복의 「일하는 아이들이 지금 이곳의 작가들에게 남긴 상상력의 빛과 그늘」(『어린이와 문학』 2006년 4월호. 이하 '발표문'이라 칭함)에는 필자의 평론 「'일하는 아이들'과 '유희정신'을 넘어서」(『창비어린이』 2003년 여름호)에 대해 의문을 제기하고 비판하는 대목이 몇 군데 있다. '일하는 아이들'과 관련한 그간의 논의는 '오늘의 아동문학'을 둘러싼 문제의식이었다. 그런데 논의의 초점이 어긋나면서 상호 문제의식이 겉돌고 있기에 그것부터 짚어보지 않을 수 없다. 발표문은 다음과 같이 시작한다.

일하는 아이들 이후 우리 아동문학이 나갈 방향을 놓고 그동안 많은 이야기가 있었다. 그 과정을 지켜보면서 아쉬운 점 한 가지가 있었다. 왜 작품을 놓고 진지한 토론이 벌어지지 않나 하는 점이었다. 모든 쟁점에는 그 씨앗이 되는 작품이 있다. 일하는 아이들이 남긴 작품을 지금 아동문학을 하는 사람들이 되살펴 보려는 시도는 당연히 있어야 한다. 그러려면 먼저 작품에 대한 진지한 감상의 글이 쓰여져야 할 것이다. (115면)

당연히 모든 쟁점에는 그 씨앗이 되는 작품이 있다. 김이구의 글에서 그것은 채인선의 동화였고, 이오덕의 글에서는 채인선·임정자의 동화였으며, 필자의 글에서는 채인선·임정자·김기정·위기철 등의 동화였다. 채인선 동화가 공통으로 걸려 있으면서 이후에 나온 비슷한 경향의 작품들과 더불어 논의가 이어졌다. 그런데 왜 이재복은 그간 작품을 놓고 진지한 토론이 벌어지지 않았다고 문제제기를 하고 있을까?

논의의 초점을 잘못 이해했기 때문이다. 이재복은 쟁점의 씨앗이 되는 작품을 "일하는 아이들이 남긴 작품"으로 보고 이것들을 살펴봐야 한다고 주장한다. 그러나 그 일은 다른 차원에서 보완해야 할 성질이지 그간의 논의를 비판하는 고리로서는 적절하지 않다. 오늘의 아동문학이 나아갈 방향을 논하면서 꼭 70년대 이전의 "일하는 아이들이 남긴 작품"을 놓고 토론을 벌여야만 할 이유는 없다. 거기에서 견해차가 나올지도 의문이다.

발표문은 위와 같은 문제제기에 이어서 "일하는 아이들이 남긴 작품"을 살피는 데 가장 많은 지면을 할애했다. 그러나 고리가 잘못 걸린 이상, 아무리 열심히 일하는 아이들이 남긴 작품을 살피더라도 논의는 진전되지 않고 계속 겉돈다. 일하는 아이들이 남긴 작품을 분석한 부분은 누구나 별 이견 없이 공감할 내용이다. 발표문이 논의의 대상으로 삼은 『일하는 아이들』에 실린 어린이 시들에 관해서는 필자 역시 평론 「동시를 살리는 길」(『어린이문학』 2002년 9월호)과 서평 「농촌 어린이 시집 '일하는 아이들'」(『인천교사신문』 2002년 9월호)을 통해서 자연으로 열린 건강한 감수성의 회복이 오늘날 중요하다고 강조한 바 있다. 이런 공유점이 있다고 해서 오늘의 아동문학에 대한 견해차가 좁혀지는 것은 아니다. '다른 차원'의 문제를 들어 '비판의 근거'로 삼으니까 논의가 겉돌고 있는 것이다. 초점이 가장 어긋난 부분은 다음 대목이다.

원종찬 선생이 쓴 「'일하는 아이들'과 '유희정신'을 넘어서」란 글을 읽으면서 한 가지 토론 문제를 제기해본다. 우선 이 글에서 제목이 마음에 걸렸다. '유희정신'을 넘어서 할 때는 그 말이 이해가 된다. 유희정신 하면 그건 하나의 관념이니 그런가 보다 할 수가 있는데, 일하는 아이들을 넘어서라고 할 때는 무언가 덜컥 걸리는 점이 있다.
원종찬 선생은 왜 '일하는 아이들'을 넘어서야 할 대상으로 보았을까. 어떤 단절의 대상으로 보았을까. 예를 들어서 어떤 문제아가 있다고 하자. 그러면 문제아를 넘어서라는 말 자체는 상당한 모순을 담고 있는 것이다. 문제아는 넘어서야 할 대상이 아니라, 우리가 문제아들 속으로 들어가 그들이 겪는 고통을 보고 듣고 그들의 마음에 맺힌 것을 풀고 드러내고 해야 하지 않을까. 세상에 존재하는 모든 목숨은 넘어서야 할 대상이 아니라, 존재 그 자체가 갖고 있는 영혼의 본질과 이야기를 나누어야 할 상대가 아닐까. (125~26면)

문제아를 예로 들고 있는 것에서도 알 수 있듯이, 발표문은 아기 업고 감자 심고 꼴을 베는 아이들과 '일하는 아이들'로 표상되는 한 시대의 아동 개념을 구별하지 않는다. 필자의 글 제목에서 번거로움을 무릅쓰고 따옴표를 쳐둔 사실을 이재복은 간과한다. 본문에서도 '일하는 아이들'과 '유희정신'은 "특정한 계기에 특정한 문맥으로 쓰였던 역사적 개념"인 것을 전제로 따옴표를 쳐두어야 한다고 설명해두었다. 사전적 의미와 달리 제한된 맥락에서 쓰이는 어휘는 따옴표로 묶거나 그 앞에 '이른바' (소위)를 붙여 쓰거나 한다. 「착한 어린이를 넘어서」라고 할 때와 「'착한

어린이'를 넘어서」라고 할 때, 「헌신의 어머니를 넘어서」라고 할 때와
「이른바 헌신의 어머니를 넘어서」라고 할 때의 문맥 의미는 다르다. 따
옴표로 묶거나 '이른바'를 붙였을 때에는 특정한 개념 — 여기에서는 하
나의 고정된 이미지를 가리키게 된다.

　그러므로 필자의 글에서 넘어서고자 하는 대상은 생명체로서의 일하
는 아이들이 아니라 '일하는 아이들'로 표상되는 '한 시대의 어린이 이미
지'였다. 달리 말한다면 그저 과거의 어린이를 넘어서자는 것이 아니라
현재의 어린이에게 눈을 돌리지 않는 '낙후된 어른의 인식 틀'을 넘어서
자는 제안이었다. 이재복이 필자 글의 문제의식과 그 표현들의 문맥 의
미에 좀더 주의를 기울였다면 좋았을 텐데 아쉽게도 텍스트가 오독되었
다. 그 결과, 누구는 구체적인 작품을 건너뛰면서 추상적인 논리에 매달
리거나 일하는 아이들에 대한 존중심도 없는 사람처럼 되어버렸다.

2. 채인선 동화가 나오기까지

　다음은 채인선 동화를 둘러싼 이견이다. 이 부분은 90년대 우리 아동
문학의 과제, 그리고 동화와 판타지를 바라보는 시각차이라고 해도 틀리
지 않는다. 필자가 90년대 채인선 동화를 주목한 것은 우리 아동문학의
취약지대를 메워줄 새로운 작품경향의 출현에 대한 긍정이었다.

　채인선 동화의 새로움은 어린이의 일상생활을 사실적으로 옮겨내지
않고 어린이의 내면에 비친 공상이야기로 펼쳐낸 점이다. 이런 공상이야
기는 주인공의 삶이 도시적 생활방식에 기반하고 있는 점, 그 연령대가
소년소설의 주인공보다 낮은 점 등과 관련이 깊다. 과거 우리 아동문학
은 주로 농촌과 도시변두리의 생활방식에 기반을 두고 있었고, 그 연령
대는 소년소설의 독자에 맞춰져 있었다. 독자연령대가 낮아지면 현실을

사실적으로 그려내는 소년소설(또는 생활동화·사실동화)보다는 공상적인 이야기가 더 요구되는데, 그동안 우리 아동문학은 이를 전래동화와 의인동화 형식으로 해결해왔다. 예컨대 「양초귀신」(방정환) 「바위나리와 아기별」(마해송) 「가자미와 복장이」(이주홍) 「토끼 대통령」(이원수) 「강아지똥」(권정생), 그리고 최근의 「똥벼락」(김회경) 등등. 이것들은 대개 전근대적 농촌이나 자연(동물나라) 같은 추상적 현실을 배경으로 한다.

90년대 이후 대다수 아이들의 삶은 아파트로 대표되는 도시적 생활방식에 기반을 두게 되었다. 그리고 아동문학의 독자연령대는 좀더 아래로 확대되었다. 연령대가 낮아질수록 경험하는 세계는 집안과 교실 등으로 좁혀진다. 이를 다만 사실적으로 담아낸다면 단조로움을 피하기가 쉽지 않다. 이와 관련해 나타난 양식이 판타지, 그 중에서도 현대사회를 배경으로 하는 공상이야기이다. 필리파 피어스의 『학교에 간 사자』, 아스트리드 린드그렌의 『엄지소년 닐스』, 미하엘 엔데의 『마법의 설탕 두 조각』 등에 실린 단편동화들은 그 적절한 예일 것이다.

이들 작품에서 주인공이 경험하는 초자연적인 현상은 옛이야기처럼 일차원성에 바탕을 두고 있다. 곧 현실계와 비현실계의 구분이 없다. 이는 옛이야기를 모태로 하는 동화 장르의 속성으로 보면 될 것이기에, 굳이 소설적 리얼리티를 요구하는 판타지와 동일한 차원으로 볼 것은 아니다. 더 높은 연령대에서 이해할 수 있는 소설적 리얼리티에 기반을 둔 판타지로는 같은 작가들의 『한밤중 톰의 정원에서』 『사자왕 형제의 모험』 『끝없는 이야기』 등의 장편을 떠올리면 그 차이를 쉽게 느낄 수 있을 것이다. 판타지의 양상은 매우 다양하지만, 낮은 연령대의 물활론(物活論)적 사고체계와 관련되는 '동화의 원리'와 높은 연령대의 현실적인 사고체계와 관련되는 '판타지의 원리'를 발생론적인 면에서 구분해보는 것이 유효할 때가 적지 않다.

오래 전에 이오덕은 '유아→유년→소년기'로 가면서 공상동화에서 생활동화(사실동화 또는 소년소설)의 독자가 된다고 지적하고 생활동화의 발전가능성에 무게중심을 둔 바 있는데, 이는 '일하는 아이들'로 상징되는 그 시대상황의 반영이다. 엄밀히 말해서 기법이 아니라 소재를 지칭하는 '생활동화'가 군이 '사실동화'여야 할 필연성은 없다. 그렇지만 아이들의 '생활'을 다룬 것으로서 우리에게 '공상'이야기가 적은 것은 오늘날과 같은 도시적 삶과는 다른 방식의 삶을 살아왔기 때문이다. 이는 우리 사회의 근대성 곧 시민사회의 발달 정도와도 관련되는 문제이다. 대다수 아이들은 농촌과 도시 서민층으로 살았고 시민사회의 질서 바깥에 존재했다. 이때는 아이들의 삶이 오늘날처럼 평균적이고 획일적이지 않았다. 경험 자체가 서사의 주요 내용일 수 있었던 것이다.

시민사회가 자리 잡기 이전의 시대상황을 염두에 둘 때, 이오덕의 반대편에서 공상동화에 무게중심을 두었던 주장은 아동현실(농촌과 도시 서민층의 삶)을 외면한 동심주의 발상에 가까웠다. 이오덕은 이를 '유희정신'으로 지칭하면서 그 반(反)리얼리즘적인 태도와 맞섰던 것이라고 볼 수 있다. 오늘날의 동화에서는 자연스럽게 받아들이는 '아빠'라는 호칭을 당시에 호되게 비판했던 것도 시대상황에 따른 생활방식의 차이에서 기인한다. '일하는 아이들'의 시대에는 도시 핵가족의 생활방식에 기원을 둔 '아빠'라는 애칭이 보편적인 화법일 수가 없었다.

그러나 90년대를 경과하면서 도시 핵가족의 생활방식이 일반화되었고 아동문학의 독자연령대도 꾸준히 아래로 확대되어갔다. 이오덕의 구분법상 '공상동화'가 이전보다 훨씬 많이 요구되는 상황인 것이다. 과거의 우리 아동문학론에서는 찾아볼 수 없는 그림책 논의가 최근 활기를 띠게 된 까닭도 마찬가지 상황으로 이해할 수 있다. 독자연령대가 그림책까지 내려간 만큼, 공상동화의 원리에 대해 고민해야 하는 시기는 훨씬 전에 당도했다는 얘기가 된다.

이재복은 '공상'이라는 용어 자체를 매우 부정적으로 보고 있다. 하지만 아동문학에서 공상이라는 말을 배제하게 되면 많은 것을 잃을 수 있다. 어린이에겐 공상이 차지하는 몫이 매우 크기 때문이다. 공상이라는 말은 환상과 마찬가지로 문맥에 따라 긍정적으로도 쓰이고 부정적으로도 쓰인다. '공상의 즐거움'은 어린이와 동화의 특권이라고 할 만하다. 연령이 높아지면서 마땅히 책임져야 할 현실을 외면하는 부정적인 현상에 대해서는 '망상(妄想)'이라고 하면 된다.

이재복이 '공상'을 부정하는 이유는 대략 두 가지인데, 하나는 일본 공상동화에 대한 비판적 관점이고, 또 다른 하나는 이와도 연관되는 것으로 판타지(fantasy)를 설명할 때에 공상(fancy)과 차별을 두는 이론에 기대고 있기 때문이다. 이재복은 공상동화라는 명칭의 뿌리를 아동잡지 『빨간새(赤い鳥)』에 기원을 둔 일본 근대동화에서 찾는다. 명칭의 뿌리는 그러할지라도 『빨간새』의 동화는 '상징동화'라고 하는 편이 더욱 적절하다. 일본 아동문학 연구자들도 관념적인 동심에 기댄 『빨간새』의 동화를 공상동화보다는 상징동화라는 말로 비판하는 경우가 더 많다.

어쨌든 소년소설·생활동화·사실동화의 맞은편에서, 전래동화·의인동화의 형식과도 구별되는 공상동화에 대한 요구가 높아지는 상황 속에서 채인선은 우리 앞에 등장하였다. 동화는 과장이나 비현실(난센스)을 자유자재로 활용하면서 서사를 이끌어가는 양식이다. 필자가 채인선 동화를 주목한 것은 바로 그러한 '동화적 상상력'이 도드라져 보였기 때문이다.

3. 공상이야기의 리얼리티 문제

발표문이 논의 대상으로 삼은 작품은 『전봇대 아저씨』(창작과비평사 1997)에 실린 작품 가운데 「우리 모두 다른 사람이 되었어요」이다. 이재복은 이전에 「학교에 간 할머니」를 다룬 적도 있다. 옛이야기의 논리에 기대어 「학교에 간 할머니」를 비판했는데, 할머니 같은 사회적 약자를 조롱하는 내용은 옛이야기의 정신에 위배되는 것이라는 요지였다. 이에 대해 필자는, 작품의 분위기가 할머니에 대한 풍자보다는 유머(해학)에 가까워서 사회적 약자를 조롱하는 것과는 거리가 있다고 보는 편이다. 「학교에 간 할머니」에서 풍자의 대상을 찾는다면 아이와 할머니를 차례로 앓아눕게 만드는 제도교육의 현실이라고 해야 맞을 것이다.

이번 발표문에서 「우리 모두 다른 사람이 되었어요」를 비판하면서는 일본의 심리학자 카와이 하야오(河合準雄)의 글에 기대어 공상과 판타지를 구별했다. "머릿속의 공상은 내가 그만두고 싶을 때 언제든지 멈출 수 있지만, 판타지는 한번 움직이기 시작하면 멈출 수 없는 힘을 지니고 있다(카와이 하야오 『판타지를 읽다』, 講談社 1996)."(129면) 그런데 채인선 동화에서 "아이는 공상의 바다에서 자기가 그만두고 싶을 때 언제든지 편하게 공상을 멈추고 일상으로 돌아오고 있다. 아이는 일상 현실과 바닷속 공상의 세계를 편의에 따라 오고간다."(130면) 따라서 채인선 동화의 공상은 "멈출 수 없는 그런 이야기의 힘을 가진 판타지 공간이 아닌 것이다. 결국은 작가가 언제든지 마음대로 시공간을 조종할 수 있는 작위적인 공간인 것이다. (…) 주인공들은 인형의 자리에 서 있다. (…) 판타지의 자율적인 힘이 너무나 적다. 아무리 보아도 이건 꾸며낸 이야기일 뿐이다."(130~31면)

카와이 하야오의 글 전문을 보지는 못했지만 인용한 부분만으로 판단하자면, '공상'은 뒤죽박죽인 상태 곧 주관적인 머릿속 작용을 가리키고, '판타지'는 객관적인 질서가 부여되어 일관된 법칙성을 지니게 된 이야기를 가리키는 것으로 보인다. 그야 어쨌든 특정한 문맥으로 사용한 어휘에 기대서 '그만두고 싶을 때 언제든지 멈추고 일상으로 돌아오는 공상'은 '멈출 수 없는 이야기의 힘을 가진 판타지'보다 열등하며 '꾸며낸 이야기'일 뿐이라고 격하시키는 것은 이해가 되지 않는다. '공상'이라는 말에 부정적인 꼬리표를 붙이려는 지나친 의도의 소산이 아닐까 싶다.

카와이 하야오의 말과 관계없이 이재복의 지적에서 합리적 핵심을 요약하기란 그리 어렵지 않다. 말하자면 채인선 동화는 공상이야기의 내적 논리 곧 리얼리티가 부족하다는 것이다. 공상이야기의 리얼리티를 판별하는 뚜렷한 기준은 아직 마련되어 있지 않다. 때문에 필자는 일정하게 겹치는 부분이 있을지라도 낮은 연령대를 대상으로 하는 '동화의 원리'와 높은 연령대를 대상으로 하는 '판타지의 원리'를 뒤섞지 말고 구별해야 한다고 보는 것이다.

낮은 연령대의 동화 원리에 바탕을 둔 채인선의 작품은 아이의 공상에서 초자연의 경험이 비롯되는 구조를 지니고 있다. 이 공상은 외부상황이 압력을 가하는 데 대한 반작용이다. 즉 아이의 내적 결핍은 소망을 가지게 하는데, 현실에서 충족될 수 없는 그 소망은 공상의 형태로 현실에 구멍을 만들어낸다. 이때 공상의 주재자는 아이라 할 수 있기에 초자연적인 경험에 놀랄 일도 없거니와, 필요하다면 언제든지 현실로 되돌아올 수 있는 성격을 띤다. 작품 안에서 현실과 비현실의 구분이 없는 것이다. 이런 점은 작품 안에서 현실과 비현실의 시공간이 구분되어 있고 그것을 인지할 수 있는 높은 연령을 대상으로 삼기에 소설적 리얼리티가 요구되는 판타지와는 차이를 보인다.

그렇다고 공상이야기에는 리얼리티가 문제되지 않는가? 물론 그렇지는 않다. 마땅히 하나의 작품으로서 내적 질서를 가져야 한다. 다만 소설적 리얼리티를 요구하는 판타지와는 다른 기준으로 작품의 유기적 통일성을 따져보는 일이 적실한 비평일 것이다. 채인선 동화는 대부분 '도시적 생활방식→외부상황의 압력→내적 결핍→소망과 공상으로서의 초자연적 경험→현실로 복귀'라는 이야기구조를 가지고 있다. 이와 같은 이야기구조는 어린이주인공이 처한 현실과 내면심리에 바탕을 둔 것이라서 나름대로 개연성이 있다. 그런데 내면심리는 의식과 무의식이 뒤섞인 상태에서 수시로 넘나드는 성질을 지니고 있기에 공상이야기는 난센스의 형태로 곧잘 표출된다. 따라서 "일상 현실과 바닷속 공상의 세계를 편의에 따라 오고간다"면서 "작위적인 공간"이라 비판받은 장면들은, 카와이 하야오가 '공상'과 구별해서 제시한 '판타지'보다 열등한 것이 아니라, 공상이야기 혹은 동화 고유의 속성이라 보는 편이 옳다고 생각하는 것이다.

채인선 이후로 이와 비슷한 이야기구조를 지닌 동화들이 제법 나오고 있다. 이 가운데 이야기의 흐름이 자연스럽게 느껴지는 내적 리얼리티를 확보한 것은 위기철, 김옥, 임정자, 김리리, 공지희, 전경남 등의 공상이야기들이다. 이것들은 저 '일하는 아이들' 시대의 공상동화와는 아동현실의 기반을 달리하는 것이며 작품의 질도 웬만한 생활동화보다 앞서는 것들이라고 생각한다. 더욱이 우리 창작동화의 전통에서는 아직 개척의 여지가 더 많은 출발선상임에랴.

그러나 발표문에서 채인선 동화는 "계몽의 언어가 지배"(132면)하고 있으며, "역할 놀이를 통해서 내면 성장을 겪었단 느낌이 들지 않는다. 아이는 오히려 상상의 바다로 나가는 것이 두려워 그림도 아무데나 그리지 못하는, 일상에 제대로 길들여진 아이가 되어버렸다"(133면)고 비판되었다. 이재복은 이를 "세계관의 문제"(134면)와도 결부시킨다. "정신이 빠진 놀이" 곧 "자본의 논리가 지배하는 상품화된 오락물"(132면)에 지나지 않는다고 보았기 때문이다. 이 정도면 채인선 동화에 대해 거의 극형에 가까운 선고를 내린 셈인데, 논리적 연관보다는 주관성이 두드러진 비약으로 읽힌다.

문제로 지적된 채인선 동화의 첫 장면부터 다시 살펴보자.

어느 일요일 오후였어요. 나는 말했어요.

"빨리 언니처럼 학교에 가고 싶어!"

그 말에 언니는 이렇게 말했어요.

"나도 엄마처럼 화장하고 회사에 갈 거야!"

그러자 엄마가 큰 소리로 외쳤어요.

"나도 너희 아빠처럼 낮잠 한번 실컷 자고 싶어! 일요일에도 낮잠 한번 못 잔단 말야."

자는 척하고 있던 아빠가 갑자기 나를 끌어안더니 소리쳤어요.

"으아! 나는 해수가 부러워 죽겠어. 맨날 맨날 놀 수 있으니까!"

그래서 우리 식구들은 전부 다 다른 사람이 되기로 했어요. 나는 언니, 언니는 엄마, 엄마는 아빠, 아빠는 나! (『전봇대 아저씨』, 43~44면)

서두부터 현대 도시의 평균적 일상이 단적으로 드러나 있다. 다음 장면에서는 어린애다운 발상으로 이 고정된 일상이 해체된다. 가상의 세계에서 각자 원하는 대로 역할 바꾸기가 실현된 것이다. 그러나 주인공 해수는 가상의 세계에서 마음껏 즐기지 못한다. 이는 이재복의 지적처럼 "멈출 수 없는 그런 이야기의 힘을 가진 판타지 공간"이 아니기 때문이라기보다, 작품의 스토리가 다른 데로 향하고 있기 때문이다. '한 구성원 안에서의 상호 역할 바꾸기'는 일종의 '관계'에 대한 성찰에 적합한 짜임이지, 일직선으로 나아가서 모험을 겪고 돌아오는 짜임에는 애당초 맞질 않는다.

그럼 이 작품의 '관계'에 대한 성찰의 내용은 무엇인가? 역할이 바뀌었어도 바뀐 역할을 '이전 그대로' 수행한다면 이야기는 전진하기 어려울 것이다. 식구들은 역할이 바뀌자 자기가 꿈꾸는 대로 행동한다. 그런데 어째서 주인공 해수는 자기가 꿈꾸는 대로 행동하기를 주저하는 것일까? 꿈꾸는 대로만 행동하자면, 책만 읽고 있는 언니가 된 해수보다는 '아무 간섭 없이' 화장을 하고 외출을 즐기는 언니, '밥도 하지 않고' 잠만 즐기는 엄마, 또 벽에다 제멋대로 그림을 그려도 '야단맞지 않는' 아빠가 훨씬 자유롭고 좋아 보인다. 해수가 현실로 돌아오기를 원하는 것은 '관계로 얽힌 현실의 제약이 없는' 역할 바꾸기 놀이의 세계가 왠지 반칙 같은 느낌을 주었기 때문이다. 마침내 식구들은 현실로 돌아온다. 가상의 세계에서 꿈꾸기와 현실의 제약 사이를 오가는 경험을 하고 나서 달라진 것이 아무것도 없을까? 다음은 작품의 마지막 장면이다.

이렇게 해서 우리는 다시 옛날로 돌아왔어요. 하지만 조금 달라졌어요. 엄마는 우리가 서로 싸워도 야단을 안 쳤어요. 그래서 할 수 없이 언니와 나는 싸움을 덜하게 되었어요. 그 대신 엄마는 휴일이면 꼭 낮잠을 잤어요. 그러면 아빠와 우리가 저녁 준비를 했어요. 나는 이제 아무 데나 그림을 그리지 않아요. 아무 데나 그렸다가 아무 데나 번져 나가 바다가 되고 사막이 되고 하면 큰일이잖아요. 그런데 바다 얘기가 나왔으니까 하는 말인데, 꼭 한번 바다의 마녀가 다시 되고 싶어요. 그때 더 "으하하하!" 하며 마술을 부리는 건데. (『전봇대 아저씨』, 52~53면)

타자와의 관계에서 자기를 조정하고, 현실과의 관계에서 꿈을 조정할 줄 아는 힘도 하나의 성숙(내면 성장)이다. 이 조정력을 '길들여짐'이라는 부정적 방향으로만 해석하고 비판한다면 그것이야말로 마땅히 책임져야 할 현실을 외면하는 '망상'으로의 편향이 될 것이다. 그러함에도 이재복은 "내면 성장을 겪었단 느낌이 들지 않는다"며 주관적인 감정을 드러내고는, "상상의 바다로 나가는 것이 두려워 그림도 아무 데나 그리지 못하는, 일상에 제대로 길들여진 아이가 되어버렸다"면서 다소 빗나간 해석을 제시한 다음에, 이 작품은 "자본의 논리가 지배하는 상품화된 오락물"이라는 가혹한 판정을 내리고 있는 것이다.

내면 성장이란 자기가 살고 있는 현실에 대한 인식, 더 나은 삶의 가치에 대한 자각, 그리고 꿈꾸는 질서와 현실의 질서 사이 어디쯤으로 편입 (initiation)할 것인지에 관한 문제이다. 필자는 채인선 동화의 정신놀이가 이 문제를 나름대로 모색하고 있으며, 전체적인 지향은 시민사회적인 질서의 추구와 친자연적인 가치의 회복에 있다고 본다. 발표문은 작가의 세계관을 문제 삼고 있지만, 현대사회에서 억압받는 어린이 곧 사회적 약자의 편에서 이야기를 풀어가는 모습이 분명할진대 작가 채인선이 낡은 가치와 대립하면서 시대가 요구하는 응분의 몫을 하고 있다고 생각할 수 있지 않은가?

4. 빗나간 쟁점, 빗나간 비판

1997년 이래 채인선 동화를 둘러싼 논쟁이 줄곧 벌어져서 필자가 채인선 동화의 장점을 거듭 부각시키는 모양새가 되는 게 이젠 좀 부담스럽기도 하다. 벌써 오래 전 작품이 되었고 그 흐름에서 적잖은 작가들이 작품을 발표해왔다. 솔직히 공상이야기는 10여 년 전이나 지금이나 고만고만한 정도이지 채인선 동화를 훌쩍 뛰어넘는 작품은 아직도 찾아지지 않는다. 의인동화의 발전에 견준다면 더욱 더 그러하다.

그런데 채인선의 동화를 두고 "일하는 아이들 이후의 아이들이 읽어야 할 대안이 되는 동화"(133면) 여부를 묻는 게 제대로 된 쟁점이 될 수 있을까? 발표문은 "일하는 아이들을 '넘어선' 자리에서 지금 이곳의 아이들이 노는 그 대안이 되는 이야기 속 시공간이 과연 이런 것이어야 하는가?" "일하는 아이들 이후 세대 아이들이 읽어야 하는 대안이 되는 작품에 대한 깊이 있는 비평"(134면) 등등 '대안'이라는 말을 되풀이 강조함으로써 채인선 동화를 긍정하는 평가를 한쪽으로만 밀어붙인다. '대안'이라는 말은 '유일한 선택'이라는 뉘앙스가 따라붙기에 여러 매개사항과 편폭의 여지를 남기지 않는다.

김중미, 박기범, 김남중, 남찬숙, 고재은, 최나미 등의 흐름은 제각각 그것대로 주목해야 할 것이고, 장편 판타지나 미래 과학소설의 흐름은 또 그것대로 주목해야 할 것이다. 필자는 오늘날 우리 아동문학의 다양한 발전이 '대체'가 아니라 '확대'임을 강조해왔다. 그래서 채인선 동화를 우리 아동문학에 취약한 하나의 흐름이 새로 형성되는 주요 '계기'가 되는 작품으로 평가했던 것이다. 흑백 단순논리라면 모를까, 채인선 작품에 대한 긍정과 김중미·박기범 계열의 작품에 대한 긍정을 모순이라고 볼 건 아니다. '대안'과 '계기' 사이에는 '안방'과 '층계'만큼의 거리가 있다.

낮은 연령대의 독자층이 증가하는 오늘의 현실에서 그림책 글작가와 저학년(유년) 동화작가가 개척해야 할 영토는 참으로 크다. 『학교에 간 사자』 『엄지소년 닐스』 『마법의 설탕 두 조각』, 그리고 오까다 준의 『신기한 시간표』 같은 작품에 견줄 때 채인선, 위기철, 김옥, 임정자, 김리리, 공지희, 전경남 등의 공상이야기는 충분히 만족스럽지 않을지도 모른다. 하지만 우리가 부러워하는 수준의 작품이 어느 날 갑자기 하늘에서 떨어지거나 땅에서 솟아나지는 않을 것이다. 우리 창작동화의 발전에서 새로운 개척의 흐름을 짚어내는 일이 비평의 중요한 몫이어야 하는 이유가 여기에 있다.

_『어린이와 문학』 2006년 4월호

우리 아동문학은 과거를 어떻게 그리고 있는가
아동문학의 현대성과 과거 문제

1. 문제 제기

누군가 지적한 것처럼 '한국 영화의 경쟁력은 근현대 역사'라는 말을 우리 아동문학에 적용해도 좋을 듯싶다. 오랜 분쟁과 갈등으로 얼룩진 우리 역사는 수많은 인생역정의 드라마를 안고 있다. 더욱이 영화 「그때 그 사람들」(2004) 파동에서 극명하게 드러났듯이, 이땅에서 벌어진 20세기의 역사적 사건은 우리에게 과거완료형이 아니라 여전히 현재진행형이다.

한편, 어른이 기억하는 한 세월은 동시대와 전혀 다른 실감의 20세기 과거 속으로 흘러들어갔다는 느낌도 상당하다. 이처럼 과거를 현재와는 다른 공간으로 인지하게 만드는 시대의 단층이 느껴진다고 할 때, 어린이를 상대로 하는 문학작품에서 굳이 한 세대 이상의 과거 체험을 보여주려는 것은 오히려 '현재'에 대한 뚜렷한 관심 표명이라고 해야 할 것이다. 아동문학에서 '과거'를 하나의 문제범주로 삼아야 하는 까닭이 여기에 있다.

과거를 다룬 작품은 크게 두 가지로 나뉜다. 첫째는 역사적인 사건과 관계된 체험을 중요하게 다룬 경우고, 둘째는 과거의 풍속과 인정세태를 중요하게 다룬 경우다. 서사문학에서 둘은 서로 겹치는 게 불가피하지만, 어느 것에 더 초점을 두느냐에 따라서 구분이 가능하다. 과거를 대하는 태도 면에서 둘은 상반되는 모습을 보이기까지 한다. 하나는 '청산'의 대상으로, 다른 하나는 '회복'의 대상으로 드러나고 있기 때문이다. 우리는 어떤 과거를 청산해야 하는 것이고, 어떤 과거를 회복해야 하는 것일까?

우리 아동문학은 역사의 굽이마다 새겨진 민중 수난의 비극을 절실하게 작품에 담아온 훌륭한 전통을 가지고 있다. 진실을 은폐하려는 세력이 폭력으로 지배하던 시절에 민중의 수난을 그리는 일은 역사적 증언의 성격을 띠는 것이었다. 물론 '동심'을 관념적으로 해석한 나머지 아동문학은 역사나 사회적인 문제와 거리를 두어야 한다는 관점도 큰 흐름을 이루고 있었지만, 그 대부분이 일제시대의 저항을 형상화하는 일에는 열중하면서도 당면한 분단시대의 과제를 외면하는 이율배반에 빠짐으로써 스스로 냉전논리에 편승한 지배관념의 일부가 되었던 것은 주지의 사실이다. 1980년대는 저항담론이 폭압을 뚫고 나와 '진보이념'의 대중화를 일정하게 달성한 시기였다. 그리하여 1990년대로 넘어와서는 아동문학이 담아내는 소재의 영역도 한층 넓어졌고 작가의식이나 주제 면에서도 뚜렷한 진전을 보여주었다.

그런데 정치권력의 성격이 변화함에 따라 근현대 역사를 다룬 작품들의 '증언으로서의 가치'는 현저히 줄어들게 되었다. 특정 소재를 다루는 것이나 사실 규명 자체가 탄압의 대상이 되어 사회적 긴장을 불러일으키던 시대와, 거의 모든 금기가 사라져서 오로지 독자의 수용 태도가 관건이 된 시대는 분명 차이가 있다.

따라서 우리 시대의 문학이 능히 감당해야 하는 현대성의 과제를 제기하지 않을 수 없다. '현대성'의 의미를 소박하게나마 '과거시대와 구별되는 동시대적 특성'이라고 풀이하더라도, 근대적 가치체계와 규범에 대한 이탈과 전복이 이미 대중의 의식과 삶의 방식으로부터 뚜렷한 추세로 드러나고 있는 이상, 이런 문제를 회피하는 것은 작가로서 시대의 의무를 포기하는 것과 다를 바 없다.

과거 문제를 다루는 데에서 현대성의 과제를 달성해야 한다면 우리는 무엇을 고민해야 할 것인가?[1] 20세기 우리의 삶을 가장 중요하게 규정했던 민족과 계급에 대한 문제의식을 놓쳐서도 안되겠지만, 그것이 이 시대 삶의 조건을 새롭게 규정해오고 있는 자연, 여성, 인종, 소수자, 지역 등에 대한 문제의식을 억압하지 않는지 살펴야 할 것이다. 개인보다는 집단을, 감성보다는 이성을 우위에 놓는 사고방식도 성찰의 대상이 된다. 그런데 과거로부터 이월된 과제는 낡은 방식으로는 해결되기 힘든 법이다. 따라서 새로운 가치지향과 분리할 수 없는 양식과 스타일의 변화에도 적극적인 자세가 필요하다. 과거의 문제의식은 주로 집단의 정체성을 강조하는 전형성의 구현을 관건으로 삼았다. 하지만 '대표적 개인'이 개체성을 잃고 집합의 표상만을 드러내려고 하면 권력의 속성을 지닌 대중 동원의 논리와 혼동되는 양상을 띠기도 한다.

---

1 최근 민주노총과 공공연맹이 함께 제작한 민주노동당 비정규직 투쟁 포스터가 논란에 올랐다. 문제의 포스터는 "우리 정규직 되면 결혼하자 ─ 비정규법 통과되면 큰일인데……" 하는 문구와, 남성이 여성의 어깨를 감싸고 긴 의자에 앉아 있는 사진으로 되어 있다. 그런데 민주노동당 성소수자위원회와 여성위원회에서 반발하고 나선 것이다. 한 위원은 "결혼한 정규직 노동자만이 정상이라는 전제를 깔고 있어 비혼·비정규직에 대한 차별이며, 남성 이성애자 중심의 사진이어서 여성·동성애자에 대한 차별"이라고 항의했다. 당내에는 '노동운동 내에서 계속되어온 남성중심 관행이 포스터로 나타난 것'이라는 의견이 다수요, '대중적인 포스터이고 별 문제가 없다'는 의견은 일부라고 한다. 사회문제를 보는 시각이 이만큼 바뀌었다는 것을 보여주는 사례다. (권박효원 「정규직 되면 결혼하자고?」, '오마이뉴스 www.ohmynews.com' 2005년 3월 28일자 참조)

어느 작품의 성과를 한 가지 잣대만으로 논하는 일은 공평하지 못한 결과를 초래한다. 논자의 관점에 따라, 또는 그때그때 강조하는 바에 따라 작품의 여러 특성 가운데 주목하는 바가 달라지기 때문이다. 좌우익 갈등의 희생을 그린 작품들은 사상의 일방통행이라는 분단시대의 가치 체계와 맞서는 고발과 증언의 몫이 아직도 가볍지 아니하다. 이 글은 이런 사실을 전제로 해서, 크게 보아 '민족과 민중의 수난'이라는 동일한 패턴을 반복하고 있는 작품들이 '오늘'의 문제의식과 만나 새롭게 고민해봤으면 하는 점에 대해 논의해보고자 한다. 여기서 문제삼고자 하는 것은 작품의 완성도를 현저히 해치는 어떤 관성적인 인식과 관련된다.

2. 위험한 민족 감정 — 상투적인 묘사가 너무 흔하다

근현대 역사의 문제를 파고드는 작품들은 소재의 특성상 초등 고학년 이상을 대상으로 하는 소년소설 형식으로 씌어진 것들이 많다. 이럴 경우 작품은 일차적으로 소설미학의 요구를 충족시켜야 한다. 리얼리즘과 현대성은 두 마리 토끼가 아니다. 과거를 다룬 오늘의 작품에서 현대성을 느끼기 힘들다면 그만큼 낡은 도식에 의존하고 있는 것은 아닌지 의심해볼 수 있다. 도식은 리얼리즘의 결여태가 아닌가. 일제시대를 배경으로 하는 작품들에서 가장 두드러진 문제점은 민족 감정을 앞세운 도식적인 인물 형상, 달리 말해 상투적인 인물 묘사다.

정호승의 『슬픈 에밀레종』(파랑새어린이 2003)과 김상삼의 『느티나무가 있는 학교』(효리원 2003)는 원래 이전에 발표한 작품인데 아이들에게 꼭 다시 읽히고 싶어서 개정 출간한 것이라고 한다. 오늘의 아이들에게 어떤 문제의식을 심어주고 싶어할까 궁금해서 살펴보았다.

야마모도는 성질이 포악하기로 이미 소문이 나 있었다. 마을 사람들 중 그와 맞상대해서 싸울 사람은 아무도 없었다. 그는 자기 마음에 조금이라도 들지 않으면 마을 사람들을 주재소로 끌고 가 흠씬 두들겨 패는 일을 밥 먹듯이 하곤 했다.

외삼촌이 일본 학생들을 때려 주고 퇴학을 맞았다는 사실도 언제 알았는지 툭하면, "앞으로 조심해. 이 조센진, 여기에서는 네 마음대로 안 될 거야. 조용히 고기나 잡고 있어." 하면서 외삼촌을 못살게 굴곤 했다.

"뭣들 하는 거야? 다들 여기서 뭣들 하고 있어?" (…)

야마모도는 바짝 약이 올라 있었다. 그는 갑자기 말 옆구리를 힘껏 걷어차고 마을 사람들 사이로 냅다 말을 몰았다.

"얘들아, 비켜라, 다친다!"

"엄마!"

마을 사람들이 사방으로 흩어졌다. 어른들은 아이들의 손을 잡고 냅다 뛰었다. 나도 얼른 외삼촌을 따라 말을 피했다. 어떤 사람들은 말을 너무 급하게 피하다가 모래 바닥에 벌렁 나자빠졌다. 또 어떤 사람은 급히 바다로 뛰어들었다.

"자, 여기 있으려면 있어 봐. 자, 자!"

야마모도는 더욱 신이 나서 우리들 사이로 말을 몰았다. (『슬픈 에밀레종』 39면)

야마모도 순사는 말을 몰고 닥치는 대로 마을 사람들이 모여든 사이로 돌진한다. 총칼로써 식민지 통치를 행사한 역사적 사실에 비추어 일본 순사의 만행은 충분히 전형적인 행동이라고 할 수 있다. 그래서인지 이런 '포악한 일본 순사'는 일제시대를 배경으로 하는 작품들마다 거의 빠지지 않고 등장한다. 여기서 내가 지적하려는 문제는 야마모도가 '포악'하게 그려진 데에 있는 것이 아니라, 포악한 '야마모도'로 그려져 있지 않다는 데에 있다. 즉 추상적 '일본 순사' — 개념의 인물에 그치고 있다.[2] 이것은 마치 '인민군'과 '빨갱이'는 우리와 같은 인간이 아니라는 식으로 그려낸 과거의 반공동화를 상기시킨다.

야마모도 순사는 일본으로 가져가려는 에밀레종이 신비한 힘을 발휘하여 배에 옮겨지지 않자 스스로 바닷물 속에 뛰어들어 죽는다. 어떻게 보면 그는 누구보다 '성실'한 일본 순사였다. 물론 그것이 천황을 향한 것이지만 자신의 전체 삶을 던진 '헌신'의 인물형인 것이다. 이런 인물의 양가(兩價)적 태도에 대한 반영은 없고 오로지 희화적으로 비천하게만 그려지는 데에서는 역사와 더불어 언제든 희비극이 엇갈릴 수 있는 인간의 가능성에 대한 탐색도 찾아볼 수 없다. 다른 시공간에서는 전혀 다르게 보일 수 있는 야마모도의 인물상이 어떤 시대의 작용으로 그리도 포악하게 움직이는지를 아울러 고민하게 만드는 일이야말로 성실한 작가의 임무가 아닐까? 또한 그런 시대의 작용을 전제하지 않는다면, "일본 학생을 때려 주고 퇴학을 맞았다"는 삼촌의 형상이 이 작품에서 그려진 것처럼 의문의 여지 없이 모범적이기만 한 것인지도 궁금하다. 누구나 다 아는 개념의 역사 정보에만 기대어 인물을 형상화해서는 성격의 통일성도 흐트러지고 인물의 개성도 지워지고 만다.

이 작품은 일제강점기의 문화재 수난과 우리 문화의 우수성을 전하고 싶은 의도에서 씌어진 것이라고 '작가의 말'은 전한다. 그런데 문학 바깥

---

2 포악한 일본 순사가 삽화처럼 끼여들어간 작품은 『느티나무가 있는 학교』(김상삼, 효리원 2003), 『국화』(김정희, 사계절 2002), 『선들내는 아직도 흐르네』(김우경, 문학과지성사 2004), 『두 할머니의 비밀』(이규희, 주니어김영사 2004) 등이 더 있다. 각각의 작품 수준은 다를지라도, 전후 사정 가리지 않고 신발을 신은 채로 방에 들어가 노인에게 막말을 지껄이거나 부녀자의 가슴을 발로 차는 등 '상투적인 묘사'에 그치고 있는 점은 대개 흠결을 남긴다. 근현대 역사를 다룬 작품을 평가할 때, 전형성과 도식성의 문제를 가르는 일은 그리 간단치 않다. 역사의 진실을 들어 도식의 문제를 전형으로 무마하는 일이 나타날 수 있다고 보기 때문이다. 전형이 현실을 옳게 반영하면서 작품마다 새롭게 창조된 성격이라면, 도식은 일정한 틀에 갇혀 작품마다 되풀이되는 성격일 테다.

의 효용을 위해 정작 문학의 본질이 훼손되고 말았다. 옛이야기 방식이나 우화적인 서술의 작품이 아니기에 사실적인 묘사가 요구되는 장면에서 이처럼 틀에 박힌 인물이 등장하면, 설사 인물 사이의 갈등 전개와 더불어 마음이 움직인다고 하더라도 그것은 진실이 아닌 선동성의 효과다. 이런 감동은 한편으로 위험하다. 정해진 이념과 주의주장으로 몰고 가는 방식이기 때문이다. 과거 '국민교육'의 일환으로 만들어지던 반공동화들이 꼭 이런 모습이었던 까닭을 알 수 있다.

『느티나무가 있는 학교』는 민족 감정이 비이성적인 태도와 얼마나 쉽게 결합할 수 있는지를 보여준다. 탄압과 저항의 구도에 맞춰 개연성을 아랑곳하지 않고 줄거리를 이어붙인 작품이다. 여기에서도 서술의 태도는 선동성이라 이름 붙일 수 있다.

"짐승만도 못한 쪽발이들! 죽여도 속이 안 풀리겠어."

"누가 아니래? 농사 지어 놓으면 공출로 빼앗아 가고, 남자는 징용으로, 여자는 정신대로 끌고 가니……."

농부들은 열을 올렸다. 일본놈을 미워하는 건 어딜 가나 마찬가지였다.

(『느티나무가 있는 학교』 62면)

용식이는 재빨리 주머니에서 돌멩이를 꺼냈다. 흰 이를 드러낸 개가 앙칼지게 짖으며 바로 코앞에까지 왔다. 두 눈에서 흐르는 불빛 때문에 머리를 쉽게 알 수 있었다.

"에잇, 죽어라."

용식이는 퍼런 빛을 향해 힘차게 돌을 던졌다. 가까운 거리여서 돌은 정확하게 개의 머리를 맞혔다. 개가 껑충 뛰는가 했더니 픽 쓰러졌다.

"이 개새끼야, 너도 일본 개라고 우릴 깔봤지? 여긴 일본이 아니야. 죽어봐라."

용식이는 허수아비 막대기를 빼, 쓰러진 개를 사정없이 내리쳤다. (같은
책 83~84면)

"정신대는 여자 군인들만 있는 곳이라며?"

용식이가 물었다. 주일이는 씽긋 웃고 나서 말했다.

"여자 군인 좋아하네."

"그럼 뭐야?"

"일본 군인들 잠자리 보살펴 주는 기생이란다."

"그 일을 왜 우리나라 처녀들이 맡아야 하지?"

"그게 바로 나라 잃은 슬픔이라는 거야."

"나쁜 놈들. 내가 크면 일본놈들을 다 죽여 버릴 거야!"

"나도!"

"나도!" (같은 책 88~89면)

첫번째 인용문은 주인공 소년이 학교에 심어진 일본을 상징하는 벚나
무를 밤에 몰래 베어버리고 고향을 떠나 도망가는 길에서 흘려듣는 농부
들의 대화다. 두번째 인용문은 아버지가 징용에 끌려가게 된 아이가 친
일파의 아들에게 귀신소동으로 복수를 하고 그 집 도사견을 패주는 장면
이다. 세번째 인용문은 등굣길에 나누는 아이들의 대화다. 이것들 역시
사건의 진행에 따라 얼마든지 끼여들어갈 수 있는 장면이라고 생각할 수
있다. 하지만 반일감정 하나를 기준으로 해서 '벚나무, 도사견, 군인기생,
일본인' 등을 타자화하고 차별하는 시선은 현대성의 과제와 얼마나 거리
가 먼가? 작가로부터 냉철히 통어(統御)되지 않은, 그래서 작가의 것인지
작중인물의 것인지도 구분이 안되는 민족적 울분을 토해내는 이런 작품
은 하나같이 생활이 결여되어 있다. 특정한 순간이 아니라면 보통사람들
은 세속적인 것에 단단히 매여 있는 것이 현실의 삶이거늘 이 애국자들

은 모두 선인(仙人)인가? 애국 아니면 매국 두 종류의 감정과 인간만 그려내는 작품이 소설일 수는 없다. 현실을 껍데기로 보는 이런 창작방법은 교훈과 계몽에 지핀 우리 아동문학의 오랜 병폐와 통하는 것인데, 그당시 사람들이 어떻게 생각하고 어떻게 행동했는지에 대한 재현의 수준에서 기본적으로 미달이다. 이 작품의 결말 부분은 동족상잔으로 이어진다.

> 어른이나 아이들이나 모이면 전쟁 이야기였다.
> "야, 낙동강 전선이 위험한 모양이야."
> "그래, 국군이 지고 있나 봐."
> "공산군은 우리 같은 청소년을 의용군이라는 빨갱이 군대에 강제로 끌고 간대." (…)
> "여기 있으면 인민군 의용군에 끌려간다니 차라리 국군에 입대하려고요."
> "장한 일이다. 사나이가 나라를 위해 목숨을 거는 것보다 더 아름다운 일은 없단다." (같은 책 181~82면)

가해와 피해 — '저들'과 '우리'의 도식에 입각해서 불특정 다수에 대한 배타적 감정을 발산하는 추상적 민족주의는 이렇듯 아무렇지도 않게 분단된 민족의 '국가이데올로기'와 결합한다. '반일 민족주의'는 해방 이후 집권층의 성격에 드러나는 자기모순에도 불구하고 지배관념으로서 주류의 자리를 벗어나본 적이 없었다. 이승만 독재시대에도 박정희 독재시대에도 전두환 독재시대에도 반일 민족주의 작품은 언제나 존재해왔으며, 그래서 우리 '국민'의 머릿속에 저장된 일본 사람은 거의 종(種) 차별의 수준에 달하고 있다. 이건 선량한 일본인, 악랄한 친일파가 작품에 양념처럼 끼여들어갔다고 해서 무마될 수 있는 성질이 아니다. 전형에 집착하여 삶의 세목을 놓치면 대표적 개인이 아닌 불특정 다수로서의 개념이 남는다. 집단과 집단 사이에서 발생하는 분노와 증오의 감정은 동원이데올로기의 토양이 됨을 기억해야 할 것이다.

3. 거세된 욕망 — 근대의 인물이 보이지 않는다

근현대 역사를 다룬 아동문학 작품의 대부분은 뜻밖에도 근현대라는 시공간 의식이 불분명하다. 그 때문에 작품의 주요인물도 '근대 인간'으로서의 생동감이 결여되어 있다. 거의 모든 작품들이 농촌을 배경으로 하고 있는데, 일종의 고정관념에 가까울 정도로 농촌과 산골마을을 근대의 욕망과는 절연된 '고립적인 공간'으로 그리고 있다. 막연히 현재와의 대비만 있지, 그 이전과의 대비 속에서 시대의 고유한 특질을 잡아내는 일에는 무심하다. 주요 등장인물은 매혹과 혐오 사이에서 근대와 대결하는 '내면'을 드러내지 못하고 선악이분법의 구도에 고정되어 있다. 작품 의도는 잘못된 근현대 역사에 대한 고발일지라도 인물을 다루는 발상으로 치자면 콩쥐팥쥐형 고난 기록이고 심청전류의 충효관념에서 그리 멀지 않다.

김우경의 『선들내는 아직도 흐르네』(문학과지성사 2004)에는 형의 잘못에 대한 속죄의 심정으로 결혼도 하지 않고 한평생 형의 약혼녀 점남의 귀환을 기다리는 무동할배가 나온다. 무동할배의 형 영조는 자기와 결혼하기로 집안끼리 약조가 된 점남을 돈에 눈이 멀어 정신대에 팔아치운 파렴치한이다. 그는 고등교육까지 받고 서울물을 먹으면서 타락한 대표적인 인물이다. 여기엔 두 집안 사이의 의리나 정분 따위를 간단히 해체해버리는 근대 자본의 논리가 숨어 있다. 그런데 이 작품은 예정된 듯 타락해서 나타난 영조와 인간의 도리에 대해 완고한 농사꾼 아버지의 상반된 지향만을 보여줄 뿐이다. 무동할배는 아버지의 뜻을 잇는 인물이다. 이 작품에서 기대해봄직한 근대와의 대결은 선악이분법으로 분류해도 무방하리만큼 '타락한 도시의 영조'와 '순박한 농촌 식구들'의 대립으로 치환되었다. 이런 대립이 하나의 전형인 것은 부인하지 않지만, 그때에도 결정론적인 도식은 경계해야 한다. 실상 농촌은 끊임없이 도시를 선망하지 않았는가? 자식을 멀리 도시의 학교로 보낸 것부터가 근대의 욕망에서 비롯된 것인즉, 식민지체제의 하층에라도 편입되기를 바라는 농촌의 부모들은 또 얼마나 많았을까? 우리 아동문학에서 받은 주된 인상은 근대의 삶에 대한 탐구를 포기한 채 단선적으로 상반된 행동을 대립시키고 누구나 아는 가치판단을 내리게 함으로써 과거 역사를 자기고민과는 동떨어진 '잘 몰랐던 정보 취득'의 문제인 양 다룬다는 것이다. 이런 작품의 인물과 시대환경은 상호작용하는 관계가 아니라, 인물이 시대환경의 줄기에 매달려 있는 모양이기에 결국은 '역사 정보에 살을 붙인 꼴'이 되고 만다. 역사는 '저들'이 만들었다. '나'도 '우리'도 역사의 책임 바깥에 존재할밖에.

김정희는 일제 말을 배경으로 하는 『국화』(사계절 2002)와 해방 직후를 배경으로 하는 『야시골 미륵이』(사계절 2003) 두 편을 통해 불행한 우리 근현대 역사가 낳은 인상깊은 두 인물을 창조하였다. 국화와 미륵이는 각각 잘못된 역사에 의해 부모를 빼앗기고 어린 나이에 온갖 힘겨운 일들을 감수하며 이땅을 살아온 민중의 초상이다. 국화는 일제 징용이 만들어낸 수난의 삶이었고, 미륵이는 좌우익 대립이 만들어낸 수난의 삶이었다. 따라서 이들의 고난에 찬 삶은 잘못된 역사의 문제를 구체적으로 드러내 보여주는 의미를 지닌다. 여기서 구체적이라 함은 갖가지 수난을 한자리에 끌어모아 제시해 보이려는 작가의 의욕을 아울러 지적함인데, 그 많은 짐을 주인공에게 집중한만큼 절절한 느낌을 주기도 하지만, 그걸 모두 감당하느라 국화도 미륵이도 일상의 욕망이 지워진 채로 인형처

럼 움직일 수밖에 없었다.[3]

윤기현은 『당산나무 아랫집 계숙이네』(사계절 2003)에서 해방 직후 좌우익 갈등의 희생과 그 후유증을 그렸다. 이 작품은 부모의 불화로 인해 시골 할아버지네에 맡겨진 계숙이가 중풍을 앓는 증조할머니까지 보살피며 온갖 힘든 일을 겪는 현재의 이야기인데, 이웃집과의 갈등의 뿌리를 전해듣는 방식으로 과거 역사와 만나고 있다. 현재의 갈등을 통해 역사의 진실로 다가서는 짜임은 높이 평가할 만하나, 과거는 다소 작위적으로 어른이 '일부러 나서서 자세히' 들려주는 이야기처럼 되어 있다. 사실 이 작품의 진가는 현재의 삶에 여러 사회문제들을 새겨 넣은 점이다. 억울하게 덮어쓴 부역자 가족 연좌제 문제, 상이군인 피해보상 문제, 도시와 농촌의 문화적 갈등을 반영하는 가족공동체 해체 문제, 중국교포 여자와의 결혼 문제, 농촌경제의 피폐함과 농가지원정책 문제 등이 등장인물들의 관계 속에서 이어지고 있다. 그런데 작가의 과욕이다 싶을 정도로 너무나 많은 사회문제들이 계숙이 주변에 얽혀 있어서 그렇잖아도 자기 앞의 힘겨운 일들을 감당해야 하는 주인공은 질식할 것 같은 삶의 무게감에 짓눌린다. 어디까지나 오늘의 이야기로 서술되고 있지만, 계숙이는 국화·미륵이의 초상과 별다른 차이점을 보이지 않는다. 이들 뒤에 '몽실 언니'의 그림자가 어른거리고 있다고 느끼는 사람은 나뿐일까?

우리의 근현대 역사를 돌아보면 민중은 그야말로 수난과 인고의 세월을 겪어야 했고, 이런 사정은 아이들이라고 해서 다르지 않았다. 그러므

---

3 계몽에 대한 지나친 의식은 짜임에서 불필요한 돌출을 만들어낸다. 『국화』에서는 가부장제의 화신인 할머니의 폭력성이 일본 순사의 돌연한 막돼먹은 행동으로 인해 희석되고 있으며, 『야시골 미륵이』에서는 할아버지와 시장을 다녀오는 길에 목격하게 되는 미군의 만행이 어딘지 튀어 보인다. 또 작품의 절정에 해당하는 가슴 뭉클한 고비를 넘긴 다음에도 미륵이가 소년 가장 노릇을 하면서 살아가는 모습을 더 보여주느라고 사족처럼 결말 부분이 지지부진해졌다. 서로 가해와 피해를 주고받은 두 집안의 아이들이 화해하는 대목에서 바로 마쳤으면 상징성도 더 부각되고 훨씬 깔끔해졌을 것이다.

로 수난과 인고의 인물형은 일정하게 전형성을 띤다고 할 수 있다. 온몸으로 동족상잔의 비극을 감당해낸 권정생의 『몽실 언니』(창작과비평사 1984)는 많은 사람들이 손꼽는 최고의 작품으로서 지금까지도 사랑을 받는다. 그렇지만 『몽실 언니』가 출간된 지 어느덧 20년이 넘었고, 그 사이 또다른 역사가 씌어져야 할 만큼 세상은 변했다. 밝히고 알려야 할 역사의 문제가 많더라도 새로운 창작은 그것을 받아들이는 쪽에 대해 고민하지 않을 수 없다. 이것은 어떻게 요즘 아이들 입맛에 맞게끔 새롭게 '포장'할 것이냐의 문제로 볼 것은 아니다. 역사는 현재와의 대화라는 말이 있듯이, 고민의 핵심은 '오늘'의 문제의식이다. 과거 역사를 다룰지라도 오늘의 동화작가는 오늘의 아동문학사를 쓰고 있는 것이 아니겠는가. 이 점에서 통치세력과 민중이 전면적인 대립관계를 지속해오던 엄혹한 시대상황에 씌어진 『몽실 언니』를 그 전형성에서 비슷하게 반복하려는 경향은 재고되어야 할 것이다.

전형은 새로운 시대정신 아래 새롭게 창출될 때 유형으로 떨어지지 않고 생명력을 얻는다. 우리는 여기서 발상의 문제를 제기할 수 있을 것이다. 최근에 읽어본 근현대 역사를 다룬 리얼리즘 계열의 작품들은 생생한 삶의 현장을 배경으로 해서 숨결이 느껴지는 인물을 작품마다 조금씩 다르게 그려넣었다 할지라도 어딘지 단색조로 다가오는 느낌을 떨칠 수 없었다. 이는 리얼리티와도 관련되는 문제겠지만, 불행한 역사에서는 수난과 인고의 인물형이 제격이고 또 소망스럽다는 발상 자체에 더 문제가 있다고 보인다. 수난과 인고의 인물형이 강조되는 것은 헌신과 희생을 최고의 덕목으로 치고 그런 삶의 태도를 심어주고 싶어하는 시대의 가치관과 분리할 수 없다. 초점은 물론 그 순박한 성실함과 대비되는 부당한 '역사적 가해'의 측면을 드러내는 데 있을 것이다. 그러나 인간 행동의 여러 가능성 가운데 어느 한쪽으로 치우쳐 있는 것은 리얼리티의 문제를 안고 있으며, 그런 치우침이 특정 이념이나 가치관을 우선시하는 계몽의

지에 뿌리를 두고 있다는 점에서 발상의 문제를 안고 있다.[4]

앞에서 우리 아동문학이 근대 인간과 현실의 층위를 매우 단순하게 파악하고 있는 문제점을 지적했다. 그런데 각각의 인물 성격을 그리는 데에서도 단색적인 톤은 마찬가지다. '역사적 수난'이라는 개념에 짓눌린 우리 아동문학은 민중적 생기도 부족해서 「수난이대(受難二代)」(하근찬, 1957)의 아버지와 같은 낙천적인 인물상을 찾아보기 힘들다. 견디기 힘든 상황일수록 자신을 방어하기 위해서 공상에 탐닉하는 인물도 있을 것이며, 삐딱한 성격 또는 천덕꾸러기라서 금지선 밖으로 발을 내미는 수도 있을 것이며, 아예 상황파악이 안되는 바보이기 때문에 남다른 희비극을 겪게 되는 수도 세상에는 많다. 이들이 주인공이 되면 역사적 진실과 리얼리티가 훼손될까? 권정생의 『초가집이 있던 마을』(분도출판사 1985)에는 커서 기생이 되어 어머니를 잘 모실 거라고 말하는 판순이라는 당돌한 아이가 나온다. 『몽실 언니』에 비견되는 일본 전쟁아동문학의 대표작 『스물네 개의 눈동자』(쯔보이 사까에, 1952)에는 항공병이 되면 단팥죽을 배부르게 먹을 수 있을 거라고 믿고 어서 군인이 되어 전쟁에 나가고 싶다고 말하는 가난한 집 소년이 나온다. 이런 아이들도 있었을 것이다. 이 또한 역사의 비극이다. 정도상의 『붉은 유채꽃』(푸른나무 2004)은 제주 4·3항쟁의 참상을 처절하게 그린 것인데, 색다르게 느껴지는 부분이 있다. 아이들이 초콜릿의 유혹 때문에 부모를 죽음으로 몰아넣은 기막힌 사연도 사연이지만, 경찰 가족의 도움으로 간신히 살아남은 봉달이와 미자가 그들의 앞날을 안심해도 좋을 만큼 민중적 생기를 내뿜고 있는 것이다. 초콜릿 때문에 부모를 잃고 난 뒤에도 그것을 기어이 입에 넣는 미자의 모습은 철없기 짝이 없으면서도 험난한 세상을 우회하지 않겠다는 다부짐

---

4 계몽의지는 감성보다는 이성, 개인보다는 집단을 우위에 놓는 사고방식으로 이어지기 쉽다는 점을 이 대목에서 한번 상기해볼 필요가 있다.

으로 읽힌다. 이렇게 말할 수 있다, 그 모질고 신산한 역사를 제각각 뚫고 온 민중의 모습을 단선적으로 파악하는 도덕적 순결성이야말로 작품의 리얼리티를 훼손한다고.

윤기현의 『또 하나의 하늘』(채우리 2003)은 어린 화자를 서술자로 해서 격동의 역사를 올곧게 살아온 아버지의 삶을 소개하는 작품이다. 작품의 뜻은 높지만, 다양한 삶을 경험하면서 현실에 대한 이해를 높이고 자기 가능성을 찾게 하는 것이 아니라, 위에서 아래로 흐르는 설교를 기본 발상으로 하고 있다. 들려주는 어법의 무난한 서술임에도, 올바른 삶의 태도에 대한 설명언어가 지배적이다. 여기에는 작가의 이념을 대변하는 헌신적 인물과 비난받아 마땅한 세속적 인물은 나와도 본심을 말하는 매력적인 인물은 없다. 아동문학에서 올바른 가치를 심어주려는 노력의 소중함을 모르지 않지만, 삶의 진실을 탐구하고 질문하는 창작방법의 모색이 아쉽다. 물고기를 주기보다는 낚는 법을 가르쳐야 한다는 말이 있는 것처럼, 문학작품을 통해 이면을 들여다보는 힘을 키우는 것은 얼마나 중요한가. 현상 너머의 본질을 꿰뚫고, 성실·근면·인내 같은 보편적 덕목을 관점을 달리해 문제삼을 수 있는 힘도 이런 데에서 온다. 그런데 계몽을 앞세우는 작품들에서는 이면의 진실이라고 할 만한 것은 대개 작품이 전하고자 하는 '잘 알려지지 않은 사건'일 따름이고, 그 사건이 이면의 진실로 인한 반전이나 아이러니 효과와 맞물려 나타나는 경우는 극히 드물다. 프레이리(Paulo Freire)의 표현을 빌리자면 '은행 저금식 교육'이지 '대화식 교육'이 아닌 것이다.

이제 우리는 이념적으로 자신이 부정하는 작품과 같은 차원에 놓인 발상에 대해 의심할 때가 되었다. 친일, 친미, 반일, 반미, 반공 동화들은 서로 목적하는 바가 다를지라도 인간에 대한 편견을 심어주고 삶에 대한 진실한 접근을 가로막는 동일한 평면 위에 놓일 수 있다. 현실과 이상을 인간의 육체로 견고하게 결합시키는 데에서 매력적인 주인공은 탄생한다. 인간은 욕망하는 존재다. 바로 그렇기 때문에 수많은 갈등을 빚으며 살고 있고 또 내일에 대한 꿈도 꾼다. 불행했던 우리의 과거 역사는 전체의 이름을 내걸고 개인의 욕망을 거세하려 들었지만 민중은 자기욕망을 포기하지 않았다. 욕망이야말로 삶을 추동하는 힘이다. 인고의 인물형은 현재의 고충을 받아들일 것을 바라는 기성세대의 요구와 은밀히 제휴하는 보수성을 그 안에 지니고 있다.

4. 분기점의 조짐들 — 주목되는 2004년 신인작가의 작품

우리 아동문학에 대한 요구가 여러모로 높아지고 있는 것에 비례해서 내용과 형식 양면에서 나름대로 진전을 보이는 작품들도 늘어나고 있다. 특히 신인들의 패기에 찬 도전이 여느 때와 다르다. 한 세대 이상의 과거를 주요 배경으로 하는 작품으로는 김남중의 『기찻길 옆 동네』(창비 2004), 김기정의 『해를 삼킨 아이들』(창비 2004), 고재은의 『강마을에 한번 와 볼라요?』(문학동네어린이 2004)가 눈에 띈다. 내용과 스타일은 서로 다르지만 제각각 오늘의 아동문학을 생각하는 데 중요한 시사점을 주는 작품들이다.

광주항쟁을 작품화한 김남중의 『기찻길 옆 동네』는 우리 아동문학이 비로소 묵은 숙제 하나를 해결했다는 느낌을 전하는 작품이다. 광주항쟁은 윤기현, 김옥, 박신식 등에 의해서도 다뤄진 바 있다. 윤기현의 「산비둘기 울음」(『어리석은 독재자』, 산하 1992)은 누구보다 앞서 광주의 진실을 작품화한 것으로, 우리 아동문학사에서 중요한 자리를 차지한다. 광주항쟁의 한 단면을 예리하게 잡아낸 것인데, 아쉽게도 씌어진 시기와 단편의 특성에 제한되고 있다. 김옥과 박신식은 광주항쟁의 아픈 후유증을 그렸다. 김옥의 「손바닥에 쓴 글씨」(『손바닥에 쓴 글씨』, 창작과비평사 2002)는 오빠의 죽음에 대한 자책감의 고통을 추적하는 내용으로 독자의 심금을 울리지만 광주항쟁을 '다른 사고'로 대체해도 무방한 것처럼 제시한 한계를 보이며, 박신식의 『아버지의 눈물』(푸른나무 2001)은 가해자와 피해자의 시점을 함께 드러내면서 비극성을 고조시키지만 화해의 과정에서 그만 신파조로 떨어진다. 결국 광주항쟁을 정면으로 마주하는 장편은 도전의 몫으로 남겨져왔다.

『기찻길 옆 동네』는 보통사람들이 중요한 역사의 현장을 어떻게 겪어나가는지를 입체적으로 조감한다. 서로 다른 배경과 성격을 지닌 인물들이 이러저러한 일상의 삽화들을 통해서 저마다 육체성을 획득하면서 역사적 사건의 현장으로 생생하게 녹아들어간다. 상이한 욕망을 드러내는 인물들이 밀고 당기는 긴장에서 비롯된 삶의 주름들은 장편에 걸맞은 산문성을 이루고 있다. 그리하여 이 작품은 역사의 문제를 더한층 보편적인 인간의 문제, 곧 나 자신의 문제로 끌어들인다. 작품은 시간적 순차를 따르면서 이리(익산)를 배경으로 삼은 1부와 광주를 배경으로 삼은 2부로 나뉘어 있다. 사실 1부는 다소 응집력이 떨어지는 한계를 보이는데, 2부로 건너오면 1부의 여러 삽화들이 전사(前史)로서의 의미를 확실히 부여받도록 짜여졌다. 그러니까 각각의 인물들이 비교적 느슨한 그물코를 이루다가 한순간 광주항쟁을 통과하면서 바짝 긴장이 고조되는 구조인 것이다. 그만큼 광주항쟁은 작품의 집중점으로 작용하는데, 여기에 이르기까지 제시된 인물들의 생생한 느낌으로 말미암아 단순한 역사적 사실의 재현을 넘어서는 묵직한 감동을 전한다. 이리역 폭발사고 때에 민간지원을 나온 '형 같은' 공수부대원이 광주시민의 가슴에 총칼을 겨누는 역설, 교회 지을 돈을 훔쳐 서울로 달아났다가 자원입대하여 광주진압군으로 투입된 동네 건달, 한때 그들과 어울렸으나 이 목사를 만나 야학일을 돕다가 광주항쟁에 뛰어드는 용일, 행동철학은 달라도 기꺼이 도청사수대와 운명을 같이한 이 목사 등은 수많은 곡절을 안고 있는 광주항쟁의 성격과 더불어 파란만장한 우리 현대사의 한 단면을 드러내준다. 이런 역동성이 1, 2부에 걸쳐 시점이 흔들리는 한계를 어느정도 상쇄해주고 있다.

그런데 이 작품은 현재시점으로 씌어졌음에도 살아남은 자들의 재회 장면으로 끝나는 아름다운 결말이 낡은 사진첩 속의 먼 옛일처럼 느껴진다. 왜 그럴까? 작품의 마지막에 드러나는 결의와 각오가 꼭 80년대 폭력 정권과의 대결로만 느껴지는 것도 그렇지만, 긍정적인 인물의 성격이 너무 '반듯하다'는 느낌을 줄 만큼 순결하고 고귀한 영혼으로 그려져 있어서 더욱 열린 결말로 나아가는 길을 차단하고 있는 게 아니냐는 생각이 들었다. 숭고한 이념이나 종교적 신념에 의한 행동이 아닌, 자기욕망에 솔직하려다보니 반항적일 수밖에 없는 세속의 인물형상이 미약한 것이다. 리얼리즘의 전통을 잇는 김중미와 박기범의 작품이 오늘의 독자와 소통하는 통로 가운데 하나는 『괭이부리말의 아이들』(창작과비평사 2000)의 '동수'나 『문제아』(창작과비평사 1999)의 '창수' 같은 인물이 지닌 '삐딱한 기울기'에 있지 않을까? 작품의 분위기와 함께, 광주항쟁에 관한 새로운 조명이나 해석은 없다는 점에서 『기찻길 옆 동네』는 하나의 매듭이자 뒤늦은 통과의례라는 느낌이 앞선다.

김기정의 『해를 삼킨 아이들』은 근현대 역사의 주요장면을 서사로 엮은 것이다. 구한말의 외세침탈, 명성황후 시해사건, 일제의 식민통치, 6·25 동족상잔, 제주 4·3항쟁, 유신시대의 폭정과 반공교육, 광주민중항쟁, 2002년 월드컵 등과 관련한 내용이다. 그런데 이들 사건은 우리 옛이야기 캐릭터들과 결합되어 있다. 그래서 아기장수, 거지공주, 놀부, 당금애기 같은 신화, 전설, 민담의 주인공들이 근현대 역사의 무대를 종횡무진 누비고 다닌다. 모두 10장을 이어붙인 각 이야기의 주인공이 전부 옛이야기 캐릭터는 아니다. 학교를 주요무대로 하는 봉달이와 뱅덕이는 현실적인 인물에 가까운 주인공이다. 하지만 작품 전체가 사실적인 규율로부터 벗어난 서술로 되어 있기 때문에, 옛이야기에서 빌려온 캐릭터로 보아도 무방하고, 또 그렇게 보는 것이 주인공과 더불어 여유롭게 '놀' 수 있는 지름길이다. 역사 속으로 들어가서 논다? 나는 이 작품의 제일 중요한 성취를 이 '역사와 더불어 놀기'에서 찾고 싶다.[5]

작품의 무대는 때로 염라대왕이 있는 저승이거나 이어도로 가는 깊은 바닷속일 경우도 있다. 사실 글의 무늬도 하나가 아니다. 장마다 연고를 달리하여 각 지역 언어들을 살려 썼고, 이야기를 따라가다보면 어느덧 주인공의 넋두리와 만나게 되는데 이건 판소리나 서사무가를 닮았다. 결국 이 작품은 옛이야기 방식의 서술이되 일종의 '퓨전'양식이라 할 수 있다. 이러한 혼합양식은 고급문화와 대중문화의 분할, 고전물과 현대물의 단절에 대해 모두 끌어안음으로써 각각을 넘어서려는 잡종과 혼거의 대응인바, 중심부의 배타적 순수성을 희롱하는 발랄한 대중유희이자 하위 반란의 한 양상이다. 물론 대중의 요구는 상업주의가 발 빠르게 점령함으로써 타락하기도 한다. 그렇다고 대중의 요구에 무심한 채 저만의 아성을 지키는 것이 능사일까? 어떻게 정의를 하더라도 민중과 대중은 하나의 실체다. 역사와 민중·대중의 다면적이고 역동적인 관계를 고려해볼 때 시대와 호흡하는 일은 언제나 위태로운 모험이 아닐 수 없다. 최근 새로운 시대의 역사감각을 보여주면서 안방사극의 진화를 이룬 성공적인 사례로 「다모」와 「대장금」이 주목되었는데, 리얼리즘문학의 대표주자 황석영도 『손님』(창작과비평사 2001)과 『심청』(문학동네 2003) 같은 형식실험을 통해 시대의 요구에 적극 대응하고 있어 관심을 끈다.

---

5 전쟁아동문학에 대한 일본 아이들의 반응이 "전쟁 이야기는 무서워서 싫다" "그런 시대에 태어나지 않아서 다행이다" 하고 먼 옛날 일처럼 느끼고 있다는 일본 비평가의 자기반성은 그저 남의 일이 아니다. "작가나 서술자에게 아무리 무거운 체험이라도 그것을 단순히 보여주기만 해서는 지금 아이들이 그 무게를 제대로 받아들이기는 힘들다"는 점이다. (하세가와 우시오 「일본 전쟁아동문학에 없는 것」, 『창비어린이』 2005년 봄호 263면 참조)

김기정의 과감한 형식실험 역시 시대의 요구와 무관하지 않은 것으로, 새로운 내용과도 맞물리고 있다. 『해를 삼킨 아이들』의 캐릭터는 옛이야기 방식의 과장에 따른 명징한 대조법이 구사되고 있지만, 이분법적 단순도식을 넘어선다. 이는 풍자와 해학, 아이러니와 패러디 등이 함께 작용하는 민간양식의 왕성한 소화력, 그 개방성에서 말미암는다. 놀부의 심술을 고스란히 옮긴 곰보 대장의 악행은 일본군에 대한 통쾌한 응징이 되고, 바보 허봉달의 못 말리는 고집은 남들이 경배해 마지않는 숨 막히는 유신시대의 절대권력을 조롱하며 '똥침'을 날린다. 일종의 야사, 야담, 유언비어처럼 흘려놓은 이런 이야기가 엄중한 역사의 진실이라는 기본 뼈대까지 구부러뜨려놓은 것은 아니다. 그런데 이렇게 웃음을 선사하는 옛이야기의 시공간에서는 맞섬의 대상도 증오나 반감을 불러일으키기보다 하나의 놀이상대처럼 느껴지게 된다. 이는 김유정의 「봄봄」(1935)이나 「동백꽃」(1936)이 마름과 소작 관계라는 주종의 파행적 현실을 반영하면서도 웃음으로 상대를 감싸안고 있는 것과 마찬가지다. 이런 민중적 낙관의 여유로움을 바탕에 깔고 있었기에 마지막 장에서 한차례 역사가 비약하는 승리와 화합의 대동세상이 펼쳐질 수 있지 않았나 싶다. 물론 '붉은악마'에 비친 이종혼성(異種混成)의 대합창은 민중승리의 한 국면에 대한 옛이야기 방식의 해피엔딩이지 현실은 아니다. 그러나 모두가 하나로 섞여들어간 거대한 용광로 같은 역사의 흐름을 끌어안으면서 낙관하는 결말은 지난 한세기에 걸친 희생자들에 대한 해원(解寃)과 그 험난한 세월을 뚫고 살아온 자의 자부심으로 각인될 것임이 틀림없다.[6]

고재은의 『강마을에 한번 와 볼라요?』는 할머니의 젊은 시절 이야기

---

6 이 작품에도 흠결은 있다. 수난과 희생을 그리는 대목들에서 넋두리나 노래의 성격을 강화한 것까지는 좋은데, 여느 장과 다름없는 익살스러운 문장이 불쑥불쑥 끼여들어감으로써 비극성과 진혼의 의미가 퇴색되고 있다. 이 작가한테는 해학의 진실성에 의심을 품는 시선이 따라붙고 있는데, 이런 점에 대해 숙고해야 할 것이다.

다. 한 마을에서 겪은 일을 생활풍속이나 세태와 더불어 그리고 있는 점에서 일종의 개인사적 회고담이라고 할 수 있다. 흘러가버린 개인의 과거사는 현실의 짐에서 벗어나 있는 것이기 때문에 종종 미화되기 일쑤다. 더욱이 회고는 기억할 일이 많은 어른에게 딸린 행위이지 아이들의 것이 아니다. 그 때문에 아이들에게 주고자 하는 회고담은 자족적, 감상적, 복고적인 태도를 경계해야 한다. 그런데 고재은의 작품은 다른 비슷한 부류의 작품들과 뚜렷이 구별되는 참신성을 지녔다. 함께 견줘볼 만한 김남일의 『골목이여, 안녕』(창비 2004)과 김은숙의 『1959년 솜리 아이들』(대교 2004)은 옛 풍물을 수집, 나열하려는 회고취미가 승해서 거의 세태에 관한 스케치로 일관하고 있다. 이들 작품에서 등장인물은 시대배경의 주인이 되어 있지 못하고 손님으로 머문다. 반면에 고재은의 작품은 하나하나 또렷한 인물 이야기로 초점을 잡아서, 거기 강마을에도 '사람'이 살고 있었네, 하는 식으로 오늘날 독자와의 대화적 통로를 뚫었다. 나름의 형식적 고안이 이를 정교하게 뒷받침한다.

우선 이 작품은 서술자의 목소리가 눈길을 끈다. 객관성을 높이는 산문의 일반적인 서술이 아니라, 놀라울 정도의 탄력성을 지닌 입말체 서술을 택했다. 그때그때 잘 맞아떨어지는 속담과 농담을 곁들인 전라도지역 언어가 무척 자연스럽다. 보통은 문장 뒤로 숨은 작가의 얼굴이거나 아이의 목소리였을 것이나, 여기에서는 산전수전을 겪고 난 할머니를 내세웠다. 그리하여 이 작품의 서술자는 친밀감을 넘어서는 또다른 층위를 작품에 제공한다. 바로 세상살이의 연륜에서 오는 넉넉한 품이다. 자신의 모자람까지 솔직하게 드러내면서 대상을 품어안는 이 넉넉함은 회고담이 빠져들기 쉬운 감상적인 톤과는 구별되는 정서적 흡인력을 지녔다. 할머니를 화자로 내세운 작품이 모두 이런 결과를 가져오는 것은 아니다. 이 모든 장점을 하나로 버무릴 줄 아는 작가의 능란한 솜씨, 그리고 인간에 대해 열려 있는 속 깊은 이해심이 서로 긴밀하게 호응하고 있다.

이 작품은 덕길이네 흰둥이까지 포함해서 한 마을의 구성원을 한 명씩 소개하듯 이어붙인 연작 형식이다. 여기서 또 중요한 것이, 어른들만의 이야기가 아니고 아이들만의 이야기도 아닌, 초점을 그때그때 어른과 아이로 옮겨가면서 그들을 둘러싸고 벌어지는 일들을 한 마을이라는 공동체적 공간과의 유기적인 관련 아래 엮어 넣은 점이다. 한 이야기의 주인공은 또다른 이야기의 조연이 된다. 어느 이야기의 군소인물이라고 해서 그 인상이 흐릿하게 다가오는 법이 없다. 마치 달이 차고 이울고 하는 자연의 이치를 따라가듯, 그리고 이야기의 주인공이 되고 조연이 되는 관계와 마찬가지로, 작가는 삶의 명암이 엇갈리는 관계를 주시하면서 연작의 흐름을 빈틈 없이 통어한다. 이 유동성에 대한 감각이 삶에 대한 성찰과 더불어 유머와 아이러니의 효과를 빚고 있다. 어른들의 사연은 사회적이고 역사적인 배경과 이어져 있고, 그것이 아이들의 삶에도 직간접으로 작용한다. 그래서 이 작품은 아픈 상처의 기록이기도 하다. 시대의 어둠에서 비롯된 아픔은 작가가 단순히 과거를 아름답게 미화하거나 그리워하려는 의도에서 작품을 쓰지는 않았다는 표시다.

고재은의 작품은 결코 '가고파'식의 고향타령이 아니거니와, 뛰어난 전통의 계보를 가지고 있다. 이문구의 단편연작은 잘 알려진 예이고 권정생과 임길택의 단편으로 된 인물 이야기들이 있다. 아주 가까이는 강정님의 『이쁘 언니』(푸른책들 2000) 같은 연작으로 된 장편을 떠올릴 수도 있겠다. 나는 회고담 형식의 작품으로는 『북경 이야기』(린 하이윈, 1960) 같은 인물 이야기를 기대해왔는데, 인생에 대한 깊이있는 해석과 포용력 면에서 『강마을에 한번 와 볼라요?』를 거기에 대볼 수 있는 수작이라고 생각한다. 하지만 권정생의 작품에 비해서는 시대의 아픔이 이미 세월에 의해 치유된 과거의 상처로 그려지는 한계를 안고 있다. 마을에 지주와 같은 특권계급이 없어서 더 그리 되었을 텐데, 새마을운동, 전쟁후유증, 일제 말의 체험 등이 섞여들었음에도 어딘지 외부와 차단된 자족적인 공

간으로 작품세계가 다가온다. '사라져가는 아름다움'을 그렸대서 문제가
아니라, '사라져야 할 추악함'을 아예 작품 밖으로 추방한 것에 대한 아쉬
움을 토로할 수 있겠다.

역사와 인간의 관계라는 건 워낙 복합적이기 때문에, 불행한 과거와
그리운 과거를 생선뼈 발라내듯 떼어낼 수 있는 게 아니다. 가치지향의
끈을 놓지 않고도 두 맞물림을 통일적으로 파악하는 힘이 우리 아동문학
에 커지고 있는 현상이 반갑다. 김기정과 고재은의 '에둘러' 말하는 화법
은 삶의 굴곡을 포착하는 기민함과 포용성을 아울러 지니는 것인데, 그
감각적이면서도 지적인 통제에 의한 유머와 아이러니 효과가 내가 보기
에는 리얼리즘 아동문학이 현대성과 해후하는 한 장면이다.

5. 마무리 ─ 세계시민의 시야를 확보하자

신자유주의가 내세우는 세계화논리가 국경 없는 자본의 새로운 지배
전략이라는 것은 잘 알려진 사실이다. 우리나라 또한 자본이 주도하는
세계화질서에 편입되어 나라 안팎의 모순들과 만나고 있다. 일자리를 잃
은 민중의 고통이 그러하고, 우리에게 부당한 대우를 받는 외국인노동자
의 고통이 그러하다. 우리 민중은 국경을 넘어선 반자본의 연대에 서투
르다. 러시아에서 귀화한 박노자 교수는 '박정희의 한국, 노무현의 한국
이 아닌 것처럼 부시의 미국, 천황의 일본이 아님을 우리가 잊고 사는 것
같다'고 충고한다. 우리 민중이 겪었던 이중삼중의 고통을 기억하기는
쉽다. 하지만 다른 나라 민중이 겪었던 고통을 기억하기는 쉽지 않다.

일본 애니메이션 「반딧불이 무덤」(1988)을 보는 우리의 심정은 착잡하
다. 이 작품은 전쟁에서 엄마를 잃은 오누이가 굶어죽는 과정을 사실적
으로 그려 눈시울을 뜨겁게 적신다. 그런데 전쟁의 책임을 외면하고 전

쟁의 아픔에만 매달리는 모습이다. 일본 역시 우리 이상으로 갖가지 고초를 생생하게 그려낸 작품들의 목록이 있을 것이다. 그런 작품을 대하는 일본 민중의 심정은 어떠할까? '과거의 영예'를 꿈꾸는 군국주의 부활의 흐름은 또다른 가닥일 테고, 자기들이 실제로 겪었던 '수난과 인고'의 세월에 대한 감회가 상당하지 않을까? 그들의 태도에 문제가 있음을 모르는 게 아니지만 적어도 그런 작품에 감동하는 대다수 일본 민중은 '결코 자신들의 것이 아니었던 영예' 따위보다는 참혹한 전쟁의 비극을 피해야 한다는 소박한 바람을 지니고 있으리라는 점이다.

　문제는 내남없이 자기한계에서 벗어나 세계시민의 시야를 확보하는 일이다. 올바른 소통의 길을 '따로 또 함께' 고민해야 할 것인데, 한일 양국의 아동문학이 지녀야 할 것과 버려야 할 것에 대해, 세계시민의 주역이 되어야 할 아이들의 관점에서, 또 한일 양국의 진보적인 아동문학인의 관점에서 검토하는 일을 이제는 벌여나가야 할 시점이다. 민족의 문제에서나 계급의 문제에서나 '우리'와 '저들'의 관계에 대한 일도양단의 도식을 많이 본다. 옳고 그름이 무엇보다 중요하긴 해도 주관에 빠져서는 곤란하지 않겠는가. 공동체의식의 발현으로서 '우리'는 높이 평가할 수 있는 것이지만, '나'를 확대재생산하는 '우리'의 동일성에 집착하면서 거기에 도덕적 권위까지 부여하게 되면 동심원 바깥의 타자(他者)는 '다름'이 아닌 '틀림'으로 일괄 규정되기 십상이다. 한번 이렇게 물어보자. 네 안에 나 있느냐, 내 안에 너 있다.

_『창비어린이』 2005년 여름호

다문화시대의 아동문학

한국 아동문학에 나타난 베트남

1. 머리말

다문화시대를 맞아 아동문학에서 새로운 변화가 감지되고 있다. 외국인 문제라면 과거에는 한일(韓日), 한미(韓美) 관계를 축으로 민족의 수난과 아픔을 다루는 양상이 대부분이었다. 그러나 이제는 배타적 민족 감정이 우리 안의 타자를 만들어내고 사회적 갈등과 억압을 낳는 현상에 대해 고민하고 있다. 더욱이 다문화가정 2세가 증가하면서 그들이 동화와 청소년소설의 주인공으로 등장하는 일도 흔해졌다. 겉모습이 비슷한 동아시아의 경우보다는 미묘한 차이를 보이는 동남아의 경우가 더욱 문제적이다. 그 중 베트남은 우리와 여러모로 관련이 깊어 주목을 요한다.

한국과 베트남은 1992년 12월 22일 수교를 맺은 이래 활발한 교역활동을 벌이고 있으며, 결혼 이주자들도 급격히 증가해서 국적별 국제결혼 이주자는 2008년 5월 1일 현재 베트남이 중국 다음으로 많은 숫자를 차지하고 있다.[1] 그러나 한국과 베트남 아동문학의 교류 상황은 미미한 편이다. 1984년에 베트남 민화집이 '창비아동문고'의 하나로 번역 출판되고,[2] 2007년에 권정생의 『몽실 언니』가 베트남에서 번역 출판된 바 있다.[3] 한국·베트남 다문화가정이 증가하는 추세의 반영으로 2008년에는 베트남 동화 순회전이 열리기도 했다.[4] 이 순회전은 베트남 동화(민화)를 텍스트로 해서 한국 작가들의 회화적 상상을 접목시킨 전시와 교육프로그램으로 구성되었다. 베트남 창작동화가 국내에 번역 출판된 것은 아직 없는 것으로 알고 있다.

한국 아동문학에 나타난 베트남은 어떠할까? 얼른 생각하기에도 한·베 수교 이전과 이후를 구분해야 할 필요를 느낀다. 혹자는 한·베 수교 이전의 베트남 관련에 대해 고개를 갸우뚱할지도 모르겠다. 한국 아동문학의 베트남 관련은 역사적 배경이 서로 다른 두 시기에 걸쳐 있다. 한 시기는 베트남전쟁 파병, 또 한 시기는 이주노동자 및 국제결혼 이주자와 관련된다.

주지하다시피 한국사회는 1987년 6월항쟁을 기점으로 이전과 이후 시기가 구분된다. 이른바 '87년체제'를 거쳐 오는 동안 한국사회의 근대적 과제였던 시민사회가 성립했고, 곧이어 근대성에 대한 성찰의 과제가 떠올랐다. 다문화 담론은 바로 이러한 사회적 변화를 반영하는 것이다. 과거의 베트남이 '이민족(異民族)'이었다면 현재의 베트남은 '다문화(多文化)'라고 할 수 있을 만큼 패러다임이 바뀌었다.

따라서 '이민족'과 '다문화' 사이를 가로지르는 사안에 대해 살필 때에는 87년 이전과 이후를 통찰하는 역사주의적 시각이 중요하다. 이런

---

1 행정안전부 자료 『한겨레신문』 2008년 10월 30일자 참조.
2 김기태 편역 『쩌우 까우 이야기』, 창작과비평사 1984.
3 안경환 번역 『Mong Sil』, TRE Publishing 2007.
4 평화박물관건립추진위원회 주최 베트남 동화 순회전 '엄마나라 이야기'. 안산(8월), 춘천(9월)에 이어 서울(11월)에서 전시됨.

점에 유의하면서 한국 아동문학과 베트남의 관련을 '전쟁 이야기 속의 베트남'과 '다문화가정 이야기 속의 베트남'으로 나누어 살펴보기로 하겠다.

2. 전쟁 이야기 속의 베트남

한국 아동문학에 베트남이 처음 등장한 것은 베트남전쟁(1955-75) 중이었다. 한국과 베트남은 동아시아의 약소국으로서 제국주의 세계질서의 희생양이었으며, 식민지와 분단, 동족상잔을 겪은 점에서도 공통점을 지닌다. 하지만 두 나라는 서로 피를 흘리는 불행한 관계로 얽혀들었다. 한국정부는 한미관계와 경제적 이득을 고려하여 국제사회가 반대하는 베트남전쟁 파병(1965~73)을 감행했다. 단순화하기는 어렵지만 베트남전쟁에서 한국은 제3자면서도 가해자의 편에 가까웠다. 민주적 정통성에 취약한 군부정권은 민중의 희생을 담보로 근대화를 추진했다. 이 과정에서 베트남 파병은 이른바 '월남특수'를 가져오며 근대화의 성장 동력으로 작용했으나, 한·베 민중을 적대관계로 몰아세우며 피의 대가를 요구했다. 당시에 정부는 반공을 국시로 내걸고 모든 비판세력에 대해 강권통치를 행사했다. 베트남전쟁에 대한 한국인의 통념은 한미동맹과 반공애국을 넘어서지 못했고, 고작해야 과장된 전쟁영웅담을 즐기는 수준이었다.

(1) 임신행의 작품

임신행은 파월 맹호부대의 정훈대에서 근무한 경험(1965~66)을 바탕으로 『베트남 아이들』(교학사 1966)과 『베트남에서 가져온 이야기』(교학사 1968)를 펴냈다. 일반 문학에서는 베트남 참전 경험을 작품화한 것이 어느 정도 알려져 있지만, 아동문학에서는 그렇지 않다. 이원수는 1966년의 아동문학을 돌아보는 자리에서 "신인 작품집 중에서도 특이한 것은 임신행의 소년소설집 『베트남 아이들』이다. 이 책에는 「꾸몽고개의 무지개」 외 12편의 소설이 수록되어 있는데 모두가 베트남 소년을 그린 소설이다. 현지에서 그들과 사귀며 그들의 생활을 들여다본 저자의 노작으로 우리 아동문단에 이채로운 작품으로 등장한 셈이다"[5]고 하면서 임신행의 작품을 주목한 바 있다. 누구보다도 사회문제에 관심이 많은 이원수였기에, 전쟁을 겪는 베트남 아이들에 대한 이야기에 눈길을 주었던 것이다.

그런데 임신행의 베트남전쟁 관련 작품들은 반공주의에서 크게 벗어나 있지 않다. 작가의 신분이나 시대적인 제약을 감안하고 보더라도, 한국군과 '월맹군'의 적대관계를 도식적인 선악의 대립으로 그린다든지 베트남 아이들에 대해 시혜자의 태도를 보이는 것은 적지 않은 문제점이다. 임신행 작품의 베트남 아이들은 따이한의 태권도에 열광하고, 맹호부대 아저씨들을 흉내 내서 전쟁놀이를 하며, 따이한이 주는 선물에 감동받는다.

『베트남 아이들』에 실린 작품들은 대부분 베트남 소년 주인공의 시점으로 되어 있다. 「꾸몽 고개의 무지개」는 민간방위대원으로 베트콩 소탕작전에 참가했다가 열병에 걸린 주인공 소년의 형을 따이한 아저씨가 적진에 가서 데려오는 내용이다. "밤이면 베트콩들의 학대에 못 이겨 어둠을 타고 피난해 오는 사람들이 점점 많아지고" 있다거나, "꾸몽 고개 둘레는 베트콩의 진지라 피해가 이만저만이 아니었"지만 "따이한 아저씨들이 밤낮을 가리지 않고 일주일 동안에 세운 꾸몽 시장" 덕분에 생활필수품을 교환할 수 있게 되었다는 식의 흑백논리적인 표현이 두드러져 있다. 역시 베트남 소년의 시점으로 서술된 「야자나무 아래의 풍경」은, "베

5 이원수 「1966년 아동문학 개관」, 『한국예술』, 1967; 『이원수아동문학전집 29』, 웅진 1984, 231면.

트콩들이 선량한 시민을 괴롭히기 위해 저의 밭 옆에다 지뢰를 매설해 놓았기 때문"에 생긴 허리께의 상처에 대해 들려주는 내용이다. 베트콩이 지뢰 묻는 것을 목격한 소년은 무고한 피해를 막고자 야자를 떨어뜨려 지뢰를 터뜨리다가 상처를 입는다. 반공주의 소년영웅담의 모습이다.

『베트남에서 가져온 이야기』에 실린 작품들도 대동소이하다. 「따이한 ㄱ·ㄴ·ㄷ·ㄹ」은 맹호부대 아저씨들이 마을에 오고부터 태권도를 배우고 한국말을 배우는 것을 기쁘고 즐겁게 여기는 내용이다. 「하아모니커 분대장」은 흰둥이 강아지가 따이한 아저씨들과 함께 살게 된 사연을 들려주는 내용인데, 의인화 기법이 억지스럽고 작위적이다.

제가 살던 안빈 마을의 주인아저씨는 베트콩이었어요. 안빈 마을에는 저의 주인 말고도 베트콩이 많았어요.

밤과 낮을 가리지 않고 베트콩들은 선량한 동네 사람들을 못 살게 굴고, 거둬들인 곡식과 가축을 빼앗아 가는가 하면, 자기네들의 말을 잘 듣지 않는다고 트집을 잡곤 함부로 총질을 하여 사람을 죽이고 하는 게 일이었어요.

바로 무법천지였어요.

그러던 어느 날 밤,

맹호부대의 용감한 아저씨들이 어둠을 틈타서 안빈 마을에 습격해 왔어요.

밤낮없이 날뛰던 베트콩들은 너무 뜻밖의 일이라 꼼짝없이 도망을 치지도 못하고 고스란히 잡히고 말았어요.

그때 나는 얼마나 통쾌했는지 몰라요. 나는 마음을 고쳐먹었어요. 날쌔고 용감하신 따이한 아저씨들을 따라가서 살아야겠다고 생각했었죠. (23~24면)[6]

이러한 작품은 한국전쟁에서 '인민군'의 악행을 강조하고 그와 싸우는 미군이 한국 아이들에게 시혜자로 묘사되는 반공 아동문학과 다를 바 없다. "무서운 전쟁 속에서 빛을 잃지 아니하고 자라는 여러분들의 동무들 이야기"(『베트남 아이들』의 '책머리에')를 들려주려는 의도는 좋지만, 베트남 체험을 다룬 귀중한 작품이 지배이데올로기를 별다른 의식 없이 수용하는 통념의 연장선상에 놓여 있는 것은 적잖은 아쉬움이다.

(2) 이원수와 권정생의 작품

이원수는 민족분단과 전쟁의 비극을 줄기차게 작품에 담아낸 작가이다. 분단이데올로기를 떠받치는 반공동화가 큰 흐름을 이루던 시기에, 그는 홀로 물살을 거슬러 오르듯 비판적 리얼리즘의 태도를 견지했다. 베트남전쟁과 파병 문제를 다룬 「별 아기의 여행」(『대한일보』『새어린이』, 1969)과 「별」(『현대문학』, 1973)에서는 당대의 통념을 벗어난 반전평화주의 시각이 돋보인다.[7] 「별 아기의 여행」은 별나라에서 자란 아기 '스스'가 지구여행을 하는 형식으로 되어 있다. 스스라는 초인간적인 존재를 통해 지구에서 벌어지는 여러 일들을 반성적으로 보여준다. 전부 6개로 되어 있는 이야기 가운데 마지막이 '전쟁놀이'다. 자기 형이 베트남에 파병해 있는 용이란 아이는 아이들과 전쟁놀이를 벌이면서 베트콩 쏴 죽이는 데 신이 나 있다. 이것을 내려다보던 스스는 용이를 안고 날아올라 참상에 처한 베트남 전쟁터를 구경시켜준다. 용이는 어느 편이 됐든 군인들이 고통 속에서 죽어가는 것을 몸소 보면서 전쟁놀이가 아닌 전쟁이 얼마나 무서운 일인지 깨닫는다.

「별」은 권정생의 동화와 상호텍스트성이 있는 작품으로 보인다. 즉

---

6 1968년 교학사에서 나온 작품집을 구할 수 없어서 1974년 한국독서문화원에서 나온 작품집을 참고했다.

7 본고는 『이원수아동문학전집 6』(웅진 1983)에 실린 작품과 서지사항을 따랐다.

1973년 조선일보 신춘문예 심사를 보면서 권정생의 「무명저고리와 엄마」를 당선작으로 뽑은 뒤에, 그 작품이 거의 시처럼 지어진 것에 대해 자신은 산문적으로 한번 써보려고 했던 결과가 아닌가 싶다. 구한말부터 월남전에 이르는 민족사의 비극을 한 집안의 대(代)를 이어서 그려나간 내용이기 때문이다.

　　그 후 두 달이 지나서 아버지는 아들의 부상을 알았다. 육군 병원에서 다리 하나를 잘랐다는 소식이었다. 아버지는 방바닥을 치며 울었다. 울다가는 실성한 사람처럼,

　　"한 집에 두 절뚝발이……."

하고 허허허허 웃기도 했다.

　　머리가 띵하고 세상이 핑핑 도는 것 같아 아버지는 그 자리에 쿡 엎드려 버렸다.

　　"왜 울어 해?"

　　"왜 웃어 해?"

　　갑자기 월남 땅에서 아들에게 죽은 그 곳 병사들의 아버지들이 삿대질을 하며 대드는 것이었다.

　　"너희 아들이 우리하고 무슨 원수져 했나?"

　　"우리 아들 죽어 했다. 너희 아들이 다리병신, 살아 했다. 부처님 많이 돌봐줘 했다."

　　아버지는 눈을 번쩍 뜨고 머리를 설레설레 저었다. (212~13면)

징용나간 탄광에서 다리 하나를 잃는 아버지와, 월남에 가서 싸우다 다리 하나를 잃는 아들이 나오는 것은 하근찬의 「수난이대」(1957)에서 영향을 받은 것으로도 볼 수 있다. 중요한 것은 전쟁의 아픔을 베트남 인민의 편에서도 바라보게끔 그려낸 점이다. 반공이데올로기를 넘어서는 휴

머니즘과 반전평화사상은 그 시대에 전위성을 띠는 것이었다.

권정생은 「무명저고리와 엄마」(『조선일보』, 1973), 「어느 가을날 할머니가 부르는 찬송가」(『달맞이산 너머로 날아간 고등어』, 햇빛출판사 1985)를 통해 베트남전쟁에 대한 관심을 드러냈다. 권정생의 베트남전쟁 관련 작품도 시대의 통념을 뛰어넘는다. 이원수가 심사를 맡은 조선일보 신춘문예 당선작 「무명저고리와 엄마」는 일제의 탄압과 수탈, 독립운동, 강제징용, 동족상잔, 베트남 참전 같은 역사적 사건들과 거기 얽힌 한 가족의 비극을 시적으로 그려낸 동화이다. 엄마가 낳은 일곱 아가의 삶이 파란만장한 한국 근대사의 비극을 웅변하고 있다. 이 작품에는 "아직 어린 티를 벗어나지 못한" 막내 무돌이가 입대를 하고 베트남에서 전사한 통지가 날아드는 대목이 나온다. 총 9장으로 되어 있는 것 가운데 막내 무돌이 이야기는 7장과 8장이다.

「어느 가을날 할머니가 부르는 찬송가」는 베트남전쟁에 뽑혀간 삼촌이 돌아온다면서 아들 맞을 준비에 부푼 할머니 앞으로 삼촌의 전사통지서가 날아드는 내용이다. 어린아이 영규의 시점으로 서술된 이 작품의 결말은 다음과 같이 할머니와 주고받는 대화 장면으로 되어 있다.

"할머니, 정말은 말이지, 삼촌은 베트남 가고 싶지 않았는지 몰라. 삼촌은 총을 들고 사람을 쏠 때 굉장히 무서웠을 거야."

할머니는 눈을 조용히 감았다가 떴다.

"삼촌이 총으로 사람 쏘는 것 보고 하느님도 화나셨을 거야."

할머니는 영규를 꼭 보듬어 안았다.

"모두들 못할 짓을 했지. 이 할미도 나빴어. 하느님 아버지께 우리 기석이만 보호해달라 한 것……."

할머니는 어린애처럼 입을 비쭉비쭉 하면서 운다. (235면)

베트남전쟁 당시에 국내언론은 전승(戰勝) 성과만을 부풀려 보도하는
데에 치중했고 피해사항에 대해서는 축소하거나 침묵했다. 베트남전쟁
을 다루는 데에서 전사자를 국가유공자 차원이 아니라 민중의 고통으로
그리는 것은 국가정책이나 국민의 사기에 반하는 금기사항이었다. 하지
만 이원수와 권정생은 민중의 고통과 더불어 전쟁 자체를 문제 삼는 반
전평화주의 사상을 작품에 새겨 넣었다. 이와 같은 작품으로 말미암아
우리는 과거 한국정부의 잘못과 한국인이 베트남인에게 진 빚을 망각하
지 않을 수 있게 되는 것이다.

3. 다문화가정 이야기 속의 베트남

지난 2007년 국내체류 외국인은 100만 명을 돌파했다. 통계청에 따르
면 2020년에는 20세 이하 인구 5명 중 1명이 다문화가정 자녀가 되고, 신
생아 3명 중 1명이 다문화가정 자녀가 된다고 한다.[8] 단군을 꼭지로 하는
단일민족 신화는 이미 '옛날이야기'의 하나로 바뀌었으며, 이제 '다문화
시대' '다문화사회'라는 말이 조금도 낯설지 않게 되었다.

이러한 상황에서 다문화를 테마로 하는 아동문학 작품이 증가하는 것
은 매우 당연하고 또 필요한 일이다. 다문화 관련 아동문학 작품은 두 가
지로 나눌 수 있으며, 이것들은 서로 겹치기도 하지만 단계적으로 초점
이 이동하는 양상을 띠고 있다. 처음에는 이주노동자의 문제를 주로 그
렸지만, 지금은 국제결혼 이주자와 다문화가정의 문제를 주로 그린다.

87년 6월항쟁 이후 활발해진 노동운동의 성과로 임금상승을 어느 정
도 이루어내자 중소기업 인력난이 심화되어 이른바 '3D업종'을 중심으

---

8 통계청 『국제결혼 혼인 현황 자료』, 2006.

로 동남아 이주노동자들이 유입되기 시작했다. 이주노동자들은 한국경제가 필요로 하는 인력이고 실제로 한국경제에 크게 기여해왔으면서도 불리한 법과 제도 그리고 이들을 보는 이중적이고 배타적인 시선 때문에 고통 받고 있다. 2000년대에 들어와서 아동문학이 이런 문제를 수용하기 시작했다.

한편, 이주노동자가 저희들끼리 혹은 한국인과 가정을 이룬다든지, 농촌을 중심으로 아시아여성과 국제결혼을 해서 이룬 가정이 증가하면서 아동문학은 점차 다문화가정 문제로 초점이 바뀌었다. 이주노동자 문제는 1차적으로 어른과 관련한 일이기 때문에 그리려는 대상의 눈높이나 주인공의 시점 등에서 일정한 제약이 따른다. 이에 비해 다문화가정 문제는 2세의 성장과 더불어 한층 직접적인 어린이의 경험으로 아동문학에 수용될 수 있다.

다문화가정을 다룬 아동문학 작품은 2004년경 나타나기 시작했고, 그림책부터 청소년소설에 이르기까지 꾸준히 증가하는 추세이다. 이 가운데 베트남과 관계된 것은 한국 아버지와 베트남 어머니로 구성된 가정을 다룬 작품이 대부분이다. 지금까지 나온 베트남 관련 아동문학 작품이 그리 많은 것은 아니기에, 이주노동자 문제를 다룬 것도 포함해서 갈래별·연도별로 살펴보려고 한다.

(1) 동화(아동소설)

2003년에 이주노동자 문제를 다룬 동화집이 단행본으로는 처음 선을 보였다. '외국인노동자 인권동화'라는 표지를 달고 나온 『지붕 위의 꾸마라 아저씨』(조대현 외, 문공사)가 그것이다. 여기 수록된 윤수천의 「루우가 인사드리겠대요!」에 베트남 이주노동자가 등장한다. 이 작품은 1인칭 어린이화자가 베트남 이주노동자 까오 탕 아저씨 얘기를 들려주는 형식이다. 오줌이 마려워 한밤중에 잠을 깬 나는 쪽방의 까오 탕 아저씨가 우는 소리를 듣는다. 다음날 엄마에게서 이주노동자들이 부당한 대우를 받고 지낸다는 얘기를 듣는다. 자기네 집에 스리랑카 이주노동자들이 세 들어 산다는 친구 덕진이한테서도 비슷한 얘기를 듣는다. 어느 날 나는 까오 탕 아저씨가 일하는 공장에 들를 기회가 생기는데, 아저씨가 사장에게 구박받는 장면을 목격한다. 그날 저녁에 나는 아저씨의 아들사진을 달라고 해서 공장 사장에게 편지를 쓰고 함께 넣어 보낸다. 베트남에 있는 아저씨의 아들 루우가 자기 아버지를 잘 대해주는 사장님에게 인사드린다는 말을 대신 전해주는 편지였다. 얼마 뒤 사장은 자신의 행위를 부끄러워하고 반성하는 내용의 답장을 보내온다. 아이의 재치 있는 '선의의 거짓말'이 사장의 마음을 움직인 것이다. 주인공 아이가 이주노동자에게 관심을 갖게 되는 계기, 이주노동자들이 부당한 처우를 당하는 현실에 대한 경험, 그리고 주인공의 기지(機智)에 찬 문제 해결 등을 순차적으로 엮어냈다. 그런데 전개과정에 상투성과 작위성이 끼어들어 있다. 사장이 아저씨를 구박하는 장면은 상투적이라 할 만큼 비정하게 그려졌는데, 한 순간에 쉽게 반성하는 결말을 취한 것은 작위적이라 하지 않을 수 없다. 교훈적인 의도가 앞서서 리얼리티를 소홀히 한 것이다.

2004년에는 국가인권위원회의 기획으로 '인권동화집' 『블루시아의 가위바위보』(김중미 외, 창비)가 나왔다. 여기에 베트남 관련 동화가 두 편 실려 있다. 박상률의 「혼자 먹는 밥」은 베트남 미등록 이주노동자 가족의 삶을 어린 티안의 시점으로 그린 것이고, 안미란의 「마, 마미, 엄마」는 국제결혼 이주자 가족의 삶을 한국 아빠와 베트남 엄마를 둔 수연의 시점으로 그린 것이다. 유형은 조금 다르지만 두 작품 모두 다문화가정 이야기에 속한다.

「혼자 먹는 밥」의 티안은 지하 단칸방에서 일 나간 아빠 엄마를 기다리며 매일 저녁 혼자 밥을 먹는다. 티안은 학교에서 축구가 주특기다. 아이들은 축구할 때만 티안의 이름을 불러주고 보통은 '튀김'이라고 따돌리며 놀린다. 특히 '일짱'으로 통하는 경준이가 심하다. "가난뱅이 나라에서 온 게 사람 무시하네." "얼굴도 시커멓게 생겨 가지고, 퉤, 재수 없으니까 너희 나라로 빨리 꺼져버려." "저 새끼, 지 나라로 가라고 해요. 밥맛이란 말이에요. 우리 아빠가 그러는데 저런 애들 우리나라에서 사는 거 다 불법이래요, 불법!" 이런 말들에서 보듯이 경준이는 이주노동자를 보는 우리 사회의 가장 나쁜 편견과 차별의식을 대변하는 존재이다. 티안은 부모를 찾아 한국으로 오긴 했지만 '불법 체류자' 신분이고 '외국인노동자의 집'의 도움으로 학교에 다니는 처지다. 어느 날 법적 체류시한을 넘긴 아빠가 공장에 들이닥친 단속반에 잡혀간다. 얼마 지나지 않아서 엄마도 단속에 걸린다. 아빠 엄마가 모두 잡혀 가고 혼자서 밥을 먹는 티안. "나는 숟가락을 상 위에 내려놓고 문밖을 바라보았어요. 문밖에는 벌써 어둠이 까맣게 밀려와 있었어요." 이렇듯 이 작품은 암울한 결말로 막을 내린다. 미등록 이주노동자 가족의 불안한 삶을 티안의 호소력 있는 화법에 실어냈다. 경준이와 대립하는 장면에서는 상투성이 보이지만, 손쉬운 화해의 결말을 취하지 않은 것은 일보 전진이라 할 수 있다.

「마, 마미, 엄마」는 상투성을 줄이고서도 따뜻한 화해를 모색하면서 한결 어린이문학다움에 다가서고자 했다. 수연은 받아쓰기 문제를 불러주는 엄마의 발음이 정확하지 않아서 늘 애를 먹는다. 하지만 엄마는 스승의 날에 일일 명예교사로 임명되어 아이들 앞에서 베트남의 기후와 문화를 가르쳐주기도 한다. 수연이네 옆방에는 한국인 엄마를 여읜 세이가 '사이드 알리 지나'라는 이름을 가진 아빠와 둘이 살고 있고, 끝방에는 늘 술에 취해 지내는 박씨 아저씨가 혼자 세 들어 산다. 베트남전쟁 참전 경력이 있는 박씨 아저씨는 이주노동자를 경시하는 전형적인 인물이다. 그는 술에 취해 수연이 할머니에게 방세를 낸 사실을 까맣게 잊고 돈을 잃어버렸다면서 세이를 다그치는 소동을 부린다. 저녁에 수연 아빠는 낮에 일어난 소동을 듣고 박씨 아저씨와 다툰다. 세이 아빠는 딸이 의심받는 상황을 피하고자 월급 받아서 갚아준다고 한다. 사건은 고기를 사들고 온 수연이 할머니가 마당 평상에 밥상을 차리게 하고 모두를 초대하는 데에서 전환한다. 한솥밥을 먹으면서 오해가 풀리고 마음이 열리는 것이다. 여기 인물들은 퍽 사실적이다. 수연의 당차고 야무진 대응과 박씨 아저씨를 둘러싼 갈등이 실감나게 그려져 있다. 하지만 가해와 피해의 도식이라든지, 할머니라는 조력자를 통해서 한꺼번에 갈등이 해결되는 것은 한계라 하지 않을 수 없다.

2005년에는 원유순의 『우리 엄마는 여자 블랑카』(중앙출판사)가 단행본으로 나왔다. 초등 2학년생 주인공 하나는 엄마가 세상을 떠난 뒤 아빠가 베트남 엄마와 재혼해서 같이 살고 있다. 하나는 아빠가 재혼하기 전에 작은집 사촌들 사이에서 차별을 받고 눈치를 보며 살았던 기억이 있기 때문에, 배다른 동생 공두뿐 아니라 자기에게도 잘해주는 베트남 엄마와 사이가 좋다. 그런데 엄마가 숙제 잊은 걸 가져다주러 학교에 다녀간 뒤로 아이들에게 놀림을 당하면서 마음에 균열이 생긴다. 담임선생님도 새엄마에 대한 편견을 무의식 중 드러내고, 아이들은 텔레비전 코미디프로의 영향으로 하나 엄마를 '여자 블랑카'라면서 웃음거리로 삼는다. 엄마가 없어졌으면 좋겠다는 데 생각이 미치자 하나는 아빠한테 거짓말을 일러바친다. 아빠는 새엄마가 동생 공두만을 예뻐하고 자기를 때리기까지 한다는 하나의 말을 듣고 처음에는 반신반의하다가 편견이 작동하면서 엄마를 일방적으로 나무란다. 하나는 죄의식과 함께 내면의 갈등을 겪지만 상황은 더욱 악화되는 쪽으로 나아간다. 집에서는 엄마와의 사이에 무거운 침묵이 가로놓이고, 놀림을 받는 학교생활은 전혀 즐겁지 않다. 어느 날 하나네 집에 폭력 피해를 당한 이주노동자들이 찾아와 엄마에게 도움을 청한다. 이주노동자들의 인권보장을 요구하는 집회에 나간 하나 엄마의 모습이 텔레비전에 나오자, 밤늦게 들어온 엄마에게 아빠는 더욱 화가 나서 손찌검을 한다. 하지만 상황은 반전된다. 하나 엄마가 훌륭한 사람이라서 텔레비전에 나왔다고 담임선생님이 말하자 아이들의 태도가 바뀌는 것이다. 아빠와 엄마 사이의 오해도 풀린다. 생략으로 처리했지만 하나가 아빠에게 진실을 말해주었을 것이고, 본래 악의가 없던 아빠는 이주노동자를 위해 애쓰는 아내의 처지를 십분 이해했을 것이다. 결말 부분에서 엄마가 평소처럼 아빠 발을 씻겨주는 모습을 본 하나는 "이제부터 아빠 발은 아빠가 닦아"라며 따지고 든다. 동네 슈퍼 아줌마가 엄마한테 반말하는 것도 가만두지 않을 것이라고 속다짐을 한다. 이 작품에서는 상투성과 도식성이 거의 드러나지 않는다. 아이들이 코미디 흉내를 내며 하나 엄마를 웃음거리로 삼는 것이나, 훌륭한 사람이라서 텔레비전에 나온 것이라는 선생님의 말을 듣고 부러워하는 것이나 모두 아이들다운 모습이다. 아빠, 담임선생님, 슈퍼 아줌마가 특별히 악의는 없을지라도 나름의 편견을 내비치는 것도 자연스럽다. 내면의 갈등을 수반하는 하나와 새엄마 사이의 말 없는 냉전은 실감을 준다. 이와 같은 밀고 당김 덕분에 주인공 아이의 성장 변화가 설득력을 얻고 있다. 걸리는 점은 베트남 새엄마를 대학 나온 지식인으로 설정한 것이다. 하나 아빠가 집 짓는 일을 하고 있는데다가 재혼이니만큼 아무래도 개연성이 부족해 보인다.

2006년에는 다섯 명의 작가로 구성된 벼릿줄 동인이 '혼혈인' 문제를 다룬 작품집 『까만 달걀』(샘터)을 펴냈다. 여기에 실린 김은재의 「너희 나라로 가라」는 과거에 미군을 아버지로 둔 혼혈인들이 이 땅에서 당했던 설움의 베트남판이라고 할 수 있는 '라이따이한' 문제를 다룬 것이다. 주인공 경주는 베트남에서 "라이따이한, 너희 나라로 가라"는 놀림을 받으며 자랐다. 한국을 자신의 나라로 여기며 살아온 경주는 어머니가 돌아가시자 무작정 아버지를 찾아 한국행 비행기를 탄다. 우여곡절 끝에 경주는 아버지와 만난다. 아버지는 딸을 부여안고 미안하다면서 회한의 눈물을 흘린다. 이 작품은 30대 어른의 '아버지 찾기' 이야기이기 때문에,

비록 동화의 경어체로 서술되었어도 무리가 드러난다. 소설이라면 매우 복잡한 심리와 세부 현실을 짜 넣었어야 하는 내용인데, 그런 사연들을 대폭 생략한 줄거리여서 반성과 화해의 장면이 신파에 가깝게 그려지고 말았다.

2008년 MBC창작동화대상 단편 당선작인 한아의 「바다 건너 불어온 향기」(『제16회 MBC창작동화대상 수상작품집』, 금성출판사)는 베트남 새엄마를 받아들이는 과정을 그려낸 작품이다. "베트남이나 필리핀에서 여자를 데려와서 장가를 간다는 뉴스를 보기는 했지만 그건 나와는 상관없을 일이라고 생각했다"고 시작하는 이 작품은 다문화가정 문제가 '그들'이 아니라 '우리'의 문제임을 새삼 일깨우고 있는데, 통속적인 교훈동화의 틀을 벗어나지 못했다. 아파서 잠든 자신을 보살피는 새엄마의 따뜻한 손길을 느끼고 주인공이 반성을 하면서 갈등이 해결되는 식상한 구도이다.

(2) 청소년소설

2008년에 간행된 청소년소설 『완득이』(김려령, 창비)는 나온 지 6개월 만에 20만부를 돌파하는 기염을 토하면서 아이어른 할 것 없는 폭넓은 관심을 불러일으키고 있다. 이 작품의 주인공 완득이는 한국 아버지와 베트남 엄마 사이에서 태어난 다문화가정 2세이다. 물론 이 작품에 대한 독자의 뜨거운 반응은 고등학생 완득이와 담임선생님 똥주를 근간으로 하는 등장인물의 인상적인 캐릭터에서 말미암는다. 그들이 주고받는 입씨름은 유쾌한 웃음을 선사한다. 하지만 이 작품은 단순한 코미디가 아니다. 우리 사회에 대한 가차 없는 비판과 풍자에서 비롯된 웃음이기 때문이다. 대한민국의 교육현실에 대한 똥주의 속 시원한 까발림과 완득이의 삐딱함이 아니었으면 청소년소설 하나가 이토록 단숨에 수많은 독자를 열광시키는 일은 불가능했을 것이다. 이 작품에서 또 하나 놓쳐선 안 되는 것이 있다. 똥주와 완득이를 둘러싼 이주노동자와 장애인들의 고달픈 삶에서 물씬 배어나오는 서민적 애환과 페이소스가 그것이다. 우리 시대를 가로지르는 사회문제를 생생한 캐릭터와 유쾌한 입담에 실어냈기 때문에 이 작품은 최근 가장 주목받는 소설의 하나가 될 수 있었다.

청소년소설로서 『완득이』는 '한국적 성장소설'의 한 성과라는 의의를 지닌다. 성장소설이 주인공과 그를 둘러싼 환경의 대결을 그리면서 기성사회에 어떻게 편입할 것이냐의 문제를 다루는 것이라면, 이 작품은 오늘날 한국사회가 안고 있는 중요한 문제들을 이 시대 청소년의 성장조건으로 제시하는 어떤 전형성을 획득했다고 여겨지는 것이다. 완득이는 젖을 떼자마자 집을 나간 어머니에 대한 기억조차 없고, 카바레의 춤꾼이요 바람잡이인 아버지 직장엘 어릴 적부터 드나들었기에 유흥가 '어깨'들에게 쌈꾼의 기질을 배웠다. 말하자면 그는 '양아치' 후보로서 자라났다. 그런 완득이가 쌈질과는 다른 규칙을 익히며 킥복싱 선수 후보로 입문하는 과정이 서사의 중심축이라 할 수 있는데, 담임선생님 똥주와의 인연이 인도네시아 이주노동자 알리 핫산과의 만남으로, 또 알리 핫산과의 만남이 문 닫기 일보직전의 변두리 체육관을 지키는 킥복싱 사범과의 만남으로 이어진다.

담임선생님 똥주는 허름한 교회건물을 하나 구해서 이주노동자들을 돕는 활동을 하고 있다. 그는 사장인 아버지가 이주노동자를 교묘하게 착취하는 현실을 목도하고 거기에 반발을 느껴서 집을 뛰쳐나온 처지다. 출신 배경이 너무 극적이라 설득력이 떨어지지만 그의 '외국인 노동자 쉼터' 활동은 완득이와 베트남 어머니의 해후에 개연성을 부여한다. 갑작스럽게 나타난 어머니에 대해 반발하는 완득이에게 담임선생님 똥주는 이렇게 토를 단다. "남편 입장에서는 부인이 도망간 것이지만 부인 입장에서는 국제 사기결혼"이었다고. 완득이 아버지가 국제결혼 브로커의 농간으로 본의 아니게 난쟁이라는 사실을 빠뜨린 채 베트남 여자를 맞이했기 때문이다. 베트남 어머니가 집을 나간 것은 아버지가 난쟁이라는 사실보다는 사교춤을 선택한 것을 받아들이지 못해서였다. 그런 어머니도 세상 뒤에 숨어 있던 완득이가 운동을 선택하면서 세상 밖으로 나오고 있다는 사실을 알아차리며, 완득이는 가난한 나라 사람이 잘 사는 나라의 가난한 사람과 결혼해 여전히 가난하게 살고 있는 현실을 깨닫는다. 어머니는 완득이가 선택한 운동을 인정하라고 아버지를 설득하는 한편, 자신도 아버지의 춤을 받아들이게 된다. 완득이와 어머니는 서로에게 힘을 주는 관계로 발전하고, 진로 문제로 틈이 벌어진 완득이와 아버지의 관계도 "너는 내 춤을, 나는 네 운동을" 인정해주는 것으로 회복된다.

하위문화에 머물렀던 '댄스'와 '스포츠'를 포함하여 이런저런 비주류 인생들에 대한 따뜻한 관심, 그리고 소수자 문제에 대한 올바른 인식에 기초해 있기 때문에 『완득이』는 수많은 독자로부터 갈채를 받았다. 하지만 기발한 캐릭터를 앞세운 교훈적인 스토리에 대해서는 비판도 만만치 않다. 무엇보다도 담임선생님 똥주의 몫이 너무 큰데다 완득이를 둘러싼 인물들이 모두 완득이에게 도움이 되도록 짜여 있다는 것, 그 때문에 완득이를 둘러싼 이주노동자와 장애인의 삶이 동화처럼 해피엔딩으로 귀결된다는 것은 이 작품의 현실성에 의문을 제기한다. 따지고 보면 한·베 국제결혼으로 태어난 완득이가 고등학생 나이라는 설정도 작품이 씌어진 시점상 거의 불가능한 일에 속한다. 더욱이 완득이는 다문화가정 2세라는 사실조차 모르고 지냈다. 때문에 이 작품은 다문화가정 문제와 거의 관련이 없다는 인상마저 풍긴다. 그렇긴 해도 개척기의 청소년소설 『완득이』는 단점보다는 미덕이 훨씬 많고 또 돋보인다. 경쾌하고 빠른 호흡으로 전개되지만 작품의 초점과 효과가 어느 하나에 고정되어 있는 것도 아니다. 학생들에게 육두문자를 날리는 담임선생님 똥주나 동네의 '씨블놈' 아저씨, 말더듬이에 정신박약의 증세가 있어도 춤만은 누구에게도 뒤지지 않는 민구 삼촌 등 다소 괴팍하게 보이는 인물들은 비현실적인 캐릭터라기보다 누구나 살아오면서 경험했을 법한 실감을 지니고 있다. 이주노동자 가운데 알리 핫산처럼 동료를 배신하는 경우도 끼여드는 데에서 보듯이, 이 작품의 인물과 서사는 지금까지 나온 비슷한 소재의 작품들이 빠져든 관념적인 도식을 넘어서는 생생한 구체성과 건강한 작가의식의 발로라는 믿음을 준다.

(3) 그림책

그림책은 가장 낮은 연령대의 독자를 대상으로 한다. 이 갈래에서도 베트남 관련 다문화가정 이야기가 올해 두 편 출간되었다. 임희옥 글 김충식 그림의 『예슬이 엄마 이름은 구티엔』(아이코리아 2008)과 정길연 글 이정아 그림의 『외갓집에 가고 싶어요』(가교 2008)가 그것들이다. 본디 그림책은 글만으로는 완결성을 지니기 힘들고 그림과의 상호작용을 통해 작품의 의도를 실현하는 갈래이다. 그런데 위의 두 작품은 글만으로도 서사의 완결성을 지니고 있으며 그림은 이를 보조하는 데에 그치고 있어, 시각적 효과를 높인 유년동화책이라 하는 편이 더 어울린다.

『예슬이 엄마 이름은 구티엔』은 어린이집에 다니는 은지가 집에 들어오면서 오늘 새 친구가 왔다고 엄마에게 전하는 것으로 시작한다. 은지는 어린이집에 새로 온 친구가 같은 아파트 5층에 사는데 얼굴이 좀 이상하다고 말한다. 은지 엄마는 인터폰으로 그 친구와 엄마를 초대한다. 그 친구 이름은 예슬이지만, 베트남에서 온 예슬이 엄마 이름은 구티엔이다. 예슬이네 식구가 돌아간 뒤에 엄마는 은지에게 베트남 문화에 대해 가르쳐준다. 은지 엄마와 예슬이 엄마는 서로 오가면서 음식을 나누고 자기 나라 음식 만드는 법을 가르쳐주기도 한다. 이와 같은 내용은 그 자체로 서사의 매력은 없다. 이야기를 보조하는 그림도 예술적으로 잘 형상화되었다고는 보이지 않는다. 어린이집에 다니는 연령대의 아이들에게 베트남 문화와 다문화가정의 이야기를 들려주기 위한 교육 자료적인 성격을 지닌다고 하겠다.

『외갓집에 가고 싶어요』는 글의 분량이 많아서 좀더 높은 연령대에 적합한데, 글만으로도 충분히 드라마틱한 서사의 꼴을 갖추고 있다. 작품의 배경은 또래 아이들이 드문 시골마을이다. 주인공 푸름이는 까무잡잡한 제 얼굴을 이상스럽게 보는 마을 어른들의 눈길을 피해 혼자 노는 것에 익숙하다. 집안 식구들 모두 농장 일에 바쁘기 때문에 얼마 전에 새끼를 낳은 개 멍구와 놀 때가 가장 즐겁다. 밤에 오줌 누러 가다가 푸름이는 베트남에서 시집온 엄마가 한밤중 고향집 생각을 하며 우는 것을 본다. 고모네 식구들이 온 날, 푸름이는 고모네 아이들과 다투고 자기엄마만 부엌에서 일하는 것이 못마땅해서 고모네 아이가 가져온 토끼인형을 멍구에게 던져준다. 이 때문에 소동이 일어나고 푸름이는 아빠에게 불려간다. 이때 푸름이는 엄마가 힘들어하는 얘기를 꺼내서 식구들 모두 베트남 외갓집에 함께 간다는 약속을 받아낸다. 글의 분량이 많은 만큼 서술의 리얼리티는 살아있지만, 화해가 너무 쉽게 이루어진다. 화면을 가득 채운 그림도 삽화를 벗어나지 못했다. 혼자서 글을 읽기에는 버거운 연령대의 아이들에게 그림을 곁들여 흥미를 더해주었다는 데에서 의의를 찾을 수 있겠다.

4. 앞으로의 과제

한·베 다문화가정의 증가 추세로 미루어볼 때 오늘날의 아이들이 사회의 주역이 되는 시점에는 한국과 베트남의 관계가 지금과 같지 않으리라고 누구나 예측할 수 있을 것이다. 사회 각 부문에서 그야말로 패러다임의 전환이 요구되고 있는바, 이와 관련한 아동문학의 양상과 수준을 검토하는 차원에서 베트남을 담아낸 한국 아동문학 작품들을 살펴보았다.

한국 아동문학의 베트남 수용은 두 시기로 나누어지는데, 시대적 배경은 달리하지만 이것들 상호간의 관련을 역사주의적 시각에서 바라볼 때에 더욱 적실하고 올바른 평가기준을 마련할 수 있다. 오늘날의 다문화 문제를 제대로 보자면 이전 시기에 상반된 조건에서 거울처럼 마주보는 쌍이 있었음을 간과해선 안 된다. 이를테면 일제식민지와 재일동포, 재중동포, 한국전쟁과 혼혈아, 재미동포, 베트남전쟁과 라이따이한, 독일과 중동지역 해외노동자 인력 수출…… 등등. 식민지시대와 한국전쟁시기의 경험은 물론이고, 60~70년대의 근대화시기에 경험한 '다문화'는 오늘날과 처지가 달랐다. 과거에는 한국 쪽이 피해자로서 고통을 받았다. 그런데 베트남전쟁과 관련해서는 다르게 기억해야 할 것이 있다. 과거를 보는 일본의 태도에 대해서 우리가 요구하는 부분이 있는 것처럼 과거를 보는 우리의 태도에 대해서, 특히 베트남전쟁과 관련해서 깨쳐야 할 통념이 적지 않은데, 아동문학도 여기에서 예외일 수는 없다. 본고는 이원수와 권정생의 문학을 다문화시대의 중요한 참조이자 전통으로 자리매김할 수 있을 것이라 보았다.

오늘날의 다문화 문제와 관련해서 아동문학의 대응이 시기도 늦고 양적으로도 부족한 편이지만, 최근에 와서 그림책부터 청소년소설에 이르기까지 폭넓은 관심이 촉발되고 있음을 확인할 수 있었다. 아동문학은 독자를 각별히 의식하는 데에서 나온 장르이기 때문에 그 나름으로 사회의 지표를 가늠하게 해준다. 곧 다문화 관련 아동문학의 양상과 수준은 우리 사회의 지향과 성숙도를 말해주는 것이다. 성장기 아동을 대상으로 하는 아동문학은 교육의 관점이 상대적으로 두드러지지만 어디까지나 문학예술의 한 영역인 것이고, 뛰어난 문학작품은 통념을 되풀이하기보다는 시대의 전위로서 민감한 촉수를 삶에 들이대는 소임을 지켜왔다. 베트남 이주노동자나 한·베 다문화가정의 문제를 다룬 작품들은 사회적 약자와 소수자에 대한 인식과 태도에 영향을 미친다는 점에서 그 중요성이 더해진다. 그런데 아무리 약자에 대한 애정 어린 관심에서 비롯되었을지라도 도식성이 지니는 위험을 경계하지 않을 수 없다. 대부분의 베트남 관련 작품들에서 드러났던바, '가난하고 착하고 참을성 많고 불쌍한' 소수자의 이미지는 자존감의 문제도 제기하지만 자칫 우리와 똑같은 '인간'으로서의 이해를 가로막을 수 있다. 고정된 선입견에서 조금만 벗어나게 되면 곧바로 비정상의 낙인을 찍고 바라볼 것이기 때문이다.

어떤 소재를 다루든 아동문학 고유의 특성에 기초한 형상화가 요구된다. 베트남 관련 아동문학은 소재가 지니는 사회적인 성격으로 말미암아 낮은 연령대 독자에게 알맞게 내용을 자세히 풀어내기가 쉽지 않다. 본고의 동화 항목에서 살펴본 작품들은 초자연적이고 상징적인 동화의 스토리보다는 현실성을 지닌 아동소설적인 스토리를 지닌 것들이 대부분이었다. 동화를 동화로 그리지 못하고 아동소설을 아동소설로 그리지 못하는 데에서 작위적인 화해가 비롯된다. 현실의 균열을 소설적으로 전개하면서 동화적으로 결말짓는 문제점이 그런 경우이다. 다문화 관련 소재에 대해서는 작가들이 거의 교훈을 목적으로 작품을 쓰기 때문에 동화의 양식 탐구가 소홀해지는 것이 아닌가 한다. 문학의 효용 면에서 보더라도 삶의 생동감과 역동성이 결여된, 마치 도덕교과서나 사회교과서에 나올 것 같은 예화 수준의 교훈담은 가치가 떨어진다. '성장'에 초점을 둔 청소년소설 『완득이』가 '다문화'에 초점을 둔 여타의 기획성 작품들보다 더 큰 다문화의 효용과 가치를 지닐 수 있음에 대해 생각해봐야 할 것이다.

본고에서 살펴본 그림책 작품들도 그림책 고유의 방식이라기보다는 글은 동화(아동소설) 방식으로, 그림은 삽화 방식으로 되어 있었다. 그러다 보니 글은 글대로 완결성이 떨어지고 그림은 그림대로 완결성이 떨어지는 어설픈 절충으로 나타났다. 이와 비교해볼 만한 그림책이 하나 있다. 허은순 글 김호연 그림의 『하늘로 날아간 물고기』(은나팔 2008)는 저마다 다른 빛깔을 지닌 '물고기들의 이야기'인데도 그림책으로서 다문화

문제를 훌륭하게 소화한 작품이라고 할 수 있다. 이 그림책은 "저리 가! 우리 가운데 너처럼 생긴 물고기는 없어!"라는 고압적인 집단의 목소리에도 주눅 들지 않고 자기 모습을 긍정할 줄 아는 서로 다른 여덟 마리 물고기들을 하나하나씩 반복해서 보여주고, 마침내 한 자리에 만나서 더없이 멋지고 아름다운 호혜평등의 세계를 만들어내는 내용이다. 낮은 연령에 맞는 작품이라면 굳이 베트남이나 이주노동자라는 현실의 구체성은 중요하지 않다. 간결한 메씨지와 풍부한 색감이 조화를 이룬 상징의 구현이 더욱 소망스럽다. 중요한 것은 '다른 것'을 '틀린 것'이라고 여기는 잘못된 가치관이 차별과 갈등을 낳는다는 사실일 테니까.

다문화사회에 다문화가 없다는 지적도 있지만 다문화시대의 아동문학은 틀에 박힌 획일적 사고와 방법에서 벗어나려는 열린 태도를 갖춰야겠다. 연령별, 갈래별 특성에 적중하면서도 한층 다양해진 창작방법의 성과들이 모여 화음을 이룰 때 다문화 관련 아동문학 작품의 수준도 한 단계 끌어올려질 것이라고 생각한다.

_『어린이책 이야기』 2008년 겨울호

청소년문학 어디까지 왔나

1. 청소년문학에 부는 바람

청소년이라는 말은 청년과 소년의 합성어다. 그들은 자기를 지칭하는 말을 갖지 못하고 청년과 소년 사이에 끼어든 존재로만 인식된다. 뿐만이 아니다. 그들은 청소년이라는 말을 기피한다. 어른들 입에 오르내리는 청소년은 도덕적 결함과 일탈, 불건전한 행동의 뉘앙스를 풍긴다. 한번 떠올려 보라. 청소년을 주어로 하는 말에는 부정적인 의미를 띤 서술어가 꼬리표처럼 따라붙는다. 누구나 한번은 그 존재가 될 수밖에 없는 청소년이 이렇듯 불명예를 안고 있어야 하는 까닭은 무엇일까? 기존질서에 대한 반항 때문인가? 그렇다면 기존질서에 만족하지 않는 정신은 청소년의 친구가 아니겠나. 하지만 우리 문학은 청소년을 자신의 주요 독자, 곧 후원자로 여기는 통념 속에 안주하면서 정작 청소년문학을 외면해왔다. 일제시대에는 아동문학의 대상에 청소년까지 포함되어 있었으나 점차 초등학생으로 제한되면서 중고교생 연령 대상의 문학은 사각지대에 방치돼온 것이다.

청소년기에 주로 읽게 되는 문학작품은 이른바 문학고전이었다. 세계명작이든 한국 대표명작이든 문학고전을 읽어야 하는 시기는 학창시절이라고 배운다. '필독도서'란 말이 이래서 생겨났다. 청소년문학이 비어있으면 아동문학에서 성인문학으로 건너뛰는 수밖에 방법이 없을 것이다. 물론 청소년기의 독서는 그 전후 시기와 중첩이 불가피하다. 그렇다고 청소년들에게 더욱 적합한 청소년문학의 필요성이 없어지겠는가? 문학작품의 독서는 자기경험을 바탕삼아 작중인물의 삶을 해득(解得)하는 일이다. 해득하기 어려운 작품을 강요받을수록 책읽기의 즐거움도 줄어든다. 고전은 제목은 알고 있지만 실제로는 읽지 않은 책을 가리킨다는 말도 이래서 나온 것이 아닐까? '삶의 독서'와는 거리가 먼 '입시독서'의 경로를 밟는 탓에 청소년기를 지난 대부분의 사람들은 오히려 문학으로부터 멀어지는 게 아닌지 따져봐야 할 것이다.

'입시독서'로부터 완전히 자유로운 것은 아니지만, 얼마 전부터 청소년문학에도 변화의 바람이 불기 시작했다. 그러더니 돌연 반전(反轉)이라는 말이 무색할 정도다. 중고교생 추천도서 목록은 더 이상 괄호 속에 놓여 있지 않다. 사계절, 우리교육, 바람의아이들, 푸른책들, 웅진주니어, 비룡소 등등…… 청소년문학을 씨리즈로 기획하고 나선 출판사들이 몇 년 사이에 눈에 띄게 늘어났다. 이러한 추세는 당분간 지속될 것으로 보인다. 한 고비에 다다른 우리 아동문학이 성인문학과의 사이에 이전과 같은 빈자리를 그대로 두지 않을 것이라 판단되기 때문이다. 다 알다시피 1990년대 이후 아동문학의 성장을 뒷받침한 작가와 학부모 들은 사회 각 부문의 주도층으로 떠오른 이른바 '386세대'이고, 이들의 자녀는 오늘날 청소년문학의 주요 독자층을 이루었다. 말하자면 '생산자―매개자―수요자'를 하나로 묶는 뚜렷한 기반이 마련되면서 청소년문학에 청신호가 켜진 것이라 할 수 있다.

청소년문학의 작가는 두 방향에서 흘러 들어온다. 하나는 성인문학 쪽이고 다른 하나는 아동문학 쪽이다. 영역을 넘나들면서 창작행위가 이뤄지는 것은 결코 문제점이 아니다. 우리의 관심은 청소년문학이 전문작가층을 이룰 만큼의 고유한 자리를 확보하지는 못했다는 사실이다. 출판사 사정도 마찬가지다. 청소년문학을 담당하는 부서는 독립해 있기보다는 성인문학 또는 아동문학 부서에서 병행하는 경우가 대부분이다. 이는 우리 청소년문학이 성인문학과 아동문학의 성과를 빌려오는 단계에서 이제 막 벗어나는 과정에 있음을 말해준다. 성인문학과 아동문학의 성과가 청소년들에게 열려 있는 것은 자연스럽고 마땅한 일이다. 하지만 청소년문학은 그 나름의 정체성을 확립했을 때 비로소 본격적으로 발돋움할 수 있다. 청소년문학은 성인문학이나 아동문학과 어떻게 구분되는가? 또는 그것들과의 관계에서 어떠한 자리를 차지하는가? 청소년문학은 독자대상을 뚜렷하게 의식하고 성립하는 발생론적 특성에서 보자면 성인문학보다는 아동문학과 공유되는 속성이 크다. 그래서 외국에서도 아동청소년문학을 하나의 범주로 인식하는 경우가 많다. 청소년 독자를 염두에두고 썼느냐 그렇지 않느냐 하는 점은 청소년문학의 범주와 관련해서 매우 중요하리라고 생각된다.

2. 청소년문학의 표지를 달고 나온 작품들

청소년문학의 특징을 가장 잘 보여주는 작품은 청소년의 삶을 다룬다든지 성장의 테마를 지닌 것들이다. 성인소설로 출간된 김한수의 『봄비 내리는 날』(1992), 신경숙의 『외딴방』(1995), 최시한의 『모두 아름다운 아이들』(1996), 은희경의 『새의 선물』(1996), 김향숙의 『서서 잠드는 아이들』(2000), 심윤경의 『나의 아름다운 정원』(2002) 등이 그동안 청소년문학을 말하는 자리에서 종종 언급되었던 까닭도 이 때문이다. 그러나 이들 작품을 청소년문학의 영역에 가두거나 그 문제의식만으로 바라보는 것은 부당할 뿐만 아니라 최선의 결과를 가져오지도 않는다. 따라서 청소년문학의 현주소를 가늠해보려면 우선 청소년 독자를 염두에 두고 창작된 것들, 즉 청소년문학의 표지를 달고 나온 작품들을 살펴볼 필요가 있다.

(1) 작가 기억 속의 성장체험을 작품화한 것들

청소년문학을 수면 위로 끌어올리고 하나의 지표를 제공하는 데 큰 기여를 한 것은 '사계절 1318문고'와 '사계절문학상'이다. '사계절 1318문고'는 외국 청소년문학 작품을 번역 소개하는 한편으로 국내 작가의 창작을 이끌어내고자 남다른 힘을 기울였다. 그 첫 번째 결실이 박상률의 『봄바람』(1997)이다. 박상률은 『나는 아름답다』(2000), 『밥이 끓는 시간』(2001), 『너는 스무 살, 아니 만 열아홉 살』(2006) 등을 잇달아 내놓아 청소년문학의 대표주자로 떠올랐다. 이와 함께 채지민의 『내 안의 자유』(1999), 한창훈의 『열여섯의 섬』(2003), 이상운의 『내 마음의 태풍』(2004) 등 일련의 성장소설들이 보태지면서 우리 청소년문학에 한 줄기 창작의 흐름이 생겨났다. '사계절문학상'은 이재민의 『사슴벌레 소년의 사랑』(2003), 이옥수의 『푸른 사다리』(2004) 등을 수상작으로 내놓으면서 청소년문학에 대한 관심과 위상을 한층 높여주었다.

'사계절 1318문고'에 속한 작품들은 황무지나 다름없던 청소년문학을 개척한 성과이고, 일정기간 우리 청소년문학의 전체 목록에 해당했다. 그 대부분은 작가의 성장체험을 작품화한 것들이다. 흔히 껍질을 깨고 나오는 아픔으로 이야기되는 성장기의 고민은 통과하고 나면 가벼운 홍역처럼 여겨질지 몰라도 그 한복판에서는 우주와 맞먹는 무게를 지닌다. 따라서 성장기의 여러 문제들을 예민한 작가적 감수성과 사회적 통찰력으로 그려낸 작품들은 청소년문학의 기본 줄기라 할 수 있다. 훌륭한 성장서사는 성장의 진통을 지나가는 회오리바람이 아니라 더 큰 세상으로 나아가기 위한 개안(開眼)으로 이끌어준다. 위의 작품들도 이성에 대한 관심, 자기가 놓인 상황에 대한 인식, 스스로 선택하고 책임져야 하는 앞길의 모색 등과 관련하여 불안과 방황을 경험하는 주인공의 여정을 주요 내용으로 하고 있다.

개별적인 차이가 없지 않음에도 개척 초기의 작품들에서는 공통의 문제점이 발견된다. 가장 먼저 다가오는 것은 한 세대 이상의 과거 혹은 농촌과 섬 등을 배경으로 하고 있기 때문에 오늘의 청소년들이 직면한 현실의 문제와는 동떨어진 느낌을 자아낸다는 점이다. '그때 그 시절'을 떠올려주는 에피쏘드들은 작품의 중심사건으로 모아지지 않고 평면적으로 나열되어 풍속사적 흥미를 주는 것에서 크게 벗어나 있지 않다. 폭력적인 교사, 남루하고 억센 부모, 동네의 미친 여자, 대도시에서 전학 온 아이, 전근해온 교사, 또는 요양하러 온 환자 등등 주인공이 경험하는 인물들은 공동의 기억창고에서 걸어 나온 양 성격이 고정되어 상투성을 드러낸다. 각 작품의 인물이나 에피쏘드를 서로 바꿔놓더라도 크게 달라질 것 같지 않다. 이미 그곳에서 벗어나온 이의 회고적 태도는 주인공을 위기로 몰아넣는 실제 현실의 가차 없는 폭력성조차 순화 내지는 휘발시킨다. 작품의 서정성은 종종 감상성(感傷性)과 뒤섞여 있다. 학교를 배경으로 문제적 인물과 문제적 상황을 부각시킨 전상국의 「우상의 눈물」(1980)이나 이문열의 「우리들의 일그러진 영웅」(1987)과 비교해볼 때, 또는 농촌을 배경으로 하는 그 시절 리얼리즘소설을 떠올릴 때, 작중인물의 것이 아닌 작가자신의 나르씨시즘이 함정으로 작용하고 있음을 눈치 채기 어렵지 않다. 널리 알려진 『아홉 살 인생』(위기철, 1991)이나 『나의 라임오렌지나무』(J. M. 바스꼰셀로스, 1968) 같은 회고형식을 쉽게 자기 것으로 바꿀 수 있는 모델로 여기는 작가들이 의외로 많다. 과거세태를 다룰지라도 그 작품에 고유한 인물과 사건이 되기 위해서는 그것을 해석하는 작가의 새로운 눈과 예민한 촉수가 요구된다고 할 것이다.

(2) 오늘의 청소년 문제를 다룬 것들

작가 기억 속의 성장체험을 작품화한 것들이 보여주는 한계는 청소년문학 씨리즈를 새로 기획하는 출판사가 늘어나고 작가층이 두터워지면서 빠르게 극복되고 있다. 곧 오늘의 청소년 문제를 다양한 각도에서 살핀 작품들이 속속 줄을 잇는다. 오늘의 청소년은 과거와는 판이한 삶의 환경에서 자기들만의 독특한 세대감각을 드러낸다. 따라서 이들의 세계를 담아내기 위해서는 현대사회에 대한 통찰과 더불어 청소년에 대한 내재적 접근이 필수적이다. 작품의 배경에 가까운 풍속·세태를 전면에 내세우고 주인공은 거의 시점(視點)의 몫에 그치는 것들과는 달리 지금 여기의 청소년을 클로즈업해서 보여주는 작품들은 문제적 상황에 따른 문제적 인물에 초점이 놓이기 때문에 주인공이 중학생인가 고등학생인가에 따라서도 작품세계가 구분된다.

이금이의 『유진과 유진』(푸른책들 2004), 이경혜의 『어느 날 내가 죽었습니다』(바람의아이들 2004), 이경화의 『나의 그녀』(바람의아이들 2004) 등은 중학생을 주인공으로 한 작품들이다. 이것들은 일반적인 성장의 문제가 아니라 오늘날의 성문화와 결부되어 혼란을 겪는 청소년 주인공을 보여주고 있다. 성폭력, 성정체성, 성에 대한 호기심, 이성교제 등 청소년을 둘러싼 성문제는 사회적·가정적 요인에 따라 개인의 성장과정에 서로 다른 무늬를 만들어낸다. 위의 작품들은 인물과 환경의 상호작용이 빚어낸 무늬를 포착하려는 작가의 섬세한 필체가 돋보이는 것들이고, 인물의 시점 교차, 일기문의 병행, 미스터리, 내밀한 독백체 등 형식면에서도 진전을 이루었다. 중학생의 생활과 고민을 담아낸 작품들은 아동문학의 성과를 발전적으로 잇는 것이자 우리 아동청소년문학의 사각지대를 열어 보인다는 점에서 각별한 의미를 지닌다.[1]

김혜진의『프루스트 클럽』(바람의아이들 2005), 강미의『길 위의 책』(푸른책들 2005)은 고등학생을 주인공으로 한 것으로 한층 복잡한 의식세계를 담고 있다. 청소년기는 아무 생각 없이 소속해 있던 가족이나 학교가 자신을 옥죄는 감옥처럼 느껴질 뿐만 아니라 회복할 수 없는 상처를 주기도 한다는 점이 자각되면서 자기만의 출구를 찾고자 몸부림치는 시기이다. 하지만 현실은 뜻대로 움직여주지 않기 때문에 부서지기 쉬운 예민한 감성의 소유자는 자기 안에 칩거하는 방식을 선택하기도 한다. 관념에 대한 탐닉과 자기 안의 칩거는 동전의 양면이다. 위의 두 작품은 책읽기를 매개로 해서 관념에 탐닉해 들어가는 주인공의 내면풍경을 그려 보인다. 이들에게 책읽기는 일반적인 지식이나 교양 습득 차원이 아니라, 어느 순간 겉돌면서 무덤덤해진 세상과의 진정한 소통을 위해 힘겨운 싸움을 벌이는 장(場)이다. 따라서 책읽기를 매개로 하는 관념에 대한 탐닉은 '자기 삶의 길 찾기'라는 현실적인 지향을 아울러 지닌다. 여기 주인공들이 스스로를 유폐시키는 '주변인'의 행동방식을 택하는 것은 적대적인 외부환경에 자신을 쉽게 해소하지 않으려는 뚜렷한 자아 때문이다. 『프루스트 클럽』은 조각난 기억의 파편들을 1인칭 주인공의 '의식의 흐름'에 따른 서술로 이어 붙였고,『길 위의 책』은 주인공의 독후감을 곁들이면서 한 해 동안의 도서반 활동체험을 그렸다. 저만의 방식으로 세상과 길트기를 꿈꾸는 이들의 방황은 어떻게 끝이 날까? 아쉽게도『프루스트 클럽』은 주인공이 고흐의 그림 앞에서 오로지 과거 회상만으로 자기 긍정에 이르는 비약적인 결말을 보여주며,『길 위의 책』은 주인공이 글쓰기와 연관된 자기진로를 선택하고 일단락되는 익숙한 결말을 보여준다.

똑같이 고등학생의 우울한 내면풍경을 그린 것이지만 이경화의『나』

---

1 중학생 주인공의 청소년문학에 대한 자세한 검토는 졸고「꽃다운 나이, 그러나 불안한 경계」(『동화읽는어른』 2005년 4월호)를 참고하기 바란다.

(바람의아이들 2006)는 동성애자를 주인공으로 하는 작품이다. 청소년기는 자기정체성과 관련해서 매우 민감한 시기이고 성적 소수자에 대한 사회적 편견은 완강한 편이므로, 이 작품은 소재를 현대적으로 확대한 의의가 있다. 그런데 동성애자인권연대 사무실에서 자살한 19세 청년을 모델로 했기 때문인지, 작가는 그를 지켜보는 주인공의 의식에서도 피해와 상처에 짓눌린 관점으로 일관한 편이다. 게이 주인공이 자기화해에 이르는 고통스러운 과정은 현실성이 있다고 보이지만, 너무 단선적으로 주제의식을 드러내고 있다. 이미 문화적으로는 유행처럼 거리낌 없이 떠도는 것 또한 동성애 문제이기도 하다는 점에서, 사회적 고발과 연민의 차원을 넘어서는 다층적인 인물과 서사의 창조가 관건이다.

이용포의 『느티는 아프다』(푸른책들 2006)는 지금까지 이야기한 성장소설의 범주에서는 색다르게 다가오는 작품이다. 작품의 시공간이 고층아파트가 진군해 들어오는 도시변두리의 작은 마을에 고정되어 있고, 연령과 성별과 직업을 달리하는 여러 등장인물이 골고루 조명되고 있기에 자칫 세태소설로 떨어지기 쉬운 내용이지만, 울퉁불퉁한 일상사를 동심에 투과시켜 바라봄으로써 현실과 환상이 뒤섞인 것 같은 독특한 매력을 뿜어낸다. 산업사회의 그늘에서 사위어드는 마을과 그곳을 지키는 느티나무의 독백이 처음에는 상투적이 아닌가 여겨졌다. 하지만 느티나무는 목소리 대신에 전등을 달고서 각양각색의 인물을 그 아래로 초대하고는 필요 이상으로 나서지 않는다. 그리하여 연극무대와 같은 아늑한 시적 분위기가 조성된다. 실제로 작가의식을 대변하는 떠돌이 노숙자 가로등지기는 누구와 대화할 때 인형을 손에 끼고 복화술을 연기함으로써 연극적 분위기와 시적인 느낌을 북돋운다. 여기 느티나무는 자연과 문명의 경계에 선 존재이면서 산문적 세상 바깥으로 열려 있는 시적 여백과도 같다. 악다구니 같은 현실은 그것대로 접수하지만 상처 받은 국외자들의 허망한 공상까지도 끌어안은 이 작품은 모자람을 자각하는 인물들이 서로를 채우고 기대는 따뜻한 연대감으로 이루어져 있다.

(3) 청소년 주인공이 역사와 만나는 것들

성장기 청소년을 주인공으로 하지만 역사적 사건에서 취재한 일련의 작품들도 청소년문학의 한 흐름을 만들어낸다. 이옥수의 『내 사랑 사북』(사계절 2005)은 이젠 사라진 탄광촌을 배경으로 1980년 4월 세상을 놀라게 했던 '사북사태'의 진원을 파헤쳤다. 이 작품은 아버지를 광부로 둔 중학생 여자아이가 동네의 앳된 광부 청년을 보고 첫눈에 사랑에 빠지는 것으로 시작한다. 사춘기 소녀의 감정을 타고 탄광촌 사람들의 삶의 애환이 오밀조밀하게 펼쳐진다. 다 읽고 나면 부당한 권력의 횡포와 비인간적인 대우가 탄광노동자들의 걷잡을 수 없는 저항을 불러일으킨 것이라는 실체적 진실에 도달할 수 있다. 성실한 취재와 수려한 문장의 힘이 느껴진다. 그런데 시점이 중학생 여자주인공의 눈에 고정되었기 때문인지, 투쟁 상황이 펼쳐지면서부터는 목격담식 서술에 그쳤다. 짝사랑에 빠진 1인칭 주인공의 눈으로 그곳 일상의 섬세한 결을 그려낸 것처럼 내부자의 시선만이 포착할 수 있는 인물 상호 간의 심층과 역동성이 아쉽게 느껴지는 작품이다.

박정애의 『환절기』(우리교육 2005)는 하루아침에 고아가 되어 여동생과 함께 남의 집에 맡겨진 열일곱 살 수경이의 이야기다. 수경이는 자기와 똑같은 나이에 일제 정신대에 끌려갔던 할머니의 삶을 전해 듣는 것으로 과거 역사와 만난다. 작품은 할머니와 같은 곳에서 군위안부 생활을 했던 봉순 할머니와 수경이의 시점이 교차되는 짜임이다. 인물 상호 간의 부대낌이 매우 리얼하게 그려져 있는데, 십대에 경험하는 서로 다른 역사의 층위를 마주 바라보게 함으로써 독특한 긴장과 울림을 만들어낸다. 수경 자매는 할머니와 동향인 목순 아주머니 집에서 지내다가 아주머니의 남편과 아들한테 각각 성폭력을 당한다. 목순 아주머니 또한 남편 성폭력의 희생자였다. 이렇게 해서 이 작품은 여러 세대에 걸친 여성수난의 역사를 페미니즘의 관점으로 꿰뚫는다. "여자의 몸은 전쟁터란다. 우리가 꿈에서도 원하지 않는 남자들의 전쟁이 우리의 몸뚱이 위에서 벌어지지." 봉순 할머니의 입에서 나온 이 말은 현실의 모순을 중층적으로 드러낸다. 한편, 봉순 할머니는 군위안부 시절 일본 군의관과의 사이에 딸을 낳았고, 그 딸은 미국인과의 사이에 아들을 낳았다. 기구한 운명의 핏줄로 이어진 아담 로드는 수경이가 다니는 방송통신고의 영어회화 써클을 지도한다. 이렇듯 등장인물들의 관계는 현대성의 여러 문제와 이어지도록 치밀하게 구성되었다. 삶의 의욕을 잃은 수경이를 방통고로 불러들인 선배 유동이가 뒤로 갈수록 역할이 줄어드는 탓에 수경이의 오늘이 할머니의 과거만큼 무게를 지니지 못하는 게 흠이지만, 청소년문학으로서 이 정도의 문제성을 띤 작품을 만나기도 쉽지 않을 것이다.

광주항쟁의 희생자를 그린 박상률의 『너는 스무 살, 아니 만 열아홉 살』(사계절 2006)은 직설적으로 피해자의 아픔을 호소하는 작품이다. 작가는 어머니와 아들을 번갈아 등장시키면서 무고한 청춘의 죽음과 그로 인해 정신을 놓아버린 어머니의 처연한 삶을 절절하지만 다소 격앙된 목소리로 전한다. 꽃피기 전에 꺾여버린 열아홉 청춘의 억울함과 자식을 잃은 어머니 슬픔 등 모든 문제가 당시의 무력진압으로 귀착되는 구조라서 광주항쟁의 역사적 의미와 현재성을 찾기는 힘들다. 광주항쟁을 증언하는 것이 금기가 아닌 시대에 역사의 희생을 아파하고 분노하는 것으로 시종하는 이런 서술은 역사의 무거운 책임을 그 시대에 태어나지도 않은 세대에게 강요하는 듯해서 불편하기까지 하다. 이것보다는 광주의 후유증을 다룬 이 작가의 또 다른 작품집 『나를 위한 연구』(사계절 2006)가 역사적 상흔의 현재성을 생생하게 펼쳐낸 것으로 평가된다. 광주체험이 어떻게 일상 활동을 굴절시키는지에 대해, 여기에 실린 중편 세 작품은 일종의 강박증에 시달리는 문제적 인물을 통해 파고든다. 그런데 주인공의 연령과 눈높이가 일반적인 청소년문학의 범주에서 벗어나 있기 때문에 이 작품집은 청소년문학 씨리즈에는 포함되어 있지 않다.

3. 더 나아가야 할 곳

지금까지 간략하게 살펴본 청소년문학의 전개 양상에서 드러나듯, 작가의 성장체험을 작품화하던 한 가닥 흐름은 오늘의 청소년을 둘러싼 여러 문제들에 대한 관심으로 꾸준히 확대되고 있으며, 개성적인 문체와 수법 등 형식 면에서도 진전을 보이고 있다. 청소년문학이 자기 영역을 뚜렷이 드러내기 시작한 지는 얼마 되지 않는다. 따라서 크게 보자면 청소년문학은 지금도 개척 과정에 있다고 해야 맞을 것이다. 그럼 우리 청소년문학이 더 나아가야 할 곳은 어디인가? 이 문제는 엄격한 비평적 잣대로 그간의 작품들을 검토해봄으로써 가늠이 되겠지만, 그 전통이 우리보다 오래되었고 성과가 풍부한 외국 청소년문학의 사례에 비추어볼 때 더욱 확연해질 것이라 판단된다.

청소년 독자를 겨냥하고 쓴다는 사실을 청소년문학의 범주와 관련해서 중요하게 여길 경우, 작가는 일정한 테두리 속에서 쓴다는 관념 때문에 자기표현을 구속하는 일이 나타날 수 있다. 청소년에 대한 배려가 문학과 충돌하는 예는 빈번하다. 그렇다고 해서 독자에 대해 의식하는 것을 부정적으로 여긴다면 궁극적으로는 아동청소년문학의 부정으로 이어질 수밖에 없다. 결국 청소년과 문학을 보는 작가의 올바른 시각이 관건이다. 청소년은 관리대상일 수 없고 그렇다고 보호대상인 것만도 아니다. 청소년은 가보지 않은 땅을 딛고자 한다. 시대의 변화를 통찰하는 가운데 낡은 가치관을 깨뜨리고 새로운 가치관을 창조하는 일은 전적으로 작가의 손에 달려 있다.

출간 당시 논란에 휩싸이기도 했지만 세계문학의 고전으로 평가되는 『호밀밭의 파수꾼』(J. D. 샐린저, 1951)은 퇴학당한 고등학생 주인공이 정신병원에 들어가기 직전 사흘간의 기록이다. 학교 기숙사에서 나온 뒤 주점에서 술을 마시고 호텔에 투숙해 콜걸을 부르는 등의 내용을 담은 이 작품을 청소년이 읽어서는 안 된다고 보는지? 위선에 찬 주위 어른과 그를 닮아가는 기숙사 동료들에게 지독한 냉소를 보내는 주인공의 불안한 영혼은 천진한 여동생에게서 한 가닥 빛을 느낀다. 주인공의 의식이 세상과 등지고 있다고 해서 그 작품이 나쁘다거나 형편없다는 평가를 내릴 수 있는 것은 아니다. 작중현실의 갈등을 반드시 호전시켜야만 안심할 수 있다면 그러한 감싸 안기는 청소년을 언제까지고 요람 속에 넣어두려는 것과 다를 바 없다. 어떤 균열된 조건이 곧 자기 현실이 되는 경우 그 속에서 제힘으로 설 수 있는 단단한 응전력 또는 적응력부터 키우는 것이 바람직하지 않을까? 동화의 세계에서 떠난 존재에게 현실을 낭만적으로 순화시켜 보여주는 것은 어디까지나 거짓이다. 작가의 자기 검열은 진실 여부에 있는 것이지 세상의 눈치 보기와는 거리가 멀다.

작품의 힘은 그가 창조한 문제적 인물을 통해서 드러난다. 아직 우리 청소년문학은 반세기 전에 나온 『얄개전』(조흔파, 1954)의 나두수, 일명 '얄개' 이상으로 각광받는 인물을 창조했다고는 보이지 않는다. 얄개의 매력은 어디에서 오는가? 줄거리의 통속적인 한계에도 불구하고 얄개는 기성권위를 조롱하는 방외인적 기질이 넘쳐난다. 필자가 교단에서 경험한 것인데, 학생들은 교과서에 실린 작품 중에서 난해하기로 유명한 이상(李箱)의 시와 소설에 매력을 느낀다. 이 또한 삐딱한 기울기와 은밀히 내통하고 싶어 하는 아웃싸이더적인 정신구조에서 비롯할 것이다. 우리 작가들은 반듯함과 진지함에 대해 지나친 강박증을 가지고 있지 않은지 돌아볼 필요가 있다.

이른바 '18금(禁)'의 대표적인 항목인 성과 폭력의 표현에서 우리 청소년문학은 현실의 청소년들과는 한참 동떨어진 곳에 존재한다. 초점이 선정성이냐 아니냐가 문제일 뿐이지 청소년이니까 표현수위가 낮아져야 한다는 발상은 시대착오다. 청소년문학의 작가들은 금기뿐만 아니라 결말의 해결방식에서도 협심증을 보인다. 학교폭력의 진원을 권력관계에서 파헤치면서 끝까지 한줄기 희망도 비추지 않고 완전히 짓밟히는 주인공을 그려낸 『초콜릿 전쟁』(로버트 코마이어), 성추행자에 대한 피해자의 억압심리가 얼마나 복잡한 굴절을 겪는지에 대해 미세하게 파헤친 『운하의 소녀』(띠에리 르냉), 이성교제가 초래할 수 있는 성교와 임신에서 이야기가 시작되는 『이름 없는 너에게』(벌리 도허티) 등의 작품성은 조금도 선정성과는 관계가 없지만 표현수위를 두고 멈칫거리는 태도를 넘어선 곳에서만 나올 수 있는 것이라고 생각한다.

한편, 오늘의 청소년은 세계화 물결의 한복판에서 선진 외국과 문화적 시차를 겪지 않고 자라나는 세대다. 이들은 또한 멀티미디어 세대로서, 거의 책 문화에만 익숙한 기성세대와는 감수성에서 큰 차이를 보인다. 변화무쌍한 스타일과 장르 혼합은 이들에게 너무도 자연스럽다. 오히려 낯선 것은 전통적 수법과 사실적 문체가 주는 단조로움일 것이다. 여기서 낯설다는 것은 몸에 맞지 않는다는 뜻이다. 일탈에 대한 욕망이 가장 강렬한 청소년들에게는 다른 방식에 의한 다른 삶에 대한 경험이 귀중하다. 이 점에서 우리 청소년문학은 다양한 '변신'의 발상이 요구된다. 변신의 발상에는 주인공이 다른 존재로 변하는 경우도 있겠고, 주인공이 자기 모습 그대로 다른 공간, 다른 시간으로 이동하는 경우도 있겠고, 주인공 앞에 현실에는 없는 다른 존재를 불러들이는 경우도 있겠다. 『컬러풀』(모리 에또), 『전갈의 아이』(낸씨 파머), 『책벌레』(클라스 후이징), 『도서관에서 생긴 일』(귀뒐), 『미노스』(안니 M.G. 슈미트), 『오이대왕』(크리스티네 뇌스틀링거), 『춤추는 노예들』(팔라 폭스), 『거짓말쟁이와 모나리자』(E. L. 코닉스버그), 『바르톨로메는 개가 아니다』(라헐 판 코헤이) 등이 그런 발상으로 인생에 대한 통찰과 유머를 선사하는 작품들이다. 죽음의 세계로의 여행, 책 속으로의 여행, 그림 속으로의 여행, 역사 속으로 여행 등은 서로 뒤섞이기도 하고 수시로 현실을 오가기도 하면서 다양하게 변주된다.

청소년을 주인공으로 한 것은 아니지만 그들에게 보여주고 싶은 세계를 동화와 판타지 형식으로 접근한 작품들이 우리 청소년문학 씨리즈에도 포함되어 있다. 정지아의 『어둠의 숲에 떨어진 일곱 번째 눈물』(웅진주니어 2005), 김남중의 『들소의 꿈』(낮은산 2006), 김남일의 『모래도시의 비밀』(사계절 2006) 등이 그런 것들이다. 이와 같은 시도는 청소년문학의 흐름이 어느 정도 중심을 잡은 뒤에라야 가능해지는 것이기에 비록 양적으로는 충분치 않지만 의미 있는 흐름으로 받아들일 수 있다. 하지만 아직은 걸음마 단계다. 왕자와 공주의 행복한 결혼이라는 동화의 결말을 바꾸는 것에서 이야기가 시작되는 『어둠의 숲에 떨어진 일곱 번째 눈물』은 상식을 뒤집어 보여주는 전복성은 있지만 단순한 교훈담의 형식이라 중학생 이상이면 싱겁게 받아들일 듯하다. 들소와 인간의 전쟁을 통해 오늘의 문명을 돌아보고자 한 『들소의 꿈』은 이라크전쟁에 대한 알레고리에 고정되어 있어 시사적 논평 이상으로 풍부하게 뻗어나가지 못했다. 절망의 끝에서 사막에 매혹되는 『모래도시의 비밀』은 드넓은 판타지의 문 앞에서 멈칫거리기만 할 뿐, 범죄추리소설의 테두리를 벗어나지 않는다. 중간에 삽입된 사막의 전설이나 노래는 작품의 주요 계기가 될 법한데 범죄자를 추적하는 중심서사와 겉돌고 있다. 선악 구도에 매달린 인물들로 말미암아, 사건이 해결된 뒤에는 인간욕망의 허망함이라는 단순한 교훈만 전해진다.

오늘의 청소년은 세계시민의 일원으로서 새로운 인류역사를 개척해갈 주역이다. 아무리 청소년을 주어로 하는 말의 서술어에 부정적인 꼬리표를 붙이려 해도 낡은 질서를 옹호하는 벽은 무너져 내리게 되어 있다. 청소년은 억압과 차별의 질서에 저항하는 정신과 어깨를 나란히 할 것이다. 그런 의미에서 '청소년'과 '문학'은 행복한 동반자가 아니겠는가? 문학은 세상의 상식에 깃든 허위와 편견을 맨 앞에서 피투성이로 증명해가는 가장 확실한 영토였다. 보통은 그 다음에 영화나 드라마, 만화, 가요 같은 대중문화가 따르고, 마침내는 새로운 가치지향이 거리낌 없는 유행담론으로 자리 잡는다. 그런데 '근대문학의 종언'을 선언한 카라따니 코오진(柄谷行人)의 말을 빌릴 것도 없이 문학의 위상이 크게 바뀌고 있다. 영화나 드라마, 만화, 가요보다도 후발주자의 자리에서 '립씽크'로 만족하고 있는 작가들이 많아졌기 때문이다. 이 말은 다른 양식을 얕보는 또 하나의 편견을 되풀이하려는 것이 아니라, 시대의 전위이고자 했던 문학 본연의 모습을 강조하고자 함이다. 새로운 개척지 앞에 선 청소년문학이 그 명예로운 전위의 대열에서 뒤떨어지는 일이 없기를 바라마지 않는다.

_『푸른글터』 창간호, 2006년 상반기

우리 청소년문학의 발전 양상

공모 당선작을 중심으로

1. 오늘의 청소년과 청소년문학의 자리

오랫동안 권장도서 목록에 갇혀 있던 청소년문학이 학교 울타리를 벗어나 폭넓은 독서대중과 만나고 있다. 국내 유수의 출판사들이 앞다투어 청소년문학 씨리즈를 펴내기 시작했고, 문학상 공모를 내건 곳도 여럿이다. 새로운 작가와 독자층이 빠르게 형성되었다. 특히 공모 당선작들이 잇달아 베스트쎌러의 반열에 오르자 청소년문학에 대한 사회적 관심이 급등했다. 요즘 비평적 열기가 가장 뜨거운 곳은 다름 아닌 청소년문학 부문이다. 여기서 청소년문학이라 함은 작가가 청소년독자를 염두에 두고 쓴 소설을 가리킨다.

오늘의 청소년문학은 '명랑소설' '순정소설' 등으로 불리던 지난 세기의 통속물이나, 한때 반짝 유행했던 귀여니 류의 '인터넷소설'과는 다르다. 독자가 10대에만 국한되지도 않는다. 이와 같은 현상을 출판계의 상업주의와 대중의 통속취향이 만들어낸 일시적 거품으로 치부하는 것은 일면적이고 보수적인 진단이다. 최근의 청소년문학에 대한 인터넷서점의 독자서평을 살펴보라. 10대에서 50대에 이르는 다양한 독자들이 연일 흥성대고 있거니와, 그 자연발생적인 서평이 지니는 순발력과 대범함 그리고 날카로움에 놀라지 않을 수 없다. 전문가비평이 문단의 폐쇄회로에 갇혀 문학의 위기를 농(弄)하는 동안, 광범하게 터져 나오는 솔직하고도 진지한 표현들이 출판·독서 풍토를 새롭게 다지면서 나름대로 우리 문학을 쇄신하고 있는 것이다.

크게 볼 때, '촛불세대' '88만원세대' 등으로 표상되는 이 시대 신세대 담론은 한 세기 전 근대이행기의 과제 앞에서 '소년'과 '청년'을 호명하던 것에 비견된다. 그렇지만 지금 청소년은 근대제도에 갇힌 '학생' 신분으로서 우리 사회의 모순이 집약된 교육문제의 전 하중을 견디고 사는 존재다. 따라서 제도와의 불화를 생명으로 하는 문학 안으로 청소년이 들어오게 되면 모종의 긴장이 유발된다. 이 특별한 긴장이 현시기 청소년문학에 대한 기대를 모으는 힘이다.

청소년문학은 10대를 주로 다루지만, 오늘날 청소년문학의 독자는 10대에 그치지 않는다. 부모에게서 독립하는 것을 성인이 되는 조건이라고 한다면, 고교 졸업 후에도 대부분 학생 신분을 유지하는 오늘날에는 십대와 20대가 근본적으로 다른 자리에 있는 것도 아니다. 소비성향이 높은 10대 미성년과 청년실업에 내몰린 20대 성년 사이에 문화적 경계를 긋기도 쉽지 않다. 성년식을 제대로 치르지 못하고 오로지 입시에 매달린 청소년기를 거쳐 성인 아닌 성인이 되는 우리 사회의 미성숙성은 청소년문학의 수요를 넓히는 또 다른 요인이다. 우리 청소년문학이 성장서사를 지향하는 이유도 이와 무관하지 않다. 성장서사에 대한 갈증은 이 시대 한국사회에서 10대의 성장을 다룬 작품을 사회소설의 하나로 끌어올린다.

2. 신인작가들의 개척적인 성과

청소년문학이 급속히 부상한 것은 무엇보다 작품의 성과가 뒷받침되었기 때문이다. 한두 해 전이었다면 출간되어 주목받았을 내용이 금세 식상해져서 공모 예심을 통과하지 못할 정도로 변화와 발전이 빠르다. 물론 공모 당선작이라고 모두 성에 차는 것은 아니다. 그러나 하나의 장르로서 명칭이 부여된 청소년문학은 목하 개척의 도정에 있다. 과거에는 미성년이 모두 아동문학의 독자범주에 속해 있었기 때문에 아동문학의 하위범주인 소년문학이 청소년독자까지 상대했다. 그런데 아동문학의 독자연령이 내려가면서 청소년독자가 사각지대에 놓이게 된 것이다. 이제 상황이 바뀌어 청소년독자를 염두에 둔 문학의 영토가 새롭게 펼쳐지고 있다. 아동독자가 그러하듯이 중학생과 고등학생을 포함하는 청소년독자 역시 연령별 편차가 큰 편이다. 이런 점은 독자연령과 더불어 성립한 장르의 정해진 특성을 논하는 데에서 어려움으로 작용한다. 따라서 개척기의 청소년문학은 하나의 고정된 잣대로 바라볼 것이 아니라, 이전보다 나아간 지점을 확보하면서 더 나아갈 바를 따져보는 게 바람직하다.

최근의 공모 당선작들은 한층 새로워진 소재와 기법으로 청소년독자의 눈길을 끄는 데 성공하고 있다. 세대간 소통의 단절이 큰 사회문제로 떠오르는 상황에서 기성세대에 속하는 작가들이 청소년의 공감을 얻는 작품을 쓰기란 정말 만만찮은 과제였다. 때문에 권장도서를 내려 받는 수직적 독서풍토가 자기선택이라는 수평적 풍토로 바뀌어가고, 10대뿐 아니라 기성세대가 함께 호응하는 작품이 속속 나오고 있는 현상은 결코 예사롭게 보아 넘길 일이 아니다. 이런 변화의 중심에는 신인작가들이 존재한다. 사계절문학상을 수상한 신여랑(제4회), 김해원(제6회; 제5회는 수상작 없음), 세계일보 세계청소년문학상을 수상한 정유정(제1회), 전아리(제2

회), 최민경(제3회), 블루픽션상을 수상한 김혜정(제1회), 양호문(제2회), 창비
청소년문학상을 수상한 김려령(제1회), 구병모(제2회) 등이 모두 새로운 얼
굴들이라 할 수 있다.

작은 분기점 ― 『몽구스 크루』

돌아보면 신여랑의 『몽구스 크루』(사계절 2006)는 청소년문학이 오래된
흑백영화 같은 모노톤에서 천연색 화면으로 바뀌는 신호탄이었다. 그 어
름에 이경혜, 이금이, 이옥수, 이경화 등 아동문학 쪽에서 개척해 나온 성
과가 포진해 있지만[1], 신여랑은 청소년문학 전문작가의 출현이라는 점에
서 이전과 이후를 좀더 뚜렷이 갈라놓는다. 비보이의 세계를 그린 『몽구
스 크루』는 이 시대의 공기를 호흡한다는 느낌을 주기에 충분하다. 비보
이들은 태생이 아웃사이더인지라 대중 앞에 선 연예인들이 지님직한 공
주병이나 왕자병의 분위기가 없다. 어딘지 불량스러워 보이는 비보이의
춤에 십대가 열광하는 것은 무대 위의 화려한 조명 때문이 아니라, 너 자
신에게 솔직하고 너 자신에게 몰입하라는 몸짓의 메씨지에 공감해서일
것이다. 확실히 『몽구스 크루』는 소재가 많은 것을 말해주는 작품이다.
문체도 한결 동시대 감각에 다가서 있다. 그런데 스토리가 취약한 탓인
지 서사적인 충족감은 들지 않는다. 학교와 가정의 억압에 대한 반대급
부로 춤에 몰두하는 그룹 구성원들 사이의 일상적인 대화와 소소한 다툼
의 연속이고, 몽구와 진구 형제를 비롯한 주요 인물들에게 뚜렷한 전환
의 계기가 주어져 있지 않다. 때문에 배틀에 참여해서 "단순하게, 더 단
순하게 즐겨라, 지금, 여기, 이 순간을! 나는 지금 미친 몽구스 크루, 비보
이 몽이다"(199면)라고 외치는 마지막 장면에 와서도, 자기진로에 대한 불

---

1 졸고 「꽃다운 나이, 그러나 불안한 경계 ― 중학생 주인공의 청소년소설」, 『동화읽는어른』
   2005년 4월호 참조.

확실성을 뚫고 나가는 힘이 느껴지지 않는다.

지도 밖 세상여행 ─ 『내 인생의 스프링 캠프』『하이킹 걸즈』

집과 학교를 반복해서 오가는 길을 벗어나면 무엇이 보일까? 정유정의 『내 인생의 스프링 캠프』(비룡소 2007)는 삶이 춤보다도 역동적일 수 있음을 보여주는 작품이다. 엄마가 재혼하는 날, 하늘이 두 쪽이라도 났으면 하고 심드렁해하는 열다섯살 철부지 소년에게 생각지도 못한 임무가 주어진다. 수배 중인 대학생 형에게 도피물품을 전하는 임무를 친구 대신 맡게 된 것이다. 그런데 출발부터 일이 꼬인다. 그리하여 제각각 자기 일상에서 튕겨져 나온 한 동네 중학생 셋과 정신병원에서 탈출한 노인, 거기에 미친개처럼 날뛰는 도베르만 한 마리까지 끼어든 다섯 일행의 숨가쁜 여정이 펼쳐진다. 가는 곳마다 '개판'을 만들어내기 일쑤인 이들 일행은 사면에서 쫓기는 처지가 되어 금세 책 밖으로 뛰쳐나올 기세다. 원래 삶이란 초대하지 않은 손님과 예기치 않게 마주치는 과정의 연속이 아니던가. 경쾌하고 유머러스하게 묘사되는 돌발적인 사건들은, 비록 황당무계한 활극의 요소를 안고 있을지라도, 사이사이 드러나는 동행자들의 아픈 사연과 함께 인간과 세상에 대한 값진 경험으로 새겨진다. 1980년대를 배경으로 하고 있기에 액자 형식으로 결말을 처리한 이 작품은 과거를 돌아보는 회고담이 아니라 흔치 않은 여행모험담으로 주목할 만하다.

이에 비할 때, 김혜정의 『하이킹 걸즈』(비룡소 2008)는 거의 정석에 가까운 길 위의 여정을 표방한 작품이다. 각각 폭력과 절도를 저지르고 잡혀온 여고생 은성과 보라는 소년원에 들어가 처벌받는 대신 비행청소년 재활 프로그램으로 운영되는 씰크로드 도보여행에 참가하게 된다. 인솔자 미주 언니와 함께하는 우루무치에서 돈황까지 1,200킬로미터 70일간의 여정이다. 여행의 끝에 자각과 성장이 있을 것이란 예측은 누구에게나 가능하다. 하지만 씰크로드를 비단 같은 길로 알고 있는 은성이고 보면,

과연 어떤 고행을 겪고 재활프로그램을 마치게 될 것인지 궁금해진다. 날라리 같은 은성, 모범생 같은 보라, 책임감 강한 미주 언니의 조합이 순탄치 않은 여행을 예고한다. 출발부터 삐거덕거리던 은성과 보라는 차례로 일탈을 감행한다. 은성의 일탈은 불발로 그치지만 주도면밀한 보라의 일탈에는 은성까지 말려들어 두 소녀는 일찌감치 미주 언니를 따돌리고 저들끼리 움직인다. 둘은 낯선 길을 헤매다 위급한 상황에서 간신히 구해지는데 정해진 기간 안에 과제를 수행하지 못해서 귀국 후 소년원에 가야 하는 처지가 된다. 은성과 보라가 비행청소년이 된 사연이 환경 결정론적인 시각에 머물러 있고, 세 동행인 사이에 사건이 나올 만한 단서를 묻어두지 않은 탓에 다소 밋밋하게 서사가 흐르지만, 재활프로그램의 과제 수행을 실패로 끝맺은 것은 의외성있는 결말이다.

근대와 탈근대의 길목 — 『완득이』『열일곱살의 털』

사회변화는 청소년의 실존에도 영향을 미친다. 출간 즉시 베스트셀러를 기록하며 청소년문학의 위상을 숏구치게 만든 김려령의 『완득이』(창비 2008)는 "한국의 성장소설이 디아스포라의 무국적 정체성을 성장의 주요 모티프의 하나로 진지하게 고려하기 시작했다는 증거"[2]라고 이야기된 작품이다. 난쟁이 아버지와 소외계층이 나오는 가족서사라는 점을 들어 조세희의 『난장이가 쏘아올린 작은 공』(문학과지성사 1976)을 떠올리기도 하는데, 그보다는 소년의 성장에 초점을 둔 『괭이부리말 아이들』(김중미, 창작과비평사 2000)의 또 다른 버전이라고 하는 게 더 어울릴 듯싶다. 『완득이』에 담긴 사회적 현실성은 『난장이가 쏘아올린 작은 공』 같은 사회소설의 기준에서는 불만족스러울지 몰라도, 『괭이부리말 아이들』 같은 성장소설로 치면 분명 새롭게 부각되는 요인이다. 독자들은 열일곱살 완

---

2 이도연 「2000년대 성장소설의 몇 가지 맥락들」, 『문학동네』 2008년 겨울호 264면.

득이가 세상 밖으로 내딛는 씩씩한 발걸음에 아낌없는 박수를 보냈다. 소문난 싸움꾼이지만 천진한 내면을 간직한 고교생 완득이는 청소년 사이에서 '완소남'으로 통할 만한 주인공이다. 담임 '똥주' 또한 그간 상투적으로 굳어진 폭력적인 교사 이미지를 쇄신한 매력적인 파트너다. 특유의 거친 입담으로 사회현실의 문제를 까발리는 담임 똥주는 주연급이라 할 수 있을 만큼 비중이 크다. 욕을 입에 달고 사는 비교육자요, 입시교육의 방관자지만 약자 편에서 세상을 바라보고 개입하는 실천가이기에 시원한 카타르시스를 제공한다. 삐딱한 성격의 완득이와 역시 세상에 대해 삐딱하게 기울어진 담임 똥주의 입씨름을 오가다보면 저도 모르게 이 땅의 소외된 이웃들 곁으로 바짝 다가서게 된다. 완득이와 담임 똥주의 관계에서 우리 사회 하위자들의 고달픈 삶의 모습이 줄줄이 엮여 나오는 짜임이기 때문이다. 공부도 못하고 집안도 가난해서 입시경쟁 체제의 후미에 존재하는 완득이는 난쟁이 아버지와 베트남 어머니 사이에서 태어난 다문화가정 2세이고, 이주노동자를 고용해서 못되게 부려먹는 아버지에게 반발하고 집을 나온 담임 똥주는 달동네의 허름한 교회건물에 차린 이주노동자 쉼터 운영자다. 빈부격차와 공교육 붕괴, 이주노동자와 장애인 차별, 다문화적인 가족구성 등 이 시대의 청소년이라면 마주쳐야 하는 사회적 문제들이 그물처럼 촘촘히 엮여 있다. 이와 같은 악조건에서도 완득이는 아버지의 사교춤과 자신의 운동을 서로 인정해주는 대가로 새로운 삶의 출발선에 올라선다. 여기에 이르기까지 담임 똥주의 역할이 너무 크다는 게 흠이지만, 칠전팔기(七顚八起) 청춘의 힘이 느껴지는 결말이다.

김해원의 『열일곱살의 털』(사계절 2008)도 사회성이 주목되는 작품이다. 『완득이』처럼 열일곱살 고교생 주인공을 내세웠지만, 이 작품은 우리 사회의 근대성을 비추고 있을 뿐만 아니라 그 뿌리까지 캐고자 한 것으로 보인다. 주인공 일호는 우리나라 최초의 근대이발소인 태평이발소의 5

대손이다. 그는 "머리카락에는 아무짝에도 쓸모없는 욕망이 뒤엉켜 자라고 있"(5면)을 뿐이라고 여기는 할아버지에게 생일날 아침이면 꼼짝없이 붙들려 짧게 머리를 깎일 정도로 온순한 '범생이' 타입이다. 일호의 이런 반듯한 기질은 뜻밖의 상황에서 학교의 폭력적인 두발단속에 항의하는 1인시위로 발전한다. 학생의 머리카락이나 치맛단 길이에 대한 통제는 어제오늘의 일이 아니며, 교사권력에 의해 학생인권이 실종되는 현실을 고발하는 작품도 부지기수다. 하지만 이발소 집 삼대(三代)가 하필 두발단속과 관련한 학교처사와 맞붙는 설정이 흥미롭거니와, 나라에서 하는 일이라면 무조건 옳다고만 믿었던 할아버지가 마을 재개발사업의 부당함과도 맞서게 되는 결말은 또 다른 층위의 해석을 요구한다. 일호의 특이한 집안내력으로 말미암아 근대성의 역사를 들여다볼 기회가 주어지는 것이다. 일호의 고조할아버지는 종로에서 체두관 직을 수행하면서 가업을 일으킨 위인이다. 문명개화와 친일매국이 교착(交錯)하는 시기에 말단공직을 부여잡게 된 그는 가업의 번창을 나라발전으로 착각할 만큼 시대를 보는 눈이 어둡다. 그러나 장인정신만은 누구에게도 뒤지지 않는다. 할아버지의 자긍심은 파행의 근대역사에서 장인정신 하나를 굳건히 지켜온 데서 비롯할 터인데, 시대는 그것조차 웃음거리로 만들어버린다. 아버지가 할아버지와 불화를 겪고 밖으로 나돈 이유가 이발소의 쇠락 때문만은 아니었을 것이다. 여러모로 일호네 가족사는 우리 사회의 근대성 문제를 살피기에 적합한 소재다. 그러나 여기에서 초점이 맞추어져야 할 태평이발소의 지역성과 역사성이 할머니 기억의 편린으로만 언뜻언뜻 비칠 뿐 근대성의 문제의식과는 단단히 결합해 있지 않다. 이 때문인지 아버지의 존재감이 상대적으로 약할뿐더러, 할아버지가 마을 재개발사업에 항의하는 세입자들의 싸움에 동참하는 장면은 비약처럼 읽힌다. 일호가 상투적인 일탈형 청소년상과는 구별되는 의외의 뚝심을 보이는 주인공이라는 점은 반가웠지만, 우리 사회 근대성의 뿌리와 맞닿은 참신하고도 귀중한 소재가 시민적 권리확보 차원의 메씨지로 소진되고 만 것은 아무래도 아쉽게 느껴진다.

십대의 생명력 — 『직녀의 일기장』「꼴찌들이 떴다!」

몸의 변화를 가장 급진적으로 겪는 십대에게는 감출 수 없는 그들만의 에너지가 있다. 전아리의 『직녀의 일기장』(현문미디어 2008)은 여고생의 일상을 모자이크하듯 오려붙인 작품이다. 중심사건이라 할 것은 없지만 흡인력은 강하다. 청소년과 그리 떨어져 있지 않은 20대 작가의 상큼한 문체가 끌어당기는 힘일 테다. 매사 주눅 들지 않고 당돌하리만치 자신감을 보이는 주인공 직녀에게서는 세상사 눈치 9단짜리의 영악함과 10대의 순수성이 함께 느껴진다. '촛불' 세대를 연상시킬 만큼 믿음직스러운데가 있지만 기성세대에겐 불가해한 모습일 수도 있겠다. 일상적인 에피쏘드를 이어가는 짜임이라서 줄거리를 요약하는 것은 별 소용이 없다. 서사의 기복이 미미한 탓에 인물이 발전해간다는 느낌도 덜하다. 하지만 직녀는 자가발전형 인물이다. 일상의 각질을 벗기는 일기 쓰기의 방법으로 저 나름의 '생활의 발견'을 이루어낸다. 이 작품은 무언가 결여된 주인공이 특정 계기를 통해 각성을 이루고 결여를 보충하는 일반구도에서 비켜나 있다. 그렇지만 '미숙한' 10대를 계몽해야 한다고 믿는 청소년문학이 종종 무늬만 문제아인 수동적 주인공을 낳는 데 그치고 마는 것에 비하면, 이 작품의 직녀는 허허실실(虛虛實實)의 지략을 가지고 있다. 공부를 멀리했어도 깜냥껏 지방대 간호학과를 합격한 것이 불가능한 일이라거나 속없는 출발이라고 여길 사람은 아마 없을 것이다. 직녀와 같은 삶의 태도에서도 오뚝이 같은 생명력이 느껴지는 것은 얼마나 반가운가.

양호문의 『꼴찌들이 떴다!』(비룡소 2008)는 공고생들의 색다른 현장실습 체험을 그린 작품이다. 어느 면에서는 인문계 여고생들의 일상을 그린 『직녀의 일기장』과 대극적인 자리에 놓인다. 실업계 고교생들은 진학과정에서 이미 한 번씩 좌절을 경험한 셈인데다 사회적 관심에서도 밀려나 있어 의욕상실과 패배의식에 빠져 있기 십상이다. 이들의 문제를 다룬 작품이 얼른 떠오르지 않는 것은 우리 청소년문학이 절반의 진실을 외면해왔다는 증거다. 실업계 고교 문제는 우리 사회의 계급재생산 구조와도 이어져 있다. 이미 공공연한 비밀이 되어버렸지만 실업계 고교생의 현장 실습은 허울만 남은 지 오래고 거의 노동력 착취로 바뀌었다. 이 작품이 포착한 현실도 이와 다르지 않다. 일찌감치 주류에서 멀어져 답답하고 하릴없는 일상을 보내는 아이들에게 월 90만 원의 실습생 자리가 주어진다. 그러나 기대감에 차 있던 아이들을 기다리고 있는 것은 외진 산골 공사장의 막노동이다. 고압 송전 철탑 공사의 기초 작업반으로서 철탑 세울 터를 닦는 일에 투입된 것이다. 아무리 나빠도 사회적 경험은 허황한 공상에나 빠져 지내던 철부지들을 현실에 단련시킨다. 세상에는 여러 부류의 어른이 존재하지 않는가. 노동으로 잔뼈가 굵은 작업반원들, 월급을 떼어먹으려는 회사간부와 원칙에 충실하려는 간부, 법을 공부하는 절간의 고시생, 철탑공사로 홍수피해를 본 마을과 회사의 대치 등 서사가 진행되면서 아이들도 뼈가 굵어지는 모습을 보인다. 그런데 결말이 느닷없다. 책임소재를 사장 아들에게 집중시키고 사장의 후덕함으로 단숨에 문제가 해결된다. 이 점을 제외한다면 공사현장의 생태와 마을공동체의 삶을 10대로서 현실감있게 맛보게 해주는 이 작품의 서사는 귀중한 사례라고 해야 할 것이다.

판타지와 접속하기 ─ 『위저드 베이커리』 『나는 할머니와 산다』

현실에 틈입한 판타지는 일상을 교란시키고 삶을 재구성하는 계기로 작용한다. 구병모의 『위저드 베이커리』(창비 2009)는 진지한 문제의식을 지닌 판타지로서 주목되는 작품이다. 가족이 보호는커녕 위협이 되는 상황에서 주인공 소년이 몸을 피해 들어간 동네의 빵집이 마법의 공간으로 설정되어 있다. 그런데 이곳은 단순히 구원의 장소가 아니다. 손님 주문에 따라 마법의 빵을 제공하지만, 욕망대로 선택만 하고 책임지지 않으려는 인간에게는 혹독한 대가를 안긴다. 알싸하고 달콤한 쿠키와 빵이 인간의 숨은 욕망을 불러일으키고 무시무시한 저주를 실어 나른다. 소년은 마법사 점장의 일을 도우면서 마법의 효능을 이용하려는 손님들의 일그러진 욕망을 들여다본다. 그중에는 자신이 의붓여동생을 성추행했다고 믿는 새어머니의 증오도 포함되어 있다. 인간이 마법의 힘을 빌려 멋대로 인과(因果)의 흐름을 바꿔버리면 아무리 작은 일일지라도 우주에 변화를 가져온다. 마법사 점장은 그런 빗나간 욕망의 대가를 치르게 해서 뒤틀린 것을 바로잡고 우주의 질서가 균형을 이루게끔 조정하는 임무를 떠맡고 있다. 이 작품은 친모의 자식유기와 자살, 아버지의 근친상간적 아동성추행 등 끔찍한 내용을 일부 포함하고 있음에도 전체적으로는 교육적 색채를 강하게 발한다. 이는 선택과 책임이라는 건강한 주제의식 때문일 것이다. 대한민국 청소년들이 겪는 혹독한 가위눌림을 떠올린다면, 미스터리와 호러 색채도 그들의 악몽 같은 현실에 대한 알레고리로서 의미를 띤다고 하겠다. 그런데 증오에 찬 새어머니의 형상은 히스테릭한 현대인의 초상인가? 옛이야기의 악랄한 계모처럼 단순성격으로 고정돼 있어 편견을 강화할 위험이 크게 느껴진다. 절정의 순간에 '타임 리와인더 쿠키'를 써서 두 가지 경우의 수를 보인 결말은 그런대로 의미있는 시도로 보인다. 문제해결적인 성장서사로 나아가지 않고 선택에 따른 차이를 분명하게 드러냄으로써 현실의 인과관계를 다시금 환기하는 효과를 빚는다. 이 작품은 달콤한 빵 냄새 풍기는 마법의 세계로 초대해서는 결코 달콤할 수 없는 현실법칙에 눈 뜨게 하는 이이제이(以夷制夷) 방식의 특이한 판타지다.

최민경의 『나는 할머니와 산다』(현문미디어 2009)는 할머니 귀신에 씐 입양소녀 은재의 이야기다. 무섭거나 어두운 내용일 것이라는 짐작과는 달리 시종 밝고 유쾌한 분위기로 흐른다. 할머니 귀신이 이따금 심술을 부리는데다 주인공 은재가 발랄하고 씩씩하게 그려졌기 때문이다. 보육원 출신 입양아면서 정체성에 예민한 열여섯살 주인공을 내세울 경우 자칫 뻔한 스토리로 나아갈 확률이 높다. 그런데 죽은 이의 영혼이 옮겨 붙은 빙의(憑依)현상을 끌어들여 예기치 않은 일들을 겪게 만든 데에 이 작품의 묘미가 있다. 그렇다고 한바탕 귀신소동에 그치는 것은 아니다. 할머니가 은재의 몸에 들어온 데는 그럴 만한 이유가 있었다. 이 비밀이 풀리면서 작품의 주제가 드러난다. 은재는 자신을 보육원에 보낸 엄마로 인한 아픔의 기억이 있고, 할머니는 딸을 낳아 외국에 입양시킨 아픔을 간직한 채 사고로 죽었다. 은재는 할머니 귀신의 도움으로 친모를 만나 자기 안에 묻어두었던 앙금을 털어버리고, 할머니 귀신은 은재의 도움으로 입양 간 딸을 만나는 소원을 이룬 뒤 하늘나라로 떠난다. 은재가 빙의를 통해 친모와 할머니의 아픈 삶을 이해하고 가족의 의미를 깨닫게 되는 짜임이다. 그런데 현실의 문제를 해결해준 빙의가 주인공에게 거의 외적 계기로만 주어진 것은 이 작품의 현실성에 흠집을 내고 깊이를 떨어뜨린다. 만일 주인공의 무의식세계에서 빙의의 계기를 마련하고 어느정도 미스터리로 풀어갔다면, 단순한 판타지적 소재 이상의 의미를 지닌 빙의가 그려질 수도 있었을 것이다.

3. 청소년문학과 출판·독서계의 변화

우리 청소년문학은 확실히 달라졌다. 시큰둥했던 10대의 반응도 놀라움으로 바뀌고 있다. 예컨대 "어른들이 권하는 게 다 그렇지 뭐" 하던 것이 "어우, 이거 장난이 아닌데" 하고 얘기된다. 오늘의 청소년문학이 이전보다 더 '교육적'이어서도 아니고 '반교육적'이어서도 아니다. 핵심은

'다름'과 '감동'이다. 뭔가 색다른 감동을 주는 작품이 재미가 있다고 환영받는다. 최근의 공모 수상작들을 보면 이전 작품들과 구별되는 동시대적 감각과 개성적인 색채가 두드러진다. 발상도 한결 새로워졌다. 소재 면에서나 기법 면에서나 나름대로 진화를 해가며 전체 판을 다양하게 꾸며주고 있는 것이다. 그 정점을 『완득이』『열일곱살의 털』『위저드 베이커리』 같은 작품이 차지하고 있다. 저마다 일장일단을 보인다고 해서 모든 작품이 똑같은 값어치를 지니는 것은 아니다. 『완득이』『열일곱살의 털』『위저드 베이커리』의 '색다른 감동'은 다른 작품의 그것보다 훨씬 강렬하게 느껴진다.

그런데 『완득이』를 비롯한 '잘나가는' 청소년문학에 대한 세간의 비평은 이른바 성장강박증에 따른 '닫힌 결말'의 부정적 효과를 지적하는 것들이 대부분이다. 이런 지적이 어느 정도 들어맞는 작품의 결함을 덮어둘 것은 아니지만, 거의 이분법적으로 '열린/닫힌' 결말을 상정해놓고 그에 대한 검증에 매달림으로써 문제를 엉뚱하게 가져가는 것이어서는 곤란하다. 서사를 매듭짓는 방식은 그렇게 단순하지도 않거니와, 특히 청소년문학의 결말에 대한 기준은 열어두어야 하는 사정도 고려해야 한다. 청소년문학의 필요성을 부정하는 것이 아닌 이상에야 '성장강박증'이라 지적되는 한계는 장르의 특성과 더불어 지속적으로 궁구해야 할 사항이지 성인문학의 기준을 들어 성급히 판정할 일은 아니다. 또한 아동문학·청소년문학·성인문학이 질적인 차등은 없을지라도 독자의 성장단계에 의해 세 가지 층위로 구분되는 것이라면 아동문학의 독자를 성인문학으로 이어주는 중간지대에 청소년문학이 놓여 있음도 외면할 수 없다. 아동·청소년문학이 나름의 금기사항을 지키려 든다거나 결말에서 전향적인 해결을 모색하는 것은 1차적으로는 자기요구에 따른 지향인 것이다.

적막강산이던 청소년문학에 쏠림 현상이 나타나면서 우려의 시각도 교차하고 있다. 청소년문학에 쏠리는 관심은 아직은 불균형을 바로잡는 기운으로 봐야 할 근거가 더 많다. 청소년문학상을 공모하는 곳이 여럿이라지만 아동문학이나 성인문학 쪽에는 비할 바가 아니다. 아동문학과 성인문학에 가려서 잘 보이지 않던 청소년문학이 오히려 위아래로 확대되는 추세로 돌아선 것은 작품의 성과와 독자의 요구가 잘 맞아떨어진 결과임에 틀림없다. 기실 쏠림 현상은 베스트셀러 한두 작품에만 눈을 돌리는 비평 쪽의 문제점이 더욱 심각하다. 공모 당선작들을 우선적으로 살펴보느라 이 글에서도 지나치고 말았는데, 각각 장편과 단편으로 중요한 문학적 성취를 이루었다고 판단되는 김중미의 『거대한 뿌리』(검둥소 2006), 이금이의 『벼랑』(푸른책들 2008), 공선옥의 『나는 죽지 않겠다』(창비 2009) 같은 작품들에 응분의 조명이 주어지지 않는 것은 그런 편향의 심증을 굳힌다.

청소년문학의 길은 무엇일까? 정답은 없다. 이 새로운 개척지를 풍요롭게 해줄 모든 것은 차별 없이 환영받아야 마땅하다. 리얼리즘을 위시해서 판타지, 미래소설, 역사소설, 추리소설, 호러소설 등 청소년의 관심과 접맥될 수 있는 영역은 끝이 없다. 얼마 전까지만 해도 국내 출판·독서계는 거의 외국소설이 장악하고 있었다. 그런데 그 대부분은 '순수문학'과 '대중문학'의 경계를 넘나드는 '중간소설'들이었다. TV, 영화, 만화, 게임, 인터넷 등과 혼용 및 경쟁하는 시대의 산물로 보이는 중간소설은 기본적으로 서사의 재미를 추구하지만 그렇다고 사회적 문제의식이 본격소설보다 뒤떨어지는 것은 아니다. 감각적이고 속도감있는 서술과 기발한 상상력에 실린 사회적 문제의식은 중간소설을 과거의 통속소설과 구별 짓게 한다. 그럼에도 기성문단의 반응은 중간소설에 냉소하는 구태의연함뿐이었는데, 그 결과는 독자의 싸늘한 외면이거나 수준에 못 미치는 싸구려 오락물의 범람이다. 기실 우리 문학판이야말로 언제부터인지 사회적 문제의식을 은근히 경멸해오지 않았던가. 90년대 이후의 국내소설 중에서 카네시로 카즈끼(金城一紀)의 『GO』나 오꾸다 히데오(奧田

英朗)의 『남쪽으로 튀어!』만큼 개인과 국가의 대결을 가열차게 그려낸 것이 있는지 모르겠다. 외국의 중간소설들에 석권당한 출판·독서계의 판도를 바꾸는 데 청소년문학의 기여가 없다고는 할 수 없다. 맞다. 오늘날 청소년문학과 독자가 만나는 지점에는 중간소설의 성격이 분명 포함되어 있다. 청소년을 의식해야 하는 문학은 시대조류에 민감할 수밖에 없는 것이다. 따라서 청소년문학은 앞으로 국내 중간소설 창작의 빈 구석을 채우고 감당해나가게 될 것이라고 조심스럽게 예측해본다. 이건 그리 나쁘지 않다. 다만 청소년문학은 그 이름대로 자기만의 영역을 개척하고 또 지향해야 하는 것이 맞을 텐데, 그렇다면 중간소설로 이행하면서 장르가 해소될 것이 아니라, 일정한 경계를 지으며 내부분화를 이뤄가는 것이 바람직할 것이다.

_『창비어린이』 2009년 겨울호

제3부
작가와 작품

생명에 대한 경험을 넓혀주는 동화의 세계

안미란론

1. '어린이문학다움'에 대한 질문

작가에겐 운명과도 같은 작품이 있을 것 같다. 다른 시간, 다른 상황이라면 절대 그렇게 만들어지지 않을 것 같은 작품. 하늘에서 뚝 떨어진 것 같은 작품. 안미란의 『너만의 냄새』(사계절 2005)는 그런 작품집이 아닐까 싶다. 이것도 과찬일까? 우리 창작동화 중에서 100쇄 넘게 찍었다든지 30만부 넘게 팔렸다는 작품들이 없지 않은 마당에, 아직 그 십분의 일을 넘기지 못한 동화집에 대해 좀 지나친 표현이라고 할지도 모르겠다. 하지만 사람이나 작품에는 운명이란 말이 꼭 어울리는 경우가 있다고 나는 믿는다. 그 작품이 얼마나 많은 독자와 만날 수 있을 것인가의 문제와는 관계없이 말이다.

안미란은 1998년에 동시로 '눈높이 아동문학상'을 받았지만, 참새 짤뚝이를 주인공으로 삼은 의인동화 『너 먼저 울지 마』(사계절 1999)를 펴내면서 동화작가로 첫 발걸음을 떼었다. 그의 이름은 2000년 제5회 '좋은 어린이책' 원고공모 창작부문 대상을 받은 장편동화 『씨앗을 지키는 사람들』(창작과비평사 2001)을 통해 더욱 널리 알려졌다. 그 후로 『철가방을 든 독갭이』(채우리 2001), 『하도록 말도록』(한길사 2002), 『늦둥이』(예림당 2003), 『나 안할래』(아이세움 2004), 『너만의 냄새』(사계절 2005), 『내가 지켜줄게』(아이세움 2008) 등을 출간했다.

한두 해에 10권 이상 펴내는 작가들이 없지 않은 시절인 만큼, 지난 10년간 그의 활동은 비교적 과작(寡作)에 가까운 행보였다고 할 수 있다. 하지만 90년대 말에 활동을 시작한 안미란은 이른바 한국 아동문학의 르네쌍스기를 통과하면서 이 시기를 백화난만(百花爛漫)으로 수놓는 데 기여한 주요작가의 한 사람이다. 『씨앗을 지키는 사람들』은 우리에게 드문 '미래과학소설'(Science Fiction)로서 유전자조작의 생명윤리 문제를 환기시켰을 뿐만 아니라, 씨앗에 관한 지식정보를 독점함에 따라 과학발달이 사회적 불평등 관계를 더욱 심화시킬 수 있다는 사실을 고발했다. 아직까지도 이 작품을 뛰어넘었다고 할 만한 SF 판타지의 성과는 찾아보기 힘든 실정이다. 또한 안미란은 여러 작가의 작품을 모은 앤쏠러지 동화집에서도 인상적이고 뜻있는 단편으로 눈길을 끌었다. 창비아동문고 200번 기념 '오늘의 동화선집 2' 『이상한 알약』(창작과비평사 2002)에 실린 「귀신이 나오는 집」은 삼신할머니와 조왕신을 도시의 집안으로 불러들였고, 국가인권위원회에서 기획한 『블루시아의 가위바위보』(창비 2004)에 실린 「마, 마미, 엄마」는 한국 아빠와 베트남 엄마로 이루어진 다문화가정의 삶을 조명했다. 확실히 남보다 한발 앞선 행보다. 현대적인 과제를 안고 있는 우리 창작동화의 발걸음에서 이런 작품들은 다 나름의 이정표 구실을 했다고 볼 수 있다.

『너만의 냄새』는 하나의 주제로 통하는 조금씩 다른 스타일의 작품들을 묶은 것인데, 도식성과 얄팍한 교훈의 메씨지에 물려 있는 독자들이 무척 반길 만한 동화집이다. 군살 없이 매끈하게 빠진 여기 단편들은 작품 완성도 면에서 흠집을 찾아내기 어렵다. 그런데 이 작품들은 줄거리만을 요약한다면 아무것도 아닌 게 되는 종류, 말하자면 읽는 방법에 따라 생성되는 의미의 양이 달라지는 다층적인 텍스트성을 지닌다. 이 작품집을 둘러싼 한때의 논란은 이러한 텍스트 자체의 성격에서 비롯되는 것이라고 나는 생각한다.

어린이책 출판이 전성기를 누리던 2000년대 초반 무렵, 각종 공모제와 연동되어 동화 창작은 어느덧 단편에서 장편으로 추세가 바뀌었다. 장편의 시대가 개화한 것은 우리 창작동화의 체질을 획기적으로 강화할 수 있는 호조건으로 받아들여졌다. 하지만 몇몇 성과를 제외하고는 출간도서 대부분이 장편에 걸맞은 스토리 구조를 갖추지 못하고 고만고만한 아이들의 일상생활을 변주하는 데에 머물렀다. 오히려 쉽게 쓰고 쉽게 출판되는 풍토가 조성되면서 모처럼의 기회가 위기로 뒤바뀔 가능성이 높아져갔다. 그래서 장대한 스케일을 지닌 장편을 고대하는 한편으로, 상업성보다는 문학성이 더욱 담보되는 참신한 단편집의 성과를 바라는 요구가 나오게 되었다. 안미란의 『너만의 냄새』는 이런 요구와 맞아떨어지는 단단한 성과로서 주목되었다.

그 후로 김남중의 『자존심』(창비 2006.1), 이현의 『짜장면 불어요!』(창비 2006.5), 박관희의 『힘을, 보여 주마』(창비 2006.7), 유은실의 『만국기 소년』(창비 2007.3) 등 빼어난 단편집들의 성과가 한꺼번에 이어졌다. 아동문단에 아연 활기가 돌았다. 그와 함께 '동화의 소설화 경향'을 우려하는 목소리가 불거져 나왔다. 이 문제는 저학년 대상의 판타지 동화보다 고학년 대상의 리얼리즘 동화에 훨씬 익숙한 우리 창작동화의 체질과도 관련된다. 위의 작품집들은 현대적인 주제, 개성적인 문체, 색다른 기법 등을 통해 우리 단편의 수준을 한 단계 끌어올렸다고 평가되지만, 전통적인 구분법에 따른다면 대부분 '동화'라기보다는 '소년소설'이라고 해야 더 어울린다. 그러니까 '동화의 소설화 경향'은 동화 장르의 특성을 둘러싼 문제라기보다는 '어린이문학다움' 곧 '어린이문학의 경계'를 둘러싼 문제였다고 할 수 있다.

여기서 이 문제에 대해 자세히 논할 수는 없겠다. 한 가지만 밝힌다면, 이른바 '경계'에 놓인 작품들은 어떤 문학적 결함에 대한 지적이 아닌 한 '어린이문학다움'을 요구하는 비판에서는 자유로워야 한다는 게 내 생각이다. '어린이문학다움'에서의 '어린이'란 대체 어떤 어린이일까? 그것이 어른의 시선으로 제한된 하나의 가설인 것은 잘 알려져 있거니와, 어린이책 독자의 기준에서도 가령 4, 5세와 8, 9세와 12, 13세를 동일한 '어린이'라고 할 수 있을 것인가? 어린이문학의 경계란 본디 연속선상에 있는 것을 독자 연령의 특성을 고려하여 임의적으로 구분한 것일 따름이다. 그러므로 어린이와 어른의 경계에 양면성과 투과성을 지니는 작품이 존재하는 건 자연스럽고 또 마땅한 일이다. 동화 독자가 소설 독자로 옮겨가는 게 좀더 자연스러운 법칙이라면 그 경계에 담을 쌓을 이유가 없는 것이다.

물론 독자 연령의 특성에 바탕을 둔 전통적인 형식이나 방법에 의거하지 않은 작품은 이도저도 아닌 게 될 가능성이 높다. 동화가 동화답고 소설이 소설다워야 한다는 것은 독자와 관련된 요구이기에 앞서 문학적 완성도와 관련된 요구라고 할 수 있다. 그렇다면 문제의 초점은 문학적 성취도와 가치 여부가 아닐까? 독자의 범주와 관련된 다분히 실용적인 요구는 어디까지나 2차적인 문제여야 하는 것이다. 실은 어린이도 초등 고학년쯤 되면 독서취향 면에서 개인의 편차가 커지게 마련이다. 요컨대 독특한 문학적 성취는 독특한 취향의 독자와 만날 수 있다. 경계 논란을 불러일으킨 『너만의 냄새』를 더 눈여겨보게 되는 이유가 이러하다.

2. '관계 맺기'와 '소통'을 드러내는 방식

『너만의 냄새』는 여기 실린 작품들의 창작동기를 짐작케 하는 작가의 말을 앞에 싣고 있다. 세 아이의 엄마이기도 한 안미란은 세 번째 이사를 하면서 자녀 문제와 관련해 떠오른 생각을 다음과 같이 밝혔다.

> 나는 엄마로서 먹이고 입히고 가르치고, 온갖 세상일을 함께 해 줄 수 있을 것 같았는데 절대로 해 줄 수 없는 게 있었다. 바로 '사람과 관계를 맺는 일'이었다. (…) 아이 스스로 마음을 열고 관계의 법칙들을 터득해 나가야만 했다. 그것은 누구도 대신해 줄 수가 없었다. (4~5면)

『너만의 냄새』를 꿰는 하나의 테마는 '나'와 '너', '우리'의 관계를 둘러싼 '소통'의 문제라고 할 수 있다. 거의 모든 사람이 '관계 맺기'의 서투름을 경험하면서 산다. 개인이 원자화된 현대사회에서는 '관계 맺기'와 '소통'이 더욱 어려운 문제로 떠오른다. 그래서인지 인간관계·경영·지도력에 관한 서적, 전략적인 대화·사교·연애법 따위를 가르치는 실용서 들이 쏟아져 나오고 있으며, 심리학 관련 서적도 때 아닌 호황을 누린다. 하지만 이런 책들은 대부분 다른 생명을 자기 삶의 수단으로 여기는 경쟁사회의 성공전략을 반영하고 있다. 경쟁을 전제로 해서는 진정한 관계에 이를 수 없을 것이다. 중요한 것은 생명 그 자체에 대한 이해일 것이며, 여기에 문학의 몫이 주어진다. 물론 갈등의 씨앗인 욕망이 없다면 생명도 없다. 그러기에 좋은 문학은 욕망을 있는 그대로 드러내는 가운데서도 생명이 얼마나 아름다울 수 있는지를 일깨워준다.

안미란은 "생명에 대한 최소한의 예의가 진정한 관계 맺기의 출발점"이라고 머리글을 맺었다. 생명에 대한 예의는 나와 다른 존재에 대한 긍정이고, 이는 자기중심적인 태도에서 또 다른 중심을 인정하는 태도와 관련된다. 그런데 나와 '다름'을 받아들이는 과정은 '인지상정(人之常情)'이라는 말에서 보듯이 보편적으로 통하는 '같음'을 배경으로 한다. 하지만 인간에 대한 개괄적인 설명으로는 '같음'과 '다름'이 맞물린 삶의 긴장을 온전히 담아내기 힘들다. 반면에 살아 움직이는 경험의 형태로 제공되는 문학작품은 상호 긴장을 이루는 개체들의 삶에서 정서적인 공감의 띠를 만들어낸다. 엄마도 대신해줄 수 없는 '사람과 관계를 맺는 일'에 문학작품이 도움을 줄 수 있으리라는 믿음이 이래서 가능해지는 것이다.

동화는 상식적인 교훈의 메씨지에 경험의 옷을 입히는 것으로도 효용을 지닐 수 있다. 메마른 도식이 드러나는 빈약한 상상력이 문제인 것이지, 스토리와 쉽게 분리되지 않는 교훈의 메씨지는 명료할수록 더 큰 쾌감을 선사한다. 하지만 '나'와 '너'의 일상적인 부대낌에서 '같음'과 '다름'의 긴장을 드러내고자 한다면 사정이 이와 다르다. 도덕교과서식의 생활 교훈은 개체들 간의 미묘한 긴장을 지워버린 어떤 도식에 기대고 있기 십상이다. 이럴 때 도식이란 진실의 반대말이기도 하다. 작위적인 해결을 교훈의 이름으로 무마하려 들었던 이른바 '착한이표 생활동화'의 함정이 이곳에 자리하고 있다. 생활적 진실을 그려내는 붓질은 소설의 문법을 따라야 하는 것이 기본이다.

따라서 『너만의 냄새』를 쫓아다니는 '동화의 소설화 경향'에 대한 우려는, 적어도 이 작품집이 의도하는 바에 비추어볼 때 감수해야 할 성질인지도 모른다. 이 작품집에는 고양이와 쥐를 의인화한 「너만의 냄새」, 죽어서 땅에 묻힌 개를 서술자로 삼은 「사격장의 독구」, 산신령과 호랑이가 등장하는 「병풍암 산신령」, 근미래를 배경으로 하는 「친구를 제공합니다」 같은 동화풍의 스토리를 지닌 것들이 포함되어 있지만, 전반적인 서술방식은 전통적인 동화의 방식과 다른 독특한 호흡으로 되어 있다. 이 독특함은 소설이라면 그리 문제될 것이 없는 섬세한 내면심리를 드러내는 초점화자에서 비롯된다.

나는 어두컴컴한 방에 있지만 바깥 풍경과 시간의 흐름을 훤히 볼 수 있다.

끼리릭, 덜컹. 끼리릭, 덜컹. 몇 초 뒤에 또 끼리릭, 덜컹.

이건 윗길에서 내려오는 우체부 아저씨의 오토바이다. 엔진을 끄고 남은 힘으로 털털털 굴러 내려오다 브레이크를 잡은 뒤 우편물을 던져 넣고 또 털털털 굴러가고. 우체부 아저씨의 한쪽 발은 땅바닥을 짚으며 발판과 땅을 쉴새없이 오르락내리락할 것이다. 남들보다 신발이 금세 닳겠지. (「나무 다리」 10면)

'피 냄새야.'

쥐돌이는 털이 쭈뼛쭈뼛 일어서는 느낌이 들었다.

비릿하고 노리치근한 냄새. 피 냄새 속에는 짐승 냄새도 섞여 있다.

쥐돌이는 귀를 바짝 세웠다. 희미하게 신음 소리가 들린다.

"끼야오오 끼야오."

'고, 고양이 소리야.'

쥐돌이는 물고 있던 빵 조각을 얼른 뱉었다. (「너만의 냄새」 32면)

김 노인은 모로 누워 물끄러미 벽을 본다. 몇 년 동안 도배를 하지 않아 얼룩이 졌다. 어린아이 적에는 얼룩진 그림자를 보며 온갖 옛날이야기를 꾸며내거나 그도 아니면 찢어진 벽지를 어른들 몰래 뜯어내는 아슬아슬한 재미라도 있었는데, 이제는 세상 어느 일에도 흥미가 없다.

방바닥도 갈라진 틈이 여러 군데다. 그 틈새로 개미들이 꼬물꼬물 기어 나온다. 개미가 있는 집은 배곯지 않고 부자로 산다는데 김 노인 방에는 떨어진 과자 부스러기 하나 없다. 쌀독마저 바닥이 드러날 판인데 개미들은 무얼 찾아 저리도 기어 나오는 걸까. (「병풍암 산신령」 50면)

　독자와 비슷한 눈높이의 아이를 내세운 작품은 1인칭 주인공시점을 택해서 자기고백의 느낌을 주고, 동물이나 노인이 등장하는 작품은 3인칭 전지적 작가시점이지만 초점화자를 내세워서 내면심리에 치중하는 서술을 보여준다. 이런 것들은 물론 의도된 서술방법일 테다. 곧 주요 등장인물과 독자의 내밀한 교감을 꾀하고 있는 것이다. 또한 작가는 감각을 일깨우는 상세한 묘사를 통해 개별적인 존재감을 살려내고자 했다. 문장은 초등 고학년이면 쉽게 이해할 수 있는 수준이지만, 밀도 있고 절제된 서술이다. 절제된 서술일수록 읽는 이의 긴장이 높아진다. 사건이 주는 긴박감이 아니라 서술에 의한 긴장은 의당 동화보다 소설의 방식에 가까운 것이다.
　그러나 이런 방식이 아니었다면, 겉으로 쉽게 내비치지 않는 깊은 속내라든지 나와 너 사이를 오가는 미묘한 감정의 파장 같은 것을 살아 있는 느낌 그대로 전달하기 힘들었을 테다. 우리가 그토록 서툴 수밖에 없는 관계 맺기의 어려움과 어렵사리 소통의 틈새가 열리면서 전해지는 아름다움을 온몸으로 감촉하기 위해선 그에 상응한 집중력이 요구되는 것이다. 텍스트는 능동적인 읽기와 더불어 의미를 만들어내며, 그 질은 거기 내포된 의미의 총량에 달려 있다. 어린이독자가 다층적인 텍스트를 얼마나 이해할 것이냐고 지레 걱정할 필요는 없다. 가져갈 수 있는 만큼 가져갈 수 있게 텍스트가 구성돼 있느냐가 더 중요하다. 초등 고학년 이상으로 차분히 책 읽는 걸 좋아하는 독자라면, 보통의 동화나 소설 작품과는 다른 이 작품집만의 독특한 질감에 적잖이 매료될 것이라고 나는 믿는다.

3. 리얼한 감각을 동반한 공명(共鳴)의 효과

누구나 원만한 관계 맺기를 희망하지만, 삶에서 불화와 갈등을 피할 수는 없다. 사람들 사이의 불화와 갈등은 인종·계급·성·종교 등 특정 집단의 이해를 곡해하는 사회적 편견으로 인해서 더욱 비극적으로 치닫곤 한다. 그래서 사회 문제는 늘 문학의 주요 관심사로 부각되어 왔다. 하지만 일상적으로 겪는 불화와 갈등은 동일한 사회적 집단 안에서도 조금씩 다른 성장 배경이라든지 개인의 성격이 만들어내는 독특한 삶의 무늬에서 파생되는 경우가 많다. 인간적 성숙이란 이런 삶의 무늬들을 또렷하게 인지하고 받아들이는 공유과정에 다름 아닐 것이다. 안미란은 생명이 지닌 제각각 삶의 무늬들을 매우 인상적으로 그려내고 있다.

「나무 다리」는 변두리 다세대주택 같은 곳에 엄마와 둘이 사는 아이가 혼자 사는 까칠한 성격의 1층 할머니와 앞집 아저씨를 생긴 그대로의 이웃사촌으로 받아들이게 되는 이야기다. 세 집이 모두 가족이라기엔 이 빠진 동그라미마냥 결여를 안고 있다. 서로 다른 조각들은 쉽게 이가 맞지 않는다. 하지만 이들은 딱 그만큼으로 헐렁하고 어슷비슷한 동그라미를 만들 수 있다. 다리를 다쳐 마음대로 나다닐 수 없는 아이는 혼자 방에서 바깥의 동정을 살피는 게 주요 일과다. 이때, 가난한 이웃들이 살아가는 모습이 '소리'에 매우 민감해져 있는 아이에게 생생하게 전해진다. "똥간 청소를 이 늙은이가 해야 해?" 하고 침을 탁 뱉는 '박카스' 할머니, "싱싱한 딸기, 딸기 사요, 딸기. 한 바구니 삼천 원, 시 바구니 칠천 원." 하고 방에서 녹음을 하는 '시단' 아저씨의 목소리…… 여기에는 감출 수 없는 삶의 얼룩이 배어 있다. 때문고 쓸쓸한 삶이라고 느끼는 순간, 거기 스며들 틈새가 생겨난다. 마침내 그들과의 대화법에 익숙해지는 것이다.

「너만의 냄새」는 심하게 다쳐 한 곳에 꼼짝 않고 누워 있을 수밖에 없는 고양이와 그에게 자리를 뺏긴 쥐돌이가 아웅다웅하며 며칠 지내다 헤어지는 이야기다. 형편이 뒤바뀐 상황이라서 쥐돌이는 먹을 걸 가지고 고양이를 약 올리기까지 한다. 그런데 고양이가 새끼를 뱄다. 쥐돌이는 엄마 쥐가 새끼를 뱄을 때 얼마나 먹을 것을 탐했는지 기억한다. 짐짓 놀리듯이 고양이에게 먹을 걸 던져주며 투덜거리는 쥐돌이에게 붙임성이 없지 않다. 어느 날 검은고양이에게 쫓기고 비에 홀딱 젖은 몸으로 지쳐 돌아온 쥐돌이를 고양이가 슬며시 품에 불러들인다. 생태적으로 가능할 것 같지 않지만, 둘 사이의 밀고당김과 머뭇거림을 잘 포착해내고 있어서 읽노라면 얼른 안기라고 조바심이 날 지경이다. 그렇더라도 쥐돌이가 고양이에게 안긴 채로 끝맺었다면 뭔가 속았다는 느낌을 지울 수 없었을 게다. 둘 사이의 친밀한 관계가 지속될 수 없음을 아는 쥐돌이는 결국 떠난다. 물난리에 헤어진 엄마 쥐의 인상을 고양이에게 말해주며, 훗날 만나더라도 잡아먹지 말아달라는 부탁을 남기고서. 대신에 쥐돌이는 무섭고 소름끼치는 고양이 냄새가 아니라 따스하고 그리운 냄새를 하나 간직하게 되었다.

나머지 작품들도 서로 다른 등장인물들이 한순간 부대끼다가 머뭇거리며 다가서는 모습을 그린 것들이다. 중심부에서 밀려났거나 저마다 상처를 지닌 모습이기도 해서 훈훈하지만 쓸쓸한 여운이 감도는 아이러니가 생겨난다. 아이러니는 작품에 깊이를 주고 긴장을 조성한다. 채울 수 없는 빈 구석을 느끼지 않는 삶에는 그리움도 없을 테다. 동화도 여러 차원의 진실을 담아낼 수 있는 것이니, 완벽한 행복이라는 닫힌 결말에 더 익숙한 저학년 동화의 기준만을 유일한 잣대로 삼을 수는 없는 노릇이다.

「병풍암 산신령」은 멀리 간 제 자식보다는 가까이 있는 남의 자식이 부모 마음 안 아프게 하기를 빌면서 건어물상회 금 여사에게 위로를 보내는 노점상 김 노인의 이야기다. 권정생의 「달맞이산 너머로 날아간 고등어」처럼 술에 취한 몽롱한 상태에서 초현실을 경험하는 내용이다. 어른들 사는 모습을 그렸지만, 가난한 노인이 산신령의 복을 받는 구조는 다분히 동화적이다. 그렇더라도 장면 장면은 이야기를 들려주는 방식이 아니라 텍스트의 독해를 유도하는 방식으로 서술되어 있다. 「사격장의 독구」는 평생 쇠사슬에 묶여 살다 죽은 개가 자신의 '행복한 마침표'를 두고 독자에게 질문을 던지는 내용이다. 현실의 비극성과 낭만성이 겹치는 아이러니 때문에 애틋함이 더하다. 「담장 하나」는 어린애나 다름없는 두 노인의 하릴없는 경쟁심을 아이의 시점으로 꽁트처럼 그려내서 노인 세계를 엿보는 또 하나의 틈을 슬쩍 열어놓는다. 「서울 아이」는 시들한 일상에 한순간 광채를 주었던 서울 아이와의 짧은 만남을 그렸다. 손님처럼 스쳐간 인연이었지만 자기 안에 남겨진 독특한 빛깔의 앙금이 오래 반짝거릴 만큼 인상적이다.

삶은 누구에게나 두려움 반 기대감 반으로 다가오는 법이다. 서툴더라도 제힘으로 부딪치면서 쌓은 경험은 또 다른 경험에 밑천이 되어준다. 하지만 개구리가 매순간 어디로 튈지 누구도 알 수 없다. 생명은 로봇처럼 조종할 수 있는 물건과는 본질이 다른 것이다. 「친구를 제공합니다」에서 현실세계와 관계 맺기가 두려운 아이는 컴퓨터 게임이 제공하는 가상세계의 캐릭터에 빠져 산다. 그러다가 현실세계의 주인이 제멋대로 처분한 캐릭터들의 반격을 받는 악몽을 꾼다. 악몽에서 깨어나는 순간 제일 먼저 다가온 것은 엄마가 서툰 솜씨로 굽고 있는 빵 냄새였다. 엄마를 껴안자 푸근한 살 냄새가 난다. 엄마 냄새다. 이건 현실세계만의 그 어떤 것이다. 문학은 관계 맺기의 정답을 제공하지는 않지만, 리얼한 감각을 동반한 공명(共鳴)을 통해서 생명에 대한 경험을 넓혀준다. 『너만의 냄새』가 동화와 소설의 경계를 지우면서 각인시키고자 한 것은 바로 생명에 대한 경험이라고 할 수 있다.

_『도서관 이야기』 2008년 9월호

역사와 자연을 보는 눈

김남중론

1. 들어가며

김남중은 2000년대를 대표하는 신진작가 중 하나다. 하지만 그의 작품
은 2000년대 우리 아동문학과는 표정이 사뭇 다르다. 오늘날 대부분의
동화작가는 가정과 학교에서 어린이가 겪는 불화와 갈등을 주시한다. 그
들이 잡아내고자 하는 불협화음은 물론 21세기적이다. 20세기 질서를 고
집하는 것들은 삐걱거리는 소리를 내며 무너져내리고 있지 아니한가. 따
라서 동화작가들의 눈길이 가정과 학교로 쏠리는 건 '지금, 여기' 어린이
의 고민과 아픔을 보듬으려는 지극히 당연한 현상으로 보인다. 그러나
아이들의 일상생활에서 우리가 바라는 어떤 출구를 내주는 작품을 만나
기란 쉽지 않다. 몇몇 돋보이는 성과가 없는 건 아니지만 대개는 서로 꼬
리를 물고 맴돈다는 느낌을 준다. 일상의 껍질을 뚫고 나오지 못하는 작
품들은 탈역사·탈사회·탈현실이라는 90년대 이후 지배조류에 스며들
고 만다.

이 점에서 김남중은 리얼리즘 작가계열 곧 권정생·김중미·박기범을 잇는 드문 예외라 할 수 있다. 요즘 가정과 학교에 떠다니는 일상의 소재를 그의 작품에서는 만나보기 힘들다. 그의 눈길은 역사현실과 현대문명을 향해 있다. 장편 『황토』(아이세상 2003)와 『기찻길 옆 동네』(창비 2004)가 역사현실에 대한 관심이라면, 단편집 『덤벼라, 곰!』(문학동네어린이 2004)과 『자존심』(창비 2006)은 현대문명에 대한 관심이고, 장편 『들소의 꿈』(낮은산 2006)은 두 갈래의 관심이 합류하는 곳에 자리하고 있다. 앞으로 이 작가의 발걸음이 어디로 향할지 보일 만도 하지 아니한가?

그는 여러 공모에 작품을 보내 성취도를 재보고 심사평을 참고한 것이 자신의 문학수업이 되었다고 밝힌 바 있다.[1] 대학을 졸업할 무렵부터 7년 동안 무려 8회나 공모에서 수상했으니 그 말에 수긍이 간다.[2] 이와 같은 독특한 이력에 비추어볼 때, 그가 내딛은 창작의 발걸음은 아동문학에 대한 눈을 조정하는 훈련이자 자기가 목표로 하는 세계에 대한 적응력을 시험해온 과정이라 할 수 있다. 요컨대 그는 주요 문학상 수상을 통해 단숨에 존재감을 주는 작가로 떠올랐지만 안정적으로 자기세계에 들어섰다고 하기에는 아직 이른 상태인 것이다.

앞서 나열한 출간작품 중 하나 빠뜨린 것으로 『꼬리 꼬리』(새샘 2003)라는 의인동화가 있다. 그의 첫번째 출간을 장식한 이 작품은 전형적인 '교훈주의' 동화다. 아기곰 곰동이가 구르기 놀이하는 걸 보고 여우가 그건 꼬리 없는 것들이나 하는 짓이라고 놀린다. 곰동이는 의기소침해진다. 그러자 다른 동물친구들이 어른에게 꼬리 키우는 법을 물어봐서 해결하

---

1 좌담 「아동문학에 새 힘을 싣는다」, 『창비어린이』 2004년 가을호 참조.
2 1998년 『전북도민일보』 신춘문예 가작 「별들이 사는 아파트」(단편동화); 2001년 MBC 창작동화 가작 「탱크와 병아리」; 2001년 화광문학상 대상 「아빠의 선택」(단편동화); 2002년 스포츠투데이 신춘문예 당선 「장마」(단편소설); 2002년 새샘 창작동화 공모 최우수상 『꼬리 꼬리』; 2003년 아이세상 창작동화상 우수상 『황토』; 2004년 문학동네어린이문학상 가작 『덤벼라, 곰!』; 2004년 창비 '좋은 어린이책' 원고 공모 대상 『기찻길 옆 동네』.

자고 제안한다. 그래서 꼬리운동하기, 거꾸로 매달리기, 냇물에 꼬리 담그기 등을 실천해보지만 꼬리는 그대로다. 궁둥이가 젖어 추위에 떠는 곰동이를 불쌍히 여긴 아기족제비가 일부러 곰동이 등에 업혀 제 꼬리로 따뜻하게 감싸준다. 둘이 사이가 좋아지면서 곰동이의 고민도 해결된다. 따로 떨어져서는 구르기 놀이를 하고, 추울 땐 아기족제비를 업어주면 되는 것이다. 이런 내용은 흥미로운 캐릭터와 이야기를 가지고 사회생활에 뜻이 있는 교훈을 전하는 의인동화의 기준으로도 문제점이 크다. 우애와 협동이라는 상식적인 교훈을 위해 자기정체성이라는 근본적인 가치가 희생되었기 때문이다.

『꼬리 꼬리』와 『황토』를 비롯한 다른 작품들의 창작 시기는 거의 비슷하다. 지금까지 선보인 그의 작품들이 넓은 의미의 동화창작에 대한 모색 과정의 산물이라는 점, 수상작 중에는 수작, 범작, 심지어 『꼬리 꼬리』 같은 졸작까지 섞일 수 있다는 점을 주목하자. 그의 작품을 살피는 과정에서 창작방법과 평가를 둘러싼 의미있는 논의를 기대해볼 만하다. 그의 문학적 성취와 한계를 따져보는 일은 우리 아동문학의 현주소를 가늠하는 한 계기도 될 수 있을 것이다.

2. 역사현실에 대한 탐구 —『황토』와『기찻길 옆 동네』

『황토』는 동학농민전쟁을 다룬 어린이 역사소설의 계보에 놓이는 작품이다. 이 계보에서 기억할 만한 성과로는 송기숙의 『이야기 동학농민전쟁』(창작과비평사 1992)과 이윤희의 『네가 하늘이다』(현암사 1997~98)가 있다. 송기숙의 작품은 동학농민전쟁의 모든 과정을 인물과 사건의 전개라는 이야기 방식으로 풀어낸 것이다. 정치적 민주화가 오랜 숙원으로 남아 있던 시기의 작품인 점을 감안하면, 폭정에 항거하는 민중투쟁의 역사를 흥미롭게 보여주는 서술 자체만으로 의미가 있다. 그렇기 때문에 서사의 발전에서 실제 인물이 차지하는 비중은 절대적이다. 이름을 가진 허구의 인물은 이야기의 재미를 위해 끼워 넣은 약방의 감초 격인 어린이를 벗어나지 않는다. 한편 이윤희의 작품으로 오면 은강이라는 허구의 인물이 뚜렷한 캐릭터로 떠오르게 된다. 그래서 은강이는 작품의 주인공 몫을 한다. 그렇지만 은강이가 서사의 중심인물인가 하는 점에는 의문이 남는다. 동학농민전쟁의 과정은 움직일 수 없는 역사적 사실일 것이나, 그것을 그대로 작품의 중심서사로 삼을 것인지 아니면 또다른 중심서사를 만들어낼 것인지를 결정하는 것은 작가다. 거기에 따라 작품의 초점과 성격도 달라진다. 이윤희의 작품은 송기숙의 작품보다 더 많은 허구의 육체를 지니고 있지만, 서사의 뼈대는 역시 동학농민전쟁의 전말을 좀더 풍부하게 보여주려는 것으로 제한되어 있다. 이전 작품보다 더 나아간 지점이 있다고 할지라도 정치적 민주화가 진전된 90년대 후반의 작품으로서 획을 달리하는, 새로운 성취를 논할 여지는 그리 많지 않은 것이다.

김남중의 『황토』는 어떠한가? 결론부터 말한다면 오십보백보의 진전을 이룬 것으로 평가할 수 있다. 『황토』는 작품 마지막에 가정을 이루는 황토와 옥례네 두 집안을 축으로 삼아 서사를 발전시킨다. 동학농민전쟁의 과정은 허구의 인물과 사건을 보이지 않게 이끄는 역사적 배경으로 물러나 있다. 황토와 옥례네 두 집안이 겪는 고초가 전면으로 나오면서 당대의 생활상을 보여주는 의미있는 삽화들이 훨씬 많아졌다. 하지만 『황토』는 2000년대 작품이고, 거기서 기대되는 새로운 획을 그어냈다고 하기에는 부족한 면이 먼저 눈에 들어온다. 작품의 전면으로 나온 허구의 인물과 사건이 제몫을 발휘했다고는 생각되지 않는다. 앞의 두 작품이 없다면 모를까, 획기적인 작품이 되기 위해서는 실제 인물에 대한 새로운 해석을 포함하든지 허구의 인물과 사건에 2000년대의 문제의식이 스며들었어야 한다. 그러나 이 작품 역시 동학농민전쟁의 전말을 허구의 인물과 사건을 앞세워 보여준 것 이상은 아니다.

이렇게 된 근본적인 이유는 허구의 인물과 사건이 이미 고정되어버린 역사의 상식을 가르쳐주려는 목적에 종속되어 있기 때문이다. 정치권력이나 지주들의 폭정과 착취를 드러내는 삽화들은 허구의 인물을 선악의 대립구도에 따라 배열시키는 장치에 머물고 있어 이 작품만의 육체라는 느낌을 주지 않는다. 곧 이 작품에서 허구의 삽화는 역사적인 서사의 틈새를 메우는 정도다. 우리 동화작가들은 역사를 대하는 태도가 너무 경색되어 있는 것 같다. 해석의 여지가 없고 상상력의 빈곤으로 통하는 교과서적인 서술방식을 투철한 역사의식이라고 여기고 있는 것은 아닌지 모르겠다. 주지하다시피 역사는 과거와 현재의 대화다. 『황토』는 이 시대와 소통하는 문제적인 인물이나 새로운 서술방식을 생각하기에 앞서, 역사적 사실에 말라붙은 도식적인 인물과 사건의 한계부터 넘어서야 하는 작품으로 보인다.

이에 비한다면 『기찻길 옆 동네』는 광주민주화운동을 다룬 작품의 계보에서 어느정도 획기적이라 할 만큼 진전을 이룬 것이다. 이를 나는 "우리 아동문학이 비로소 묵은 숙제 하나를 해결했다는 느낌"[3]이라고 표현한 바 있다. 광주민주화운동과 정면으로 마주치는 장편이라는 점에서도 그러하지만, 『황토』에서 보이는 도식적인 인물과 사건의 한계가 이 작품에서는 말끔히 해결되었다. 부잣집 처가의 반대를 무릅쓰고 결혼해서 달동네에 자리를 잡고 개척교회와 야학을 운영하는 이 목사, 이 목사의 딸 서경이가 무당집 아들의 위험한 장난으로 한쪽 다리를 절게 된 데 대한 죄의식을 안고 사는 선학이, 이 목사와의 연애 소문으로 야학을 포기하는 술집 종업원 순자, 동네 불량배들과 어울려 지내다 이 목사와 인연을

---

3 졸고 「우리 아동문학은 과거를 어떻게 그리고 있는가」, 『창비어린이』 2005년 여름호 22면.

맺고 자기 길을 찾아나가는 용일, 이리역 폭발사고로 무너진 교회를 재건하려는 이 목사의 피 같은 돈을 훔쳐 달아난 명호와 덕용이, 폐허가 된 마을의 복구를 위해 파견되어 왔다가 동생 같은 선학이와 친해진 공수부대 박 중사, 이 목사가 광주로 터전을 옮긴 뒤 건축재건의 경기를 타고 도목수로 나섰다가 부도를 당한 선학이 아버지, 이 목사의 주선으로 선학이네와 용일이 광주로 가서 자리 잡은 완도댁 할머니네, 그곳에 같이 세들어 사는 조선대 학생들, 대통령 사망과 시국 변화에 따른 교회 청년회 활동, 경찰의 사찰, 이 목사와 청년회 사이의 강온 대립, 연일 계속되는 광주거리의 시위, 공수부대 투입, 훔친 돈을 탕진하고 공수부대에 지원해 진압군으로 와서 독이 오른 채 시위대를 뒤쫓다 맞아죽는 덕용, 진압군의 폭력으로 정신을 놓아버린 대학생 근수, 날아온 총알에 다리를 잃은 규민, 짝사랑하는 용일에게 살아남을 것을 간청하는 은성, 청년들을 설득하려고 도청으로 들어갔다가 최후를 맞이하는 이 목사, 도청에서 살아남았으나 옥살이를 하고 나오는 용일……

이처럼 "서로 다른 배경과 성격을 지닌 인물들이 이러저러한 일상의 삽화들을 통해서 저마다 육체성을 획득하면서 역사적 사건의 현장으로 생생하게 녹아들어간다. 상이한 욕망을 드러내는 인물들이 밀고 당기는 긴장에서 비롯된 삶의 주름들은 장편에 걸맞은 산문성을 이루고 있다."[4] 이 작품의 서사는 광주민주화운동의 전말을 드러내는 것으로 제한되지 않는다. 이리를 배경으로 하는 1부와 광주를 배경으로 하는 2부로 이루어진 사실 때문만은 아니다. 갖가지 부류의 사람들이 중요한 역사적 계기를 통과하는 갖가지 방식을 생생하고도 절절하게 드러내고 있다는 점에서, 이 작품은 '시장언어'(다성성多聲性)에 다가서며 총체성을 지향하고 있다. 줄거리 요약으로 작품을 말한다면 대단히 허전해지는 그런 종류의

---

4 같은 글 23면.

작품인 것이다.

그렇지만 이 작품이 광주민주화운동을 다룬 작품의 계보에서 "하나의 매듭이자 뒤늦은 통과의례라는 느낌"[5]을 주는 것도 사실이다. 2000년대의 실감과 문제의식을 기준으로 했을 때 여전히 아쉬운 점이 남기 때문이다. 선학이와 서경이 같은 미성년 등장인물이 뒤로 갈수록 물러나는 짜임도 문제겠는데, 더욱 결정적인 것은 완도댁 할머니 같은 하위자의 언어가 이 목사와 용일 같은 영웅적인 인물의 그림자에 가려져 있다는 점이다.

> 아직 우리는 지지 않았다! 기다려라. 너희는 따라 할 수 없는, 우리만의 방법으로 다시 싸워 줄 테다. 이길 때까지 덤벼 줄 테다. 시간이 얼마가 걸리든, 우리를 어떻게 짓밟든 끝까지 싸워 줄 테다. (『기찻길 옆 동네』 2권, 235면)

결말부분에서 운동권 지식인으로 성장한 용일의 이 비장한 독백은 수취인불명의 공허한 메아리처럼 느껴진다. 그가 맞서고 있는 "너희"가 실재성을 띠는 경우는 시간의 강 건너 저편의 존재일 때이며, 따라서 "우리만의 방법"도 추상적일 수밖에 없다. 작가는 『황토』의 결말부분에서도 세월이 흐른 뒤 황토와 옥례의 자식이 3·1만세시위에 나서고 황토와 옥례 또한 잠든 의식을 깨워 만세시위에 따라나서게 함으로써 민중항쟁의 역사가 이어지고 있음을 보여주었다. "보통사람들이 스스로를 지키려는 절박한 싸움이야말로 세계를 바른 방향으로 끌어주는 원동력"[6]이라는 작가의 생각은 옳다. 하지만 정치적 폭력도 얼굴을 바꾸는 시대인 만큼 각오와 다짐, 투혼과 선도보다는 진짜 보통사람들의 체질에 걸맞은 이

---

5 같은 글 24면.
6 『황토』의 작가 머리말.

시대의 새로운 육체성으로 승부해야 하는 것이 아닐까? '그 시대'를 다룬 '이 시대'의 작품이 되려면 말이다.

3. 현대문명에 대한 탐구 —『덤벼라, 곰!』과『자존심』

『덤벼라, 곰!』과『자존심』은 자연과 생명을 화두로 삼아 현대문명에 대해 성찰해보려는 작품이다. '가정과 학교의 질서' 다음으로 동화작가들이 많은 관심을 보이는 주제가 '자연과 생명의 질서'다. 이 문제의 중요성은 두말할 나위가 없겠다. 그런데 자연과 생명이 '화두'인 것은 쉽게 답을 구할 수 있는 문제가 아니기 때문이기도 하다. 하지만 우리 아동문학은 상투적이라 할 만큼 익숙한 구도에 기대어 서둘러 답을 제시하려고 든다. 현대보다 과거, 도시보다 시골, 문명보다 자연을 예찬하는 목소리들이 바로 그것이다. 현대·도시·문명에 대한 성찰의 근거를 과거·시골·자연에서 구하는 것은 이해가 된다. 문제는 대안적 사유의 위태로운 긴장을 일찌감치 단념한 흑백논리가 너무도 쉽게 정당화되는 데 있다. 아동문학 작품들이 그려내는 과거·시골·자연의 질서를 조금만 냉철하게 관찰해보자. 그 대부분은 '역사'적으로 실재하는 불화와 모순을 작가의 마음으로부터 추방한 인공낙원, 하나의 가상공간에 가깝다. 자연과 생명의 문제를 고민하는 작품들에 대한 평가는 안락한 가상의 유혹에서 얼마나 자유로운지를 따져보는 것도 한 방법이다.

『덤벼라, 곰!』에 실린 4편의 작품은 저마다 다른 이야기지만 어느정도 과거로 기운 심정이 그 이야기들에 하나의 색채를 부여한다. 이 색채를 심사평에서는 "삶을 감싸는 생명의 빛"[7]이라고 했다. 「누나와 아기」는

---

7 문학동네어린이문학상 심사평 「삶을 감싸는 생명의 빛」, 『덤벼라, 곰!』 126면.

어린 누나의 모성을 주목한 작품이다. 마을에 교회 목사 부부가 새로 들어왔는데, 목사 부인은 아홉달 만에 아기를 낳고 세상을 뜬다. 누나는 목사네 아기를 극진히 여기고 남몰래 보살핀다. 처녀임에도 아기를 가슴에 품고 젖을 물릴 정도다. 동네에 소문이 나니까 아버지는 목사를 마을에서 떠나게 하고 서둘러 누나의 혼인자리를 알아본다. 작품은 서술자인 '내'가 누나는 왜 목사네 아기를 좋아했을까 하는 의문을 표시하는 것으로 끝이 난다. 이 점에 대해서는 모친을 일찍 여읜 누나의 순수한 동정이라고 해도 좋겠다. 하지만 분명 그 이상의 모습을 보이고 있기에 "자기 안의 모성애"[8]를 발견했다는 해석도 가능하다. 그런데 이 작품은 누나의 태도가 아기에 대한 '모성'인지 목사님에 대한 '연정'인지가 모호하게 그려졌다. 분순이 누나네 엄마는 '아줌마'로 지칭되고 목사네 아기 엄마는 '사모님'으로 지칭되는 데서 알 수 있듯이 시골 마을에 들어온 목사님에 대한 선망의 마음도 없지 않아 보인다. 인물과 환경을 폐쇄하고 고립시키는 방법으로 이루어진 예전의 일부 순수주의 소설을 떠올리게 한다.

과거·시골·자연으로 회귀하려는 순수지향이 「내 동생 진달래」와 「봄을 부르는 옷」에서는 더욱 뚜렷해진다. 「내 동생 진달래」는 화상을 입고 드러누운 동생의 약을 구해오고자 면에 있는 약방으로 내닫는 소년의 절박한 마음을 그렸다. 끝내 동생의 죽음을 확인하기에 이르는 내용이라서 그 아픔이 절절하게 다가오지만, 무덤가에 핀 진달래꽃에서 동생의 넋을 느끼는 결말은 상투적이고 감상적인 면도 없지 않다. 이 작품의 초점을 형제애라고 했을 때, 그것이 남다르게 발휘되는 배후에는 과거·시골·자연이 존재한다. 요즘처럼 긴급호송을 통해 병원에서 생명을 구할 수 있는 시대라면 양상이 달라졌을 것이기 때문이다. 「내 동생 진달래」가 슬픔을 전한다면, 「봄을 부르는 옷」은 행복감을 전한다. 약초를 팔아 번 돈

---

8 같은 곳.

으로 장을 보는 아빠는 가진 돈과 사고 싶은 것 사이에서 갈등한다. 아내 것을 사느라고 아들의 오리털 파카를 내려놓아야 했던 아빠는 집으로 돌아와 아내와 상의하고 기르던 오리를 잡아 그 털로 아들의 옷을 만들어주기로 한다. 근근이 사는 형편이지만 식구들의 애정이 뭉게뭉게 피어오른다. 진부하다고도 볼 수 있는 이런 주제에서 청량제 같은 느낌을 받는다면 그건 때 묻지 않은 인물의 고운 심성, 그리고 현대·도시·문명과 대비되는 작품 속 공간이 살뜰하게 그려진 덕분이다. 비슷한 공간이 하나는 불행이요 하나는 행복의 배경이 되는 셈인데, 작가는 가족애를 부각시키기에 알맞은 '자족적인 배경'인 양 과거·시골·자연을 바라보고 있다. 등장인물의 불행은 가족애의 전제가 될 뿐, 개인의 운명으로 돌려진다. 그러니까 두 작품의 긍정적인 주제는 인물과 시대현실을 절연시킴으로써만 달성된다. 과거·시골·자연으로 향하는 작품들에서 이를테면 『황토』의 삽화를 이룬 저 참혹한 전근대의 시공은 홀연 증발하고 없지 아니한가.

표제작 「덤벼라, 곰!」은 지리산으로 이어진 외딴 마을을 배경으로 반달곰과 함께 사는 길을 모색한 작품이다. 수시로 출몰하는 어린 반달곰에게 애를 먹는 주인공 소년은 큰아빠의 공기총을 가지고 쫓아내려 하지만 대추 씨 총알로는 역부족이다. 큰아빠와 대화를 나누며 찾아낸 방법은 곰이 좋아하는 먹을거리를 갖고 다니면서 자기편으로 만드는 것이다. 천진한 아이의 행동과 시골생활이 흐뭇하게 펼쳐지지만, 곰과의 공존이라는 교훈적 의도만큼의 작위성을 살짝 내비치고 있다.

『덤벼라, 곰!』에는 한 편뿐이었는데, 『자존심』으로 와서는 일곱 편 모두 동물에 대한 경험을 그렸다. 과거·시골의 인정세태에서 자연과 생명으로 초점이 옮겨지고 있음을 보여주는 것이다. 『자존심』은 특히 사람과 자연의 부딪침에서 어떤 긴장의 순간을 포착하려 했기 때문에, 과거·시골이라는 시공간이 등장인물의 형상화에 결정적인 변수가 되지는 않는다. 만일 작가가 긍정적으로 제시하고자 하는 인물의 행위가 과거라는 시대배경에 크게 의존하는 경우라면 오늘날과는 다른 친자연적인 환경이 그대로 작품의 초점으로 떠오를 것이다. 앞서 살핀『덤벼라, 곰!』에 실린 것들이 그쪽에 가깝다. 그러나『자존심』은 좀 다르다.『자존심』에 실린 것들은 시대배경이 정확하게 드러나 있지도 않지만, 과거와 현재 그 어느 쪽이어도 별 상관이 없다.

『자존심』은 과거·시골에 대한 낭만적인 향수의 감정을 자극하지 않는 점 외에도, 자연에 대한 우리의 인식에 날카로운 질문을 던지는 점에서 선례를 찾기도 쉽지 않다. 여기 작품들은 시류에 편승한다는 느낌을 주는 이른바 환경생태동화의 도식과는 거리가 멀다. 사람과 동물의 공존을 외치는 것들이 대개 동물을 장애인 보듯 보호대상으로만 다루거나 친자연적 인물과 반자연적 인물의 충돌을 다루고 있다면, 여기 작품들은 오히려 사람과 동물의 대결을 축으로 해서 이야기가 전개된다. 집에서 기르는 개와 새들에 관한 경험도 있고, 자연에 깃들어 사는 딱따구리, 기러기, 멧새, 물고기 등에 관한 경험도 있다.

우리는 앞서『꼬리 꼬리』같은 의인동화에서 교훈을 바라고 동물을 인간의 틀로 해석하려다 함정에 빠지는 모습을 지켜보았다. 그렇다고 해서 의인동화의 효용까지 부정되는 것은 아니다. 낮은 연령의 어린이독자에게는 동물의 외형과 생태를 단순화해서 모방한 캐릭터가 여전히 유용하다. 하지만 결정적인 함정을 피해간 의인동화라 해도 동물을 수단으로 동원하면서 왜곡된 인식을 만들어내는 문제점은 남는다. 독수리를 '폭력'으로, 비둘기를 '평화'로 해석하는 것으로는 독수리와 비둘기가 보이지 않는다. 이런 문제점 때문에 의인동화의 다음 단계에 해당하는 독자층에게 동물에 대한 경험을 사실적으로 접근한 작품도 필요하다.

『자존심』은 바로 그러한 종류로서 인물의 의식과 행동을 아무 간섭 없이 따라가려는 재현의 방식에 충실하다. 본디 모든 자연물은 생존 그 자

체가 상호긴장을 유발하는 관계의 그물을 이루고 있다. '평화로운 자연'
은 관조자의 해석일 따름이다. 『자존심』에 드러나는 사람과 동물의 관계
에서도 애초 '평화로운 자연' 같은 것은 없다. 집에서 기르는 것이든 자
연에 깃들어 사는 것이든 사람의 의지를 동물의 의지에 반해서 관철시키
려 들면 관계는 어그러진다. 작가는 두 의지가 부딪치는 경험을 그려나
가다가 사람 중심으로 생각해온 주인공의 '상식'이 깨져나가는 순간을
예리하게 잡아낸다. 교훈이 불거져나오는 작위적인 느낌은 보이지 않고
압축과 생략, 상징과 여운 등 단편 특유의 형식미가 잘 살아나 있다.

「나를 싫어한 진돗개」는 중풍에 걸린 추레한 진돗개를 맡아 기르게 된
소년이 제 잘못으로 개는 죽고 자신은 상처받은 경험을 그린 작품이다.
동물도 늙고 병들고 죽는다는 사실을 아이들은 지나치기 일쑤다. 기대했
던 것과 달라서 뭔가 틀어진 주인공 소년은 진돗개를 못마땅해하는데,
진돗개 역시 소년을 싫어하는 눈치다. 적반하장이라는 생각에 어이없어
하면서도 한구석으로는 찜찜한 마음과 죄의식이 자리 잡는 등 진돗개를
둘러싼 소년의 심리가 촘촘하게 그려진다. 전혀 예상하지 못한 진돗개에
대한 경험은 소년을 힘들게 하지만 과거와 다르게 변화시킨다. 연작 「백
한 탈출 사건」과 「집을 지켜라」 또한 여러 종류의 새를 기르는 경험에서
새로운 자각을 이끌어내는 내용이다. 소년의 뜻대로 길들여지지 않던 새
들은 소년과 한편이 되어 이웃집 개와 사투를 벌이고 난 뒤에야 저들의
무리에 소년을 받아들인다. 기르는 동물이라고 해서 생명체가 로봇처럼
사물화되는 것은 아니라고 항변하는 듯하다.

표제작 「자존심」은 상대를 만만하게 여겼던 마음이 산산조각 나는 데
서 비롯된 열패감을 최악의 상황까지 내려가서 보여준다. 이 작품은 전
방부대에 새로 배치된 '내'가 부대 안에서 겪은 이야기를 전해주는 형식
이다.[9] 제대를 앞둔 이 병장은 부대원을 '동원'하여 딱따구리 식구를 통
째로 '생포'한 뒤에 뜻하지 않은 '전쟁'을 치른다. 이 병장은 딱따구리를

내무반 애완동물로 선물하겠다고 호기를 부리지만, 딱따구리들은 아무것도 먹지 않고 하나씩 굶어죽는다. 부하들 앞에서 조롱당한 느낌과 오기 때문에 하루하루 신경이 곤두섰던 이 병장은 심신이 피폐해질 대로 피폐해져서 밤잠까지 설치고 악몽에 시달린다. 딱따구리한테 진 바보! 처음엔 웃음거리였지만 고참이 점점 바보가 되어가는 것을 보고 '나'는 생각에 잠긴다. 친해지기 위해 꺾어야 할 고집이라고 생각했는데 딱따구리로서는 목숨을 건 싸움이 아니었을까 하고.

아이들은 자연에 대한 순수한 호기심과 생명체를 소유하려는 어른의 어두운 욕망 사이에 존재한다. 아이들에게 자연은 매혹의 대상이기도 하고, 도전과 극복의 대상이기도 하며, 동정과 보호의 대상이기도 하다. 「달빛 아래 꿈처럼」에는 기러기 무리와 새벽마다 숨바꼭질을 벌이는 소년이 처음엔 방해꾼이라고 미워했던 보초 기러기에게 한순간 매혹되는 모습이 그려진다. 자연의 자리에서 바라보니까 추운 달빛 아래 당당한 보초 기러기의 모습이 경외감마저 불러일으킨다. 이와 달리 공기총으로 겨울 사냥에 나선 경험을 그린 「겨울 숲 속에서」는 겨우 멧새 한 마리를 코앞에서 겨누어 총알을 맞추었으나 그 핏덩이를 만졌을 때의 섬뜩함을 전한다. 집으로 오는 길에 소년은 손금을 따라 흐른 멧새의 피가 손바닥에 빨간 줄을 남긴 것을 발견한다. 뭔가 공정치 못한 행위의 폭력성이 마음에 새겨지는 상징이라 해도 좋겠다. 「고기를 잡으러」의 경우는 주인공 형상이 천진하게 그려져 있어 특별히 긴장감을 유발시키는 내용은 아니다. 말라붙은 웅덩이에서 쉽게 잡은 물고기와 나머지 물고기까지 냇물에

---

9 이 작품을 동화범주에 넣을 수 있느냐는 의문을 제기하는 이들이 있는데, 물론 좁은 의미의 '동화'는 아닐지라도, 의문을 표시하는 쪽은 '아동문학'의 범주에 넣을 수 있는 것이냐를 묻는 것이기에 그런 의미에서라면 마땅히 동화범주에 속하는 것이라고 할 수 있다. 곧 어린이에게 읽히기 위해 어른 세계를 다룬 '소년소설'(아동소설)로서 큰 문제가 없다는 뜻이다. 여러모로 소설의 문법에 충실한 『자존심』은 초등 고학년 이상의 독자에게 적합한 작품집이라고 생각된다.

옮겨주는 줄거리로만 보자면 자연보호라는 메씨지를 앞세운 작품이라 여길 수도 있다. 하지만 동정심을 부풀린 작품들과는 다르게 여름날 강렬한 햇볕 아래 노출된 물고기와 여자아이를 수평선상에 놓음으로써 자연을 대상화하는 일방적인 시각에서 벗어나 있다. 햇볕 쨍쨍한 들판과 아이의 움직임이 손에 잡힐 듯 생생하게 그려진 것은 그 자체로 미덕이지만, 웅덩이의 물고기들을 냇물로 옮기느라 더위를 먹은 아이가 동네 아저씨를 만난 뒤에 그대로 실신해버리는 데에 이르면, 이 아이가 좁은 웅덩이에서 바글거리는 물고기들을 못 본 체할 수 없었던 이유가 더욱 분명해진다. 말하자면 물고기와 아이는 그날 오후 들판에서 '함께' 햇볕과 사투를 벌인 것이다.

자연보호라는 피상적인 앎을 주는 작품보다는 사냥이나 천렵을 소재로 했을지라도 사람과 자연의 팽팽한 대결을 그린 작품이 오히려 사람과 자연생명의 수평적 관계를 깨닫게 해준다는 사실은 시사하는 바가 크다. 자연을 보호대상으로만 여기는 인식에서는, 서로 다르기 때문에 대등하게 성립하는 존재의 고유성이 흐려지기 쉽다. 진정한 사냥꾼이라면 존중심을 품지 않을 수 없게 되어 있는 것이 바로 자연생명의 질서가 아니겠는가.

4. 이종교배가 낳은 기형 —『들소의 꿈』

장편『들소의 꿈』은 이라크전쟁을 비판하는 알레고리로 읽힌다. 역사와 문명에 대한 관심을 의욕적으로 풀어낸 장편인데, 이야기의 무대를 넓히기 위해 '들소 이야기'와 '농부 이야기'를 번갈아가며 서술했다. '들소 이야기'의 첫 장면에서는 대평원을 질주하는 들소의 꿈을 제시하여 원시자연의 생명력을 환기시킨다. 또한 '농부 이야기'의 첫 장면에서는 평범한 두 농부 친구의 행복한 삶을 제시하여 사람답게 사는 모습을 보여준다. 하지만 두 이야기를 대표하는 들소 '깨진뿔'과 농부 '용신'이 꿈꾸는 삶은 곧 깨져버린다. 들소 나라는 이미 전쟁 중이고 농부 나라는 들소 나라에 파병하기로 결정되어, 사랑하는 사람과 결혼을 앞둔 용신이 참전하는 상황이 펼쳐지는 것이다.

이후의 줄거리는 이라크전쟁을 둘러싼 시국상황을 알레고리 방식으로 거의 고스란히 좇아간다. 들소 나라에서는 이라크 내의 여러 세력이 각축을 벌이는 모습이 나온다. 또 농부 나라에서는 미국이 주도하는 세계질서를 좇아 파병을 정당화하는 한국의 모습이 나온다. 전쟁터로 이동하고 나서부터는 미군의 공습, 이라크군의 저항, 평화유지군으로 갔으나 전투를 종용받는 한국군 등으로 해석되는 상황이 펼쳐진다. 반전평화의 관점에서 이라크전쟁과 세계질서를 바라보는 작가의 올바른 눈을 확인할 수 있다. 일종의 판타지로 전개되는 작중현실에는 아이들이 흥미를 지닐 만한 요소들도 적지 않다. 소맥국은 금지구역을 정해 무성한 풀들이 있는 곳을 차지하고 들소의 질주를 용납하지 않는다. 하늘에는 감시 박쥐들이 떠 있고 그들이 지정한 곳에는 날틀의 폭격이 행해진다. 들소들은 금지 억압되었던 질주의 방법으로 소맥국과 최후의 결전을 벌인다.

그런데 이야기가 이라크전쟁 상황을 암시하는 순간부터 이야기의 내적 동력은 현저히 약화되고 외적 상황과의 대비만 두드러진다. 구체적인 현실의 문제까지도 상징적인 소재로 짜 맞추려니까 작중현실에서 여러 무리수가 감행된다. 인간사회의 국가간 전쟁을 사람과 동물의 전쟁으로 바꿔놓고 이라크 사람들을 들소로 표현해도 괜찮은 걸까? 이라크전쟁의 본질이 그처럼 문명과 비문명의 싸움일까? 들소들의 초식성과 질주본능이 '날틀'(전투기)의 폭격과 같은 차원에 놓일 수 있을까? 아무래도 역사현실과 자연생명의 문제가 기계적으로 조합되었다는 느낌이 앞선다. 농부 나라의 역사적 시공 또한 모호하기 짝이 없다. 군관과 병졸 한 무리가 마을에 들이닥쳐 '주상전하'의 명을 고한다. 들소 나라의 무도한 수괴가 강변국을 침범했으니 수괴를 제거하고 들소국의 백성을 구제하여 천하 질서를 새롭게 하기 위해 소맥국 발군의 청을 받으려 한다는 것이다. 농부들은 주상전하의 명에 대한 비판적 시각이나 저항이 없는 한낱 신민에 불과하게 그려져 있다. 정의의 군대로 낙점된 것에 대해서 그들이 슬퍼하는 것은 사사로운 문제일 따름이다.

이와 같이 알레고리를 감안하고 보더라도 이 작품은 의문스러운 데가 많다. 다루는 범위와 시야는 확장되었지만 기본적으로는 『꼬리 꼬리』의 창작방법이 재현되었다. 주제의식을 살리기 위해 자연의 법칙과 현실의 법칙을 너무 쉽게 건너뛰었다. '큰머리'가 무리에서 떨어져 나와 군인이 된 농부와 사귀는 설정, '깨진뿔'이 무리를 잠시 떠나겠다고 마음먹는 설정 등은 군집생활을 하는 들소의 생태를 왜곡한다. 또한 '깨진뿔'과 그의 가까운 벗들은 몸이 온전치 못한 열등들소인데 이들의 행위에 우등들소보다 중요한 가치를 부여하려는 것은 사회적 약자나 소수자 문제를 부각하려는 설정일 뿐, 역시 자연의 법칙에서는 벗어나 있다. 몸이 온전치 못한 열등들소는 먹이가 되어 자연으로 돌아가는 것이 자연의 건강성을 유지하는 길이고 순리다. 자연생명은 그것대로의 잣대가 필요하다는 것을 작가도 잘 알고 있지 않은가?

작가는 인간의 역사가 이룩한 현대문명의 병폐를 돌아보기 위해 신화적 모티프를 빌려오고 싶었는지도 모른다. '깨진뿔'의 꿈에 나타나 예언적인 노래를 불러주는 어미들소의 모습, 아들 '큰머리'가 태어났을 때 축복의 노래를 불러주는 '깨진뿔'의 모습 등은 이들이 '선택된 혈통'임을 드러낸다. 생명에 관한 지혜의 말씀이 이들에게는 선험적으로 주어진다. 역사발전과 문명의 부정, 원점회귀의 발상이다. 어미들소가 '깨진뿔'에게, 또 '깨진뿔'이 '큰머리'에게 사는 법을 일러주는 대목은 지혜의 일방통행을 보여준다. 검술 실력이 뛰어난 교관은 경험한 바가 없을 텐데도

'들소의 창'이라 불리는 적의 전투대형을 예감하고 땅굴을 파도록 지시한다. 캐릭터들은 미리 결정된 자기 몫을 가지고 움직인다. 문제는 신화적 모티프를 지닌 줄거리가 제힘으로 뻗어나가지 못하고 현실세계의 역사적 사건에 기대어 펼쳐진다는 점이다. 신화와 역사는 사유의 차원이 서로 다르다. 그러나 이 작품은 초역사적 시공과 역사적 시공이 종잡을 수 없게끔 뒤섞이고 겹침으로써 어딘지 부자연스러운 기형이 되고 말았다.

5. 맺으며

김남중은 역사현실과 현대문명에 대한 탐구를 축으로 꾸준히 자기세계를 개척해가면서 우리 앞에 문제를 던지는 성실한 작가다. 그의 작품세계가 전개되는 양상은 여러모로 고비에 올라선 우리 아동문학의 현주소를 가늠하는 데 유용한 거점을 제공해준다. 이 글은 논지를 분명하게 드러내기 위해 비슷한 계열의 작품을 짝지어 상대적으로 어느 작품은 한계를 더 주목하고 어느 작품은 성과를 더 주목한 면이 없지 않지만, 그 결과 몇가지 시사점을 얻을 수 있게 되었다.

우리 아동문학은 가정, 학교, 사회, 역사, 문명, 자연 등 어느 쪽으로 눈길이 향하든 답습과 관성을 깨려는 도전정신에 의해서만 양적인 것이 질적인 것으로 바뀌게 되는 하나의 임계점에 도달해 있다. 소재 차원의 고민보다는 주어진 것들이 정말 그대로 괜찮을까 하는 질문이 더욱 절실한 시점이고, 그런 질문에 의해서만 시대에 뒤떨어지지 않는 자기세계의 문이 열릴 것이다. 상식에 균열을 냄으로써 전망까지도 바라보게 하는 『자존심』에서 이러한 사실을 확인할 수 있었다.

도전과 질문의 방식은 상호긴장을 견디지 못하고 서둘러 어느 한쪽에 안착하려는 양자택일의 단순도식과는 어울리지 않는다. 90년대 이후의 현실 이탈 징후에는 80년대 문학의 현실과잉에 대한 반성적인 요소가 없지 않았다. 그런데 그 징후를 받아들이는 방식이 상호긴장과 탄력을 잃는 바람에, 민주주의·민족통일·시민사회·세계화 등등의 사회적 의제는 우리 아동문학에서 아예 실종된 것이 아닌가 싶을 때가 많다. 낡은 것은 사회적 의제가 아니라 그것을 바라보는 우리의 눈이 아닐까.

그런 의미에서 자못 진지한 문제의식을 들고 나온 『들소의 꿈』이 패착하게 된 이유를 형식문제만이 아니라 좀더 근본의 자리에서 검토할 필요가 있다. 역사와 자연을 하나로 꿰뚫어보려는 작가의 의욕은 소중하지만, 대안적 사유의 긴장을 견지하지 못하고 어떤 공식에 기대려는 조짐이 나타나는 것은 아닌지 우려된다. 우리는 자연 밖으로 나갈 수 없는 것처럼 역사와 문명 밖으로도 나갈 수 없다. 신화·옛이야기·판타지 등에 쏠리는 관심이 탈역사·탈사회·탈현실의 유혹과 더불어 마음의 도원(桃源)으로 도피하고픈 저 초월의 욕망을 부추기는 면은 없는지 돌아봐야 한다. 낡았기 때문에 오히려 낯설어지고 참신해 보이는 착시현상은 또 없을 것인가. 역량있는 신진작가 김남중의 가장 최근 작품이 제기하는 문제들은 우리 아동문학이 현재 고민하는 지점을 거울처럼 비추고 있다.

—『창비어린이』 2006년 가을호

진실과 통념 사이

유은실론

1

태초에 '사람'이 있었다. 문학의 출발점을 이렇게 볼 수 있지 않을까? 시간 때우기 좋은 흥밋거리들이 넘치는 세상인데도 우리가 문학을 놓지 않는 이유는 그것이 독특한 방식으로 구현된 총체적 인간학이라는 점에 있을 것이다. 요즘 우리 아동문학에 '문학'이 있느냐는 비판적 표현을 자주 대하는데, 우리 아동문학은 어떤 '사람'을 만나게 해주는가? 하고 질문해보는 것도 문제를 푸는 하나의 실마리가 될 수 있겠다.

아동문학에 대한 하나의 진실과 통념이 있다. 아동문학은 단순성에 바탕을 두고 있다는 말이 진실이라면, 아동문학은 선과 악이 분명한 대결구도를 지닌다는 말은 통념에 가깝다. 아동문학의 단순성에 대해서는 새삼 설명할 필요가 없을 것이다. 그런데 선과 악이 분명한 대결구도라는 말은 성격창조와 관련해서 종종 오해를 낳는다. 통념은 진실의 한끝에 닿아 있긴 해도 그것의 왜곡에 더 많이 작용한다.

인생의 전 국면을 은유하는 '압축'과 '상징'의 형식인 동화에서는 선악 대결이 분명한 줄거리가 효과적으로 진실을 반영한다. 때로 그것은 선과 악이 공존하는 가운데 갈등하는 인간의 내면세계를 외부질서에 상응하게끔 펼쳐놓은 것이라 얘기되기도 한다. 하지만 세상살이의 한 '단면'을 도려내어 그 '속살'을 드러내고자 하는 경우라면, 동화건 소설이건 선과 악이 분명할수록 사실의 왜곡으로 흘러 진실성을 해친다. 세상은 착하거나 나쁜, 또는 이롭거나 해로운 두 종류의 사람들로 되어 있다는 발상이 광기의 독선을 낳는다.

요즘 나오는 수많은 작품들, 특히 일상경험의 한 단면을 그려 보이는 '생활'동화들이 대개 거기서 거기라는 지적이 많다. 나는 그 원인으로 성격창조의 가난함을 들고 싶다. 우리 아동문학에서 유일무이하게 창조된 인물은 손가락으로 꼽힐 만큼 한정되어 있다. 이는 비단 인물이 살아 있느냐 그렇지 못하냐 하는 형상화 문제에 국한되지 않는다. 문제는 인물과 인물의 대립이라는 줄거리 구조에까지 뻗쳐 있다. 그게 그거라는 식 상함은 작품의 대립구도가 익숙한 도식의 느낌을 주는 탓일 게다.

물론 모든 도식은 도식을 이룰 만한 현실적인 근거를 지닌다. 이를테면 민족과 계급의 문제에서 드러나는 지배와 억압의 현실, 여성·아동·노인·장애인·입양아·외국인노동자 등 사회적 약자와 소수자의 문제에서 드러나는 차별과 편견의 현실은 정치적으로 옳고 그름이라는 명확한 대립관계를 형성하고 있다. 이때 작가가 어느 편에 서야 하는가에 대해서는 두말할 나위가 없겠다. 따라서 도식도 적용하기 나름인 게지, 그게 난마처럼 얽힌 현상을 투시하기 위한 유용한 틀이라는 사실에 눈을 감아서도 안 되는 것이다.

하지만 도식을 그대로 진실인 양 강변하는 일은 없었으면 좋겠다. 이 글의 초점은 '진실과 통념 사이', 다시 말해서 인간 현실의 역동성을 받아 안는 수고로움을 기꺼이 감수할 것이냐 피할 것이냐의 갈림길에 대해서

다. 이미 마련된 도식에 안주하고픈 유혹이 종국에는 타협으로 미끄러져 들게 한다. 되풀이되어 의외성을 상실한 상식은 기성관념을 깨는 '떨림'을 경험하게 해주지 않을뿐더러, 이면의 진실로 들어서는 문을 가로막는다. 한때의 진보적 가치가 보수로 바뀔 가능성은 언제나 열려 있다.

아이들의 일상생활을 그려 보이는 이 시대 작품들은 태생적으로 아이와 어른의 대립구도를 반복한다. 아이는 집에서 부모와 갈등을 겪거나 학교에서 교사와 갈등을 겪는다. 심각한 대결 양상으로 나아가는 경우도 적지 않다. 그 양상은 작품마다 편차가 있으며 질적 수준도 다 다르다. 아이들이 집과 학교에서 겪는 갈등을 외면하고서 이 시대 아이들을 둘러싼 현실을 제대로 반영했다고 말할 수는 없는 노릇이다. 그런데 앞서 제기한 문제와 관련지어 볼 때, 적지 않은 작가들이 무의식적으로 도식에 빠져서 관성적인 흐름을 만들어낸다. 개체성을 잃어버린 전체성은 그것을 아무리 전형성이라는 말로 포장한다고 해도 하나의 폭력이다. 아이와 어른의 대립구도에서 때로 도매금으로 넘겨지는 것 같은 '편 가르기' 인상을 받게 되는 까닭도 여기에 있다. 민족과 계급, 사회적 약자와 소수자의 문제를 드러내는 작품들에서는 그 정도가 훨씬 더하다.

'편 가르기'의 인상을 주는 것은, 불온한 상상력보다는 어딘지 천박한 타협주의의 냄새가 짙다. 흑백의 대결구도는 우리가 깨치고 나가야 할 기존질서에서 학습된 조건반사일 수 있다. "서릿발 칼날진 그 위에 서"는 긴장을 견지하는 일이 어렵지, 선언하듯 자신의 소속과 입장을 드러내는 일은 어렵지 않은 세상이 되었다. 요컨대 우리 아동문학의 식상함은 약자에 대한 강자의 폭력성을 드러내면 곧 해방의 메씨지가 되는 양, 이쪽 저쪽 흑백의 인물성격을 대립시키는 것에서 크게 벗어나지 못하는 데 기인하며, 그 배후에 통념이 자리 잡고 있다는 점이다.

일상의 삶에서 진정 힘들고 고통스러운 일은 흑백의 이해관계를 벗어나 있는 범속하면서도 낯설기 짝이 없는 '타자'를 어떻게 받아들이느냐의 문제에서 발생한다. 이 문제로도 문학은 존재할 가치가 충분하다. 사람은 누구나 다른 이에게 외계인이거나 괴물로 비칠 가능성을 안고 사는 존재이다. 내 안에 자기마저 놀라곤 하는 외계인이나 괴물이 살고 있다는 사실을 부인할 사람이 있을까. 그러함에도 뭔가 다르다는 이유로 '마녀'의 낙인을 찍고 그를 지목하는 무리에 속함으로써 '왕따'에서 벗어날 수 있다는 기만에 빠져 사는 경우가 아주 흔하다. '괴짜에게 손 내밀기'는 우리 아동문학의 가장 취약하고도 중요한 부분이다. 우리 사회에서는 '괴짜'로 비치는 순간 소수자이고 약자이며, 그에 대한 배제가 일상의 폭력이 된다. 한 사회의 성숙도를 이로써도 가늠해볼 수 있다.

2

신인 유은실이 반가운 것은 이와 같은 사정에서 말미암는다. 이 작가의 작품세계가 어떠하다고 말하기에는 아직 이르지만, 몇 안 되는 작품들이 인상적인 인물을 창조해 보이는 데에서 모두 성공하고 있다. 그 인물들은 제각각 다른 개성을 지녔을 뿐 아니라, 흔하고도 흔치 않은, 곧 범속한 가운데 비범함을 드러내고 있다는 점에서도 귀중하다. '편 가르기'의 인상을 주지 않으면서 이 작가가 손을 내밀고 있는 인물들이 소수자이고 약자이며 괴짜라는 사실을 지나칠 수 없다.

첫 장편 『나의 린드그렌 선생님』(창비 2005)은 '책 속의 세계'라는 2차적 삶에 대한 의존도가 높아 아쉬움이 더욱 크게 느껴지는 작품이다. 아쉬움이 크게 느껴진다는 것은 이 작품의 미덕이 만만치 않다는 사실도 가리킨다. 인물, 짜임, 서술이 퍽 안정되어 있고 또한 새롭기까지 하다. 인물에 생기가 없다거나 관념적이라는 일부의 평가들은, '캐릭터'와 '형상화'라는 서로 다른 범주를 혼동해서 이 작품의 인물이 '관념적 형상'이라는 판단을 펴뜨리고 있다. 관념에 빠져 사는 인물을 그리는 것과 작품의 지향이 관념적이라는 것은 별개의 문제다. 이 작품에서 보는 린드그렌에 대한 열정을 이른바 '광팬'(마니아, 폐인) 코드로 읽는다쳐도 작품의 메씨지는 조금도 위태롭지 않다. 위태롭기는커녕 취향을 둘러싼 시대의 표정을 반영하고 있으며, 올바른 가치지향과 균형감을 찾고자 하는 움직임에는 '성장'이라는 주제가 녹아들어 있지 않은가. 수많은 독자가 이 작품에 공감하는 것은 그런 현실적인 캐릭터와 건강한 주제의식을 함께 느끼기 때문일 것이다.

이 작가는 『나의 린드그렌 선생님』과 거의 동시에 단편 두 개를 잇달아 선보였다. 「내 이름은 백석」(『창비어린이』 2004년 겨울호)과 「만국기 소년」(『내일을 여는 작가』 2005년 봄호)이 그것들이다. 유은실은 이 작품들로 독특한 기법, 단단한 짜임, 건강한 주제의식, 뭉클한 감동을 두루 만족시키면서 전천후 동화작가임을 각인시켰다. 「내 이름은 백석」은 시장거리에서 닭집을 한다고 '닭대가리'라는 별명을 들으면서도 흐뭇해하는 일자무식인 아버지의 성실한 삶과 서글픈 현실을 아들의 시점에서 자각하는 작품이다. 「만국기 소년」은 새로 전학온 아이가 잘하는 것 한 가지를 해보라는 담임선생님의 주문에 나라이름과 수도를 줄줄이 외고 있는 모습을 보며, 읽을거리라곤 아버지가 얻어다 준 지도책뿐인 데서 비롯된 서글픈 암기능력에 반 아이들이 놀라워하는 아이러니를 1인칭 관찰자의 내면심리를 통해 고통스럽게 펼쳐 보인 작품이다. 『나의 린드그렌 선생님』에서는 언표로 드러났던 '인간에 대한 예의'가 두 단편에서는 속 깊은 울림으로 다가온다. 닭대가리를 깃대처럼 잡고 흔드는 아버지…… 입에서 만국기를 꿰어 날리는 소년…… 일상의 작고 초라한 존재가 작가의 붓끝에서 시적으로 형형하게 살아나고 있다.

두 번째로 출간한 작품 『우리 집에 온 마고할미』(바람의아이들 2005)는 분량으로는 중편이지만 장편 못지않은 내용이다. 소품인 듯싶어도 어느 면으론 획기성을 논해볼 수 있다고 판단된다. 아이와 어른의 대립관계를 도식적으로 반영하는 데 그치는 식상함에서 벗어나 있다는 점이 우선 눈길을 끌었는데, 현실적인 경험세계로 독자를 끌어들였다가 슬쩍 경계를 지우면서 시원(始原)의 감각을 느끼게 해주는 초현실의 수법이 독특했다.

이 작품은 아홉 살짜리 윤이의 시점으로 집밖에서 일하는 엄마아빠를 대신해 집안일을 해주러 온 도우미 할머니를 그려나간다. 초점이 되는 인물은 할머니다. 엄마아빠에 대한 정보는 '지금 여기'라는 시공간을 환기시키는 몫에 지나지 않을 만큼 최소한으로 제공된다. 작품의 처음과 끝은 다음과 같다.

도우미 할머니가 오셨다.
아빠보다 키가 크고
발도 커다란 할머니가
큰 가방을 들고
우리 집에 나타났다. (9면)

우리 집에는
할머니가 떠난 날
할머니가 쓰던 방 한가운데서 주운
흰 머리카락 한 올이
마고할미 책 맨 뒷장에
테이프로 딱 붙여져서
내 책상 밑에 남아 있다. (94면)

그림책도 아닌 산문의 작품인데도 첫 단락과 마지막 단락을 포함해서 이따금 줄글이 아니라 시처럼 행갈이를 해놓았다. 작품 전체를 이렇게 해놓았다면 공연한 문법파괴로 비난받아 마땅할 것이다. 그러나 작가의 의도든 편집자의 의도든 일정한 자의식을 가지고 이렇게 해놓은 것은 이 작품의 성격과 맞아떨어지고 있다. 그것은 산문적 일상을 뛰어넘는 그 무엇에 해당한다. 책장을 넘기자마다 경쾌한 보폭과 운율감을 지닌 문장으로 '훌훌 날아가듯' 이야기가 펼쳐진다. 독자는 논리적 관계가 아니라 서술과 서사의 힘에 의해 이야기에 빠져든다.

작품 초반은 이 느닷없는 이방인에게서 풍겨 나오는 묘한 이질감, 낯섦, 괴팍스러움에 대한 경험이다. 할머니는 손도 크고 목소리도 크고 콧구멍 귓구멍 다 크다. 코고는 소리 트림하는 소리도 크고, 밥도 커다란 그릇에 수북이 담아 먹으며, 오줌도 오래 누고 똥도 굵게 눠서 변기를 막히게 한다. 그런데 작가는 해학의 장치를 적절히 안배해가면서 할머니에 대한 경험을 반감보다는 호감 쪽으로 이끈다. 할머니는 '2배속 단추'를 누른 것처럼 빨리빨리 일하고 힘이 엄청 세다. 여러 가지 일을 한꺼번에 한다. 찌개를 끓이면서, 버섯을 볶으면서, 생선을 구우면서, 왼손으론 나물을 무치고 발로는 걸레질을 한다. 이쯤 되면 할머니의 정체가 궁금하지 않을 수 없다.

작품 중반에 이르러 윤이의 호기심은 할머니의 비밀을 파헤치는 쪽으로 나아간다. 그러고는 할머니가 그림책에서 본 '마고할미'랑 비슷하다는 생각을 한다. 분명 할머니는 현실의 존재가 갖지 못한 초능력의 소유자다. 독자는 정신없이 제공되는 할머니의 괴팍스러운 행동과 익살스러운 화법에 빠져서 처음엔 무심코 지나쳤을지라도 이 작품의 서술이 어딘지 옛이야기의 과장된 서술을 닮았다는 사실을 깨닫는다. '나는 어뗘어 뗘한 것이 제일 싫어.' 하며 반복되는 할머니의 투정은 해학의 장치이기도 하지만 주인공에게 내려진 '금기'를 포함하고 있다는 점에서, 옛이야기의 창조적 변형이라고도 할 수 있는 치밀한 복선으로 작용한다.

작품 후반은 윤이가 우연히 할머니 방을 지나치다 비밀가방에서 꺼낸 한복을 곱게 차려입은 할머니의 춤사위를 엿보게 된 이후 고비를 맞는 내용이다. 윤이는 할머니와 밤하늘을 쳐다보면서 '해님달님' '견우직녀'의 숨은 이야기를 주고받는데, 이 경험을 끝으로 더 이상 할머니를 만나볼 수 없게 된다. 쪽지 하나만 달랑 남기고 홀쩍 사라져버린 것이다. 윤이는 자기가 치마 얘기를 하는 바람에 정체가 들통난 할머니가 떠났다고 믿고 있지만, 엄마아빠는 끝까지 할머니가 '마고할미'였다는 걸 믿지 않는다. 사실동화의 모습을 지닌 옛이야기의 변형으로 봐도 좋고, 현실적인 이야기에 아이들만의 특권인 환상경험을 감쪽같이 끼워 넣은 판타지로 봐도 좋음직한 결말이다.

닳고 닳은 현대 교양인의 시선, 곧 중산층의 것인 이 시대 지배이데올로기의 관점으로 볼 때 할머니의 모습은 외계인처럼 못생긴 괴물이자 불편하기 짝이 없는 고집쟁이다. 할머니는 현실의 민중일까, 초현실의 거인일까? 이 작품의 독특함은 마고할미를 우리의 일상공간으로 불러낸 점이다. 잘 알다시피 마고설화는 대부분의 지역에서 구전되는 우리 신화의 하나다. '거대한 몸집'과 '세찬 오줌발'로 기억되는 창조여신을 일상공간에서 부활시켰다 함은 그 자체로 현대인의 왜소화에 대한 저항이요, 호방한 여성캐릭터인 점에서 페미니즘의 가치를 실현한다. 그런데 이 작품에서 할머니가 윤이에게 해준 마지막 말은 역설적이게도 "나는 세상에서 꿈이랑 현실을 구별 못 하는 사람이 제일 싫어"였다. 선언한다고 해서 현실을 벗어날 수 있는 것은 아니다. 옛이야기와 신화적 상상력의 복원은 과거와 현재 어느 한쪽도 허방에 두지 않고 경계의 칼날 위에 서는 팽팽한 긴장감을 견지하려들 때, 그리하여 현대성을 날카롭게 투시해낼 때 비로소 힘을 발휘할 수 있다고 믿는다.

좀 막연한 지적이겠으나 이 작품의 아쉬움은 할머니가 들려주는 '해님달님' '견우직녀'의 숨은 이야기가 '마고할미' 신화와 좀더 구조적으로 결합되었더라면 어땠을까 하는 점이다. 창조신화로서의 '마고할미'와 천체(天體)를 배경으로 하는 두 옛이야기의 연결은 자연스럽지만 작품의 절정으로 고양되었다는 느낌은 들지 않는다. 할머니의 춤사위와 아리랑 노래도 마찬가지다. 현대사회로 오면서 추락을 거듭해온 '거인(여신)'의 쓸쓸한 뒷모습이 어른거리는 감상주의를 감추지 못하였다.

그래도 나는 이 작품을 흔치 않은 수작으로 평가하고 싶다. 크고 넉넉한 배려의 손길을 지녔지만 길들여지기를 거부하는 괴팍하고 고집스러운 할머니는, 전통성과 민중성을 화석화해서 포장지로 삼으려 드는 현대사회와는 불화할 수밖에 없는 불온한 이방인이다. 어린이책에서 이런 인물을 만나는 일은 정말로 즐겁다. 더욱이 몇몇 작가들이 실험한 옛이야기 또는 신화의 인물 끌어오기가 여기저기 기운 듯한 흔적을 남겼던 데 비해, 유은실에 와서 그 흔적은 말끔히 가시고 없다. 『우리 집에 온 마고할미』는 우리 아동문학이 동화다운 동화 창작의 본무대에 올라섰음을 보여주는 증거의 하나다. 진실과 통념 사이를 오가면서 우리 창작동화의 캐릭터가 나름대로 진화하고 있는 것이다.

_『어린이와 문학』 2005년 9월호

동물 이야기의 진화

강정연 『건방진 도도군』

어느 작품이 어느 시점에서 우리 창작동화의 흐름에 대해 어떤 이야깃 거리를 촉발시킬 만하다면 문제작이라는 평가가 가능하다. 의인동화 한 편을 재미있게 읽고 나서 이런저런 생각들이 스쳐 지났다. 언제부터인 지 판타지가 우리 창작동화의 한 흐름으로 떠오르게 되자, '사실동화냐 판타지 동화냐' 하는 게 우리 창작동화를 보는 가장 익숙한 기준이 된 듯 하다.

그 사이 의인동화를 놓치고 있었다는 생각이 든다. '사실동화'나 '소년 소설'과 어깨를 나란히 해온 동화의 전형적인 형식은 다름 아닌 '의인동 화'였다. 방정환, 마해송, 이주홍, 이원수, 권정생 등의 작품목록에서 바 로 확인되는 사실이다. 그럼 의인동화는 생명을 다했는가? 그럴 리가 없 다. 사람들의 관심이 판타지로 쏠린다고 해서 의인동화가 수그러들어야 할 까닭이 뭔가. 하지만 의인동화에 대한 관심이 예전 같지 않다. 동화창 작교실이나 공모심사 자리에서도 점점 의인동화를 찾아보기 힘들어지고 있다. 그 이유를 두 가지로 요약해본다.

첫째, 교훈주의에 대한 비판이 확산되면서 우화 형식의 의인동화까지 가볍게 여기는 풍조가 생겨났다. 판타지나 신화는 뭔가 깊이가 있는 것 같은데 우화는 왠지 바닥이 들여다보이는 것 같다는 식으로 반응하는 사람들이 의외로 많다. 둘째, 생태주의에 대한 관심이 높아지면서 인간의 목적을 위해 자연을 왜곡해온 의인동화를 되돌아보는 경향이 생겨났다. 뱀이나 여우는 대관절 무슨 죄가 있다고 늘 부정적인 캐릭터를 도맡아야 하느냐는 말이겠다.

이 두 가지 요인은 의인동화를 쓰려는 작가들이 충분히 고려해야 할 사항이긴 하다. 작은 것을 얻기 위해 큰 것을 잃는 어리석음은 확실히 피해야 하는 시대다. 하지만 의인동화 쓰기가 만만치 않다고 해서 모두 회피한다면 이 또한 아동문학에서는 아주 큰 것을 잃는 셈이다. 유년층에게 권정생의 「강아지똥」이 지니는 무게는 소년층에게 『몽실 언니』가 지니는 무게와 똑같다. 더욱이 의인동화는 짤막한 우화에서부터 호흡이 긴 동물 판타지에 이르기까지 폭이 넓다. 장르 형식 면에서는 각각 달리 규정되는 것일지라도 크게 봐서 '동물 이야기'라는 범주로 우리 창작동화의 흐름을 검토해볼 필요를 느낀다. 짤막한 우화로는 윤기현의 「다람쥐 나라」와 김하늘의 「참 이상한 호수」, 장편 의인동화로는 김리리의 『내 이름은 개』와 최진영의 『땅따먹기』, 의인동화와 동물 판타지 사이에 있는 것으로는 황선미의 『마당을 나온 암탉』과 정도상의 『돌고래 파치노』, 동물 판타지로는 곽옥미의 『말박사 고장수』와 김진경의 『고양이 학교』, 그리고 사실적인 동물 이야기로는 이상권의 『하늘로 날아간 집오리』와 김남중의 『자존심』 같은 작품이 얼른 떠오른다.

강정연의 『건방진 도도군』(비룡소 2007)은 이 중에서 장편 의인동화에 속한다. 개성적인 동물 캐릭터와 구체적이고 현실적인 배경을 지녔기에 짤막한 우화와는 쉽게 구별할 수 있다. 김리리와 최진영의 위 작품들도 흥미롭게 읽었는데, 강정연의 작품은 빈 구석을 찾아내기 힘들 정도로 잘 만들어졌다.

우선 캐릭터를 보자. 이 건방진 '도도'놈은 밉지가 않고 도리어 사랑스러운 개다. 건방진 것의 매력은 그 한끝이 비굴함을 모르고 동정을 바라지 않는 자존심과 이어지는 데 있을 것이다. 그렇더라도 대개는 안하무인격이라 불편함을 주기 십상인데, 이놈은 제멋에 겨운 허풍이 가득해서 빡빡하거나 까칠하지가 않다. 누구나 파고들 수 있는 어수룩한 빈틈이 의외로 많다. 부잣집 안방에서 '귀차니스트'로 품위 있게 거들먹거리다가 비만증 때문에 버림받는 착각의 명수라니. 도도에게 한때 흠모의 대상이었던 시골집의 꾀죄죄한 '아지', 휘청거리는 떠돌이 개 '누렁이', 애꾸눈 '뭉치'도 저마다 한가닥씩 하면서 조연급 캐릭터를 훌륭히 소화한다.

다음으로 스토리를 보자. 주인공의 행보가 '집→가출→집→가출→집'의 패턴을 되풀이하는데 그때마다 새로운 캐릭터와 새로운 환경이 놓여 있어 '적응→대립→적응→대립→적응'의 패턴과 겹치며 계단식으로 서사가 발전한다. 뚱뚱한 개라고 비웃음을 사서 버림받은 후 도도는 김 기사의 어머니가 사는 시골집으로 보내진다. 거기서 만난 꾀죄죄한 아지는 알고 보니 사진으로 짝사랑했던 '미미'다. 도도에 앞서 액쎄서리처럼 귀염을 받다가 주인의 변심 때문에 똑같이 버려진 개다. 그런데 아지는 시골집 '어머니'와 행복하게 살고 있다. 도도는 아지로부터 주종 관계가 아니라 동반자 관계에 대해 깨닫는다. 도도가 시골집에 새롭게 적응할 즈음 주인집에서 다시 불러들였으나 탈출해서 떠돌이 개 누렁이와 뭉치를 만난다. 하지만 도도는 새로운 동반자를 찾아 나서고 드디어 시골집 '어머니' 같은 '상자 할머니'를 만나 잠시 행복하게 지낸다. 그런데 '상자 할머니'의 리어카와 오토바이가 부딪히는 사고를 당하고 도도는 동물보호소로 옮겨져 철창에 갇히게 된다. 여기서 다시 뭉치를 만난다. 늙고 병든 뭉치는 실의에 빠져 지내는 젊은 도도에게 희망이라는 힘을 불어넣어 준다. 마침내 도도는 보청견 훈련을 받고 농아인 가족으로 거듭난다. 그러고 보니 아지의 동반자인 시골집 '어머니'도 귀를 먹어가는 중이었다. 삶은 새옹지마라는 듯 '행→불행→행→불행→행'의 사건이 꼬리를 물지만 각 패턴은 도돌이표 반복이 아니라 엇박자로 만나고 겹치면서 최종 목적지를 향해 나아간다.

이번엔 스타일을 보자. 폼 잡기 좋아하고 허풍이 센 건방진 도도를 화자로 내세운 덕에 재치와 유머가 살아난다. 개를 액쎄서리 취급하다가 싫증나면 미련 없이 내다버리는 부잣집에 대한 묘사는 풍자의 압권이다. 도도의 첫 주인은 '야'다. 밖에서는 '사모님'인데 집에서는 '그 인간'에게 '야'라고 불리기 때문에 지어진 이름이다. 이를테면 이렇다. "야! 너 정신이 있어, 없어? 뭐 그깟 일로 회사에 전화를 하고 난리야?" "엄마, '그 인간'이 글쎄……." 이름만으로 그 집안 속내가 훤하다. 품위를 들먹이던 우리의 도도는 탈출하기에 앞서 '사모님'을 향해 냅다 오줌발을 갈겨준다. 하하 귀여운 녀석. 그러면 이놈은 또 이렇게 말할 것이다. 나도 알아.

애완동물 탈출기는 흔해빠진 이야기다. 하지만 이 작품은 좀 다르다. 맹인안내견이나 보청견 이야기도 어딘지 상투성이 느껴진다. 그래도 이건 또 다르다. 굳이 흠이라 할 것을 찾아보았더니, 조금 과하다 싶게 직설적으로 '관계'의 문제를 설명하는 대화문장이 두어 군데 보인다. 그리고 '가족'이라 이름 붙인 마지막 장(章)은 도도 특유의 유난을 떠는 모습 때문에 넘어갈 순 있어도 행복한 결말을 강조하는 사족에 가까워서 아이러니 효과가 아쉬웠다. 그러나 이 작품은 우리 동물 이야기도 진화하고 있다는 뚜렷한 징표로 삼기에 충분했다. 사랑받는 동물 캐릭터가 앞으로 더 많이 나와줄 것으로 기대된다.

_『어린이와 문학』 2007년 8월호

너 살고 나 사는 길 찾기의 어려움

장주식 「토끼, 청설모, 까치」

장주식은 돌쇠처럼 우직하게 생긴 동화작가다. 한국어린이문학협의회에서 주는 '어린이문학상' 시상식에서 처음 봤는데, 그 돌쇠 같은 인상이 좋아서 손에 힘을 꾹 주고 악수했던 기억이 난다. 수상작은 『그리운 매화향기』(한겨레출판 2001)였다. 미 공군 사격장으로 쑥대밭이 된 매향리 사람들의 삶과 투쟁을 그린 이 작품은 우리에게 미군이 무엇인가를 묻는 매우 시의적절한 문학적 대응이기도 했다. 그래서 미국을 그저 든든한, 우리의 영원한 우방인 줄 알고 있는 아이들에게 적극 권장할 만한 작품이라고 반가워했다.

그런데 작중인물과 사건전개가 작가의 계몽의지에 맞춤한 듯해서, 현실인식의 차원을 넘어 이 '땅'과 거기를 지켜온 '사람'과 그들의 애끓는 '삶'을 깊이 껴안는 데까지는 이르지 못한 게 아니냐는 생각을 한편으로 했다. 작가가 제기하고자 하는 문제의 답이 명백하게 드러날수록 작품에서 그려낸 삶이 목적 아닌 수단으로 쉽게 소비되고 마는 일이 곧잘 생겨난다. 뜻이 고귀하더라도 작가이데올로기에 동원된 작중인물에게서는 사람냄새가 덜한 법이다.

장주식에 대한 약간의 걱정을 『어린이와 문학』 2006년 7월호에 실린 「토끼, 청설모, 까치」가 단숨에 날려버렸다. 이야기 세 개를 붙여놓았기에 좀 길다 싶게 느껴지는 이 단편은 손질이 다 끝나지 않은 것처럼 헐렁한 구석도 없지 않다. 서술자는 작중인물도 아닌 것이 그렇다고 화면 바깥에 놓여 있는 것도 아니어서 가끔 허공에 떠 있는 느낌을 주며, 어른에 비해 아이들은 조연급도 못되는 정도고, 가리키는 바가 분명치 않은 중요한 문장 몇 개가 눈에 뜬다. 그러나 이 모든 걸 상쇄하고도 남는 흥미로운 얘깃거리인데다, 화법은 능란하고 자연스러우며, 다 읽고 난 뒤에는 여기 나오는 마을사람과 동물 들이 알싸하게 가슴 한쪽에 달라붙어 떨어질 생각을 안 한다.

작품은 토끼, 청설모, 까치 이야기로 구분되어 있다. 각각의 이야기는 다복이네 마을에 풀려난 토끼 소동, 다복이네 천장 속에 들어간 청설모 소동, 그리고 다복이네 향나무에 둥지를 틀고 시끄럽게 구는 까치 소동이라 할 수 있다. 다복이네가 세 이야기를 잇는 줄기를 이루는 만큼, 중심인물은 다복이 아빠다. 아내, 딸 다정이, 아들 다복이, 모두 네 식구로 이뤄진 다복이네는 마을사람보다 동물 습성을 잘 모르는 걸로 보아 도시에서 살다가 이 마을에 들어온 것 같다. 다복이 아빠와 엄마가 주고받는 말들을 보면 이들은 교육받은 지식층이고 자연환경을 잘 보전해야 사람들도 평화롭게 살 수 있다는 건전한 상식의 소유자다.

이 작품은 마치 작가가 시골 가까이 살면서 실제로 겪은 소동을 조금도 보태거나 빼지 않고 생생하게 그려낸 생활글처럼 읽힌다. 어린이 시점이나 어린이를 주인공으로 하지 않았기 때문에 더 그렇게 보인다. 요즘 동화 가운데 작가의 시골 체험으로 만든 단편을 만나기란 어렵지 않다. 그런데 그 대부분은 어린이의 자리로 내려가면서 하나의 답을 향해 일제히 굴절하는 탓에 누구나 예상 가능한 관습의 틀을 이루고 있다. 매우 참신한 소재를 낚아챈 것이 아니라면 끝까지 읽지 않아도 무슨 말을 하려는지 금세 알아채게끔 익숙한 구도에 안착해 있는 것이다. 그것은 자연환경을 둘러싼 가해자와 피해자, 또는 파괴자와 보호자의 대립구도다. 피해자는 자연이고, 가해자와 파괴자는 사람이다. 특히 도시사람이 많다. 이와 같은 대립구도를 지닌 줄거리의 당위성에 이의를 제기할 사람은 없겠다. 그럼 다인가?

나는 그런 상투적인 작품이 주는 '앎'은 매우 피상적인 것이기에 일상의 모세혈관을 타고 흐르는 삶의 진실로 스며들기에는 허점투성이일 뿐만 아니라 일상으로 견고하게 구축된 현실에 균열을 내기에도 거의 소용이 닿질 않는다고 여긴다. 오히려 사냥이라는 모티프를 가지고 사람과 동물 사이의 팽팽한 대결을 그린 작품, 예컨대 임길택의 「멧돼지」(『산골마을 아이들』, 창작과비평사 1990)라든지 김남중의 『자존심』(창비 2006) 같은 것이 자연이라는 큰 둥우리 안에 존재하는 사람의 자리를 돌아보게 하는데 훨씬 깊이 있는 시각을 제공한다고 믿는 쪽이다. 진정한 사냥꾼은 자기와 대결하는 동물에 대해 존경심을 품지 않을 수 없게끔 되어 있다. 그게 공정한 자연의 법칙이다.

장주식이 들려주는 이야기는 웬만한 동화작가들이 동물을 대할 때 되풀이하는 공식에서 슬쩍 비켜나 있다. 그건 삶을 '있는 그대로' 보고 듣고 옮기고자 하는 정직한 시선에서 말미암는다. 현실 앞에 겸손한 이 정직한 시선이야말로 리얼리즘의 필수조건이다. 그렇다면 장주식이 들려주는 이야기가 그냥 생활글인가? 아니다. 나열된 세 개 이야기는 작가의 숨은 의도를 따라 서사의 발전을 보인다. 그리하여 마을사람과 동물의 대립이라든지 중심인물의 내적 갈등이 증폭되었다가 고비를 넘기면서 일단락된다. 시점은 1인칭이 아니라 3인칭이다. 독자는, 서술자가 아니라 문제적 주인공과 마주하면서 문제적 현실에 대한 그의 대응을 바라본다. 아무래도 사실에 고정되어 있는 생활글의 필자보다는 허구를 선택한 작가 쪽이 문제성을 드러내기에 제약을 덜 받을 것이다.

따라서 이 작품이 생활글 같다는 것은 형식적인 장치가 없어 밋밋하다는 말이 아니라, 꾸밈이 느껴지지 않는 생활의 실감을 주기에, 우리가 쉽게 경험할 수 없는 어떤 장면에 신뢰를 가지고 빠져들 수 있다는 말이다. 작가는 대화글을 아주 경제적으로 사용하면서 이야기꾼의 솜씨를 유감없이 발휘한다. 이 작품이 실감나게 그려낸 소동의 전말은 무엇이고 그 것을 통해 작가가 일깨우고자 하는 바는 무엇인가? 지금까지 말한 것에서 짐작할 수 있듯이, 줄거리로만 보자면 이 작품은 아무것도 아닌 게 된다. 중심인물이고 부차인물이고를 떠나 마을사람 하나하나의 반응과 대화 한 마디, 농사꾼의 처지와 어울림과 저마다의 행태, 동물들의 습성 등등 모든 장면이 이야기를 이루는 동시에 그 자체로 목적이 되고 있다.

서사의 기본골격은 사람과 동물의 대립이다. 아무리 동물과 어울려 살고 싶어도 현재 상황에서는 피치 못할 '너 죽고 나 살자'의 대결국면이 펼쳐진다. 토끼 이야기는 정미네 집에서 풀려나온 토끼를 대하는 마을사람들의 변화를 반어적으로 드러냈다. 처음에는 토끼들이 뛰노는 마을풍경이 너무 평화롭고 한가롭게 여겨져서 저마다 어린 시절을 떠올리면서 오랜만에 사람 사는 맛을 느낀다. 그러나 묶어놓은 개들이 시끄럽게 짖어대자 개를 풀어 토끼를 잡아 동네술판을 벌이고, 토끼들이 고추 모종을 자꾸 따먹자 나머지 토끼들을 잡느라고 한바탕 난리를 피운다. 그렇게 해서 잡은 토끼국은 다복이네 상에도 오른다. 뛰노는 토끼를 보고 평화로운 과거 속으로 여행을 떠났던 그 사람들은 개를 잡고 토끼를 잡아 흥겨운 술판을 벌이는 사람들이기도 하다.

청설모 이야기는 다복이네 집 향나무에서 새끼를 치고 가끔 곶감을 빼먹는 정도의 청설모를 크게 신경 쓰지 않다가 이놈들이 집 어딘가를 뚫고 천장을 들락날락거리게 되니까 잡아들이느라고 소동을 벌이는 내용이다. 궁리 끝에 쥐덫도 놓아보고 찍찍이도 설치한다. 어떻게 해서든 다치지 않게 하려고 조심하던 것이 갈수록 피해가 커지자 화가 치밀지 않을 수 없게 되고 결국은 다복이 아빠가 휘두른 막대에 청설모 한마리가 맞아 죽는다. 나머지도 빗자루로 맞고 발에 채이고 찍찍이에 붙어 처참한 몰골로 죽는다. 행여 아이들이 볼까봐 고이 거두어 땅에 묻어주지만 죄의식이 슬며시 고개를 든다. 다복이 아빠는 동쪽 산 위로 떠오르는 해를 차마 바로 보지 못했다고 작가는 서술한다.

　까치 이야기는 앞의 두 이야기의 마무리 노릇을 한다. 까치 이야기로 말미암아 세 이야기는 합주(合奏)가 되고, 까치 이야기에 이르러 세 이야기가 던지는 하나의 생각거리가 독자 앞에 모습을 드러낸다. 어느 날 까치가 다복이네 뒤뜰 향나무에 둥지를 틀고 새끼를 치자 집 안팎이 너무도 시끄럽다. 딸은 그 소리 때문에 텔레비전을 못 보겠다면서 아빠더러 까치를 발로 밟으라고 주문한다. 아빠가 청설모를 발로 차 죽인 걸 본 거다.

　　“다정아, 아빠가 죄를 받을까? 안 받을까?”
　　“왜?”
　　“청설모 죽인 거 말이야.”
　　“음. 받을 거 같아.”
　　“왜?”
　　“청설모는 불쌍하잖아.”
　　“그럼 까치는 왜 발로 밟으라고 해? 까치는 안 불쌍해?”
　　“까치는 시끄럽게 하잖아. 텔레비전도 못 보게.”
　　“청설모도 우리 집을 막 부쉈는데?”
　　“그래? 몰랐어. 그럼 까치는 발로 밟지 마.”
　　다정이는 쉽게 결론을 내리고 다시 방으로 들어가 버렸다. (62면)

　순진한 딸과 마을사람은 통하는 데가 있는 것 같다. 다복이 아빠는 사람과 동물이 같이 살아야 한다는 생각을 가지고 있다. 그렇지만 실제로 겪어보니 문제가 그렇게 간단하지 않다. 딸처럼 아무렇지도 않게 동물에 대해 즉각적으로 반응하는 마을사람은 동물에게 매우 위협적인 것 같아도 실은 다복이 아빠보다 깊은 지혜를 보이기도 한다. 그악스럽게 울어대는 까치를 두고 욕하는 마을사람이 없다. 청설모를 대하는 태도와는 사뭇 다르다. 다복이 아빠는 속담이나 옛이야기에 까치가 좋게 나오는 습속 때문이 아니겠느냐고 여기면서 다른 동물들도 그렇게 좋은 이야기를 만들어 퍼뜨리면 어떨까 하는 하릴없는 생각까지 해본다. 그런데 다정이 이모부는 청설모와 달리 까치가 주는 피해는 지나칠 수 있는 것이라고 말한다. 까치는 새끼가 자라면 다른 곳으로 이사를 가니까 시끄러운 소리도 잠깐만 참으면 된다는 것이다. 그러면서 사람 사는 집에 동물이 들어오면 좋은 것이라는 귀띔도 해준다.

까치가 다 떠나버리고 덩그런 까치집만 남았을 때 다복이네 식구들은 어딘지 허전함을 느낀다. 다복이 아빠와 아내가 나누는 대화 가운데 작가가 던지고자 하는 생각거리가 짐짓 직설적으로 드러나 있다.

"시끄럽던 놈들인데, 정이 들었나?"
"왜? 보고 싶어?"
"보고 싶다기보다 이런 생각이 드는군."
"무슨?"
"각자의 영역을 갖고, 남을 크게 해치지 않는다면, 서로 함께 살 수 있지 않을까? 하는 생각."
"까치가 그랬나? 하지만 그것도 너무 사람을 중심에 둔 생각 아니야?"
"그렇지. 사람도 동물들의 영역을 크게 침범하지 말아야겠지."
"그럼. 사람이, 동물들로 봐서는 가장 미워해야 할 생물이겠네. 다른 생물의 영역을 가장 많이 침범해서 해치니까. 당신도 청설모로 봐서는 철천

지원수지." (65~66면)

앞서 들려준 소동들과 거기 딸린 세부의 진실성이 없었다면 이 대화는 다만 상식을 말한 것에 지나지 않을 것이다. 하지만 세 이야기를 거쳐서 도달한 이 대화는 울림이 다르다. 작가는 자연친화적인 지식인 주인공을 내세웠어도 정답이 있는 듯이 쉽게 이야기를 꾸며내지 않았다. 사람과 동물이 어떻게 서로 부딪치고 있는지 선입견이나 편견 없이 객관적으로 다가서려고 했다. 그러면서도 함께 사는 길을 궁리하고자 애를 쓰는데, 사람이 동물의 영역을 크게 침범한 자리에서 주인행세를 하려든다는 자의식을 놓치지 않았다. 시골 가까운 마을에서 벌어진 작은 소동을 사실적으로, 사람냄새 물씬하게 그려낸 덕분에 문제에 대한 접근이 한층 깊이 있게 나아갈 수 있었던 것이다. 어떤가? 이 '땅'과 거기를 지켜온 '사람'과 그들의 애끓는 '삶'에, '동물'까지 깊이 끌어안은 작품이 아닌가? 어린이 독자를 위해 얼마큼 형식적인 배려를 해야 하느냐의 문제는 남아 있다 치더라도 말이다.

—『어린이와 문학』 2006년 8월호

선택과 인연

선안나 『삼거리 점방』

동화라는 말은 신비와 환상의 분위기에 감싸여 있다. 동화의 태생이 낭만주의라는 사실을 떠올리면 거기에 딸린 꿈과 모험, 행복한 보상 같은 어휘를 이해하지 못할 바 아니다. 길을 비추는 별이 사라져버린 소설의 시대에 동화는 일정한 보호막 속에 놓인 유년의 전유물이든지, 아니면 그 시절로 돌아가고 싶어 하는 퇴행적 어른의 도피처인 양 여겨진다. 물론 미화된 과거의 기억과 나르씨시즘에 투항함으로써 마땅히 대면해야 할 일상으로의 회귀를 가로막는 공허한 판타지들도 세상엔 많다. 하지만 동화는 궁극의 코스모스를 지향하는 자연과 인생의 은유형식으로서 어린이에게 한평생 살아가는 데 힘이 되어주는 꿈과 믿음의 씨앗을 제공해준다. 문제는 생활동화나 소년소설처럼 현실적인 배경과 인물의 삶을 그려 보일 경우, 그 인물한테 맞닥뜨려진 삶의 균열과 갈등을 동화 작가는 어떻게 다뤄야 하는가에 있다. 어린이가 어른으로 옮겨가는 자연의 시간에 매듭이 있을 리 만무한 것처럼 동화에서 소설로 바뀌는 경계의 자리는 늘 고민거리가 된다.

선안나의 『삼거리 점방』(느림보 2005)은 말하자면 그 경계의 자리에서 줄타기를 벌이는 작품이다. 자기선택에 따른 운명의 개척과 기적 같은 인연이 한데 어우러져 있다. 보기에 따라 감상적이라고 말할 사람도 있을 것이고, 감동적이라고 말할 사람도 있을 것이다. 나는 후자에 속한다. 소설로 치면 중편을 조금 넘는 분량이지만, 숱한 사연을 머금은 한 사람의 굴곡진 인생을 만나볼 수 있기 때문이다. 작품 곳곳의 의도된 침묵에서 나는 한참씩 머무르곤 했다.

이 작품은 두 다리가 온전치 못해 바닥을 기어다니는 '붙들이'의 어린 시절에서 시작한다. 이웃끼리 사정이 훤한 시골동네가 배경인지라 장애인이 겪어야 하는 차별과 편견의 현실보다는 '빌어먹지 않고 제 힘으로 벌어먹기' 위해 애쓰는 붙들이의 성실한 삶에 초점이 놓여 있다. 여기에는 붙들이 위로 갓난쟁이 다섯과 남편을 먼저 저세상에 보내고도 씩씩하게 살아내는 어머니의 힘이 크게 작용한다. 붙들이는 읍내 가게를 돌며 여러 손기술을 익힌다. 어머니가 세상을 떠나고, 홀로 된 붙들이는 재 너머 암자에 사는 스님과 인연이 닿는다. 우연과 필연은 한 몸이라고 했던가? 스님과의 인연은 운명적인 또 다른 인연을 불러들인다. 어느 겨울날 스님은 골짜기에 쓰러져 얼어 죽기 직전의 아이 밴 여자를 업고 온다. 여자는 붙들이의 보살핌 아래 아이를 낳고 몸이 회복되자 아무 기약도 없이 떠난다. 기구한 사연을 숨기고 있는 게 분명한 이 여자의 삶이 붙들이보다 순탄하다고는 할 수 없으리라. 마침내 여자는 훗날 병들어 뼈만 앙상하게 남은 아이를 둘러업고 마을에 다시 찾아든다. 그 아이가 결혼을 하고 아이를 가질 만큼 세월이 훌쩍 지났다. 작품은 할아버지 할머니 부부가 살고 있는 삼거리 점방을 짧게 묘사하는 것으로 끝이 난다.

보통의 생활동화라면 장애를 지닌 붙들이가 학교에서 겪을 법한 수모라든지 동무 관계에 초점을 둔 이야기로 나아가기 쉬웠을 것이다. 그런데 작가는 시간을 건너뛰면서, 붙들이의 선택과 세상 인연이 함께 만들

어낸 결코 평탄치 않으나 아름다운 인생을 진솔한 목소리로 그려 나간
다. 부박한 일상사에 갇혀 있는 최근 동화의 진부함에서 한발 떨어져나
온 것이다. 흥미롭게도 붙들이와 여자가 처음 만나는 대목에는 '그 겨울
의 동화'라는 소제목이 달렸다. 마치 한 편의 동화를 껴안은 소설인 양 고
백하고 있는 셈인데, 몸이 불편한 붙들이가 실의와 좌절을 겪으면서도
힘겹게 자기 운명을 개척해가는 모습은 선의에 대한 보상을 갈구하는 독
자의 안쓰러움과 맞물려 파문을 그려낸다.

소설의 잣대만으로는 붙들이의 삶이 낭만적으로 윤색되었다고 비판
할 수도 있다. 사회·역사적 배경이 부재하는 이 작품에 그런 면이 아주
없는 건 아니지만, 그건 행간을 충분히 읽어내지 못했을 때 나오는 비판
이기 쉽다. 붙들이라는 인물의 형상화에 필요한 대목을 남기고 과감하게
생략하면서 뻗어나가는 줄거리가 아니었다면, 이렇듯 기억에 남는 주인
공의 한평생을 오롯이 살려내기 힘들었을 것이다. 아이 다섯과 남편을
차례로 잃은 붙들이 어머니, 목 좋은 가게를 붙들이에게 넘기고 딸네 집
으로 떠나는 삼거리 할매, 한쪽 팔을 잃고 술로 세월을 보내는 을수 아재,
만삭의 몸으로 자살을 결심한 여자 등등의 신산스러운 삶은 작품의 초점
에서 비켜나 있긴 해도 매우 사실적인 배후이다. 이런 주변 인물들이 붙
들이의 운명과 긴밀하게 엮어져 나오기 때문에 이 작품은 앙상한 교훈을
넘어서는 풍부한 여백을 지닐 수 있게 되었다.

나는 이 작품을 읽으면서 작가의 이전 작품들과는 다른 느낌을 받았
다. 사실 그럴 만했다. 작품후기에 보니, "서툰 곡괭이질로 상하게 하고
싶지 않았기에, 적지 않은 세월 손대지 않고 고스란히 묻어두었다. (…)
이제 고향으로 돌아가도 되지 않겠는가 하는 느낌이, 두어 해 전부터 들
기 시작했다. 충분히 때가 되어서가 아니라, 너무 늦어버려서도 안 되겠
기에" 하는 말과 함께 이 이야기가 고향에 바치는 일종의 헌사임이 밝혀
진다. 어찌 보면 문학은 근원적인 노스탤지어의 손짓이라고 해도 과언은

아니다. 『삼거리 점방』은 더 나은 내일로 통하는 순정한 기억을 되살림으로써 오늘을 사는 독자를 매혹시킨다.

_『글과 그림』 2005년 11월호

일상생활의 안과 바깥에서 만나는 자연

이상교 동시집 『살아난다, 살아난다』
안학수 동시집 『낙지네 개흙 잔치』

1

우리 창작동화의 대부분은 아이들의 일상생활에 시선이 닿아 있다. 주인공은 집 아니면 학교에서 부모님이나 형제자매, 선생님이나 친구들과 불화를 겪고 티격태격한다. 서사문학의 성격상 당연한 일로 보이겠지만, 사실 난 이게 좀 불만이다. 아이들의 시선을 너무 자기중심적인 자리에만 붙들어 매놓고 있는 게 아닐까 하는 생각이 드는 거다. 다람쥐 쳇바퀴 돌듯 집과 공부방 사이에서 맴도는 아이들을 다른 세계로 훌쩍 데려가 주는 작품은 어디 없을까? 일상생활의 문제를 그 바깥 체험을 통해서 한층 성숙한 눈으로 되돌아와 바라보게끔 하는 발상은 좀체 만나보기 힘들다. 하긴 사회현실과 일상생활이 분리되었던 한때의 창작경향을 극복하고자, 또 민족과 계급에 가려졌던 개인을 새삼 부각시키고자, 과거 소홀히 대하던 개인의 일상생활에 가까이 다가서려는 최근 현상을 이해하지 못할 것은 아니다. 다만 그것이 일상생활로의 매몰이 되지 않기를 바랄

뿐이다. 그러려면 일상생활을 규제하는 배후의 사회현실로서 제도에 대한 탐구도 중요하지만, 타성으로 무감각해진 관습의 각질을 벗겨냈을 때 오롯이 드러나는, 언제나 그 자리에 자기 빛깔 그대로 존재해온 자연에 대한 관심도 소망스럽다.

자연에 대한 관심은 생태환경의 문제가 떠오름에 따라 동화 쪽에서도 볼 수 있긴 한데, 인물들 사이의 갈등을 축으로 하는 서사문학보다는 직관에 의한 순간포착의 감각이 훨씬 중요시되는 동시 쪽에서 더욱 많이 볼 수 있다. 예전이나 지금이나 우리 동시창작의 대부분은 자연에 대한 관심을 표현한 것이라고 해도 틀린 말은 아니다. 그런데 동시의 경우는 증류수 같은 관념적 동심으로 꽃, 나비, 잠자리, 풀잎, 이슬, 해, 구름, 비, 무지개 따위를 유치하게 조합해놓은 상투성과, 어른의 완상에 그치는 관조의 태도가 문제로 되어왔다. 자연과 아이들이 만나는 지점에서 발랄하게 표출되는 생명 자체의 역동성을 보여주는 동시, 또는 살아 있는 모든 존재가 피해갈 수 없는 생존의 아이러니 같은 것을 보여주는 동시는 만나보기 쉽지 않다. 생명은 저 혼자 존재하지 않는다. 모든 살아 있는 것들은 서로 이어져 있다. 먹고 먹히는 관계에서 서로 맞서고 또 기대야만 존재할 수 있다. 그렇기 때문에 자연생명을 제 몸처럼 정직하게 느끼고 쓴 동시는 한낱 재롱이거나 완상·관조가 될 수 없는 것이다.

2

이른 아침에 내린
홑겹 눈처럼
시리게 반짝이는
좁쌀.

입에 넣으면
싸아한 박하사탕 맛이
날 것 같은
새하얀 좀약.

속상한
좀벌레.

　　　　　　　　　　　　　　　　　　　　—이상교 「좀약」 전문

　이상교는 어린이로 돌아갔을 때 동시가 나온다고 한다. 어린이로 돌아
간다는 게 자칫 '짝짜꿍' 흉내에 머무는 일은 비일비재하다. 다행히 이상
교는 제 마음이 진짜 어린이가 되는 순간을 정직하게 기다려 동시를 쓴
다. 어린이가 되는 순간, 일상생활은 새삼스럽게 낯설어지고, 처녀지를
밟는 신기함으로 다가온다. 동시 「좀약」이 뭘 말하려는 것이냐고 묻는다
면 설명할 길이 없다. 짧고 명료한 표현의 이 동시는 단순히 사물을 다룬
것도 아니요, 자연을 다룬 것도 아니며, 그렇다고 생활을 담은 것은 더더
욱 아닌데, 복잡하지 않게 그 모든 것을 함축한 간결미를 지니고 있다. 비
밀의 열쇠는 3연의 반전이다. 1연과 2연은 새하얀 좀약을 어린애다운 천
진한 시선과 감각으로 훑어 내린다. 그러다가 3연에 이르러 의표를 찌르
는 반전으로 끝을 맺었다. 박하사탕 맛이 날 것 같은 동그란 좀약이 실은
살충효과를 지닌 지독스러운 물건임이 상기되면서 좀벌레의 처지가 자
각된다. 그런데 "속상한 좀벌레"라니, 무척 재미있지 않은가. 아니, 나도
따라서 속상해지는 것이 아닌가! 아이들은 좀약을 알까? 하여튼 이 동시
는 어려운 구석이 없어 누구라도 단숨에 읽을 수 있을 게다. 좀벌레는 우
리 인간한테는 해가 되는 벌레다. 그렇지만 좀약 때문에 좀벌레가 속상

할 거라는 악의 없는 표현에 공감한다면, 어떤 벌레가 이롭다느니 해롭다느니 하는 인간의 척도를 한방에 뒤집어보게 만드는 인지 충격과 묘한 정서적 울림을 맛보게 될 것이다.

이처럼 이상교 동시집 『살아난다, 살아난다』(문학과지성사 2004)는 굳이 자연이라기보다 시인의 일상생활에서 건져 올린 시편들로 되어 있다. "따끈하고 달콤한 기운에 폭 젖어 / 기분이 좋다. / 붕어빵 봉지!"(「붕어빵 봉지」) "우리 집 식구 모두 / 나가고 없을 때면 / 고양이는 혼자 / 무얼 할까?"(「고양이는 혼자」) "매미는 힘이 세다. / 온 숲을 뒤흔든다. / 맴맴맴맴? / 듣고 있던 나뭇잎들이 / 너도 나도 / 매미가 된다."(「여름 숲에서」) 이것들에서 보듯, 시인은 자기 둘레의 친근한 세계에 굳이 시비를 걸려고 들지 않는다. 그렇지만 시인이 참여하고 있는 그 세계에는 편견과 차별이 없다. 자기중심적인 데에서 벗어난 호혜평등의 눈을 지니고 있기 때문이다. 이런 호혜평등의 눈은 시인의 일상생활을 자연과 스스럼없이 교감하고 소통하게 만드는 힘이다.

차 소리가 끊어진
아파트 조용한 뒷길,
사람들 떠드는 소리가
머언 뒷길.

살아난다, 살아난다.
내 발자국 소리가 살아난다.

살아난다, 살아난다.
사각거리는 나뭇잎 소리가 살아난다.

살아난다, 살아난다.
자전거 바퀴살 소리가 살아난다.

— 이상교 「살아난다, 살아난다」 부분

　세상은 하루가 다르게 새롭게 태어난 물건들이 주인이라도 된 듯 설쳐
대지만, 우리가 실은 오래전부터 자연 안에서 자연과 더불어 숨 쉬고 살
아왔다는 사실을 위의 동시를 읽으면서 새삼 깨닫게 된다. 익숙하다보니
잊고 살기 쉬운 것들을 낯설게 만들고 새삼스레 존재감을 부여하는 일은
하늘이 내려준 시인의 특권이 아닐 수 없다. 그리하여 이상교 동시집에
서는 일상생활 후면의 존재들이 일상생활 전면으로 살아나고 또 살아나
서 존재의 가치를 빛내고 있다.

3

밀룽슬룽 주름진 건
파도가 쓸고 간 발자국,
고물꼬물 줄을 푼 건
고둥이 놀다 간 발자국.

스랑그랑 일궈 논 건
농게가 일한 발자국,
오공조공 꾸준한 건
물새가 살핀 발자국.

온갖 발자국들이 모여

지나온
저마다의 길을 펼쳐 보인 개펄 마당.

그 중에 으뜸인 건
쩔부럭 절푸럭
뻘배 밀고 간 할머니의 발자국,

그걸 보고 흉내낸 건
폴라락 쫄라락
몸을 밀고 간 짱뚱어의 발자국.

— 안학수 「개펄 마당」 전문

임길택이 탄광마을을 영토화한 시인이라면, 안학수는 개펄마당을 영
토화한 시인으로서 기억해야 할 게다. 안학수 동시집 『낙지네 개흙 잔
치』(창비 2004)는 개펄에 살고 있는 갖가지 생명체들을 알뜰살뜰 모아놓았
다. 두루뭉술하게 모아놓지 않고 하나하나 개체적 특성을 살려서 어우러
지게 해놓았다. 위의 「개펄 마당」에서 보듯, 동시에서 자칫 남용되기 일
쑤인 의성·의태어가 시인의 독창적인 활용으로 개체적 특성과 이어지고
있다. 그런데 안학수 동시집의 개펄 생태는 사람이 등장할 때나 등장하
지 않을 때나 나름대로 삶의 의미를 반추하도록 그려졌다는 점에서 소중
하다. 개펄의 자연생태가 완상의 대상이 되어 막연히 자연 예찬으로 흐
르지도 않았고, 그렇다고 관습적인 은유를 뒤집어씌워 억지 교훈을 만들
어내지도 않았다. 말하자면 개펄의 자연생태가 자기 모습 그대로 인간의
삶과 포개어져 있는데, 이것은 섣불리 사람살이에 대한 교훈을 의도하기
보다는 자연생명의 가치를 인간의 그것과 대등한 눈으로 바라보려는 시
인의 애정과 통찰력이 함께 작용한 결과라고 여겨진다. 대상과 교감하기

위해서는 무엇보다 애정이 필요하지만, 그것을 가로막는 인간중심의 사고에 균열을 내는 예리한 통찰력이 뒤따라야 하는 시대에 우리는 살고 있다.

"가리비에 대보면/못난이 조개,/바지락에 대보면/맛없는 조개"(「홍합조개」) "비단고둥네 집에서 석 달,/총알고둥네 집에서 열 달"(「집게」) "황발이네 토굴 방은 좁은 단칸방,/세간 없이 살아도 매우 편한 방"(「황발이네」) 여기에서 보듯, 가리비, 바지락, 홍합, 비단고둥, 총알고둥, 집게, 황발이 등 보통사람 같으면 그냥 조개, 고둥, 게로 명명할 대상들을 시인은 하나하나 다르게 호명한다. 혹시 이런 낯섦이 아이들로 하여금 시를 얼른 이해하는 데에 방해가 되는 것은 아닐까? 하지만 이제는 막연히 전부를 만족시켜야 한다는 생각을 버릴 때다. 사실 그 전부란 것은 매우 모호한 정체가 아니겠나. 어차피 시의 독자는 전부가 아니다. 아니, 전부에서 시작하는 것은 아니다. 자연의 뭇 생명체에겐 자기 이름이 있다는 것을 아는 것만도 큰 깨달음이다. 고유명사를 지님으로써 존재는 비로소 자기 빛깔을 드러낸다. 그 빛깔은 다른 것을 삼키거나 억압하는 빛깔이 아니다. 개펄의 생명체들은 매우 서민적인 이미지를 지녔다. 가리비든 홍합이든, 집게든 농게든, 그네들이 사는 모습이 우리와 별반 다르지 않다는 사실은 그 하나하나가 우리처럼 소중한 존재라는 사실의 발견에 다름 아니다.

진흙 속에 살아도
나는 안다.

점점 흐려지는 수평선
그 길이가 몇 리인지,

자꾸 탁해지는 바닷물
그 깊이가 몇 길인지,

갈수록 좁아드는 갯벌
그 남은 넓이도 얼마인지
다 안다.

—안학수 「참갯지렁이」 부분

　가진 것 없고 소외되어 낮은 자리에 있는 존재일수록 세상은 더 투명
하게 보이고, 온몸으로 세상의 아픔이 감지되는 법이다. 안학수 동시는
우리 일상생활의 바깥에서, 자연과 인간이 하나로 이어진 존재라는 사실
을 보여준다. 그리하여 생태계 파괴와 같은 환경문제까지도 요란한 주장
이나 비판의 목소리가 아니라, 존재의 비밀을 여는 친근하고도 낮은 목
소리로 독자에게 차근차근 내면화시키는 효과를 빚는다. 좋은 동시는 이
른바 '생태 동시'니 뭐니 하는 것을 떠나, 시인이 자기 안에서 자연을 느
끼고 함께 숨 쉬는 동시다.

_『내일을 여는 작가』 2005년 봄호

문학, 주류 밖에서 만들어지는 불온한 산소

공선옥 외 『라일락 피면』

    '어린이'라는 말을 어린이들이 가장 듣기 싫어한다던데, '청소년' 또한 이 땅의 10대들이 가장 기피하는 말이 아닐까 싶다. 어린이나 청소년이라는 꼬리표가 붙으면 이른바 '18금(禁)'을 통과할 수 없는 데서 비롯한 현상일 게다. 정상적인 10대라면 "애들은 가라"고 장막 쳐놓은 어른의 세상으로 하루 빨리 들어서고픈 성장의 욕구가 용솟음치고 있어야 마땅하다. 과연 아이의 세상과 어른의 세상이란 게 현실에 따로 존재하기나 하는 것일까. 그렇다고 둘을 구분 짓는 경계가 없다고는 말할 수 없다. 아이와 어른은 제가끔 자기영역 속에 있을 때 자기본색이 최대한으로 살아나게끔 되어 있다. 물론 일종의 사회적 장치인 그 경계는 구성원의 자유의사에 따라 바뀔 수 있는 유동성을 지닌다. 경계를 둘러싼 세대 갈등은 그 때문에 벌어지는 것일 테다.

    그런데 청소년은 야누스(Janus)적인 존재성 자체에서 말미암은 안팎의 갈등을 피할 도리가 없다. 너무나 많이 들어서 신물이 날 지경이겠지만, 청년과 소년의 합성어로밖에 자신을 지칭하는 말을 가지지 못한 청소년은 아이와 어른의 경계 지점, 바로 그곳에 존재한다. 종국엔 그 이전과 이후가 확연히 갈리게 될 것이므로, 청소년이 거쳐야만 하는 경계 지점은 하나의 갈림길에 해당한다. 훗날 이 시기를 돌아보며 전율할 사람도 많으리라. 그때 그 일이 아니었다면 내 인생은 어떻게 달라졌을까, 하고. 아무리 빈말처럼 들릴지 몰라도 청소년은 인생의 가장 중요한 선택과 마주선 존재임에 틀림없는 것이다.

10대 청소년을 위해 마련한 작품집 『라일락 피면』(창비 2007)은 동화를 발표해온 작가들과 소설을 발표해온 작가들이 함께 이룬 결과물이다. 이른바 청소년문학 작가군(群)이 형성되어 있지 않아서 이런 식으로 구성되었지만, 청소년 대상의 단편소설을 개척한다는 적극적인 의지의 산물이기도 하다. 청소년문학은 청소년의 존재성만큼이나 장르의 경계와 정체성이 뚜렷하지 못하다. 자기 분야에서 일가를 이룬 작가들과 유망한 신진 역량이 다양한 빛깔의 작품들을 선보이고 있는바, 동화작가든 소설작가든 10대 청소년을 의식하고 작품을 쓴다고 했을 때 공통의 테마로 다가온 것은 '선택'이었다. 어린 시절의 무한 가능성이 10대를 거치는 동안 어떤 임계점에 도달하게 되면 어디로든 최초의 발걸음을 떼야 하리라. 하지만 처음 겪는 일은 서툴게 마련이다. 서툴기 때문에 멋있을 수 있는 나이, 예전엔 '사춘기'라는 말을 많이 썼는데 그 연령이 초등학생까지 내려간 오늘날 중고생 나이의 10대 청소년에겐 '청춘'이라는 말이 더 잘 어울린다. 세상 모든 사람들이 부러워하는 10대 청춘을 바라보며 우리 작가들은 무엇을 떠올렸을까?

공선옥은 역사에 짓밟힌 청춘, 그래서 못 다 핀 청춘이 있었음을 아프게 들여다본다. 「라일락 피면」은 1980년 5월 광주민주항쟁을 배경으로 하는 작품이다. 고등학생 석진은 넉넉지 못한 형편에서 항용 겪게 마련인 식구들과의 부대낌 속에서도 나름대로 집안을 책임지겠다는 야무진 꿈을 지녔고, 건넌방 자취생 윤희는 석진의 어머니처럼 생활력 강한 시골내기지만 흥얼거리는 노랫가락만으로도 석진의 마음을 사로잡는 청순함을 지녔다. 이들의 일상은 비록 남루할지라도 따사로운 봄볕의 기운을 담고 있다. 더욱이 풋풋한 연애 감정이 가슴 한편에서 일고 있음에랴. 그러나 그해 봄날 광주에서는 무슨 일이 일어났던가. 총칼로 무장한 군인들이 죄 없는 시민을 잡아 족치는 광경이 눈앞에 펼쳐지고 옆집 우식이가 데모대를 따라다니는가 하면 윤희는 다친 사람 천지인 병원으로 간호하러 다니기에 분주하다. 광주를 희생양 삼아 정권 장악을 노리는 전두환의 정체를 알 리 없는 석진은 모든 게 혼란스럽다. 결국 석진은 사랑하는 이의 죽음과 마주하고서 어찌할 바를 모르고 헤매다가 시민군의 최후 거점인 도청을 향해 발걸음을 뗀다. 윤희는 왜 죽어야 했을까? 사람들은 왜 총을 들어야 했을까? 큰형도 우식이도 시민군이 된 마당에 더 이상 철부지로 남을 수 없었던 석진을 움직이게 한 것은 한 조각 부끄러움이었다. 청춘은 여린 새순 같아 보여도 불의에 눈감지 않는 양심이었으니 청순함과 강인함은 그 안에서 하나였다. 라일락 꽃향기 흐드러진 봄날이 잔인한 정치의 계절과 겹침으로써 비극성이 고조되는 작품이다.

방미진은 혈액형을 가지고 왈가왈부하는 중학교 교실 풍경에 눈길을 주었다. 호기심 가득한 아이들을 가둬두기엔 비좁기 짝이 없는 교실이지만, 지루한 학교수업을 견뎌야 하는 아이들은 수다로 교실 공기를 풍선처럼 띄워 올린다. 여기 딱 들어맞는 경쾌한 문체 덕분에 「영희가 O형을 선택한 이유」는 비교적 가볍게 읽을 수 있다. 줄거리랄 것도 없이 영희의 혈액형을 궁금해하는 급우들의 집요한 말장난을 뒤쫓는 내용이고, 농담 따먹기처럼 전개되는 말들의 잔치다. 깜찍 지민, 청순 소연, 신비 보라, 무난 영희…… 비단 등장인물뿐 아니라 혈액형과 더불어 쏟아지는 수다들이 인간 성격의 전시장을 펼쳐놓은 듯 흥미진진하다. 혈액형과 연관되어 입양 문제라든지 혈통, 인종, 국적 문제 등이 풍자되기도 한다. 선택의 여지를 남기지 않는 어떤 편리한 틀로 인간을 재단하는 편견이나 고정관념의 폭력성에 대해 비판하려는 속셈이다. 수억의 먼지처럼 날리는 눈송이도 똑같은 눈송이는 하나도 없다는 상식적인 마무리를 지녔지만, 수다스러운 농담 속에 상식의 허를 찌르는 예리함이 번뜩이고 있다.

성석제는 두 인물의 교차 시점을 통해서 아이러니한 인생의 속살을 신랄하게 헤집는다. 「내가 그린 히말라야시다 그림」은 죄의식과 더불어 쌓아 올린 명성의 견고함과 유약함 사이를 들여다보는 작품이다. 화가로 성공한 백선규는 그림 도구조차 마련하기 힘겨웠던 가난한 초등학교 시절을 돌아보며 "내가 말할 수 있었지만 말하지 않은 그 일 때문에 내 삶이 달라졌다"고 진술하는데, 그 일은 우연 또는 누군가의 실수에서 비롯된 것이다. 그림 감상을 좋아하는 또 다른 진술자는 백선규와 초등학교 동창이고 무엇이든 원대로 할 수 있는 부잣집 마나님이다. 그림에 숨은 재주도 있다. 그런데 두 사람의 운명은 사생대회에 낸 그림의 주인이 뒤바뀌면서 엇갈리는 쪽으로 나아간다. 그림이 바뀐 것을 알고도 숨긴 그 죄의식이 이후 화가로 성공하게 한 추진력이 되기까지 했으니, 전화위복일 것인가. 이쯤 되면 삶에서 선택이란 과연 무엇일까 하는 생각이 아니들 수 없다. 뜻하지 않은 우연으로 인생이 180도 바뀌는 것이라면, 선택은 무의미하고 삶은 부조리한 게 아닌가. 하지만 인생은 그런 맛이 있어더 살 만한 것인지도 모른다. 인과응보의 진실을 단선적으로 파악하면서 뭐든지 쉽게 믿어버리고 마는 성공 신화에 대한 비판적 거리 두기로 읽을 수 있다. 요컨대 무의미의 여지를 두어 의미를, 부조리의 여지를 두어 조리를 질문하는 방식이라 하겠다.

오수연은 바닷가 여행길을 사진 찍듯 따라다니지만 안으로 더욱 파고들면서 위태로운 10대의 내면세계를 펼쳐 보인다. 제목과는 달리 「너와 함께」는 소년이 혼자 고투를 벌이는 이야기다. 소년은 기적의 바닷길을 체험하는 축제에 갔다가 늦어서 기적을 보지 못하고 돌아오는 중이다.

추운 날 애완동물 가게 앞에 전시된 철제 우리에 갇힌 토끼 생각을 줄곧 떨치지 못하는데, 집에서 엄마와 다툰 게 실마리였다. 아들의 휴대전화를 빼앗은 엄마는 그것이 아들을 세상과 차단시킨 꼴이라는 사실을 알지 못한다. 반항심에 학원을 빼먹고 일탈한 소년이 자기 상황에 대해 성찰하기 시작하면서 주변 풍경도 새롭게 다가온다. 종합터미널 앞 풍경이나 버스승강장 풍경, 버스를 오르내리는 사람들과 승객들 모습이 세밀하게 묘사되고 있는데, 이는 툭 건드리면 찢겨나갈 것처럼 예민해진 자의식의 반영일 테다. 하루 종일 토끼 생각에 지쳐 있는 이유도 거기서 자기 모습을 보았기 때문이다. 소년은 철제 우리 속의 토끼는 차라리 감정이 없는 게 나을 것이며 그럴지도 모른다고 여기지만, 자기는 그럴 수 없다고 항변한다. 어느 순간 기묘한 판타지가 펼쳐지는데, 기실 애초의 끊임없는 대화도 둘이 아닌 혼자만의 연극이었다. 일렁이는 자의식이 만들어낸 그로테스크한 풍경들인 셈이다. 죄의 발견이 성장의 계기가 되는 것처럼, 내면의 발견도 성장의 한 계기라 할 수 있다. 자기 안의 터널을 지나고 나면 소년도 부쩍 컸다는 느낌에 뿌듯해하지 않을까?

오진원은 그리 흔치 않은 특별한 가족의 이야기를 들려준다. 「굿바이, 메리 개리스마스」의 서술자 보린이는 동성 커플의 자식이다. 속옷 디자이너로서 여성적 자아를 지닌 아빠는 외국어학원 강사로 일하는 남자 폴과 동거하는 중이다. 크리스마스 선물로 폴의 목도리를 만드느라 뜨개질하는 아빠의 모습이 이채로우면서도 자연스럽게 그려져 있다. 그러는 척하며 살 수 없게 될 때 진짜 인생이 시작된다고 여기는 아빠는 폴과 가정을 이루면서 진짜 인생을 시작했다. 그런 아빠가 아이를 갖고 엄마가 되고 싶어서 술집 여종업원의 몸을 빌려 낳은 자식이 보린이다. 이 작품도 수법이 자유롭다. 보린이는 배 속의 태아일 적부터 엄마를 느끼고 아빠와의 대화를 엿듣는다. 탄생과 동시에 엄마와 이별하는 장면이 '쿨'한 것 같으면서도 절절하게 그려지는데, 생을 긍정하는 작가의 태도를 엿볼 수 있다. 그렇지만 소수자에 대한 편견이 극심한 나라에서 보린이가 당당한 어른으로 살 수 있을지는 의문이다. 아빠와 폴의 사랑을 받으며 당돌한 아이로 클 수는 있었지만 말이다. 아빠는 동성애자 부부도 인정받는다는 네덜란드 이민을 꿈꾼다. 그러나 매번 도피를 선택하는 폴의 배신으로 단란한 가족에 대한 꿈은 산산조각 난다. 네덜란드에 또 다른 가족을 두고 도망쳐 나온 폴이 다시 바람을 피우기 시작한 것이다. 동성애자의 연애는 서로 상처를 주고받는 것까지도 이성애자의 그것과 크게 다를 바 없다. 보린이는 폴이야 떠나든 말든 당당하게 아빠의 손을 잡고 이 불편한 시선 가득한 세상과 맞장 뜰 각오가 되어 있는 것 같다.

조은이는 친척 누나에게 쏠리는 연정 때문에 홍역을 치르는 중학생 소년을 그려 보인다. 청춘의 여신을 가리키는 제목 '헤바(HEBA)'는 누나가 선물한 지구본의 이름이기도 하다. 인생은 순간순간이 모두 유일한 가치를 지니고 있다는 사실, 그래서 삶은 영원히 새로울 수 있다는 청춘의 의미를 심어준 사람이 바로 누나였다. 따라서 작품의 초점은 누나를 겪으면서 이전에 몰랐던 새로운 세상에 눈뜨고 평균치를 벗어난 또 다른 삶의 가치를 발견하는 과정에 놓여 있다. 이성호는 평범한 중학교 3학년 남자아이로 모범생처럼 살아왔다. 그런데 큰이모의 딸 윤이 누나가 집에 들어오고부터 모든 게 바뀌어버린다. '팜므 파탈'(치명적인 운명의 여인)이라는 별명과 소문에 둘러싸인 윤이 누나는 남의 시선을 아랑곳하지 않는 그네의 자유로운 삶의 방식과 함께 내 안으로 들어온다. 재밌게 사는 게 인생의 목표라고 당당하게 말하는 윤이 누나, 지구 곳곳을 돌아다니는 여행이 삶이고 일상이고 학교라고 여기는 윤이 누나는 뚜렷한 주관과 남다른 사회의식의 소유자일 뿐이지 소문처럼 윤리적으로 문제가 되는 위험인물은 아니다. 하지만 그런 모습에 매혹되어 환상으로 치닫는 내게 누나는 역시 치명적인 존재다. 그 시작은 달콤했으나 급기야 걷잡을 수 없는 감정의 소용돌이에 휘말리며 열병을 앓게 된다. 사랑의 홍역은 남이 보기엔 웃음거리일지 몰라도 당사자는 매순간 우주와 맞먹는 번민의 무게를 감당해야 하는 법이다. 극단으로 치닫는 감정을 통제하지 못하고 천당과 지옥 사이를 수없이 오갈 즈음, 누나는 내게 다시 구원자로 다가온다. "내가 우습지?"라는 말에 "아니, 지금 넌 아주 아름다워" 하고 답하는 누나가 있어 성호는 위기를 넘기고 상처에 새살이 돋듯 단단히 여물어간다. 지구에 발붙이고 또 다른 세상을 꿈꾸게 하는 영원한 청춘의 징표로서 윤이 누나의 선물을 받아들이는 중학생 소년의 서툰 발걸음에 작가는 등을 다독이고 싶은 심정이었을 게다.

최인석은 가부장적 폭력에 맞서 자신의 길을 찾아가는 뚝심 있는 중학생 소년에게 눈길을 돌린다. 「쉰아홉 개의 이빨」은 일종의 알레고리 기법으로 소년의 성장을 그려낸 작품이다. '이빨'은 그 성장의 상징물이라 할 수 있다. 옛날에 '잇금'(이빨자국)으로 임금을 정했다는 기록에서 알 수 있듯이 이빨 수는 세상을 다스릴 수 있는 힘과 지혜에 비례하는 것이다. 주인공 소년은 쉰아홉 개의 이빨을 가진 아버지를 보통 사람과는 다른 괴물이라 여겼으면서도 어머니에게서 들은 젊었을 적 아버지의 사회적 활동상을 통해 그처럼 올바른 힘을 행사할 수 있는 성장을 욕망한다. 그런데 아버지가 돌아가신 뒤 엄마가 재혼을 해서 들어간 새아버지네 집에서 소년은 부당한 폭력에 짓눌린다. 교회 목사인 새아버지는 하느님의 말씀을 세상에 전한다는 구실로 힘없는 사람 위에 군림하는 위선자다. 제 뜻에 따르지 않으면 자녀에게도 완력을 행사한다. 그렇지만 소년이 생각하기에 서른두 개의 이빨을 가진 새아버지는 쉰아홉 개의 이빨을 가졌던 아버지에 비해 하잘것없는 사람일 뿐이다. 소년은 새아버지의 폭력에 굴복하지 않고 독립하기로 결심하는데, 고통을 이겨낼 때마다 자기 이빨도 아버지를 닮아 보통 사람 이상으로 늘어나는 것에 자부심을 느낀다. 짐을 꾸리고 떠날 채비를 끝낸 소년의 고독한 선택이 아프게 새겨지는 작품이다.

표명희는 자기 안에 숨어 사는 고등학생이 세상으로 나서는 과정을 보여준다. 「널 위해 준비했어」는 현대적인 감각이 빼어나다. 빔벤더와 앨리스라는 닉네임을 가진 두 남녀의 컴퓨터 채팅 장면과 주인공 빔벤더의 집안 풍경을 오가며 줄거리가 전개되는데, 영화감독 빔 벤더스에게서 닉네임을 따올 만큼 영화에 관심이 많은 주인공이 떠올리는 영화 내용을 보조 축으로 해서 주제가 심화되고 있다. 빔벤더와 앨리스는 대인공포증이 있는 외톨박이들의 온라인 동호회 회원이다. 세심하고 사려 깊은 앨리스가 특목고의 살인적인 경쟁을 견디지 못하고 자퇴한 데서 드러나듯이 오로지 앞만 보고 달릴 것을 종용하는 이 세상은 전쟁터나 다름없다. 맨얼굴이 두려운 존재에게 인터넷 환경은 안성맞춤이었으니, 칩거 생활이 더 편안한 빔벤더와 앨리스도 이른바 '폐인' 종족처럼 살고 있다. 하지만 두 사람은 스스로 병적인 징후를 자각하리만큼 자기의식이 뚜렷해서 나름대로 세상을 향한 꿈을 키워가는 중이다. 이 작품은 몇 개의 포석이 앞뒤로 잘 맞아떨어지는 멋진 반전을 보인다. 우울증 때문에 한때 아들의 도움이 필요했던 엄마가 이번엔 자리를 바꾼 아들에게 보이지 않는 손길을 내밀어 빔벤더와 앨리스가 함께 산뜻하게 세상으로 나가게 되는 것이다. 기분 좋은 반전이요 흐뭇한 결말인데, 영화 '모터싸이클 다이어리'와 더불어 결정적으로 전환이 이뤄지는 것은 의미심장하다. 쿠바 혁명의 지도자 체 게바라의 청년시절을 그린 이 영화에서 여행을 끝낸 주인공은 말한다. "난 더 이상 이전의 내가 아니다." 모터싸이클 여행을 약속한 두 청춘남녀도 길 위에서 새로운 인생을 시작할 수 있으리라고 암시되는 것이다.

10대 청춘들에게 삶의 선택이란 그리 호락호락한 일이 아니다. 누가 일러주는 대로 살 수 있다면 무슨 고민이 있겠냐만, 세상은 교과서에서 배운 대로 통하지 않는다. 말하자면 동화의 세계에서 소설의 세계로 들어서는 데 따른 혼란을 겪지 않을 수 없다. 세상은 동화처럼 선과 악으로 확연히 구별되어 있지도 않고, 선한 자에게 반드시 우호적인 것만도 아니다. 세상의 모순이 다름 아닌 자기 내부의 모순과 상응한다는 뼈아픈 자각에 몸서리칠 때도 없지 않다. 이면의 진실에 눈뜨면서 좌절을 겪기도, 위안을 얻기도 한다. 분명 세상에는 자로 잴 수 없는 것이 존재한다. 어디로 튈지 모르는 사람의 심연을 들여다볼 용기가 있는 자만이 소설의 세계로 들어갈 수 있다. 동화의 주인공으로 남을 것인지 소설의 주인공으로 거듭날 것인지에 대한 고민과 회의가 곧 어린아이와 결별하는 의식이다. 좋든 싫든 누구나 그렇게 어른이 되는 것이다.

지금까지 살펴본 이 작품집의 이런저런 '선택'들은 슬픔이거나 아름다움이거나 모두 '성장'의 길로 이어지고 있다. 우리 작가들은 예외 없이 십대 청소년에게서 '통과의례의 부딪침'을 떠올렸다. 세상의 주류를 뒤쫓기보다는 삐딱한 문제아적 주인공을 응원하는 점에서도 한결같다. 그러고 보면 문학은 세상과 불화하면서 세상을 구원하는 불온한 산소다. 이 작품집이 자신들의 이야기에 목말라하는 10대 청소년에게 자기 모습과 세상을 비추는 거울이 되었으면 좋겠다.

_『라일락 피면』 해설, 창비 2007

찾아보기

한국아동문학의 쟁점

2010년 1월 11일 초판 1쇄 발행

지은이	●	원종찬
펴낸이	●	고세현
책임편집	●	유용민
디자인	●	권혜원
펴낸곳	●	(주)창비
등록	●	1986. 8. 5. 제85호
주소	●	413-756 경기도 파주시 교하읍 문발리 513-11
전화	●	031-955-3333
팩스	●	031-955-3399(영업) 031-955-3400(편집)
홈페이지	●	www.changbikids.com
전자우편	●	enfant@changbi.com

ⓒ 원종찬 2010
ISBN 978-89-364-6331-1 03810